중국인의 재담才談

[헐후어歇後語]

진기환 엮음

明文堂

머리말

「백리 밖의 기풍이 다르고(百里不同風), 천리 밖에는 습속이 다르다(千里不同俗).」고 했으며, 「천리 밖의 말은 같지 않으나(千里語言不一), 만리 밖 속담은 같다(萬里諺語一致).」는 중국의 속언俗諺이 있습니다.

「속담 한 마디에는 천 가지의 뜻이 있다(一句諺語千層意). 아래턱의 아름다움은 수염에 있고(下頦之美在鬍鬚), 언어의 아름다움은 속담에 있다(語言之美在諺語).」고 말합니다.

이는 곳곳의 자연과 나라와는 상관없이 사람이 사는 곳에서는 어디서나 비슷한 감정과 생각을 가지고 살아간다는 뜻입니다.

옛날, 가난에 지친 중국인들은 흔들면 돈이 쏟아지는 나무가 있었으면 좋겠다고 상상했을 것입니다. 사실, 이 세상에 그런 나무가 있을 수 없지만, 있다고 가르치는 중국인입니다.

「흔들면 돈이 쏟아지는 나무가 어디에 있는가?(搖錢樹, 哪裏有?) 그것은 바로 너의 두 손이다(就是你的一双手).」 곧 '누구든 열심히 노력하면 잘 살 수 있다.' 는 뜻입니다.

「맹목적 공부에(死讀書), 쓸모 없는 책을 읽으면(讀死書), 공부를 하나 마나(讀書死)!」-이런 깊은 뜻을, 이렇듯 간결하게 표현한 것이 바로 한문의 강점이며 그들의 속담입니다.

중국인의 속담에는 그들의 학문과 지식, 역사와 문화, 생활의 지혜와 가르침이 농축되어 있고 그 재치 있는 비유와 함축은 거의 시詩에 가깝다는 생각도 듭니다.

그리고 이러한 속담은 중국 고전 문학작품이나 사서史書에 그대로 인용되었습니다. 이는 곧 상대방을 설득하기 위한 논리적 방법으로 활용되었습니다.

필자는 이전에《수호전평설水滸傳評說》과《금병매평설金瓶梅評說》을 출간했습니다. 그 소설 원문의 많은 속담과 다른 작품에서 볼 수 있는 속담을 모아서, 우리 말로 옮기고 분류하여, 2008년에 명문당明文堂에서《중국인의 속담》을 출간하였습니다. 이 책에서는 중국인의 속담 6,600개 원문과 발음을 수록하고 그 뜻을 해설하였습니다.

그러나《중국인의 속담》에서는 우리 말 속담과 표현 방법이 다른 헐후어歇後語(歇은 쉴 헐)를 다루지 않았습니다.

헐후어歇后語는 중국어의 형식과 내용에서 아주 특색 있는 표현으로, 앞부분에 어떤 사실을 말하고 그 뒷부분에 수수께끼의 정답과도 같은 표현이 따라붙습니다.

"사람이 몇이나 있으면 좋겠어?"라고 물었을 때,

"그야, 한신韓信이 용병하기지!(韓信用兵)"라고 말하면

"허허! 다다익선(多多益善)이로군!" 하고 말합니다.

「韓信用兵－多多益善」－이런 표현을 헐후어라고 하는데, 중국인들의 기지機智와 재학才學에 바탕을 둔 멋진 재담才談입니다.

또 "관운장이 조조의 군영에 머물다(關公在曹營)."라고 말하면, "그 마음 변하지 않는다(其心不變)."이란 뜻으로 받아들입니다. 굳이 "내 마음은 변함없어!"라는 말을 하지 않아도 대화는 재미있게 이어집니다.

이 헐후어는 때로는 발음으로, 또는 사리事理로, 아니면 고전의 명구名句나 역사 지식으로 추리하여 해석하고 받아들입니다. 물론 앞부분만 말해도 상대방은 알아듣습니다.

이 헐후어는 그 논리와 설득 형식이 우리 말과 같지 않으며 중국어의 특별한 방편이라서 뒷날 별도 저술을 하겠다고 생각했습니다.

그러나 《중국인의 속담》 출간 이후, 필자는 교직생활 마무리를

위한 개인문집《도연집陶硯集》을 출간해야만 했고, 정년퇴직 이후에는 중국 사대四大 사서史書 중《한서漢書》,《후한서後漢書》,《정사正史 삼국지三國志》)와《전국책戰國策》의 원문 완역에 10여 년의 세월을 보냈습니다.

그러면서 개인적 취향으로《당시대관唐詩大觀》(전7권) 등 당시唐詩 관련 번역에 매달리다 보니 헐후어에 관한 집필을 미룰 수 밖에 없었습니다.

이번에《중국인의 속담》에 이은 후속 마무리로 중국인이 일상에서 사용하는 헐후어를 종합하고 정리하여《중국인의 재담才談》으로 엮어, 중국을 알아서 이겨야 한다는 열망을 가진 우리 독자에게 올립니다.

이《중국인의 재담》은 중국인들의 언어생활에 자주 쓰이는 속어, 곧 그들의 속담이나 관용어慣用語, 헐후어에 들어있는 생각이나 다양한 지혜의 보고寶庫를 열어 모두에게 알리는데 목적이 있습니다. 그리고 중국 문학이나 사학史學을 공부하는 동학同學에게, 또 중국인과 업무상 접촉이 있는 여러분들의 실용에 조그마한 도움을 드리려 합니다.

수많은 우리말 사전이 있는 것처럼 중국인의 속담이나 재담도 우리나라에서 정리되고 출간될 때가 되었다고 생각합니다. 필자의 이 책은 학문적 연구서가 아닌, 실용의 책으로 활용되기를 바랍니다. 필자는 중국의 문화, 경제, 사회 모든 분야의 지식을 배우려면 중국인의 속담과 재담을 꼭 알아야 한다고 확신합니다.

　　옛사람이 나무를 심으면〔前人種樹(전인종수)〕, 뒷날 다른 사람이 더위를 식힙니다〔後人乘涼(후인승량)〕. 지금은 작은 묘목이지만, 이 책이 누군가에는 도움이 될 것이라고 믿습니다.

　　끝으로 경영상 어려움을 고려하지 않고 책의 가치와 필요성을 중시하여 흔쾌히 출판을 결정해주신 명문당 김동구 사장님께 감사를 드립니다.

　　이 책이 햇빛을 볼 수 있는 것은 오직 한평생을 출판인으로 일관하신 김동구 사장님의 '학문 애호와 문화 사랑에서 나오는 사명감'이라고 생각하며 진심으로 경의를 표합니다.

2024년 1월

도연(陶硯) 진기환(陳起煥)

〈일러두기〉

1. 이 책은 중국인이 일상생활에서 사용하는 헐후어歇後語를 모았습니다.

중국인의 헐후어가 중국 언어의 특색이고 그들의 재학才學과 재담才談이지만, 우리 말과 비교하면 낯설기만 합니다. 그런 속언만을 많이 열거하여 우리말 풀이만 한다면, 그것은 사전辭典일 뿐 재미가 없을 것입니다.

그래서 헐후어의 표현이나 글자 또는 인물에 관련한 여러 유익한 내용을 보태어 지루하지 않도록 엮었습니다.

2. 지금 우리나라에서 중국어나 중문학을 전공하는 대학생들은 우선 《중국인의 속담俗談》과 《중국인의 재담才談》을 공부해야 합니다. 속담과 재담을 통한 어휘능력의 확장, 표현의 세련과 숙달熟達은 중국어 공부의 첩경捷徑입니다. 이는 필자의 경험에 의한 확신입니다.

그리고 젊은 대학생들의 엄청난 흡입력吸引力을 고려한다면 유익한 내용은 많으면 많을수록 좋습니다. 따라서 본서에는 중국의 문학과 사학史學, 철학哲學의 전반에 걸친 유익한 내용의 수록에 치중하였습니다. 그래서 본서는 유익하고 재미있으며 공부하기 쉬운 책입입니다.

3. 본서 상권上卷에서는 헐후어에 관한 설명으로 중국인의 문학과 언어 생활의 일면을 소개하였습니다. 하권 헐후어 정문正文에서는 1장 사람(人), 2장 일(事), 3장 사회社會로, 필자가 기본 텍스트를 참고로, 임의로 중국 헐후어 소재素材와 성격에 따라 대분하였습니다.

그리고 다시, 19개 큰 주제(大主題)에, 264개 작은 주제(小主題)로 나누어 중국인이 즐겨 사용하는 중국 헐후어 총 2,500여 개를 수록 해설하였고, 모두 38만6천 자입니다.

4. 중국의 각종 속담이나 헐후어 사전은 한어병음자모漢語拼音字母순, 곧 알파벳순으로 정리하면 찾아보기 쉽지만, 우리에게는 아무런 의미가 없기에 각 영역별로 우리 말 가나다순으로 정리하였습니다. 분류 영역은 역자가 만들었습니다.

5. 각 항목의 헐후어는 중국인의 구어口語입니다. 설명에는 한어병음자모漢語拼音字母에 의한 발음과 성조聲調에 따른 다른 의미까지 수록하였습니다. 본서에 수록된 모든 헐후어에 중국어 발음을 병기하자니 중국어를 모르는 분들에게는 별 의미도 없지만, 그렇다고 전혀 안 붙이면 중국어를 공부하는 분들이 발음으로 익히기가 불편하다고 생각하였습니다.

헐후어는 중국인들의 구어체 문장이기 때문에 헐후어에는 경성輕聲, 아화운兒化韻, 개사介詞, 양사量詞 등 중국어(白話)를 공부하지 않은 사람들이 이해하기 어려운 부분이 있는 것은 사실입니다.

6. 독자들의 이해를 위하여 어려운 한자의 음훈音訓을 설명하였습니다. 물론 앞에 나온 한자의 음훈을 뒤에 또 설명도 하였습니다. 그리고 중국어에서 통하는 뜻과 우리나라 자전字典의 의미가 다른 글자가 많습니다.

예를 들면, 중국어에서 會(huì)는 보통 '모일 회'의 뜻으로 쓰이나. 중한사전에서는 '이해하다', '잘 알다', '~ 할 줄 알다'의 뜻으로도 많이 쓰입니다.

吃은 우리 옥편에 '말더듬을 흘'입니다. 중국어에서는 吃(chī)은 '먹다', '마시다', '힘이 들다', '당하다'의 뜻으로 쓰입니다. 그래서 '會吃不會動(회흘부회동)'은 '먹을 줄은 알지만, 일할 줄은 모른다.'로 해석합니다.

그리고 淨은 우리나라 옥편에 '싸늘할 쟁'으로 실렸습니다. 그러나 중한사전에는, '깨끗하다'에 부사副詞로 쓰일 경우 '모두, 온통, 오로지, ~뿐'의 뜻이 있습니다. 따라서 글자의 설명에 우리 옥편의 뜻과 중한사전의 뜻을 함께 설명하였습니다.

7. 본서는 번체자繁體字를 사용하였고, 주요 단어나 글자에는 중국 병음拼音을 첨부하였습니다. 이는 중국어나 중문학을 전공하는 동학同學들을 위한 배려입니다.

중국에서 나오는 모든 책이 간화한자簡化漢字(簡體字)로 쓰여졌고, 중국 여행에서 우리가 보는 모든 글자가 간화자입니다. 간화자를 배워 알고 있는 사람이 번체자를 독해할 때 겪는 어려움은 그리 크지 않습니다.

그러나 많은 분들이 한자나 한문에 관한 지식이 있어도 간화자를 거의 모르는 경우가 지금 우리의 현실입니다. 그래서 간화자를 모르는 많은 분들을 위해서 번체자로 표기하는 것이 좋겠다고 필자는 판단하였습니다.

8. 중국인들의 헐후어를 직역에 가깝도록 번역하였습니다. 직역을 바탕으로, 속언의 상황을 연상하고 또는 나름대로 그 의미를 해석하는 것은 독자의 몫이라고 생각하였습니다.

이는 그들 감정의 표현이고, 그런 말에 대한 느낌이나 의미는 읽는 사람마다 다릅니다. 필자가 독자의 이해를 위하여 그 의미를 단편적으로 언급하였지만, 필자와 독자의 견해가 서로 다를 수 있다고 생각합니다. 많은 분들의 가르침과 보완을 기대합니다.

| 참고 도서 |

《歇後語大典》: 歇後語大詞典, 編纂組 編, 中國對外飜譯出版公司, 北京, 2006.

《開心歇後語》: 彬彬 主編, 內蒙古文化出版社, 2002.

《金塔非物質文化遺産集萃》4권 : 發榮, 主編, 甘肅文化出版社, 2014.

《細說 成語典故》: 王成綱 主編, 九州出版社, 北京, 2006.

《俗語詞典》: 徐宗才 應俊玲 編著, 商務印書館, 北京, 2004.

《諺語歇後語槪論》: 王勤 著, 湖南人民出版社, 1980.

《中國慣用語大全》: 溫端政 主編, 辭書出版社, 上海, 2005.

《中國生肖成語歇後語》: 王士均 主編, 學林出版社, 2011.

《中國諺語大全(上‧下)》: 溫端政 主編. 辭書出版社, 上海, 2005.

《中國歇後語》: 鄭勛烈, 鄭晴 編著, 東方出版中心, 1996.

《中國歇後語大辭典》辭海版 : 上海辭書出版社 編, 上海辭書出版社, 2011.

《中國歇後語大典》辭海版 : 上海辭書出版社 編, 上海辭書出版社, 上海, 2005.

《中華歇後語》第1冊 - 第4冊 : 鄭宏峰 主編, 線裝書局, 2008.

《漢語歇後語硏究》: 陳長書 著, 中國社會科學出版社, 2016.

《歇後語》: 溫端政, 商務印書館, 1985.

《歇後語》: 尹斌庸 編著, 華語敎學出版社, 北京, 2006.

《歇後語詞典》: 溫端政, 沈慧雲, 高增德 編, 北京出版社, 1984.

《歇後語小辭典》: 張喜燕 主編, 商務印書館國際有限公司, 2015.

《中國語慣用語辭典》李亨蘭‧王玉霞 著, NEXUS CHINA, 서울, 2004.

《歇後語》형상과 해학의 중국숙어 : 溫端政 지음, 제해성 역주, 신아사, 2012.

《중국인의 속담》: 진기환 편, 명문당, 서울, 2008.

《中文大辭典》(全10권) : 中文大辭典編纂委 編纂, 中國文化大學出版部, 臺北, 1882.

《現代漢語詞典》第5版, 北京, 2005.

《中韓辭典》高大民族文化硏究所, 高麗大學校, 서울, 1992.

제목 차례

1부 헐후어歇後語 해설

==== 제3장 **사회社會** ====

1부

헐후어歇後語 해설

1. 속어俗語와 헐후어歇後語[1]

가. 속어俗語

하늘의 별을 셀 수 없는 것처럼 인간의 생각이나 행위를 이루 다 말로 표현할 수도 없다. 가을날의 낙엽을 다 쓸어버릴 수 없 듯, 인간의 입에서 나오는 말을 모두 알아들을 수도, 또 짐작할 수도 없다.

한 사람의 말이 입에서 입으로 전해지면서 좋은 말이든 나쁜 말이든 사람들은 따라하게 된다. 그런 말들이 마음속에 담겨있다 가, 어느 사이에 그런 말로 자기의 생각을 나타내게 된다. 그러다 보니 비슷한 뜻을 여러 사람이 말하고 또 그런 말은 쉽게 이해가 된다.

---

1 본서의 제1부는《언어헐후어개론諺語歇後語槪論》(왕근王勤 저, 호남인 민출판사, 1981)의 헐후어 부분을 요약 정리하였다.

그런 말들을 사람들은 '옛날에(古云)', '옛말에 이르기를(古語云)', '옛부터 말하기를(自古道)'라고 말하며, 옛사람의 말을 이용하여 자기 생각을 표현하였다.

이렇게 예로부터 전해오며 많은 사람들이 알아듣고 사용하는 말을 중국인들은 속어俗語라 하였다.

속어는 사람들이 보편적으로 사용하는 말이다. 이런 말은 두루 여러 사람이 관심을 갖고, 쉽게 이해하며, 재미를 느끼게 된다. 그래서 역사기록이나 문학 작품에서 그런 말들이 설득력 있게 널리 사용되었다.

그러다 보니 속어는 매우 많고 풍부하다. 그러면서 그런 말의 바탕이라 할 수 있는 원형을 끊임없이 변화시켜 더욱 새롭게 사용해왔다.

《역경易經》의 〈계사전繫辭傳〉에 「두 사람이 한마음이면 쇠도 자를 만큼 날카롭다.(二人同心, 其利斷金.)」이란 구절이 있다.

이 구절이 지금은 다음과 같이 사용된다.

ㅇ두 사람이 합심하면, 흙이 금으로 변한다.(二人合心, 黃土變金.)

ㅇ여러 사람이 한마음이 된다면, 흙을 황금으로 변화할 수 있다.(只要衆人一條心, 黃土也能變成金.)

정말로 흙이 황금으로 바뀔 수 있겠는가? 그러나 흙이 황금으로 변하기를 바라는 염원을 안고, 생활하며 합심하다 보니, 뜻밖의 변화가 이루어지는 경우를 보았기에, 그런 희망과 보편적 진리를 계속 이야기하게 되었다.

곧 말의 변화와 발전, 유포는 오랜 기간 계속 이루어졌고 또 앞으로도 계속 바뀔 것이다.

사람들의 이런저런 행동을 묘사하며 일의 성취 여부에 대한 자신의 의견을 비유적으로 표현하면 그런 말들이 보다 설득력을 갖게 된다.

'쇠 귀에 경 읽기(牛耳讀經)'이나 '눈 감고 참새잡기(閉塞眼睛捉麻雀)' 등은 일의 성과가 없거나 불가능한 일이라는 설득의 한 방법이다.

또 '흰 고양이건, 검은 고양이건, 쥐를 잘 잡는 고양이가 좋은 고양이다.(白猫黑猫, 捉住老鼠就是好猫.)'—이런 비유와 속어를 통하여 실용주의實用主義를 강력하게 설득하였다. 이를 본다면 속어의 사용과 그 효용성은 결코 경시할 수 없다.

속어는 통속적이고 구체적인 형상을 말하며 광범위하게 유행하는 어구이다. 이는 일상생활과 경제활동, 사회생활에서 창조된 말이다. 속어는 성공과 실패의 경험, 합리적인 사고와 지식, 경험이나 생활감정의 총체적 결론이라고 요약할 수 있다.

속어는 사람들이 즐겨 듣고 사용하는 언어로 그 말의 구조가 비교적 간단하나, 그 말하고자 하는 뜻은 깊으며, 그 비유는 합당하고, 그 형상은 또렷하기에 여러 계층을 막론하고 두루 사용된다는 강한 생명력을 지니고 있다.

이런 속어俗語에는 성어成語[2], 관용어慣用語[3], 언어諺語(俗諺)[4], 헐후어歇後語 등 여러가지 형식이 있는데, 언어생활에서 이는 성어나 관용어, 언어나 헐후어라고 딱 분류할 수도 없거니와 그렇게 분류하여 사용하지도 않는다.

중국어에서 속언俗諺은 우리말로 속담俗談으로 번역된다. 역자는 2008년에 중국인의 속담 6,600여 개를 수록 번역한《중국인의 속담俗談》을 명문당에서 출간하였다.

그러나 당시 중국인의 속어에서 중요 부분을 차지하는 헐후어歇後語를 소개하지 못했다.

---

2 성어成語 – 예를 들면 '백척간두百尺竿頭(백척이나 되는 장대의 끝)', '백문불여일견百聞不如一見', '순망치한脣亡齒寒과 같은 말.

3 관용어慣用語(常用語) – 예를 들면 '인생칠십고래희(人生七十古來稀, 古稀)', '인생자고수무사人生自古誰無死(사람이 태어나 죽지 않는 사람이 누구인가? 사람은 누구나 죽는다.)', '생사유명生死有命 부귀재천富貴在天'과 같은 말.

4 諺(yàn)은 상말 언. 이언俚諺(俚는 속될 이). 우리말로는 '속담'으로 통용.

나. 헐후어

헐후어歇後語(xiē hòu yǔ)[5]는 중국어의 성어成語(고대부터 형성되어 지금도 사용되고 있는 語句), 언어諺語, 관용어慣用語와 함께 중국 속어俗語(世俗語)의 한 형태이다.

헐후어는 앞부분의 말을 한 다음에, 일단 쉬었다가(歇, 쉴 헐) 나머지 뒷말을 하지 않거나 생략하여(去) 자신의 감정과 의도를 전달, 표현하는 방법이다. 이는 중국인들의 오랜 생활 속에서 또 역사와 문화발전에 따라 생성되고 발전해온 표현 방식이다.

이 헐후어를 중국 고대로부터 장어藏語(藏頭語, 藏尾語. 藏 감출 장)[6] 또는 초피어俏皮語[7], 비유어譬喩語, 비해어譬解語라고 기록되었지만, 그 의미가 지금 통용되는 헐후어와는 꼭 같지는 않다.

헐후어는 중국어에서 숙어熟語의 한 종류이다. 이는 두 부분이

---

5 헐후어歇後語는 영어로 「the Two−part Allegorical Saying」으로 번역한다. Allegorical은 우의적寓意的인. 비유적比喩的인.

6 예를 들면, 이립而立은 삼십이립三十而立에서 30을 감추어 말하지 않은 것으로 30세를 의미한다. 이는 장두어藏頭語의 형태이다. 《서경書經 주서周書 군진君陳》에 「惟孝, 友于兄弟, 克施有政」에 근거를 두고 '효우孝友'로 '형제'를 대신하는데, 이는 장미어藏尾語(또는 축각어縮脚語)라 할 수 있다.

7 초피어俏皮語(俏, qiào 닮을 초)−초피는 재치있는 익살. 경묘輕妙한 비아냥, 우스갯 소리. 신랄한 말로 남을 비꼬다의 뜻이다.

한 짝을 이루는 구조인데, 실제로 말할 때 두 부분 사이에 잠깐 어기語氣를 멈춘다.

앞부분은 어떤 말을 끌어내거나 은어적隱語的인 비유譬喩로, 마치 수수께끼의 문제와 같이 어떤 상황을 표현하거나 제시한다. 그래서 앞부분을 인자引子라 한다.

그리고 뒷부분에서는 앞부분에 대한 해답이나 구체적으로 그 뜻을 풀이한다.

이 헐후어를 문자로 기록할 때는 앞뒤 부분 사이에 '―'을 넣는다. 그러나 이는 하나의 기본형 또는 전형典型이라 할 수 있지만, 꼭, 언제나, 어디서나 그러하지는 않다.

앞부분만을 기록하거나, ― 없이 앞뒤 문장의 중간에 ',' 를 찍어 구분하거나 아니면 생략할 수도 있다. 실제 언어나 문자 사용에서 원형이 아닌 변형이 더 많다는 것을 생각한다면, 어떤 정형과 다르다 하여 '헐후어이다', 또는 '헐후어가 아니다' 를 따질 수는 없을 것이다.

그리고 이 헐후어는 문학이나 사학史學의 여러 저술에 광범위하게 사용되지만, 그 형태나 운용이 '꼭 이러하다' 라고 단정할 수가 없다.

이는 중국인들이 경서經書나 사서史書, 문학작품을 감상하거나 일상 대화 중에 학식이나 상식을 바탕으로 이루진 언어이다. 그러나 중국인의 헐후어는 우리말에는 없는 형식이다.

가령 다음과 같은 상황을 연상할 수 있다.

몇 사람이 모여 도박을 한다. 그런데 한 사람의 일진日辰이 나쁜 지, 패가 안 풀리면서 계속 잃기만 한다. 돈을 계속 잃은 사람이 말한다. "빌어먹을! 오늘이 하필 공자가 이사하는 날이네(孔夫子搬家), 온통 책뿐이야!(淨是書)"

학식이 많은 공자이니 이삿짐에 책이 많을 것이다. 여기서 책(書 shū)은 노름에서 돈을 잃다(輸 shū), 또는 경기나 시합에서 패배한다는 뜻의 수輸(shū)와 발음이 같다. 곧 '온통 책뿐이다.'라는 푸념은 '돈을 많이 잃었다.' 는 뜻이다.

'공자가 이사가는 날' 이라 말하고, 그 다음 말을 하지 않아도 돈을 잃었다는 푸념이고 듣는 사람도 그렇게 이해한다. 이것이 중국인의 헐후어이다.

또 "장비가 바늘에 실을 꿰다(張飛穿針). ─큰 눈을 작게 하여 노려본다(大眼瞪小眼)."라는 헐후어는 장비의 트레이드마크인 크고 동그란 눈이, 바늘에 실을 꿰어야 하는 시덥잖은 일에 노심초사하는 모양을 표현한 멋진 표현이다. 이런 헐후어는《삼국지연의三國志演義》에 익숙하고 통달한 중국인에게 통할 수 있는 헐후어이다.

어떤 사람에게 무엇인가를 기대할 수 없을 때는 "토자미파兎子尾巴(토끼의 꼬리)─장부료長不了(길어지지 않는다)."라고 헐후어로 말한다. 토끼가 아무리 커지더라도 그 꼬리가 개꼬리만큼 길어지지 않는다. 무엇인가 나쁜 상황이 오래갈 수 없을 것이라는 뜻으로 통한다.

다. 헐후어와 속언

헐후어와 속언俗諺(속담)은 모두 지금 사람들이 사용하는 언어적 표현 형식이다. 이런 언어는 구체적인 형상으로 그려질 수 있고, 생동적이며 활동적이다. 그리고 모두가 즐겨 듣고 사용한다는 큰 공통점이 있다. 그러나 헐후어와 속언은 그 형식과 내용에 약간의 차이가 있다.

헐후어와 속언의 차이는 근본적으로 그 내용과 형식으로 구분할 수 있다.

속언은 생활의 경험이고, 거기에서 얻어진 교훈의 총결總結이라고 말할 수 있다. 그러나 헐후어 역시 그런 일면이 있지만 헐후어는 보다 더 통속적이고, 해학적이고, 재미있으며 활용적인 표현 방법이다.

헐후어는 그 형식에 있어 앞부분의 비유와 뒷부분의 해석으로 구분할 수 있다. 물론 속언도 두 부분 또는 더 많은 부분으로 구성될 수도 있지만, 비유와 해석이라는 관계가 형성되지는 않는다.

예를 들어,

○老鼠進風箱. ─ 兩頭受氣.
　노 서 진 풍 상　　　양 두 수 기
쥐가 풍구에 들어가다. ─ 양쪽의 바람을 받는다.
쌍방의 비난을 받는다는 의미.

○ 有理走遍天下. ─ 無理寸步難行.
　　유 리 주 편 천 하　　　무 리 촌 보 난 행

사리가 맞으면 천하를 다닐 수 있다. ─ 사리가 맞지 않으면 한 발짝도 뗄 수 없다.

○ 好馬在力氣. ─ 好漢在志氣.
　　호 마 재 력 기　　　호 한 재 지 기

좋은 말은 힘이 있다. ─ 좋은 사내는 의지가 있다.

○ 春爭日, 夏爭時. ─ 百事宜早不宜遲.
　　춘 쟁 일　하 쟁 시　　　백 사 의 조 불 의 지

봄에는 날을 다투고, 여름에는 시간을 다투다. ─ 모든 일을 서둘러야지 꾸물댈 수 없다.

이처럼 여러 부분으로 구성된 속언으로, 내용의 열거列擧나 나열 또는 비교의 형식이지만, 이를 비유와 해석의 관계라고 볼 수 없다.

○ 老鼠尾巴上害瘤子. ─ 出濃也不多.
　　노 서 미 파 상 해 절 자　　　출 농 야 불 다

쥐꼬리에 난 종기가 터지다. ─ 고름도 많지 않다.

이 헐후어는 청대 오경재吳敬梓의 풍자소설《유림외사儒林外史》[8]에 인용되었지만 이 말이 경험이나 교훈의 총결이라고 말할

8《유림외사儒林外史》─ 오경재吳敬梓(1701‒1754)는 중국 청대 사람이다.《유림외사》의 유림儒林은 '유학자 그룹'이라는 뜻보다는 지식인, 사대부, 관리들을 포괄적으로 지칭하는 말이고, 외사外史란 국가의 공식적 정사正史가 아닌 '개인에 의한 사실 기록'이라는 의미이다. 소설

수는 없다. 이 헐후어의 앞부분은 형상화된 비유이고, 뒷부분은 앞 부분에 대한 해석이니, 이는 틀림없는 헐후어의 전형이다.

그리고 속어 자체도 비유적인 표현이 있지만 그런 표현에 뒤이어 설명이 꼭 이어지지는 않는다.

ㅇ '쇠몽둥이를 갈아 바늘을 만든다(鐵杵磨成繡花針).' 는 속언은, 오랜 노력이 이어지면 어려운 일도 성공할 수 있다는 경험의 총결이지만, 그 말 뒤에 '공들이면 저절로 이뤄진다(功到自然成).' 란 설명을 붙일 필요가 없고, 그렇게 말하는 사람도 없다.

《유림외사》는 그 형식으로 볼 때 장회소설章回小說이지만, 구조가 독특하여, 특정한 주인공 없이 이야기에 이야기가 진행된다. 《유림외사》의 참다운 문학적 가치는 무엇보다도 그 풍자성諷刺性에 있다. 참고 : 《儒林外史》(全3권), 진기환 역, 명문당, 1990.

2. 헐후어의 구성構成

헐후어는 전후 두 부분으로 구성되었고, 전후 부분의 표현 방식이 다르다.

가. 헐후어의 전후 부분

앞부분(전반부, 引子)은 어떤 상태나 어떤 형상을 말하여 비유를 제시한다. 뒷부분은 판단이나 평가 또는 추리를 통하여 앞부분에 대한 해석이나 설명, 또는 포함된 의미를 설명하는 헐후어의 본뜻이 들어있다. 그래서 전후 부분이 어울려 생동한 언어로 어떤 도리를 설명하는데, 그 표현이 매우 예술적이기에 많은 사람들에게 쉽게 기억된다.

1) 헐후어의 앞부분 – 비유比喩

헐후어의 앞부분은 구체적인 형상이나 생동감이 있으며 재미있는 묘사로 구성된다. 이 부분은 어떤 형상을 통하여 사람의 생각을 이끌어내거나 어떤 연상을 유발케 한다.

이 앞부분 비유는 아주 다양한데, 어떤 사물이나 상황의 과거나 현재, 현실과 상상의 모든 형상이 선명하고 정취情趣가 풍부하게 묘사된다.

우선 앞부분에 묘사된 현실 생활의 모습을 보면, 아래와 같은
예가 있다.

　　○老鼠進風箱. ─ 兩頭受氣.
　　　　노 서 진 풍 상　　 양 두 수 기
　　쥐가 풍구에 들어가다. ─ 양쪽의 바람을 받는다.
　　쌍방의 비난을 받는다는 의미.
　　○小孩放鞭炮. ─ 又喜又怕.
　　　　소 해 방 편 포　　 우 희 우 파
　　어린아이가 폭죽을 터트리다. ─ 좋아하면서도 놀란다.
　　○芝麻開花. ─ 節節高.
　　　　지 마 개 화　　 절 절 고
　　참깨 꽃이 피다. ─ 마디마디가 높아지다.
　　○雨後送傘. ─ 假人情.
　　　　우 후 송 산　　 가 인 정
　　비가 그친 뒤 우산을 보내다. ─ 거짓 인정이다.

이상의 헐후어는 모두 현실 속의 실제 상황이다. 그러면서 현
실 속의 심리상태를 그대로 묘사하였다.

그리고 상상이나 허구虛構의 상황으로는 다음과 같은 예가 있
다.

　　○麻布袋繡花. ─ 底子大差.
　　　　마 포 대 수 화　　 저 자 대 차
　　삼베 자루에 꽃 수를 놓다. ─ 바탕이 아주 떨어진다.

○洗臉盆裏遊泳. — 不知深淺.
　세 검 분 리 유 영　　불 지 심 천

세숫대야에서 헤엄치다. — 깊고 얕은 것을 모르다.

○老虎戴念珠. — 假慈悲.
　노 호 대 념 주　　가 자 비

호랑이가 염주를 걸고 있다. — 거짓 자비이다.

　실제, 삼베 자루에 꽃수를 놓거나 세숫대야에서 헤엄치는 사람
은 없다. 그러나 이런 상상이나 허구적 설정으로 뒷부분의 설명
이나 주장, 판단, 설득은 보다 생동감 있고 재미있다.

　2) 앞부분에 역사적 사실이나 신화 전설을 언급한 경우

　비유 부분에 널리 알려진 역사적 사실이나 신화神話 또는 전설
을 언급한 경우, 그 비유가 확실해지면서 뒷부분의 판별이나 설
득은 더욱 명료해진다.
　다만 이 경우 역사적 사실이나 신화는 많은 사람이 보편적으로
알고 있는 내용이어야 한다.
　아래와 같은 헐후어가 있다.

○徐庶進曹營. — 一言不發.
　서 서 진 조 영　　일 언 부 발

서서가 조조의 군영에 가다. — 한마디도 하지 않다.

○諸葛亮吊孝. — 假的.
　제 갈 량 적 효　　가 적

제갈량의 문상. — 거짓이다.

○ 韓信用兵. ─ 多多益善.
　　　한 신 용 병　　　다 다 익 선
한신의 용병. ─ 많을수록 좋다.

　서서는 조조 진영에서 보낸 모친의 서체를 모방한 서신에 속아 유비를 떠나 조조의 군영으로 들어간다. 이때 서서는 유비劉備에게 제갈량諸葛亮을 천거한다. 서서와 유비가 이별하는 장면은 《삼국지연의三國志演義》에 아주 생생하게 묘사되었다. 이는 많은 사람들에게 잘 알려졌다.

　또 제갈량이 손권 군영에 가서 주유周瑜의 죽음을 문상하는 장면도 《삼국지연의》를 통하여 잘 알려졌기에 이런 헐후어는 많은 사람들에게 두루 통할 수 있다.

　전반부에 신화와 전설을 인용한 헐후어로 다음과 같은 예가 있다.

○ 孫悟空大鬧天空. ─ 慌了神.
　　　손 오 공 대 료 천 공　　　황 료 신
손오공이 하늘에서 소란을 피우다. ─ 귀신을 겁주다.

○ 姜太公釣魚. ─ 願者上鉤.
　　　강 태 공 조 어　　　원 자 상 구
강태공의 낚시. ─ 원하는 사람만 걸려든다.

○ 八仙過海. ─ 各顯神通.
　　　팔 선 과 해　　　각 현 신 통
팔선이 바다를 건너가다. ─ 각자 신통력을 발휘하다.

손오공은 《서유기西遊記》를 통하여 잘 알려졌고, 곧은 낚시로 세월을 낚았던 강태공은 사서史書나 소설 《봉신연의封神演義》를 통해 누구나 잘 아는 인물이다. 팔선八仙은 중국 민간신앙을 통해 널리 알려진 여덟명의 신선인데, 이들이 각기 다른 신통력을 발휘해서 바다를 건너가는 이야기도 널리 알려졌다.

그리고 잘 알려진 역사적 인물이나 소설 속의 인물이 현실 속의 허구를 통하여 설득력 있는 비유를 제시하는데, 아래와 같은 헐후어를 볼 수 있다.

○ 關老爺賣豆腐. ― 人硬貨軟.
　관 로 야 매 두 부　　　 인 경 화 연
관운장이 두부를 팔다. ― 사람은 억세나 물건은 부드럽다.

○ 豬八戒戴花. ― 自覺自美.
　저 팔 계 대 화　　 자 각 자 미
저팔계가 꽃을 꽂다. ― 자신이 잘난 줄 안다.

○ 何仙姑走娘家. ― 雲裏來霧裏去
　하 선 고 주 낭 가　　 운 리 래 무 리 거
하선고가 친정에 다녀가다. ― 구름 타고 왔다 안갯속에 돌아가다.

하선고何仙姑는 중국의 대표적 신선인 팔선 중에 유일한 여자 신선이다. 그 하선고는 물론 결혼하지 않았다. 그런데 자기 본가(모친의 집, 娘家)에 다녀간다고 가정하며, 구름 타고 왔다가 안갯속으로 사라지니, 은밀히 다녀간다는 비유가 성립된다.

3) 사물이 비유의 주체인 헐후어

헐후어에는 어떤 사물이나 또는 특성을 비유의 주체로 활용한다. 다음과 같은 헐후어가 있다.

○ 鐵公鷄. ─ 一毛不拔.
　 철 공 계　　　 일 모 부 발
쇠로 만든 수탉. ─ 털 하나도 뽑을 수 없다.

○ 山水畵. ─ 沒人.
　 산 수 화　　 몰 인
산수를 그린 그림. ─ 사람이 없다.

○ 三月間的桃花. ─ 謝了.
　 삼 월 간 적 도 화　　 사 료
삼월의 복숭아꽃. ─ 꽃이 졌다.

헐후어 비유의 주체로서는 특산물이나 또는 여러 가지 물건이 등장하는 경우도 많다. 다음과 같은 헐후어가 있다.

○ 伊犁馬. ─ 大個兒.
　 이 리 마　　 대 개 아
이리 특산 말. ─ 말이 크다.

○ 陝西的粑粑. ─ 饃饃.
　 섬 서 적 파 파　　 모 모
섬서성의 빵. ─ 찐빵이다.

○ 小蔥拌豆腐. ─ 一青二白.
　 소 총 반 두 부　　 일 청 이 백
부추와 두부를 무치다. ─ 파랗고 하얗다.

○ 馬尾串豆腐. ─ 提不起來.
　　마 미 관 두 부　　　　제 불 기 래

말총으로 두부를 꿰뚫다. ─ 들어올릴 수 없다.

이리伊犂는 서역西域의 지명이고, 그곳 특산의 말은 덩치가 크다. 섬서陝西는 관중關中 땅을 지칭한다.

4) 비유의 표현 방법

혈후어의 함의含意는 매우 풍부하고 다채롭다. 비유의 소재가 되는 객관적 실체는 화자話者의 주관이나 상상, 또는 생활이나 고대의 고사故事(이야기) 등 매우 다양한데, 그 표현 방법 역시 매우 다양하다.

그 표현 방법을 아래와 같은 몇 가지 특성으로 나눌 수 있다.

▽ 과장誇張

○ 高射砲打蚊子. ─ 大材小用.
　　고 사 포 타 문 자　　　　대 재 소 용

모기를 고사포로 쏘다. ─ 큰 재목을 작게 쓰다.

○ 大海裏丟針. ─ 沒處尋.
　　대 해 리 주 침　　　몰 처 심

바다에서 바늘을 잃어버리다. ─ 찾을 길이 없다.

○ 針尖上削鐵. ─ 收獲不多.
　　침 첨 상 삭 철　　　수 획 불 다

바늘 끝의 쇠를 깎다. ─ 얻는 것이 적다.

사실 위 헐후어의 앞부분 비유의 실상은 실제 생활에서 볼 수 없는 과장된 표현이다.

▽ 의인화擬人化

○夜明珠喘氣. — 活寶.
　야명주천기　　활보
야명주가 헐떡거리다. — 살아있는 보배이다.

○黃鼠狼給鷄拜年. — 沒安好心.
　황서랑급계배년　　몰안호심
쪽제비가 닭에게 세배하다. — 착한 마음이 없다.

○蚊子打哈欠. — 好大的口氣.
　문자타합흠　　호대적구기
모기가 하품하다. — 아주 큰 입심이다. 말버릇.

▽ 대비對比하기

○夏天穿皮祆. — 不是時候.
　하천천피오　　불시시후
여름날에 가죽 외투. — 절기가 안 맞다.

○抱着元寶跳井. — 捨命不捨財.
　포착원보도정　　사명불사재
돈을 껴안고 우물에 뛰어들다. — 목숨을 버리며 재물을 지키다.

여름날의 더위와 겨울 외투의 형상 대비를 통하여, 또 돈을 움켜쥐는 형상에 도적을 피해 우물에 뛰어드는 자살행위의 극렬한 대비를 통하여 어리석은 행동을 강조한 헐후어이다.

▽ 대체하기

○矮子上樓梯. ─ 步步高升.
　왜 자 상 루 제　　보 보 고 승
난장이가 사다리에 오르다. ─ 한 발 한 발 올라가다.

○豁牙子吃西瓜. ─ 道兒多.
　활 아 자 흘 서 과　　도 아 다
앞니도 없이 수박을 먹다. ─ 방법이 많다.

　사물 또는 사람의 특징과 관련 있는 사물이나 상황을 대체하여
형상화하여 표현하는 헐후어이다. 난장이는 키가 작은 사람을,
앞니가 빠진 사람은 치아가 빠진 노인을 대체한 말이다.

▽ 객관적 묘사

○小和尙念經. ─ 有口無心.
　소 화 상 념 경　　유 구 무 심
어린 화상이 불경을 외다. ─ 생각 없이 외운다.

○芝麻開花. ─ 節節高.
　지 마 개 화　　절 절 고
참깨 꽃이 피다. ─ 마디마다 높아졌다.

○騎驢看《三國》. ─ 走着瞧.
　기 려 간　삼 국　　주 착 초
나귀 타고 《삼국지》를 읽다. ─ 걸어 가면서 보다. / 나중에
결과를 보다.

　헐후어 앞부분(비유)에 생활 모습을 객관적으로 언급, 또는 서
술한 헐후어인데, 헐후어의 형태 중 가장 많다.

▽ 문자를 분석한 비유

○ 王奶奶和玉奶奶. ― 差一點.
　　왕 내 내 화 옥 내 내　　　차 일 점

왕씨王氏 노파와 옥씨玉氏 노파. ― 점 하나 차이다.

○ 心字頭上一把刀. ― 忍了吧.
　　심 자 두 상 일 파 도　　　인 료 파

心 글자 위의 칼 한 자루. ― 참아라.

○ 自大上加一點. ― 臭.
　　자 대 상 가 일 점　　　취

자대自大에 점 하나 보태기. ― 썩은 냄새.

이런 헐후어는 문자 풀이 형식으로 비유를 구성하였다.

▽ 가상으로 비유하기

○ 泥菩薩過江. ― 自身難保.
　　니 보 살 과 강　　　자 신 난 보

흙으로 만든 보살이 강을 건너다. ― 자신 보존도 어렵다.

○ 竹藍子打水. ― 一場空.
　　죽 람 자 타 수　　　일 장 공

대바구니로 물을 긷다. ― 헛고생.

○ 老鼠舔猫鼻子. ― 找死.
　　노 서 첨 묘 비 자　　　조 사

쥐가 고양이 코를 핥다. ― 죽으려고 용쓰다.

이런 비유는 현실에서 있을 수 없는 일이지만, 해석의 주지主旨를 명확하게 드러낼 수 있다.

이상 헐후어 앞부분 비유의 기법 7가지를 열거하였지만 하나의 헐후어를 하나의 비유로만 볼 수 없다. 묘사의 과장이나 의인화 또는 대체나 가상법의 복합 등 다양한 서술 형태를 볼 수 있다.

이러한 비유 부분의 짜임새는 아래와 같은 몇 가지 방법으로 나눠볼 수 있다.

▽ 하나의 단어로 구성된 비유

○霸王弓. ― 越拉越緊.
　패 왕 궁　　　월 랍 월 긴

패왕의 활. ― 당길수록 더욱 팽팽하다. : 패왕은 항우項羽.

○鷄冠花. ― 老來紅.
　계 관 화　　　노 래 홍

맨드라미 꽃. ― 늙어서도 붉다.

○鋼條針. ― 寧折不彎.
　강 조 침　　　녕 절 불 만

강철 바늘. ― 부러질지언정 굽히지 않다.

▽ 수식 구조의 구절(偏正詞組)에 의한 비유

○八月十五日的月亮. ― 光明正大.
　팔 월 십 오 일 적 월 량　　　광 명 정 대

팔월 보름날의 달. ― 밝고도 크다.

○無蜜的蜂窩. ― 空洞.
　무 밀 적 봉 와　　　공 동

꿀없는 벌집. ― 빈 구멍.

○老九的弟弟. ― 老十.
　노 구 적 제 제　　　노 십

아홉째의 아래 동생. ― 열째.(성실한 사람이다.)

노십(lǎo shí)은 노실老實(lǎo shí)과 해음.

▽ 동사 + 목적어(動賓) 구조

○ 坐在機上釣魚. ― 差得遠.
　　좌 재 기 상 조 어　　　 차 득 원

비행기에 앉아 물고기를 낚다. ― 멀어도 한참 멀다.

○ 雨後送傘. ― 假人情.
　　우 후 송 산　　　 가 인 정

비 그친 뒤 우산을 보내다. ― 거짓 인정.

○ 水中撈月. ― 一場空.
　　수 중 로 월　　　 일 장 공

물속의 달을 건지다. ― 헛수고.

▽ 이어진 구절(聯合詞組)

○ 百年老松, 十年芭蕉. ― 粗枝大葉.
　　백 년 노 송　십 년 파 초　　　 조 지 대 엽

백 년 된 소나무와 십 년 된 파초. ― 큰 가지와 커다란 잎.

○ 花生的殼, 大蔥的皮. ― 一層管一層.
　　화 생 적 각　대 총 적 피　　　 일 층 관 일 층

땅콩의 껍데기와 대파의 껍질. ― 한 겹이 다른 겹을 싸고
있다.

○ 王奶奶和玉奶奶. ― 差一點.
　　왕 내 내 화 옥 내 내　　　 차 일 점

왕씨 노파와 옥씨 노파. ― 점 하나 차이다.

▽ 문장으로 된 비유

○ 老虎拉車. ─ 沒人赶.
　　노 호 랍 차　　　몰 인 간

　　호랑이가 수레를 끌다. ─ 따라오는 사람이 없다.

○ 黑瞎子叫門. ─ 熊到家了.
　　흑 할 자 규 문　　　웅 도 가 료

　　흑곰이 문을 두드리다. ─ 곰이 제집에 왔다.

○ 老太太坐牛車. ─ 穩穩當當.
　　노 태 태 좌 우 차　　　온 온 당 당

　　할머니가 수레에 올라앉다. ─ 아주 편안하다.

나. 헐후어의 해석 부분(뒤)

　헐후어의 뒷부분은 앞부분에 대한 해석이나 설명으로 헐후어의 뜻(意義)을 확정하는 부분이며, 헐후어의 주제의 요약要約(點題)이라 할 수 있다. 실제 언어 생활에서는 말을 할 수도 있고, 말을 하지 않을 수도 있는데 주제의 필요에 따라 결정된다.

　그러나 동일한 사물에 대한 비유가 다를 수도 있고, 해석이 다를 수도 있기에 헐후어를 사용하는데서 앞부분보다 더 중요하다. 또 말하지 않을 경우 듣는 사람에 따라 해석을 달리할 수도 있다.

　예를 들어,

○ 石頭上長的草. ─ 根底硬.
　　석 두 상 장 적 초　　　근 저 경

　　　　　　　　　— 根不深.
　　　　　　　　　　근 불 심

돌 위에 자란 풀. — 단단한 곳에 뿌리내렸다.
　　　　　　　　　　— 뿌리가 깊을 수 없다.

〇石碑上釘釘子. — 硬對硬.
　석 비 상 정 정 자　　경 대 경
　　　　　　　　　— 擠不進.
　　　　　　　　　　제 불 진

비석 돌에 못을 박다. — 단단한 대결.
　　　　　　　　　　— 들어가지 않다.

〇八仙過海. — 各顯神通.
　팔 선 과 해　　각 현 신 통

팔선이 바다를 건너가다. — 각자 신통력을 발휘하다.

이와 같이 해석을 달리할 수도 있다.

하나의 사물이라도 속성을 달리보거나 말할 수 있으며 서로 다른 뜻으로 풀이할 있으니, 그에 따라 해석이나 설명이 다른 것은 당연할 것이다.

헐후어의 후반 부분의 구성은 아래와 같이 2가지로 나눌 수 있다.

1) 소재素材에 따른 구분

▽ 서로 다른 풍격風格의 사어詞語 — 구어口語

〇扁擔上睡覺. — 想得寬.
　편 담 상 수 각　　상 득 관

멜대 위에서 잠자다. ― 멜대가 넓다고 생각하다. / 낙관樂
觀하다.

○ 被着虎皮進村. ― 嚇唬老百姓.
　　피착호피진촌　　혁호로백성

호피를 입고 마을에 들어가다. ― 마을 사람을 겁주다.

○ 秋後的蚊子. ― 沒幾天嗡嗡頭了.
　　추후적문자　　몰기천옹옹두료

늦가을 모기. ― 윙윙댈 날이 며칠 안 된다.

▽ 서로 다른 풍격風格의 사어詞語 ― 서면어書面語

○ 晉國借路攻虢. ― 假道滅虢.
　　진국차로공괵　　가도멸괵

진국晉國이 길을 빌려 괵국을 공격하다. ― 가도멸괵.

○ 海裏撈月. ― 枉費心機.
　　해리로월　　왕비심기

바다의 달을 건지다. ― 공연히 헛고생하다.

○ 砌墙的塼頭. ― 後來居上.
　　체장적전두　　후래거상

담장의 벽돌. ― 늦게 온 것이 윗자리에 앉다.

서면어의 경우 대개가 문언성어文言成語이다.

▽ 비슷한 뜻(風格)의 사어詞語를 인용

○ 長江的流水. ― 無窮無盡.
　　장강적류수　　무궁무진

장강의 강물. ― 끝이 없다.

○ 土地爺吹笛子. — 老腔老調.
　　토 지 야 취 적 자　　　노 강 로 조

토지신이 피리를 불다. — 옛 가락 옛 곡조이다.

○ 吹鼓手喝采. — 自吹自擂.
　　취 고 수 갈 채　　　자 취 자 뢰

고수가 박수 치다. — 자화자찬하다.

▽ 반대 뜻(反意)의 사어詞語를 인용

○ 小和尙念經. — 有口無心.
　　소 화 상 념 경　　　유 구 무 심

어린 중이 염불하다. — 유구무심.

○ 白糖拌苦瓜. — 又甘又苦.
　　백 당 반 고 과　　　우 감 우 고

설탕으로 쓴 오이를 무치다. — 달고도 쓰다.

○ 豆腐炖骨頭. — 有軟有硬.
　　두 부 돈 골 두　　　유 연 유 경

두부와 뼈를 삶다. — 연하고도 딱딱하다.

▽ 겹치는 말〔질사迭詞, 첩어疊語〕의 사용

○ 小孩吹喇叭. — 哪里哪里.
　　소 해 취 나 팔　　　나 리 나 리

어린아이가 나팔을 불다. — 천만의 말씀!

○ 鐵匠當軍師. — 打,打,打.
　　철 장 당 군 사　　　타 타 타

대장장이가 군사軍師가 되다. —때려, 때려, 때려. / 공격

○ 和尙的家. — 廟,廟,廟.
　　화 상 적 가　　　묘 묘 묘

중의 집. ─ 절, 절, 절.

廟(miào)는 妙(miao, 묘하다).

2) 결구結構의 형식에 의한 구분

▽ 동사나 형용사로 충당

○ 筷子搭橋. ─ 難過.
　쾌 자 탑 교　　　난 과

젓가락으로 만든 다리. ─ 지나갈 수 없다.

○ 陳叔寶賣馬. ─ 背時.
　진 숙 보 매 마　　　배 시

진숙보가 말을 팔다. ─ 시운이 없다.

진숙보는 당唐의 개국공신. 장수. 소설《수당연의隋唐演義》의 주
인공.

○ 半天雲裏點燈. ─ 高明.
　반 천 운 리 점 등　　　고 명

높은 하늘 구름 속에 등불을 켜다. ─ 높이 밝히다.

▽ 사조詞組(節이나 句)로 충당

○ 猫不吃魚. ─ 假斯文.
　묘 불 흘 어　　　가 사 문

고양이가 생선을 먹지 않다. ─ 고상한 체하다. / 점잖은 체
하다.

○ 鐵匠鋪的料. ─ 挨打的貨.
　철 장 포 적 료　　　애 타 적 화

대장간의 재료. ─ 두들겨 맞을 물건.

○狗攆鴨子. ─ 呱呱叫.
　구 련 압 자　　　고 고 규

개가 오리를 몰다. ─ 꽥꽥거리다.

▽ 동사 + 목적어 절節로 충당

○螞蟻搬泰山. ─ 下了決心.
　마 의 반 태 산　　　하 료 결 심

개미가 태산을 옮기다. ─ 결심하다.

○天上的星星. ─ 沒有准數.
　천 상 적 성 성　　　몰 유 준 수

하늘의 별. ─ 셀 수가 없다.

○山水畫. ─ 沒人.
　산 수 화　　　몰 인

산수화. ─ 사람이 없다.

▽ 동사 + 보어의 사조詞組로 충당

○嘴皮子抹白糖. ─ 說得甜.
　취 피 자 말 백 당　　　설 득 첨

입술에 설탕을 발렀다. ─ 달콤한 말을 하다.

○半天雲裏吹喇叭. ─ 響得高.
　반 천 운 리 취 나 팔　　　향 득 고

하늘 구름 위에서 나팔을 불다. ─ 높이 울려퍼지다.

　　響(xiǎng)은 想(xiǎng).

○芝麻落在針眼裏. ─ 巧得很.
　지 마 락 재 침 안 리　　　교 득 흔

참깨가 바늘 귀에 떨어지다. ─ 정말 교묘하다.

▽ 연합 사조로 층당

○ 今年的竹子, 來年的筍. ─ 無窮無盡.
　　금 년 적 죽 자　내 년 적 순　　무 궁 무 진

올해 대나무와 내년의 죽순. ─ 무궁무진하다.

○ 皮球掉在油缸裏. ─ 又圓又滑.
　　피 구 도 재 유 항 리　　우 원 우 활

공이 기름 항아리에 빠지다. ─ 둥글고도 미끄럽다.

○ 豆腐掉在灰堆裏. ─ 吹不得打不得.
　　두 부 도 재 회 퇴 리　　취 불 득 타 불 득

두부가 잿더미에 떨어지다. ─ 입으로 불 수도 털을 수도
없다.

▽ 단구單句나 복구復句로 층당

○ 老鼠爬稱鉤. ─ 自稱自.
　　노 서 파 칭 구　　자 칭 자

쥐가 저울 갈구리에 매달리다. ─ 자기를 달아보다.

○ 草帽子爛了邊. ─ 頂好.
　　초 모 자 란 료 변　　정 호

밀짚모자 테두리가 망가지다. ─ 꼭대기는 괜찮다.

頂好(dǐng hǎo)는 '아주 좋다'.

○ 檀木做的菩薩. ─ 穩是穩當, 就是不靈.
　　단 목 주 적 보 살　　온 시 온 당　취 시 불 령

박달나무로 깎은 보살. ─ 온당하지만, 영험하지는 않다.

○ 茶壺煮餃子. ─ 肚裏有, 嘴裏倒不出.
　　다 호 자 교 자　　두 리 유　취 리 도 불 출

차 주전자에 만두를 삶다. ─ 뱃속에 있지만, 주둥이를 거꾸
로 들어도 나오지 않다.

다. 헐후어 비유 부분과 해석 부분의 관계

헐후어에서 비유 부분(앞부분)과 해석 부분(뒷부분)은 해석의 대상(被 解析)과 해석, 설명되어야 할 부분(被 說明)의 관계라고 말할 수 있다. 그래서 양쪽 구절은 아주 밀접하며, 실제로 하나나 두 개의 표현형식으로 하나의 형상, 아니면 추상抽象을 만들어낸다. 해석되는 부분과 해석 부분은 아래와 같은 3가지로 대별할 수 있다.

1) 어의語義에 의한 구별

▽ 결과 설명하기

○ 竹篩裝黃鱔. — 走的走, 溜的溜.
　　죽 사 장 황 선　　　　주 적 주 　유 적 류

대나무 체의 미꾸라지. ━ 달아날 놈은 달아나고, 빠질 놈은 빠지다.

篩 체 사. 크고 작은 물건을 가려내는 생활도구.

○ 草人救火. — 自身難保.
　　초 인 구 화　　　자 신 난 보

풀로 만든 사람이 불을 끄다. ━ 제 한몸 지키기도 어렵다.

○ 鯉魚跳龍門. — 高升了.
　　리 어 도 룡 문　　　고 승 료

잉어가 용문을 뛰어오르다. ━ 높이 오르다.

▽ 태도 설명하기

○ 鋸碗的戴眼鏡. — 找碴兒.
　　거 완 적 대 안 경　　조 차 아

그릇 땜장이가 안경을 쓰다. — 금이 간 곳을 찾다.

남의 흠집을 찾아내다.

○ 沙灘上行船. — 進退兩難.
　　사 탄 상 행 선　　진 퇴 양 난

모래톱에서 노를 젓다. — 진퇴 모두 어렵다.

○ 吃了稱砣. — 鐵了心.
　　흘 료 칭 타　　철 료 심

저울추를 삼키다. — 단단히 결심하다.

▽ 특징이나 성질 설명하기

○ 兔子的尾巴. — 長不了.
　　토 자 적 미 파　　장 불 료

토끼의 꼬리. — 커질 수 없다.

○ 棗核兒. — 兩頭尖.
　　조 핵 아　　양 두 첨

대추씨. — 양쪽이 뾰족하다.

○ 鐵公鷄. — 一毛不拔.
　　철 공 계　　일 모 부 발

쇠 수탉. — 털 하나 뽑을 수 없다.

아주 인색하다.

▽ 어떤 작용 설명하기

○ 篩子做門. — 難遮衆人眼目.
　　사 자 주 문　　난 차 중 인 안 목

대나무 엮어 만든 문. ━ 들여다보는 여러 눈을 가릴 수 없다.

○馬尾串豆腐. ━ 提不起來.
　　마 미 관 두 부　　　제 불 기 래

말총으로 묶은 두부. ━ 들어올릴 수 없다.

○擀麵杖吹火. ━ 一窮不通.
　　간 면 장 취 화　　　일 궁 불 통

밀가루 반죽 방망이로 불어 불을 피우다. ━ 꽉 막혔다.

아무것도 모르다. 사리분별을 못하다.

2) 방법方法에 의한 구별

▽ 후반부가 전반부 비유 대상의 성질을 개괄概括하기

○天下的烏鴉. ━ 一般黑.
　　천 하 적 오 아　　일 반 흑

온 세상의 까마귀. ━ 일반적으로 검다.

세상의 악인은 모두 마찬가지이다.

○懶婆娘的裹脚. ━ 又長又臭.
　　나 파 낭 적 과 각　　　우 장 우 취

게으른 노파의 발싸개. ━ 길고도 냄새난다.

▽ 전반부에 묘사된 비유의 뜻을 보충 설명하기

○飛蛾赴火. ━ 自取滅亡.
　　비 아 부 화　　　자 취 멸 망

나방이 불에 날아들다. ━ 제 스스로 망하다.

○騎牛追馬. ━ 赶不上.
　　기 우 추 마　　　간 불 상

소 타고 말을 추격하다. ━ 따라잡을 수 없다.

○ 八仙過海. ― 各顯神通.
　　팔 선 과 해　　　각 현 신 통

八仙들이 바다를 건너가다. ― 각자 신통력을 발휘하다.

3) 태도態度에 의한 구별

▽ 긍정의 뜻을 표시

○ 河裏的螃蟹. ― 橫行.
　하 리 적 방 해　　횡 행

물속의 게. ― 옆으로 기어다닌다.

○ 馬路上的電杆. ― 靠邊站.
　마 로 상 적 전 간　　고 변 참

큰길의 전봇대. ― 길 옆에 있다.

직분도 권한도 없다. 중용重用되지 못하다.

▽ 부정의 뜻 표시

○ 草上露水. ― 不久長.
　초 상 로 수　　불 구 장

풀잎의 이슬. ― 오래 가지 못하다.

○ 燈草打鼓. ― 不響.
　등 초 타 고　　불 향

등불 심지로 북을 치다. ― 소리가 나지 않다.

3. 헐후어의 유형類型

헐후어 전후 부분의 서로 다른 관계를 바탕으로 헐후어는 어떤 뜻을 깨우치기 위한 유의喩意 헐후어와 유사한 발음에 의한 해음諧音(xié yīn. 諧는 어울릴 해) 헐후어로 대별할 수 있다.

가. 유의喩意 헐후어

헐후어의 전반은 비유比喩, 후반 부분은 해석解析, 그리고 풀이로 유의를 강조하는 헐후어인데, 다시 유의 헐후어와 전의轉意 헐후어로 구별된다.

1) 본의本意에 의한 유의喩意 헐후어

○ 大海裏丢針. ― 無處尋.
　　대 해 리 주 침　　　무 처 심

　바다에서 바늘을 잃다. ― 찾을 곳이 없다.

○ 諸葛亮皺眉頭. ― 計上心來.
　　제 갈 량 추 미 두　　　계 상 심 래

　제갈량이 눈썹을 찡그리다. ― 계책이 떠올랐다.

○ 三個人兩根鬍子. ― 稀少.
　　삼 개 인 량 근 호 자　　　희 소

　세 사람에게 두 가닥 수염. ― 드물다.

2) 전의轉意에 의한 유의 헐후어

후반 해석이나 설명의 본뜻보다는 그를 이용하여 훨씬 심각하거나 다른 뜻을 표현하는 헐후어를 전의轉意에 의한 유의 헐후어라 구분한다. 예를 들어, '우산살이 없는 우산(沒有骨架的傘)— 지탱할 수 없다(支撐不開).' 라는 헐후어는 '현상태를 유지할 수 없다' 는 뜻이다.

○木頭眼鏡. ― 看不透.
　목 두 안 경　　　간 불 투

나무로 만든 안경. ― 볼 수 없다.

현상을 이해하거나 문제를 인식하지 못하다.

○快刀切豆腐. ― 兩面光.
　쾌 도 절 두 부　　　양 면 광

날선 칼로 자른 두부. ― 양쪽 다 매끈하다.

쌍방 모두 이득을 보다.

○石碑上釘釘子. ― 硬對硬.
　석 비 상 정 정 자　　　경 대 경

돌비석에 못을 박다. ― 강경하게 맞서다.

쌍방이 강경하게 대립하다.

나. 해음俗語 헐후어

헐후어 뒷부분에 어떤 개사個詞나 사물의 동음同音 또는 근음近音의 뜻으로, 의사를 표현하거나 강조하는 헐우어이다.

해음諧音(xié yīn)이란 한자에서 발음發音이 같거나 비슷한 말이다.

곧 이는 '이런 발음이지만(意在此) 저런 뜻으로도(意在彼) 들을 수 있으니', 이는 발음의 뜻을 다른 뜻으로 풀이할 수 있다는 의미이다.

이 헐후어는 표면적 의미보다는 보이지 않는 또는 들리지 않는 또 다른 뜻이 있다고 생각하는 것이다. 이런 헐후어는 들리는 말보다 말하는 사람의 숨겨진 다른 뜻으로 이해할 수 있는 헐후어이다. 곧 듣는 사람이 마음으로 풀이할 수 있는 뜻이 더 많고 깊다는 뜻이다. 가령,

○ 荷花塘裏着火. ─ 藕燃.
　　하 화 당 리 착 화　　　　우 연

연꽃 핀 연못에 불이 났다. ─ 연뿌리가 불탔다.

이때 우연藕燃(ǒu rán)은 우연偶然(ǒu rán)과 해음이니, '어떤 일이나 사고의 우연偶然한 발생'으로 해석할 수 있다.

○ 坐飛機放鞭砲. ─ 響得高.
　　좌 비 기 방 편 포　　　향 득 고

비행기 타고 폭죽을 터트리다. ─ 매우 크게 울리다.

響(xiǎng, 울림 향)은 想(xiǎng)과 동음同音이니, '상위직으로 높이 승진하고 싶다.'는 의미이다.

1) 동음同音 해음 헐후어

자음子音의 성모聲母나 운모韻母, 성조聲調가 같은 해음諧音의

헐후어이다.

○ 旗杆頂上綁鴻毛. ─ 好大的撣子.
　　기 간 정 상 방 홍 모　　　　　호 대 적 탄 자

깃대 끝에 기러기 털을 매달다. ─ 아주 커다란 먼지털이개.

먼지털이개(撣子)의 撣(dǎn, 먼지를 털다.)은 膽(dǎn, 膽子, 쓸개 담.
담력)과 해음이니, 아주 담력이 크다는 뜻으로 알아듣는다.

○ 臘月裏羅卜. ─ 凍了心.
　　랍 월 리 라 복　　　동 료 심

섣달의 무우. ─ 속이 얼었다.

얼 동凍(dòng)은 움직일 동動(dòng)과 해음. 그래서 마음이 움직
인다. 곧 의향이 있다는 뜻으로 받아들인다.

○ 窓外吹喇叭. ─ 鳴聲在外.
　　창 외 취 나 팔　　　명 성 재 외

창밖에서 나팔을 불다. ─ 소리가 밖에서 나다.

명성鳴聲(míng shēng, 鳴 울 명)은 명성名聲(míng shēng)과 해음,
곧 명성을 떨치다의 뜻으로 생각한다.

2) 근음近音 해음 헐후어

자음子音의 성모聲母와 운모韻母, 성조聲調 중에 같거나(相同), 비
슷하거나 유사한 소리의 헐후어를 근음 해음 헐후어로 분류한다.
아래와 같은 경우이다.

○ 醬羅卜. ─ 無纓.
　　장 라 복　　무 영

무우를 절이다. ─ 잎이 없다.(인연이 없다.)

纓(yīng, 끈 영, 채소의 잎)은 因(yīn, 말미암을 인, 인연). 성조聲調가 같아 근음近音이다. 곧 '인연이 없다'는 뜻으로 받아들인다.

○ 一二三五六. ─ 沒四.
　 일 이 삼 오 륙　　 몰 사

일이삼오륙. ─ 사四가 없다.(할 일이 없다.)

四(sì)는 事(shì). 운모韻母와 성조聲調가 같은 근음近音. '할 일이 없다'는 뜻으로 통한다.

○ 兩手進染缸. ─ 右手藍, 左手藍.
　 양 수 진 염 항　　 우 수 람　 좌 수 람

양손을 염색 항아리에 넣다. ─ 오른손도 남색, 왼손도 남색이다.(양쪽 모두 어렵다.)

藍(lán, 쪽빛 람)은 難(nán, 어려울 난). 운모와 성조가 상동相同한 근음이다. 이쪽 저쪽 모두 어렵다는 뜻으로 이해할 수 있다.

4. 헐후어의 변화와 발전

헐후어의 내원來源은 매우 오래되었다. 중국인들의 헐후어가 오래 지속된다는 것은 많은 사람들이 즐겨 사용했기에 그 생명력이 강했다는 뜻이다. 언어의 생명력은 변화와 발전 속에 유지된다.

곧 역사와 함께 중국인들의 경제와 문화가 발전하고, 그러한 발전 속에 언어생활의 일부인 헐후어 또한 시대의 추이에 따라 함께 발전하였다.

사실 언어란 그 시대 상황의 반영이다. 오늘날 경제적, 사회적 변화와 발전에 가속화되고 그에 따른 언어생활의 변화가 이뤄지는데, 지금 우리나라 노인들은 경제 문화적 변화의 추세에 적응하지 못하는데, 정확히는 지금 젊은 세대의 언어를 이해 못하는 것이다.

중국의 헐후어 역시 시대 변화에 따라 발전해왔다. 마치 크고 넓은 화원에서 온갖 종류의 꽃들이 계절에 따라 피고 지듯 발전하였고, 그런 시대 상황은 헐후어에도 그대로 반영되었다.

아래와 같은 예가 있다.

○機槍對砲筒. ― 直性子對直性子.
　기 창 대 포 통 　　 직 성 자 대 직 성 자

기관총과 대포. ― 솔직한 사람 대 솔직한 사람.

○飛機上吹大號. ― 高調.
　비 기 상 취 대 호 　 고 조

비행기에서 큰 나팔(tuba)을 불다. ― 높은 곡조이다.

실행하기 어려운 탁상공론이다.

○水兵的汗衫. ― 滿是道道.
　수 병 적 한 삼 　　 만 시 도 도

수병의 셔츠. ― 온통 줄(線)이다.

도도道道는 방법, 수단.

이와 같은 헐후어는 근대 신생활에서 생겨난 헐후어이다. 새
로운 헐후어가 창조되는 만큼 시대에 따라 예전의 헐후어는 사용
빈도가 줄어들고 세월에 따라 결국은 변화하거나 아니면 사라질
것이다.

아래와 같은 헐후어는 시대에 따른 변화라 할 수 있다.

○隔年桃符. ― 沒用處.
　격 년 도 부 　　 몰 용 처

隔年的春聯. ― 沒用處.
격 년 적 춘 련 　　 몰 용 처

지난 해 악귀 쫓는 부적. ― 쓸모가 없다.

작년의 입춘날의 대련. — 쓸모가 없다.

○步行著窄鞋. — 不快活.
　보 행 저 착 혜　　　부 쾌 활

走路穿小鞋. — 活受罪.
　주 로 천 소 혜　　　활 수 죄

좁은 신발을 신고 걷다. — 즐겁지 않다.

작은 신발을 신고 가다. — 매우 고통스럽다.

○錢紙鋪起火. — 燒帛.
　전 지 포 기 화　　　소 백

전지포에 불이 나다. — 모조리 불탔다.

帛(bó. 비단 백)은 白(bái, 모조리)과 해음.

○湖廣總督. — 管兩省.
　호 광 총 독　　　관 량 성

호광총독. — 양쪽 성省을 관할하다.

원대元代에는 호북성湖北省과 호남성湖南省과 그리고 광동성廣
東省, 광서성廣西省을 관할하던 총독이었는데, 명대明代에 광동과
광서성을 분리하고서도 명칭은 그대로 호광총독湖廣總督이라고
불렀다.

구시대 사회 계급이나, 빈민이나 약자를 천시하거나 조롱하는
헐후어도 결국 시대의 진보에 맞춰 사용빈도가 줄어들거나 아니
면 소멸할 것이다.

다음과 같은 헐후어도 있었다.

○叫花子起五更. ─ 窮忙.
규 화 자 기 오 경   궁 망

거지가 오경에 일어나다. ─ 쓸데없이 바쁘다.

○吹鼓手的兒子. ─ 沒飽.
취 고 수 적 아 자   몰 포

고수의 아들. ─ 배부른 적 없다.

○窮人死在大路上. ─ 命該如此.
궁 인 사 재 대 로 상   명 해 여 차

큰 길의 가난뱅이 시체. ─ 그럴만한 운명이다.

○姑娘嫁太監. ─ 死也不去.
고 낭 가 태 감   사 야 불 거

처녀를 환관에게 시집보내다. ─ 죽어도 안 가려 하다.

○瞎子坐上席. ─ 目中無人.
할 자 좌 상 석   목 중 무 인

소경이 상석에 앉다. ─ 눈에 뵈는 사람이 없다.

○聾子的耳朵. ─ 擺設.
롱 자 적 이 타   파 설

벙어리의 귀. ─ 그냥 붙어있다. / 장식품.

○屎殼郎遇到放屁的. ─ 空喜歡一場.
시 각 랑 우 도 방 비 적   공 희 환 일 장

쇠똥구리가 방귀 뀌는 사람을 만나다. ─ 공연히 한참 좋아
하다.

헐후어의 생성과 변화는 결국 언어생활에서 신진대사新陳代謝
의 일부일 것이다. 결국 헐후어도 내용이 참신하거나 건전하여
많은 사람이 좋아하고 사용할 때 더욱 향상될 것이다.

이는 언어에 통속성이 갖추어졌고, 형상이 고상하고 생동적일

때, 곧 언어의 고급화가 이뤄지면서 발전, 변화한다는 뜻이다.

그러면서 헐후어의 내용이나 형식도 지속적으로 발전할 것이다.

좋은 헐후어는 그 비유 부분이,

○사람들의 일반적이면서도 건전한 생활을 반영하거나,

○사람들이 잘 모르는 역사적 사실이나 고사故事를 사용하지 않고,

○특정하거나 지역적 특색이 강하지 않거나 특정 사물이 아닐 때,

○심오하거나 난삽難澁한 용어가 없을 때,

생명력을 가질 것이다.

사실, 아래와 같은 헐후어는 옛날 사용되었지만, 지금은 이미 죽은 헐후어라고 볼 수 있다.

○魏徵會李靖. ― 休談國事.
　위 징 회 이 정　　휴 담 국 사

위징이 이정을 만나다. ― 국사를 논하지 않다.

○双沙河的行頭. ― 一場不如一場.
　쌍 사 하 적 행 두　일 장 불 여 일 장

쌍사하의 극단 주인. ― 점점 볼 것이 없다.

○平則門下關. ― 煤市.
　평 칙 문 하 관　　매 시

평칙문이 닫히다. ― 숯 파는 장터.

매시煤市(méi shì)는 몰사沒事(méi shì, 일이 없다).

위징魏徵(580~643년)은 당 태종에게 직간을 서슴지 않았던 인물로 잘 알려졌다. 이정李靖(571~649년)은 수말隋末에서 당초唐初의 명장이지만 그 두 사람 사이에 무슨 친분이나 있었던 사건에 대해서는 많은 사람이 알지 못한다. 그렇다면 이런 헐후어가 어디엔가 기록되었다지만, 현실적으로 모르는 사람이 많기에 결국 생명력이 없을 것이다. 그리고 쌍사하라는 지명이 사실 어디인지 알 수도 없다. 행두行頭는 극단(연극패)의 우두머리를 지칭하는 말이나 헐후어의 내용을 짐작할 수가 없다. 그리고 평칙문(평직문)이 지방 어느 도시의 성문이나 시문市門인지 알 수가 없다.

헐후어의 구조나 형식을 놓고 볼 때, 전반 비유 부분이나 후반 해석 설명하는 부분이 그 형상에서 모두 생동적인 묘사이거나, 비유하는 함의含意가 깊을 때, 또는 인정人情에 가깝거나 합리적일 때 그 생명력이 강할 것이다.

듣는 사람이 상대의 말을 듣고서, 금방 머리에 떠오르지 않아 한참동안 심사숙고한 다음에 그 뜻을 짐작할 수 있다면 좋은 헐후어라고 말할 수 없을 것이다.

아래와 같은 헐후어를 읽어봐야 한다.

○ 半夜裏飜箱子. — 想不開.
　반 야 리 번 상 자　　상 불 개

한밤중에 상자를 뒤지다. — 생각이 안 난다.

箱(xiāng. 상자 상)은 想(xiǎng)과 해음.

○ 小兒打醋. ─ 直來直去.
　소 아 타 초　　　직 래 직 거

어린아이가 식초를 치다. ─ (손이) 곧장 갔다 곧장 오다.

끊임없이 왕래하다. 생각하는 대로 행동하다.

○ 近視眼下棋. ─ 識了個卒.
　근 시 안 하 기　　　식 료 개 졸

근시안이 장기를 두다. ─ 졸卒은 알아본다.

　이와 같은 헐후어의 해석 부분은 참 막연하다. 무엇을 생각하지 못하는지? 왜 생각이 안나는지? 또 어린아이가 음식에 식초를 치는 동작과 직래직거直來直去의 동작이 구체적으로 무엇을 의미하는지 알 수 없다. 아마 말한 사람에게 그 구체적인 뜻을 물어보아야 할 것이다.

　이러한 헐후어들이 만들어지는 이유를 생각해 본다면, 말하는 사람이 생활에 대한 기본적인 인식이 부족하거나 깊은 성찰이 없기에, 또는 너무 주관적인 상상에 의존하기 때문이라고 볼 수 있다. 그리고 헐후어의 구조나 특성에 대한 이해가 부족하거나 아니면 언어 규범에 대한 확실한 이해나 기본적 인식이 결여되었기 때문일 것이다.

　하여튼 어떤 사람이 남을 웃길만한 외모라 하더라도, 그의 생각이 깊지 못하다면 좋은 우스갯소리나 농담을 하지 못하는 것과 같은 이치가 아니겠는가?

5. 헐후어의 역할

중국어에서 헐후어는 적극적인 수사적修辭的 역할과 문법적文法的(어법적) 역할로 수행한다.

가. 수사修辭로서 적극적 역할

1) 헐후어는 언어를 보다 활발하고 아름답게 꾸며주는 역할을 한다.

헐후어는 예술적 매력이 있는 언어이다. 정확한 헐후어의 바른 활용은 그 헐후어가 쓰인 작품의 언어를 생동감 있게 또는 아름답게〔優美(우미)〕 꾸며주는 수단이 된다.

　○高山倒馬桶. ― 臭名遠揚.
　　고 산 도 마 통　　　취 명 원 양
　　높은 산에서 변기를 쏟다. ― 더러운 명성이 멀리 퍼지다.

　○爆竹鋪裏失了火. ― 響得好個熱鬧.
　　폭 죽 포 리 실 료 화　　　향 득 호 개 열 료
　　폭죽 가게에 불이 나다. ― 정말 왁자지껄한 소리가 나다.

이런 표현들이 소설 속에 쓰일 경우 그 상황을 쉽게 그려볼 수 있다.

2) 헐후어는 언어를 보다 통속적이고 쉽게 이해할 수 있게 도와준다.

○ 懶婆娘的裹脚. — 又長又臭.
　　나 파 낭 적 과 각　　　우 장 우 취

　게으른 노파의 발싸개. — 길고도 냄새난다.

　이야기가 지루하고 저질이다.

○ 小蔥拌豆腐. — 一青二白.
　　소 총 반 두 부　　　일 청 이 백

　부추와 두부를 무치다. — 파랗고 하얗다.

　위 노파의 발싸개 헐후어는 《모택동선집》 제 3집 835면에 실렸다는 주석이 있는 것을 보면, 통속적인 이해를 돕기 위하여 헐후어가 광범위하게 사용되었음을 알 수 있다.

　3) 헐후어는 언어의 우의寓意를 보다 절실하게, 의미를 보다 심장深長하게 만들어준다.

○ 啞巴吃黃連. — 有苦說不出也.
　　아 파 흘 황 련　　　유 고 설 불 출 야

　벙어리가 쓴 황련을 먹다. — 써도 말을 하지 못하다.

○ 泥菩薩過江. — 自身難保.
　　니 보 살 과 강　　　자 신 난 보

　진흙 보살이 강을 건너다. — 제 몸도 지키기 어렵다.

　4) 헐후어는 풍자와 조롱譏嘲(기조)의 감정을 표출 전달한다.

○ 猪鼻子揷根蔥. — 裝象.
　　저 비 자 삽 근 총　　　장 상

돼지가 코에 대파를 끼워넣다. — 코끼리인 척한다.

○丈八高的燈塔. — 照遠不照近.
　장 팔 고 적 등 탑　　　조 원 불 조 근

한길 8자 높이의 등탑. — 멀리 비추나 가까운 곳을 비추지
않는다.

나. 헐후어의 문장 내 역할(語法 役割)

헐후어에 대한 인식과 활용 능력을 제고하기 위해서는 헐후어
가 문장 내에서 어떤 역할을 할 수 있는가에 대하여 정확하게 인
식할 필요가 있다.

헐후어는 그 자체가 하나의 단어처럼 쓰일 수 있고 또 문장내
에서 술어述語(謂語)나 목적어(賓語) 또는 보어補語로도 사용된다.
아래와 같은 예를 들 수 있다.

1) 독립된 구절(獨立成句)

"그는 어떻게 지내나?(他怎樣)"

"생질이 등불을 들고서(外甥提燈籠) 외삼촌을 비춥니다(照
舅)."

이때 조구照舅의 舅(jiù, 외숙 구)는 舊(jiù, 옛 구)의 뜻이다. 곧 '이
전과 같습니다' 란 뜻을 헐후어로 대신하였다.

2) 문장의 성분 역할

▽ 술어述語(謂語)의 역할

"我老漢蛤蟆跳井 — 不憧"
　아 로 한 합 마 도 정　　　불 동

"나같은 늙은이는 두꺼비가 우물에 풍덩 뛰어든 것처럼 이
해 못하겠어!"

▽ 빈어賓語(목적어) 역할

"你這個人呀, 就喜歡打破沙鍋問到底."
　니 저 개 인 하　취 희 환 타 파 사 과 문 도 저

"너 같은 사람은 끝까지 캐묻기를 좋아한다."

헐후어 '깨진 사발이 바닥까지 금이 가듯(打破沙鍋問到底)'은
'끝까지 캐묻기'란 뜻으로, 좋아하다(喜歡)의 빈어로 쓰였다.

▽ 정어定語(限定語, 規定語, 수식어) 역할

「그 사람은 돈을 끌어안고 우물에 투신하듯(他是抱元寶跳
井), 목숨을 버릴지언 정 재물을 놓치지 않는 늙은 물주였다
(舍命不舍財的老物主).」

여기의 헐후어 포원보도정抱元寶跳井 — 사명부사제舍命不舍財
는 노물주老物主의 정어定語이다.

▽ 보어補語 역할

「여러 사람들이 그의 집에 들어와 온돌과 바닥에 마치 산속

의 호두나무가(山裏的核桃) ─ 씨만 꼭찼듯(滿仁) 빽빽이
끼여 앉았다.」

여기의 헐후어 산라적핵도山裏的核桃 ─ 만인滿仁의 仁(rén, 과
일 씨의 알맹이)은 人(rén)의 뜻으로 끼여 앉다(滿)의 보어로 쓰였
다.

이처럼 헐후어는 문장 내에서 여러 가지 역할로 다양하게 쓰이
고 있다.

歇後語

제1장 사람(人)

1. 인생人生

가. 일상日常

1) 인정人情

돈 한 푼은 한 푼 인정이다(一分錢 一分人情). ― 이런 말처럼 인정에 따라 돈도 달라진다. 인정을 한번 베풀면 양쪽 모두에 광이 난다(一頭人情兩面光). 곧 주는 사람과 받는 사람 모두 체면이 선다. 먹고 마시는 것을 같이 나눌 때 인정도 두터워진다. 차는 다릴수록 진해지고(茶水越泡越濃), 인정은 사귈수록 두터워진다(人情越交越厚).

차와 담배는 손님과 주인의 구분이 없다(茶煙不分賓主). 술을 권하니 끝내 악의가 없다(將酒勸人終無惡意). 그래서 차는 셋이, 술은 넷이, 놀러갈 때는 두 사람이 가장 좋다(茶三酒四游玩二).

중추절의 달은 거울처럼 밝고(月到中秋明似鏡), 술이 지기知己를 만나면 형제보다도 좋다(酒逢知己勝同胞).

○ 八尺溝濱六尺跳板. — 搭不上.
  팔 척 구 빈 륙 척 도 판　　　탑 불 상

8척 물도랑에 6자 널판지. — 걸칠 수 없다.

서로 함께 지낼 수 없는 관계. 濱 물가 빈. 끝. 임박한. 구빈溝濱
은 물도랑, 8자 넓이이다. 도판跳板은 딛고 건널 수 있는 널판.
搭 탈 탑. 태우다. 싣다.

○ 槽頭上買馬. — 看母仔.
  조 두 상 매 마　　　간 모 자

말구유에서 말을 사다. — 그 어미를 보다.

인품의 우열을 알고 싶다면 그 부모나 그 자식을 살펴보란 뜻.
조두槽頭는 말구유. 모자母仔는 어미란 뜻. 仔는 새끼 자.

○ 挿上門打瞎子. — 好歹環是一家人.
  삽 상 문 타 할 자　　　호 대 환 시 일 가 인

문을 걸어 잠그고 소경을 패주다. — 좋건 나쁘건(어쨌건)
한집 식구이다.

挿 꽂을 삽. 瞎은 애꾸눈 할. 할자瞎子는 장님. 歹(dǎi, 나쁠 대, 부
러진 뼈 알, 나쁘다). 호대好歹는 잘, 잘못. 좋건 나쁘건, 어쨌든.

○ 炒麵捏個娃娃. — 熟人.
  초 면 날 개 왜 왜　　　숙 인

볶음국수를 반죽하는 아가씨.— 잘 아는 사람. 단골손님.

炒 복을 초. 麵 국수 면. 捏(niē) 반죽하다. 집어내다. 娃(wa) 예쁠
왜, 왜왜娃娃는 갓난아기. 미녀. 熟 익을 숙.

○ 大水衝了龍王廟. — 一家人不認識一家人.
  대 수 충 료 용 왕 묘　　　일 가 인 불 인 식 일 가 인

큰 물이 용왕묘를 부수다. — 일가 사람이 일가를 몰라보다.

衝 찌를 충. 부딪치다. 가격하다.

○ 大年初一吃餃子. — 沒外人兒.
  대 년 초 일 흘 교 자　　　몰 외 인 아

정월초하룻날 함께 교자를 먹다. ━ 남의 집 사람은 없다.

○ 一個鍋裏掄馬勺. ━ 都是一家人.
　　일 개 과 리 륜 마 작　　　도 시 일 가 인

솥 안을 큰 국자로 휘젓다. ━ 모두가 한식구이다.

鍋 솥 과. 掄 휘저을 륜. 勺 국자 작. 마작馬勺은 큰 국자.

○ 墳地改菜園了. ━ 拉平.
　　분 지 개 채 원 료　　　랍 평

무덤을 채소밭으로 만들다. ━ 평평하게 하다.

쌍방의 관계를 정상화하다.

○ 飜貼門神. ━ 不對臉.
　　번 첩 문 신　　　불 대 검

문신門神은 그림을 뒤집어 붙이다. ━ 얼굴을 마주 보지 않다.

섣달그믐에 문신 그림을 대문 양쪽에 서로 마주보게 붙이는데,
이를 뒤집어 붙이다. 서로 대면하지 않다. 이해관계로 무시하며
상대하지 않다. 飜 뒤집을 번. 貼 붙일 첩.

○ 花花轎子. ━ 人擡人.
　　화 화 교 자　　　인 대 인

화려한 장식의 가마. ━ 사람이 사람을 들다.

사회생활에서 필요한 사람을 추켜세우거나 도와주다. 轎 가마
교. 교자轎子. 擡(tái) 들어올릴 대.

○ 梁山的兄弟. ━ 不打不相識.
　　양 산 적 형 제　　　불 타 불 상 식

양산박의 형제들. ━ 싸우지 않았으면 서로를 몰랐다.

○ 木匠拉大鋸. ━ 有來有去.
　　목 장 랍 대 거　　　유 래 유 거

목수가 큰 톱을 당기다. ━ 오고 가다.

鋸(jù) 톱 거. 큰 톱은 두 사람이 양쪽에서 밀고 당긴다.

○ 人情一把鋸. ─ 你一來他一去.
　　인 정 일 파 거　　　니 일 래 타 일 거

인정은 톱과 같다. ─ 네가 한번 밀면, 그 사람도 한번 밀어
준다.

○ 千里長棚. ─ 沒個不散的筵席.
　　천 리 장 붕　　　몰 개 불 산 적 연 석

천리에 걸친 큰 잔치 차일. ─ 끝나지 않는 잔치는 없다.

棚 시렁 붕. 잔치를 위한 임시 차일遮日이나 가건물.

○ 八十年不下雨. ─ 好晴兒.
　　팔 십 년 불 하 우　　　호 청 아

80년간 비가 오지 않다. ─ 오랫동안 개였다.

평생동안 정분情分이 없다. 晴(qíng, 개일 청)은 情(qíng)과 해음諧
音. 이 헐후어는 반어反語의 뜻으로 해석해야 한다.

○ 六月連陰. ─ 想他好晴.
　　육 월 연 음　　　상 타 호 청

6월의 연이은 장마. ─ 날이 개기를 기다린다.

晴(qíng)은 情(qíng).

○ 東邊日出, 西邊雨. ─ 道是無晴, 還有晴.
　　동 변 일 출　서 변 우　　　도 시 무 청　환 유 청

동쪽은 해가 났고, 서쪽은 비가 온다. ─ 무정하다 말하지
만, 그래도 정이 있다.

晴(qíng)은 情(qíng). 道(dào)는 동사로 말하다. 상언도常言道~ 흔
히 말하기를.

○ 木邊之目, 田下之心. ─ 相思.
　　목 변 지 목　전 하 지 심　　　상 사

나무(木) 옆에 붙은 눈(目), 밭(田) 아래 마음 심心. ─ 서
로 생각하다.

○ 千里送鴻毛. ─ 禮輕人意重.
　천 리 송 홍 모　　예 경 인 의 중

천리 밖에 소식을 전하다. ── 예물은 경미하나 뜻이 중하다.

○ 乾柴見烈火. ─ 燒得昏天黑地.
　건 시 견 열 화　　소 득 혼 천 흑 지

마른 장작이 뜨거운 불을 만나다. ── 어두운 밤에 모두 타
버리다.

柴 땔나무 시. 섶나무. 燒 태울 소. 뜨거운 감정으로 할 일을 잊
어버리다.

○ 藕斷絲連. ─ 根苗總在一起.
　우 단 사 련　　근 묘 총 재 일 기

연뿌리가 잘려도 실은 이어진다. ── 뿌리와 싹이 함께 있다.

표면상 왕래가 단절된 것 같으나 실제는 끌리는 감정이 있다는
뜻. 藕(ǒu) 연뿌리 우. 總 모아 묶을 총. 일기─起는 한 곳, 함께,
같이, 더불어.

2) 시운時運

태공은 80세에 주周나라 문왕을 만났다(太公八十遇文王). 사
람은 늙어서라도 시운이 트여야 한다(人到老年時運旺). 어찌보
면, 팔자에 있다면 있는 것이고(命裏有卽是有), 팔자에 없다면 없
는 것이다(命裏無卽是無).

사실 사람의 운명이나 팔자는 바꿀 수 없지만(命難改), 운수는
옮길 수 있다(運可移). 이는 곧 사람의 생각에 따라 불운을 행운
으로 바꿀 수 있다는 뜻이다.

중국인들의 속담에 개가 모여들면 부자가 되고(狗來富), 고양

이가 모여들면 전당포를 연다(猫來開當鋪). 곧 더 큰 부자가 된다는 말이다. 하여튼 살찐 돼지가 대문을 밀고 들어오면 시운이 왕성하다(肥猪拱門時運旺).

그러나 돼지꿈만 기다릴 수는 없다. 내 운명은 내가 만들고(命由我作), 복은 내 스스로 구한다(福自己求)라는 생각을 가지고 노력해야 할 것이다.

○ 裹脚布做雨傘. ― 一步升天.
　　과 각 포 주 우 산　　　일 보 승 천

발싸개 천이 우산이 되다. ― 단번에 승천하다.

발싸개는 사람 맨 밑에 있는 더럽고 냄새나는 물건인데, 우산이 되어 사람의 머리 위에 올라서니 지위와 처지가 크게 좋아진 것이다. 裹(guǒ) 쌀 과. 싸매다.

○ 立秋的高粱. ― 老來紅.
　　입 추 적 고 량　　　노 래 홍

입추가 지난 수수(고량). ― 붉게 여물었다.

노년의 운수가 대통하다.

○ 屎殼螂變知了兒. ― 一步登天.
　　시 각 랑 변 지 료 아　　일 보 등 천

쇠똥구리가 매미가 되다. ― 한 걸음에 승천하다.

지위가 갑자기 높아지다. 屎 똥 시. 殼 껍질 각. 螂 쇠똥구리 낭. 지료아知了兒는 매미. 그 울음소리를 옮긴 말. 지료蚰了(zhī liǎo)로도 표기.

○ 癩蛤蟆坐飛機. ― 一坐登天.
　　나 합 마 좌 비 기　　　일 좌 등 천

두꺼비가 비행기를 타다. ― 한 걸음에 승천하다.

癩는 문둥병 라. 蛤 큰 두꺼비 합. 蟆 두꺼비 마.

○ 笠帽穿孔. ─ 要出頭.
　립 모 천 공　　요 출 두

밀짚모자에 구멍이 뚫리다. ─ 머리가 나오려 한다.

곤경에서 벗어나고 좋은 날이 올 것이다. 笠 삿갓 립. 帽 모자
모. 穿 뚫을 천. 孔 구멍 공.

○ 死人放屁. ─ 緩過來.
　사 인 방 비　　완 과 래

죽은 자가 방귀를 뀌다. ─ 늦게 나왔다.

실세失勢했다가 다시 득세하다. 屁 방귀 비. 緩 느릴 완.

3) 주거住居

호랑이는 깊은 수풀에 살고(虎豹處深林), 교룡은 큰 못 속에 산
다(蛟龍居巨澤). 말을 고를 때는 수레를 끌게 하고(相馬以車), 사
람을 고를 때는 그 거처를 본다(相士以居).

백금百金으로 준마를 사고(百金買駿馬), 천금으로는 미인을 손
에 넣을 수 있다(千金買美人). 그리고 백만금으로 집을 사지만
(百萬買宅), 이웃은 천만금을 주고 산다(千萬買隣). 그러니 좋은
이웃은 금은보화보다 낫다(隣居好, 勝金寶).

그러나 아무리 좋은 이웃과 함께 살더라도, 일상생활에 절도가
없으면(起居無節), 나이 오십에 쇠약해진다(半百而衰). 기거에
규율이 있다면(起居有規律), 병마病魔가 너를 찾지 않을 것이다
(病魔不找你).

○ 不戴籠頭的騾子. — 沒有一定的槽子.
　　불 대 롱 두 적 라 자　　　몰 유 일 정 적 조 자

고삐를 매지 않은 나귀. — 일정한 구유가 없다.

롱두籠頭는 말머리에 씌우는 굴레, 고삐. 騾 누새 라(나). 槽 구
유 조.

○ 天上的鳥, 水裏的魚. — 雲遊四方, 沒有準窩兒.
　　천 상 적 조　수 리 적 어　　　운 유 사 방　몰 유 준 와 아

천상의 새, 물속의 물고기. — 사방을 떠돌며 일정한 거처가
없다.

準 평평할 준, 법도 준. 窩 움집 와.

○ 腿肚子貼竈王爺. — 人走家搬.
　　퇴 두 자 첩 조 왕 야　　　인 주 가 반

장딴지에 조왕신을 붙여놓다. — 사람이 가면 집도 옮겨간다.

떠돌이의 생활. 腿 넓적다리 퇴. 肚 배 두. 퇴두자腿肚子는 장딴
지. 貼 붙일 첩. 竈 부엌 조. 爺 아비 야. 搬 옮길 반.

4) 지위地位

고관은 고관끼리(官相官), 서리들은 서리끼리 논다(吏相吏).
그래서 가재는 게 편이라 하고, 유유상종類類相從이라 한다. 그러
나 벼슬이 높아지면 고향 친척도 몰라본다(官大認不得鄉親)고
하였다.

○ 穿草鞋遊西湖. — 忘了自己身分.
　　천 초 혜 유 서 호　　　망 료 자 기 신 분

짚신을 신고 서호를 유람하다. — 자신의 신분을 잊다.

穿 뚫을 천. 옷을 입다. 신발을 신다. 초혜草鞋는 짚신. 서호西湖

는 중국 절강성浙江省 항주杭州의 명승지.

○ 鳳有鳳巢, 鷄有鷄窩. ─ 各不相混.
　　봉유봉소　계유계와　　각불상혼

봉황은 봉황의 둥지가, 닭은 닭장이 있다. ─ 서로 섞이지 않다.

巢 새 둥지 소. 窩 움집 와. 混 섞일 혼.

○ 二婚頭的女人. ─ 身價大跌.
　　이혼두적여인　　신가대질

두 번 결혼한 여인. ─ 사회적 평가가 크게 떨어진다.

跌(diē) 넘어질 질. 떨어지다, 그르치다.

○ 鷄毛上了天. ─ 身分重啦.
　　계모상료천　　신분중라

닭털이 하늘에 올라갔다. ─ 신분이 높아졌다.

啦(lā, la) 어조사 라.

○ 驢槽改錢櫃. ─ 今非昔比.
　　여조개전궤　　금비석비

나귀의 구유가 돈 궤가 되다. ─ 지금은 옛날에 비할 바가 아니다.

槽 구유 조. 여물통. 櫃 함 궤. 중요 물건을 보관하는 상자.

○ 小廟裏的菩薩. ─ 不會有多少香的.
　　소묘리적보살　　불회유다소향적

작은 묘당의 보살. ─ 얼마나 많은 사람이 참배하는지 모른다.

○ 小廟上的鬼. ─ 推不上玉皇閣.
　　소묘상적귀　　추불상옥황각

작은 묘당의 잡귀. ─ 옥황각에 올릴 수 없다.

지위가 낮아 큰일을 감당 못하다.

5) 견식見識

굶주리며 배운 식견(餓出來的見識)과 가난 속에 터득한 총명
(窮出來的聰明)은 소중하다.

사람은 자신의 허물을 알지 못하고(人不知己過), 소는 자신의
힘을 알지 못한다(牛不知己力). 사람은 자신의 추한 꼴을 모르고
(人不知自醜), 말은 제 얼굴 긴 것을 모른다(馬不知臉長). 손해 좀
보는 것이 복이다(吃虧是福) 라는 말처럼, 때로는 손해 보는 것이
더 나을 수 있다. 하여튼 실패는 견식을 키워준다(吃虧長見識).
그렇지만 손해를 세 번씩이야 볼 수 없다(吃虧不過三).

○大江邊的小雀. — 見過些風浪.
　대 강 변 적 소 작　　　견 과 사 풍 랑

장강長江 가의 참새. — 적잖은 풍랑을 겪었다.

雀 참새 작. 些 적을 사. 여기서는 어느 정도, 보다 많은.

○洞庭湖的麻雀. — 見過大風浪的.
　동 정 호 적 마 작　　　견 과 대 풍 랑 적

동정호의 참새. — 큰 풍랑을 겪었다.

동정호는 호남성湖南省 북부 장강長江 남쪽에 위치한 호수. 마작
麻雀은 참새.

○卞和獻玉. — 識者幾人.
　변 화 헌 옥　　　식 자 기 인

변화가 옥을 바치다. — 아는 사람이 겨우 몇이다.

변화卞和는 인명. 화씨벽和氏璧의 원석原石을 바쳤으나 거짓말을
했다고 손발이 잘렸다. 卞 조급할 변. 성씨. 幾는 몇, 10 이하의
수. 얼마?

○見了駱駝說馬腫背. ― 少見多怪.
　　견 료 낙 타 설 마 종 배　　소 견 다 괴

낙타를 보고 등에 혹이 솟은 말이라 하다. ― 견문이 적어
괴이한 것이 많다.

駱 낙타 낙(락). 駝 낙타 타. 곱사등이. 腫 부스럼 종.

○井裏蛤蟆. ― 沒見過大天.
　　정 리 합 마　　몰 견 과 대 천

우물 안 두꺼비. ―큰 하늘을 본 적이 없다.

蛤 두꺼비 합. 蟆 두꺼비 마.

○扛着犁具上西天. ― 耕過大地.
　　강 착 려 구 상 서 천　　경 과 대 지

쟁기를 메고 극락세계에 가다. ― 넓은 땅을 경작하다.

犁 쟁기 려. 耕 밭 갈 경. 耕은 經과 해음諧音. 여기서는 경험하
다의 뜻. 해음諧音은 글자의 독음이 같거나 비슷한 말.

○碾子裏洗澡. ― 淺得很.
　　연 자 리 세 조　　천 득 흔

돌절구 안에서 몸을 씻다. ― 매우 얕다.

식견이 천박하다. 碾 맷돌 연. 돌절구.

○三朝的孩兒. ― 沒開眼.
　　삼 조 적 해 아　　몰 개 안

3일된 아이. ― 아직 눈뜨지 않았다.

○鄕下孩子進城. ― 甚么都新鮮.
　　향 하 해 자 진 성　　심 요 도 신 선

시골 아이가 성내에 가다. ― 무엇이든지 신기하다.

甚 심할 심(shén). 么 작을 요. 么의 속자는 么(me). 심요甚么는
의문대명사, 무엇. 의문형용사, 무슨, 어떤.

6) 경우境遇

백일동안 향기로운 꽃 없고(花無百日香), 백일동안 맑은 날 없다(天無百日晴). 곧 좋은 날, 좋은 처지는 길지 않다. 꽃은 다시 필 날이 있지만(花有重開日), 사람에게 젊은 시절 두 번은 없다(人無再少年). 고목도 봄을 만나면 다시 필 날이 있지만(枯木逢春有再發), 사람에게 두 번 다시 젊어질 수 없다(人生無望再靑春).

○ 抱着金磚跳海. — 人財兩去.
　　포 착 금 전 도 해　　　인 재 량 거

황금 벽돌을 안고 바다에 뛰어들다. — 사람과 재물 모두 사라지다.

抱 껴안을 포. 磚 벽돌 전. 跳 뛸 도. 큰 걸음으로 높이 뛰다. (躍 은 가볍게 조금 뛸 약.)

○ 裁衣服少了兩幅. — 做不成.
　　재 의 복 소 료 량 폭　　　주 불 성

옷을 짓는데 두 폭이 부족하다. — 그러면 옷을 지을 수 없다.

○ 掉到井裏打撲騰. — 死不死, 活不活.
　　도 도 정 리 타 박 등　　　사 불 사　활 불 활

우물 속으로 풍덩 뛰어들다. — 죽지도 살지도 못하다.

撲 칠 박. 騰 오를 등(pú téng)은 풍덩! 물에 빠지는 소리.

○ 蛤蟆,促織. — 都是一鍬土上人.
　　합 마 촉 직　　　도 시 일 초 토 상 인

두꺼비와 귀뚜라미. — 모두 한 삽의 흙 속에 사는 것들.

鍬 가래 초. 보통 삽보다 큰 농기구.

○ 房頂的獸狗子. — 喝西北風.
　　방 정 적 수 구 자　　　갈 서 북 풍

지붕 꼭대기의 짐승 모양 장식. ─ 서북풍을 쐬다.

굶주림을 참고 견디다. 喝 꾸짖을 갈, 마실 갈.

○ 河邊垂楊柳. ─ 這人折了那人攀.
　　하 변 수 양 류　　저 인 절 료 나 인 반

물가에 늘어진 버들. ─ 이 사람이 꺾고, 저 사람이 당기다.

처지가 불우하여 사람들에게 시달림을 당하다.

○ 和尙的木魚. ─ 想敲就敲.
　　화 상 적 목 어　　상 고 취 고

화상의 목탁. ─ 치고 싶으면 때린다.

목어木魚는 목탁. 敲 두두릴 고.

○ 黃連樹下一根草. ─ 苦苗苗.
　　황 련 수 하 일 근 초　　고 묘 묘

소태나무(黃連) 아래 풀 한 포기. ─ 고생하는 싹.

○ 黃連樹下彈琴. ─ 苦中取樂.
　　황 련 수 하 탄 금　　고 중 취 악

황련 나무 아래에서 탄금하다. ─ 고생 속에서도 즐기다.

○ 老壽星騎狗. ─ 自得其鹿.
　　노 수 성 기 구　　자 득 기 록

신선 노수성이 개를 타다. ─ 자신은 개를 사슴이라 생각한다.

장수長壽의 신神, 수성壽星은 백록白鹿을 타고 다닌다. 鹿(lù 록)은
樂(lè)과 근음近音.

○ 躺在扁擔上睡覺. ─ 心寬.
　　당 재 편 담 상 수 각　　심 관

멜대 위에 누워 자다. ─ 마음은 넉넉하다.

躺 누울 당. 睡 잠잘 수. 편담扁擔은 한쪽 어깨에 메는 화물 운반
용 도구이다. 우리나라의 지게와 같다. 이 막대로 먹고 살 수 있
다. 수각睡覺은 잠을 자다.

○苦鬼遇餓鬼. ― 一對凄惶人.
　고 귀 우 아 귀　　　일 대 처 황 인

고통받던 귀신이 아귀를 만나다. ― 똑같이 애처로운 사람.

餓 굶주릴 아. 처황凄惶은 비참하다, 참혹하다, 애처롭다.

○劀猪割耳朵. ― 兩頭受罪.
　초 저 할 이 타　　　양 두 수 죄

돼지를 잡으며 두 귀를 자르다. ― 양쪽에서 벌을 받다.

劀 끊을 초. 잘라내다.

○軟刀子割頭. ― 不叫人死, 也不叫人活.
　연 도 자 할 두　　　불 규 인 사　　야 불 규 인 활

부드러운 칼로 목을 자르다. ― 사람을 죽이는 것도, 살리는 것도 아니다.

軟 부드러울 연. 연도자軟刀子는 고통을 주지 않고도 사람을 죽이는 음험한 방법.

○討飯和尙. ― 處處挨擠對.
　토 반 화 상　　　처 처 애 제 대

밥을 구걸하는 화상. ― 가는 곳마다 밀리고 차이다.

挨는 밀칠 애. 擠 밀칠 제.

○屬豆餠的. ― 上擠下壓.
　속 두 병 적　　　상 제 하 압

두부 비지 같은 사람. ― 위아래에서 눌리고 밀리다.

餠 떡 병. 두병豆餠은 두부를 짜고 남은 비지.

○莊家盼雨. 螞蟻望晴. ― 各有各的難處.
　장 가 반 우　마 의 망 청　　　각 유 각 적 난 처

농가에서는 비를 바라나, 개미는 개이기를 바란다. ― 각각 곤란한 처지가 다르다.

장가莊家는 농사꾼. 盼 눈이 예쁠 반. 바라다. 마의螞蟻는 개미.

7) 동류同類

이불 아래의 원앙(被底鴛鴦)은 하늘과 땅이 만들어준 한 쌍(天生一對, 地造一雙)으로 천생배필이다. 견우가 직녀와 짝이 되니 (牛郞配織女), 이는 천생의 부부이다(天生夫婦).

백세의 인연이 있기에 같은 배를 타고 건너며(百世修來同船渡), 천세千世의 인연이 있어야 한 베개를 베고 잘 수 있다(千世修來共枕眠). 이처럼 세상에 부부의 인연은 특별하다.

○ 繡球配牧丹. ― 天生的一對兒.
  수 구 배 목 단   천 생 적 일 대 아

수놓은 둥근 장식과 모란꽃. ― 하늘이 정해준 짝이다.

일대아一對兒의 兒는 명사 뒤에 붙어 작은 것을 의미하는 접미사이다. 兒는 다른 글자 뒤에 붙어 r로 발음된다. 예) 花huā + 兒 ér = 花兒(huār 꽃). 兒에 '아이'란 의미는 없다.

○ 城隍廟裏的鼓椎. ― 配成對.
  성 황 묘 리 적 고 추   배 성 대

성황묘 안에 있는 북 치는 나무망치. ― 짝을 이뤘다.

椎 뭉치 추.

○ 瘸驢配破磨. ― 一對兒.
  가 려 배 파 마   일 대 아

다리를 저는 노새에 깨어진 연자방아. ― 제짝이다.

瘸 다리를 절 가. 驢 나귀 려.

○ 鷄蛋炒矮瓜. ― 一色貨.
  계 단 초 왜 과   일 색 화

계란과 호박을 함께 볶다. ― 비슷한 물건이다.

鷄 닭 계. 蛋 새알 단. 矮 키 작을 왜. 瓜 오이 과. 왜과矮瓜는 남
과南瓜, 곧 호박.

○ 黃鼠狼生鼬子. — 一色貨.
　　황 서 랑 생 유 자　　　일 색 화

족제비가 족제비를 낳다. — 똑같은 물건이다.

황서랑黃鼠狼은 족제비. 鼬 족제비 유.

○ 父子兩個比巴掌. — 一個樣.
　　부 자 양 개 비 파 장　　　일 개 양

아버지와 아들이 손바닥을 대보다. — 한 모양이다.

파장巴掌은 손바닥.

○ 柳條串王八. — 一類貨.
　　유 조 관 왕 팔　　　일 류 화

버들가지에 자라를 꿰다. — 똑같은 것들이다.

串 익힐 관. 꿰미 천. 왕팔王八은 거북. 자라. 기생의 기둥서방.
유곽의 심부름꾼.

○ 同窩燒的缸瓦. — 一路貨色.
　　동 와 소 적 항 와　　　일 노 화 색

한 가마에서 나온 항아리와 기와. — 같은 물건이다.

窩 움집 와. 그릇 굽는 가마. 燒 불태울 소. 缸 항아리 항. 화색貨
色은 물건. 짝. 놈.

○ 一個毛厠裏的蛆. — 沒有兩樣貨.
　　일 개 모 측 리 적 저　　　몰 유 량 양 화

같은 뒷간의 구더기. — 서로 다른 놈이 없다.

厠 뒷간 측. 蛆 구더기 저.

8) 노인老人

청산은 늙지 않고, 녹수는 언제나 흐른다(青山不老, 綠水常

存). 청산은 해마다 그대로 있고(靑山年年在), 강물은 날마다 흐른다(江水日日流).

세 살 때면 어른이 되었을 때를 볼 수 있고(三歲看大), 일곱 살에 늙었을 때의 모습을 볼 수 있다(七歲看老). 곧 어릴 때 하는 짓을 보면 늙었을 때의 모습을 알 수 있다.

O 八十老學吹打. ― 老來妄.
　　팔 십 노 학 취 타　　　노 래 망
80노인이 취타를 배우다. ― 늙어 주책부리다.

O 吃了唐僧肉. ― 越活越年輕.
　　흘 료 당 승 육　　　월 활 월 년 경
당 삼장의 살을 먹다. ― 살수록 해마다 젊어진다.
당승唐僧은 삼장법사.

O 乾姜有棗. ― 越老越好.
　　건 강 유 조　　　월 로 월 호
말린 생강과 대추. ― 오래 될수록 좋다.
하면 할수록~하다.(愈~愈~)

O 老馬嘶風. ― 英心未退.
　　노 마 시 풍　　　영 심 미 퇴
늙은 말이 바람에 맞서 울부짖다. ― 씩씩한 마음은 식지 않다.
嘶 울 시.

9) 명성名聲

사람에게 이름은 나무의 그림자와 같다(人的名兒, 樹的影兒).

곧 나무가 곧으면 그림자도 곧다. 종은 절에 있지만 소리는 밖에 들린다(鐘在寺院聲在外). 이처럼 명성은 저절로 멀리 퍼진다. 결론으로 종은 소리가, 나무는 그림자가 있다(鐘的聲兒, 樹的影兒).

본래 큰 산에 좋은 물이 나고(高山有好水), 평지에 좋은 꽃이 핀다(平地有好花). 사람이 명성을 쫓지만 그것은 살아서의 일이다. 죽은 뒤 헛된 명성을 누리는 것은(與其身後享那空名), 살아 있을 때 뜨거운 술 한 잔만 못하다(不若生前一杯熱酒).

○ 半天雲中的銅鑼. — 落在哪裏都當當響.
　　반 천 운 중 적 동 라　　　낙 재 나 리 도 당 당 향

하늘 높이 구름에 걸린 구리 징. — 어디에서든 큰소리를 낸다.

○ 背着茅坑走路. — 到哪兒臭哪兒.
　　배 착 모 갱 주 로　　　도 나 아 취 나 아

똥통을 지고 길을 가다. — 어디에 가든 냄새가 난다.

茅 띠풀 모. 坑 구덩이 갱. 모갱茅坑(máo kēng)은 똥통. 변소.

○ 臭豆腐. — 聞着臭, 吃着香.
　　취 두 부　　　문 착 취　흘 착 향

삭힌 두부. — 냄새는 고약하나, 맛은 좋다.

臭 냄새 취.

○ 從惡水缸跳到茅坑裏. — 越鬧越臭.
　　종 악 수 항 도 도 모 갱 리　　　월 료 월 취

썩은 물 항아리에서 나와 똥통에 뛰어들다. — 떠들수록 더욱 악취가 난다.

越 넘을 월. yue. 越~越~. — ~할수록 ~하다. 鬧 시끄러울 뇨.

○打開窓戶吹喇叭. — 名聲在外.
　　타 개 창 호 취 나 팔　　　명 성 재 외

창문을 열고 나팔을 불다. — 밖으로 명성이 난다.

○剛掏的茅坑. — 越聞越臭.
　　강 도 적 모 갱　　　월 문 월 취

금방 퍼낸 인분통. — 냄새를 맡으면 맡을수록 심해진다.

명성이 점점 나빠지다. 剛은 방금. 막. 掏 꺼낼 도. 퍼내다.

○高山打鼓. — 鳴聲在外.
　　고 산 타 고　　　명 성 재 외

높은 산에서 북을 치다. — 소리가 밖으로 퍼지다.

鳴(míng) 울 명. 명성鳴聲은 명성名聲(míng shēng).

○高山上倒馬桶. — 臭氣沖天.
　　고 산 상 도 마 통　　　취 기 충 천

높은 산에 올라 인분통을 쏟아버리다. — 고약한 냄새가 충천
하다.

마통馬桶은 변기. 똥 오줌통.

○屋門口放尿桶. — 臭名出了外.
　　옥 문 구 방 뇨 통　　　취 명 출 료 외

대문 입구에서 오줌통을 쏟다. — 악취가 밖으로 퍼지다.

악명이 널리 퍼지다. 尿(niào) 오줌 뇨.

○老虎不吃人. — 惡名在外.
　　노 호 불 흘 인　　　악 명 재 외

호랑이가 사람을 잡아먹지 않다. — 그래도 악명은 여전하다.

○立秋的扇子. — 落價了.
　　입 추 적 선 자　　　낙 가 료

입추가 지난 부채. — 가격이 떨어지다.

○猫頭鷹報喜. — 醜鳴在外.
　　묘 두 응 보 희　　　추 명 재 외

부엉이가 기쁜 소식을 알리다. ─ 듣기 싫은 울음만 남았다.

묘두응猫頭鷹은 부엉이, 악조惡鳥.

○ 墻頭吹喇叭. ─ 內外都響.
  장 두 취 나 팔   내 외 도 향

담장에서 나팔을 불다. ─ 안과 밖 모두에 울려퍼지다.

○ 鐘在寺院. ─ 音在外.
  종 재 사 원   음 재 외

종은 절에 있다. ─ 종소리는 밖에 들리다.

나. 여유餘裕

1) 안분安分

세상 만사에 정해진 분수가 있다(萬事自有分定). 곧 세상만사
는 이미 다 결정되었는데(萬事分已定), 부평초 같은 인간이 공연
히 바쁘기만 하다(浮生空自忙).

욕심 없이 자기 분수대로 본분을 지키며(安分守己), 평온하게
하루하루를, 순리대로 살아가야 한다(安常處順). 분수를 지키면
마음은 늘 편하니(守分心常樂), 신상 편하게 근심 없이 살아가야
한다(安身立命). 부지런하나 검소하지 않다면(勤而不儉), 그 근
면은 헛된 것이다(枉而其勤).

○ 蹲門的狗. ─ 臉朝外.
  준 문 적 구   검 조 외

대문에 웅크린 개. ― 얼굴은 밖을 향하다.

자신의 위치에서 주어진 책무를 다하다. 蹲 웅크릴 준. 臉 뺨 검. 朝는 향하다.

○ 二小穿軍裝. ― 規規矩矩.
　　이 소 천 군 장　　　규 규 구 구

철부지가 군장을 갖추다. ― 규정과 법도에 따르다.

이소二小는 요령을 피울줄 모르는 남자아이. 穿 뚫을 천. 입다. 갖추다. 規 법 규. 矩 직각자 구. 직각을 그릴 때 사용. 규구規矩 는 법도, 규정, 규칙.

○ 半天雲中吹嗩吶. ― 那里那.
　　반 천 운 중 취 쇄 눌　　　나 리 나

하늘 구름 위에서 날라리를 불다. ― 나리나리.

嗩 태평소 쇄. 吶 말더듬을 눌. 쇄눌嗩吶은 태평소. 날라리(악기 이름). 나리나那里那는 태평소의 소리. 나리哪里와 해음諧音. 나리哪里(nǎ lǐ)는 반어문에 쓰여 부정적 의미를 나타낸다. 겸손하게 자신에 대한 칭찬을 부정하는 말. 나리나리那里那里!(천만에! 별말씀을!)

○ 拉着鬍子過街. ― 牽鬚.
　　랍 착 호 자 과 가　　　견 수

턱수염을 잡고 거리를 지나가다. ― 수염을 잡다. 겸허하다.

拉 끌고 갈 납(랍). 데려가다. 꺽다. 鬍 턱수염 호. 牽 끌 견. 鬚 수염 수. 코밑수염은 髭(자). 견수牽鬚는 겸허謙虛(qiān xū)와 해음.

○ 老和尙鼓磬. ― 扑當扑當.
　　노 화 상 고 경　　　복 당 복 당

늙은 화상이 경을 치다. ― 부당부당.

鼓 북 고. 치다. 磬 경쇠 경. 절에서 치는 악기. 扑 칠 복. 복당扑 當은 부당不當(bù dàng)과 해음. 불감당不敢當의 뜻, 상대방의 칭

찬에 대한 겸양의 표시. 별말씀을 다하십니다.

○ 數着米粒下鍋. — 細水長流.
　　수 착 미 립 하 과　　　세 수 장 류

쌀알을 세어 솥에 넣다. — 가는 물줄기가 멀리 흐른다.

절약해야만 오래 버틸 수 있다. 미립米粒은 쌀 알.

2) 행복幸福

큰 지혜는 어리석은 것 같고(大智若愚), 깊이 감춘 것은 없는 것 같다(深藏若虛). 깊은 물은 소리를 내지 않고(靜水必深), 가득 찬 병은 소리가 없다(瓶滿不響). 겉치레 말은 화려하고(貌言華也), 요긴한 말은 확실하다(至言實也). 듣기 실은 말은 약이요(苦言藥也), 달콤한 말은 병을 준다(甘言疾也).

사람마다 다 자기 복이 있나니(一人自有一人福), 분수를 지키는 것이 복을 쌓는 것이다(守分積福). 부모에게 효도하면 하늘에서 복을 내린다(孝敬父母天降福). 또 복은 스스로 구한 것이 많고(福是自求多的), 화는 자신이 지은 것이다(禍是自己作的).

본래 부부는 같은 복을 누리며(夫妻是福齊), 화목한 부부는 한 가문의 복이다(夫妻和睦一家之福). 자손이 많으면 복도 많다(多子多孫多福氣). 복이 없는 아이는 어머니가 일찍 죽고(孩兒沒福死了媽), 복이 없는 여인은 남편이 먼저 죽는다(婆姨沒福死了漢).

○ 吃甘蔗上山. — 一步比一步高, 一節比一節甛.
　　흘 감 자 상 산　　　일 보 비 일 보 고　　일 절 비 일 절 첨

사탕수수를 먹으며 산에 오르다. — 한 발 한 발 높아지고,

마디 마디가 더욱 달다.

생활이 날마다 좋아지다. 蔗 사탕수수 자. 甛(tián) 달 첨.

○蜂蜜拌白糖. ─ 要多么甛, 有多么甛.
　　봉 밀 반 백 당　　　요 다 요 첨　유 다 요 첨

꿀과 설탕을 함께 섞다. ─ 달게 하고 싶은 만큼, 달게 할 수
있다.

마음이 한껏 기쁘고 크게 득의得意하다.

○甘蔗揷進了蜂蜜罐. ─ 甛上加甛.
　　감 자 삽 진 료 봉 밀 관　　　첨 상 가 첨

사탕수수를 벌꿀 항아리에 꽂아놓다. ─ 단 것에 단 것을 보
태다.

유쾌 통쾌! 생활과 기분이 매일매일 매우 좋다.

○九月裏的甘蔗. ─ 甛了心.
　　구 월 리 적 감 자　　　첨 료 심

9월의 사탕수수. ─ 마음에 매우 달다. 매우 행복하다.

○蜜裏調油. ─ 又甛又香.
　　밀 리 조 유　　　우 첨 우 향

꿀에 기름을 치다. ─ 달고도 향기롭다.

○小孩子坐飛機. ─ 抖起來了.
　　소 해 자 좌 비 기　　　두 기 래 료

어린애가 비행기를 타다. ─ 으시대다.

抖(dǒu) 떨어 흔들 두. 거들먹거리다.

○觀世音. ─ 救苦救難.
　　관 세 음　　　구 고 구 난

관세음보살. ─ 고통과 난관을 구원하다.

3) 한적閑寂

몸이 한가하면 부자이고(身閑爲富), 마음이 한가하면 귀인이다(心閑爲貴). 쓸데없는 일에 참견하지 않는다면 끝내 아무 일도 없다(不管閑事終無事). 남의 집 지붕 기와 위의 서리를 상관하지 않다(不管他人瓦上霜). 그녀가 누구에게 시집가든 상관하지 않고(不管她嫁給誰), 다만 가서 축하주만 마시면 된다(只管跟着喝喜酒). 기杞나라 사람은 할 일이 없어서 하늘이 무너진다는 걱정을 하였다(杞人無事憂天傾).

부귀는 뜬구름 같다는 것을 간파한다면(富貴如浮雲, 看破了), 얻었다 하여 기쁘지 않고(得亦不喜), 잃었다 하여도 걱정하지 않는다(失亦不憂).

○ 醬缸裏的蘿卜. — 鹹的.
　　장 항 리 적 라 복　　　함 적

젓갈 항아리의 무. — 짜다.

한가하다. 蘿 무 라(나). 라복蘿卜은 무. 鹹(xián) 짤 함. 閑(xián)과 해음諧音.

○ 孔夫子的弟子. — 賢人.
　　공 부 자 적 제 자　　　현 인

공자의 제자. — 현인이다.

한가한 사람들. 賢(xián)은 閑(xián)과 해음諧音.

○ 傻子洗泥巴. — 閑着人沒事幹.
　　사 자 세 니 파　　　한 착 인 몰 사 간

바보가 진흙을 씻다. — 한가하여 할 일이 없다.

傻 어리석을 사, 약을 사. 니파泥巴는 진흙.

○ 癱子掉在井裏. ─ 撈起來也是坐.
　　탄 자 도 재 정 리　　　로 기 래 야 시 좌

앉은뱅이가 우물에 떨어지다. ─ 건져내도 앉아만 있다.

일없이 한가하게 앉아있다. 癱 사지 틀릴 탄. 중풍. 앉은뱅이.
掉 흔들 도. 떨어지다. 撈 잡을 로. 건져내다.

○ 先生迷了路. ─ 在家也是閑.
　　선 생 미 료 로　　　재 가 야 시 한

술사術士가 길을 잃었다. ─ 집에서도 한가하다.

여기 선생은 점쟁이 풍수風水쟁이, 관상 보는 사람 등을 의미.

○ 鹽罐兒裏裝個鼈. ─ 鹹圓.
　　염 관 아 리 장 개 별　　　함 원

소금 항아리에 자라를 넣어두다. ─ 짜고도 둥글다.

한가한 사람이다. 罐 항아리 관. 鼈 자라 별. 거북이 종류. 鹹은
閑. 圓은 員. 사람 원. 벼슬아치, 관원.

○ 陰天管孩子. ─ 閑着的空兒.
　　음 천 관 해 자　　　한 착 적 공 아

비 오는 날 아이를 보다. ─ 한가한 틈이다.

○ 穿衣戴帽. ─ 各有一好.
　　천 의 대 모　　　각 유 일 호

입는 옷과 착용하는 모자. ─ 각자 좋아하는 것이 있다.

○ 麻油拌青菜. ─ 各人心裏愛.
　　마 유 반 청 채　　　각 인 심 리 애

참기름으로 나물을 무치다. ─ 각자 좋아하는 것이 있다.

마유麻油-지마유芝麻油는 참기름. 拌 휘저을 반. 청채青菜는 채소.

○ 牛吃卷心菜. ─ 各人心中愛.
　　우 흘 권 심 채　　　각 인 심 중 애

소가 양배추를 먹다. ─ 사람마다 마음에 좋아하는 것이 있다.

권심채卷心菜-결구감람結球甘藍은 양배추. 양백채洋白菜. 원백채圓白菜.

○ 豬八戒玩兒老雕. — 各好一路.
　　저 팔 계 완 아 로 조　　　각 호 일 로

저팔계는 독수리와 놀기를 좋아한다. — 좋아하는 것이 제각각이다.

노조老雕는 독수리. 雕 독수리 조, 노호老虎는 호랑이. 노서老鼠는 쥐. 여기 老에는 '늙은'의 뜻이 없다. 곧 형용사가 아닌 접두어接頭語이다.

다. 고생苦生

1) 고독孤獨

나무 한 그루가 숲이 되질 않고(獨木難成林), 돌 하나로 누각을 만들 수 없다(孤石難成樓). 혼자 공부하며 친우가 없다면(獨學而無友), 고루해지고 듣는 것이 적다(則孤陋而寡聞). 곧 학식도 얕고 소견이 편협해진다.

그러나 혼탁한 세상에 모두 혼탁하다지만, 때로는 나홀로 깨끗하고 나홀로 깨어 있을(獨淸獨醒) 필요도 있다. 곧 세상과 타협하지 않는 고고한 선비의 지조가 있어야 한다.

그렇더라도 사람이 몸이 쇠약하면 귀신이 사람을 데리고 논다(身衰鬼弄人). 그리고 나쁜 운수는 한 번만 오지는 않는다(敗運不單來). 운수가 사납고 시운도 쇠하니 잡귀가 문을 두드린다(運

敗時衰鬼叫門). 하여튼 운이 트이면 인재가 되지만(運動出人才),
운이 다하면 군자도 옹졸해진다(運窮君子拙).

○ 獨頭蒜. ― 沒瓣.
　　독 두 산　　　몰 판
외쪽 마늘(달래). ― 나눠지는 쪽이 없다.

짝이 없다. 우리나라 마늘〔蒜(마늘 산)〕은 대개 여섯 쪽이다. 달
래는 마늘보다 훨씬 작고 나눠지는 쪽〔瓣(판, bàn)〕이 없는 한 통
이다. 瓣은 伴(짝 반, bàn)과 해음이다. 독두산獨頭蒜은 언행이 지
저분해서 남이 가까이하지 않는 외톨이란 뜻도 있다.

○ 光杆流離佛. ― 孤家寡人.
　　광 간 유 리 불　　　고 가 과 인
홀로 유랑하는 부처. ― 외딴 집의 홀아비.

광간光杆은 꽃잎이 다 떨어진 초목. 부하를 모두 잃은 장군. 가
족이나 배우자를 잃은 홀아비(光棍)를 뜻한다. 유리流離는 떠돌
아 다니다. 떠돌이. 寡 적을 과. 과인寡人은 군주의 자칭.

○ 老爺廟旗杆. ― 光杆兒.
　　노 야 묘 기 간　　　광 간 아
관왕關王 묘당의 깃대. ― 홀아비.

爺 아비 야. 노야老爺는 어르신네, 주인. 관우關羽를 높여 부르는
말. 관노야關老爺. 廟 사당 묘. 노야묘老爺廟는 관왕묘.

○ 廟殿中的泥菩薩. ― 永遠不出來.
　　묘 전 중 적 니 보 살　　　영 원 불 출 래
묘당에 모셔진 진흙 보살. ― 영원히 나올 수 없다.

사람이 괴팍하여 다른 사람과 왕래가 없다. 보살菩薩은 일반적
으로 부처나 신을 의미. 다일위보살多一位菩薩, 다일파로향多一
把爐香(보살이 하나라도 많아지면 향이 더 많아야 한다). ― 관리가 많

아지면 백성의 세금이 늘어난다.

○ 三畝地長了一顆穀. ― 獨根獨苗.
　　삼 무 지 장 료 일 과 곡　　독 근 독 묘

3무의 땅에 곡식 싹 하나만 자랐다. ― 외톨이.

독생자獨生子. 畝(mǔ) 이랑 무. 논밭의 두렁. 면적 단위. 1무는
6.667 아르(a).

○ 眼藥瓶裏裁蔥. ― 獨苗一枝.
　　안 약 병 리 재 총　　독 묘 일 지

안약 병에 심은 파. ― 외톨이 싹.

2) 유랑流浪

세상 만사는 이미 다 결정되었는데(萬事分已定), 부평초 같은
인간이 공연히 바쁘기만 하다(浮生空自忙). 온 세상을 몰랐을 때
는 세상을 돌아다니고 싶지만(不入江湖想江湖), 강호를 떠돌다
보면 그런 생활을 두려워한다(入了江湖怕江湖).

부평초가 큰 바다에 떠돌 듯(一葉浮萍歸大海), 인생살이 어디
서든 다시 만나지 않겠는가?(人生何處不相逢) 부평초도 서로 만
날 날이 있거늘(浮萍尙有相逢日), 사람이 어찌 서로 만날 때가 없
겠는가?(人豈全無見面時)

○ 斷線的風箏. ― 上不着天, 下不挨地.
　　단 선 적 풍 쟁　　상 불 착 천　　하 불 애 지

줄이 끊긴 연. ― 위로는 하늘에 닿을 수도, 아래로는 땅을
디딜 수도 없다.

箏 악기 이름 쟁. 풍경. 풍쟁風箏은 하늘에 띄우는 연.

○鳩占鵲巢. ― 無枝可依.
　구 점 작 소　　　무 지 가 의

비둘기가 까치집을 차지하다. ― 의지할 가지가 없다.

사람이 거처를 잃다. 鵲 까치 작. 巢 둥지 소.

○沒有根的浮萍. ― 無依無靠.
　몰 유 근 적 부 평　　무 의 무 고

뿌리가 없는 부평. ― 의지할 곳도, 기댈 곳도 없다.

떠돌이 인생. 萍 부평초 평. 개구리밥(식물 이름). 부평浮萍(fú
píng)은 연못의 개구리밥. 靠 기댈 고. 의지하다.

3) 빈고貧苦

위로는 기와 한 장 없고(上無一片瓦), 집안에는 다음날 양식이
없다면(家無隔夜糧), 이는 절대 빈곤이다. 이 세상 가난한 사람들
은 모두 일가(天下窮人是一家)라고 했다.

그러니 가난한 사람 마음은 다 같다. 가난한 사람이 가난뱅이
를 보면 마음이 아프다(窮見窮, 心裏痛). 곧 고생하는 사람이 고
생하는 사람을 알아주고(苦人知苦人), 가난한 여인은 가난뱅이
사내를 불쌍히 여긴다(貧女憐窮漢).

가난뱅이는 가난한 대로(窮有窮愁), 부자는 부자대로 걱정거
리가 있다(富有富愁).

본래 하늘에 3일 계속 오는 비 없고(天無三日雨), 한평생 내내
가난한 사람 없다(人沒一世窮). 비록 가난할 지라도 자식은 못생
긴 어미를 싫어하지 않고(兒不嫌母醜), 개는 가난한 주인을 싫어
하지 않는다(狗不嫌家貧).

가난뱅이는 부자가 되고 싶고(窮想富), 부자는 관리가(富想官), 관리는 황제가 되고 싶고(官想做皇帝), 황제는 상천하기를 생각한다(皇帝想上天).

그래서 가난한 사람이 부자가 되기로는(以貧求富), 농사는 공장工匠만 못하고(農不如工), 공장은 장사만 못하다(工不如商).

빈천할 때, 참된 교제를 알 수 있고(貧賤識眞交), 환난에 참된 정을 볼 수 있다(患難見眞情). 빈천할 때 사귄 친구를 잊어서는 안 되고(貧賤之妻不可忘), 구차하고 천할 때에 고생을 같이 한 조강지처는 버릴 수 없다(糟糠之妻不下堂).

그런데 예부터 가난한 집에서 미녀가 나온다(窮家出美女). 처녀는 가난해도 시집갈 기회가 있지만(姑娘窮了有一嫁), 시집간 다음 가난하면 입을 옷도 없다(婆家窮了無穿戴). 고생, 고생이 없다면(沒有苦中苦), 어떻게 즐거운 쾌락을 얻겠는가?(哪得樂中樂)

○苦瓜纏上黃連. — 一樣是苦.
　고 과 전 상 황 련　　일 양 시 고
여주가 황련을 타고 올라가다. — 마찬가지로 고생이다.
양쪽 모두가 고생한다. 고과苦瓜는 사전에 '여주' 라고 실려있다.

○老鼠掉在油鍋裏. — 罪過難受.
　노 서 도 재 유 과 리　　죄 과 난 수
쥐가 기름 솥에 빠졌다. — 그 죄과를 견딜 수가 없다.
노서老鼠는 늙은 쥐가 아니고 그냥 쥐이다. 노서는 늙은 호랑이가 아닌 그냥 호랑이다. 20대 젊은 교사도 노사老師이다. 이때 老는 형용사가 아닌 접두어이다.

○ 猪膽卦上黃連樹. ― 從根苦到梢.
　　저 담 괘 상 황 련 수　　　종 근 고 도 초

돼지 쓸개가 황련 나무에 걸렸다. ― 뿌리부터 가지 끝까지 쓰다.

시작부터 끝까지 고통의 연속이다.

○ 拔鍋起竈. ― 一幹二淨.
　　발 과 기 조　　　일 간 이 정

솥을 들어내고 부뚜막을 갈아엎다. ― 모조리. 깡그리.

사람과 물건―아무것도 없다.

○ 財神爺甩袖子. ― 鏰子兒皆無.
　　재 신 야 솔 수 자　　　붕 자 아 개 무

재물신이 소매를 휘젓다. ― 동전조차 없다.

甩(shuǎi) 흔들 솔. 뿌리치다, 내던지다, 떼어버리다. 袖 소매 수.
鏰(bēng) 구멍 없는 동전 붕.

○ 豆腐佬摔擔子. ― 傾家蕩産.
　　두 부 로 솔 담 자　　　경 가 탕 산

두부 장수가 두부 멜대를 던져버리다. ― 온 가산을 탕진하다.

佬 사내 로. 멸시하는 말. 摔 내던질 솔. 傾 기울 경.

○ 父母的家當. ― 兒一份, 女一份.
　　부 모 적 가 당　　　아 일 분　여 일 분

부모의 가산. ― 아들도 한몫, 딸도 한몫.

가당家當은 가산家産, 가재家財. 兒는 아들. 생아육녀生兒育女라
는 말도 있다. 份은 부분 분, 빛날 빈. 斌(bīn)의 고자古字.

○ 猴子的屁股. ― 自來紅.
　　후 자 적 비 고　　　자 래 홍

원숭이의 엉덩이. ― 처음부터 붉었다.

猴 원숭이 후. 屁 방귀 비. 股 넓적다리 고. 비고屁股는 궁둥이,
엉덩이, 둔부.

○ 孫猴子壓在五行山下. ― 不得飜身.
　　손 후 자 압 재 오 행 산 하　　　불 득 번 신

손오공이 오행산 아래 눌렸다. ― 몸을 뒤집을 수도 없다.

○ 黃梅不落靑梅落. ― 老天偏害沒兒人.
　　황 매 불 락 청 매 락　　　노 천 편 해 몰 아 인

익은 매실은 아니 떨어지고, 풋 매실이 떨어지다. ― 하늘은
아들이 없는 사람을 골라 해친다.

노인이 아들을 잃다. 황매黃梅는 노인. 청매靑梅는 젊은이. 노천
老天은 하늘. 偏 치우칠 편.

○ 老麻雀喂嫩麻雀. ― 喂大一個, 飛走一個.
　　노 마 작 위 눈 마 작　　　위 대 일 개　비 주 일 개

늙은 참새가 어린 참새를 먹이다. ― 큰놈을 먹여 키우면
큰놈이 먼저 날아가다.

아들이 장성하여 하나씩 분가한다는 뜻. 喂 먹일 위. 嫩 어릴
눈. 마작麻雀은 참새.

○ 石板上炒豆子. ― 熟了就蹦了.
　　석 판 상 초 두 자　　　숙 료 취 붕 료

석판 위에 콩을 볶다. ― 익으면 튀어나간다.

사람이 장성하면 독립한다. 蹦 뛸 붕.

○ 小鷄扒墳堆. ― 找口護命食.
　　소 계 배 분 퇴　　　조 구 호 명 식

병아리가 거름 더미를 뒤지다. ― 먹을 만한 것을 찾아 먹다.

扒 뽑을 배. 발굴하다. 깨트릴 팔. 堆 언덕 퇴. 더미. 找 찾을 조.

4) 허약虛弱

하늘은 언제나 맑을 수 없고(天不能總晴), 사람은 언제나 건강
할 수 없다(人不能常壯). 몸과 마음이 모두 건강하면 평생 편안하

다(心身兩健一世安). 특히 마음이 통쾌하면 온갖 병은 사라진다
(心裏痛快百病消).

그래서 예부터 마음이 넓으면 몸이 건강하고(心廣體胖), 도량
이 크면 장수한다(量大長壽)고 하였다. 그리고 또 사람은 덕행을
쌓아야 장수할 수 있다(積德以增壽)고 말한다.

하여튼 늘 즐거우면 온갖 근심이 사라지고(常樂解千愁), 늘 웃
으면 온갖 병을 물리친다(常笑却百病). 그러니 낙관과 건강은 장
수와 짝을 이루지만(樂觀與健康長壽爲伴), 우울과 질병은 단명
을 따라간다(憂鬱同生病短命相隨).

일상생활에 절도가 없으면 나이 오십에 쇠약해진다(起居無節
半百而衰). 기거에 규율이 있다면(起居有規律), 병마가 너를 찾
지 않을 것이다(病魔不找你).

노인의 건강이란, 봄날의 추위와 가을의 무더위와 같다(老健
春寒秋後熱). 곧 오래 지속 못하고 언제 바뀔지 모른다.

사람의 건강은 나이에 따라, 50대에는 해마다(五年), 60대에는
달마다(六月), 70대에는 날마다(七日), 80대에는 시간마다(八時)
쇠약해진다.

○病秧嫩苗兒. ─ 風一吹就斷, 雨一打就倒.
　　병 앙 눈 묘 아　　　풍 일 취 취 단　우 일 타 취 도

병든 모종과 어린 싹. ─ 바람이 한번 불면 잘라지고, 비가
한번 때리면 쓰러진다.

○尖底瓮兒. ─ 撞便倒.
　　첨 저 옹 아　　　당 편 도

밑이 좁은 항아리. ― 밀면 바로 넘어간다.

○ 老病根兒. ― 說犯就犯.
　　노 병 근 아　　　설 범 취 범

늙어 병든 뿌리. ― 쉽게 병든다.

○ 牛屎堆寶塔. ― 觸則壞.
　　우 시 퇴 보 탑　　　촉 칙 괴

소똥으로 쌓아올린 보탑. ― 건드리면 바로 무너진다.

屎 똥 시. 堆 언덕 퇴. 퇴적堆積하다. 塔 탑. 불탑佛塔. stupa의 음역자音譯字.

○ 十二支屬常缺了仨. ― 申,子,戌.
　　십 이 지 속 상 결 료 삼　　　신 자 술

12지 중에 늘 건강이 안 좋은 3개. ― 원숭이(申). 쥐(子) 개띠(戌).

申(shēn), 子(zǐ), 戌(xū)은 신자허身子虛(shēn zǐ xū. 몸이 허약하다) 와 해음諧音.

5) 사망死亡

군자는 말 한마디로 살아날 수도(一句得生) 죽을 수도 있다(一句得死). 그리고 군자는 굶어죽을지언정 얻어먹지는 않는다(君子餓死不討口). 사나이라면 얼어 죽을지언정 바람에 맞서고(凍死迎風站), 굶어죽을지언정 허리를 굽히지 않을 것이다(餓死不折腰).

그리고 굶어죽을지언정 훔쳐온 밥을 먹지 않고(餓死不吃偸來食), 얼어 죽을지언정 뺏어온 옷을 입지 않는다(凍死不穿搶來衣). 얼어 죽을지언정 등잔불을 쬐지 않고(凍死不烤燈頭火), 굶어죽을지언정 다른 사람의 돈을 집지 않을 것이다(餓死不拿別人錢).

굶주린 개는 매를 두려워하지 않고(餓狗不怕打), 굶주린 사람은 체면을 따지지 않는다(餓人不要臉). 굶주린 사람은 죽을 각오로 복어를 먹을 것이다(拼死吃河豚). 곧 위기에 처했다면 모험이라도 해야 한다.

세상에는 술잔에 빠져 죽은 사람이(酒杯裏淹死的人), 바다에 빠져 죽은 사람보다 오히려 더 많다(比大海的還要多).

○ 綁到案上的猪. — 死到眼前.
　　방 도 안 상 적 저　　　사 도 안 전

묶여서 도마 위에 엎힌 돼지. — 죽음이 눈앞에 있다.

綁 동여맬 방. 案은 책상. 여기서는 돼지를 잡아 처분하는 큰 도마.

○ 風地裏的一盞燈. — 誰知道啥時滅之.
　　풍 지 리 적 일 잔 등　　　수 지 도 사 시 멸 지

바람 부는 곳의 등잔불 하나. — 언제 꺼질지 누가 알겠나?

盞 술잔 잔, 등잔 잔. 誰 누구 수. 啥(shá) 어느 사. 무엇(什么).

○ 鬍子老兒吹燈. — 把人燎了.
　　호 자 로 아 취 등　　　파 인 료 료

수염이 긴 늙은이가 등불을 불어끄다. — 사람이 그을었다.

죽었다. 燎(liáo, liǎo) 불탈 료. 그을리다. 了(마칠 료, liǎo)와 해음諧音. 죽다.

○ 七尺變六尺. — 腦袋搬家.
　　칠 척 변 륙 척　　　뇌 대 반 가

7자가 6자로 되었다. — 머리가 이사했다.

처형당하다. 7자는 사람의 보통 키. 6자가 되었다면 머리가 없
다는 뜻. 뇌대腦袋는 머리. 搬 옮길 반.

○ 騎驢吃燒鷄. — 這把骨頭還不知道扔在哪兒呢.
　　기 려 흘 소 계　　　저 파 골 두 환 불 지 도 잉 재 나 아 니

나귀를 타고서 구운 닭을 먹다. — 닭뼈는 어디에 던져버리
지 모른다.

사람이 어디에 묻힐지 모른다. 扔 당길 잉. 내버리다.

○ 騎驢會判官. — 馬上見鬼.
　　기 려 회 판 관　　　마 상 견 귀

나귀를 타고 판관을 만나다. — 마상에서 죽다.

방금 죽었다. 마상馬上(mǎ shàng) 곧. (즉시副詞로 쓰였다.) 견귀
見鬼(jiàn guǐ)는 이상야릇하다. 죽다. 파멸하다.

○ 秋瓜裂縫. — 一命嗚呼.
　　추 과 열 봉　　　일 명 오 호

끝물 오이가 갈라 터지다. — 죽어버리다.

목숨이 끊어지다. 추과秋瓜는 늦가을 오이. 끝물 오이. 열봉裂縫
은 찢어져 갈라지다. 嗚 탄식 소리 오. 오호嗚呼는 슬플 때 울부
짖는 소리. 죽다.

○ 孫悟空鬧地府. — 鉤他的死生簿.
　　손 오 공 료 지 부　　　구 타 적 사 생 부

손오공이 지하세계를 어지럽히다.—그의 사생부를 꺼내오다.

鬧(nào) 시끄러울 뇨. 鉤 갈고리 구. 갈고리로 끌어올리다.

라. 악행惡行

1) 배신背信

사람이 신의가 없다면 쓸 데가 없다(人而無信, 不知其可). 이
말은 《논어論語 위정爲政》의 구절이다. 사람에게 믿음이 없다면
사귈 수 없고(人而無信 不可交也), 사람은 근본을 잊어서는 안 된
다(人不可忘本). 처세와 사람 노릇에는 신의가 근본이다(處世爲
人, 信義爲本).

얼굴을 보면 사람이지만(當面是人), 뒤를 보면 귀신이다(背後
是鬼). 이런 사람은 남이 볼 때는 사람처럼 말을 하지만(當面說人
話), 뒤에서는 귀신 짓거리를 한다(背後幹鬼事). 사람을 마주할
때 얼굴과(當人一面) 등질 때의 얼굴(背人一面)이 다르다. 곧 표
리부동(表裏不同)하다. 이런 사람은 보는 데서 이렇게(當面一
套), 안 보는 데서 저렇게(背後一套) 하는 이중적 행동을 한다.

이름도 없는 봄풀은 해마다 푸르지만(無名春草年年綠), 신의
없는 사내는 대대로 가난하다(無信男兒世世窮).

○ 筍裏的魚兒. ― 有進無出.
　　구 리 적 어 아　　　유 진 무 출

　통발 속의 물고기. ―들어갈 수 있지만 나올 수 없다.

　筍(gǒu) 통발 구.

○ 劉備借荊州. ― 只借不還.
　　유 비 차 형 주　　　지 차 불 환

유비가 형주를 빌리다. — 빌려갈 뿐 반환하지 않다.

○ 夜猫借鷄公. — 有借無還.
　　　야 묘 차 계 공　　　유 차 무 환

밤고양이가 수탉을 빌려가다. — 빌려가서는 되돌려주지 않다.

계공鷄公은 공계公鷄. 수탉.

○ 城隍廟娘娘有喜. — 懷的鬼胎.
　　　성 황 묘 낭 낭 유 희　　　회 적 귀 태

성황신 마누라의 임신. — 귀태를 임신하다.

성황신은 마을이나 성읍城邑을 비켜주는 낮은 등급의 신인데,
보통 성황야야城隍爺爺로 호칭한다. 그 성황신의 아내는 성황낭
낭城隍娘娘이다. 유희有喜는 임신하다. 성황낭낭의 임신은 곧 귀
태鬼胎(guǐ tāi)이다. 귀태는 '남에게 말 못 할 나쁜 생각'이란 뜻
으로 쓰인다. 또 '못된 생각을 하다'의 뜻에, '아버지를 닮지 않
은 못된 아들'이란 뜻도 있다.

○ 閻王爺老婆懷胎. — 肚子鬼.
　　　염 왕 야 노 파 회 태　　　두 자 귀

염라대왕 마누라의 임신. — 뱃속에 든 귀신.

염왕야노파閻王爺老婆는 '다른 사람의 성질이 고약한 마누라'를
뜻할 때도 있다.

○ 黃鼠狼給鷄拜年. — 沒安好心.
　　　황 서 랑 급 계 배 년　　　몰 안 호 심

쪽제비가 닭에게 세배하다. — 좋은 마음이 없다.

쪽제비(황서랑黃鼠狼)의 전공은 닭 훔쳐 잡아먹기이다. 그런 쪽
제비가 닭에게 새해 세배를 갈 때 무슨 생각을 하겠는가?

○ 黃鼠狼子給鷄拜年. — 裝蒜.
　　　황 서 랑 자 급 계 배 년　　　장 산

쪽제비가 닭에게 세배하다. — 짐짓 시치미를 떼다.

알면서도 모르는 체하다. 蒜(suàn) 달래 산. 마늘과 같은 매운 맛
을 가진 야생 식물. 마늘(大蒜).

○ 酒盃裏洗澡. — 小人.
　　주 배 리 세 조　　　소 인

술잔 안에서 몸을 씻다. — 소인小人이다.

澡 씻을 조. 여기 소인은 작은 체구의 사람이 아닌, 인격이 비열
한 사람을 뜻한다.

○ 古墓裏搖鈴. — 和哄死尸.
　　고 묘 리 요 령　　　화 공 사 시

오래된 묘에서 방울을 흔들다. — 시신을 속이려 하다.

哄 속이다 공. 떠들썩할 홍.

○ 摻糠喂鷄. — 哄蛋.
　　삼 강 위 계　　　공 단

쌀겨를 쥐고 닭을 불러 모으다. — 사기꾼.

摻 잡을 삼. 손에 쥐다. 糠 쌀겨 강. 喂 부르는 소리 위. 먹이다.
哄 떠들 홍. 속일 공. 蛋 알 단. 둥근 물건. 놈. 새끼.

○ 苦肉計打黃蓋. — 哄小孩.
　　고 육 계 타 황 개　　　공 소 해

고육지계로 황개를 두둘겨 패다. — 어린아이를 속이다.

○ 前妻的孩子哄後娘. — 盡說瞎話.
　　전 처 적 해 자 공 후 낭　　　진 설 할 화

전처의 자식이 계모를 속이다. — 온갖 거짓말을 다하다.

瞎 소경 할. 할화瞎話(xiāhuà)는 거짓말.

○ 在光頭上鑽眼. — 騙人.
　　재 광 두 상 찬 안　　　편 인

빡빡머리에 구멍을 뚫다. — 사람을 속이다.

광두光頭는 대머리. 화상의 빡빡머리. 鑽 뚫을 찬. 찬안鑽眼은 찬
공鑽孔. 화상이 수계하면서 '향불로 9군데를 지진다' 라는 주석

이 있다. 騙 속일 편.

2) 아부阿附

사람이 가난하면 쉽게 아첨하게 되고(貧卽易諂), 부유하면 교만해지기 쉽다(富卽易驕). 아랫사람에게 교만한 사람은(臨下驕者), 윗사람을 섬길 때는 틀림없이 아첨한다(事上必諂).

아부는 모두가 좋아하지만(阿諛人人喜), 직언은 누구나 싫어한다(直言個個嫌). 독서인은 남이 아첨하는 것을 제일 좋아한다(讀書人最好奉承). 아부하면 복이 오고(阿諛有福), 바른 말은 재앙을 초래한다(直言賈禍).

충성과 아부를 같이 할 수 없고(忠佞不兩立), 재앙과 복은 같이 오지 않는다(禍福不双行). 개가 아무리 말을 잘 들어도, 꼬리치는 개를 타고 다닐 수 없다. 곧 아부하는 사람은 믿을 수 없다.

○登梯子上樹. ─ 攀高枝兒.
　등 제 자 상 수　　반 고 지 아
사다리를 타고 나무에 오르다. ─ 높은 가지를 부여잡다.
권세가를 따라 매달리다. 攀 잡을 반. 잡고 올라가다.

○長杆打猴. ─ 爬到高處去.
　장 간 타 후　　파 도 고 처 거
긴 장대로 원숭이를 때리다. ─ 높은 곳에 올라가버리다.
권세가를 따라서 떠나가다. 爬 긁을 파. 기어다니다, 기어 올라가다.

○狗臉親家. ─ 三日好, 兩日臭.
　구 검 친 가　　삼 일 호　 양 일 취

아첨하는 사돈. ― 사흘간 잘 지내다가도 이틀은 사이가 틀어지다.

臉 뺨 검. 구검狗臉은 화를 잘내다. 권세에 따라 태도를 바꾸다. 친가親家(qing jia)는 사돈. 臭 냄새 취. 썩다. 비루하다.

○狗皮膏藥. ― 貼上了.
　구 피 고 약　　　첩 상 료

개가죽에 싼 고약, 엉터리 약. ― 착 달라붙다.

貼 붙은 첩.

○耗子給猫捋鬍子. ― 溜須不顧命.
　모 자 급 묘 날 호 자　　유 수 불 고 명

생쥐가 고양이 수염을 뽑아주다. ― 아부하느라 목숨도 보살피지 못하다.

捋(lǚ) 집어서 따낼 날. 유수溜須는 알랑거리다. 아첨하다.

○揪着龍尾巴上天. ― 擡高身分.
　추 착 룡 미 파 상 천　　대 고 신 분

용의 꼬리에 매달려 승천하다. ― 신분을 상승시키다.

지위와 권세가 친분을 맺어 신분을 향상시키다.

○拉住皇帝叫妹夫. ― 攀高結貴.
　랍 주 황 제 규 매 부　　반 고 결 귀

황제를 매부라고 부르다. ― 고귀한 사람에게 매달리고 결탁하다.

攀 잡고 오를 반.

○毛毛蟲爬樹梢. ― 沾高枝兒.
　모 모 충 파 수 초　　첨 고 지 아

송충이가 나뭇가지 끝에 기어가다. ― 높은 가지에 매달리다.

모모충毛毛蟲은 송충이나 굼벵이. 꾸물대는 사람. 沾 더할 첨.

○騎馬不帶鞭子. ― 猛拍馬屁.
　기 마 불 대 편 자　　맹 박 마 비

말을 타며 채찍이 없다. ― 말의 엉덩이를 힘껏 때리다.

鞭 채찍 편. 拍 칠 박. 屁 방귀 비. 비고屁股는 궁둥이. 박마비拍
馬屁는 아첨하다, 알랑거리다(捧屁). 마비귀馬屁鬼는 아첨쟁이.

○ 屬兔子的. ― 鑽前鑽後.
　속 토 자 적　　　찬 전 찬 후

토끼띠에 속한 사람. ― 앞으로도 뒤로도 뚫는다. 남의 비위
를 맞추다.

鑽 끌 찬. 뚫다. 깊이 연구하다. 남의 비위를 맞추다.

○ 屬喜鵲的. ― 好登高枝.
　속 희 작 적　　　호 등 고 지

까치 속성의 사람들. ― 높은 가지에 오르길 좋아하다.

○ 藤條攀到樹上. ― 樹不死藤不枯.
　등 조 반 도 수 상　　　수 부 사 등 불 고

등나무가 나무에 매달리다. ― 나무는 죽지 않고, 등나무도
고사하지 않다.

후원자에 의지하는 사람은 후원자를 쓰러트리지도, 또 그 자신
도 실패하지 않다.

○ 五人共傘. ― 小人全靠大人遮.
　오 인 공 산　　　소 인 전 고 대 인 차

5인이 쓰는 우산. ― 소인은 전적으로 대인의 보호에 의지
한다.

傘(우산 산)은 대인大人. 1인 아래에 작은 사람 넷이 있는 글자이
다. 靠 기댈 고. 遮 막을 차.

○ 野雀跟着孔雀飛. ― 高攀.
　야 작 근 착 공 작 비　　　고 반

참새가 공작을 따라 나르다. ― 높이 오르다.

跟 발꿈치 근. 따라가다. 攀 매달린 반.

3) 낭비浪費

소경이 등불을 밝히면(瞎子點燈), 공연히 초만 낭비하고 효과가 없다.

오늘은 셋, 내일은 넷(今日三 明日四)―이는 날마다 재물을 함부로 낭비하는 것이다. 지출이 많은 것이 살림을 하는 데 제일 큰 병이다(多費爲治家第一病). 우리 살림에서 근면이 물이라면(勤爲水) 절약은 항아리이다(儉是壺). 낭비는 바로 물이 새는 항아리이며(浪費是個漏漏壺), 낭비는 모래에 물을 쏟아버리는 것과 같다(浪費好比水淘沙).

큰 바닷물이라도 바가지로 퍼내는 걸 견디지 못한다(大海禁不住瓢舀). 곧 아무리 많은 재산이라도 작은 낭비를 멈추지 않으면 곧 없어진다.

○ 把龍袍當簑衣. ― 白糟踏.
　파 룡 포 당 사 의　　　백 조 답

용포를 도롱이로 사용하다. ― 일부러 망치다.

簑 도롱이 사. 비 오는데 걸치는 우의雨衣. 白은 헛되이. 糟 술지게미 조. 그르치다. 망치다. 踏 밟을 답. 조답糟踏은 낭비하다. 못쓰게 버리다. 못쓰게 되다. 파괴하다.

○ 牛嚼牡丹. ― 可惜.
　우 작 모 란　　　가 석

소가 모란꽃을 씹어먹다. ― 아깝다.

嚼 씹을 작. 牡 수컷 모. 丹 붉은 단. 여기서는 音 란. 惜 아낄 석.

○ 散財童子的妹子. ― 天女散花.
　산 재 동 자 적 매 자　　　천 녀 산 화

산재동자의 여동생. ― 천녀가 꽃을 뿌리다.

재물을 마구 뿌리다. 산재散財(sán cái)는 재물을 마구 뿌리다. 낭비하다. 불교의 선재동자善才童子(shàn cái tòng zǐ)는 불타佛陀의 제자弟子로 관세음보살의 협시불脅侍佛인데, '산재散財(廣散錢財)'로 와전訛傳되어 통한다. 산화散花(sán huā)는 꽃잎을 뿌려 부처에게 바치다. 소용없게 되다.

○往水裏扔錢. ― 聽響聲.
　왕 수 리 잉 전　　청 향 성

물가에 가서 돈을 내던지다. ― 퐁당 소리를 듣다. 돈을 뿌리다.

扔 내버릴 잉. 돈으로 물건을 사는데 쓰지 않고 마구 낭비하다.

○烏龜吃大麥. ― 糟踏糧食.
　오 구 흘 대 맥　　조 답 양 식

자라가 보리를 먹다. ― 양식을 마구 버리다.

오구烏龜(wūguī)는 자라. 옛날 유곽의 주인. 자라는 풀이나 작은 벌레를 먹는다. 곡식을 먹게 한다면, 양식을 낭비하는 것이다. 糟 헐다. 상하다. 踏 밟아 누르다. 밟고 가다.

4) 탐욕貪慾

가난 빈貧자와 탐할 탐貪은 같은 모양으로 보인다(貧字與貪字一樣寫). 곧 가난하면 욕망이 커질 수밖에 없다. 욕심이 생기면 지혜는 혼미해진다(貪心生則智昏).

젊어 게으르면 늙어 탐욕뿐이다(小時懶大時貪). 젊어 조심할 것은 싸움이고(小時戒之在鬪), 늙어 조심할 것은 탐욕이다(老年戒之在貪).

만족할 줄 알면 군자이고(知足是君子), 탐욕을 부린다면 소인이다(貪婪婪是小人). 만족을 아는 사람은 빈천하더라도 즐겁지만(知足者 貧賤亦樂), 만족을 모르는 사람에게는 부귀하더라도 걱정만 한다(不知足者富貴亦憂). 미끼를 탐하는 고기가 쉽게 낚시에 걸린다(貪食的魚易上鉤). 재물을 탐하지 않으면 재앙은 없다(不貪財禍不來).

○蒼蠅見血. ─ 赶不走.
　　창 승 견 혈　　간 불 주

파리가 피를 보았다. ─ 쫓아도 날아가지 않는다.

蒼 푸를 창, 늙을 창. 蠅 파리 승. 창승蒼蠅(cāng yíng)은 파리. 赶 따라갈 간. 쫓아버리다.

○鈔票洗眼. ─ 見錢開眼.
　　초 표 세 안　　견 전 개 안

지폐로 눈을 씻다. ─ 돈에 눈 뜨다.

오로지 돈만 보다. 鈔 약탈할 초. 돈. 초표鈔票(chāo piào)는 지폐. 지전紙錢.

○擔雪塡井. ─ 沒有個滿的日子.
　　담 설 전 정　　몰 유 개 만 적 일 자

눈을 날라 우물을 메우다. ─ 가득 찰 날이 없다.

인간 욕망이 끝이 없다. 塡 메울 전. 메우다. 보충하다.

○二五眼下棋. ─ 鬧個卒.
　　이 오 안 하 기　　요 개 졸

얼치기 하수가 장기를 두다. ─ 상대 졸만 먹으려 하다.

이오안二五眼은 능력이 모자라다. 질이 떨어지다. 이오자二五子와 同. 鬧(nào) 시끄러울 뇨.

○餓漢見瓜皮. ― 好的歹的攬搭下.
　　아 한 견 과 피　　호 적 알 적 람 탑 하

굶주린 사내가 오이 껍질을 보았다. ― 좋고 나쁜 것 모두
움켜쥐다.

餓 굶주릴 아. 歹(dǎi) 살 발린 뼈 알. 나쁘다. 나쁜 짓을 하다. 攬
거둬잡을 남(람). 搭 탈 탑. 싣다. 섞다.

○蛤蟆吞西瓜. ― 開口不搭多.
　　합 마 탄 서 과　　개 구 불 탑 다

두꺼비가 수박을 삼키다. ― 입이 많이 벌어져도 두렵지 않다.

조건이 너무 높아 홍정하기가 쉽지 않다. 蛤 두꺼비 합. 蟆 두꺼
비 마. 합마蛤蟆는 개구리나 두꺼비 종류의 총칭. 吞 삼킬 탄. 서
과西瓜는 수박.

○觀世音看見紅孩兒. ― 見財難舍.
　　관 세 음 간 견 홍 해 아　　견 재 난 사

관세음보살이 잘 차려입은 아이를 보았다. ― 제물을 보고
서는 손 떼기가 어렵다.

○棺材裏申出手來. ― 死要錢.
　　관 재 리 신 출 수 래　　사 요 전

관 속에서 손을 뻗치다. ― 죽으면서도 돈을 달라고 하다.

목숨보다 돈을 더 아끼다.

○黃鼠狼咬住鷄咽喉. ― 吃定.
　　황 서 랑 교 주 계 인 후　　흘 정

쪽제비가 닭의 목을 물다. ― 먹기로 작정했다.

○郞中開棺材店. ― 死活都要錢.
　　낭 중 개 관 재 점　　사 활 도 요 전

의원이 관을 파는 점포를 개업했다. ― 죽든 살든 돈이 있
어야 한다.

낭중郞中은 의원醫員.

○老虎借猪. ― 有進沒出.
　　노 호 차 저　　　유 진 몰 출

호랑이가 돼지를 빌려가다. ― 들어만 가고 나오질 않는다.

돈을 차용하고서는 상응하는 대가가 없다.

○老鷹吃小鷄. ― 連毛毛爪爪都不留.
　　노 응 흘 소 계　　　연 모 모 조 조 도 불 류

솔개가 병아리를 잡았다. ― 털이나 발톱까지 하나도 안 남기었다.

깡그리 긁어가서 아무것도 남기지 않다.

○梁山上的口氣. ― 不愛交遊, 只愛錢.
　　양 산 상 적 구 기　　　불 애 교 유　　지 애 전

양산박 사람들 말투. ― 서로간 교우하지 않고, 다만 금전만 좋아한다.

구기口氣는 말버릇. 어조語調. 말씨. 교유交遊는 교우交友.

○賣水的看見河. ― 盡想錢.
　　매 수 적 간 견 하　　　진 상 전

물장수가 강물을 바라보다. ― 전부 돈이라 생각하다.

○猫子吃肉. ― 囫圇呑.
　　묘 자 흘 육　　　홀 륜 탄

고양이가 고기를 먹다. ― 통째로 삼키다.

囫 덩어리 홀. 圇 덩어리 륜. 홀륜囫圇은 통째로. 송두리째. 呑 삼킬 탄.

○守財老. ― 只曉得看錢成堆而不曉得用.
　　수 재 로　　　지 효 득 간 전 성 퇴 이 불 효 득 용

수전노. ― 돈을 보면 쌓아둘 줄만 알고 쓸 줄은 알지 못하다.

수재로守財老는 수전노守錢奴.

○銅板做眼睛. ― 認錢不認人.
　　동 판 주 안 정　　　인 전 불 인 인

구리판으로 만든 눈동자. ─ 돈만 보이고 사람은 보질 못한다.

○ 瞎漢跳渠. ─ 看前面.
　　할 한 도 거　　　　간 전 면

눈먼 사내가 도랑을 건너뛰다. ─ 앞쪽만 바라보다.

전면前面의 前(qián)은 錢(qián)과 해음諧音.

○ 嚴嵩做壽. ─ 照單全收.
　　엄 숭 주 수　　　조 단 전 수

엄숭의 회갑연. ─ 예물 단자單子대로 모두 거두어들이다.

엄숭嚴嵩(1480─1567년, 號는 勉庵)은 명대明代 세종世宗 가정嘉靖
연간(1522─1566)의 권신. 이부상서吏部尙書 등 역임. 중국 역사
상 유명한 탐관貪官. 주수做壽는 생신을 축하하다. 축수하다.

○ 趙公明的兒子. ─ 認錢不認人.
　　조 공 명 적 아 자　　　인 전 불 인 인

재신財神은 조공명의 아들. ─ 돈은 알지만 사람은 몰라본다.

조공명은 조공원수趙公元帥라고도 불리는데, 중국인의 재물을
주관하는 재신財神이다. 조공명은 무예가 출중하고, 검은 호랑
이를 타고 다니며 철 채찍 등 법보法寶를 지닌 형상으로 그려진
다. 이 헐후어는 권세나 이득만을 따르며 전재錢財에만 뜻을 둔
사람을 책망한다.

5) 허영虛榮

하나가 비었다면 나머지도 다 비었다(一個虛 百個虛). 영화는
풀잎 위의 이슬이고(榮華是草上露), 부귀란 기와에 내린 서리이
다(富貴是瓦頭霜).

부귀영화는 우담화와 같다(富貴榮華如曇花). 부귀는 귓가에

스치는 가을바람과 같다(富貴如秋風過耳). 부귀가 뜬구름 같다는 것을 간파한다면(富貴如浮雲看破了), 얻었다 하여 기쁘지 않고 잃었다 하여도 걱정하지 않는다(得亦不喜失亦不懼). 인생에 먼 앞날을 내다본 계획이 없다면(人無千日計), 늙었을 때 모든 것이 공허하다(老來皆空虛).

○乾打雷不下雨. ─ 虛張聲勢.
　건 타 뢰 불 하 우 　　　허 장 성 세

마른 천둥소리에, 비는 내리지 않는다. ─ 허장성세.

목소리만 크지 실천이 없다.

○搽粉進棺材. ─ 死要面子.
　차 분 진 관 재 　　　사 요 면 자

분칠을 하고 관 속에 들어가다. ─ 죽더라도 체면을 차려야 한다.

搽 칠할 차. 棺材는 관. 면자面子는 체면. 면목. 정의情誼.

○搽胭脂入殮. ─ 死要面子.
　차 연 지 입 렴 　　　사 요 면 자

연지를 바르고 염을 하다. ─ 죽더라도 체면을 차려야 한다.

胭脂 연지. 殮 염할 렴. 시신을 정리하고 수의를 입히는 과정.

○關雲長的脾氣. ─ 最愛臉面.
　관 운 장 적 비 기 　　　최 애 검 면

관운장의 기질. ─ 체면을 가장 아낀다.

脾는 지라 비. 오장의 하나. 비장脾臟. 비기脾氣는 성격. 몸에 밴 버릇. 성깔. 臉(liǎn) 뺨 검. 검면臉面(liǎn miàn)은 얼굴. 체면. 낯. 명예.

6) 허위虛僞

진실한 사람은 말수가 적고(眞實者寡言), 거짓된 자는 말이 많다(虛僞者多辯). 얼굴 껍데기만 웃고 속은 웃지 않는다(皮笑肉不笑). ─ 이는 웃고 있지만 마음속에는 감정을 품고 있다는 뜻이다. 신선은 거짓말을 하지 않는다(眞人不說假話). ─ 성실한 사람은 거짓말을 못한다.

진짜 부처님 앞에서(眞菩薩面前) 거짓 마음으로 향을 피우지 말라(莫要假燒香). 진짜 오골계는 씻어도 하얗게 되지 않는다(眞是烏骨鷄水洗不白).

독사가 입에서 연꽃을 토하다(毒蛇口中吐蓮花). 곧 악인이 위선적인 행동을 하다. 눈을 부릅 뜬 금강역사는 두렵지 않지만(不怕瞪眼金剛), 좋은 얼굴을 한 보살이 무섭다(就怕蒙面菩薩). 곧 위선적인 사람이 더 무섭다.

○ 半路上留客人. ─ 嘴上熱情.
　　반 로 상 류 객 인　　　취 상 열 정

　길을 가고 있는데 손님을 머물라고 한다. ─ 입으로만 열정을 보인다.

　嘴 부리 취. 주둥이. 표면상 열정. 성의는 결핍.

○ 刀切豆腐. ─ 兩面光.
　　도 절 두 부　　　 양 면 광

　칼로 두부를 자르다. ─ 양쪽 다 매끈하다.

○ 黃鼠狼弔孝. ─ 裝蒜.
　　황 서 랑 조 효　　　장 산

쪽제비의 조문. — 일부러 꾸미는 위로. 가의假意.

裝 꾸밀 장. 蒜 마늘 산. 장산裝蒜은 짐짓 모른 체하다. 시치미 떼다.

○ 猫哭老鼠. — 假慈悲.
　　묘 곡 로 서　　　가 자 비

고양이가 쥐를 위해 곡하다. — 거짓 자비.

○ 借花獻佛. — 討好.
　　차 화 헌 불　　토 호

남의 꽃을 빌려 부처께 올리다. — 잘 보이려 하다.

토호討好는 남의 비위를 맞추다. 눈에 들려 하다. 이익을 얻다.

○ 借香拜佛. — 不是善心.
　　차 향 배 불　　불 시 선 심

향을 빌려 태우며 부처께 절하다. — 선심善心은 아니다.

○ 姓賈姑娘配姓賈的小子. — 賈門賈氏(假門假事).
　　성 가 고 낭 배 성 가 적 소 자　　　가 문 가 씨　가 문 가 사

가씨 처녀가 가씨 막내아들과 결혼하다. — 가문에 가씨이다.

賈와 假는 해음諧音. 氏(shì)와 事(shì)는 해음. 모두가 거짓이라고 비꼬는 말.

○ 油炸西瓜. — 外熱內涼.
　　유 작 서 과　　외 열 내 량

기름에 수박을 튀기다. — 겉은 뜨겁지만 안은 차갑다.

炸(zhà) 튀길 작. 터지다. 폭파하다.

○ 雨過送傘. — 空頭人情.
　　우 과 송 산　　공 두 인 정

비가 그친 뒤 우산을 보내다. —속이 빈 인정. 진심 없는 인정.

○ 病好打醫生. — 恩將仇報.
　　병 호 타 의 생　　은 장 구 보

병이 나은 뒤 의원을 패주다. — 은덕을 원수로 갚다.

○念完經打和尙. ━ 過河折橋.
　넘 완 경 타 화 상　　과 하 절 교

염불을 마치자 화상을 두들겨 패다. ━ 냇물을 건너고서 교량을 부수다.

○中山狼. ━ 可殺不可救.
　중 산 랑　　가 살 불 가 구

중산의 늑대. ━ 죽여야지 살려줄 수 없다.

전국戰國시대에 조간자趙簡子란 사람이 중산국中山國에서 사냥을 하다가 늑대를 쏘아 상처를 입혔다. 뒤따라오던 동곽선생東郭先生은 상처 입은 늑대를 불쌍히 여겨 숨겨주고 상처를 치료해주었다. 상처가 다 나은 늑대는 동곽선생을 잡아먹었다고 한다. 은덕을 악으로 갚은 망은부의忘恩負義한 사람을 비유한 말이다.

7) 사욕私慾

본래 많이 가졌으면 큰 어려움이 있고(大有大難), 조금 가졌으면 작은 어려움이 있다(小有小難). 큰일을 하면서 몸을 사리고(幹大事而惜身), 작은 이득을 좇아 목숨을 돌보지 않는다면(逐小利而忘命), 그는 사리 판단을 잘못하는 사람이다.

본래 큰일을 하는 사람은(成大事者), 작은 비용을 아끼지 않고(不惜小費), 작은 절차에 구애받지 않으며(不拘小節), 작은 실패에 얽매이지 않는다(不拘小涼).

군자는 의리에 행동하고(義動君子), 소인은 이득을 따라 움직인다(利動小人). 이득을 잃을지언정 신의를 잃을 수 없으니(失利不失信), 신의를 잃으면 본전도 잃는다(失信失老本). 잃은 돈은

쉽게 벌 수 있지만(金失容易得), 놓친 기회는 다시 오지 않는다
(機失不再來).

권세로 교제를 한 사람은 권세가 다하면 소원해지고(以勢交者
勢盡卽疏), 이익을 두고 결합했던 사람은 이득이 없어지면 흩어
진다(以利合者利盡卽散).

○黃牛過河. ― 各顧各.
　황 우 과 하　　　각 고 각

황소가 강을 건너가다. ― 각자 자신을 챙긴다.

황우黃牛는 암표상, 밀입국 브로커, 거간꾼 등의 의미로도 쓰인다.

○喝的井水. ― 管不了那么寬.
　갈 적 정 수　　관 불 료 나 요 관

우물의 물을 마신 사람. ― 우물의 대소를 상관하지 않는다.

喝 꾸짖을 갈, 마실 갈. 나요那么(nàme)는 그런, 저런. 상태, 방식,
정도를 표시.

○叫花子烤火. ― 各人顧各人.
　규 화 자 고 화　　　각 인 고 각 인

거지도 자기의 옷을 불에 말린다. ― 각자 자신의 이익을
돌아보다.

각자 자신의 이익을 생각할 뿐 남을 생각하지 않는다.

구화자叫花子(jiào huā zi)는 거지, 걸인乞人, 걸개乞丐. 烤(kǎo) 불
에 말릴 고. 顧(gù) 돌아볼 고.

○癆病鬼開藥店. ― 爲了方便自己.
　노 병 귀 개 약 점　　　위 료 방 편 자 기

폐병쟁이가 약방을 개업하다. ― 자신의 편의를 위해서이다.

癆는 중독 노. 폐병. 결핵.

○ 老虎金錢豹. ─ 各走各的道.
　　노 호 김 전 표　　　각 주 각 적 도

호랑이와 표범. ─ 각자 자기 길을 간다. 서로 간섭하지 않다.

○ 老頭兒打燈籠. ─ 只管脚下.
　　노 두 아 타 등 롱　　지 관 각 하

늙은이가 등불을 들다. ─ 자기 발 아래만 비춘다.

○ 牛皮燈籠加黑漆. ─ 照裏不照外.
　　우 피 등 롱 가 흑 칠　　조 리 불 조 외

소가죽 등불에 옻칠을 하다. ─ 안을 비추고 밖은 비추지
않다.

○ 小孩子鼓鑼鼓. ─ 各鼓各.
　　소 해 자 고 라 고　　각 고 각

어린이이가 징과 북을 치다. ─ 각자 제 마음대로 치다.

鼓(gǔ) 북 고. 북을 치다. 顧(gǔ. 돌아볼 고)와 해음. 제각각 제 생
각만 하다.

○ 修鍋匠補碗. ─ 吱咕吱.
　　수 과 장 보 완　　지 고 지

솥 땜쟁이가 사발을 땜질하다. ─ 지직꾸지직.

각자 챙기다. 鍋 솥 과. 碗 주발 완. 吱 삐걱 소리 지. 咕 투덜거
릴 고. 지고지吱咕吱는 의성어. 자고자自顧自(zì gù zì, 각자 자신을
챙기다)와 해음.

○ 一人一條心. ─ 各顧各.
　　일 인 일 조 심　　각 고 각

사람마다 다른 생각. ─ 각자 자신을 보살피다.

○ 羊群過草坡. ─ 各顧各的嘴.
　　양 군 과 초 파　　각 고 각 적 취

양떼가 풀밭을 지나가다. ─ 각자 자기 먹을 것을 챙기다.

坡 고개 파, 비탈 파. 嘴(zuǐ). 부리 취.

2. 성격性格

가. 긍정적 성격

1) 총명聰明

천성이 민첩하며 배우기를 좋아하며(敏而好學), (지위, 학문, 연령이) 나만 못한 사람에게 배움을 청하는 것을 부끄러워하지 않다(不恥下問). 이는 마음을 비우고 학문에 힘쓴다는 뜻이다. 알지 못하는 것을 부끄럽게 생각지 말라(不以不知爲恥). 다만 배우려 하지 않는 것을 부끄럽게 생각해야 한다(要以不學爲愧).

그래서 천리마가 늙은 황소를 찾아와 인사를 하는 것이다(千里馬拜訪老黃牛). 곧 앞서 나가는 사람이 후배에게 가르침을 청하다. 치욕을 아는 것은 용勇에 가깝다(知恥近乎勇).

어려움을 겪어본 사람은 세상물정을 안다(經風雨見世面). 한 가지 일을 겪어보면 지혜 하나 늘어난다(經一事長一智). 급히 서두르면 실수하고(急則有失), 화를 낼 때면 지혜가 없다(怒中無智). 큰 무예를 가진 사람은 겁쟁이 같고(大勇若怯), 큰 지혜의 사람은 어리석은 것 같아 보인다(大智若愚). 이는 무술계 교훈이다. 이처럼 뛰어난 지혜는 어리석은 것 같지만(大智若愚), 깊이 감춰졌기에 텅 빈 것 같다(深藏若虛).

○八月的石榴. ― 滿腦袋的紅點子
　팔 월 적 석 류　　만 뇌 대 적 홍 점 자

8월의 석류. ― 머릿속에 꽉찬 좋은 아이디어.

사람의 두뇌가 민첩하여 좋은 아이디어가 끝없이 나온다는 비유. 紅(hóng) 붉을 홍. 운이 좋다. 번창하다. 점자點子는 점. 요점. 생각 방법. 의미.

○玻璃的腦瓜兒, 水晶的五臟. ― 通明透亮.
　파 리 적 뇌 과 아　수 정 적 오 장　　통 명 투 량

유리처럼 밝은 머리, 수정과 같은 오장. ― 밝고 투명하다.

玻 유리 파. 璃 유리 리. 파리玻璃는 유리. 亮은 밝을 량.

○峨眉山上活猴子. ― 看精的何人.
　아 미 산 상 활 후 자　　간 정 적 하 인

아미산에 사는 원숭이. ― 어떤 사람이든 그 마음을 들여다본다.

아미산 원숭이는 눈치가 빠르고 민첩하여 마치 사람 마음을 들여다보는 것 같다.

○狗熊的舅舅. ― 猩猩兒.
　구 웅 적 구 구　　성 성 아

작은 곰의 외삼촌. ― 성성이. 오랑우탄.

猩 성성이 성. 원숭이 종류. 성성이 입술(猩脣)은 팔진미八珍味

의 하나이다.

○豆芽兒炒蝦米. ─ 彎子不少.
　두 아 아 초 하 미 　 만 자 불 소

콩나물과 새우를 볶다. ─구부러진 것이 많다. 속임수가 많다.

콩나물이나 새우는 본래 구부러졌다. 彎 굽을 만. 만자彎子는 굽
은 것. 곡절이 많고 복잡하다. 이해하기 어려운 것. 속임수.

○光棍玲瓏心. ─ 一點就透.
　광 곤 령 농 심 　 일 점 취 투

총명한 사람의 영롱한 마음. ─ 명백 투철하다.

棍 몽둥이 곤. 玲 옥소리 영. 瓏 옥소리 농(롱). 透 통할 투. 광곤
光棍은 여러 가지 의미가 있다. 곧 홀아비. 악당. 부랑자. 총명한
사람. 호한好漢은 여기서는 총명한 사람.

○麻子的臉. ─ 點點不少.
　마 자 적 검 　 점 점 불 소

곰보의 얼굴. ─ 점이 많다.

주의主意나 방법이 많다. 마자麻子(má zi)는 곰보 자국. 곰보.

○屬姜子牙的. ─ 能掐會算.
　속 강 자 아 적 　 능 겁 회 산

강태공 같은 사람들. ─ 손가락 꼽는 계산을 잘하다.

강자아姜子牙는 주문왕周文王의 신하, 무왕武王의 군사軍師. 보통
강태공. 掐 꼬집을 겁. 손가락을 꼽으면서 계산하다. 순서를 따
지다. 미래를 점치다.

○螃蟹的脚杆. ─ 彎彎多.
　방 해 적 각 간 　 만 만 다

게의 다리. ─구부러진 곳이 많다.

계모計謀가 많다. 螃 방게 방. 蟹(xiè) 게 해. 彎(wān) 굽을 만.

2) 강직剛直

대장부는 각자 자기 뜻을 실행한다(大丈夫各行其志). 대장부는 제때에 결단을 내려야 한다(大丈夫當機立斷). 대장부는 과감하게 실천하며 당당히 책임을 진다(大丈夫敢作敢當). 곧 우물쭈물하며 눈치나 보지 않는다.

사람이 야무진 데가 없으면 일생 동안 궁하니(人心無剛一世窮), 사내가 강직하지 않다면 왕겨만도 못하다(男人無剛不如粗糠).

그렇더라도, 너무 유柔하면 존재가 없고(太柔則廢), 너무 강하면 부러진다(太剛則折). 대장부는 때로는 강하게, 때로는 부드럽게 처신해야 한다(大丈夫剛柔竝行). 유연한 것이 억센 것을 이기고(柔能勝剛), 약한 것이 강한 것을 이길 수도 있다(弱能勝强).

사람들은 부드러움은 입신의 근본이라 말하는데(柔軟是立身之本), 유柔에 강剛이 있으면 깨도 깨어지지 않으나(柔中有剛攻不破), 강에 유가 없다면 견고하지 않다(剛中無柔不爲堅).

○ 李逵掄板斧. ― 人强家伙硬.
　　이 규 윤 판 부　　　인 강 가 화 경

이규가 큰 도끼를 골라잡다. ― 사람은 억세고 병기도 무섭다.
이규李逵는 《수호전水滸傳》의 흑선풍黑旋風 이규. 逵 큰길 규. 掄
(lún) 고를 윤. 골라잡다. 판부板斧는 날이 넓고 평평한 큰 도끼.
가화家伙는 가구. 도구. 연장. 병기兵器.

○ 棟木扁擔. ― 寧斷不彎.
　　동 목 편 담　　　녕 단 불 만

단향목의 멜대. — 부러질지언정 구부러지지 않다.

성격이 강강强剛하여 죽어도 굽히지 않다. 寧(níng) 편안할 영.
(nìng) 차라리 ~할 지언정. 彎 굽을 만.

○ 桑木(楊木)扁擔. — 寧折不彎.
　　상 목 양 목 편 담　　　녕 절 불 만

뽕나무(버드나무) 멜대. — 꺾일지언정 구부러지지 않다.

의지가 강하여 굴복하지 않다. 뽕나무는 목질이 단단하다.

○ 生鐵犁頭. — 寧折不彎.
　　생 철 려 두　　녕 절 불 만

생철로 만든 쟁기 날. — 꺾일지언정 구부러지지 않다.

犁(lí) 쟁기 려. 보습. 쟁기 중 땅을 파는 부분. 얼룩소 리.

○ 王麻子剪刀. — 眞鋼.
　　왕 마 자 전 도　　진 강

왕씨 곰보네 가위. — 진짜 강철.

왕마자전도王麻子剪刀는 북경北京의 곰보(麻子)인 왕씨가 만들
어 파는 가위. 품질 좋기로 평판이 높았다. 剪 자를 전. 鋼(gāng,
강철 강)은 剛(gāng, 굳셀 강)과 해음諧音.

○ 鐵黑豆. — 炒煞不暴.
　　철 흑 두　　초 살 불 폭

쇠알갱이. — 아무리 가열해도 폭발하지 않다.

炒 볶을 초. 煞 죽일 살(쇄).

○ 黃沙圪梁上的野草. — 澇不殺旱不死.
　　황 사 을 량 상 적 야 초　　　로 불 살 한 불 사

황사 언덕의 들풀. — 물에 잠겨도, 가물어도 죽지 않는다.

圪 흙더미 높을 을. 澇 물에 잠길 로. 투 비가 오지 않는 가물 한.

○ 蛐蟮命. — 有土就能活.
　　곡 선 명　　유 토 취 능 활

지렁이 종류. — 흙만 있으면 살 수 있다.

곡선蚰蜷은 지렁이(구인蚯蚓). 命(míng)은 생명.

3) 관후寬厚

칼 같은 입에 두부 같은 마음(刀子嘴, 豆腐心)－말은 엄하지만, 마음은 부드럽다.

자신을 엄격히 다스리고(嚴於律己), 다른 사람에게는 관용을 베풀어야 한다(寬以待人).

참고 또 참고, 너그럽게 또 너그럽게(忍自忍饒自饒), 인내와 관용을 합하면 재앙은 저절로 없어진다(忍饒相加禍自消). 한 마디를 참고(忍一句), 분노 한번 가라앉히고(息一怒), 실수를 너그럽게 한번 봐주고(饒一錯), 한발 물러서라!(退一步)

웃는 얼굴에 욕하지 못한다(開口不罵笑臉人). 웃는 얼굴에는 벼락이 치지 않는다(雷公不打笑臉人). 입으로 사죄하러 왔다는 사람에게도 욕하지 말라(開口不罵賠禮人).

모든 일에 인정을 남겨두면 훗날 좋은 얼굴로 다시 본다(凡事留一線日後好相見).

○ 老九的弟弟. ― 老十.
　노 구 적 제 제　　　 노 십

아홉째의 동생. ― 열째.

노십老十(lǎo shí)은 노실老實(lǎo shí, 성실하다)과 해음諧音.

해음은 글자의 독음이 같거나 비슷한 말. 배음倍音. 이런 대화에서 열째(老十)는 해음인 노실老實의 뜻으로 통한다. 제제弟弟

(dìdi)는 동생.

○ 墨斗裏彈線. ― 直直哩.
　墨 斗 裏 彈 線 　 直 直 리

먹물통의 줄을 튕기다. ― 똑바르다.

직직直直(zhí zhi)은 똑바르다.

○ 實葫蘆. ― 一根藤兒.
　實 葫 蘆 　 一 根 藤 兒

속이 찬 조롱박. ― 뿌리가 같은 덩굴.

호로葫蘆는 조롱박. 실호로實葫蘆는 심안心眼을 가진 사람, 틀림
없는 사람. 藤 덩굴나무 등. 만생초목蔓生草木의 총칭.

○ 土命人. ― 心實.
　土 命 人 　 心 實

오행五行 중 토土에 속한 사람. ― 마음이 착하다.

꾸밈없이 솔직하다.

○ 土地老爺的內臟. ― 石心石.
　土 地 老 爺 的 內 臟 　 石 心 石

토지신의 내장. ― 마음이 단단한 돌. 심지가 곧다.

石(shí)은 實의 뜻. 해음자諧音字.

○ 出窯的磚. ― 定型.
　出 窯 的 磚 　 定 型

가마에서 나온 벽돌. ― 바뀔 수 없는 모양.

窯 그릇 굽는 가마 요. 도요陶窯. 型은 사람의 성격 등이 쉽게 바
뀌지 않다.

4) 인내忍耐

처세에 두 가지 보배가 있으니(爲人處世兩件寶), 인화人和와

인내忍耐를 귀히 여겨야 한다(和爲貴來忍爲高). 온화한 마음은 재물을 불러오고(和氣生財), 인내와 양보가 바로 복이다(忍讓是福). 한번의 인내는 온갖 용맹을 제압할 수 있고(一忍可以制百勇), 한번의 안정은 온갖 움직임을 제압할 수 있다(一靜可以制百動).

작은 일을 참지 못하면 큰일을 그르친다(小不忍則亂大謀). 사람이 백 번 참을 수 있다면 아무 걱정이 없다(人能百忍自無憂). 참을 인忍 글자는 마음속 한 자루의 칼이다(忍字心上一把刀). 참지 못하면 분명 화를 불러온다(不忍分明把禍招). 견딜 내耐는 참을 인忍자만큼 높지 않다(耐字不如忍字高). 참을 인자 꼭대기에는 칼이 한 자루 있다(忍字頭上一張刀).

○長虫吞扁擔. ― 沒法咽下去.
　　장 충 탄 편 담　　　몰 법 인 하 거
　뱀이 멜대를 삼키다. ― 목에 넘길 방법이 없다.
　참고 견딜 방법이 없다. 장충長虫은 뱀, 吞(tūn) 삼킬 탄. 편담扁擔은 멜대. 咽(yàn)은 인후咽喉. 삼키다. 말을 거두어 들이다.

○癩蛤蟆吞蒺藜. ― 吃了個啞巴.
　　라 합 마 탄 질 려　　　흘 료 개 아 파
　두꺼비가 가시가 있는 남가새를 삼키다. ― 먹고서는 벙어리가 되었다.
　큰 손해를 보고도 말 못 하다. 癩 문둥병 라. 蛤 대합조개 합. 蟆 두꺼비 마. 질려蒺藜는 가시가 있는 풀. 啞(yǎ) 벙어리 아(啞巴).

○肋底下挿柴. ― 自穩.
　　륵 저 하 삽 시　　　자 온

갈비뼈 아래를 막대에 찔리다. ─ 그냥 참다.

肋 갈비뼈 륵(늑). 揷 꽂을 삽. 찔러 넣다. 柴 나무막대 시. 장작.
穩(wěn) 평온할 온. 忍(rěn)과 해음諧音.

○綿羊暗口死. ─ 忍氣吞聲.
　면 양 암 구 사　　　인 기 탄 성

면양이 찍소리도 못하고 죽다. ─ 분을 참고 아무 말도 못
하다.

吞 삼킬 탄.

○熱鍋上的油渣. ─ 熬不住了.
　열 과 상 적 유 사　　　오 불 주 료

뜨거운 솥의 기름 찌꺼기. ─ 참을 수 없다.

鍋 솥 과. 渣 찌꺼기 사. 熬 볶을 오. 참다. 인내하다.

○屋檐下低頭. ─ 矮三分.
　옥 첨 하 저 두　　　왜 삼 분

지붕 처마 아래서 고개를 숙이다. ─ 부득불 고개 숙이다.

檐 처마 첨. 矮 키 작을 왜. 움츠리다.

○心字頭上一把刀. ─ 忍.
　심 자 두 상 일 파 도　　　인

마음 심心 위에 칼 한 자루. ─ 참을 인.

5) 원활圓滑

보름달이라 하여 늘 둥글지는 않다(明月不常圓). 과일은 하나
하나 모두 둥글지 않고(瓜無個個圓), 사람은 제각각 생긴 그대로
완전한 사람 없다(人無樣樣全).

혀는 납작하지만(舌頭是扁的), 말은 둥글게 (원만하게) 해야 한

다(說話是圓的). 네모난 이야기는 둥근 귀에 들어오지 않는다(方話不入圓耳).

　돈이 있으면 모든 일이 원만하다(有了錢 萬事圓). 말을 할 줄 아는 사람은 말로 원만하게 하지만(會說的說圓了), 말할 줄 모르는 사람은 말로 뒤집어 놓는다(不會說的說飜了). 곧 분란을 일으킨다. 달은 만월이었다가 이지러지고(月滿則虧), 물이 가득 차면 넘친다(水滿則溢). 달은 이지러졌다가 다시 둥글지만(月缺能圓), 마음의 상처는 고쳐주기 어렵다(心碎難補).

○ 鵝蛋子. ― 又圓又滑.
　　아 단 자　　　　우 원 우 활
　거위의 알. ― 둥그렇고 미끄럽다.
　사람의 처세가 원만하고 곤경에서 잘 빠져나간다. 鵝 거위 아. 蛋 새알 단. 滑(huá) 미끄러울 활.

○ 廚房裏的抹布. ― 油透.
　　주 방 리 적 말 포　　유 투
　주방의 걸레. ― 기름이 배었다.
　사람 머리가 기름칠한 듯 잘 돌아간다. 抹(mǒ) 문지를 말. 透 통할 투.

○ 河裏摸魚. ― 光溜溜的.
　　하 리 모 어　　광 류 유 적
　냇물에서 고기를 더듬어 잡다. ― 매끌매끌하다.
　摸 찾을 모. 더듬어 찾다. 溜 미끄러울 유(류). 광류유적光溜溜的은 윤이 나고 반들반들하다.

○ 鷄子兒掉進油缸裏. ― 滑蛋一個.
　　계 자 아 도 진 유 항 리　　활 단 일 개

계란이 기름 항아리에 빠지다. ― 미끄러운 것 하나.

○ 蘆席夾囤. ― 隨方就圓.
　　로 석 협 돈　　　수 방 취 원

부들자리가 원통에 들어가다. ― 네모진 것이 둥글게 되었다.

사람이 정세에 따라 순응하다.

○ 猫眼. ― 看時候變.
　　묘 안　　　간 시 후 변

고양이 눈. ― 상황에 따라 변하다.

시기나 상황에 따라 언행을 달리하다. 시후時候(shí hou)는 시간,
때.

○ 皮球擦油. ― 又圓又滑.
　　피 구 찰 유　　　우 원 우 활

가죽공에 기름을 칠하다. ― 둥글고도 미끄럽다.

○ 墻頭的冬瓜. ― 兩邊滾.
　　장 두 적 동 과　　　양 변 곤

담장 위의 동과. ― 안과 밖 양쪽으로 떨어진다.

양쪽에 잘 보여 어느 쪽에서도 미움을 받지 않다. 동과冬瓜는 우
리말로 동아. 박과에 속하는 한해살이 풀. 滾(gǔn) 흐른 곤. 미끌
어지다.

○ 屬賣炸餜子的. ― 帶着一身油.
　　속 매 작 과 자 적　　　대 착 일 신 유

꽈배기를 파는 사람. ― 온몸이 기름이다.

사람이 미끄럽다. 炸 터질 작. 튀기다. 餜 떡 과. 작과자炸餜子는
꽈배기. 유조油條.

○ 屬狗的. ― 記吃不記打.
　　속 구 적　　　기 흘 불 기 타

개띠에 속한 사람. ― 먹을 것만 생각하고, 얻어맞을 것은
기억하지 못하다.

○屬泥鰍的. ─ 滑得很.
　　속 니 추 적　　　활 득 흔

미꾸라지 같은 사람. ─ 매우 미끄럽다.

鰍(qiū) 미꾸라지 추. 很 매우. 몹시 흔.

○一條泥鰍. ─ 抓住這頭, 從那頭滑脫.
　　일 조 니 추　　　과 주 저 두　종 나 두 활 탈

미꾸라지 한 마리. ─ 머리를 잡으면, 저쪽으로 미끄러져 도
망치다.

抓 끌어당길 과. 잡다. 這(zhè) 이 저. 이것.

○油鰻泥鰍. ─ 滑不留手.
　　유 만 니 추　　　활 불 류 수

기름쟁이 같은 장어와 미꾸라지. ─ 미끄러워 손에 잡을 수
없다.

○又當巫婆又扮鬼. ─ 兩頭討好.
　　우 당 무 파 우 분 귀　　　양 두 토 호

무당이면서 귀신으로 분장하다. ─ 양쪽에 잘 보이다.

6) 진실眞實

어린아이 입은 막을 수 없으니(小孩兒口沒遮攔), 보고 들은 그
대로 사실과 믿을 만한 말을 한다(小兒口中討實信). 어린아이는
천년의 일을 기억할 만큼(小孩子記得千年事) 기억력이 좋고, 어
린아이 입에서 진실이 나온다(小孩嘴裏吐眞言).

마술에 진실 없고(戲法無眞), 황금에 가짜 없다(黃金不假). 그
런 것처럼, 놀이패에 의리 없고(戲子無義), 창기倡妓는 정이 없다
(婊子無情).

군자는 가난을 받아들이면서 남한테 구걸하지는 않는다(君子固窮不求人). 맨손으로 가정을 일으키면 참된 지사이지만(白手起家眞志士), 부귀영화는 모두 임시이고 거짓이며(榮華富貴都爲假), 편안한 마음으로 즐기는 것이 참된 삶이다(舒心快活才是眞).

군자는 솔직한 태도로 남을 대한다(君子以直道待人). 군자가 사람을 대할 때는 물처럼 담백하다(君子待人平淡如水). 누구와도 마음을 터놓고 솔직한 이야기를 하다(打開天窓說亮話).

대인은 작은 일을 문제 삼지 않고(大人不計小事), 대인은 소인 같은 화를 내지 않는다(大人不生小人氣). 대인은 소인의 과실을 보지 않고(大人不見小人之過), 대인은 소인을 원수로 생각하지 않는다(大人不記小人仇). 곧 소인의 실수나 잘못을 원한으로 생각하지 않는다.

○抱着扁擔進門. ― 直入直出.
　　포 착 편 담 진 문　　　　직 입 직 출

멜대를 메고 대문에 들어가다. ― 반듯하게 들어가고, 반듯하게 나온다.

○捧篙竹進屋. ― 直出直入.
　　봉 고 죽 진 옥　　　　직 출 직 입

상앗대 대나무를 들고 집에 들어가다. ― 반듯하게 나왔다가 반듯하게 들어간다.

篙 상앗대 고. 屋 집 옥.

○肚子裏吞擀麵杖. ― 直臟子.
　　두 자 리 탄 간 면 장　　　직 장 자

밀가루 반죽 밀대를 뱃속에 삼키다. ― 창자가 반듯하다.

肚 배(腹) 두. 擀 손으로 펼 간. 밀가루 반죽을 밀어 펴다. 麵 밀가루 면. 杖 지팡이 장. 밀대.

○ 胡同裏杠木頭. ― 直來直去.
　　호 동 리 강 목 두　　　직 래 직 거

골목 안에서 나무를 메고 가다. ― 반듯하게 왔다가 반듯하게 가다.

호동胡同은 골목. 작고 좁은 거리. 杠 깃대 강.

○ 夾巷赶狗. ― 直來直去.
　　협 항 간 구　　　직 래 직 거

골목을 따라 개를 쫓아가다. ― 반듯하게 왔다가 반듯하게 가다.

夾 낄 협. 赶 달릴 간.

○ 沒底的筲. ― 直來直去.
　　몰 저 적 소　　　직 래 직 거

밑빠진 대나무 그릇. ― 그냥 들어왔다 바로 나간다.

筲 대그릇 소. 물통. 밑이 없으니 집어넣으면 넣는 그대로 나간다. 마음속에 생각나는 그대로 말하다.

○ 老和尙念經. ― 有口無心.
　　노 화 상 념 경　　　유 구 무 심

늙은 화상이 불경을 읽다. ― 읽지만 생각이 없다.

○ 木匠推刨子. ― 直來直去.
　　목 장 추 포 자　　　직 래 직 거

목수가 대패질을 하다. ― 반듯하게 왔다가 반듯하게 나간다.

刨 깎을 포. 鉋와 同. 포자刨子는 대패.

○ 淸水煮豆腐. ― 爽口.
　　청 수 자 두 부　　　상 구

맹물에 두부를 졸이다. ― 맛이 시원하다.

말하는 것이 시원시원하다. 煮(zhǔ) 삶을 자. 爽(shuǎng) 시원할 상. 상구爽口는 음식이 개운하다.

○ 嗓子眼裏吞麵杖. ─ 直出直入.
　　상 자 안 리 탄 면 장　　　직 출 직 입

목구멍으로 밀가루 반죽 밀대를 삼키다. ─ 반듯하게 들어

갔다가 반듯하게 나오다.

嗓 목구멍 상. 말이나 일을 반듯하게 하다.

○ 拖拉機犁大田. ─ 直來直去.
　　타 랍 기 리 대 전　　　직 래 직 거

트랙터로 큰 밭을 갈다. ─ 반듯하게 왔다가 반듯하게 간다.

拖 끌 타. 拉 데려갈 납(랍). 타랍기拖拉機는 트랙터.

○ 掀開門簾子說話. ─ 沒裏沒外.
　　흔 개 문 렴 자 설 화　　　몰 리 몰 외

열릴 문 커튼을 들고 말하다. ─ 안과 밖이 없다.

掀 치켜들 흔. 簾 발 렴. 커튼, 주막 깃발. 대화나 일처리에 꺼리

거나 피하는 것이나 친소親疏도 없다.

○ 一根腸子通到底. ─ 有甚么說甚么.
　　일 근 장 자 통 도 저　　　유 심 요 설 심 요

창자가 밑까지 통하다. ─ 무엇인가 있다면 그대로 말하다.

○ 竹簡打水. ─ 直來直去.
　　죽 간 타 수　　　직 래 직 거

죽간으로 물을 긷다. ─ 퍼올리면 그냥 쏟아진다.

簡 대쪽 간.

○ 茶壺裏煮餃子. ─ 倒不出來.
　　다 호 리 자 교 자　　　도 불 출 래

찻주전자에 만두를 삶다. ─ 거꾸로 쏟아도 나오지 않는다.

마음속에 할 말이 있어도 제대로 말을 못하다. 다호茶壺는 배가

크고 주둥이는 작다. 煮 삶을 자. 餃 만두 교. 증교자蒸餃子는 물

만두. 倒(dào)는 거꾸로 되다. 道(dào, 말하다)와 해음諧音.

나. 부정적 성격

1) 조급躁急

마음이 급하면 뜨거운 죽을 먹지 못하고(心急吃不得熱粥), 달리는 말에서는 삼국지를 읽지 못한다(跑馬看不得三國). 마음이 급하면 사람을 기다리지 못하고(心急等不得人), 성급하면 고기를 낚지 못한다(性急釣不得魚). 한 줌 불로는 솥의 밥을 익힐 수 없다(一把火煮不熟一鍋飯). 밑이 뾰족한 병은 서있지 못한다(尖底瓶子坐不住). 그러니 조급한 성질로는 착실하게 일을 하지 못한다.

○爆竹性子. ― 一點就炸.
　폭 죽 성 자　　일 점 취 작
　폭죽의 성질. ― 불씨 한 점에 터진다.
　炸 터질 작. 기분에 따라 성질이 폭발하는 사람.

○出籠兒的鵪鶉. ― 是個快鬪的.
　출 롱 아 적 암 순　　시 개 쾌 투 적
　새장에서 나온 메추라기. ― 서둘러 싸우기를 좋아하는 새.
　鵪 메추라기 암. 鶉 메추라기 순.

○猴子屁股. ― 坐不住.
　후 자 비 고　　좌 불 주
　원숭이의 궁둥이. ― 앉아 있지 못하다.
　猴 원숭이 후. 屁 방귀 비. 股 넓적다리 고. 비고屁股는 둔부. 궁둥이.

○鷄毛性子. ― 點火就着.
　계 모 성 자　　점 화 취 착

닭털의 특질. — 불 붙이면 바로 탄다.

○ 茅草灑氣油. — 一點就着火.
모 초 쇄 기 유　　일 점 취 착 화

띠풀에 휘발유를 뿌리다. — 작은 불씨에 바로 불이 붙다.

모초茅草는 띠풀. 잔디. 灑 뿌릴 쇄. 기유氣油(qì yóu)는 휘발유.

○ 三伏天的爆竹. — 碰着就炸.
삼 복 천 적 폭 죽　　팽 착 취 작

삼복날의 폭죽. — 부딪치면 폭발한다.

碰 부딪칠 팽. 炸 터질 작.

○ 屬刨花的. — 一點就着.
속 포 화 적　　일 점 취 착

대패밥 같은 사람. — 불씨에 바로 불붙는다.

屬은 띠(12支). 거기에 해당하다. 刨 깎을 포. 포화刨花는 대패
밥. 쉽게 발끈하는 사람.

2) 의심疑心

　마음이 바르면 남을 의심하지 않고(心正不疑人), 남을 의심한
다면 마음이 바르지 않다(疑人心不正). 마음에 의심이 들면 보이
지 않던 귀신이 보인다(心疑生暗鬼). 사람을 의심하게 되면, 모략
이 먹혀든다(人必疑而後讒入). 남의 의심을 받고 싶지 않다면(欲
人勿疑), 꼭 먼저 신의를 지켜야 한다(必先自信).

　마음이 통쾌하면 온갖 병이 사라진다(心裏痛快百病消). 귀신
을 의심하면 귀신이 나온다(疑鬼就有鬼). 의심하는 사람이라면
쓰지 말고(疑人不用), 썼다면 의심하지 말라(用人不疑).

그러나 배움에는 의문을 귀하게 여긴다(學貴有疑). 의문이 작으면 조금 진보하고(小疑則小進), 의문이 크면 많이 진보한다(大疑則大進).

○ 吃了土蚯蚓. ― 泥心.
　흘료토구인　　　니심
　흙지렁이를 먹다. ― 진흙의 마음. 의심疑心.
　蚯 지렁이 구. 蚓 지렁이 인. 泥 진흙 니. 泥(ní)는 疑(yí)와 해음諧音.

○ 土中曲蟮. ― 滿肚泥心.
　토중곡선　　　만두니심
　흙 속의 지렁이. ― 뱃속에 가득찬 진흙. 의심이 많다.
　蟮(shàn) 지렁이 선. 곡선曲蟮은 지렁이. 아주 의심이 많은 사람.

○ 屬曹操的. ― 疑心大.
　속조조적　　　의심대
　조조와 같은 사람. ― 의심이 많다.

○ 多疑的麻雀. ― 歪着腦袋.
　다의적마작　　　왜착뇌대
　의심 많은 참새. ― 삐뚤어진 머리.
　歪 삐뚤 왜. 袋 자루 대. 뇌대腦袋는 머리(頭腦).

○ 瓦匠婆娘. ― 多泥.
　와장파낭　　　다니
　미장이 마누라. ― 진흙이 많이 묻었다. / 의심이 많다.
　瓦 기와 와. 와장瓦匠(泥水匠)은 미장이. 泥는 疑와 해음.

○ 閻老爺的門徒. ― 疑神疑鬼.
　염로야적문도　　　의신의귀
　염라대왕의 제자. ― 의심 많은 귀신들.

閻 마을 길 염. 염라閻羅는 '염마라사閻魔羅闍(Yamarāja)'의 준말.

3) 고집固執

사람이 늙으면 고집부리는 아이와 같고(人老如頑童), 홀아비 열 명 중 아홉은 고집이 세다(十個光棍九個偏). 오직 하나만 알고 둘은 모른다면(只知其一 不知其二)—바보의 외고집.

머리를 담에 부딪치기 전에는 머리를 돌리지 않는다(不撞南墙 不回頭). 차라리 고집이 센 아들을 키울지언정(寧養頑子), 멍청한 아들을 키우지 말라(莫養呆子).

○ 長蟲鑽竹簡. ― 死不轉彎.
　　장 충 찬 죽 간　　　사 불 전 만

뱀이 대나무 마디에 들어가다. ― 죽어도 돌아나오지 못하다.

장충長蟲은 뱀(蛇). 鑽 뚫을 찬. 사상이 완고하다는 뜻.

○ 春風刮驢耳. ― 一點兒聽不進去.
　　춘 풍 괄 려 이　　　일 점 아 청 불 진 거

춘풍이 나귀 귀를 스치다. ― 조금도 들리지 않다.

다른 사람의 충고를 받아들이지 않다. 驢 나귀 여(려).

○ 隔年的黃豆. ― 不進鹽醬.
　　격 년 적 황 두　　　불 진 염 장

일 년이 지난 콩. ― 소금에 절여지지 않는다.

사람이 완고하여 다른 사람의 권고를 받아들이지 않는다. 隔 사이 뜰 격. 묵은 콩은 삶아도 간이 배어들지 않는다.

○ 鍋裏炒石頭. ― 油鹽不進.
　　과 리 초 석 두　　　유 염 불 진

솥 안에 돌을 볶다. ― 기름이나 소금기가 배지 않는다.

鍋 솥 과. 炒 볶을 초. 석두石頭는 돌맹이. 이때 頭는 접미사. 목 두木頭는 나무. 골두骨頭는 뼈. 설두舌頭는 혀. 머리란 뜻이 없음.

○ 給石獅子灌米湯. ─ 滴水不進.
　　급 석 사 자 관 미 탕　　　적 수 불 진

돌 사자에게 숭늉을 먹이다. ─ 한 방울도 들어가지 않다.

灌 물댈 관. 물을 붓다. 미탕米湯은 숭늉. 미음. 관미탕灌米湯은 아 첨하다는 뜻도 있다. 滴 물방울 적. 다른 사람의 말을 듣지 않다.

○ 花崗岩的腦袋. ─ 至死不悔改.
　　화 강 암 적 뇌 대　　　지 사 불 회 개

화강암의 머리통. ─ 죽어도 회개하지 않다.

사람이 완고하여 죽어도 잘못을 고치지 않다.

○ 老楡樹. ─ 倒不了, 動不了.
　　노 유 수　　　도 불 료　 동 불 료

오래된 느릅나무. ─ 쓰러트리거나 흔들 수도 없다.

楡 느릅나무 유. 성격이 완고하여 어찌할 수 없다.

○ 楡木疙瘩. ─ 劈不開.
　　유 목 흘 탑　　　벽 불 개

느릅나무의 옹이. ─ 쪼갤 수 없다.

疙 쥐부스럼 흘. 瘩 부스럼 탑. 흘탑疙瘩은 종기. 옹이. 부스럼. 덩어리. 쉽게 해결할 수 없는 문제. 劈 쪼갤 벽.

○ 硬頸項. ─ 不回頭.
　　경 경 항　　　불 회 두

뻣뻣한 목덜미. ─ 머리를 돌리지 못하다.

硬 굳을 경. 頸은 목의 앞부분 경. 項 뒷목 항.

○ 鑽牛犄角. ─ 不拐彎兒.
　　첨 우 의 각　　　불 괴 만 아

소의 뿔을 파고 들다. ─ 모양을 바꿀 수 없다.

사람이 완고하여 바뀌지 않다. 鑽 족집게 첨. 집게 겸. 파고들

다. 鑽(끌 찬)과 同. 犄 거세한 소 의. 기대다. 의지하다. 의각犄角
은 모서리. 拐 속일 괴. 방향을 바꾸다. 彎 굽을 만. 괴만拐彎은
돌다. 방향을 바꾸다. 첨우의각鑽牛犄角은 첨우각첨鑽牛角尖과
同. 연구할 가치가 없거나 해결할 수 없는 문제에 애써 끝까지
매달리다. 소뿔 끝의 방향을 바꾸려고 소를 묶어놓고 바로잡을
필요가 없다. 그 결과는 교각살우矯角殺牛일 것이다.

○ 走一百里不換肩. ― 能擡杠.
　　주 일 백 리 불 환 견　　　　능 대 강

1백 리를 가면서도 어깨를 바꿔 메지 않다. ― 유능한 짐꾼.
다른 사람에게 고집을 부리다. 換 바꿀 환. 肩 어깨 견, 擡 들어
올릴 대. 맞들 대. 두 사람이 함께 메다. 杠 깃대 강. 짐을 매달아
메는 막대. 대강擡杠에는 말다툼하다는 뜻도 있다.

4) 교활狡猾

대체로 상인 열 명 중 아홉은 교활하다는(十商九奸) 말이 있고,
중국에서는 북경北京 사람들은 교활하다 하여 경유자京油子(jīng
yóu zi)라고 부른다.

그러나 여우가 아무리 교활하여도(狐狸再狡猾也) 솜씨 좋은
사냥꾼과 싸워 이길 수 없다(鬪不過好獵手). 사악은 정의를 이길
수 없고(邪不勝正), 요괴는 인덕을 이길 수 없다(妖不勝德). 요사
한 인간은 바른 일을 하지 못한다(邪人不幹正務). 품행이 바른 사
람과 교제가 없다면(無正經人交接), 그 사람은 틀림없이 간사한
사람이다(其人必是奸邪).

○ 筆筒子眼裏觀天. ─ 對人尖.
　　필 통 자 안 리 관 천　　　대 인 첨.

붓 뚜껑으로 하늘을 보다. ─ 사람을 뾰쪽하게 보다.

사람이 간사 교활하다. 尖 뾰족할 첨. 尖(jiān)은 奸(jiān, 간사할 간)

과 해음.

○ 玻璃瓶上安蠟扦兒. ─ 又尖又滑.
　　파 리 병 상 안 랍 천 아　　　우 첨 우 활

유리병 안에 촛대를 넣어두다. ─ 뾰족하고도 미끄럽다.

玻 유리 파. 璃 유리 리. 瓶 병 병. 蠟 밀 랍(납). 扦 꽂을 천. 꼬챙

이. 又 또 우. 滑 미끄러울 활. 사람이 간사, 교활하다.

○ 布袋裏兜菱角. ─ 尖的出頭.
　　포 대 리 두 릉 각　　　첨 적 출 두

자루 안에 마름을 싸다. ─ 뾰족한 것이 밖으로 보이다.

袋는 자루. 포대布袋는 천으로 만든 자루. 兜 투구 두. 자루나 주

머니로 싸다. 능각菱角은 마름. 마름의 열매. 마름모꼴. 사람이

매우 교활하다.

○ 掉在油桶裏的鷄蛋. ─ 滑着.
　　도 재 유 통 리 적 계 단　　　활 착

기름통에 빠진 계란. ─ 매우 미끄럽다.

사람이 매우 교활하다. 掉 흔들 도. 떨어트리다. 빠트리다. 滑

미끄러울 활. 猾(교활할 활, huá)과 해음.

○ 河裏的泥鰍種, 山上的狐狸王. ─ 老奸巨猾.
　　하 리 적 니 추 종　산 상 적 호 리 왕　　　노 간 거 활

물속의 미꾸라지들, 산속의 여우 우두머리. ─ 매우 간사,

교활하다.

泥 진흙 니. 鰍 미꾸라지 추. 狐 여우 호. 狸 삵 리. 고양이과 동

물. 호리狐狸는 여우.

○蟆蟥過水. — 沒有留下痕迹.
　　마 황 과 수　　　　몰 유 류 하 흔 적

말거머리가 물속을 지나가다. — 아무런 흔적도 남기지 않다.

다른 사람이 알지 못하게 아무런 흔적도 없이 일을 처리하다.
蟆 말거머리 마. 蟥 풍뎅이 황. 마황蟆蟥은 말거머리. 흡혈 벌레.
痕 흉터 흔. 자취. 迹 자취 적.

○牛角上抹油. — 又尖又滑.
　　우 각 상 말 유　　　　우 첨 우 활

쇠뿔에 기름을 칠하다. — 뾰족하고도 미끄럽다.

抹 바를 말. 문지르다. 사람이 교활하고도 간사하다.

○算卦先生的葫蘆. — 一肚肚鬼.
　　산 패 선 생 적 호 로　　　　일 두 두 귀

팔괘 점쟁이의 호로병. — 병 안에 귀신이 가득하다.

사람이 심계心計가 많고, 계산에 정통하다. 산괘算卦는 팔괘로
점을 치다. 호로葫蘆는 호로병 박. 조롱박. 그 안에 귀신과 관련
한 점을 치는 산괘算卦가 들어있다. 肚 배 두. 여기서는 호로병
을 지칭.

5) 주관主觀 결핍缺乏

물은 큰 줄기를 따라 흐르고, 풀은 바람을 따라 눕는다(水隨大
流草隨風). 절에 들어가면 화상의 말을 들어야 한다(進了廟屬和
尙). 곧 자기 주관을 펼 수 없다는 뜻이다.

암탉은 새벽에 울지 않는다(鷄婆不叫晨)는 말은, 아녀자는 어
떤 일을 주관할 수 없다는 말이다. 난쟁이가 연극 구경하면서(矮
子看戲) 사람 따라 앉았다 섰다 한다(隨人上下). 이는 자기 주관

이 없이 맞장구치는 것이다.

파도에 맡겨, 흐름을 따라가다(隨波逐流)는, 자기 주관도 없이
시류를 따라가는 것이다.

○房上的草. ― 哪邊刮風哪邊倒.
　방 상 적 초　　　나 변 괄 풍 나 변 도

지붕의 풀. ― 바람이 부는 대로 눕는다.

哪 어느 나. (의문사) 어떤, 어느 것. (부사) 어찌, 어떻게. 刮 깎
을 괄. 비비다. 바람이 불다(颳, guā).

○亂彈琴. ― 沒譜.
　난 탄 금　　　몰 보

멋대로 탄금하다. ― 악보가 없다.

아무런 계책이나 주관도 없다. 譜 계보 보. 족보.

○棉花搓的脊梁. ― 沒有主心骨.
　면 화 차 적 척 량　　　몰 유 주 심 골

목화를 꼬아 만든 등뼈. ― 줏대가 없다.

무주견無主見을 풍자한 말. 면화棉花. 목화. 搓 비빌 차. 손으로
비비고 꼬다. 만지작거리다. 脊 등뼈 척. 梁 들보 량. 척량脊梁은
척추. 주축.

○墙頭草. ― 沒立場.
　장 두 초　　　몰 입 장

담장 위의 풀. ― 자기 주장이 없다.

○唐僧的耳朵. ― 豆麵做的.
　당 승 적 이 타　　　두 면 주 적

당승 삼장의 귀. ― 콩가루로 만들었다.

朵 늘어질 타. 이타耳朵는 귀. 콩가루는 끈기(粘性, 점성)가 없
다. 귀가 얇다. 자기 주관이 없다.

○瞎子擠到三岔口. ─ 不知走哪條路.
할 자 제 도 삼 차 구　　　　불 지 주 나 조 로

장님이 세 갈래 길에서 헤매다. ─ 어느 길로 가야 할지 모른다.

擠 밀 제. 내쫓기다. 岔 갈림길 차.

6) 연약軟弱

사나운 호랑이야 무섭지 않고(不怕虎狼惡), 다만 사람이 나약한 것이 두렵다(就怕人懦弱). 소인의 생각이나 행동은 부드럽게 좋은 말하면 무서운 줄 모른다. 세게 나와야 먹혀들고, 좋게 말하면 안 듣는다(吃硬不吃軟).

도리에 맞는데도 말하지 않는다면 나약한 것이고(有理不講爲懦), 할 말이 있는데도 말하지 않는다면 일을 그르치는 것이다(有話不說爲錯).

남의 밥 한 그릇 먹었으면 그 사람에게 부림을 당하고(吃人一碗 聽人使喚), 남의 술을 얻어먹으면(喝了人家的酒) 그 사람을 따라가게 된다(跟着人家走). ─세상에 공술은 없다.

호랑이는 물렁한 땅에서 쉽게 실족하고(虎在軟地上易失足), 사람은 달콤한 말에 쉽게 넘어간다(人在甛言裏易摔跤). 된똥을 눠야 할 바로 그때에(正用着你拉硬屎的時侯), 너는 오히려 설사를 했다(你却拉稀了). ─정말 중요한 시기에 나약하게 물러서다.

한밤에 복숭아를 몰래 따먹다(半夜裏偸桃吃). ─물렁한 것만 골라 딴다(找軟的捏). 그리고 감을 먹을 때는 물렁한 것을 골라잡는다(吃柿子揀軟的捏). —약자만을 괴롭히다. 벼락이 두부에 떨어지다(雷公劈豆腐). —오직 약한 사람을 골라 괴롭히다(專揀軟的欺).

○ 放了氣的皮球. ― 軟了.
　　방 료 기 적 피 구　　　연 료

바람 빠진 공. ― 물렁하다.

○ 罐子裏的豆芽兒. ― 休想伸腰.
　　관 자 리 적 두 아 아　　　휴 상 신 요

토관 속의 콩나물 싹. ― 허리를 펼 생각도 않다.

罐 두레박 관. 항아리 토관. 두아아豆芽兒는 콩나물. 腰 허리 요.

○ 老和尙的木魚兒. ― 挨敲打的木頭疙瘩.
　　노 화 상 적 목 어 아　　　애 고 타 적 목 두 흘 탑

늙은 화상의 목탁. ― 얻어맞기를 기다리는 나무 옹이.

목어아木魚兒는 목탁木鐸. 挨 칠 애. 敲 두두릴 고. 목두木頭는 나무. 疙쥐부스럼 흘. 瘩 부스럼 탑. 흘탑疙瘩은 종기. 옹이. 부스럼. 덩어리.

○ 木魚兒命. ― 天生是挨打的.
　　목 어 아 명　　　천 생 시 애 타 적

목탁의 팔자. ― 만들 때부터 얻어맞아야 할 물건.

○ 木魚改梆子. ― 挨捧的材料兒.
　　목 어 개 방 자　　　애 봉 적 재 료 아

목탁을 딱딱이로 쓰다. ―때려야만 하는 재료.

梆 딱딱이 방. 방자는 중국 연극에서 박자를 맞추기 위한 딱딱이.

○ 老母猪耳朵. ― 骨頭太軟.
　　노 모 저 이 타　　　골 두 태 연

암퇘지의 귀. ―뼈가 너무 연하다.

猪(zhū) 돼지 저. 노모저老母猪는 새끼를 한번 출산한 돼지. 朶 늘어질 타. 이타耳朶는 귀. 골두骨頭는 뼈. 軟 연할 연. 사람이 연 약하여 아무런 기절氣節도 없다.

○ 老鼠請猫看病. ― 没有那膽量.
　　노 서 청 묘 간 병　　　몰 유 나 담 량

쥐가 고양이에게 간병을 요청하다. ― 그럴만한 담력이 없다.

일을 추진할 용기와 능력이 없다.

○ 爐裏的毛鐵. ― 見火就軟.
　　노 리 적 모 철　　　견 화 취 연

용광로의 생철. ― 불에 닿으면 곧 녹는다.

爐 화로 로(노). 모철毛鐵은 거친 쇠. 생철生鐵. 이때 毛는 거칠 다. 가공하지 않은. 毛에는 '작다', '잘다' 라는 뜻도 있다.

○ 没骨頭的傘. ― 支撐不開.
　　몰 골 두 적 산　　　지 탱 부 개

기둥이 없는 우산. ― 지탱할 수 없다.

傘 우산 산. 撐 버팀목 탱. 부개不開는 ~ 하지 못하다. 開는 동 작이 시작되어 계속되는 상태를 의미.

○ 糯米糍粑. ― 太軟.
　　나 미 자 파　　　태 연

그늘에 말린 찹쌀떡. ― 너무 연하다.

糯 찰벼 나. 나미糯米는 찹쌀. 보통 쌀보다 끈기가 많다. 糍 인절 미 자. 粑 구운 떡 파. 자파糍粑는 그늘에 말린 찹쌀떡. 나약한 성격에 담력도 없어 일을 겁내는 사람을 지칭.

○ 鐵匠鋪裏的家什. ―生成的挨捶的貨.
　　철 장 포 리 적 가 집　　　생 성 적 애 추 적 화

대장간의 집기. ― 만들 때부터 때리려고 만든 물건.

什 열 사람 십. 세간 집. 가집家什(家伙)은 가재도구. 용구. 기물.

집기什器. 捶 종아리 칠 추.

○一團軟胎子的泥. — 捏成狗是狗, 搓成猫是猫.
일 단 연 태 자 적 니　날 성 구 시 구　차 성 묘 시 묘

부드럽게 반죽된 진흙. — 개처럼 반죽하면 개이고, 고양이
를 만들면 고양이다.

捏 흙을 반죽할 날. 없는 것을 있는 것처럼 만들다. 날조捏造. 搓
손으로 비빌 차. 자르다. 사람이 연약하여 남에게 무시당하고
시달리다.

○雨後的泥胎. — 一攤漿糊.
우 후 적 니 태　일 탄 장 호

비를 맞은 질그릇. — 한 무더기 풀.

니태泥胎는 진흙으로 만들어 아직 굽지 않은 그릇이나 모양. 攤
은 펼칠 탄. 무더기. 웅덩이. 漿 미음 장. 糊 풀 호. 여기 풀은 草
의 뜻이 아님. 연약하고 무능한 사람을 지칭.

7) 우둔愚鈍

보통 사람의 눈에 성실한 사람은 약간은 멍청하게(老實三分
笨. 笨 멍청할 분) 보인다. 그러다 보니, 성실한 사람은 늘 손해를
본다(老實人吃虧).

그러나 실상은, 총명해도 오히려 빈궁하고(聰明却貧窮), 우둔
해도 삼공의 자리에 오른다(昏迷做三公). 교묘하게 꾸민 거짓은
우둔한 정성만 못하다(巧詐不如拙誠). 우둔하고 너그러우면 매
사가 여유 있고(憨厚有餘), 마음의 수를 쓰면 언제나 부족하다(心
計不足). 솜씨가 좋으면 일이 많고, 좀 우둔한 사람은 한가하다

(巧者多勞拙者閑).

멍청한 사람에게도 본래 멍청한 복이 있고(痴人自有痴福), 미 장이의 신은 처음부터 기와집이 있다(泥神自有瓦屋). 우둔한 새 는 먼저 날아가도 숲에는 늦게 들어온다(笨鳥先飛晚入林, 능력이 처진다). 우둔한 새가 먼저 날고(笨鳥先飛), 대기는 만성이다(大器晚成).

○吃多了憨紅薯. ─ 只吹膘不長心眼.
　　홀 다 료 감 홍 서　　　　지 취 표 불 장 심 안

미련하게 고구마를 많이 먹다. ─ 비게만 늘었고, 눈치는 없다.

憨 어리석을 감, 薯 참마 서. 홍서紅薯는 감서甘薯. 고구마. 膘 비 게 표. 심안心眼은 식견. 기지. 눈치. 도량.

○吃曲蟮長大的. ─ 沒得腦筋.
　　홀 곡 선 장 대 적　　　몰 득 뇌 근

지렁이를 먹고 자란 사람. ─ 머리를 쓰지 않는다.

몰득沒得은 몰유沒有. 없다. 뇌근腦筋은 두뇌, 지능, 의식, 사상.

○穿着靴子搔痒痒. ─ 木滋滋.
　　천 착 화 자 소 양 양　　　목 자 자

가죽신을 신고 발바닥 가려운 곳을 긁다. ─ 아무 반응없다.
/ 隔靴搔癢(隔靴搔癢).

搔 긁을 소. 痒은 가려울 양. 양양痒痒은 가렵다. 근질근질하다.
～하고 싶어하다. 木은 멍하다. 무표정하다. 마비되다. 滋 불어 날 자. 반응이 늦다.

○對牛彈琴. ─ 窺不通.
　　대 우 탄 금　　　규 불 통

소 앞에서 탄금하다. ─ 의도가 통하지 않다. / 우이독경牛

耳讀經.

窺 엿볼 규. 구멍. 요점. 관건. 심규心窺.

○ 蠟燭脾氣. ― 不點不亮.
　랍 촉 비 기　　불 점 불 량

촛불의 성질. ― 불을 붙이지 않으면 밝지 않다.

點은 점화點火. 亮 밝을 량.

○ 林大哥. ― 木木的.
　임 대 가　　목 목 적

임씨林氏 형. ― 나무 두 그루.

목두인木頭人은 나무로 만든 사람. 우둔한 사람. 지둔遲鈍은 느
리고 둔하다. 사판死板은 일처리에 융통성이 없다. 활기가 없다.

○ 木腦殼. ― 沒有記性.
　목 뇌 각　　몰 유 기 성

나무 머리통. ― 기억하지 못하다.

腦 머리 뇌. 殼 껍질 각. 뇌각腦殼은 머리(통). 골(통).

○ 牛皮燈籠. ― 點不明.
　우 피 등 롱　　점 불 명

쇠가죽 등불. ― 불을 켜도 밝지 않다.

가르치고 일깨워줘도 깨닫지 못하다.

○ 石頭棒槌. ― 沒心眼.
　석 두 봉 퇴　　몰 심 안

돌망치. ― 머리에 든 것이 없다.

생각이 없다. 석두石頭는 돌. 棒 몽둥이 봉. 槌 망치 퇴.

○ 熱水瓶. ― 表面冷, 心裏熱.
　열 수 병　　표 면 랭　심 리 열

보온병. ― 겉은 차겁지만 마음속은 뜨겁다.

○ 扞麵杖吹火. ― 一竅不通.
　한 면 장 취 화　　일 규 불 통

밀가루 반죽 방망이로 불을 피우다. ― 통하는 구멍이 하나
도 없다.

앞뒤가 꽉 막혀 사리분별을 못하다.

○給個棒槌就紉針. ― 認眞.
　　급 개 봉 퇴 취 인 침　　　인 진

빨래 방망이를 주니 거기에 실을 꿰려 한다. ― 진짜인 줄
안다.

사람이 성실하다. 紉 새끼 인. 노끈. 실.

3. 행위行爲

가. 광명정대光明正大 외

1) 광명정대光明正大

사악은 정의를 이길 수 없고(邪不勝正), 거짓은 진실을 이길 수 없으며(假不勝眞), 요괴는 인덕을 이길 수 없다(妖不勝德). 마음이 바르면 온갖 사악에도 물들지 않는다(心正百邪不染). 마음이 바르면 사악이 두렵지 않고(心正不怕邪), 담력이 크면 귀신을 두려워하지 않는다(膽大不怕鬼).

요사한 인간은 바른 일을 하지 못하고(邪人不幹正務), 삐뚤어진 나무는 바른 용도에 부적합하다(邪木不合正用). 정도에서 사도邪道로 가기는 쉬우나(由正入邪易), 사도를 버리고 정도로 돌아가기는 어렵다(改邪歸正難).

군자는 재물을 좋아하지만 정도正道에 맞게 취한다(君子愛財, 取之有道). 정작 해야 할 일은 하지 않고(正做不做), 두부 속에도 초를 친다(豆腐裏頭放醋).

○ 仲秋節的月亮. ― 正大光明.
　　중 추 절 적 월 량　　　　정 대 광 명

중추절의 달. ― 크고 둥글며 밝다.

亮 밝을 량. 월량은 달. 하늘의 달을 月(yuè)이라 쓰지만, 보통 월
량月亮(yuèliang)이라고 말한다. 누구에게나 똑같이 어둠을 밝혀
주는 달이기에, 중국인들에게 달은 고상함과 광명정대光明正大
의 상징이다.

○ 新斧子劈柴禾. ― 明砍.
　　신 부 자 벽 시 화　　　명 감

새 도끼로 땔감을 쪼개다. ― 제대로 자르다.

斧 도끼 부. 劈 쪼갤 벽. 柴 땔나무 시. 장작. 禾 벼 화. 볏짚. 시
화柴禾는 땔나무. 砍 벨 감.

○ 大紅緞子上繡花. ― 亮刷刷的.
　　대 홍 단 자 상 수 화　　　양 쇄 쇄 적

비단 위에 꽃을 수놓다. ― 멋지고 사각사각하다.

마음과 사상이 탁 트이고(開明) 일처리가 광명정대하다. 緞 비
단 단. 繡 수 수. 수를 놓다. 刷 솔 쇄. 솔질하다. 인쇄하다. 쇄쇄
刷刷는 사각사각 소리가 나다.

○ 鄭三的弟弟. ― 鄭四.
　　정 삼 적 제 제　　　정 사

정씨 집 셋째의 동생. ― 정씨네 넷째. / 올바른 일.

정사鄭四(Zhèng si)는 정사正事(zhèng shi)와 해음諧音.

○ 鐵匠賣大餠. ― 不務正業.
　　철 장 매 대 병　　　불 무 정 업

대장장이가 밀가루 떡을 팔다. ― 본업에 충실하지 않다.

餅 떡 병. 대병大餠은 북방인의 주식. 크고 둥글게 구운 떡.

2) 변화變化

다하면(窮) 변하고, 변하면 통한다(窮卽變變卽通). 이는《주역周易》 계사전繫辭傳의 말이다. 하늘의 풍운을 예측할 수 없듯(天上風雲莫測) 인간사도 순식간에 변한다(人事瞬息變化). 급하게 서두르면 변고가 일어난다(急則生變).

인간의 곤궁과 통달, 부유와 고귀는 모두 미리 정해진 것이다(窮通富貴皆前定). 사람이 큰 복을 타고 났으면(人在洪福運), 귀신도 어느 정도 두려워한다(鬼神怕三分).

부귀는 하늘의 뜻이라지만(富貴在天), 부부가 한마음이 되면(二人同一心), 황토가 황금으로 변한다(黃土變成金). 집안이 한마음이면(家有一心), 돈을 벌고 황금도 사들인다(有錢買金).

여자는 자라면서 열여덟 번 변하는데(女大十八變), 변하면 변할수록 예뻐진다(越變越好看).

때가 맞지 않으면 운도 트이지 않나니(時不至來運不通), 물속의 달을 건지듯 한바탕 헛수고로다(水中撈月一場空).

　　○八月的天氣. — 一會兒晴, 一會兒雨.
　　　팔 월 적 천 기　　　일 회 아 청　　일 회 아 우
　8월의 날씨. —순간에 개였다가, 순식간에 비가 내린다.
　사물의 변화가 무상하다. 중국 음력 8월은 뇌우雷雨의 계절로 천기가 자주 변한다. 일회아一會兒(yīhuìr)는 잠시, 잠깐 동안.

곧. 두 가지 반대 상황이 바뀌어 나타날 때 쓰는 말.

○六月的天. ― 說變就變.
　　유 월 적 천　　설 변 취 변

유월의 날씨. ― 변한다면 바로 변한다.

변화가 무상하다.

○少女的心, 秋天的雲. ― 變化多端.
　　소 녀 적 심　추 천 적 운　　변 화 다 단

소녀의 마음, 가을 하늘의 구름. ― 여러 번 바뀐다.

○孫悟空的金箍棒. ― 吹一氣就腰粗十圍.
　　손 오 공 적 금 고 봉　　취 일 기 취 요 조 십 위

손오공의 여의봉. ― 한번 불면 둘레가 열 뼘이나 된다.

箍 둥근 바퀴 모양의 테 고. 둘둘 감다. 금고봉金箍棒은 여의봉如
意棒. 腰 허리 요. 粗 거칠 조. 굵다. 대략. 圍 둘레 위. 길이 측정
단위로 圍는 한 뼘. 성인의 한 뼘을 25cm로 생각하면 십위十圍
는 250cm. 직경이 대략 80cm이다.

○兎子拉車. ― 說翻就翻.
　　토 자 랍 차　　설 번 취 번

토끼가 수레를 끌다. ― 넘어간다면 곧 엎어진다.

정서가 불안정하여 쉽게 변한다.

3) 결단決斷

꽃구경이야 쉽지만, 꽃수를 놓기는 어렵다(看花容易綉花難).
이처럼, 정책 결정은 쉽지만 실천은 어렵고(決策容易實現難), 보
는 거야 쉽지만 일을 해내기는 어렵다(看看容易做做難). 산을 바
라보기에 쉽지만 오르기는 어렵다(看山容易上山難).

팽이를 메고 비를 기다리느니(荷鋤候雨), 도랑을 치고 물을 끌

어들이는 것이 낫다(不如決渚). 적진 앞에서 창을 갈면(臨陣磨槍) 날카롭지는 않더라도 광채는 난다(不快也光). 그러나 번쩍거리는 창을 들고 있다 하여 승리하지는 못한다. 일이 닥쳤을 때 두려워하면(臨事而懼) 꾀하는 일을 잘 마치기 어렵다(好謀難成).

○吃進嘴裏肉. ─ 死也不放.
　　흘 진 취 리 육　　　사 야 불 방

입안에 들어간 고기. ─ 죽더라도 뱉지 않는다.

손에 잡은 이득은 결코 놓치지 않는다.

○吊死鬼結繩子. ─ 死不饒人.
　　적 사 귀 결 승 자　　　사 불 요 인

목매 죽은 귀신이 새끼줄을 꼬다. ─ 죽으면서도 다른 사람을 돕지 않는다.

吊 매달 적. 弔의 속자俗字. 적사귀吊死鬼는 목매달아 죽은 귀신. 그런 사람. 목매달아 죽은 귀신이 다른 사람을 매달아 죽일 새끼를 만든다. 다른 사람을 용서하지 않으려는 사람을 질책하는 말.

○吊死鬼打鞦韆. ─ 不上不下.
　　적 사 귀 타 추 천　　　불 상 불 하

목매 죽은 귀신이 그네를 타다. ─ 올라가지도 내려가지도 않는다.

이도 저도 아니다. 어중간한 태도를 취하다.

○過河拆橋. ─ 不留後路.
　　과 하 탁 교　　　불 류 후 로

강을 건너고서 다리를 부수다. ─ 후퇴할 길을 없애다.

拆 터질 탁. 부수다. 결사전決死戰의 의지를 표현.

○狗皮膏藥貼上來了. ─ 揭也揭不掉.
　　구 피 고 약 첩 상 래 료　　　게 야 게 불 도

개가죽 고약을 붙여 놓았다. ─ 붙였지만 떼어낼 수 없다.

膏 살찔 고. 기름기. 기름지다. 구피고약狗皮膏藥은 개가죽에 발라 만든 고약. 엉터리 약. 貼 붙을 첩. 揭 들어올릴 게. 掉 흔들 도. 떼어내다. 없애다. 개가죽으로 싼 고약은 점성이 강하여 떼어내기가 어렵다.

○老狗啃骨頭. ─ 咬住不放.
　　노 구 습 골 두　　　교 주 불 방

개가 뼉다구를 물었다. ─ 물고서 놓지 않다.

啃 입소리 습. 갉아먹다. 매달리다. 齦(깨물 간)과 같은 뜻.

○沒梁桶兒. ─ 休提.
　　몰 량 통 아　　　휴 제

손잡이가 없는 들통. ─ 들어올릴 수 없다.

提 들 제. 여기서는 이야기하다. 어떤 일에 대하여 담론할 필요가 없다는 뜻.

○老鱉咬人. ─ 死不放.
　　노 별 교 인　　　사 불 방

자라가 사람을 물다. ─ 죽어도 놓지 않다.

鱉 자라 별. 鼈과 同字. 咬 새소리 교. 입으로 물다.

○王八咬指頭. ─ 死不放口.
　　왕 팔 교 지 두　　　사 불 방 구

거북이가 사람 손가락을 물다. ─ 죽어도 입을 벌리지 않다.

왕팔王八은 거북. 자라. 유곽의 심부름꾼. 기생의 기둥서방. 수치를 모르는 놈. 오구烏龜. 망팔忘八. 개자식(王八蛋).

○瞎子打架. ─ 抓住不放.
　　할 자 타 가　　　과 주 불 방

장님이 싸우다. ─ 붙잡고서는 놓지 않다.

瞎 소경 할. 타가打架는 싸움을 하다. 다투다. 抓 끌어당길 과.

○ 徐庶入曹營. — 一計不獻.
　　서 서 입 조 영　　　일 계 불 헌

서서가 조조의 군영에 가다. — 계책을 하나도 올리지 않다.

4) 계획計劃

모든 일에는 계획과 준비가 필요하다. 높이 난 만큼 멀리 나아
간다(飛多高, 進多遠). 긴 낚싯줄을 놓아 큰 고기를 낚을 수 있으
니(放長線, 釣大魚), 원대한 계획으로 큰 일을 해내야 한다. 한 입
에 소 한 마리를 먹어치울 수 없다(不能一口呑下一頭牛).

십 리 밖을 나갈 때는 비나 바람에 대비하고(出外十里, 爲風雨
計), 일백 리 밖으로 여행할 때는(出外百里), 춥고 더운 날씨에 대
한 준비를(爲寒暑計) 천리 밖에 나갈 때는 생사에 대한 대책이 있
어야 한다(出外千里, 爲生死計).

평생을 살아갈 계책은 근면이고(一生之計在於勤), 일가의 계
책은 화합뿐이다(一家之計在於和). 하루의 계획은 새벽에 세우
고(一日之計在於晨), 일 년의 계획은 봄에 세운다(一年之計在於
春).

인생에 먼 앞날을 내다본 계획이 없다면(人無千日計), 늙었을
때 모든 것이 공허하다(老至一場空). 1년 계획으로는 곡식 농사
만한 것이 없고(一年之計, 莫如樹穀), 10년 계산이라면 나무 심는
일만 한 것이 없으며(十年之計, 莫如樹木), 평생 계략으로는 인재

를 키우는 일만 한 것이 없다(終身之計, 莫如樹人). 1년 고생에
복은 십 년이고(一年辛苦十年福), 십 년 고생에 백 년 복을 누린
다(十年辛苦百年福).

○叫化子拔算盤. ─ 窮有窮打算.
　규 화 자 발 산 반　　　궁 유 궁 타 산

要飯的借算飯. ─ 窮有窮打算.
요 반 적 차 산 반　　　궁 유 궁 타 산

거지도 수판을 놓는다. ─ 가난한 사람도 가난뱅이의 계산
이 있다.

밥을 달라는 거지가 수판을 빌리다. ─ 궁인窮人도 궁한대
로 계산이 있다.

규화자叫化子(叫花子, 要飯的)는 거지. 비렁뱅이. 拔 뽑을 발. 손으
로 잡다. 借(jiè) 빌릴 차. 산반算盤은 수판數板. 손익을 따지다.
계획하다.

○叫化子養鳥. ─ 苦中作樂.
　규 화 자 양 조　　　고 중 작 악

거지가 새를 기르다. ─ 고통 속에 즐거움을 찾다.

○落水麻繩. ─ 先松後緊.
　낙 수 마 승　　　선 송 후 긴

삼 밧줄에 물이 떨어지다. ─ 느슨했다가 (마르면) 팽팽해
진다.

삼을(麻) 꼬아 만든 밧줄(繩 줄 승)이 물에 젖었다가 마르면 느
슨했던 줄이 팽팽해진다. 松은 鬆(sòng) 더벅머리 송. 헝클어진
머리칼. 느슨하다. 헐겁다. 緊 바짝 당길 긴. 선송후긴先松後緊은
처음에는 느긋하게 풀어주었다가 나중에 바짝 조이다.

○捧在手裏的水. ─ 不知不覺漏完了.
　봉 재 수 리 적 수　　　불 지 불 각 루 완 료

손으로 움켜진 물. ― 어느 사이에 모두 새었다.

일을 계획없이 처리하다. 漏(lòu) 새어나갈 누(루).

○ 野猫子進宅. ― 自有打算.
　　야 묘 자 진 댁　　　자 유 타 산

들고양이가 집에 들어오다. ― 나름대로 계산이 있다.

5) 공개公開

꽃은 피고 지는 때가 있다(花謝花開各有時). 꽃이 피고 지기는 계절이 결정하고(花開花落節氣定), 시운이 오고 가는 것은 운명에 정해진 것이다(時來運轉命安排).

아들은 남이 보는 데서 가르치고(明地裏敎子), 아내는 남이 안 보는 데서 가르쳐야 한다(暗地裏敎妻). 개를 때릴 때는 대문을 잠그고(關門打狗), 자식을 가르칠 때는 대문을 열어놓는다(開門敎子).

대장부는 거취를 분명히 하나니(大丈夫來去分明), 군자는 정확한 계산을 두려워하지 않는다(君子不怕明算帳).

○ 打開天窓. ― 說亮話.
　　타 개 천 창　　　설 량 화

하늘의 창을 열다. ― 말을 분명히 하다.

亮 밝을 량. 양화亮話는 솔직한 말.

○ 高山頭上點燈. ― 來明的.
　　고 산 두 상 점 등　　　내 명 적

높은 산꼭대기에서 등불을 켜들다. ― 공개하다.

○隔一層薄窗戶紙. ― 一捅就玻.
　　격 일 층 박 창 호 지　　　일 통 취 파

얇은 창호지 하나를 사이에 두다. ― 한번 뚫으면 그대로
뚫리다.

사람의 마음이 명명백백明明白白하고 명확하다.

○掛麵調鹽. ― 有鹽在先.
　　패 면 조 염　　　유 염 재 선

말린 국수에 소금 치기. ― 먼저 소금이 있어야 한다.

분명한 말을 먼저 해야 한다. 패면掛麵은 중국인의 말린 국수.
음식 이름. 鹽 소금 염. 鹽(yán)은 言(yán)과 해음.

○鹹菜燒肉. ― 有鹽在先.
　　함 채 소 육　　　유 염 재 선

절인 채소와 불고기. ― 소금 치는 일이 먼저다.

咸(xián) 다 함. 모두. 咸은 鹹(xián, 짤 함). 두루 미치다, 널리 미치
다, 같다, 같게 하다. 맛이 짜다. 소금기가 있다(鹹). 菜 나물 채.
燒 불태울 소. 소육燒肉은 크게 토막내어 껍질 채 구운 돼지고기.

○一步到臺口. ― 開門見山.
　　일 보 도 대 구　　　개 문 견 산

한 걸음에 무대에 오르다. ― 문을 열고 산을 보다.

단도직입으로 본론에 들어가다.

○爛肉喂蒼蠅. ― 投其所好.
　　난 육 위 창 승　　　투 기 소 호

상한 고기에 파리가 모여든다. ― 좋아하는 것을 던져주다.

爛 문들어질 난. 喂 먹일 위, 부르는 소리 위. 창승蒼蠅은 파리.

6) 기회機會

목마를 때 샘을 파려 하면(臨渴掘井) 후회해도 늦었다(悔之無

及). 기회는 놓칠 수 없고(機不可失), 때 역시 다시 오지 않는다 (時不再來). 왕성한 재운은 황금과 같고(旺發值黃金), 때는 사람을 다시 기다리지 않는다(時不再等人).

바람에 맞추어 돛을 올리고(趁風起帆. 趁 좇을 진), 바람을 타고 배의 키를 잡아야 하며(乘風轉舵), 물이 있을 때 진흙을 반죽하고(趁水和泥), 비탈에서는 공을 굴려야 한다(阪上走丸). 그리고 달구어졌을 때 쇠를 두드리고(趁熱打鐵), 바람 불 때 불을 피워야 한다(順風扇火).

잃은 돈은 쉽게 벌 수 있지만(金失容易得), 한번 놓친 기회는 다시 오지 않는다(機失不再來).

○拆廟打泥胎. — 順手.
　탁 묘 타 니 태　　　순 수
절을 없앨 때, 모신 신상도 때려부수다. — 순조롭다.
拆(cā) 터질 탁. 헐다. 부수다. 니태泥胎는 진흙으로 만든 신상神像. 불상. 순수順手는 순조로운 일. 겸사겸사. 하는 김에.

○放羊的拾柴火. — 捎帶.
　방 양 적 습 시 화　　　소 대
양치기가 땔감도 줍다. — 겸해서 하다.
시화柴火는 땔나무. 불쏘시개. 捎 없앨 소, 칼로 벨 소. 인편에 보내다. 덧붙여 보내다. 소대捎帶는 ～하는 김에. 곁들여서.

○赶集走親戚. — 順路.
　간 집 주 친 척　　　순 로
장에 간 김에 사돈도 만나보다. — 가는 길에.
赶 달릴 간(趕也). 서두르다. 마침 ～하다. 集 모일 집. 농어촌의

정기적 시장.

○ 割草打兎子. ― 順手.
　　할 초 타 토 자　　　순 수

풀을 베면서 토끼를 잡다. ― 순조롭게 되다.

○ 順風行船船不動. ― 風頭不對.
　　순 풍 행 선 선 불 동　　　풍 두 불 대

바람 따라 배를 띄워도 움직이지 않다. ― 풍향이 맞지 않다.

풍두風頭는 풍향風向. 정세. 동향. 위세. 세력.

7) 기다림(等待)

사랑에 눈먼 젊은이가 처녀를 기다리는 것(癡漢等丫頭)―이
또한 헛수고이다. 젊었을 때 오지 않을 처녀를 기다린 경험은 한
두 번씩 있을 것이다.

나무에 기대어 토끼를 기다리다(守株待兎수주대토)라는 성어成
語가 있고, 마찬가지로 미련한 고양이가 죽을 쥐를 기다린다(痴
猫等死鼠)는 말도 있는데, 이는 노력하지 않고, 횡재만 바란다는
뜻이지만, 기다림이 쉬운 일은 아니다.

게으른 사람에게 해줄 말로 '차라리 수주대토는 할지언정(寧
可守株待兎) 아예 연목구어는 하지 말라(絶莫緣木求魚).' 는 말도
있다. 곧 연목구어緣木求魚는 가능성 0%이다.

한줌 불로는 솥의 밥을 익힐 수 없고(一把火煮不熟一鍋飯), 마
음이 급하면 사람을 기다리지 못하며(心急等不得人), 성급하면
고기를 낚지 못한다(性急釣不得魚).

일을 헤아려 보고 일을 시작한다(看事做事). 손님 수에 따라 국수를 삶고(看客下麵), 부처를 보고 향을 피운다(看佛燒香). 음식 양을 헤아려 밥을 먹고(看菜吃飯), 몸을 살펴 옷을 재봉한다(量體裁衣).

그러면서 사람을 봐가면서 요리를 내온다(看人下菜碟兒). 이 말은 신분이 다른 사람에게 대우를 달리한다는 뜻이다.

군자는 솔직한 태도로 남을 대하나니(君子以直道待人), 군자가 사람을 대할 때는 물처럼 담백하다(君子待人平淡如水). 군자는 자신을 엄격히 다스리고(嚴於律己), 다른 사람은 관용으로 대한다(寬以待人).

〇君子報仇. ― 十年未晚.
　군 자 보 구　　　　십 년 미 만
군자의 복수. ― 10년이 걸려도 늦지 않다.
仇 원수 구. 목표 실천에 십 년이란 세월은 늦은 것이 아니다.

〇老虎逮猴. ― 死等.
　노 호 체 후　　　사 등
호랑이의 원숭이 잡기. ― 끝까지 기다리다.
하염없이 기다리다. 逮 미칠 체. 잡다. 猴 원숭이 후. 死는 부사로 쓰였다. 필사적으로, 한사코, 절대로. 너무, 지독히, 몹시. 等 기다릴 등.

〇老翁的釣魚. ― 坐等.
　노 옹 적 조 어　　　좌 등
늙은이의 낚시. ― 그냥 앉아 기다리다.
어떤 주관의 표시나 능동성이 없다는 뜻이 포함되었다.

○ 瞎子站櫃臺. ─ 死等買賣.
　　할 자 참 궤 대　　　사 등 매 매

장님이 물건을 팔다. ─ 살 사람을 그냥 기다린다.

瞎 소경 할. 站 우두커니 서있을 참. 櫃 함 궤. 궤짝. 금고. 궤대
櫃臺는 계산대. 참궤대站櫃臺는 물건을 팔다.

○ 長江裏水. ─ 面上平靜.
　　장 강 리 수　　　면 상 평 정

장강長江의 강물. ─ 표면은 조용하다.

외관으로는 아무런 내색이 없지만 내심으로 극렬하게 계산하고
생각하다. 장강은 양자강. 장강이 바른 명칭이다.

○ 姜子牙釣魚. ─ 穩坐釣魚臺.
　　강 자 아 조 어　　　온 좌 조 어 대

강태공의 낚시. ─ 낚시 대좌에 조용히 앉아있다.

매사에 침착하여. 사태에 따라 놀라지 않다. 穩 평온할 온. 釣
(diào) 낚을 조.

○ 檀木雕的菩薩. ─ 靈是不靈, 就是穩.
　　단 목 조 적 보 살　　　영 시 불 령　 취 시 온

단향목으로 만든 보살. ─ 영험하지는 않지만 평온하게 앉
아있다.

단향목 나무 보살 ─ 영험하지는 않아도, 무게가 있어 어떠한 일
에도 흔들리지 않다.

8) 면강勉强

면강勉强은 '억지로 하다', '마지 못해하다' 의 뜻이다. 여기에
는 약간 '어거지' 의 뜻도 들어있다. 힘이 미치지 못하지만 그래
도 최선을 다하여 성취한다면 좋은 일이다.

하늘은 스스로 돕는 자를 돕고(皇天不負有心人), 하늘은 배신한 남자를 돕지 않으며(皇天不佑負心漢, 佑 도울 우), 하늘은 착한 사람의 소원을 저버리지 않는다(天不負善人願).

그리고 공부는 열심히 애쓴 사람을 버리지 않으며(功夫不負苦心人), 근로는 열심히 일하는 사람을 버리지 않는다(勤勞不負苦心人). 곧 부지런하면 소원을 이룬다. 세월은 선량한 사람을 저버리지 않는다(歲月不負善良人).

이루 다 셀 수 없는 흙 알갱이에(數不完的土粒), 결코 건널 수 없는 학문의 바다이다(渡不完的學海).

책의 산에 길이 있으니 근면이 가장 빠른 길이고(書山有路勤爲徑. 徑은 지름길 경), 학문의 바다는 가없으니(無崖무애) 고생만이 건널 수 있는 배이다(學海無崖苦是舟).

곧 부지런히 책을 읽고, 고통을 참으면서 노력해야 학문을 성취할 수 있다.

○老猫喝燒酒. — 够嗆.
　노 묘 갈 소 주　　　구 창

고양이가 소주를 마셨다. — 견딜 수 없다.

喝 꾸짖을 갈, 마실 갈. 마시다. 够 충분할 구. 嗆 사레들 창. 숨이 막히다. 코를 찌르다. 괴롭다. 구창够嗆(够戧)은 정도가 대단하다. 힘들다. 죽겠다. 견딜 수 없다.

○嗓子眼裏塞把胡椒面. — 够嗆.
　상 자 안 리 새 파 호 초 면　　　구 창

목구멍에 호초 비빔면이 막히다. — 죽을 지경이었다.

嗓 목구멍 상. 상자안嗓子眼은 목구멍. 塞 막을 색. 호초胡椒는
나무 이름. 후추열매. 호초면胡椒面(胡椒粉)은 후춧가루.

○ 鐵拐李走獨木橋. ― 够嗆.
　　철 괴 리 주 독 목 교　　　 구 창

신선 이철괴가 외나무 다리를 지나가다. ― 너무 힘들다.

이철괴李鐵拐는 중국인이 좋아하는 팔선八仙의 한 사람. 거지 모
양에 다리가 하나라서 쇠지팡이에 의지하여 걷는다. 독목교獨木
橋는 외나무다리. 평지 걷기도 힘든데 외나무다리를 건너야 한
다면 그 어려움을 짐작할 수 있다.

○ 小鷄吃大豆. ― 强往下咽.
　　소 계 흘 대 두　　　 강 왕 하 인

병아리가 큰 콩을 삼키다. ― 억지로 넘기다.

咽 목구멍 인. 삼키다.

○ 母猪養兒. ― 在數就算.
　　모 저 양 아　　　 재 수 취 산

어미 돼지의 자식 키우기. ― 숫자로만 계산한다.

○ 靑蛙支卓子. ― 硬撑.
　　청 와 지 탁 자　　　 경 탱

청개구리가 탁자를 받치다. ― 억지로 참고 버티다.

蛙 개구리 와. 支 가를 지. 받치다. 흩어지다. 硬 굳을 경. 撑 버
틸 탱. 경탱硬撑은 무리하게 버티다.

○ 掃帚戴帽. ― 頂個數兒.
　　소 추 대 모　　　 정 개 수 아

마당 빗자루에 모자를 씌우다. ― 억지로 숫자나 채우다.

掃 쓸 소. 쓸어내다. 帚 빗자루 추. 戴 머리에 일 대. 꼭대기에 올
려놓다. 帽 모자 모. 머리에 쓰다. 頂 머리 정. 정수리. 꼭대기.
머리로 받다. 대들다. 필적하다. 정수頂數는 머릿수나 채우다.
쓸모 있다.

○ 老婆當軍. ─ 充數兒.
　노 파 당 군　　　충 수 아

노파가 군인이 되다. ─ 숫자 채우기.

○ 蛇吞黃鱔. ─ 活進煞.
　사 탄 황 선　　　활 진 살

뱀이 장어를 삼키다. ─ 산 채로 삼켜 죽이다.

吞 삼킬 탄. 鱔 드렁허리 선(鱓과 同.) 미꾸라지나 장어 형태의
물고기 이름. 뱀이 자신보다 큰 드렁허리를 삼키다. 자신의 능
력으로 수행하기 어려운 과업을 수행하다. 또는 그렇게 하다가
실패하여 손해를 보다. 煞 죽일 살.

○ 瘦驢拉重載. ─ 够喘的了.
　수 려 랍 중 재　　　구 천 적 료

병든 나귀가 무거운 짐을 끌다. ─ 헐떡거리기만 하다.

瘦 파리할 수. 바싹 마르다. 수척하다. 驢 나귀 려. 够 모을 구.
충분히 많다. 喘 헐떡거릴 천.

○ 禿子跑到和尙廟. ─ 硬充數.
　독 자 포 도 화 상 묘　　　경 충 수

대머리가 절간에 들어가다. ─ 억지로 인원을 채우다.

跑 달릴 포. 화상묘和尙廟는 절간.

9) 모방模倣

사람마다 생김새가 다르고(萬人萬模樣), 사람마다 성질이 제
각각이며(千人千脾氣), 인간 세상에는 천 갈래의 길이 있다(人世
間有千條路). 사람이 좋은 것을 배우기는 마치 산을 올라가듯 힘
이 들지만(人學好 比爬山艱難), 나쁜 것을 배우기는 마치 평지를
가듯 편하다(學壞 比走平路便當).

사람이 살면서, 다른 사람의 발자국을 따라 걷고(踩着別人脚印走), 호로박을 보고 표주박을 그린다(照葫蘆畵瓢). 물은 도랑을 따라 흐르고(水隨溝流), 아내는 남편을 따라간다(妻跟丈夫).

○依着葫蘆畵瓢. ― 照樣仿效.
　의 착 호 로 화 표　　　조 양 방 효

호로박을 보고 표주박을 그린다. ― 모양을 모방하다.

새로운 창조가 없다.

○照猫畵虎. ― 惹人笑.
　조 묘 화 호　　야 인 소

고양이를 보고 호랑이를 그리다. ― 남의 비웃음을 사다.

惹 이끌 야. 야기惹起하다.

○照着鏡子作揖. ― 自己拜自己.
　조 착 경 자 작 읍　　　자 기 배 자 기

거울을 보며 손을 들어 절하다. ― 자신에게 절을 올리다.

○畵上的老虎. ― 只有凶相不傷人.
　화 상 적 로 호　　　지 유 흉 상 불 상 인

그림 속의 호랑이. ― 무섭지만 사람을 다치지 못한다.

○畵上的美女. ― 不嫁人.
　화 상 적 미 녀　　불 가 인

그림 속의 미녀. ― 시집가지 못한다.

○一羊過河. ― 十羊過河.
　일 양 과 하　　　십 양 과 하

양 한 마리가 냇물을 건너가다. ― 열 마리 양이 따라 건너가다.

○一碗豆腐. ― 豆腐一碗.
　일 완 두 부　　　두 부 일 완

한 그릇의 두부. ― 두부 한 그릇.

이것이나 저것이나 같다.

10) 방임放任

뱃가죽을 열어 놓고 밥을 먹다(放開肚皮吃飯). — 생각 없이 낙천적으로 살다.

마음을 뱃속에 넣어두다(把心放在肚子裏). — 걱정하지 않다.

자기 분수대로 본분을 지키다(安分守己)는 욕심 없이 산다는 말이다.

안신입명安身立命은 신상 편하게 근심 없이 사는 것이고, 안상처순安常處順은 평온하게 하루하루를 순리대로 살아간다.

○ 旱地裏挿柳條. — 能活就活, 不活也不丟.
　　한 지 리 삽 류 조　　　능 활 취 활　불 활 야 불 주

마른 땅에 버들가지를 꽂다. — 살만하면 살아나고, 살지 못하더라도 버리지 않다.

일의 성패나 중요성 여부를 상관하지 않다. 旱 가물 한. 마른 땅. 挿 꽂을 삽. 버드나무는 가지를 꺾꽂이 한다. 丟 잃을 주. 내던지다.

○ 草裏冬瓜. — 有他草裏長.
　　초 리 동 과　　 유 타 초 리 장

풀밭의 동과. — 다른 풀 사이에서 자라다.

방임하고 제약이나 관제를 하지 않다. 동과冬瓜 는 중국 남부 및 인도, 동남아에서 널리 재배되는 일 년생 덩굴식물. 그 열매는 식용한다.

○池塘邊洗藕. ― 吃一節洗一節.
　지 당 변 세 우　　　흘 일 절 세 일 절

연못 가에서 연뿌리를 씻다. ― 하나를 먹고, 하나를 씻다.

먹고 싶으면 하나를 씻어 먹다. 장기長期 계획이 없고, 일이 생기면 바로 해결한다. 藕 연뿌리 우.

○叫化子落破廟. ― 暫時躱避雨雪.
　규 화 자 락 파 묘　　　잠 시 타 피 우 설

거지가 피폐한 절에 들어가다. ― 잠시 비나 눈을 피하다.

躱 피할 타. 숨다. 避 피할 피.

○老和尚念經. ― 過一天算一天.
　노 화 상 념 경　　　과 일 천 산 일 천

늙은 화상이 불경을 외다. ― 하루가 지나면 하루를 산 셈이다.

○瞎子看皇曆. ― 不知今日幾, 明兒幾日.
　할 자 간 황 력　　　불 지 금 일 기　명 아 기 일

거지가 책력을 보다. ― 오늘이 몇 일인지 내일은 몇 일인지 모르다.

○左着火車吃燒鷄. ― 這架骨頭, 走到哪兒扔在哪兒.
　좌 착 화 차 흘 소 계　　　저 가 골 두　주 도 나 아 잉 재 나 아

열차 안에서 통닭을 먹다. ― 그 뼈는 어디를 지나든 거기서 버린다.

골두骨頭는 닭 뼈. 나아哪兒는 어디? 扔 당길 잉. 버리다.

11) 분별分別

유비와 관우는 각자 타고난 천성이 있고(劉備關羽, 各有秉性), 장비는 용기가 있고(張飛有勇), 관우는 지모가 있다(關羽有謀).

그렇더라도 사나운 장비처럼 힘을 쓸 필요는 없다(不要拿出猛張飛的勁兒). 곧 분별 없는 짓을 하지 말라는 말이다. 장비는 손님을 청해놓고도(張飛請客) 큰소리를 지르고 고함을 친다(大呼大喊).

하나이면서 둘이고(一而二), 둘이면서 하나이다(二而一)라는 말은 형식은 다르지만 본 뜻은 같다는 의미이다. 8×5는 40이고(八五得四十), 5×8도 40이다(五八也是四十). 곧 그것이나 이것이나 사실상 똑같다는 뜻에서 매사를 어떻게 분별하는가? 이는 중요한 문제이다.

○ 白酒混在冷水裏. ─ 誰也敲不淸.
　　백 주 혼 재 랭 수 리　　　수 야 고 불 청

고량주가 냉수와 섞였다. ─ 누구라도 명확히 구분할 수 없다.

피차가 매우 비슷하여 변별이 어렵다(相似). 백주白酒는 배갈(白干兒, 白乾兒), 고량주高粱酒. 誰 누구 수. 敲 두두릴 고. ～을 하다.

○ 鼓椎對鑼椎. ─ 分不淸聲高聲低.
　　고 추 대 라 추　　　분 불 청 성 고 성 저

북채와 징채. ─ 분별이 확실치 않으나 소리는 높고 낮다.

두 사람이 다투지만 누가 옳고 그른지 판별이 어렵다. 椎 방망이 추. 鑼 징 라.

○ 廟裏的泥胎. ─ 分不淸是哪路神.
　　묘 리 적 니 태　　　분 불 청 시 나 로 신

사당에 있는 진흙 신상. ─ 어떤 신神인지 불명不明하다.

그 신분이 어떤 지 알 수 없다. 廟 사당 묘. 니태泥胎는 진흙으로 만들었으나 아직 색칠을 하지 않은 신상. 나로哪路는 어느 길.

방면. 지방. 종류, 부류.

○紅蘿卜調辣子. ― 吃出看不出.
　홍 라 복 조 날 자　　 흘 출 간 불 출

붉은 무와 고추를 범벅하다. ― 먹어봐야지 눈으로는 모른다.

사람이나 사물, 이론, 시책의 좋고 나쁨을 분별하기 어렵다. 실천해보아야 알 수 있다. 라복蘿卜은 무우. 調 고를 조. 음식이나 나물을 조리하다. 辣 매울 날(랄). 날자辣子는 날초辣椒. 고추.

○眼毛短. ― 分不出高低.
　안 모 단　　 분 불 출 고 저

짧은 속눈썹. ― 장단을 구별할 수 없다.

○瞎子打瞌睡. ― 眞假難分.
　할 자 타 갑 수　　 진 가 난 분

소경이 졸리다. ― 정말인지 거짓인지 분별이 어렵다.

瞎 애꾸눈 할. 장님. 瞌 졸음이 올 갑. 睡 잠잘 수. 타갑수打瞌睡는 졸리다.

12) 부동不同

장씨, 왕씨, 이씨, 조씨 모두 제각각이고(張王李趙各是各家), 사람마다 성질이 제각각이며(千人千脾氣), 열 사람에 열 개의 생김새이다(十人十個樣).」

닭이 물을 먹는 것은 보지만(只見鷄吃水), 오줌을 누는 것은 못 본다(不見鷄屙尿). 곧 똥오줌이 섞여 있으니, 이는 선인과 악인이 섞여 산다는 뜻이다. 강도가 고기를 먹는 것만 보지 말고(莫看强盜吃肉), 강도가 형벌받는 것을 보아라(但看强盜受罪).

중은 자기가 잘 외는 불경이 있고(一個和尙一本經), 모든 장군은 그의 명령이 있다(一個將軍一個令). 곧 각각의 주장에, 나름대로의 규범이 있다. 한 집은 다른 집을 모르고(一家不知一家), 불가의 화상은 도가를 모른다(和尙不知道家).

서른 여섯 점포마다 모두 지켜야 할 법도가 있고(三十六行都有規矩), 이 세상의 360여 모든 직업, 여러 직업마다 밥을 먹고 옷을 입는다(三百六十行 行行吃飯着衣裳). 모든 점포가 각각 나름대로 다 바쁘고(三百六十行 各爲各人忙), 3백6십 점포, 어느 점포에서든 성공한 사람은 나온다(三百六十行 行行出狀元).

○剝蒜摘蔥. ― 各管一工.
　박 산 적 총　　　각 관 일 공
　마늘 껍질을 까고, 파를 다듬다. ― 각자 맡은 일이 있다.
　剝 벗길 박. 蒜 달래 산. 마늘. 摘 딸 적. 꺾어 따다. 蔥 파 총.

○鴨吃礱糠鷄吃穀. ― 各人各自各人福.
　압 흘 농 강 계 흘 곡　　　각 인 각 자 각 인 복
　오리는 겨를 먹고 닭은 곡식을 먹는다. ― 각각 모두 자기복이 있다.
　鴨 오리 압. 礱 숫돌에 갈 농. 糠 쌀겨 강. 벼알의 속껍질. 穀 곡식 곡. 양곡糧穀.

○鷄不撒尿. ― 各自有去處.
　계 불 살 뇨　　　각 자 유 거 처
　닭은 오줌을 누지 않는다. ― 각자 방법이 있다.
　撒 뿌릴 살. 尿 오줌 뇨.

○鷄市鴨市. ― 鴿子另一市.
　계 시 압 시　　　합 자 영 일 시
　닭을 파는 시장과 오리 시장. ― 비둘기 시장은 다른 곳.

鴿 집비둘기 합. 另 헤어질 영(령). 따로. 별도로. 일시一市의 市
는 事(shì)와 해음諧音. 사람마다 서로 다른 일이 있으니, 피차 무
관하다는 뜻.

○ 棉花,線子. ― 兩樣的事.
　　면 화 선 자　　　양 양 적 사

목화 타기와 실뽑기. ― 서로 다른 일.

서로 다른 사람의 서로 다른 일.

○ 廟中五百羅漢. ― 各有各的地位.
　　묘 중 오 백 나 한　　　각 유 각 적 지 위

절의 5백 나한. ― 각각 모두의 지위가 있다.

각각의 지위에 각기 다른 일. 각각의 책무가 있다.

○ 殺猪捅屁股. ― 各有各的殺法.
　　살 저 통 비 고　　　각 유 각 적 살 법

돼지를 잡으며 항문을 찌르다. ― 각자 잡는 방법이 있다.

捅 나아갈 통. 손이나 막대기로 찌르다. 찔러 구멍을 내다. 돼지
를 도살하며 목을 따지 않고, 항문을 찔러 죽이는 방법도 있다.
문제해결방법이 제각각이니 하나만을 강요할 수 없다는 뜻.

○ 蜈蚣,蝎子,蛇. ― 各有各的路數.
　　오 공 갈 자 사　　　각 유 각 적 로 수

지네와 전갈과 뱀. ― 각자의 계략이 있다.

蜈 지네 오. 蚣 지네 공. 蝎 전갈 갈. 로수路數는 방법, 계략, 무술
의 수手.

○ 一個敎師一路拳. ― 各有各的打法.
　　일 개 교 사 일 로 권　　　각 유 각 적 타 법

사부마다 그의 권법. ― 각각 타법이 있다.

13) 불로소득不勞所得

작은 이익을 탐하면 큰 것을 잃고(小貪大失), 공짜를 탐내다가 큰 손해를 보다(貪小便宜吃大虧). 물론 작은 손해를 보고 큰 이득을 얻는 경우도 있다(吃小虧占大便宜).

누구든 단 것을 보면 입맛을 다시는데(誰見甛的不伸舌頭), 공짜를 보고 뛰어가지 않는 사람이 누구겠는가?(誰看見便宜不逮) 부처를 찾아 빌긴 빌어야 하는데(拜佛要拜) 초와 향은 사려고 안 한다(蠟燭香不肯買). 이런 사람은 재앙이 닥치면 그제야 염불을 한다(禍到臨頭再念佛).

다른 사람 그릇의 만두가 더 크게 보이고(別人碗裏饅頭是大的), 부뚜막을 넘어온 밥이 맛이 있다(隔竈頭的飯好吃). 곧 공짜로 얻은 남의 집밥이 더 맛있다.

하여튼 예부터 일하지 않고 공짜 대접받기를 제일 좋아하는 사람은 벼슬아치, 다음은 손님이다(一品官 二品客).

○ 俺掘井, 你喝水. ― 現成.
　엄 굴 정 니 갈 수　　현 성

내가 판 우물에, 너는 물을 마신다. ― 이뤄진 일. 불로소득. 힘들이지 않고, 타인의 성과를 차지하다. 俺(ǎn) 나 엄. 우리. 남녀 모두에 쓰임. 듣는 사람은 포함되지 않음. 掘 팔 굴. 파내다. 你 너 니. 喝 꾸짖을 갈. 마시다. 현성現成은 이미 갖춰져 있다. 간단하다, 용이하다. 현성반現成飯은 이미 지어 놓은 밥. 불로소득.

○懶蛤蟆. ― 張嘴等食.
　나 합 마　　　장 취 등 식

게으른 두꺼비. ― 입을 벌리고 먹이를 기다리다.

공짜 이득을 바랄 뿐 아무런 대가도 치르려 하지 않다. 懶 게으를 나. 합마蛤蟆는 개구리나 두꺼비 종류의 총칭.

○懶驢上磨. ― 不愛動.
　나 려 상 마　　　불 애 동

게으른 나귀의 연자방아. ―움직이길 싫어한다.

驢 나귀 려. 磨 갈 마. 맷돌. 연자방아.

○猫吃鷄食. ― 攜現成本.
　묘 흘 계 식　　　로 현 성 본

고양이가 닭의 모이를 먹다. ― 남의 노력의 결과를 빼았다.

○兩個肩膀着一張嘴. ― 淨等吃.
　앵 개 견 방 착 일 장 취　　　쟁 등 흘

양쪽 어깨 사이에 주둥이 하나만 붙었다. ― 오직 먹을 것만 기다리다.

견방肩膀은 어깨. 일장一張. 여기 張은 넓은 표면을 가진 물건을 표현하는 양사量詞. 예) 일장쥐一張紙는 종이 한 장. 嘴는 부리 취. 동물의 주둥이. 淨 싸늘할 쟁. 깨끗하다. 모두. 온통. 오로지. ~뿐(副詞).

○收漁人之利. ― 不勞而獲.
　수 어 인 지 리　　　불 로 이 획

어부지리를 내가 차지하다. ― 힘들이지 않고 얻다.

남의 이해 충돌이나 모순 등을 이용하여 자신의 이득을 챙기다.

○土地公公. ― 會吃不會動.
　토 지 공 공　　　회 흘 불 회 동

토지신 영감. ― 먹을 줄만 알고 일할 줄은 모른다.

중국 농촌 마을마다 모셔진 토지신은 보통 시골 노인 내외의 형상인데, 중국인의 토속신 중 가장 하급의 神이다. 공공公公(gōng gong)은 시아버지. 할아버지. 외할아버지. 늙은 영감.

나. 반응反應 외

1) 반응反應

여러 사람이 시끄럽게 떠들기도 하지만(七言八語), 일곱도 여덟도 싫다며 불응한다(七個不依, 八個不答應). 곧 아무리 달래도 말을 안 듣는다. 하늘도 땅도 따라주지 않는다면(天不響地不應) 도저히 어쩔 도리가 없다.

소라고 부르면 소처럼 응대하고(呼牛應牛), 말이라고 부르면 말처럼 대응한다(呼馬應馬). ―남이 뭐라 하든 상관하지 않는다. 남의 평가에 개의치 않고 자신의 주장과 태도를 견지하다.

평생 나쁜 짓을 하지 않으면(平生不做虧心事), 너에게 이를 가는 사람도 당연히 없을 것이다(世上應無切齒人). 선악에 따른 응보는(善惡應報) 그림자가 본체를 따라다니는 것과 같다(如影隨形). 선악에는 반드시 보답이 있는데(善惡必報), 빠르거나 늦을 때가 있을 뿐이다(遲速有期).

○浸了水的木魚. ― 敲不響.
　　침 료 수 적 목 어　　　　고 불 향
물에 젖은 목탁. ― 때려도 소리나지 않다.

다른 사람의 말이나 행동에 반응이 없다. 敲 두드릴 고. 響(xiǎng) 울림 향. 울리다.

○棉花落在油缸. — 一點兒動靜都沒有.
　　면 화 락 재 유 항　　　 일 점 아 동 정 도 몰 유

목화가 기름 항아리에 떨어지다. — 아무런 동정도 없다.

동작이 깔끔하여 아무런 소리도 없다. 棉 목화 면. 缸 항아리 항.

○石頭掉在棉花堆上. — 沒一點兒響.
　　석 두 도 재 면 화 퇴 상　　　몰 일 점 아 향

돌이 목화 더미 위에 떨어지다. — 아무런 소리도 없다.

○一根針落掉水裏. — 連個水花也激不起來.
　　일 근 침 락 도 수 리　　　 연 개 수 화 야 격 불 기 래

바늘 하나가 물에 떨어지다. — 물거품도 생기지 않다.

일근一根의 根은 양사量詞. 수화水花(shuǐ huā)는 물보라. 흩어지는 물방울(飛沫).

○棉花卷兒打鑼. — 沒音.
　　면 화 권 아 타 라　　　몰 음

면화 두루마리로 징을 치다. — 소리가 없다.

鑼 징 라.

2) 선택選擇

농사는 모종(씨앗)이 좋아야 하고(種田要秧好), 자식을 키우는 데는 어미가 좋아야 한다(養兒要娘好). 아내를 얻을 때는 부덕婦德을 취해야 하고(娶妻取德), 첩을 고를 때는 미색을 골라야 한다(選妾選色). 며느리를 얻을 때는 현숙함을 취하지 고귀함을 취하지 않으며(娶婦娶賢不取貴), 사위를 고를 때는 사람을 택하는 것이지 가문을 고르지 않는다(擇壻擇人不擇家).

며느리를 고를 때는 모름지기 나보다 못한 집에서 골라야 한다
(娶婦須擇不如我家者). 여자의 가문이나 형편이 남자보다 좋아
서 좋을 것 없다. 사위를 맞이할 때는 재산을 보고 고르지 않는다
(擇婿不擇富).

벗과 사귐에 의리로 사귀는 것이지 재물로 교제하지 않으며
(交友交義不交財), 벗을 고를 때는 지혜를 고르지 외모를 고르지
않는다(擇友擇智不擇貌).

글씨를 잘 쓰는 사람은 붓을 고르지 않는다(能書不擇筆). 글자
를 썼으면 덧칠하지 말고(寫字別描), 똥을 누었으면 쳐다보지 말
라(拉屎別瞧. 瞧 몰래 볼 초).

굶주렸으면 음식을 가리지 않고(飢不擇食), 추우면 옷을 고르
지 않으며(寒不擇衣), 가난하면 여자를 고르지 않는다(貧不擇
妻). 곧 선택의 여지가 없다.

○饞大嫂種瓜. ─ 揀着吃.
　　참 대 수 종 과　　　　간 착 흘
욕심쟁이 아주머니가 참외를 심었다. ─ 골라 먹는다.
　상황에 따라 선택하다. 饞 탐할 참. 참취饞嘴는 먹보. 대수大嫂는
아주머니. 큰형수. 揀(jiǎn) 가릴 간. 고르다.

○燈下看人. ─ 花了眼.
　　등 하 간 인　　　　화 료 안
등불 아래서 사람을 보다. ─ 눈이 침침하다.
　花(huā)는 무늬. 알록달록하다. 눈이 침침하다. 소비하다. 부상
을 당하다.

○瓜地裏挑瓜. ― 挑得眼花.
　　과 지 리 도 과　　　도 득 안 화

참외 밭에서 참외를 고르다. ― 눈이 어지럽다.

고를 것이 많아 어지럽다. 挑 집어낼 도. 안화眼花(yǎn huā)는 눈
이 아물아물하다.

○筐裏的西瓜, 籃裏的菜. ― 隨便挑揀.
　　광 리 적 서 과　남 리 적 채　　　수 편 도 간

광주리의 수박과 바구니의 채소. ― 되는 대로 고르다.

자신의 뜻대로 고르다. 筐 광주리 광. 서과西瓜는 수박. 籃 바구
니 남(람).

○老鴉啄柿子. ― 揀着熟的開口.
　　노 아 탁 시 자　　　간 착 숙 적 개 구

까마귀가 감을 쪼아먹다. ― 잘 익은 것을 골라 먹다.

啄(zhuó) 쪼을 탁. 柿(shì) 감 시. 揀 가릴 간. 고르다.

○窮秀才說親. ― 高來不成, 低來不就.
　　궁 수 재 설 친　　　고 래 불 성　저 래 불 취

궁색한 수재의 혼담. ― 높은 가문에서는 안 이뤄지고, 낮은
가문은 원하지 않다.

설친說親은 혼담을 꺼내다. 중매를 하다.

○羊群裏揀駱駝. ― 挑個大的.
　　양 군 리 간 낙 타　　　도 개 대 적

양떼 중에서 낙타를 고르다. ― 큰 놈을 고르다.

3) 순종順從

부모의 말씀에 순종하는 것이 큰 효도이다(順父母之言 呼爲大
孝). 부모에게 효도하면 하늘에서 복을 내린다(孝敬父母天降福).
효도하는 사람은 틀림없이 효도하는 자식을 낳고(孝順定生孝順

子), 불효하는 사람은 불효하는 아들을 낳는다(忤逆還生忤逆兒).
효도하고 순종하는 사람은(孝順之人) 틀림없이 착한 마음을 가
지고 산다(必有善心).

솥이 뜨겁지 않으면 떡이 익지 않는다(鍋不熱, 餅不熟). 부모
가 자애롭지 않다면 자식이 효도하지 않는다(父不慈 子不孝). 효
도의 무게가 천근이라면 하루에 한 근씩 줄어든다(孝重千斤日減
一斤). 사람이 착한 소원을 갖고 있으면(人發善願), 하늘이 꼭 따
라준다(天必從之). 사람들이 악한 사람을 두려워하지만, 하늘은
두려워하지 않고(人惡人怕天不怕), 사람들이 착한 사람을 업신
여겨도, 하늘은 업신여기지 않는다(人欺善人天不欺).

○背方卓下井. ─ 隨方就圓.
　배 방 탁 하 정　　　수 방 취 원
네모진 탁자를 등에 지고 우물로 내려가다. ─ 사각형에서
원형을 따르다.
우물은 보통 원형이다. 背 등 배. 등에 짊어지다. 隨 따를 수. 就
는 순종하다. 다른 사람의 말이나 뜻에 따라 행동하다.

○縫衣店的營業員. ─ 左也衣, 右也衣.
　봉 의 점 적 영 업 원　　　좌 야 의　우 야 의
옷집에서 일하는 직원. ─ 좌측에도 옷, 오른쪽에도 옷.
衣(yī)는 의지하다(依 yī)와 해음. 자신의 뜻과 상관없이 다른 사
람의 뜻에 따른다.

○好媳婦抓豆芽. ─ 你說幾根就幾根.
　호 식 부 조 두 아　　　니 설 기 근 취 기 근
말 잘 듣는 며느리가 콩나물을 뽑아 쥐다. ─ 몇 뿌리라고

말하면 그대로 준다.

요구하는대로 따라주다. 媳 며느리 식. 식부媳婦는 며느리. 抓
긁을 조. 물건을 잡다. 채다. 움켜쥐다. 두아豆芽는 콩나물.

○ 拉磨的驢子. — 團團轉.
　　랍 마 적 려 자　　　단 단 전

연자방아를 돌리는 나귀. — 빙빙 돌다.

아주 잘 순종하다. 백의백순百依百順. 驢 나귀 려. 려자驢子는 나
귀. 단단團團은 아주 동그런 모양. 轉 구를 전. 돌다. 단단전團團
轉은 뱅글뱅글 돌다.

○ 鷄啄米. — 不住地點着頭.
　　계 탁 미　　　불 주 지 점 착 두

모이를 쪼아먹는 닭. — 쉬지 않고 머리를 끄덕이다.

啄 쫄 탁. 쪼아먹다. 불주지不住地는 쉬지 않고. 점착두點着頭는
머리를 끄덕이다. 다른 사람의 의견에 적극적으로 찬성하거나
긍정하는 행위.

○ 老母猪吃黥黍. — 順秆子上來.
　　노 모 저 흘 도 서　　　순 간 자 상 래

암돼지가 수수를 먹다. — 줄기부터 먹어 올라온다.

다른 사람의 뜻이나 행동을 따라가다. 黥 수수 도. 黍 기장 서.
도서黥黍는 수수. 고량高粱. 秆(稈) 줄기 간. 짚. 간자秆子는 수수
나 옥수수 같은 작물의 줄기.

○ 磨坊裏的驢. — 聽喝.
　　마 방 리 적 려　　　청 갈

연자방앗간의 나귀. — 시키는 대로 따라 하다.

다른 사람의 의견에 따르다. 聽 들을 청. 따르다, 내맡기다. 喝
꾸짖을 갈, 마실 갈.

4) 안목眼目

세상 이치야 소털만큼이나 많다(天下事如牛毛). 우물 안 개구리는 안목이 짧다(井底蛙, 眼光短). 여름철 벌레는 얼음에 대하여 말할 수 없다(夏虫不可以語氷). 곧 견문이 적은 사람과 심오한 논의를 할 수 없다.

범인의 육안으로는(凡人的肉眼) 진짜 보살을 알아보지 못한다(認不出眞菩薩來). 사람은 깔보면 안목이 좁아서(白眼無珠), 좋고 나쁜 사람을 모른다(不識好歹). 용의 눈은 여의주를(龍眼識珠), 봉황의 눈은 보배를(鳳眼識寶), 소의 눈은 싱싱한 풀을 알아본다(牛眼識靑草).

○老太太找飛機. ─ 往遠瞧.
　노 태 태 조 비 기　　왕 원 초

할머니가 비행기를 찾아보다. ─ 멀리를 내다보다.

비행기 소리를 듣고 비행기가 날아간 하늘을 바라보다. 안목이 원대하다. 태태太太는 마님. 옛날 지주地主나 관리의 아내에 대한 호칭, 노부인에 대한 존칭. 부인. 找(zhǎo) 찾을 조. 찾아가다. 자초하다. 부족한 것을 채우다. 瞧(qiáo) 바라볼 초. 구경하다. 몰래 보다.

○十里高山望平川. ─ 光景要往長處看.
　십 리 고 산 망 평 천　　광 경 요 왕 장 처 간

십 리 높은 산에서 들판을 바라보다. ─ 경치를 먼곳까지 바라보다.

○山頭上吹喇叭. ─ 站得高, 響得遠.
　산 두 상 취 나 팔　　참 득 고　향 득 원

산꼭대기에서 나팔을 불다. ― 높이 섰고, 멀리까지 들리다.

멀리 내다보다. 站 우두커니 설 참. 響(xiǎng) 울림 향. 울리다.

소리가 들리다. 想(xiǎng)과 해음.

○ 從門縫裏看人. ― 把人看扁了.
　　종 문 봉 리 간 인　　파 인 간 편 료

문틈으로 사람을 보다. ― 사람을 납작하게 본다.

사람을 업신여기다. 縫 꿰맬 봉. 옷의 이은 부분. 틈. 간극間隙.

○ 戴着木頭眼鏡. ― 只看一寸遠.
　　대 착 목 두 안 경　　지 간 일 촌 원

나무 안경을 착용하다. ― 겨우 1치 앞을 보다.

눈과 나무 안경 사이만을 볼 수 있다. 사람의 안목이 매우 짧다.

○ 老鼠眼. ― 就看鼻子尖兒.
　　노 서 안　　취 간 비 자 첨 아

쥐의 눈. ― 바로 코끝 뾰족한 곳만 볼 수 있다.

안목이 짧다. 尖(jiān) 뾰족할 첨.

○ 汽車頭上的大眼睛. ― 顧前不顧後.
　　기 차 두 상 적 대 안 정　　고 전 불 고 후

자동차 앞의 큰 헤드라이트. ― 앞만 살피지 뒤를 보지 못
하다.

안광眼光이 짧고 얕다. 汽 김 기. 기차汽車(氣車)는 자동차. 우리
가 말하는 열차(기관차)는 화차火車로 표기한다.

○ 蝸牛撞大樹. ― 短眼睛.
　　와 우 당 대 수　　단 안 정

달팽이가 큰 나무를 들이받다. ― 안목이 없다.

蝸 달팽이 와. 와우蝸牛는 달팽이. 撞 부딪칠 당.

5) 양보讓步

　남에게 양보하면 복이고(饒人是福, 饒는 넉넉할 요, 양보하다),
남을 업신여기는 것이 재앙이며(欺人是禍), 하나를 양보하면 백
을 얻을 수 있지만(讓一得百), 열 개를 다투면 아홉을 잃을 수 있
다(爭十失九).

　남에게 양보한다고 바보는 아니다(饒人不是痴). 나중에 그보
다 많은 것을 얻는다(過後得便宜). 남에게 양보할 수 있다면, 양
보하라(得饒人處且饒人). 바보는 남에게 양보할 줄 모른다(痴漢
不饒人). 다른 사람에게 3할쯤 양보한다 하여 지는 것은 아니다
(讓人三分不爲輸).

　남에게 편하게 해줄 만한 경우에 편하게 해주고(遇方便時行方
便), 양보할 곳에서 양보하라(得饒人處且饒人). 내가 한발 물러
난다면 길은 절로 넓어지고(退後一步路自寬), 한발 물러서면 하
늘도 높고 땅도 넓다(退一步 天高地寬). 남에게 한발 양보하면 제
스스로 너그러워지고(讓人一步自己寬), 한발만 물러서서 생각하
면 10년을 내다볼 수 있다(退一步想 過十年看).

　남에게 한 치의 예를 갖추어 대하면(讓禮一寸), 한 자만큼의 예
우를 받는다(得禮一尺). 내가 약해서 남에게 양보한다는 것은 아
니다(讓人非我弱). 네가 나를 한 자만큼 위해주니(你敬我一尺)
나는 너를 한 길쯤 공경하겠다(我敬你一丈).

　○白布進染缸. ― 洗不淸.
　　백 포 진 염 항　　세 불 청

흰 천이 붉은 염색 항아리에 들어가다. ― 씻어도 씻기지 않다.

원한은 씻어낸다고 씻겨질 수 없다. 染 물 들일 염. 缸 항아리 항.

○ 縛在線上的螞蚱. ― 跑不了.
　　박 재 선 상 적 마 책　　포 불 료

줄에 묶인 메뚜기. ― 달아날 수 없다.

관계에서 벗어나거나 책임을 면할 수 없다. 縛 묶을 박. 묶이다. 螞 잠자리 마. 蚱 벼메뚜기 책. 跑 달아날 포. 벗어나다.

○ 老太太吃餅子. ― 兩邊磨.
　　노 태 태 흘 병 자　　양 변 마

늙은 할머니가 떡을 먹다. ― 아래위 잇몸으로 씹다.

늙은 할머니는 치아가 없어 아래위 잇몸으로 떡을 씹다. 떠넘길 수 없다. 서로 미룰 수 없다.

○ 六月間的包穀. ― 抹不脫.
　　유 월 간 적 포 곡　　말 불 탈

6월의 옥수수. ― 손으로 비벼대서 알갱이를 뗄 수 없다.

책임에서 벗어날 수 없다. 6월에는 옥수수 알갱이가 박힐 때이다. 손으로 문질러 알갱이를 떼낼 수 없다. 포곡包穀(苞穀)은 옥수수(玉米). 抹 비벼댈 말. 抹(더듬을 매)가 아님.

○ 盲人剝蒜. ― 瞎扯皮.
　　맹 인 박 산　　할 차 피

맹인이 마늘을 까다. ― 마구 껍질을 벗겨내다.

쓸데없는 짓을 하다. 剝 벗길 박. 蒜 마늘 산. 扯 찢어버릴 차. 차피扯皮는 말다툼하다. 옥신각신하다. 쓸데없는 소리를 하다.

6) 여분餘分

우둔하고 너그러우면 매사가 여유 있고(憨厚有餘. 憨 어리석을 감), 마음의 수를 쓰자면 언제나 부족하다(心計不足). 마음에 자신이 있어도 힘이 달린다(心有餘而力不足). 맨입으로 허튼 소리만 하다(空口說白話). 쓸데없는 말 천 마디는 썩은 흙과 같고 (狂言千語如糞土), 좋은 말 한 마디는 천금의 가치가 있다(良言一句値千金).

어렵다면 할 줄 모르는 것이고(難者不會), 할 줄 아는 사람에게는 어렵지 않다(會者不難). 좋은 일을 배우려면 1천 일도 부족하지만(學好千日不足), 나쁜 것을 배우려면 하루라도 넉넉하다(學歹一日有餘. 歹 악할 대, 죽을 死 변).

○ 八擒孟獲. ─ 多此一擧.
　　팔 금 맹 획　　　　다 차 일 거
맹획을 8번 사로잡다. ─ 한 번이 더 많다.

한 번은 쓸데없는 일이다. 제갈량은 북벌北伐을 위한 사전 준비로 촉蜀의 배후를 안정시켜야 했기에 서남이西南夷인 남만南蠻을 원정했다. 남만의 우두머리인 맹획孟獲을 7번 풀어주고, 7번 사로잡았다. 이를 칠종칠금七縱七擒(縱 늘어질 종. 풀어주다. 擒 사로잡을 금)이라 한다. 그런데 8번 사로잡았다면 필요없는 짓 한 번을 더했다는 뜻이다. 이 칠종칠금의 고사故事는 225년 3월에서 226년 2월의 일이고, 제갈량이 원정한 지역은 지금의 사천성四川省 남부와 운남성雲南省과 귀주성貴州省 지역이다.

○ 吃的河水. ─ 管事寬.
　　흘 적 하 수　　　관 사 관
황하의 물을 마시는 자. ─ 관여하는 일이 많다.

황하의 유역을 굉장히 광대하다. 관할하는 일이 너무 많다. 관

여해서는 안될 일까지 참견하다.

○吃了鹽羅卜. — 操咸心.
　　흘료염라복　　조함심

소금에 절인 무를 먹었다. — 쓸데없는 일까지 걱정하다.

라복羅卜은 무우. 操 잡을 조. 실행하다. 말하다. 마음을 쓰다.
咸 모두 함. 전부. 짤 함(醎, 鹹과 同). 咸(xián)은 閑(xián, 쓸데없는)
과 해음.

○吃咸魚蘸醬油. — 多此一擧.
　　흘함어잠장유　　다차일거

절인 생선을 먹으려고 간장 기름을 찍다. — 쓸데없는 짓을
하다.

○戴斗笠打傘. — 多此一擧.
　　대두립타산　　다차일거

머리 삿갓에 우산도 쓰다. — 불필요한 일.

戴 머리에 일 대. 쓰다. 두립斗笠은 비나 햇볕을 막기 위하여 대나
무로 만들어 머리에 쓰는 삿갓 종류. 우산을 쓰지 않아도 된다.

○脫袴子放屁. — 多此一擧.
　　탈고자방비　　다차일거

바지를 벗고서 방귀 뀌다. — 필요없는 일을 하다.

안 해도 될 일이나 말을 하다. 袴 바지 고. 사타구니 과.

○晴天打傘. — 多此一擧.
　　청천타산　　다차일거

맑은 날에 우산을 쓰다. — 쓸데없는 짓.

○鞋裏的土. — 沒用處.
　　해리적토　　몰용처

신발 안의 흙. — 쓸데가 없다.

○狗拿老鼠. — 多管閑事.
　　구나로서　　다관한사

개가 쥐를 잡다. ― 쓸데없는 일에 관여하다.

쥐잡기는 고양이의 몫이다. 개가 할 일은 아니다. 拿 잡을 나.

○端着米飯找飯鍋. ― 沒有事找事
　단 착 미 반 조 반 과　　　 몰 유 사 조 사

밥을 받아들고 밥솥을 찾아보다. ― 일이 없는데도 일을 찾다.

端 끝 단. 두 손으로 들다. 결국. 找 찾을 조. 반과飯鍋는 밥솥.
쓸데없는 일까지 참견하다.

○和尙哭丈母. ― 多攬這層閑.
　화 상 곡 장 모　　 다 람 저 층 한

화상이 장모 죽었다고 곡을 하다. ― 없는 일까지 상관하다.

화상은 장모가 없는 사람이다. 있을 수 없는 일까지 만들어 상
관하다. 攬 잡을 람. 끌어당기다. 떠맡다. 這 이것 저. 層 층 층.
겹. 일부분. 일종. 閑은 한사閑事. 한가할 한. 상관없는. 쓸데없
는. 중요하지 않은.

○和尙訓道士. ― 管得寬.
　화 상 훈 도 사　　 관 득 관

불교 화상이 도교의 도사를 훈수하다. ― 상관하는 일이 많다.

○看三國掉淚. ― 替古人擔憂.
　간 삼 국 도 루　　 체 고 인 담 우

삼국지를 읽으며 눈물을 짜다. ― 옛사람을 대신하여 걱정
하다.

쓸데없는 걱정을 하다. 掉 흔들 도. 버리다. 淚 눈물 루. 替 바꿀
체, 대신할 체. 擔 멜 담. 憂 근심 우.

○聽評書掉眼泪. ― 替古人擔憂.
　청 평 서 도 안 루　　 체 고 인 담 우

옛이야기를 들으며 걱정으로 눈물을 흘리다. ― 옛사람을
위하여 걱정하다.

쓸데없는 걱정을 하다. 평서評書(píng shū)는 장편의 이야기를 간단한 악기를 치면서 들려주는 일. 강설講說. 안루眼泪(yǎn lèi)는 눈물을 흘리다.

○ 賣羅卜跟着鹽擔子走. ― 咸嘈心.
　매 라 복 근 착 염 담 자 주　　함 조 심

무우를 파는 사람이 소금장수를 따라가다. ― 모두 조심하다. 서로 상관없는 일에 신경을 쓰다. 跟 발꿈치 근. 따라가다. 嘈 지껄일 조. 떠들다. 嘈는 操(잡을 조). 操(cāo)와 해음. 조심嘈心은 조심操心. 마음을 쓰다, 마음으로 걱정하다.

○ 仨鼻子眼兒. ―多出一口氣.
　삼 비 자 안 아　　다 출 일 구 기

3개의 콧구멍. ― 콧김이 구멍 하나 더 나오다. 쓸데없이 하나 더 많다. 仨(sā)은 세 개 삼(三). 眼은 바늘 구멍. 우물, 동굴 따위를 셀 때 쓰는 양사量詞.

○ 太平洋上的警察. ― 管得寬.
　태 평 양 상 적 경 찰　　관 득 관

태평양을 관할하는 경찰. ― 관할 구역이 넓다. 쓸데없는, 관여하지 않아도 될 일에 관여하다.

○ 瞎子戴眼鏡. ― 多餘的框框.
　할 자 대 안 경　　다 여 적 광 광

장님이 안경을 쓰다. ― 쓸데없는 격식. 框 문틀이나 창틀 광. 테두리. 구속하다. 제한하다. 광광框框은 사물의 틀이나 고유한 격식, 관습, 제한 등을 의미.

○ 一個袴子三條腿. ― 多了你這人管.
　일 개 고 자 삼 조 퇴　　다 료 니 저 인 관

바지 하나에 가랑이가 세 개. ― 네가 상관할 쓸데없는 일이 많다.

7) 의지依持

사람이 집에 있을 때는 부모에게 의지하고(在家靠父母), 밖에 나가서는 친우에게 의지한다(出門靠朋友). 사람에게 벗이 없다면(人沒有朋友), 나무에 뿌리가 없는 것과 비슷하다(就像樹沒有根). 착한 사람과는 친구가 되고(善者爲友), 악한 자와는 원수가 되다(惡者爲仇).

동쪽 절에 가서 부처에게 빌고(東廟裏拜佛), 서쪽 묘당에 가서는 향을 태운다(西廟裏燒香). 곧 여러 사람에게 부탁하다.

게가 강을 건너갈 때는 큰 흐름을 따라간다(蟹子過河隨大流). 배는 키잡이에 의지하고(行船靠舵), 수레는 마부의 채찍대로 간다(跑車靠鞭). 곧 대세를 따라 행동하다. 기러기 무리에는 우두머리 기러기가(雁有頭雁), 양떼에도 우두머리 양이 있다(羊有頭羊).

○茶杯蓋上立鷄蛋. ― 靠不住.
　다 배 개 상 립 계 단 　　고 불 주

찬장 뚜껑 위에 계란을 세울 수 없다. ― 의지할 수 없다.

蓋 덮을 개. 뚜껑. 蛋 새알 단. 새끼. 놈. 계파단鷄巴蛋(jī ba dàn. 좆같은 새끼) 구단狗蛋(gǒu dàn, 개새끼) 사단傻蛋(shǎdàn, 머저리) 왕팔단王八蛋(wàng bā dàn, 씹할 놈) 혼단混蛋(hùn dàn, 잡종 새끼). 靠 기댈 고.

○燈草拐杖. ― 做不得拄.
　등 초 괴 장 　　주 불 득 주

등잔 심지로 만든 지팡이. ― 짚을 수 없다.

拐 속일 괴. 꾀어내다. 지팡이, 목발. 괴장拐杖은 지팡이. 拄 떠

받칠 주.

○ 壞了的掌子面. — 靠不住.
　　괴 료 적 장 자 면　　고 불 주

무너진 막장. ━ 의지할 수 없다.

사람을 믿을 수 없다. 壞 무너질 괴. 掌 손바닥 장. 광산의 막장.

장자면掌子面(礃子)은 광산이나 터널을 뚫을 때 맨 밑바닥이나

앞에 받치는 시설물.

○ 蠟燭. — 不點不亮.
　　납 촉　　불 점 불 량

촛불. ━ 켜지 않으면 밝지 않다.

다른 사람의 도움이 있어야 능력을 발휘할 수 있다. 蠟 밀 랍. 왁

스. 양초.

○ 禿子跟着月亮走. — 誰也不添誰的光.
　　독 자 근 착 월 량 주　　수 야 불 첨 수 적 광

대머리가 달빛 속에 걷다. ━누가 누구의 빛을 받지 않는가?

서로 도움을 주고 의지해야 한다. 禿 대머리 독. 독자禿子는 대

머리. 跟 발꿈치 근. 따라가다. 월량月亮은 달. 添 보탤 첨.

○ 游魚出水. — 無所凭借.
　　유 어 출 수　　무 소 빙 차

물고기가 물에서 나오다. ━기댈 곳이 없다.

생존할 조건이나 근거를 잃다. 凭 기댈 빙(憑과 同). 빙차凭借는

～에 의지하다. ～을 믿다. 빙자憑藉하다.

8) 정원情願

제목의 정원情願은 진정으로 원하다.

스승은 제자가 뛰어나기를 바라고(師願徒出衆), 아버지는 자

식이 인재로 자라나길 바란다(父願子成才). 나무는 가꾸지 않으면 재목이 되질 않고(樹不修不成材), 아들을 훈육하지 않으면 사람이 되질 않는다(兒不育不成人). 그래서 누구네 집 묘에서 큰 나무가 자라는지 모른다(不知道誰家墳裏長大樹). 누구네 아들이 큰 인재가 될지 모른다.

돈이 있으면 돈으로 덕을 쌓아야 하고(有錢錢積德), 돈이 없다면 말로 덕을 베풀어야 한다(無錢言積德). 불경은 좋은데(經是好經), 입이 비뚤어진 화상을 시켰더니 틀리게 읽는다(叫歪嘴和尙念壞了). 곧 좋은 일도 사람을 잘못 쓰면 실패한다.

○ 姜太公釣魚. ─ 願者上鉤.
　강태공조어　　　 원자상구
　강태공이 물고기를 낚다. ─ 원하는 자만 걸려든다.
　강태공은 강자아姜子牙. 위수渭水에는 곧은 낚시를 담그고 세월을 낚았다. 주문왕周文王을 섬겼고, 무왕武王의 사부였으며, 제후국 제齊를 개국하였다. 釣 낚을 조. 鉤 갈고리 구.

○ 周瑜他黃蓋. ─ 一個願打, 一個願挨.
　주유타황개　　　 일개원타　 일개원애
　오뭇나라 주유가 황개를 매질하다. ─ 한 사람은 때려주려 했고, 한 사람은 얻어맞기를 원했다.
　서기 208년 적벽대전赤壁大戰 전에 주유의 부장 황개는 고육지계苦肉之計를 건의했다. 挨 때릴 애. ~을 원하다. 참고 견디다.

○ 豬八戒撞上羅刹女. ─ 甘拜下風.
　저팔계당상나찰녀　　 감배하풍
　저팔계가 나찰녀와 싸우다. ─ 열세를 기꺼이 받아들이다.

撞 칠 당. 부딪치다. 우연히 맞나다. 나찰녀羅刹女는《서유기西遊記》 우마왕牛魔王의 아내. 철선공주鐵扇公主. 저팔계는 나찰녀의 상대가 되지 않자 굴복하였다. 하풍下風은 시합이나 경기에서 불리한 위치. 열세劣勢.

○父子上山. ― 各人努力.
　부 자 상 산　　　각 인 노 력

아버지와 아들이 산에 오르다. ― 각자 노력하다.

○將軍不下馬. ― 各自奔前程.
　장 군 불 하 마　　　각 자 분 전 정

장군이 하마하지 않다. ― 각자 자기 길을 달려가다.

奔 달릴 분. 달려가다.

○盲人摸象. ― 各執一端.
　맹 인 모 상　　　각 집 일 단

장님이 코끼리를 더듬다. ― 각자 한 부분만 짚어보다.

摸 찾을 모. 더듬다. 執 잡을 집. 端 바를 단, 끝 단. 瑞(상서로울 서)가 아님.

○石鷄下蛋. ― 咯咕咯.
　석 계 하 단　　　각 구 각

돌로 만든 닭이 알을 낳다. ― 꼬꼬댁. 각자 제 몸을 돌보다.

咯 꿩소리 각. 咕 말 많을 구. 여기서는 닭의 소리를 옮긴 글자. 각구각(gè gū ge)은 각고각各顧各(각자 제몸을 돌보다)과 해음.

○鴨子過河. ― 咯咕咯.
　압 자 과 하　　　각 구 각

오리가 냇물을 건너가다. ― 각자 제 몸을 살핀다.

○趙錢孫李. ― 各說一理.
　조 전 손 리　　　각 설 일 리

조씨, 전씨, 손씨, 이씨. ― 각자 한마디 하다.

조전손이씨趙錢孫李氏는 중국인 중에서 일반적인 성씨이다.

9) 제약制約

연의 줄이 길어야 새매 연을 높게 띄울 수 있는데(長線放遠鷂), 곧 원대한 포부를 품을 수 있지만, 침상 아래에서 연을 띄우고(床底下放風箏), 수풀 속에서 연을 띄우면(樹林中放風箏), 처음부터 한계나 여건의 제약을 받고, 장애물이 많아 성취할 수 없다.

세상살이의 쓴맛 단맛을 다 맛보고(飽嘗世味), 온갖 풍상을 다 겪다(飽經風霜). 그러나 빙설이라도 새봄의 푸른 풀을 짓누를 수 없고(氷雪壓不倒靑草), 홍수에도 오리는 떠내려가지 않는다(水大沒不了鴨子).

○ 飛出籠子的雀兒. ― 愛怎飛就怎飛.
　　비 출 롱 자 적 작 아　　애 즘 비 취 즘 비

새장을 빠져나온 참새. ― 어떻게 날아가든 바로 날아간다.

속박에서 벗어나 자유를 얻은 모양. 怎 어찌 즘. 어떻게. 즘요怎么(zěn me)는 어떻게, 어째서. 상황, 방식, 원인을 묻는 말.

○ 野鳥兒. ― 不進籠子.
　　야 조 아　　불 진 롱 자

들판의 새. ― 새장에 들어가려 아니하다.

○ 老母鷄孵小鷄. ― 收收心.
　　노 모 계 부 소 계　　수 수 심

어미닭이 병아리를 부화하다. ― 마음을 바로잡다.

孵 알 깔 부. 어미 닭이 20여 일간 알을 품을 때, 산만한 심사心思나 습성을 수렴하며 꾹 누르고 참다.

○ 亮着大脚上婆家. ― 自由自在.
　　양 착 대 각 상 파 가　　자 유 자 재

전족하지 않은 발로 시집을 가다. ― 내 마음대로다.

구 제도의 낡은 습속에 제약받지 않다. 亮 밝을 량(양). 드러내다. 대각大脚은 여인의 전족纏足하지 않은 발. 婆 할미 파. 파가 婆家는 시집.

○ 半年的牛犢. ― 就是不願上繩兒.
　　반 년 적 우 독　　　취 시 불 원 상 승 아

태어난 지 반년된 송아지. ― 고삐에 묶이기를 원치 않다.

犢 송아지 독. 繩 줄 승. 새끼줄. 고삐.

○ 撞開牢籠的鳥兒. ― 又可以飛了.
　　당 개 뇌 농 적 조 아　　　우 가 이 비 료

부서져 열린 새장의 새. ― 다시 날아갈 수 있다.

자유를 얻다.

○ 秋後的螞蚱. ― 想跳也跳不了幾天了.
　　추 후 적 마 책　　　상 도 야 도 불 료 기 천 료

가을이 지난 메뚜기. ― 뛰어다닐 날도 며칠 안 된다고 생각한다.

螞 왕개미 마. 蚱 메뚜기 책. 마책螞蚱은 메뚜기. 황충蝗蟲.

○ 秋後的山蟬. ― 叫不了幾聲.
　　추 후 적 산 선　　　규 불 료 기 성

가을 지난 산속의 매미. ― 몇 날이나 울겠는가?

악인의 창궐도 며칠 안 남았다. 蟬 매미 선.

10) 청교請敎

엄격한 가르침은 사랑이고(嚴是愛), 총애는 해악이다(寵是害). 애정이 깊기에 책망도 엄한 것이다(愛之深責之切). 말하자면 귀여운 자식이기에 엄히 가르치는 것이다.

엄한 가르침은 효자를 만들고(嚴敎出孝子), 응석받이 교육에
버린 자식 많다(溺愛多敗子). 그러나 엄한 아버지라도 서른 살 먹
은 자식을 가르치지는 않는다(嚴父不敎三十子).

가르침이 엄하지 않다면(敎不嚴), 스승이 게으른 탓이고(師之
惰), 학문을 이루지 못한다면 제자의 허물이다(學問不成子之罪).
부끄러움을 아는 것은 용기와 비슷하다(知恥近乎勇). 알지 못하
는 것을 부끄럽게 생각지 말라(不以不知爲恥). 다만 배우려 하지
않는 것을 부끄럽게 생각해야 한다(要以不學爲愧).

천성이 민첩하며 배우기를 좋아하며(敏而好學), (지위, 학문,
연령이) 나만 못한 사람에게 배움을 청하는 것을 부끄러워하지
않다(不恥下問). 이는 마음을 비우고 학문에 힘쓰는 것이다. 천
리마가 늙은 황소를 찾아와 인사하다(千里馬拜訪老黃牛).

○ 老鼠齦書本. ― 字字句句往肚裏吃.
　　노 서 간 서 본　　　자 자 구 구 왕 두 리 흘

쥐가 책을 갉아먹다. ― 글자나 구절이 모두 뱃속으로 들어
가다.

齦 깨물 간. 갉아먹다. 지식 습득에 열중하다. 자구字句를 모두
기억하다.

○ 魯班門前問斧子. ― 討學問來了.
　　노 반 문 전 문 부 자　　토 학 문 래 료

노반을 찾아가서 도끼 사용법을 묻다. ― 학문을 배우러 오다.

전문가를 찾아와서 배우다. 노반魯班(公輸氏, 名은 班)은 춘추시
대 노魯나라의 목공 기술자. 톱, 먹줄통을 발명한 기술자. 중국

모든 기술자들이 떠받드는 조사祖師.

○唐僧上西天. ― 取經去了.
　　당 승 상 서 천　　취 경 거 료

당의 승려가 서쪽 천축국天쓰國에 가다. ― 불경을 구하러 가다.

가르침을 얻으러 찾아가다.

○蚊叮牛角. ― 不入耳.
　　문 정 우 각　　불 입 이

모기가 소 뿔을 깨물다. ― 귀에 들어오지 않다.

叮 단단히 부탁할 정. 모기가 물다.

11) 침묵沈默

고요한 가운데 움직임이 있고(靜中有動) 움직임 속에 고요함이 있다(動中有靜). 침묵한 뒤에야(守默然後) 평상시 언사가 성급했다는 것을 알 수 있다(知平日之言躁). 조용히 앉아 늘 자신의 과오를 생각하고(靜坐常思己過), 한가한 담소 속에서도 마땅히 옳고 그른가를 생각해야 한다(閑談當想是非).

가벼이 말하지 말라(不要輕言). 말했으면 꼭 지켜야 한다(言則必信). 얻어맞아 이가 빠져도 뱃속으로 삼켜 넘겨야 한다(打掉了牙齒往肚裏咽). 대장부는 신의를 잃어서는 안 된다(丈夫不失信). 신의를 잃었다면 대장부가 아니다(失信不丈夫).

자기 일과 상관이 없으면 입을 열지 말고(不干己事休開口), 절친한 친우가 아니면 말로 영합하지 말라(不是知音話不投). 남의 장단점을 말하지 말고(不說人家長和短), 남의 물건의 진짜 가짜를 상관하지 말라(不管人家眞和假). 이쪽저쪽 이야기를 하지말고(不說兩邊話), 양쪽 모두에게 잘 보이려 말라(不討兩面光). 곧 양다리 걸치는 언행을 하지 말라.

○燈草打鼓. ― 不響.
　등초타고　　　　불향

등잔 심지로 북을 치다. ― 소리가 나지 않는다.

등초燈草는 등잔 심지. 響 울림 향.

○豆乾飯. ― 燜着.
　두건반　　민착

　大米乾飯. ― 燜着.
　대미건반　　민착

콩밥. ― 뜸을 들이다.

쌀밥. ― 뜸을 들이다.

말없이 침묵하다. 건반乾飯은 밥. 희반稀飯은 죽粥. 燜(mèn) 뜸들일 민. 悶(mēn, 답답할 민)은 잠자코 있다. 집에 틀어박히다. 悶(mèn, 번민할 민, 번민. 근심. 우울)과 해음. 대미大米는 쌀.

○吃了啞巴藥. ― 開不得口.
　흘료아파약　　　개불득구

벙어리가 되는 약을 먹었다. ― 입을 열지 않다.

말하지 않고 침묵하다. 吃 말더듬을 흘. 먹다. 받다. 啞 벙어리 아.

○封了嘴的八哥兒. ― 一聲不吭.
　봉료취적팔가아　　　일성불항

주둥이를 봉한 앵무새. ― 한마디도 말하지 않다.

말을 잘 하던 사람이 한마디도 말하지 않다. 嘴 부리 취. 팔가아 八哥兒는 구관조. 구욕鴝鵒. 吭 목구멍 항.

○咸了滿口的黃連. ― 一聲不出.
　함료만구적황련　　　일성불출

입안에 가득찬 황련. ─ 한마디도 못하다.

침묵하며 말하지 않다. 황련黃連은 깽깽이 풀. 뿌리는 약재로 사용. 매우 쓰다.

○ 煎餠蒙鼓. ─ 咋鼓也不響.
　　전 병 몽 고　　　　색 고 야 불 향

전병을 북에 덮어 씌우다. ─ 북을 씹어 먹고서도 소리가 없다.

전병煎餠은 쌀가루나 녹두가루를 묽게 하여 번철에 구워낸 둥글넙적한 음식. 蒙 입을 몽. 덮어 씌우다. 咋 깨물 색. 색설부어咋舌不語는 혀를 깨물며 말하지 않다.

○ 旱地蛤蜊. ─ 不張嘴.
　　한 지 합 리　　　불 장 취

맨땅의 조개. ─ 입을 열지 않다.

旱 가물 한, 마를 한. 蛤 두꺼비 합, 대합조개 합. 蜊 참조개 리. 嘴 주둥이. 부리 취.

○ 落地的秋蟬. ─ 啞了.
　　낙 지 적 추 선　　　아 료

땅에 떨어진 가을 매미. ─ 벙어리가 되었다.

울지 않다. 蟬(chán) 매미 선. 啞 벙어리 아.

○ 廟裏十八羅漢像. ─ 一個個都成了啞子.
　　묘 리 십 팔 나 한 상　　　일 개 개 도 성 료 아 자

절에 있는 18 나한상. ─ 하나하나 모두가 벙어리이다.

○ 土地廟裏泥胎. ─ 是個死啞巴.
　　토 지 묘 리 니 태　　　시 개 사 아 파

토지신 사당의 진흙상. ─ 죽은 벙어리이다.

이태泥胎는 진흙으로 만들어 아직 색칠하지 않은 신상.

○ 泥菩薩. ─ 不開腔.
　　니 보 살　　　불 개 강

진흙 보살. ─ 말하지 못하다.

腔 속이 빌 강. 말의 억양. 말투. 곡조.

12) 현요炫耀

炫 비출 현. 자랑하다. 뽐내다. 耀 빛날 요. 현요炫耀(xuàn yào)는 눈부시게 빛나다. 자랑하다. 과시하다.

족제비는 제 새끼한테서 향내가 난다고 자랑한다(黃鼠狼誇它孩兒香). 남의 집을 방문하여 형편을 묻지 말라(入門休問榮枯事). 주인 얼굴을 보면 곧 알 수 있다(觀看容顏便得知). 아내 자랑을 하지 말라(不要誇妻子). 손님이 집안에 들어오면 곧 알게 된다(客人進屋就知道). 아들 자랑을 하지 말라(不要誇兒子). 벗이 찾아오면 바로 알 수 있다(朋友來了就曉得). 다른 사람 앞에서 제 자랑 하지 말고(別在人前誇自己), 남의 뒤에서 남의 허물을 논하지 말라(別在背後論人非).

오이를 팔면서 누가 쓰다고 말하겠는가?(賣瓜的誰說瓜苦) 왕씨는 오이를 팔면서 제 물건 제가 자랑한다(老王賣瓜自賣自誇).

남이 칭찬해주면 한 송이 꽃이지만(人家誇一朵花), 자기가 자신을 칭찬한다면 남의 웃음거리가 된다(自己誇人笑話).

○ 穿新衣走夜道. ─ 別人看不見.
　천 신 의 주 야 도　　　별 인 간 부 견

새 옷을 입고 밤길을 가다. ─ 보아줄 사람이 없다.

다른 사람에게 자신의 장점을 알릴 방법이 없다. 穿 뚫을 천. 입다. 신발을 신다. 간부견看不見은 보이지 않다.

○ 吊死鬼抹胭粉. ― 臭美.
　　적 사 귀 말 연 분　　취 미

목매 죽은 귀신이 화장을 하다. ― 예쁜 척하다.

吊 이르다 적. 매어달다 적. 抹 바른 말. 칠하다. 연분胭粉은 연
지와 분. 臭 냄새 취. 지독하다. 역겹다. 조잡하다의 뜻.

○ 屎殼螂戴花. ― 臭美.
　　시 각 랑 대 화　　취 미

쇠똥구리가 꽃을 꽂다. ― 예쁜 척하다.

추녀의 요란한 화장을 비꼬다. 屎 똥 시. 殼 껍질 각. 螂 쇠똥구
리 낭. 戴 머리에 일 대. 위에 꽂다. 모자를 쓰다.

○ 狗站在糞堆上. ― 顯高.
　　구 참 재 분 퇴 상　　현 고

개가 똥 더미 위에 서있다. ― 뽐내다.

일부러 자신의 고명高明을 드러내다. 顯 나타낼 현. 성대하다.
드러내 보이다.

○ 孔夫子放屁. ― 文氣沖天.
　　공 부 자 방 비　　문 기 충 천

공자가 방귀를 뀌다. ― 문장의 기개가 충천하다.

다른 사람이 이해하지 못할 말이나 문장을 뽐내다. 沖(衝) 부딪
칠 충. 돌진하다. 위로 솟다.

○ 口袋盛錐子. ― 鋒芒畢露.
　　구 대 성 추 자　　봉 망 필 로

자루에 송곳을 담다. ― 송곳 끝이 다 드러나다.

사람의 오기傲氣가 있어 드러내고 자랑하기를 좋아하다. 袋 자
루 대. 구대口袋는 자루. 호주머니. 盛 담을 성, 성할 성. 추자錐子
는 송곳. 鋒 칼이나 창 등의 끝 봉. 芒 털이나 바늘 같은 물건의

끝 망. 봉망鋒끝은 칼끝. 예봉. 畢 마칠 필. 모두. 露 이슬 로. 드러나다.

○ 老巫婆戴花. ─ 招人看.
　　노 무 파 대 화　　　초 인 간

늙은 무당이 꽃을 꽂다. ─ 남에게 보여주다.

○ 麻包裹裝釘子. ─ 想露頭.
　　마 포 리 장 정 자　　　상 로 두

마대자루에 못을 담다. ─ 두각을 드러내려 하다.

자신의 재능을 뽐내려 하다. 釘 못 정. 못을 박다.

○ 聖人門前賣字畵. ─ 獻醜.
　　성 인 문 전 매 자 화　　　헌 추

대학자의 집 앞에서 서화를 팔다. ─ 자신의 졸렬한 필체를
드러내다.

전문가 앞에서 난체하다. 여기 성인聖人은 학식이 뛰어나 존경
을 받는 사람. 자화字畵는 서화書畵. 글씨와 그림.

○ 壽星挿草票. ─ 倚老賣老.
　　수 성 삽 초 표　　　의 노 매 로

장수하는 노인이 물건 팔 표시를 하다. ─ 노인 티를 내며
거만하게 행세하다.

수성壽星은 장수를 주관하는 신령. 노인성老人星. 수성노야壽星
老爺. 挿 꽂을 삽. 초표草票는 시골장터에서 풀로 매듭을 지어 팔
물건이라고 표시하다. 倚 의지할 의. 의노매로倚老賣老 = 이노매
로以老賣老.

○ 嘴上掛鈴鐺. ─ 走到哪裏響到哪裏.
　　취 상 괘 령 당　　　주 도 나 리 향 도 나 리

주둥이에 방울을 매달다. ─ 어디 가든, 어디에서든 소리가
난다.

掛 걸 괘. 鈴 방울 령. 鐺 쇠사슬 당. 영당鈴鐺은 방울. 딸랑이.

○ 頭上揷扇子. — 出風頭.
두 상 삽 선 자　　　출 풍 두

머리에 부채를 꽂다. — 위세를 부리다. / 주제넘게 나서다.
고의로, 일부러, 자기 위세를 자랑하다. 揷 꽂을 삽. 扇 부채 선.
풍두風頭는 풍향風向, 정세, 형세, 주제넘게 나서다. 위세, 세력.
풍두인물風頭人物은 화제가 된 사람. 풍두십족風頭十足은 대단히
주제넘게 나서다. 남의 눈을 크게 끌다.

다. 강경强勁 외

1) 강경强勁

소인小人은 세게 나오면 먹혀들고 좋게 말하면 안 듣는다(吃硬
不吃軟). 부드럽게 좋은 말하면 무서운 줄 모른다. 굳센 사나이는
길을 갈 때(硬漢走路) 언제나 허리를 곧게 편다(腰總是直的). 형
제가 불화하면 쇠보다도 더 단단하고(兄弟不和硬過鐵), 부부가
화목하면 목화보다 더 부드럽다(夫妻和順軟如棉).

억지로 오리를 홰에 올라가게 하다(硬打着鴨子上架). — 하기
어려운 일을 억지로 시키다. 수탉에게 알을 낳으라고 핍박하고
(硬逼鷄公下蛋), 거위에게 강제로 하늘을 날게 시키다(强叫鵝子
飛天). 벙어리에게 말을 하라고 핍박하다(逼啞巴說話).

치아와 혀가 불화할 때도 있다(牙跟舌頭還有不和的時候). 혀

는 유연하고 부드럽기에 끝까지 다치지 않지만(舌爲柔和終不損), 치아는 견고하고 단단하여 틀림없이 다치게 된다(齒因堅硬必遭傷).

○ 狗咬秤砣. ─ 好硬的嘴.
　구 교 칭 타　　　호 경 적 취

개가 저울추를 깨물다. ─ 정말 억센 주둥이다.

늘 경쟁하고 싸워 이기려 하고, 허장성세虛張聲勢하는 사람을 비웃는 말. 咬 깨물 교. 秤 저울 칭. 저울의 막대 부분. 稱의 속자, 砣는 저울추 타. 칭타秤砣는 저울 추(分銅). 칭불리타秤不離砣는 저울대와 추는 떨어질 수 없다. 바늘 가는 데 실 간다. 硬 굳셀 경, 단단할 경.

○ 老母鷄啄土豆. ─ 全仗嘴硬.
　노 모 계 탁 토 두　　　전 장 취 경

어미 닭이 감자를 쪼아먹다. ─ 순전히 단단한 주둥이에 의존하다.

다른 재주는 없고, 오직 반지르르하게 말만 잘하다. 啄 쪼을 탁. 土豆(tǔ dòu)는 마령서馬鈴薯(감자, 山藥蛋).

○ 肉鍋裏的鴨子. ─ 肉軟嘴不軟.
　육 과 리 적 압 자　　　육 연 취 불 연

고기 삶는 솥 안의 오리. ─ 고기는 익었지만, 주둥이는 연하지 않다.

○ 屬鷄的. ─ 嘴硬.
　속 계 적　　취 경

닭띠 사람. ─ 주둥이가 단단하다.

○ 牙齒咬鐵釘. ─ 逞嘴硬.
　아 치 교 철 정　　　영 취 경

이빨로 쇠못을 깨물다. ─ 단단한 이빨을 자랑하다.

고의로 자기의 말이나 강경한 태도를 과시하려 하다. 逞 만족할
영(령). 왕성하다. 과시하다. 뽐내다.

○啄木鳥敲樹幹. ─ 全憑嘴巴硬.
　　탁 목 조 고 수 간 　　　　전 빙 취 파 경

딱다구리가 나무를 찍다. ─ 전적으로 단단한 주둥이에 의
지하다.

敲 두드릴 고. 憑 기댈 빙. 남의 힘에 의지하다.

2) 고의故意

소의 머리를 눌러서 억지로 풀을 먹일 수 없고(按牛頭吃不得
草), 소가 물을 안 마신다고 머리를 눌러도(牛不喝水强按頭) 소용
이 없다. 억지로 웃는 웃음은 즐겁지 않고(强令之笑不樂), 억지로
우는 울음은 슬프지 않다(强令之哭不哀).

사인士人은 각자 뜻이 있어 서로 강요할 수 없다(士各有志, 不
可相强). 모든 일은 하늘 뜻에 있으니 억지로 구할 수 없는데(萬事
由天莫强求), 어찌 걱정하며 힘들여 일을 꾸미려 하는가?(何愁苦
苦用計謀) 처녀에게 시집가라고 핍박한다면(逼着姑娘上轎), 이는
원하지 않는 일을 강요하는 것이다. 절간의 금강역사를 때려 부수
고서 부처에게 덮어씌운다면(打倒金剛, 賴倒佛), 잘못을 회피하
려고 억지 핑계를 만들고 온갖 수단으로 책임을 떠넘기는 것이다.

○兜着豆子. ─ 尋炒.
　　두 착 두 자 　　　심 초

콩을 까다. ― 복으려 하다.

말다툼할 사람을 찾다. 兜 투구 두. 머리에 쓰다. 호주머니나 자루에 넣다. 둘러싸다. 몽땅 틀어쥐다. 비밀을 까발리다. 尋 찾을 심. 炒 볶을 초. 吵(chǎo, 소리 초)와 해음. 吵는 떠들다. 말다툼하다(吵架).

○ 罐裏養王八. ― 成心憋人.
관 리 양 왕 팔　　성 심 별 인

항아리에 자라를 키우다. ― 마음으로 남을 괴롭히다.

고의로 다른 사람을 괴롭히며 발설하지 못하게 하다. 罐 항아리 관. 왕팔王八(wáng ba)은 거북. 자라. 유곽의 심부름꾼. 마누라의 매춘으로 먹고 사는 놈. 수치를 모르는 놈. 개자식. 망팔忘八(孝, 弟, 忠, 信, 禮, 義, 廉, 恥를 모르는 놈). 오귀烏龜와 同. 憋(biè) 모질 별. 화 또는 분노, 대소변을 참다. 견디다. 숨막히다. 답답하다. 답답하게 하다.

○ 懷裏放勺子. ― 盛心.
회 리 방 작 자　　성 심

마음속으로 국자를 꺼내다. ― 마음을 담아주다.

고의로 남을 성가시게 하고 못견디게 하다. 懷 품을 회. 가슴. 마음. 勺 국자 작. 주격. 단위. 1승升의 1백 분의 1. 盛(chéng) 담을 성. 成(chéng)과 해음.

○ 鐵扇公主耍手腕兒. ― 扇心火.
철 선 공 주 사 수 완 아　　선 심 화

철선공주가 팔을 휘두르다. ― 남의 심화를 부채질하다.

남에게 해서는 안 될 일을 저지르다. 철선공주鐵扇公主는《서유기》속, 우마왕牛魔王의 아내. 耍 희롱할 사. 가지고 놀다. 마음대로 다루다. 휘두르다. 부수 而의 3획. 요要가 아님. 腕 팔 완. 扇 부채 선. 煽(부채질할 선)과 同.

○站藥店裏招手. ─ 往苦裏引.
　참 약 점 리 초 수　　　왕 고 리 인

약국에 서서 손짓하여 부르다. ─ 고통으로 끌어들이다.

약국으로 불러들여 쓴 약을 마시게 하거나 사게 하다. 사람을 역경에 처하게 하거나 곤경으로 끌어들이다. 站 설 참. 역참. 약점藥店은 약포藥舖. 초수招手는 손짓으로 부르다.

3) 굴종屈從

군자의 몸(행동)은 클 수도 작을 수도 있고(君子之身可大可小), 대장부의 뜻은 굽힐 때도 펼 때도 있다(丈夫之志能屈能伸). 능대능소할 수 있다면 한 마리 용이다(能大能小是條龍). 공연히 크기만 하고 작아지지 못한다면 그냥 뱀이다(廣大不小是長虫). 너무 강하면 꺾어지고(太剛則折), 너무 유약하다면 없어진다(太柔則廢).

아첨으로 상관을 섬기는 자는 지나간 수레의 먼지를 바라보면서도 절을 한다(望塵而拜). 뺨을 맞으면서도 웃는 얼굴로 모신다면(吃耳光 陪笑臉), 굴욕을 참으며 아부하는 것이다.

남의 밥을 얻어먹으면 그 지배에 굴복하게 된다(吃誰飯服誰管). 남에게 한 입을 얻어먹었으면(吃人家一口) 한 끼 식사로 갚아야 한다(還人家一頓). 그렇게 못한다면 굴욕 속에 아부할 수 밖에 없다. 장씨한테 고생하고(吃了張家苦), 이씨에게서 혼나다(挨了李家辣). 곧 이쪽저쪽에서 치이게 된다.

군자는 큰 일과 먼 장래를 알려고 힘쓰지만(君子務知大者遠者), 소인은 작은 것 가까운 것을 알려고 한다(小人務知小者近者).

○捏着鼻子吃酸醋. ― 不咽也得咽.
날 착 비 자 흘 산 초　　　불 인 야 득 인

코를 잡고 식초를 마시다. ― 목에 넘기기 싫지만 삼켜야
한다.

압력이나 압박에 굴종屈從하다. 捏 이길 날. 반죽함. 없는 것을
만들어내다. 손가락으로 집다. 누르다. 막다. 酸 식초 산. 醋 식
초 초. 술 권할 작. 咽 목구멍 인. 삼키다.

○牛鼻上穿繩. ― 不情願.
우 비 상 천 승　　　불 정 원

소 코에 고삐를 매다. ― 원하지 않다.

鼻 코 비. 穿 뚫을 천. 繩 줄 승. 고삐.

○騎在老虎背上. ― 不幹也得幹.
기 재 로 호 배 상　　　불 간 야 득 간

호랑이 등에 올라타다. ― 할 수 없이 하다.

형세에 떠밀려 그만둘 수 없다.

○瞎子背拐子走. ― 由你指點.
할 자 배 괴 자 주　　　유 니 지 점

장님이 절름발이를 업고 길을 가다.―네가 가라는 대로 가다.

背 등 배. 등에 지다. 업다. 拐 속일 괴. 유인하다. 지팡이. 枴(지
팡이 괘)와 통용. 괴자拐子는 절름발이. 목발, 지팡이.

走는 걷다. 가다(走行). 움직이다. 달아나다. 우리 음훈으로는
'달릴 주' 이나 본뜻은 달리다(run, 趨 달릴 추)가 아닌 '빨리 걷
다' , '달아나다' 달아나는 사람이 느릿느릿 걷지는 않을 것이
다. 지점指點은 지시하다. 지적. 옆에서 결점을 찾아내다.

○徐庶降曹. ― 心不爲他.
서 서 강 조　　　심 불 위 타

서서가 조조에 투항하다. ― 마음으로는 조조를 섬기지 않다.

4) 나태懶怠

懶는 게으를 나. 怠는 게으를 태.

어려서 살찐 것은 살찐 것도 아니다(小時胖不算胖). 어려서 게으르면 어른이 되었을 때 탐욕스럽다(小時懶大時貪).

칼은 갈지 않으면 날카롭지 않고(刀不磨不利), 게으른 사람은 멍청해진다(人懶惰變笨). 근면은 손끝에 있고(勤在手頭) 절약은 솥에 있다(省在鍋頭).

게으른 놈이 추위에 얼고(凍的是懶人), 일 없는 놈이 굶는다(餓的是閑人). 부지런한 사람 곁에 게으른 사람 없다(挨着勤的沒有懶的).

사람이 인색하면 붕우도 멀어지고(人有吝嗇朋友遠), 말이 게으르면 가야 할 길이 멀기만 하다(馬要懶惰路程遠).

얼어 죽은 파리는 있어도(只有凍死的蒼蠅), 피곤해서 죽은 꿀벌은 없다(沒有累死的蜜蜂). 근면한 사람은 손을 쓰지만(勤快的人用手), 게으름뱅이는 주둥이만 놀리며(懶惰的人用嘴), 게으른 사람은 일을 이룰 수 없다(懶惰難成事). 부지런한 사람은 땀이 많고(勤快的人汗水多), 욕심 많은 사람은 군침을 많이 흘린다(貪吃的人口水多).

근면한 사람이 게을러지기는 쉽지만(勤變懶易), 게으른 사람이 부지런하기는 어렵다(懶變勤難). 게으른 소와 말은 똥오줌도 많다(懶牛懶馬屎尿多). 마찬가지로 공부하기 싫은 학생, 일하기 싫은 사람이 화장실에 자주 가며, 게으른 놈은 내일이 많다(懶漢

明日多). 근면이 물이라면 절약은 항아리이다(勤爲水儉是壺). 낭비는 물이 새는 항아리이다(浪費是個漏漏壺).

　　○大象的屁股. ― 推不動.
　　　　대 상 적 비 고　　　추 불 동

　　코끼리의 엉덩이. ― 밀어도 움직이지 않다.

　　어떤 일을 추진하기가 어렵다. 屁 방귀 비. 허튼소리를 하다. 보잘 것 없다. 股 넓적다리 고. 비고屁股는 궁둥이. 꽁무니.

　　○佛爺的眼珠. ― 不動.
　　　　불 야 적 안 주　　　불 동

　　부처의 눈동자. ― 움직이지 않다.

　　소극적 추진으로 성과가 없다. 안주眼珠는 눈동자. 눈망울.

　　○算盤珠子. ― 不拔不動.
　　　　산 반 주 자　　　불 발 불 동

　　수판의 알. ― 수판을 놓지 않으면(拔拉) 움직이지 않는다.

　　다른 사람의 재촉이 있어야 움직이다.

　　○屬老母猪的. ― 吃飽了就知道睡.
　　　　속 로 모 저 적　　　흘 포 료 취 지 도 수

　　암퇘지 같은 사람. ― 배불리 먹으면 잠잘 줄만 안다.

　　할 일이 없이 먹기만 하는 게으른 사람.

5) 내홍內訌

訌 무너트릴 홍. 분쟁. 내홍內訌(內哄)은 내분內紛.

이빨이 혀를 깨물었다면(牙齒咬舌頭), 입안에 내분이 일어난 것 아니겠는가? 말을 잘 하는 사람은 원만하게 말하지만(會說的說圓了), 말할 줄 모르는 사람은 말로 뒤집어 놓는다(不會說的說

飜了). 어려서 말끝마다 욕설을 한다면(小時出口便罵), 커서는 가는 곳마다 싸움질을 할 것이다(大是出頭打架).

윗사람은 속여도 아랫사람은 속일 수 없다(瞞上不瞞下). 한 때는 속일 수 있어도 한 시대를 속일 수는 없다(瞞得一時 不瞞得一世).

시골마을 부부는 언제나 같이 다니지만(村裏夫妻, 步步相隨), 사이좋은 부부라도 싸울 때가 있다(好夫妻也有紅臉時). 부부가 불화하면 자손이 번창하지 못한다(夫妻不和, 子孫不旺).

형제가 불신하면 정이 없고(兄弟不信情不親), 형제가 불화하면 쇠보다도 더 단단하고(兄弟不和硬過鐵), 붕우가 불신하면 왕래가 드물다(朋友不信交易疏).

○ 鱉咬鱉. ― 嘴血.
  별 교 별   취 혈
자라가 자라를 물다. ― 주둥이에 피가 나다.
소인들이 불의不義의 재물을 두고 싸우다. 鱉 자라 별(王八). 咬 새소리 교. 깨물다.

○ 狗咬狗. ― 兩嘴毛.
  구 교 구   양 취 모
개가 개를 물다. ― 양쪽 모두 입에 털이 가득하다.
둘 다 똑 같다. 咬 깨물 교. 嘴 부리 취. 주둥이.

○ 餓犬爭食. ― 自相殘殺.
  아 견 쟁 식   자 상 잔 살
굶주린 개가 먹이를 놓고 싸우다. ― 서로를 죽이려 하다.
악인들끼리 내분을 일으키다.

○ 狗咬狗骨. ― 自相火幷.
　　구 교 구 골　　　자 상 화 병

개가 개의 뼈를 깨물다. ― 서로 무리를 지어 싸우다.

화병火幷은 무리가 분열되어 서로 싸우다.

○ 耗子扛槍. ― 窩裏反.
　　모 자 강 창　　　와 리 반

쥐가 창을 들다. ― 우리 안에서 반목하다.

耗 줄어들 모. 모자耗子는 쥐(老鼠). 扛 들 강. 두 손으로 들어올
리다. 어깨에 메다. 槍 창 창. 병기. 총. 窩 움집 와.

○ 閻王殿裏比武. ― 鬼打架.
　　염 왕 전 리 비 무　　　귀 타 가

염왕전 안에서 무예를 겨루다. ― 귀졸들이 싸우다.

타가打架(dǎ jià)는 싸우다.

6) 냉담冷淡

차가운 걸상에 앉았다면(坐冷板凳) 냉대를 받았다는 뜻이고,
차가운 술은 나중에 취하나니(冷酒後犯), 이는 처음에 가만히 있
다가 나중에 문제를 삼는다는 뜻이다.

찬 솥에서 뜨거운 밤이 튀어나온다면(冷鍋裏突出熱栗子), 이는
사태가 돌변한 것이다. 때로는 냉담하다가 때로는 관심을 보인
다. 곧 뜨거운 한마디에 차가운 한마디(冷一句熱一句)―비꼬는
말을 하다. 사람을 만나면서 차가운 얼굴에 한마디 웃음(見人冷
面一聲笑), 마음속에는 칼 한 자루가 숨겨 있다(心中暗藏一把刀).
차가운 국과 밥은 쉽게 먹을 수 있지만(冷湯冷飯好吃), 쌀쌀하
고 비꼬는 말은 견딜 수 없다(冷言冷語難受). 찬비는 많지 않아도

옷을 적시고(冷雨不多濕衣裳), 악언은 많지 않다 해도 마음에 상처를 준다(惡言不多傷心腸).

○ 寒露的煙葉. ― 乾曬.
　한 로 적 연 엽　　건 쇄

한로 무렵의 담뱃잎. ― 건조시키다.

건조시킬 때, 별로 거들떠보지 않다. 상대하지 않다. 한로寒露는 24절기의 하나. 양력 10월 8, 9일 경. 연엽煙葉은 담배의 잎. 乾 마를 건. 건조시키다. 曬 햇볕 쬘 쇄. 햇볕에 말리다.

○ 理髮鋪關門了. ― 懶得理.
　이 발 포 관 문 료　　나 득 리

이발관이 문을 닫았다. ― 이발할 생각이 없다.

관문關門은 문을 닫다. 영업이 끝나다. 懶 게으를 나. 나른하다.

○ 龍燈的鬍鬚. ― 沒人理.
　용 등 적 호 수　　몰 인 리

용등의 장식용 수염. ― 거들떠보는 사람 없다.

관심을 보이는 사람이 없다. 鬍 수염 호. 鬚 수염 수. 호수鬍鬚는 턱수염.

○ 溫水麵. ― 不冷不熱.
　온 수 면　　불 랭 불 열

따뜻한 국수. ― 차겁지도 뜨겁지도 않다.

냉담한 태도로 대하다. 麵 밀가루 면.

○ 雪水煮豆腐. ― 好不冷淡.
　설 수 자 두 부　　호 불 냉 담

차가운 설수雪水에 두부를 삶다. ― 매우 냉담하다.

설수雪水는 차갑고(冷), 두부는 본래 담백淡白하다. 그래서 냉담이라 표현했다. 호불好不은 매우, 아주. 쌍음절 형용사 앞에 쓰

여 그 정도가 매우 심하다는 뜻을 긍정적으로 나타내며 감탄의
어기語氣를 띤다.

○ 自行車下坡. — 不踩.
　　자 행 차 하 파　　　불 채

자전거가 비탈을 내려가다. — 페달을 밟지 않다.

관심을 보이지 않다. 주목하지 않다. 坡는 고개 파. 비탈진 길.
踩 뛸 채. 페달을 밟다. 踩는 睬(cǎi, 주목할 채)와 해음.

7) 도로徒勞

徒 무리 도. 맨손, 맨발. 헛되이. 勞 힘쓸 노(로). 도로徒勞(tú
láo)는 헛수고.

쓴맛을 봐야 단맛을 안다(有苦才有甘). 곧 고생을 해야 비로소
행복이 있다. 그러나 헛고생을 할 필요는 없다. 천금이 보배가 아
니라 책이 보배이며(千金非寶書爲寶), 모든 일이 다 헛것이지만
선행은 헛일이 아니다(萬事皆空善不空).

방귀를 뀌면서 이를 악물고(放屁咬牙), 똥을 싸면서 주먹을 움
켜쥔다면(拉屎攢拳), 이는 아무것도 아닌 일에 공연히 화를 내는
것이다.

눈먼 소경에게 등불을 쥐어준다면(給瞎子掌燈), 이는 쓸데없
는 짓이고, 장님이 등불을 켜거나(瞎子打燈籠), 소경이 산에 올라
경치를 보며(瞎子上山看景致), 장님이 무언극을 보아도(瞎子看
啞劇), 얻는 것이 하나도 없을 것이다(一無所獲).

고양이가 돼지 오줌보를 물고 공연히 좋아해 봐야(猫咬尿脬空

喜歡) 아무 실익도 없다. 고양이가 뜻을 이루면 호랑이라도 된 듯 환호하고(猫兒得意歡如虎), 도마뱀이 잘난 척할 때는 용보다 더 좋아 보인다(蜥蜴裝腔勝似龍. 석척蜥蜴은 도마뱀).

○背死人過河. ─ 出力不討好.
　배 사 인 과 하　　출 력 불 토 호

죽은 사람을 업고 냇물을 건너가다. ─ 힘썼지만 효과가 없다.

토호討好는 칭찬받다. 이익을 얻다. 좋은 결과를 얻다. 불토호不討好는 애만 쓰고 좋은 소리를 못 듣다.

○大伯子背兄弟媳婦兒. ─ 費力不討好.
　대 백 자 배 형 제 식 부 아　　비 력 불 토 호

시아주버니가 형제의 아내를 업어주다. ─ 힘만 들고 좋은 소리를 못 듣다.

대백자大伯子는 시아주버니. 背는 등 배. 등에 업다. 형제兄弟(xiōng dì)는 형과 동생. 소형제小兄弟는 막냇동생. 식부媳婦는 며느리. 손아래 친척의 아내. 식부아息婦兒는 처妻. 아내. 색시. 새댁.

○裁縫做嫁衣. ─ 替旁人歡喜.
　재 봉 주 가 의　　체 방 인 환 희

바느질하는 여인이 혼사 때 입을 (남의) 옷을 짓다. ─ 남의 일에 좋아하다.

裁 마를 재. 재단하다. 縫 꿰맬 봉. 做 지을 주. 作也. 替 바꿀 체. 대신 체. 쇠퇴하다. 대신하다. ~을 위하여. ~ 때문에. 旁 두루 방. 옆. 가. 다른, 별개의. 딴.

○蒼蠅叮鴨蛋. ─ 白費勁而已.
　창 승 정 압 단　　백 비 경 이 이

파리가 오리 알을 깨물다. ─ 공연히 힘만 쓰다.

蒼 푸를 창. 검은. 蠅 파리 승. 蒼蠅 파리. 叮 단단히 부탁할 정.

모기 따위가 물다. 깨묻다. 鴨 오리 압. 蛋 알 단. 白 희다. 청결

하다. 헛되다. 거저. 무료로. 勁 군셀 경.

○ 稻草人兒救火. ― 白送了性命.
　　도 초 인 아 구 화　　　백 송 료 성 명

볏짚으로 만든 사람이 불을 끄다. ― 공연히 목숨만 잃다.

무익하게 목숨을 버리다.

○ 吊死鬼說媒. ― 白繞一番說.
　　적 사 귀 설 매　　　백 요 일 번 설

목매 죽은 귀신이 중매를 하다. ― 공연히 한바탕 떠들어대다.

吊(diào) 조상할 적. 걸다. 매달다. 조문하다. 弔(조상할 조)의 속

자. 적사吊死는 스스로 목매어 죽다. 繞 얽어맬 요, 돌릴 요. 빙

빙 돌다. 여러 일이 뒤얽히다. 饒(넉넉할 요)와 해음. 요설饒舌(쓸

데없는 말을 많이 하다)과 通.

○ 好經念給聾施主. ― 自費唾沫.
　　호 경 염 급 롱 시 주　　　자 비 타 말

불경을 귀머거리 신자에게 읽어주다. ― 공연히 침만 튀기

었다.

헛수고를 하다. 염급念給은 읽어주다. 聾 귀머거리 농. 시주施主

는 절이나 도관道觀에 재물을 보내주는 신자. 唾 침 타. 沫 거품

말. 타말唾沫은 침. 타액唾液. 구수口水.

○ 耗子拉王八. ― 半點也不管用.
　　모 자 랍 왕 팔　　　반 점 야 불 관 용

쥐가 자라를 잡아당기다. ― 아무런 효과도 없다.

○ 喝凉水拏筷子. ― 空扒拉.
　　갈 량 수 나 쾌 자　　　공 배 랍

찬물을 먹으려고 젓가락을 잡다. ― 아무것도 못 건지다.

喝 외칠 갈, 마실 갈. 拏 잡을 나. 筷 젓가락 쾌. 扒 뽑을 배. 拉

끌어갈 납(랍). 배랍抓拉은 주판알을 튕기다. 손으로 밀어젖히
다. 가르다. 골라내다.

○ 孔夫子門前讀孝經. ― 枉費心機.
　　공 부 자 문 전 독 효 경　　　왕 비 심 기

공자의 집 앞에서 효경孝經을 읽다. ― 헛된 궁리를 했다.

○ 臨死打哈欠. ― 白張嘴.
　　임 사 타 합 흠　　　백 장 취

죽기 직전에 하품하다. ― 공연히 입만 벌렸다.

哈 웃는 소리 합. 欠 하품 흠. 합흠哈欠은 하품. 타합흠打哈欠은
하품을 하다.

○ 柳樹開花. ― 毫無結果.
　　유 수 개 화　　　호 무 결 과

버드나무가 꽃을 피우다. ― 아무 결과가 없다. / 열매가 없다.

毫 가는 털 호. 전혀. 조금도. 부정형으로만 쓰임. 호무毫無는 전
혀 ~이 없다.

○ 弄斧班門. ― 徒遺笑.
　　농 부 반 문　　　도 유 소

노반의 집 앞에서 도끼를 휘두르다. 솜씨자랑을 하다. ― 공
연히 웃음거리가 되다.

노반魯班은 목수들의 조사祖師. 목수 토목 기술자들의 신神. 徒
무리 도. 맨손, 맨발. 공연히, 헛되이.

○ 瀉肚子吃補藥. ― 白費.
　　사 두 자 흘 보 약　　　백 비

설사하면서 보약을 먹다. ― 공연히 낭비하다.

瀉 쏟을 사. 설사泄瀉하다.

○ 頭痛脚上下針. ― 白受罪.
　　두 통 각 상 하 침　　　백 수 죄

두통인데 다리에 침을 놓다. ― 공연히 벌을 받다.

8) 도주逃走

죽은 제갈량이 산 사마중달을 놀라 도망치게 하였다(死諸葛嚇走生仲達). 사마의는 제갈량의 이름만 들어도 놀라 도망쳤던 모양이다. 제갈량의 일생은 오직 근신뿐이었기에(諸葛一生唯謹愼) 사마의는 제갈량의 존재에 놀라 도망치지 않을 수 없었다.

작은 매는 맞고 견디지만(小杖卽受), 큰 매는 도망가야 한다(大杖卽走). 곧 삼십육계 중 참는 것이 최상의 계책이라지만(三十六計忍爲上計), 자신의 몸을 지키기에는, 위기 상황에서 모든 계략이 안 통한다면, 달아나는 것이 가장 좋은 계략일 수도 있다(三十六計 走爲上計). 농담으로는 36방책 중 먹는 것이 가장 중요하다(三十六着吃爲上着).

그렇다면 도둑도 도망갈 구멍을 만들어 놓고 쫓아야 하니 도망가는 사람을 따라잡지 말라는 말도 있으니(赶人不可趕上), 막다른 골목으로 개를 쫓으면 개가 돌아 대들며 문다(死巷裏趕狗 回頭咬一口).

오십 보를 도망친 사람이 백 보를 도망간 사람을 비웃을 수는 없을 것이다(以五十步笑百步).

○被打的狗兒. ― 夾其尾巴逃.
　피 타 적 구 아　　　협 기 미 파 도

얻어맞은 개. ― 꼬리를 꽁무니에 끼고 도망치다.

夾 낄 협. 감추다. 尾 꼬리 미. 미파尾巴는 꼬리. 이때 巴는 단음單音의 명사 뒤에 붙어 복음複音 명사를 만든다. 미파尾巴는 꼬

리. 니파泥巴는 흙탕. 逃 달아날 도.

○ 荷葉包黃鱔. ― 一下子溜跑.
　하 엽 포 황 선　　　일 하 자 류 포

연잎에 싸인 미꾸라지. ― 순간에 빠져 달아나다.

荷 연(蓮) 하. 황선黃鱔은 드렁허리. 장어 계통의 물고기. 일하자一
下子는 한번. 돌연. 일시에. 溜 방울져 떨어질 류. 미끄러지다. 몰
래 뺑소니치다. 빠져나가다. 跑 발로차다 포. 달리다. 뛰어가다.

○ 猴子爬竹竿. ― 往下溜.
　후 자 파 죽 간　　　왕 하 류

대나무 장대에 올라간 원숭이. ― 미끌어져 내려오다.

○ 脚踩西瓜皮. ― 溜了.
　각 채 서 과 피　　　유 료

발로 수박 껍질을 밟다. ― 미끌어지다.

脚 다리 각. 발. 踩 밟을 채.

○ 屁股上沫油. ― 溜了.
　비 고 상 말 유　　　유 료

엉덩이에 기름칠을 하다. ― 뺑소니치다.

○ 五州加一州. ― 六州.
　오 주 가 일 주　　　유 주

5주에 1주를 더하다. ― 6주. / 몰래 도망치다.

六(liù)는 溜(미끄러질 유), 州는 走(zǒu, 달아나다)와 해음.

9) 도피逃避

　중은 달아났지만(跑了和尙), 절간은 달아날 수 없다(跑不了
寺). 곧 회피한다고 일이 해결되지 않는다. 큰 고기는 도망갔고
새우만 건졌다(大魚跑了摟蝦). 이는 큰 이득을 놓치고 작은 것을

얻었다. 곧 큰 손해를 본 뒤 작은 이익을 냈다. 불탄 집터에서 대못 세 개 주은 것과 같다. 쥐가 고양이를 만나면 혼백이 달아나고(老鼠逢猫魂魄散), 새끼 양이 호랑이를 만나면 온 다리에 힘이 빠진다(羔羊遇虎骨筋酥). 길이 험한 곳에서는 원수를 만나도 피할 수 없다(路當險處難回避).

음식점에서 밥값을 떼어먹고 도망가는(吃霸王飯) 사람도 있지만, 여편네에게 매춘을 시켜 먹고 사는 것을 '물렁한 밥을 먹는다(吃軟飯).'라고 한다.

○ 瘋狗咬人無藥醫. — 遠避爲上.
　　풍 구 교 인 무 약 의　　　원 피 위 상

미친 개가 사람을 물면 약도 치료도 없다. — 멀리 피하는 것이 제일이다.

瘋 미칠 풍. 두풍頭風(간헐적 발작). 문둥병.

○ 耗子見了猫. — 躱.
　　모 자 견 료 묘　　타

쥐가 고양이를 보다. — 숨다.

모자耗子는 쥐(老鼠). 躱(duǒ) 비킬 타. 숨다.

○ 姜太公在此. — 諸神退位.
　　강 태 공 재 차　　제 신 퇴 위

강태공이 여기 계시다. — 모든 잡신은 물러나라.

명대明代에 이뤄진 중국 신마소설神魔小說《봉신연의封神演義》의 주인공인 신통광대神通廣大한 강태공. 여러 잡신들이 대항하지 못하고 물러나다. 강태공재차姜太公在此는 모든 일이 순조롭게 진행된다는 뜻으로 쓰인다.

○ 吊死鬼尋的繩. ― 轉來轉去.
　적 사 귀 심 적 승　　　전 래 전 거

목매 죽은 귀신이 새끼줄을 찾다. ― 이리저리 왔다갔다 하다.

尋 찾을 심. 繩 줄 승.

○ 狗熊聞着蜂蜜. ― 跑得快.
　구 웅 문 착 봉 밀　　　포 득 쾌

곰이 꿀벌 소리를 듣다. ― 재빨리 (벌집으로) 달려가다.

구웅狗熊은 작은 곰. 검은 곰. 겁쟁이. 봉밀蜂蜜은 꿀벌. 跑 달릴
포. 동물이 발로 흙을 파다.

10) 맹공猛攻

한 산에 두 호랑이가 있을 수 없다(一山不藏二虎). 호랑이 두
마리가 싸우면 반드시 한 마리는 다치지만(二虎相爭 必有一傷),
곧 두 경쟁자가 공존할 수는 없다. 고래 싸움에 새우는 등이 터진
다(鯨魚打架蝦子裂背). 구유에 먹을 것이 없으면 돼지끼리 서로
밀쳐낸다(槽內無食猪拱猪).

참새는 사마귀를 잡아먹고 사람은 참새를 잡나니(雀捕螳螂人
捕雀), 세상은 마음으로 노리는 사람(有心人)과 그것을 모르는 사
람(無心人)의 대결이다(有心人對無心人).

○ 辣椒與姜. ― 辣對辣.
　날 초 여 강　　　날 대 랄

매운 고추와 생강. ― 매운 맛과 매운 맛.

서로 상대하면서 양보하지 않다. 辣 매울 날(랄). 椒 산초나무
초. 고추. 후추. 與 더불어 여. ~와. 姜 생강 강(薑). 강시로적랄

姜是老的辣(생강은 여문 것이 맵다).

○ 老牴羊打架. — 硬衝硬.
　　노 저 양 타 가　　경 충 경

늙은 숫양끼리 싸우다. — 강경 대 강경의 충돌.

牴 찌를 저, 뿔로 받을 저, 숫양 저. 저양牴羊은 숫양(公羊). 架 시렁 가. 짜서 만들다. 싸우다. 타가打架는 싸움을 하다.

○ 石板上釘釘子. — 硬衝硬.
　　석 판 상 정 정 자　　경 충 경

돌에 못을 박다. — 강경 대 강경.

○ 鐵杵舂石臼. — 硬衝硬.
　　철 저 용 석 구　　경 충 경

쇠 절구공이로 돌절구를 찧다. — 강경 대 강경.

杵 절구공이 저. 방망이. 舂(chōng) 찧을 용. 방아 찧다. 臼 절구 구.

○ 火見火. — 沒處躱.
　　화 견 화　　몰 처 타

불길에 불길이 만나다. — 피할 곳이 없다.

화가 난 양측이 양보하지 않고 충돌하다. 躱 비키다. 피하다. 숨다.

○ 筷子挑凉粉. — 滑頭對滑頭.
　　쾌 자 도 량 분　　활 두 대 활 두

젓가락으로 녹두묵을 집다. — 뺀질이 대 뺀질이.

쌍방이 서로 속이려 하다. 쾌자筷子는 젓가락. 그 끝은 미끄럽고 가늘다. 挑 돋을 도. 고르다. 끄집어내다. 양분凉粉은 녹두가루로 만든 묵. 음식의 이름. 滑 미끄러울 활. 반들반들하다. 교활하다. 활두滑頭는 교활한 놈. 뺀질이.

○ 廟門前的石獅子. — 誰怕誰.
　　묘 문 전 적 석 사 자　　수 파 수

절문 앞의 석사자 한 쌍. — 누가 누구를 두려하랴?

誰 누구 수. 怕 두려워할 파.

○ 老虎打架. — 沒人憨勸.
　　노 호 타 가　　　몰 인 감 권

호랑이의 싸움. — 아무도 말릴 사람이 없다.

憨 어리석다. 해치다. 상하게 하다.

11) 맹목盲目

눈을 감고서 거짓말을 하고(閉攏眼睛說假話), 눈을 감고 참새를 잡다(閉塞眼睛捉麻雀). 이는 맹목적인 행동이다. 닭 울음소리를 듣고 날이 밝았다고 생각한다면(聽鷄打鳴), 이는 맹목적 신뢰이다(就尋思天亮). 사람이 생각 없이 말한다면 병도 없이 죽는다(不思而言無病而亡).

머리를 담에 부딪치기 전에는 머리를 돌리지 않는다면(不撞南墻不回頭), 이는 맹목적 고집불통이다. 오강烏江에 도달할 때까지 낙담할 수 없고(不到烏江心不死, 오강은 항우가 마지막으로 싸우다 죽은 곳), 관을 보기 전에는 눈물을 흘리지 않는다(不見棺材不悼淚). 곧 살아 있다는 믿음을 버리지 않겠다는 뜻이다.

○ 隔山打砲. — 哪能有個准.
　　격 산 타 포　　　나 능 유 개 준

산 너머로 대포를 쏘다. — 어찌 정확하겠는가?

隔 사이 뜰 격. 准 평평할 준. 허락하다. 표준. 본보기 삼다. 정확하다. 꼭. 準과 同.

○ 掉了頭的蒼蠅. — 亂撞.
　　도 료 두 적 창 승　　난 당

대가리가 없는 파리. — 멋대로 부딪치다.

掉 흔들 도. 떨어트리다. 잃다. 유실하다. 창승蒼蠅은 파리. 撞
부딪칠 당.

○ 大腿上把脈. — 瞎搞.
　　대 퇴 상 파 맥　　　할 고

허벅지로 진맥하다. — 제멋대로 하다.

瞎 눈 멀 할. 搞 두드릴 고. 敲와 同. 할고瞎搞는 일을 두서없이
하다. 제멋대로 하다.

○ 斷尾巴蜻蜓. — 打着轉亂撞頭.
　　단 미 파 청 정　　　타 착 전 란 당 두

꼬리가 잘린 잠자리. — 멋대로 날며 곤두박질하다.

방향을 모르고 멋대로 행동하다. 미파尾巴는 꼬리. 蜻 잠자리
청. 蜓 잠자리 정. 청정蜻蜓은 잠자리.

○ 狗看星星. — 知道怎么.
　　구 간 성 성　　　지 도 즘 요

개가 별을 바라보다. — 무얼 알겠는가? 반어反語.

성성星星은 별처럼 작은 점. 별. 성성점점星星點點은 드문드문.
아주 작은 것이 빽빽하다. 성성지화星星之火 가이료원可以燎原은
작은 불티가 들판을 태울 수 있다.

○ 賣豆芽不用秤. — 瞎抓.
　　매 두 아 불 용 칭　　　할 조

콩나물을 팔면서 저울에 달지 않다. — 되는 대로 움켜쥐다.

계획없이 기분대로 일을 처리하다. 두아豆芽는 콩나물. 秤 저울
칭. 抓 긁을 조. 움켜쥐다.

○ 洗脚水沏茶. — 省柴禾.
　　세 각 수 절 다　　　생 시 화

발 씻은 물로 차를 우리다. — 땔감을 절약하다.

맹목적인 절약. 渫 차茶를 우릴 절. 省 아낄 생. 柴 땔나무 시. 禾 볏짚 화.

○瞎子量地. ― 不摸四至.
　　할 자 량 지　　불 모 사 지

장님이 땅을 헤아리다. ― 사방 끝을 알지 못하다.

구체적인 정황을 파악하지 못하다. 摸 더듬어 찾을 모.

○瞎子玩水. ― 誤把江海當水溝.
　　할 자 완 수　　오 파 강 해 당 수 구

장님이 물구경을 하다. ― 장강長江이나 바다를 물도랑으로 생각하다.

사물의 본질이나 진상眞相 또는 대체大體를 인식하지 못하다. 溝 물도랑 구.

12) 맹종盲從

풀은 바람을 따라 눕고(草隨風偃. 偃 쓰러질 언), 사람은 큰 흐름을 따른다(人隨大流). 다른 사람의 발자국을 따라 걷다(踩着別人脚印走).―다른 사람을 그대로 모방하다. 맹인에게 밝은 낮이 없고(盲人無白天), 술꾼에게 아침저녁이 없다(酒徒無早晩).

앞에 의지하지도, 뒤에 기대지도 않고(不靠前, 不靠後. 靠 기댈 고), 풍향을 보고 큰 흐름을 따라간다(看風向, 隨大流). 빠른 말도 느린 소도 타지 않고(不騎馬 不騎牛), 작은 나귀를 타고(弄個毛驢兒) 중간에서 큰 흐름을 따라가다(在中間隨大流). 배우지 않으면 버드나무가 바람 따라 흔들리는 것 같고(不學楊柳隨風擺), 학문을 하면 푸른 솔이 산언덕에 우뚝 서있는 것 같다(要學靑松立山崗).

○矮子看戲. ― 見人道好, 他也道好.
　　왜 자 간 희　　　　견 인 도 호　타 야 도 호

　矮子看戲. ― 隨人上下.
　　왜 자 간 희　　　수 인 상 하

난장이가 공연을 보다. ― 남이 좋다 말하면 그도 좋다고 말한다.

난장이가 공연을 보다. ― 사람 따라 앉았다 섰다 한다.

키가 작아 연극무대를 제대로 보지도 못하면서 다른 사람을 따라 말하다. 자기 주관이 없이 맞장구치다. 矮 키 작을 왜. 戲 놀 희. 희롱. 연극, 놀이판. 견인見人의 人은 남, 타인. 道는 말하다. 말로 감정을 표현하다. 문어文語의 왈曰에 해당. 타야他也의 他는 난쟁이.

○江裏的木偶. ― 隨大流.
　　강 리 적 목 우　　　수 대 류

　鴨子過河. ― 隨大流.
　　압 자 과 하　　　수 대 류

강물의 나무 인형. ― 큰 흐름을 따라가다.

오리가 강을 건너다. ― 큰 흐름을 따르다.

자신의 주관이 없고, 다수인을 따라가다. 偶 짝 우. 인형.

○叫化子吃螃蟹. ― 只只好 / 隻隻好.
　　규 화 자 흘 방 해　　　지 지 호　척 척 호

거지가 게를 먹다. ― 그냥 좋다고 하다. / 하나하나 모두 좋다고 하다.

叫 부르짖을 규. 규화자叫化子는 거지. 螃 방게 방. 蟹 게 해. 방해螃蟹는 게. 只 다만 지. 隻의 간화자簡化字. 척隻은 짐승, 동물이나 배를 세는 단위.

○戴着搗眼轉磨. ― 走瞎道.
　　대 착 오 안 전 마　　　주 할 도

눈가리개를 쓰고 맷돌 방아를 돌리다. — 장님처럼 따라돌다. 판단 또는 방향도 없이 그냥 전진하다. 戴 머리에 일 대. 모자 등을 쓰다. 搗 가릴 오. 오안搗眼은 말이나 나귀 등의 눈가리개. 磨 갈 마. 맷돌. 연자방아.

○ 磨房裏的磨. — 隨着驢轉.
　　마 방 리 적 마　　수 착 려 전

연자방앗간의 맷돌. — 나귀를 따라 돌아가다.

자기 주관이 없이 남을 따라가다. 驢 나귀 려.

○ 王小二過年. — 瞧街坊.
　　왕 소 이 과 년　　초 가 방

점원 왕소이의 설맞이. — 이웃을 따라 하다.

다른 사람의 행동이나 일을 따라가다. 소이小二는 음식점이나 객점의 어린 심부름꾼. 과년過年은 설을 쇠다. 새해를 맞다. 瞧 몰래볼 초. 가방街坊은 이웃. 과년초가방過年瞧街坊은 정초에 이웃 인정의 후박厚薄을 비교하다.

13) 미혹迷惑

인생에는 세 번쯤 바보 같을 수가 있다(人有三昏三迷). 곧 어리석은 결정을 내릴 때가 있다. 세속의 재물, 미인, 기생집에서 마시는 술(世財紅粉歌樓酒), 이 세 가지에 미혹되지 않는 사람이 있는가?(誰爲三般事不迷)

일어났다가 다시 눕는 늦잠(回輪覺), 작은 집의 첩(二房妻), 붉게 익힌 돼지 뒷다리와 통닭(紅燒肘子火煮鷄)을 싫어할 사람이 있겠는가?

술은 사람을 취하게 하지 않지만 사람이 스스로 취하고(酒不醉人人自醉), 여색은 사람을 혼미하게 하지 않는데 사람 스스로 빠진다(色不迷人人自迷). 술은 본성을 어지럽게 하고(酒亂性), 여색은 사람을 미혹하게 만든다(色迷人). 그러니 주색에 빠지는 것 모두가 자기 탓이다.

가 보지 않은 그곳은 잘 모른다(一處不到一處迷). 하나가 비었다면 나머지도 다 비었다(一個虛 百個虛). 여색에 미혹되지 않으면 참된 군자이지만(見色不迷眞君子), 술을 보고도 마시지 않는다면 대장부가 아니다(見酒不飮非丈夫).

술은 몸의 건강을 고려하지 않고(酒不顧身), 색은 병을 생각하지 않으며(色不顧病), 재물은 혈육도 돌아보지 않는다(財不顧親). 술에 빠지든, 색에 미치든(酒荒色荒), 하나라도 있으면 틀림없이 망한다(有一必亡). 술이 끝까지 가면 난장판이 되고(酒極則亂), 쾌락도 극에 달하면 슬픔이 된다(樂極則悲). 술은 군자를 무너트리고 여색은 사람을 무너뜨린다(酒壞君子色壞人). 담배는 오장을 상하게 하고 연기는 마음을 상하게 한다(煙傷五臟氣傷心).

○ 一樣事. ─ 百樣做.
　　일 양 사　　　백 양 주

하나의 일. ━ 백가지로 할 수 있다.

방법은 다양하다. 樣(yàng) 모양 양. 형상. 做 지을 주. 일을 하다. 作과 同.

○ 出山泉水. ─ 不知道要流落到什么地步.
　　출 산 천 수　　　불 지 도 요 류 락 도 십 요 지 보

산속 샘에서 솟는 물. — 어디까지 어떤 지경까지 흘러갈지 알 수 없다.

사람 또는 사물이 어디까지 발전할 지 또는 어떤 지경에 이를 지 알 수 없다. 부지도不知道는 알 수 없다. 유락流落은 몰락하여 타향을 떠돌다. 유랑하다. 십요什么(甚么 shénme)는 어떤, 무슨. 의문을 표시. 지보地步는 (좋지 않은) 형편. 지경. 발판. 지위. 도달한 정도.

○ 半天下雨. — 不知來頭.
　　반 천 하 우　　불 지 래 두

한동안 내리는 비. — 비가 내리는 연유를 알 수 없다.

반천半天은 한나절, 반나절, 한동안. 내두來頭는 내력이나 까닭.

○ 吃包子光看褶兒. — 不知裏頭包的是啥餡兒.
　　흘 포 자 광 간 습 아　　불 지 리 두 포 적 시 사 함 아

만두를 먹는 사람은 만두 주름만 볼 수 있다. — 만두 안에 무슨 만두소가 들었는지 모른다.

겉만 보고서는 속을 알 수 없다. 光은 조금도 남지 않다. 벌거벗다. 다만, 오직, 홀로. 褶 주름 습. 啥 무엇 사. 餡 만두소 함.

○ 戴起眼鏡喝滾茶. — 越發朦朧.
　　대 기 안 경 갈 곤 다　　월 발 몽 롱

안경을 끼고 뜨거운 차를 마시다. — 갈수록 몽롱하다.

喝 마실 갈. 滾 흐를 곤. 끓다. 越 넘을 월. 더욱. 朦 풍부할 몽. 朧 흐릿할 농(롱). 몽롱朦朧은 달빛이 흐리다. 모호하다. 어렴풋하다. 분명하지 않다.

○ 六月的雲. — 捉摸不定.
　　유 월 적 운　　착 모 불 정

유월의 구름. — 어떻게 변할지 알 수 없다.

사람의 심사나 정황을 파악할 수 없다. 捉 잡을 착. 摸 찾을 모.

착모捉摸는 추측하다. 짐작하다. 헤아리다.

○ 十月的天氣. — 一會兒陰, 一會兒晴.
　　십 월 적 천 기　　일 회 아 음　일 회 아 청

10월의 날씨. — 금방흐렸다가 금방 맑아진다.

사람의 정서나 태도 등 변화막측하다.

○ 屠夫拜菩薩. — 不知要念哪本經.
　　도 부 배 보 살　　불 지 요 념 나 본 경

도축업자가 부처께 빌다. — 어떤 불경을 읽어야 할지 알
수 없다.

악인이 좋은 일을 하려 하나 남이 신뢰하지 않는다. 屠 잡을 도.
도부屠夫는 도축업자. 백정白丁.

○ 新官上任. — 不摸秉性.
　　신 관 상 임　　불 모 병 성

새로 부임한 관리. — 그 성격을 알 수 없다.

새로 사귄 사람의 성질을 알 수 없다. 秉 잡을 병. 병성秉性은 천
성天性. 품성稟性.「江山好改 秉性難移.」라는 말도 있다.

○ 煙雨迷霧中的廬山. — 難識眞面目.
　　연 우 미 무 중 적 려 산　　난 식 진 면 목

연우와 짙은 안갯속의 여산. — 그 진면목을 보기 어렵다.

廬 오두막집 여. 여산廬山은 중국 강서성江西省 북부 구강시九江
市에 있으며 주위가 250리나 된다. 주무왕 때, 광유匡裕 형제들
이 도술을 익히고 이곳에 오두막집(廬)을 짓고 숨어살았으므로
여산廬山 또는 광려산匡廬山라고 한다.

여산은 '雄(웅장), 奇(기이), 險(험준), 秀(수려)'로 유명하며, 보
통 '匡廬奇秀甲天下(광려산의 기이함과 수려함은 천하天下의
으뜸이다)'로 통한다. 여산은 장강長江의 남쪽, 중국 최대의 담
수호인 파양호鄱陽湖 평원의 북부에 자리하고 향로봉香爐峯 등

유명한 봉우리가 많으며 가장 높은 한양봉漢陽峯은 높이가 1,426미터나 된다.

여산은 동시에 문화명산文化名山으로 중국 산수문화山水文化와 역사의 축소판으로 동진東晉 이래 저명한 문인文人, 고승高僧, 정치 인물들이 여기에 족적을 남겼다. 여산을 읊은 시가가 4,000여 수나 된다는 그들의 자랑이 꼭 과장만은 아닐 것이다. 사마천司馬遷, 도연명陶淵明, 왕희지王羲之, 혜원慧遠 이외에 이백李白, 백거이白居易, 소동파蘇東坡, 주희朱熹는 물론 장개석蔣介石(장제스), 마오쩌둥(毛澤東) 등이 모두 여산과 관련이 있다.

이백李白은 〈망려산폭포望廬山瀑布〉에서 「日照香爐生紫烟, 遙看瀑布挂前川. 飛流直下三千尺, 疑是銀河落九天.」이라고 읊었다.

라. 부적합不適合 외

1) 부적합不適合

말해서 서로 맞지 않는다면 반 마디도 많다(話不投機半句多).

지기知己를 만난다면 천 마디 이야기도 오히려 적고(人逢知己千言少), 술이 지기知己를 만나면 천 잔도 많지 않다(酒逢知己千杯少).

당나귀 입술은 말 주둥이에 맞지 않고(驢脣不對馬嘴), 소머리는 말머리의 짝이 아니다(牛頭不對馬面). ─얼토당토 않다. 앞뒤가 맞지 않다. 엉뚱한 소리를 하다.

○ 穿冬衣戴夏帽. ─ 不知春秋.
　　천 동 의 대 하 모　　불 지 춘 추

겨울옷에 여름 모자를 쓰다. ─ 계절을 모르다.

시무時務를 모르고 시의時宜에 부합不合하다.

○ 穿着汗衫戴棉帽. ─ 不相稱.
　　천 착 한 삼 대 면 모　　불 상 칭

여름 적삼을 입고 솜 모자를 쓰다. ─ 서로 맞지 않다.

서로 적합하지 않다. 穿 뚫을 천. 입다. 착용하다. 汗 땀 한. 衫
적삼 삼. 한삼汗衫은 속옷, 내의, 러닝셔츠. 와이셔츠. 綿 목화
면. 帽 모자 모.

○ 大熱天穿棉袄. ─ 不是時候.
　　대 열 천 천 면 오　　불 시 시 후

한여름에 솜 웃옷을 입다. ─ 철이 아니다.

행동이 시의에 맞지 않다. 袄(襖) 웃옷 오. 안을 댄 윗저고리. 시
후時候(shí hou)은 시간, 때.

○ 六月天借扇子. ─ 不識時務.
　　유 월 천 차 선 자　　불 식 시 무

6월 여름에 부채를 빌리려 하다. ─ 시무를 모른다.

객관적인 정세를 모르다. 扇(shàn)은 부채, (shān)은 부채질하다.
선동한다.

○ 六月的斑鳩. ─ 不知春秋.
　　유 월 적 반 구　　불 지 춘 추

6월의 산비둘기. ─ 계절을 모르다.

斑 얼룩 반. 鳩 비둘기 구. 반구斑鳩(bān jiū)는 산비둘기.

○ 臘月賣涼粉. ─ 不趕個時候.
　　납 월 매 량 분　　불 간 개 시 후

섣달에 녹두묵을 팔다. ─ 계절에 맞추지 못하다.

납월臘月은 섣달. 양분涼粉은 녹두묵. 여름 계절식품. 趕 달릴

간. 따라가다.

2) 분란紛亂

본래 대인은 소인과 다투지 않는다(大人不和小人爭). 대인이
소인의 잘못을 문책하지 않는다지만(大人不責小人過) 어느 소인
인들 죄과가 없겠는가?(哪個小人沒罪過)

내가 옳고 상대가 그르다면(己是而彼非), 그른 사람과 다툴 수
없다(不當與非爭). 그런데 그가 옳고 내가 그르다면(彼是而己非)
옳은 사람과 다툴 수 없다(不當與是爭).

본래 물은 아래로 흘러가지만(水朝下流), 사람은 다투어 위로
올라가려고 한다(人爭上游). 강과 바다는 웅덩이나 샘물과 맑기
를 겨루지 않고(江海不與坎井爭其淸), 세찬 천둥소리는 개구리
나 지렁이와 소리를 다투지 않는다(雷霆不與蛙蚓鬪其聲).

밖에서 판자 쪽을 다투는 동안(外面掙塊板子) 집안의 대문짝
을 잃어버리다(家裏丟扇門).

가난뱅이는 부자와 싸우지 말고(窮不與富鬪), 부자는 관리와
다투지 말라(富不與官鬪). 가난뱅이와 부자의 길이 다르고(窮和
富不同路), 늑대와 양은 함께 어울리지 않는다(狼和羊不爲伍).

○醉雷公上鍋臺. — 胡劈一鍋粥.
　　취 뢰 공 상 과 대　　　호 벽 일 과 죽
술취한 벼락의 신이 부뚜막에 올라가다. — 멋대로 죽 솥을
깨트렸다.

남의 일을 더욱 난처하게 만들다. 뇌공雷公은 벼락을 때리는 천신. 鍋(guō) 솥 과. 過(guò, 지날 과)와 해음. 胡 북방 유목민 호. 마구, 멋대로(胡亂), 왜? 어째서. 劈 쪼갤 벽. 粥 죽 죽.

○ 竈王爺跳舞. — 胡鬧鍋台.
　　조 왕 야 도 무　　　호 료 과 태

조왕신이 춤을 추다. — 부뚜막을 멋대로 어지럽히다.

竈 부엌 조(灶는 속자). 爺 할아버지 야. 조왕야竈王爺는 부엌의 신. 그 집의 화복禍福과 재기財氣를 주관한다. 跳 뛸 도. 鬧 시끄러울 뇨. 어지럽히다.

○ 閻王爺出巡. — 小鬼飜了天.
　　염 왕 야 출 순　　　소 귀 번 료 천

염라대왕이 순찰하다. — 잡귀들이 큰 소란을 피다.

巡 돌아볼 순. 飜 뒤집을 번. 번천翻天은 하늘이 뒤집힐 정도의 큰 소란.

○ 小丑打擂. — 胡鬧臺.
　　소 추 타 뢰　　　호 료 대

어릿광대가 무술을 겨루다. — 멋대로 무대를 어집럽히다.

소추小丑(小醜)는 중국 연극무대의 익살꾼, 어릿광대. 丑가 인명으로 쓰일 때는 音 추. 擂 문지를 뢰. 북을 치다. 돌을 굴리다. 타뢰打擂는 무대에서 무술을 겨루다.

○ 鷄蛋裏挑骨頭. — 瞎咋呼.
　　계 단 리 도 골 두　　　할 책 호

계란 속에서 뼈를 발라내다. —공연히 호들갑 떨다.

사람이 떠들기만 하고 아무런 성과도 없다. 挑 돋을 도. 싸움을 걸어오게 하다. 도려내다. 긁어내다. 골두骨頭는 뼈. 瞎 눈먼 할. 咋 깨물 색, 고함칠 책. 책호咋呼는 호들갑 떨다. 큰소리로 떠들다.

○沒籠頭的野馬. ─ 橫踢竪咬.
　　몰 롱 두 적 야 마　　　　횡 척 수 교

입마개가 없는 야생마. ─ 멋대로 차고 물어뜯다.

롱두적籠頭的은 가축 머리에 씌우는 고삐나 굴레. 橫 가로 횡. 踢
찰 척. 발로 차다. 竪 더벅머리 수. 세우다. 곧다. 내시. 천하다.
아래위로 늘어지다. 豎의 속자. 咬 깨물 교.

3) 분망奔忙

달아나는 수레 위에 중니仲尼(孔子) 없고(奔車之上無仲尼), 엎
어진 수레 아래 백이伯夷 없다(覆車之下無伯夷). 쫓겨 달아나는
데 무슨 공부이며, 깔려죽을 위기에 예의염치禮儀廉恥를 따지겠
느냐? 공자나 백이 같은 성인일지라도 위기 상황에서 무슨 일을
하겠는가? 학문이나 예의염치는 그럴만한 상황에서나 가능하다
는 속언 아니겠는가?

서로 교제하는 벗이 세상에 많이 있다지만(相交朋友世上多),
마음을 아는 이 몇인가?(知心能幾人) 무정하게 얼굴을 돌려 바쁘
게 뛰어다닌다(翻臉無情受奔波).

좋은 일은 세 번이 없고(好事不過三), 서둘러 좋은 일 없다(好
事不在忙). 그리고 마음만 있다면 좀 늦는 것은 걱정 안 하고(有
心不怕遲), 마음이 있으면 서둘지 않는다(有心不在忙). 한가할
때 배워두면 바쁠 때 유용하다(閑時學得忙時用).

제 밥을 먹다 말고(吃着自己的飯) 다른 사람을 위해 노루를 잡으
러 가다(替人家趕獐子). 곧 자기 일을 그만두고 남을 위해 헛수고

하다. 마치 닭이 오리알을 품고 바쁘게 지낸다(鷄抱鴨子幹忙活).

○ 猢猻上了辣椒樹. ― 窜跳不停.
　　호 손 상 료 랄 초 수　　　찬 도 불 정

원숭이가 고추나무에 올라가다. ― 쉬지 않고 뛰다.

참을 수 없이 매워 이리저리 뛰다. 호손猢猻은 원숭이. 辣 매울
날. 椒 산초 초. 날초辣椒는 고추. 窜(竄) 도망갈 찬. 숨다. 跳 뛸
도. 停 머무를 정.

○ 毛猴子脾氣. ― 閑不得.
　　모 후 자 비 기　　　한 부 득

원숭이의 성질. ― 진득하지 못하다.

늘 일을 만드는 사람. 猴 원숭이 후. 脾 지라 비. 비장脾腸. 비기
脾氣는 성벽. 성격, 기질. 몸에 밴 버릇. 성깔. 조바심. 不得은 ~
할 수 없다. ~해서는 안 되다.

○ 驢子牽磨. ― 團團轉.
　　여 자 견 마　　　단 단 전

나귀가 방아를 돌리다. ― 빙글빙글 돌다.

驢 나귀 려. 牽 끌 견. 磨 갈 마. 연자방아. 團 둥글 단. 단단團團
은 아주 둥그런 모양. 겹겹이, 빈틈없이. 轉 돌 전. 구르다.

○ 沒長屁股的人. ― 坐不住.
　　몰 장 비 고 적 인　　　좌 불 주

엉덩이가 가벼운 사람. ― 앉아 있지 못하다.

종일 분주하고 한가할 틈이 없다.

○ 熱蹄子馬. ― 一天到晚總閑不住.
　　열 제 자 마　　　일 천 도 만 총 한 불 주

발굽이 뜨거운 말. ― 저녁까지 종일 한가할 틈이 없다.

하루 종일 바쁜 사람. 蹄 발굽 제.

4) 비겁卑怯

집안에서는 큰소리치는 영웅이지만(在家是英雄), 밖에 나가면 겁쟁이다(在外是狗熊). 폐문하고 큰소리치는 천자(閉門天子)는 집안에서만 호령하는 가장이다.

영웅이나 잘난 사나이는 주둥이를 팔지 않는다(英雄好漢不賣嘴). 곧 말씨름이나 논쟁보다 행동으로 보여준다.

영웅은 나이가 없고(英雄無歲), 강호무림은 선후배가 없다(江湖無輩). 영웅이냐 아니냐? 의기투합하느냐 않느냐가 중요할 뿐이다.

영웅은 사방 어디에나 살고(英雄生於四野), 사내대장부는 팔방 어디에도 있다(好漢長在八方). 남보다 앞서면 영웅이지만(走在人前是英雄), 남보다 뒤에 처지면 겁쟁이다(落在人後是狗熊).

○ 梁山泊的軍師. — 吳用.
　　양산박적군사　　　오용

양산박의 군사. — 오용.

쓸모없다. 《수호전》의 인물 오용吳用은 본래 시골 마을 학당의 훈장이었다. 《삼국지》의 제갈량과 같은 캐릭터이지만 제갈량과는 비교가 안 된다. 오용吳用(wú yòng)은 무용無用(wú yòng)과 해음이라 무용의 뜻으로 통한다.

○ 廟裏的大神. — 就知道吃.
　　묘리적대신　　　취지도흘

사당에 모셔진 신상神象. — 먹을 줄만 안다.

식충이 같은 사람을 두고 하는 말.

○水桶沒梁. ― 飯桶.
　수 통 몰 량　　반 통

손잡이가 없는 물통. ― 밥통.

무능한 사람.

○鷹嘴鴨子爪. ― 能吃不能拿.
　응 취 압 자 조　　능 흘 불 능 나

매의 주둥이나 오리의 발톱. ― 먹을 줄만 알고 잡지 못하다.

5) 사기詐欺

성황당 신이 작은 도깨비의 속임수에 걸려들었다면(城隍老爺
上了小鬼當), 시골 노인네가 도시 사람에게 사기를 당했다는 말
이다. 그리고 족제비가 살찐 오리를 한 입에 물었다면(黃鼠狼單
咬肥鴨子), 부자富者가 사기詐欺에 걸려들었다는 뜻이다.

예의를 많이 차린다고 나무라는 사람 없지만(禮多人不怪), 지
나치게 예의를 차리면 틀림없이 속임수가 있다(禮多必詐).

남을 속이지 않는다면 마음은 절로 편하다(無欺心自安). 남에
게 양보하면 복이고(饒人是福), 남을 업신여기는 것은 재앙이다
(欺人是禍). 인간의 지모智謀는 하늘의 조화만 못하고(人謀不如
天算), 인간의 꾀가 아무리 뛰어난들(人謀雖巧) 하늘을 속일 수는
없다(天道難欺).

사람이 곤궁할수록 더욱 굳은 의지가 있어야 한다(窮當益堅).
가난한 사람이 몽둥이도 없으면 개한테 물린다(窮人無棒被犬
欺).

○八哥啄柿子. ─ 揀軟的吃.
　팔 가 탁 시 자　　 간 연 적 흘

구관조가 감을 쪼아먹다. ─ 물렁한 것만 골라 먹다.

연약한 사람만을 골라 괴롭히다. 팔가八哥는 구관조. 啄 쪼을
탁. 쪼아 먹다. 柿 감 시. 揀 고를 간. 軟 연약할 연.

○半夜偸桃. ─ 揀軟的捏.
　반 야 투 도　　 간 연 적 날

한밤에 복숭아를 훔치다. ─ 물렁한 것만 골라 따다.

偸 훔칠 투. 捏 이길 날. 반죽하다. 없는 근거를 만들어내다.

○關起門來打花子. ─ 拿窮人開心.
　관 기 문 래 타 화 자　　 나 궁 인 개 심

대문을 걸어닫고 거지를 구타하다. ─ 궁색한 사람을 골라
놀리다.

關 빗장 관. 닫다. 화자花子는 거지(乞丏). 拿 잡을 나. 개심開心
은 놀리다. 희롱하다. 남을 놀리며 즐기다.

○老牛牙不好. ─ 專揀嫩草啃.
　노 우 아 불 호　　 전 간 눈 초 습

늙은 소의 이빨이 안 좋다. ─ 연한 풀만 골라 먹다.

牙 어금니 아. 치아. 嫩 어릴 눈. 연약하다. 啃 씹을 습.

○雷公打豆腐. ─ 照軟的來.
　뢰 공 타 두 부　　 조 연 적 래

두부에 벼락이 떨어지다. ─ 물렁한 곳을 찾아 때리다.

○戱臺上的朋友. ─ 虛情假意.
　희 대 상 적 붕 우　　 허 정 가 의

무대 위의 친구. ─ 거짓 우정.

6) 사칭詐稱

사람의 한평생이 연극 아닌 것이 없고(人生一世, 無非是戱), 무대는 하나의 작은 세상이고(戱場小天地), 세상은 하나의 큰 무대(天地大戱場)이다.

일부러 뺨의 종기를 때려 살찐 것처럼 보이려 하다(打腫了臉充胖子). 이처럼 가난한 사람이 억지로 허세를 부리고, 능력도 없으면서 오기를 부리기도 한다.

사람들은 술을 핑계로 취한 척하다(倚酒三分醉). 그러나 개가 모자를 써도 역시 똥을 먹고(狗戴上帽子也吃屎), 여우가 꼬리를 드러내듯(露出了狐狸尾巴), 악인의 본색은 감출 수 없다.

고양이와 쥐는 같이 잠을 자지 않고(猫鼠不同眠), 호랑이와 사슴은 같이 길을 가지 않는다(虎鹿不同行). 고양이가 쥐를 위해 우는 것은 거짓이고(猫哭老鼠是假的), 개가 뼈다귀를 탐내는 것은 진실이다(狗貪骨頭是眞的).

○巴狗子看門. ─ 冒充大狗.
　파구자간문　　　모충대구

발바리가 문을 지키다. ─ 큰 개인척하다.

소인이 대인大人인척하다. 파구자巴狗子는 발바리. 삽살개. 冒 무릅쓸 모. 充 채울 충. 모충冒充은 사칭詐稱하다. 속여서 ~하다. ~인 체하다. 가장假裝하다.

○背地里的光棍. ─ 充能人.
　배지리적광곤　　　충능인

알려지지 않은 건달. ─ 유능한 사람인 척하다.

배지리背地里는 암암리에, 남몰래. 棍 몽둥이 곤. 광곤光棍은 무
뢰한, 악당, 부랑자. 광곤아光棍兒(光棍子, 光棍漢, 單身漢)는 독신
남자. 홀아비.

○ 朝太陽擧燈籠. ─ 充亮.
　조 태 양 거 등 롱　　충 량

태양을 향해 등불을 켜들다. ─ 밝은척한다.

朝 참배하다. ~으로 향하다(동사). ~을 향하여(개사介詞). 亮
밝을 량.

○ 狗頭上戴眼鏡. ─ 充人.
　구 두 상 대 안 경　　충 인

개가 머리에 안경을 쓰다. ─ 사람인척하다.

○ 猴子穿馬褂. ─ 裝貴人.
　후 자 천 마 괘　　장 귀 인

원숭이가 마고자를 입었다. ─ 귀인인척하다.

○ 老虎挂念珠. ─ 假裝善人.
　노 호 괘 염 주　　가 장 선 인

호랑이가 염주를 걸었다. ─ 착한 사람인척하다.

○ 猴子被虎皮. ─ 裝大個.
　후 자 피 호 피　　장 대 개

원숭이가 호랑이 가죽을 걸치다. ─ 큰 짐승인척 꾸미다.
힘센 사람인척하다.

○ 虎皮當衣穿. ─ 嚇唬人.
　호 피 당 의 천　　혁 효 인

호피로 옷을 지어 입다. ─ 사람을 놀래키다.

嚇 성낼 혁. 위협하다. 唬 으르렁거릴 효. 혁효嚇唬는 위협하다.
깜짝 놀라게 하다.

○ 禿子當和尙. ─ 正好.
　독 자 당 화 상　　정 호

대머리가 중이 되다. — 딱 맞다.

○ 張飛掌鵝毛扇. — 充孔明.
　　장 비 장 아 모 선　　　충 공 명

장비가 거위털 부채를 손에 쥐다. — 공명孔明인척 하다.

무식한 사람이 학식인척 하다. 鵝 거위 아. 扇 부채 선.

7) 왜곡歪曲

남자의 콧대는 곧고 입은 반듯해야 한다. 콧대가 바르지 않은 사람은 생각도 삐뚤어졌다(鼻歪意不端). 관상학적으로, 콧구멍이 보이는 사람은 가난한 팔자이다(鼻子露孔, 挨打受窮).

그리고 눈이 사시면 마음씨도 바르지 못하다(眼斜心不正). 행동이 바르다면 그림자가 바르지 않을 리 없다(行得正不怕影子歪).

뿌리가 바르지 못하면 싹도 바르지 않다(根不正苗歪). 착한 마음씨는 다른 사람을 좋게 대하고(好心好別人), 삐뚤어진 마음은 자신을 삐뚤어지게 만든다(歪心歪自己). 행실이 바르면 걸음걸이도 바르고(行的正 走的正), 몸과 마음이 모두 건강하면 그 한 평생이 편안하다(心身兩健一世安).

바른 사람은 먼저 자신을 바로 세우고(正人先正己), 바른 사람은 바르지 않은 일을 하지 않는다(正人不做歪事). 의관이 바르지 못한 것은 친구의 잘못인데(衣冠不正, 朋友之過), 이는 친구가 잘못을 바로잡아주지 않기 때문이다. 입이 삐뚤어진 중은 염불을

잘할 수 없고(歪嘴和尙吹不出好調調), 몸에 똥이 묻었으면 개가
뒤를 따라온다(身上有屎狗跟踪).

○ 歪嘴吹燈. ― 斜了氣.
　　왜 취 취 등　　　사 료 기

비뚤어진 입으로 등불을 끄다. ― 입김이 옆으로 샌다.

삐뚤어진 말을 해대니 이해할 수 없다. 歪 삐뚤 왜. 斜 비스듬할
사.

○ 從哈哈鏡裏看人. ― 把人看歪.
　　종 합 합 경 리 간 인　　　파 인 간 왜

요술거울로 사람을 보다. ― 삐뚤어진 사람으로 보이다.

다른 사람을 일부로 삐딱하게 바라보다. 哈 웃는 소리 합. 합합
경哈哈鏡은 요술 거울.

○ 從斜門縫裏看人. ― 怎么看, 怎么歪.
　　종 사 문 봉 리 간 인　　　즘 요 간, 즘 요 왜

삐딱한 문틈으로 사람을 보다. ― 어찌 보든 삐뚤어졌다.

편견을 가지고 사람을 보다. 怎 어찌 즘. 어떻게. 么 작을 요. 즘
요么(zěnme)는 무엇, 어떻게, 어째서. 상황, 방식, 원인을 묻는
말.

○ 歪嘴吹火. ― 裝風作斜.
　　왜 취 취 화　　　장 풍 작 사

삐뚠 입으로 불을 피우다. ― 삐딱하게 바람이 불다.

미친 척 분란을 일으키다. 裝 꾸밀 장. 장풍裝風은 바람이 불다.
風은 瘋(fēng. 미친 병 풍)과 해음. 斜(xié, 기울 사)는 邪(xié, 사악할
사)와 해음.

○ 歪嘴和尙念歪經. ― 越念越歪.
　　왜 취 화 상 념 왜 경　　　월 념 월 왜

삐뚠 입의 화상이 불경을 틀리게 읽다. — 읽을수록 더 잘 못되다.

사실을 고의적으로 왜곡하다. 越 넘을 월. 越~越~ - 점점, 더욱 더 ~하다, 정도의 증가를 나타냄.

○眼不正. — 看歪了.
　안 불 정　　　간 왜 료

눈이 삐닥하다. — 삐딱하게 보다.

사물 또는 사람을 바르게, 전체적으로 보지 못하다.

8) 위선僞善

얼굴 시커먼 이규는 무섭지 않으나(不怕黑李逵), 유비의 울음이 두렵다(只怕劉備哭)라는 말이 있고, 눈을 부릅뜬 금강 역사力士는 두렵지 않지만(不怕瞪眼金剛), 좋은 얼굴을 한 보살이 무섭다(就怕蒙面菩薩). 곧 위선적인 사람이 더 무섭다.

진실한 사람은 말수가 적고(眞實者寡言), 거짓된 자는 말이 많다(虛僞者多辯). 신선은 거짓말을 하지 않고(眞人不說假話), 신선의 면전에서 가짜 약을 팔 수 없다(眞人面前賣不得假藥). 곧 성실한 사람은 거짓말을 못한다. 진짜 오골계는(眞是烏骨鷄) 물로 씻어도 하얗게 되지 않나니(水洗不白), 진짜 부처님 앞에서(眞菩薩面前) 거짓 마음으로 향을 피우지 말라(莫要假燒香).

사람의 독한 마음은 솥이라도 구멍을 낸다(心毒鍋也漏). 독사가 입에서 연꽃을 토한다면(毒蛇口中吐蓮花), 이는 악인의 위선적인 행동이다.

○ 豺狼戴僧帽. ─ 裝善人.
　시 랑 대 승 모　　　장 선 인

승냥이가 승모僧帽를 쓰다. ─ 선인善人인 척하다.

흉악한 자가 선인인척하다. 豺 승냥이 시. 狼 이리 낭(랑). 裝 꾸

밀 장.

○ 吊死鬼擦粉. ─ 假裝善人.
　적 사 귀 찰 분　　　가 장 선 인

목매 죽은 귀신이 분을 바르다. ─ 착한 사람인 척 꾸미다.

○ 惡狗戴佛珠. ─ 裝大善人.
　악 구 대 불 주　　　장 대 선 인

악독한 개가 염주를 걸다. ─ 큰 선인善人인 척 꾸미다.

불주佛珠는 염주念珠.

○ 古老馬桶. ─ 口滑肚臭.
　고 로 마 통　　　구 활 두 취

오래 된 실내 똥통. ─ 위는 매끈하나 몸통에서 냄새가 난다.

마통馬桶은 실내용 변기. 滑 미끄러울 활. 肚 배 두. 몸통.

○ 黃鼠狼頂草帽. ─ 假充好人.
　황 서 랑 정 초 모　　　가 충 호 인

쪽제비가 풀잎 모자를 쓰다. ─ 착한 사람인척하다.

위선적 행동이나 흉악한 속마음.

○ 劉備摔阿斗. ─ 收買人心.
　유 비 솔 아 두　　　수 매 인 심

유비가 아두를 내던지다. ─ 인심을 얻으려 하다.

《삼국지연의》에서 조운趙雲은 피난 군중 속에서 아두를 찾아 갑

옷 속에 품은 채 적진을 뚫고 유비를 찾아와 품 안에서 잠든 아

두를 유비에게 넘겨준다. 유비는 "어린 녀석 때문에 장군을 잃

을 뻔했다."면서 아두를 땅에 내던진다. 이는 자식보다 부하 장

수를 더 소중히 여긴다는 인심人心을 얻으려는 계산된 행위였

다. 摔 땅에 버린 솔. 내던지다.

9) 위장僞裝

물이 얕으면 큰 고기를 기를 수 없고(水淺 養不住大魚), 묘당이 작으면 큰 보살(부처)을 모실 수 없다(廟小裝不了大菩薩). 작은 사당에 요사한 바람이 많고(廟小妖風多), 못이 얕으면 자라가 많은 법이다(池淺王八多).

옷이 사람을 만들고(衣成人), 물이 있어야 논이 된다(水成田). 사람에게는 의상이(人是衣裳), 말에게는 안장이 있어야 한다(馬是鞍裝). 입에 무엇을 먹든 다른 사람이 알 수 없지만(口吃千樣無人知), 몸에 남루한 옷을 걸치면 남에게 무시당한다(身穿破衣被人欺). 옷은 잘 입어야 대접받으니 좋은 옷을 입는 것도 일종의 위장이다.

새 호로병에 묵은 술을 담는다면(新葫蘆裝舊酒), 형식만 바꾸고 내용은 변한 것이 없다는 말이다. 이는 약탕기만 바꾸고, 약은 바꾸지 않은 것(換湯不換藥)과 같다.

○婊子上廟堂. ― 假裝正派.
　표 자 상 묘 당　　　가 장 정 파

창기가 법당에 들어가다. ― 품행이 단정한 척하다.

婊 화랑이 표. 표자婊子는 창기倡妓, 창녀倡女. 묘당廟堂은 법당. 정파正派는 품행이나 태도가 단정하다. 올바르다(正經).

○大閨女上花轎. ― 半推半就.
　대 규 녀 상 화 교　　　반 추 반 취

나이 든 처녀가 꽃가마를 타다. ― 못 이기는척하다.

대규녀大閨女는 나이 든 처녀. 맏딸. 화교花轎는 꽃가마. 반추반
취半推半就는 반은 사양하는 척하나, 절반은 하고 싶어한다.

○ 狗鼻子揷大蔥. ― 裝象.
　　구 비 자 삽 대 총　　　장 상

개코에 대파를 꽂다. ― 코끼리인척하다.

○ 狗吃蒜苗. ― 裝羊.
　　구 흘 산 묘　　　장 양

개가 마늘 싹을 먹다. ― 양인척하다. / 최신식인척하다.

羊(yáng)은 洋(yáng)과 해음. 양기洋氣는 서양식. 서양풍. 유행이
다. 최신식이다. 현대적이다.

○ 王八敬神. ― 假裝正經.
　　왕 팔 경 신　　　가 장 정 경

못된 잡놈이 참배하다. ― 바른 사람인 척 꾸미다.

10) 위험危險

염라대왕 입가의 수염을 뽑기는(閻王爺嘴上拔鬍子), 아주 위
험한 일로 귀문관에 들어가(入鬼門關) 죽는 지름길이니, 염라대
왕 앞에 노인과 젊은이 구별이 없다(閻王殿裏無老少).

호랑이 주둥이의 털 뽑기(虎嘴上拔毛)는, 맹인이 눈먼 말을 타
고(盲人騎瞎馬) 한밤에 깊은 연못가를 지나는 것처럼(夜半臨深
池) 아주 위험한 일이다.

물은 배를 뜨게 하지만(水能載舟), 또한 배를 엎을 수도 있기에
(亦能覆舟), 땅으로 갈 수 있다면 배를 타지 않고(有陸不登舟), 차

라리 열 걸음 멀리 갈지언정(寧走十步遠), 위험한 길은 한 걸음도 가지 않는다(不走一步險). 노인의 말을 듣지 않으면(不聽老人言) 반드시 위험한 일이 생기고(必得有風險), 한 발 실수가 백년의 한이 된다(錯失一步 遺恨百年).

물고기가 솥 안에서 헤엄치고(魚遊釜中), 두꺼비가 우물에 뛰어들며(蛤蟆跳井), 웅덩이를 피하다가 우물에 떨어진다(避坑落井). 또 연못에서 기어나와(池裏爬出來) 우물에 빠지며(再掉到井裏), 오줌독에서 나와 똥독에 뛰어든다(從惡水缸跳到毛坑裏).

천금 부잣집 아들은 마루 끝에 앉지 않나니(千金之子 坐不垂堂), 곧 위험한 자리나 위험한 일을 하지 않는다. 천금을 가진 부자는(千金之軀) 도적의 손에 죽을 수 없다(不可死於盜賊之手).

○太歲頭上動土. — 好大的膽.
　태 세 두 상 동 토　　　호 대 적 담
태세신의 머리 위에서 흙을 옮기다. — 무모한 짓을 하다.
태세太歲는 목성木星의 신神. 흉악무도한 신. 태세두상동토太歲頭上動土는 권력자의 심기를 건드리다. 膽 쓸개 담. 담력.

○虎嘴上拔毛. — 危險.
　호 취 상 발 모　　　위 험
호랑이 주둥이 털 뽑기. — 위험하다.
목숨을 잃을 수 있다.

○舌頭磨剃刀. — 好險.
　설 두 마 체 도　　　호 험
혓바닥에 면도칼을 갈기. — 매우 위험.
舌 혀 설. 剃 머리 깎을 체.

○刀刃上耍把戲. ─ 不是玩兒的.
　도 인 상 사 파 희　　　불 시 완 아 적

칼날 위에서 마술을 하다. ─ 놀이가 아니다.

刀 칼날 인. 耍 희롱할 사. 파희把戲는 마술. 잡기. 광대놀음. 玩
놀 완.

11) 의탁依託

본래 딸은 아들의 딱 절반(一女頂半子)이라 했으니, 딸 한테도
노후를 조금은 의지할 수 있고, 반자半子(사위)가 처부모에게 효
성을 다하는 것이 반자지로(半子之勞)이다. 그래서 아들이 있으
면 아들에게 의지하고(有兒靠兒), 아들이 없으면 사위에게 의지
한다(無兒靠婿).

개는 주인의 힘을 믿고 짓는다(狗仗人勢). 배는 키잡이에 의지
하고(行船靠舵), 수레는 마부의 채찍대로 간다(跑車靠鞭). 기러
기 무리에는 우두머리 기러기가(雁有頭雁), 양떼에는 우두머리
양이 있다(羊有頭羊).

○傍着城隍打小鬼. ─ 得了神力.
　방 착 성 황 타 소 귀　　　득 료 신 력

성황당 근처에서 잡귀를 때려잡다. ─ 성황신의 힘을 얻다.

마을마다 모시는 성황(隍 산골짜기 황)은 가장 힘이 약한 토속신
이다. 그래도 그 힘을 빌려 평소에 무서워하던 잡귀를 때려잡는
다. 권세 있는 사람을 믿고 다른 사람을 괴롭힌다는 비유譬喩.

○踩着土地爺爺頭頂拉屎. ─ 欺負神小.
　채 착 토 지 야 야 두 정 납 시　　　기 부 신 소

토지신의 머리를 밟고 똥을 누다. ― 힘없는 신이라고 업신 여기다.

권력자를 믿고 백성을 억압하다. 踩 밟을 채. 爺 아비 야. 토지 야야土地爺爺는 토지신. 두정頭頂은 머리. 拉 끌을 납. 屎 똥 시. 납시拉屎는 똥을 누다. 欺 속일 기. 무시하다. 기부欺負는 업신여 기다.

○ 斷了綫的風箏. ― 飛不起來.
　 단 료 선 적 풍 쟁　　　비 불 기 래

실이 끊긴 연. ― 날아오르지 못하다.

믿고 의지하던 세력을 잃다. 綫 실 선. 箏 악기 이름 쟁. 풍경.
풍쟁風箏은 연.

○ 和尙枕着鷄蛋睡. ― 以大壓小.
　 화 상 침 착 계 단 수　　　이 대 압 소

화상이 계란을 베고 자다. ―큰 것이 작은 것을 누르다.

권세가를 믿고 약자를 괴롭히다. 枕 베개 침. 睡 잠잘 수.

○ 和尙跟着月亮走. ― 沾光.
　 화 상 근 착 월 량 주　　　 첨 광

화상을 달을 따라 걷다. ― 달빛을 받아 빛나다.

跟 발꿈치 근. 따라가다. 월량月亮은 달. 沾 더할 첨(霑 젖을 점).
첨광沾光은 덕을 보다. 은혜를 입다. 신세를 지다.

○ 磨坊的磨. ― 驢拉才能轉.
　 마 방 적 마　　　 려 랍 재 능 전

방앗간의 맷돌. ― 나귀가 끌어줘야 겨우 돌아간다.

다른 사람의 도움을 받아야만 겨우 먹고 산다.

○ 菩薩脚下開鋪. ― 伴神亨福.
　 보 살 각 하 개 포　　　 반 신 형 복

보살 다리 아래에서 점포를 열다. ― 신령의 도움으로 먹고 살다.

12) 인색吝嗇

뚱보 열 명 중 아홉은 부자이고(十個胖子九個富), 부자 열 명 중 아홉은 구두쇠다(十個財主九個摳). 그렇다면 인색해야 부자가 된다는 뜻이고, 돈이 많은 사람일수록 더 아끼고 인색하다(愈富的人愈慳吝).

사람이 늙으면 세 가지 병을 얻는데(人老得下三件病), 돈에 인색하고(愛財), 죽을까 겁을 내며(怕死), 잠이 없다(沒慳睡).

늙으면, 못 쓰게 된 빗자루도 천금처럼 여기며(敝帚千金), 한 푼도 허튼 곳에 쓰지 않고(一錢不落虛空地), 흙으로 만든 수탉의 털도 찾아내 뽑는다(瓷公鷄也拔毛). 사람이 인색하면 붕우도 멀어지는데(人有吝嗇朋友遠), 아파도 돈을 들여 약을 사지 않으면(不肯花錢買藥), 도리어 돈을 들여 관을 사야 한다(却肯花錢買棺材).

지독한 구두쇠는 자신의 솜털 하나도 뽑아주지 않고(一根寒毛也不拔), 똥 아까워하기를 황금 아까워하며(惜糞如惜金), 이를 잡아먹으면서 뒷다리를 남겨둔다(吃虱子留後腿).

○鐵打的公鷄. ─ 一毛不拔.
　철 타 적 공 계　　일 모 불 발

瓷公鷄, 鐵仙鶴. ─ 毛不拔.
자 공 계　철 선 학　　모 불 발

쇠로 만든 수탉. ─ 털 하나도 뽑을 수 없다.

흙을 구워 만든 수탉과 쇠로 만든 신선의 학. ─ 털을 뽑을 수 없다.

지독하게 인색하다. 拔 뽑을 발. 瓷(cí) 오지 그릇 자. 사기그릇.

○ 冷水湯鷄. ― 一毛不拔.
　 냉 수 탕 계　　　　일 모 불 발

찬물을 닭에게 붓다. ― 털을 뽑을 수 없다.

닭을 잡을 때는 끓는 물에 담가두어야 닭털이 뽑힌다.

○ 抱元寶跳井. ― 舍命不舍財.
　 포 원 보 도 정　　　사 명 불 사 재

돈을 껴안고 우물에 뛰어들다. ― 목숨을 버릴지언정 재물
을 버릴 수는 없다.

목숨보다 재물을 더 소중히 여기다. 抱 껴안을 포. ○○元寶는
역대 왕조의 화폐 이름. 앞에는 왕조나 연호가 붙는다. 跳 뛸
도. 躍(뛸 약)보다 큰 동작. 도약跳躍. 舍 집 사. 捨(버릴 사)와 通.

○ 蚊子放屁. ― 小氣.
　 문 자 방 비　　　소 기

모기의 방귀. ― 바람 조금.

사람이 지독하게 인색하고 씀씀이가 쩨쩨하다. 蚊 모기 문. 소
기小氣는 인색하다. 도량이 좁다. 쩨쩨하다.

○ 撲滿. ― 只吞錢, 不往外拿.
　 박 만　　　지 탄 전　불 왕 외 나

벙어리 저금통. ― 돈을 먹기만 하고 밖에서 꺼낼 수 없다.

撲 칠 박. 강하게 때리다. 박만撲滿은 도자기로 만든 벙어리 저
금통. 가득 차면 깨버려야 한다. 只 다만 지. 吞 삼킬 탄. 拿 잡을
나. 손에 넣다.

13) 인습因襲

남을 따라 걸으면 먼지만 쓴다(步人後塵). 남을 따라하면 진보

가 없을 것이다.

어린애가 세 살 때면 어른이 되었을 때를 볼 수 있고(三歲看
大), 일곱 살에 늙었을 때의 모습을 볼 수 있으니(七歲看老), 어린
아이 때 팔십 세 모습이 정해진다(從小兒定八十). 어려서 배운 것
은 천성과 같으니(少成若天性), 습관은 저절로 이루어진다(習慣
成自然). 그래서 세 살 버릇 여든까지 간다고 말하고, 어릴 때 모
습이 어른 모습이다.

청산은 해마다 그대로 있고(青山年年在), 강물은 날마다 흐른
다(江水日日流). 물을 따라왔다면 물을 따라나가야 한다(水裏得
來水裏去).

호랑이가 떠나도 산은 그대로 있다(虎去山還在). 산이 있다면
호랑이는 다시 돌아온다(山在虎又來).

○ 老和尚念經. ─ 老一套.
　　노 화 상 염 경 　　 노 일 투

늙은 화상이 불경을 읽다. ─ 늘 하는 그대로.

老는 예로부터, 오래된. 낡은. 본래의. 숙련된. 套 덮개 투. 덧씌
우개. 굴레.

○ 老和尚念經敲木魚. ─ 天天總飜着那本經.
　　노 화 상 염 경 고 목 어 　　 천 천 총 번 착 나 본 경

늙은 화상이 불경을 읽고 목탁을 치다. ─ 매일매일 늘 그
불경을 넘긴다.

늘 똑같다. 敲 두드릴 고. 천천天天은 매일, 날마다. 매천每天. 총
總(zǒng) 모으다. 전체적으로. 어쨌든, 아무튼. 언제나, 내내.

○ 一百個和尚念經. ― 異口同聲.
　　일 백 개 화 상 염 경　　이 구 동 성

일백 명 스님이 불경을 외다. ― 이구동성이다.

○ 大年初一沒月亮. ― 年年都一樣.
　　대 년 초 일 몰 월 량　　연 년 도 일 양

정월 초하루에는 달이 없다. ― 해마다 모두 같다.

○ 房檐滴水. ― 點點入舊窩.
　　방 첨 적 수　　점 점 입 구 와

지붕 처마의 낙숫물. ― 방울방울이 같은 곳에 떨어지다.

변화가 없다. 房 방 방. 집. 가옥. 檐 처마 첨. 滴 물방울 적. 窩
움집 와. 우묵한 곳.

○ 象棋上的老將. ― 死也不敢出那個框框.
　　상 기 상 적 로 장　　사 야 불 감 출 나 개 광 광

장기판의 장군(宮). ― 죽어도 그 궁 밖으로 나갈 수 없다.

사람의 사상이 보수적이라서 낡은 테를 벗어나지 못하다. 框 문
틀 광. 액자나 거울의 틀. 광광框框은 본래의 범위. 고유한 격식.
속박.

○ 一日三頓的炸醬麵. ― 一點不新鮮.
　　일 일 삼 돈 적 작 장 면　　일 점 불 신 선

하루 세 번째 먹는 자장면. ― 조금도 신선하지 않다.

새로운 맛이 없다. 頓 조아릴 돈. 잠깐 정지하다. 차례, 번, 끼니.
홀연히. 炸(zhá) 기름에 튀길 작. 채소를 데치다. 구실을 만들어
강탈하다. 醬(jiàng) 젓갈 장. 麵(miàn) 국수 면. 작장면炸醬麵은 자
장면.

마. 자멸自滅 외

1) 자멸自滅

계란이 어찌 돌과 다툴 수 있는가?(鷄蛋那能鬪石頭) 계란으로 바위치기(拿鷄蛋揻石頭)는 자신의 능력을 헤아리지 못해 자멸하다.

사람이 자신을 돌보지 않는다면(人不爲己), 하늘이 벌을 주고 땅(염라대왕)이 그를 잡아간다(天誅地滅). 그렇다면 자기 이익은 알아서 챙겨야 한다. 그러나 사람은 재물 때문에(人爲財死), 새는 먹이 때문에 죽는다(鳥爲食亡).

사람의 죽음이란 등불이 꺼지는 것(人死如燈滅)이고, 죽고 나면 한 줌의 흙(人死如臭泥)이니 남는 것이 없다. 등잔을 끄면 불빛은 없어지고(燈消火滅), 물이 마르면 백조는 날아간다(水盡鵝飛). 빈손으로 왔다가 빈손으로 가는 인생(空手來空手去)이니, 만금萬金의 재산이 있어도 갖고 갈 수 없다(萬貫家財拿不去)! 그렇지만 한 사람의 죽음은 태산보다 무거울 수도 있고(死有重於泰山), 기러기 털보다도 가벼운 죽음이 있다(死有輕於鴻毛). 이는 사마천司馬遷의 말이다.

○ 拖掃帚打火. ― 惹禍上身.
　　타 소 추 타 화　　　　야 화 상 신

빗자루를 옆에 두고 불을 피우다. ― 몸에 화가 닥치다.

스스로 귀찮은 일이나 재앙을 불러오다. 拖 끌 타. 끌어당기다.

掃 쓸어낼 소. 帚 비 추. 소추掃帚는 빗자루. 타화打火는 불을 피우다. 惹 이끌 야. 불러오다.

○ 麻糖落在麵缸裏. — 沾一身灰.
마 당 락 재 면 항 리　　첨 일 신 회

참깨엿이 밀가루 항아리에 떨어졌다. — 온통 밀가루이다.

재수 없고 번잡한 일이 생기다. 마당麻糖(蔴糖)은 참깨엿 사탕. 과자의 한 종류. 麵 밀가루 면. 缸 항아리 항. 沾 더할 첨. 灰 재 회. 여기서는 밀가루.

○ 老虎嘴裏掏食兒. — 闖禍.
노 호 취 리 도 식 아　　틈 화

호랑이 주둥이 안에서 먹을 것을 끄집어내다. — 화를 자초하다.

뜻대로 이루지 못하고 오히려 화를 입다. 掏 가릴 도. 끄집어내다. 식아食兒는 먹을 것. 闖 말이 문으로 나올 틈. 갑자기 뛰어들다. 틈화闖禍는 주의를 소홀히 하여 사고를 당하다. 손해를 보다.

○ 老虎屁股上抓痒痒. — 大事辦不成, 光惹禍害.
노 호 비 고 상 조 양 양　　대 사 판 불 성　광 야 화 해

호랑이 궁둥이 가려운 데를 긁어주다. — 일은 이루지 못하고, 공연히 손해만 보다.

抓 긁을 조. 痒 앓을 양. 가렵다. 종기. 조양양抓痒痒은 가려운 데를 긁다. 양양육痒痒肉은 간지럼을 잘 타는 곳. 발바닥, 겨드랑이 같은 곳. 辦 힘쓸 판. 일을 처리하다.

○ 飛蛾投火. — 自取滅亡. / 自找死.
비 아 투 화　　자 취 멸 망　　자 조 사

불나방이 불에 뛰어들다. — 제 스스로 죽다. / 스스로 죽으러 찾아오다.

蛾 나방 아. 找 채울 조. 찾아가다. 구하다. 부족한 것을 채우다.

○耗子舐猫鼻子. ─ 找死玩.
모 자 지 묘 비 자　　조 사 완

쥐가 고양이 코를 핥다. ─ 죽을 짓을 하며 놀다.

舐 핥을 지.

○虎頭上捉虱. ─ 自尋死.
호 두 상 착 슬　　자 심 사

호랑이 머릿니를 잡다. ─ 죽음을 자초하다.

捉 잡을 착. 虱 이 슬. 尋 찾을 심. 보통의.

○鷄給黃鼠狼拜年. ─ 自投羅網.
계 급 황 서 랑 배 년　　자 투 라 망

닭이 쪽제비를 찾아가 세배하다. ─ 스스로 그물에 들어가다.

황서랑黃鼠狼은 쪽제비. 羅 새그물 라, 벌릴 라. 網 그물 망.

○老鼠睡猫窩. ─ 送來一口肉.
노 서 수 묘 와　　송 래 일 구 육

쥐가 고양이 자리에서 잠을 자다. ─ 한 입 거리를 보내오다.

○母猪去拱老虎門. ─ 不想活.
모 저 거 공 로 호 문　　불 상 활

암퇘지가 호랑이를 찾아가 문안드리다. ─ 살려는 생각이
없다.

拱 두손 맞잡을 공. 공수拱手. 공경의 뜻을 표하는 자세.

○茅厠坑點燈. ─ 找屎.
모 측 갱 점 등　　조 시

뒷간 구덩이에 등불을 밝히다. ─ 똥을 찾다.

멸망의 길을 찾다. 죽을 짓을 하다. 茅 띠 모. 厠 뒷간 측. 坑 구
덩이 갱. 找(zhǎo) 찾을 조. 屎(shǐ) 똥 시. 死(sǐ)와 해음.

○茅厠裏睡覺. ─ 離屎不遠了.
모 측 리 수 각　　리 시 불 원 료

뒷간에서 잠을 자다. ─ 똥에서 멀지 않다.

죽을 날이 가깝다. 수각睡覺(shuì jiào)은 잠을 자다. 여기 屎(똥 시)는 死의 뜻.

○ 螳臂擋車. ― 自就滅亡.
당 비 당 차   자 취 멸 망

螳臂擋車. ― 自不量力.
당 비 당 거   자 불 양 력

사마귀 앞다리로 수레를 막아서다. ― 스스로 죽음을 찾다.

사마귀가 앞발로 수레를 막다. ― 주제 파악을 못하다.

자기 분수를 모르고 무모하게 덤벼들다. 螳 사마귀 당. 臂 팔비. 당비螳臂는 사마귀의 앞다리. 擋 막을 당.

○ 小草魚赶鴨子. ― 找死.
소 초 어 간 압 자   조 사

송사리가 오리를 따라가다. ― 죽으려 하다.

赶 달릴 간. 따라가다. 鴨 오리 압.

○ 羊走入湯. ― 自送其死.
양 주 입 탕   자 송 기 사

양이 뜨거운 물에 뛰어들다. ― 스스로 자살하다.

2) 저항抵抗

노루를 피했더니 호랑이를 만났고(避獐逢虎), 앞문에서 호랑이를 막았더니(前門拒虎) 뒷문으로 이리가 들어온다(後門進狼)는 말이 있다.

앞에 늑대가 있을까? 뒤에 호랑이가 있을까?(前怕狼後怕虎) 한 평생 공연한(白) 근심 걱정뿐이다(一生一世白辛苦).

그런 역경에서도, 칼에는 칼로 맞서고(刀對刀), 총에는 총으로

대항해야 한다(槍對槍). 사내대장부는 얼어 죽을지언정 바람에
맞서고(凍死迎風站), 굶어죽을지언정 허리를 굽히지 않는다(餓
死不折腰).

○ 冬天的大蔥. — 葉黃根枯心不死.
　　동 천 적 대 총　　　엽 황 근 고 심 불 사
겨울철의 대파. — 잎은 누렇고 뿌리도 말랐지만 줄기는 죽
지 않았다.
겉으로는 쇠락했지만 마음만은 부활하려는 의지가 충분하다. 心
은 의지, 희망. 중심. 속알맹이. 蔥 파 총. 枯 마를 고. 말라 죽다.

○ 乾鍋爆魚. — 垂死挣扎.
　　건 과 폭 어　　　수 사 쟁 찰
솥에 데칠 물고기. — 곧 죽어도 발버둥치다.
죽을지라도 애쓰며 버티다. 爆 터질 폭. 튀기다. 끓는 물에 데치
다. 垂 드리울 수. 거의 ~하려 하다. 挣 찌를 쟁. 필사적으로 애
쓰다. 쟁취하다. 扎(紮) 뺄 찰. 묶다. 침으로 찌르다. 참다. 쟁찰
挣扎은 힘써 버티다. 발버둥치다. 발악을 하다.

○ 火燒芭蕉. — 心不死.
　　화 소 파 초　　　심 불 사
파초가 불에 타다. — 줄기는 죽지 않다.
마음만은 패퇴하지 않다.

○ 屬芭蕉的. — 葉爛皮枯心不死.
　　속 파 초 적　　　엽 란 피 고 심 불 사
파초 같은 사람. — 잎이 떨어지고 껍질이 말라도 줄기는
죽지 않는다.

○ 掐了頭的螞蚱. — 無頭蹦.
　　겁 료 두 적 마 책　　　무 두 붕

대가리가 떨어진 메뚜기. ― 머리가 없어도 뛴다.

종말이 올지라도 끝까지 버티다. 掐 꼬집을 겹. 누르다. 꺾다.
끊다. 겹두거미掐頭去尾 = 거두절미去頭截尾. 마책螞蚱은 메뚜기.
蹦 뛸 붕.

○ 王八掉進湯鍋裏. ― 臨死還有瞎撲騰.
　　왕 팔 도 진 탕 과 리　　　임 사 환 유 할 박 등

자라가 끓는 물속에 던져지다. ― 죽을지라도 여전히 마구
버둥치다.

還(hái) 돌아올 환. 아직도. 여전히. 더욱. 瞎 눈먼 할. 마구. 되는
대로. 撲 칠 박. 騰 오를 등. 박등撲騰(pū téng)은 펄쩍펄쩍 뛰다.
푸드덕거리다.

3) 지연遲延

님을 찾아간다면, 천리 길도 멀다고 생각 않고(千里未爲遠), 님
이 십년 만에라도 돌아온다면 늦지 않다(十年歸未遲). 그리고 혼
인은 생전에 정해진 것이니(婚姻前注定), 늦거나 일찍 하는 것은
사람 때문은 아니다(遲早不由人). 백 리 길을 걸어 집에 온 날, 방
사를 하면 병이 난다(百里行房者病).

마음만 있다면 산길 험한 것은 걱정하지 않고(有心不愁山路
難), 마음만 있다면 좀 늦는 것은 걱정 안 한다(有心不怕遲).

양을 잃고 우리를 고쳐도 늦다고 생각하지 않고(亡羊補牢不算
晚), 배가 강 가운데 와서 물 새는 데를 고친다면 때가 늦은 것이
다(船到江心補漏遲). 학문의 길에서는 다만 그만둘까 걱정하지
(學問之事 只患止), 늦는 것을 걱정하지 않는다(不患遲).

○ 出嫁女上轎. ─ 遲遲不出門.
　　출 가 녀 상 교　　　지 지 불 출 문

　 出嫁女上轎. ─ 磨蹭.
　　출 가 녀 상 교　　마 층

출가하는 딸이 가마에 타다. ─ 꾸물꾸물 대문을 나서지 못
하다.

나이 든 처녀 가마에 타다. ─ 꾸물거리다.

사람의 행동이 굼뜨고 늦어지다. 대규녀大閨女는 나이 든 처녀.
맏딸. 蹭 비틀거릴 층. 실족하다. 마층磨蹭은 느릿느릿 걷다. 물
고 늘어지다. 꾸물거리다.

○ 鈍刀大割. ─ 不爽快.
　　둔 도 대 할　　　불 상 쾌

무딘 칼로 고기를 썰다. ─ 후련하지 않다.

鈍 무딜 둔. 爽 시원할 상. 상쾌爽快는 개운하다. 시원하다. 호쾌
하다.

○ 老牛拉破車. ─ 慢慢吞吞.
　　노 우 랍 파 차　　　만 만 탄 탄

늙은 소가 부서진 수레를 끌다. ─ 느릿느릿 가다.

慢 게으를 만. 吞 삼킬 탄. 꾹 참다(吞聲) 만만탄탄慢慢吞吞은 느
릿느릿 가다. = 만만등등慢慢騰騰.

○ 老頭子拄拐棍. ─ 半天一步.
　　노 두 자 주 괴 곤　　　반 천 일 보

노인네가 지팡이를 짚다. ─ 한참만에 한발.

행동이 굼뜨다. 拄 떠받칠 주. 몸을 지탱하다. 拐 지팡이 괴, 속
일 괴. 棍 몽둥이 곤. 괴곤拐棍은 지팡이(拐杖). 반천半天은 한나
절. 반일半日. 한참 동안.

○ 三點水兒可個包子. ─ 泡了.
　　삼 점 수 아 가 개 포 자　　　포 료

삼수 변에 포包를 보태다. ── 거품이 일다.

시간을 끌다. 泡 거품 포. 고의적으로 시간을 낭비하다. 죽치다. 오랫동안 머물다. 떼를 쓰다. 옥신각신하다.

4) 착오錯誤

못생긴 며느리도 시부모를 뵈어야 하며(醜媳婦見公婆), 종이로는 불(火)을 쌀 수 없듯(紙包不住火), 사람은 잘못을 숨길 수 없으며(人包不住錯), 뒤에 숨을 수도 없다. 눈 속에 죽은 사람을 묻어둘 수 없다(雪地裏埋不住死人). 모든 일에 진상은 곧 드러나게 된다.

동서에 있는 귀가 남북의 말을 듣고(東西耳朶南北聽), 한번 잘못된 생각이 평생을 그르친다(一念之差 終身之誤). 장기에서 한 수를 잘못 두면(棋錯一步) 온 판이 다 진다(滿盤皆輸).

권법을 배우기는 쉽지만, 잘못 배운 것을 고치기는 어렵다(學拳容易改拳難). 좋은 것을 배우기는 높은 산에 오르는 것처럼 힘들지만(學好就像登高山), 나쁜 짓을 배우기는 마치 물결 따라 떠내려가는 것과 같다(學壞好比順水漂). 그리고 좋은 것을 배우기는 3년도 부족하지만(學好千日不足), 나쁜 짓을 배우려면 하루도 남는다(學壞一日有餘). 고니를 새기다 잘못 새기면 집오리라도 닮지만(刻鵠不成尙類鶩), 호랑이를 잘못 그리면 오히려 개와 비슷하다(畵虎不成愚類狗).

본래 모든 일은 서두를 때 잘못된다(萬事皆從急中錯). 모든 일은 잘 생각한 뒤 과감해야 한다(萬事想後果). 한번 실수로 앞길을 다 망친다(一失廢前程). 잘못 간 길은 돌아오면 되지만(走錯了路 好回頭) 사람을 잘못 보면 고생하게 된다(看錯了人吃苦頭).

한 걸음을 잘못 떼면 백 걸음도 잘못되며(一步不順 百步不順), 첫걸음이 틀리면 걸음마다 잘못된다(一步錯 步步錯). 그렇지만 비록 첫걸음이 잘못이라도 백 보는 비뚤어질 수 없다(一步錯 不能百步歪). 착오를 알고 고치면 착오라 할 수 없으며(知錯改錯不算錯), 이보다 더 좋은 선善은 없다(善莫大焉). 잘못이나 과오가 있다면 고치고(有則改之) 없다면 더욱 힘써야 한다(無則加勉).

○拜佛進了呂祖廟. ━ 找錯了門.
　배 불 진 료 여 조 묘　　조 착 료 문

불공드린다며 여조묘에 들어가다. ━ 문을 잘못 찾았다.

행동 또는 처리 방법이 잘못되다. 여조呂祖는 팔선八仙의 한 사람인 여동빈呂洞賓. 일반적으로 여동빈은 당唐나라의 도사道士로 알려졌다. 도교道教에서는 여동빈을 여조라고 추앙한다.

○道士進廟. ━ 走錯了門.
　도 사 진 묘　　주 착 료 문

도사가 절에 들어가다. ━ 문을 잘못 찾아들었다.

○抱琴瑟進磨房. ━ 對牛彈琴.
　포 금 슬 진 마 방　　대 우 탄 금

금슬을 갖고 연자방앗간에 들어가다. ━ 소 앞에서 연주하다.

대상을 고려하지 않다. 금슬琴瑟은 현악기를 대표한다.

○點心鋪裏買棺材. ━ 上錯門.
　점 심 포 리 매 관 재　　상 착 문

과자집에서 관을 사다. — 잘못 찾은 점포.

점심點心(diǎn xīn)은 요기하다. 간식.

○和尙廟裏借梳子. — 摸錯門了.
　　화 상 묘 리 차 소 자　　　모 착 문 료

절간에서 머리 빗을 빌리다. —문을 잘못 찾았다.

梳 빗 소. 摸 찾을 모. 더듬다.

○九九八十二. — 算錯帳了.
　　구 구 팔 십 이　　　산 착 장 료

9×9는 82. — 계산이 잘못되었다.

○三八二十三. — 錯打了算盤.
　　삼 팔 이 십 삼　　　착 타 료 산 반

3×8은 23. —수판을 잘못 놓다.

○魯肅上了孔明的舶. — 錯了.
　　노 숙 상 료 공 명 적 박　　　착 료

노숙이 공명의 배를 타다. — 잘못되었다.

노숙魯肅은 동오東吳의 대신大臣.

○牛頭安在羊身上. — 錯放了頭.
　　우 두 안 재 양 신 상　　　착 방 료 두

소머리를 어찌 양의 몸에 맞추는가. — 머리를 잘못 놓았다.

대상이나 실질實質이 틀렸다.

○捨下竈王拜山神. — 捨近求遠.
　　사 하 조 왕 배 산 신　　　사 근 구 원

조왕신을 버려두고 산신에게 빌다. — 가까운 곳을 버리고
먼 데서 구하다.

竈은 부엌 조. 중국인은 집집마다 조왕신이 있다고 생각한다.

5) 책망責望

친하니 매를 들고(打是親), 사랑이 있으니 꾸짖으며(罵是愛), 애정이 깊기에 책망도 엄하다(愛之深 責之切). 때리고 욕을 하지 않으면 사람이 되지 않나니(不打不罵不成人), 때릴 때 때리고, 꾸짖을 때 꾸짖어야 좋은 사람이 된다(打打罵罵做好人).

엄한 아버지라도 서른 살 먹은 자식을 가르치지는 않는다(嚴父不教三十子). 품행이 고약한 사람은 주둥이를 벌렸다면 욕지거리고(張嘴就罵), 손을 냈다면 남을 때린다(伸手就打). 그러나 성난 주먹도 웃는 얼굴을 못 때린다(嗔拳不打笑面).

봄바람처럼 남을 대접하고(以春風待人) 찬바람 같이 자신을 대하라(以寒風自待). 남을 책망하는 마음으로 자신을 꾸짖고(以責人之心責己), 자기를 용서하는 마음으로 남을 용서해야 한다(以恕己之心恕人).

○扒着馬腚親嘴. — 不知道香臭.
　배 착 마 정 친 취　　　불 지 도 향 취

말 궁둥이를 껴안고 입을 맞추다. — 향기와 구린내를 모르다.

무엇이 좋고 나쁜지, 선악을 구별 못하다. 扒 뺄 배. 잡다. 달라붙다. 헤치다. 긁어모으다. 腚 볼기 정. 궁둥이(屁股). 친취親嘴는 입을 대다.

○出殯的餃子. — 扔貨.
　출 빈 적 교 자　　　잉 화

빈소에서 제사 지낸 만두. — 내버릴 물건.

쓸모 없는 사람이나 도태시켜야 할 제도나 인습을 책망하다. 殯

은 염할 빈. 출빈出殯은 관을 내가다. 교자餃子는 만두. 扔 당길
잉. 던지다. 버리다. 잉화扔貨는 불량품. 쓸모없는 인간(남을 욕
하는 말).

○ 狗啃骨頭. ─ 天生喜歡吃硬的.
　　구 습 골 두　　　　천 생 희 환 흘 경 적

뼈다귀를 문 개. ─ 본래 딱딱한 것만 즐겨 먹다.

고상한 멋도 모르고, 선악도 구분 못하며, 권하는 술(敬酒)은 받
지 않고 벌주罰酒를 마시는 사람을 질책하는 뜻.

○ 狗咬呂洞賓. ─ 不認得眞人.
　　구 교 여 동 빈　　　불 인 득 진 인

개가 여동빈을 물다. ─ 신선을 알아보지 못하다.

선인을 악인처럼 생각하거나 호의를 악의로 해석하는 사람을
질책하는 뜻.

○ 狗坐轎子. ─ 不識擡擧.
　　구 좌 교 자　　　불 식 대 거

개가 가마를 타다. ─ 사람 발탁할 줄을 모르다.

보살펴줄 사람을 모르다. 다른 사람의 호의를 받아들이지 못하
다. 擡 마주 들 대. 대거擡擧는 사람을 발탁하다. 밀어주다.

○ 耗子下崽. ─ 沒一個好東西.
　　모 자 하 재　　　몰 일 개 호 동 서

쥐가 새끼를 낳다. ─ 쓸만한 놈이 하나도 없다.

무리 중 쓸만한 사람이 하나도 없다. 모자耗子는 쥐(老鼠). 崽(zǎi)
새끼 재. 하재下崽는 동물이 새끼를 낳다. 동서東西(dōng xi)는 물
건. 놈. 새끼. 노동서老東西는 늙은 놈.

○ 黃鼠狼生老鼠. ─ 一代不如一代.
　　황 서 랑 생 로 서　　　일 대 불 여 일 대

쪽제비가 쥐를 낳다. ─ 대를 이어가며 나빠지다.

자식이 아비만 못하다고 조롱하는 뜻. 쥐는 쪽제비보다 덩치도
볼품도 더 나쁘다.

○ 鷄子兒下山. ― 滾蛋.
　　계 자 아 하 산　　　곤 단

계란이 하산하다. ― 못쓰게 되다.

계자아鷄子兒는 계란. 滾 구를 곤. 蛋(dàn) 새알 단. 새끼. 놈. 곤
단滾蛋. 썩 꺼져! 왕팔단王八蛋은 씨팔놈.

○ 看棋只看車馬包. ― 不識相.
　　간 기 지 간 차 마 포　　　불 식 상

장기를 두며 차, 마, 포만 보다. ― 장기판 전체를 알지 못
하다.

상대방의 의도나 안색을 살피지 못하다.

○ 兩山摞一起. ― 請出.
　　양 산 나 일 기　　　청 출

산 두 개를 포개어 쌓다. ― 나가달라고 말하다.

축객령逐客令을 내리다. 산 두 개를 포개면 출出이다. 摞 다스릴
나. 포개어 쌓다.

○ 千年王八萬年龜. ― 老不死的.
　　천 년 왕 팔 만 년 귀　　　노 불 사 적

천년 만년을 살 나쁜 놈. ― 늙어도 안 죽을 놈.

龜 거북 귀. 창녀 집 주인. 여자를 대주고 돈 버는 놈. 기생의 기
둥서방.

○ 王七的弟弟. ― 王八.
　　왕 칠 적 제 제　　　왕 팔

왕씨 일곱째의 동생. ― 왕씨 여덟 번째. / 왕팔王八.

왕팔王八(wáng ba)은 거북. 자라. 유곽의 심부름꾼. 마누라의 매
춘으로 먹고 사는 놈. 수치를 모르는 놈. 개자식. 망팔忘八(亡八,

孝, 弟, 忠, 信, 禮, 義, 廉, 恥를 모르는 놈). 오귀烏龜와 同.

6) 최후最後 수단手段

모든 일은 그 시작이 어렵다(萬事開頭難). 보통 사람은 처음에
는 바짝 서둘다가 다음에 슬슬하다가 마지막에는 포기한다(一緊
二慢三罷休). 그러니 시작은 쉽지만 마무리는 어렵다(起頭容易
結梢難).

길을 닦아 놓으면 길을 가는 사람이 있고(有修路就有走道的),
일을 시작하면 따라오는 사람이 있다(有開頭就有跟着的). 그러
다 보니 목적 달성을 위해 수단을 안 가리는데, 귀신을 때려잡기
위하여 문신門神 종규의 힘을 빌려야 하고(爲了打鬼借助鍾馗),
아내를 얻으려면 장인에게 절을 해야 한다(爲媳婦拜丈人).

각자 강을 건너갈 자기의 뗏목을 가지고 있나니(各人有各人過
河的筏子), 강한 적을 만나면 지혜로 취하고(逢强智取), 약자를
만나면 산 채로 잡아야 한다(遇弱活擒).

열쇠 하나로는 하나의 자물통만 열 수 있다(一把鑰匙開一把
鎖). 말하자면 문제마다 해결 방법이 다르다. 하늘이 무너지면 땅
에 바짝 엎드려야 하는데(天塌了有地接着), 기다리다 보면 아무
리 어려운 상황에도 벗어날 방법은 있을 것이다.

그 사람의 방법으로(以其人之道) 그 사람을 이겨야 한다(還治
其人之身). 곧 경쟁관계에 있는 상대방의 약점을 이용하여 상대
방을 제압해야 한다.

○和尙的腦殼. — 沒髮 / 沒法.
　　화 상 적 뇌 각　　몰 발　　몰 법

화상의 머리통. — 머리카락이 없다. / 방법이 없다.

腦 두뇌 뇌. 殼 껍질 각. 髮(fà) 터럭 발. 法과 해음.

○一樣事. — 百樣做.
　　일 양 사　　백 양 주

하나의 일. — 백 가지로 할 수 있다.

해결 방법은 많다.

○寡婦賣子. — 最後一着.
　　과 부 매 자　　최 후 일 착

과부가 아들을 팔다. — 마지막 한 수.

피할 수 없는 마지막 수단.

○擡棺材上陣. — 拼死一回.
　　대 관 재 상 진　　병 사 일 회

관을 메고 전투에 나서다. — 마지막으로 목숨을 걸다.

배수일전背水一戰. 拼 물리칠 병. 병사拼死는 목숨을 걸다.

○沙鍋砸蒜. — 一錘子的買賣.
　　사 과 잡 산　　일 추 자 적 매 매

질그릇에 마늘을 빻다. — 딱 한번의 마지막 거래.

사과沙鍋는 질그릇 솥. 깨지기 쉽다. 砸 칠 잡. 찧다. 蒜 마늘 산.
錘 저울 추. 일추자一錘子는 단 한 번. 일저자一杵子(杵 절구공이
저)와 同.

7) 타의他意

　사람을 만나면 생각의 3분의 1만 말해야 한다(逢人只說三分
話).－처음 만나는 사람에게 말을 조심하라. 상대방 마음속 일을

알려면(要知心腹事), 모름지기 말에 숨은 뜻을 새겨야 한다(須聽背後言). 다른 사람에게는 말 한마디(人前一口話), 신 앞에는 향불 한 번(神前一爐香)이라는 말도 있다.

네가 7개 계책을 갖고 있다면(你有七算), 다른 사람은 여덟 개를 계산하고 있다(人家有八算). 사람을 만나면서 다만 약간의 미소를 띨 뿐(見人只帶三分笑), 마음 한 조각도 드러내 보이지 않다(未可全抛一片心).

도道가 한 자 높아지면(道高一尺), 마魔는 한 장(길)이 높아진다(魔高一丈)는 말은 수행修行의 성취보다는 외부 유혹이 더 많다는 뜻이다. 그 반대로 마귀의 수법이 한 자 높아지면(魔高一尺) 도법道法은 한 길 높아져야 한다(道高一丈).

○八十歲媽媽嫁人家. ― 却是圖生圖長.
　팔 십 세 마 마 가 인 가　　　각 시 도 생 도 장

여든 살 노파가 남에게 시집가다. ― 무엇인가 의도하는 바가 있다.

媽 어미 마. 마마媽媽는 노파. 嫁 시집갈 가. 인가人家 남. 다른 사람. 却 도리어 각. 각시却是는 도리어. 오히려.

○城頭上跑馬. ― 遠兜遠轉.
　성 두 상 포 마　　　원 두 원 전

성벽 위에서 말을 달리다. ― 멀리멀리 돌려 말하다.

변죽만 울리고 분명하게 말하지 않다. 兜 투구 두(도, 속음), 에워쌀 두. 맴돌다.

○仙鶴打架. ― 繞脖子.
　선 학 타 가　　　요 발 자

두루미들이 싸우다. ― 목덜미를 서로 감다.

말이나 행동이 분명하지 않다. 타가打架는 싸우다(打相打). 繞
두를 요. 감다. 얽히다. 脖 배꼽 발. 목. 목덜미.

○姜太公使機變. ― 不釣魚兒只釣賢.
　강 태 공 사 기 변　　불 조 어 아 지 조 현

강태공의 낚시. ― 고기를 낚지 않고, 현자賢者를 기다리다.

기변機變은 임기응변하다. 잘 대응하다. 釣 낚을 조.

○猪腸子腦袋. ― 多拐彎.
　저 장 자 뇌 대　　다 괴 만

돼지의 창자와 골. ― 많이 꾸불꾸불하다.

말이 변죽만 울리고 많이 비꼬다. 腦 머리 뇌. 두뇌. 골. 袋 자루
대. 拐 속일 괴. 속여서 빼앗다. 방향을 바꾸다. 彎 굽을 만. 괴만
拐彎은 생각이 많이 바뀌다.

8) 패권覇權

진秦시황제가 죽은 뒤, 항우項羽와 유방劉邦이 천하의 패권을
놓고 싸웠다. 곧 달아난 사슴이 누구의 손에 죽을지 몰랐다(不知
鹿死誰手). 경쟁자가 많았으니, 배가 많다고 하여 강이 막히지는
않는다(船多不碍江). 패권을 쥐었다 하여 일의 성패에 따라 영웅
을 평가하지 않는다(不以成敗論英雄).

이득은 하나이고 손해가 일백 개라면(利一害百), 누구든 성을
버리고 떠나간다(人去城郭). 천둥소리가 온 천하에 울리는 것처
럼(一個雷天下響) 유방이 천하 패권을 쥐었다.

○ 耗子扛槍. ― 光會在窩裏橫.
모 자 강 창　　　광 회 재 와 리 횡

쥐가 창을 메다. ― 괜히 쥐구멍 속에서만 횡행하다.

자기들끼리 싸우거나 도리를 무시하고 제멋대로 설쳐댄다. 扛

들 강. 메다. 槍 창 창. 총. 橫은 만횡蠻橫.

○ 老佛爺的眼珠. ― 不能動.
노 불 야 적 안 주　　　불 능 동

부처님의 눈알. ― 움직이지 못한다.

부처님의 뜻을 거스릴 수 없다.

○ 老虎的屁股. ― 摸不得.
노 호 적 비 고　　　모 불 득

蝎子的尾巴. ― 摸不得.
갈 자 적 미 파　　　모 불 득

호랑이 궁둥이. ― 만질 수 없다.

전갈의 꼬리. ― 만질 수 없다.

屁 방귀 비. 허튼소리를 하다. 보잘 것 없다. 股 넓적다리 고. 비

고屁股는 궁둥이. 꽁무니. 摸 찾을 모. 더듬다.

○ 蒙被子放屁. ― 獨呑.
몽 피 자 방 비　　　독 탄

이불을 덮어쓰고 방귀를 뀌다. ― 혼자 먹다.

재물이나 이득을 혼자 차지하다. 蒙 입다. 덮다. 덮어 씌우다.

피자被子는 이불. 방비放屁는 방귀를 뀌다. 呑 삼키다. 목구멍으

로 넘기다.

○ 蛇逮老鼠. ― 要獨呑.
사 체 로 서　　　요 독 탄

뱀이 쥐를 따라잡다. ― 혼자 삼키려 하다.

혼자 독식하다.

9) 포기抛棄

세상에 무겁지 않은 짐(책임)은 없나니(世間無不重的擔子, 擔 짐 담. 메다. 떠맡다), 짐이라고 생각하면 무겁게 느껴진다. 그렇다고 버려서는 안 된다. 보약을 먹고 나서(吃的起補藥) 설사약을 먹을 수 없다(吃不起瀉藥).

인의仁義는 천금의 가치가 있다(仁義値千金). 인자仁者는 성쇠에 따라 절조를 바꾸지 않고(仁者不以盛衰改節), 의로운 자는 존망에 따라 마음을 바꾸지 않는다(義者不以存亡易心). 인자仁者는 군주를 원망하지 않고(仁不怨君), 지자智者는 역경을 어렵다 생각하지 않으며(智不重困), 용자는 죽음을 회피하지 않는다(勇不逃死).

훌륭한 기술자의 문하에 우둔한 직공이 없다(大匠之門無拙工). 일을 천천히 꼼꼼하게 해야 정교한 물건이 나온다(慢工出巧匠). 큰 기술자에게는 버리는 재료가 없다(大匠手裏無棄材).

의심스러운 사람이라면 등용하지 말라(疑人不用). 썼다면 의심하지 말라(用人不疑). 등용하면 호랑이가 되지만(用之則爲虎), 버리면 쥐가 된다(不用則爲鼠). 사람을 잘못 쓰면 늑대를 방으로 끌어들이는 것과 같다(用人不當猶如引狼入室).

○老太太的鼻涕. ― 甩也.
　노 태 태 적 비 체　　　솔 야

　傷風的鼻涕. ― 甩也.
　상 풍 적 비 체　　　솔 야

늙은 할매의 콧물. ― 풀어버리다.

감기 걸린 콧물. ― 풀어버리다.

비체鼻涕는 콧물. 甩(shuǎi) 던질 솔. 뿌리다. 내던지다. 뿌리치다. 떼어버리다. 상풍傷風은 감기.

○ 甩手掌櫃的. ― 怎么也不管.
　솔 수 장 궤 적　　 즘 요 야 불 관

손을 뗀 가게 주인. ― 무엇이든 상관하지 않다.

솔수甩手는 손을 떼다. 掌 손바닥 장. 관장하다. 櫃 함 궤. 궤짝. 금고. 장궤적掌櫃的은 상점 주인. 남편. 노판老板과 同. 怎 어찌 즘. 어떻게. 么 작을 요. 즘요怎么(zěnme)는 어떻게, 어째서. 상황, 방식, 원인을 묻는 말.

○ 豬八戒擺手兒. ― 不伺猴.
　저 팔 계 파 수 아　　 불 사 후

저팔계가 손을 흔들다. ― 손오공의 눈치를 보지 않다.

기다리지 않다. 擺 벌려놓을 파. 드러내다. 과시하다. 파수아擺手兒는 손을 흔들다. 伺 엿볼 사. 猴 원숭이 후. 여기서는 손오공. 候(기다릴 후)와 해음. 사후伺候는 오기를 기다리다.

10) 핍박逼迫

억지로 비틀어 딴 참외는 달지 않고(强扭的瓜不甛), 뺏어온 며느리는 가까워지지 않는다(搶來的媳婦不親). 억지 협박으로는 매매가 되지 않고(强迫不成買賣), 소를 끌려면 소의 코뚜레를 잡아당겨야 하지만(牽牛要牽牛鼻子), 머리카락 하나를 당겨 온몸이 끌려온다면(牽一髮而動全身), 큰 약점을 잡힌 것이다.

핍박을 받아 양산박으로 도망가다(逼上梁山). 억지로 오리를 왜에 올라가게 하다(硬打着鴨子上架). 수탉에게 알을 낳게 강하게 핍박하고(硬逼鷄公下蛋), 거위에게 강제로 하늘을 날게 시키다(强叫鵝子飛天). 벙어리에게 말을 하라고 핍박하고(逼啞巴說話), 처녀에게 시집가라고 핍박하다(逼着姑娘上轎). 묶어놓는다고 부부가 되지 않고(捆綁不成夫妻), 화와 복은 다 하늘이 정한 것이니(禍福皆由天定), 인생에서 억지로 얻을 수 없다(人生不可强求).

○核桃裏的肉. ─ 不敲不出來.
　핵 도 리 적 육　　불 고 불 출 래

호두 안의 과육果肉. ─ 때리지 않으면 꺼낼 수 없다.

매매나 사실 고백을 강요할 수 없다. 핵도核桃는 호두. 敲는 두드릴 고. 깨트리다.

○山上的核桃. ─ 只能砸着吃.
　산 상 적 핵 도　　지 능 잡 착 흘

산속의 호두. ─ 때려 깨트려야만 먹을 수 있다.

○猴不上杆. ─ 硬敲鑼.
　후 불 상 간　　경 고 라

원숭이가 장대에 올라가지 않다. ─ 징을 세게 치다.

원하지 않는 일을 억지로 시키다.

○賤陀螺. ─ 不打不得轉.
　천 타 라　　불 타 불 득 전

값싼 팽이. ─ 때리지 않으면 돌지 않다.

賤 천할 천. 陀 바위산의 경사면 타. 螺 소라 나(라). 타라陀螺는 팽이. 어린이 장난감.

○小牛不喝水. ─ 硬捺頭.
　소 우 불 갈 수　　경 날 두

송아지가 물을 먹지 않다. — 더 세게 머리를 누르다.

捺 누를 날. 내려 누르다. 참다.

11) 기타其他

마음은 모든 일의 주인이니(心爲萬事主), 모든 일은 마음먹기 달렸다. 굳은 결심이면 돌이라도 뚫고(心堅石也穿), 마음만 굳다면 먼 길도 두렵지 않다(心堅不怕路遠).

효행은 모든 행위 중 최우선이다(孝爲百行之先). 효도하는 사람은 틀림없이 착한 마음씨가 있다(孝順之人必有善心). 공경은 분부를 따르는 것만 못하다(恭敬不如從命).

마음에 병이 없다면 남의 비방도 두렵지 않다(心裏沒病不怕冷言侵). 마음에 사념이 없다면(心中無邪念), 행동은 틀림없이 바르다(行爲必端正).

세상에 사람의 밥을 먹지만 개똥을 싸고(吃人飯 拉狗屎), 붉은 고기를 먹고 하얀 똥을 싸는(吃紅肉 拉白屎) 사람은 늑대처럼 나쁜 짓만 하기 때문이다.

똥이란 똥은 다 싸지만(是屎都拉), 사람 똥은 싸지 않는다면(可是不拉人屎), 온갖 나쁜 짓을 하며 사람다운 일은 하지 않는다는 말이다.

○裁縫的尺子. — 專門量人的身體.
　재 봉 적 척 자　　　전 문 량 인 적 신 체
양복집의 줄자. — 사람의 신체를 재기 전문이다.

다른 사람의 외모나 의상에 대한 관찰을 전문으로 하다.

○ 踩着麻繩當蛇. ― 大驚小怪.
　　채 착 마 승 당 사　　대 경 소 괴

새끼줄을 밟고서 뱀인 줄 알다. ― 조금 괴상한 일에 크게 놀라다.

하찮은 일에 몹시 놀라다.

○ 臭屎殼螂. ― 沒人理.
　　취 시 각 랑　　몰 인 리

냄새나는 말똥구리. ― 상대해주는 사람이 없다.

모든 사람이 싫어하는 사람. 屎 똥 시. 殼 껍질 각. 螂 쇠똥구리 낭.

○ 鳳凰飛在梧桐樹. ― 自有傍人話短長.
　　봉 황 비 재 오 동 수　　자 유 방 인 화 단 장

봉황이 날아와 오동나무에 앉다. ― 으레 곁에서 장단을 말하는 사람이 있다.

○ 大門外卦燈籠. ― 給路人照明.
　　대 문 외 괘 등 롱　　급 로 인 조 명

대문 밖에 등불을 걸어놓다. ― 행인을 비춰주다.

자기편에는 별 도움이나 가치가 없지만 외인外人에게 필요한 사람.

○ 道士念梵文. ― 不務正經.
　　도 사 념 범 문　　불 무 정 경

도사가 불경을 읽다. ― 자신이 응당할 일에 힘쓰지 않다.

○ 和尙吃肉. ― 自壞山門.
　　화 상 흘 육　　자 괴 산 문

화상이 고기를 먹다. ― 스스로 산문山門의 규율을 무너트리다.

○黃鼠狼蹲在鷄窩裏. ― 偸鷄.
　　황 서 랑 준 재 계 와 리　　　투 계

쪽제비가 닭장 안에 웅크리고 있다. ― 닭을 몰래 잡아먹다.

때와 장소를 가려 사익을 취하다. 蹲 웅크릴 준. 窩 움집 와. 偸
훔칠 투.

○醬缸的蛆. ― 咸逛.
　　장 항 적 저　　　함 광

젓갈 항아리의 구더기. ― 모두 기어다니다.

모두 빈둥거리다. 할 일 없이 한가한 사람. 醬 젓갈 장. 缸 항아
리 항. 蛆 구더기 저. 파리의 유충. 咸 짤 함. 閑(xián, 한가할 한)과
해음. 逛 달아날 광. 한가히 거닐다. 놀러다니다.

○殺鷄嚇猴子. ― 做給別人看.
　　살 계 혁 후 자　　　주 급 별 인 간

닭을 죽여 원숭이를 놀라게 하다. ― 다른 사람에게 보여주다.

한 사람을 징벌하여 다른 사람을 교육하다. 嚇 놀랄 혁. 무서워하
다.

4. 어언語言

혀(舌, 설)는 화복이 들어오는 문이며(舌爲禍福之門), 몸을 자르는 큰 칼이다(舌是斬身大刀). 입(口)은 사람에게 상처를 주는 도끼이고(口是傷人斧), 말(言)은 살점을 도려내는 칼이다(言是割肉刀). 혀는 이득과 손해의 바탕이고(舌爲利害本), 입은 막을 수 없다(掩不住的是口).

혀에 용천검이 있는데(舌上有龍泉), 사람을 죽여도 피가 나지 않는다(殺人不見血).

말 한 마디를 참고(忍一句), 분노 한번 가라앉히고(息一怒), 너 그렇게 한번 봐주고(饒一錯), 한발 물러서라(退一步)!

1) 간절창언懇切唱言

군자의 말은 산과 같아야 한다(君子言出如山). 바람 불고 파도가 쳐도 산은 움직이지 않는다(風吹浪打山不動). 군자는 신의를 잃지 않는다(君子無失信). 신의를 잃는다면 소인이다(失信是小

人). 곧 군자君子의 지조는 변하지 않는다.

권세가 있다 하여 마음껏 쓰지 말고(有勢休要使盡), 할 말이 있다 하여 끝까지 다하지는 말라(有話休要說盡)! 할 말이 있다면 내 마음을 알아주는 사람에게 이야기하라(有話說給知己人). 할 말이 있다고 모두를 다 말할 수 없고(有話不可講盡), 복을 받았다고 모두를 다 누릴 수는 없다(有福不可亨盡).

대장부가 뱉은 말 한 마디는(大丈夫一言出口) 흰 천을 검게 물들인 것과 같다(如白染皁. 皁는 검을 조). 이처럼 대장부의 말은 그 뜻이 분명하며 다시 번복할 수 없다.

등 뒤의 북을 치지 말고(不敲背後鼓), 앞에 있는 징을 치라(要打當面鑼).ㅡ 할 말이 있으면 앞에서 당당히 하라. 때로는 할 말이 있어도 뱃속에서 썩혀야 한다(有話爛在肚裏).

말 한마디로 살아날 수도 죽을 수도 있다(一句得生一句得死). 말이 많은 것은 말이 적은 것만 못하고(話多不如話少), 말이 적은 것은 말을 좋게 하는 것만 못하다(話少不如話好). 말이 화살은 아니지만(語言不是箭), 마음을 꿰뚫을 수 있다(却能穿透心). 좋은 말을 한다 하여 마음까지 좋은 것은 아니다(話好未必心好).

좋은 말은 남에게 팔아도 좋고(美言可以市), 높은 행실은 남에게 베풀어도 좋다(尊行可以加人).

할 말이 있으면 해야 하고(有話就說), 병이 있으면 치료해야 한다(有病就治).

할 이야기는 밝은 곳에서 말하고(有話講在明處), 약이 있다면 아픈 곳에 발라야 한다(有藥敷在痛處). 할말 있으면 빨리 말하고,(有話說)! 방귀 나오면 빨리 껴야 한다(有屁放). 할 말은 마음에 맞는 친우에게(說話贈與知音), 좋은 말(馬)은 장군에게 주어라(良馬贈與將軍).

○口袋倒西瓜. ― 一個不剩.
　　구 대 도 서 과　　　일 개 불 잉

자루의 수박을 쏟다. ― 하나도 남지 않다.

하고 싶은 말을 다하다. 구대口袋는 자루. 倒 넘어질 도. 거꾸로 세우다. 剩 남을 잉. 벌이. 이익. 나머지.

○骨鯁在喉. ― 不吐不快.
　　골 경 재 후　　　불 토 불 쾌

목에 걸린 생선가시. ― 토하지 않으면 후련하지 않다.

마음속에 하고 싶은 말을 해야만 속이 시원하다.

○竹筒倒豆兒. ― 一點兒不留不剩.
　　죽 간 도 두 아　　　일 점 아 불 류 불 잉

대나무 통에 든 콩을 쏟다. ― 단 하나도 남아있지 않다.

하고 싶은 말을 다 쏟아내다.

○小和尙念經. ― 肚裏有甚就往出倒甚.
　　소 화 상 념 경　　　두 리 유 심 취 왕 출 도 심

어린 화상이 불경을 읽다. ― 뱃속에 들어 있는 것은 다 쏟아내다.

배운 불경이 많지 않은 어린 동자승은 불경을 읽으면서도 하고 싶은 말은 해댄다. 肚 배 두. 裏 속 리. 甚 심할 심. 甚(shén. 심할 심)은 무엇, 무슨. 십요什么(shén me)와 同.

○打爛油瓶. ― 全倒光.
　　타 란 유 병　　　전 도 광

낡은 기름병을 깨트리다. ― 모두 깡그리 쏟아졌다.

하나도 남김없이 할 말을 다하다. 爛 문들어질 란(난). 낡은. 흐물흐물하다.

2) 공담허론空談虛論

종은 한 번만 때려도 꼭 소리가 난다(鐘一敲就響). 바람이 불지 않으면 안개는 걷히지 않고(風不吹霧不散), 말을 하지 않으면 사리를 알 수 없다(話不說理不明).

국물이 많으면 음식 맛이 없고(湯多味淡), 말이 많으면 별 뜻이 없다(話多意虛).

말이 많으면 실언을 하고(言多有失), 도박을 오래 하면 반드시 잃게 된다(久賭必輸). 큰소리 치지도 않고(大言不出), 쓸데없는 말을 듣지도 않아야 한다(小言不入).

사나이는 손을 쓸지언정 입을 놀리지는 않는다(男子漢動手不動口). 사나이는 말보다 실천을 중시한다. 말은 다만 나뭇잎이고(話語只是葉子), 행동으로 옮겨야만 열매가 된다(行動才是果實).

사람이 말을 하지 않으면 알 수가 없고(人不說不知), 나무는 뚫지 않으면 보이지를 않는다(木不鑽不透).

○ 驢屁股上釘掌. ― 離蹄太遠了.
　　려 비 고 상 정 장　　 이 제 태 원 료

나귀의 엉덩이에 편자를 박다. ― 발굽에서 너무 멀리 떨어졌다.

이야기가 한참 옆길로 샜다. 蹄(tí) 발굽 제. 諦(dì, 깨달을 체)와 通.

○ 茶壺掉了底兒. ─ 光剩下一張嘴兒.
　다 호 도 료 저 아　　광 잉 하 일 장 취 아

　茶壺打掉把. ─ 只剩一張嘴兒.
　다 호 타 도 파　　지 잉 일 장 취 아

밑이 없는 찻주전자. ─ 오직 주둥이만 하나 남았다.

손잡이가 없는 찻주전자. ─ 다만 주둥이만 하나 남았다.

아무런 능력도 없이 주둥이만 나불거리는 사람. 다호茶壺는 차를 끓이거나 담아두는 손잡이가 있는 주전자. 壺 병 호. 주전자. 光은 조금도 남아있지 않다(형용사). 다만. 오직. (부사). 剩 남을 잉. 張은 넓적한 물건을 셀 때 쓰는 양사量詞.

○ 狗掀簾子. ─ 光凭嘴.
　구 흔 렴 자　　광 빙 취

개가 주렴을 걷어올리다. ─ 오로지 주둥이만 쓴다.

무슨 일이든 주둥이로 해결하려 한다. 掀 높이 들 흔. 감아올리다. 솟구쳐 오르다. 簾 주렴 렴. 凭(憑) 기댈 빙. 의거하다. 설령 ～일지라도.

○ 光說不練. ─ 嘴巴戲.
　광 설 불 련　　취 파 희

말만 하고 실행은 없다. ─ 주둥이 놀리기.

실제 행동이 전혀 없다. 練 익힐 련. 명주. 연습하다. 훈련하다. 행동으로 익히다.

○ 老和尚丟了拐. ─ 能說不能行.
　노 화 상 주 료 괴　　능 설 불 능 행

늙은 화상이 지팡이를 잃어버리다. ─ 말을 하지만 실행하지 못하다.

말만 하지 실천이 없다. 拐 속일 괴. 지팡이.

3) 다언다화多言多話

두서 없는 이런 말 하나(東一句), 저런 말 하나(西一句). — 냇물에 물고기가 많으면 물이 맑지 않고(河裏多魚水不淸), 사람이 많은 곳에 말이 많으며(人多處 多講話), 시비도 많다(多是非). 시빗거리는 언제나 있지만(是非朝朝有), 듣지 않으면 저절로 없어진다(不聽自然無). 그러니 시비가 벌어진 곳에 오래 머물 수 없다(是非之地不可久留).

말을 하면 길어지고(有話卽長), 정신도 어지럽지만(話多了勞神), 그만두면 간단하다(無話卽短). 설탕이 많으면 달지 않고(糖多了不甛), 밥을 많이 먹으면 몸을 다치게 하고(食多了傷身), 말이 많으면 확실하지 않으며(話多了不鮮), 다른 사람이 싫어하고(語多討人嫌), 개도 보려고 하지 않는다(狗不待見).

방 안에서 은밀히 하는 말을(房中密語) 창밖 사람이 듣고(窓外有人), 길에서 하는 말이라도(路上說話), 풀숲에 듣는 사람 있다(草裏有人聽). 산 이쪽에서 이야기해도(山前講話) 산 뒤쪽에 듣는 사람이 있다(山後有人).

○水庫開了閘. — 滔滔不絶.
　수 고 개 료 갑　　　도 도 불 절

댐의 수문을 열다. ━물이 끊임없이 흐르다.

끝없이 말을 이어가다. 수고水庫는 저수지. 댐(dam). 閘 수문水門 갑. 滔 물 넘칠 도.

○黃河水. — 倒不完.
　황 하 수　　 도 불 완

황하의 강물. — 거꾸로 쏟아져도 끝이 없다.

말이 너무 많고 끝이 없다. 겪은 고난이 너무 많아 모두 말할 수도 없다. 倒(dào) 넘어질 도. 거꾸로. 오히려. 도리어. 道(dào, 말하다)와 해음.

○大牯牛的口水. — 太長.
　　대 고 우 적 구 수　　　태 장

큰 황소의 물 마시기. — 너무 길다. / 오래 마시다.

말이나 문장에서 불필요한 부분이 많다. 牯 거세한 황소 고. 고우牯牛는 황소. 공우公牛.

○拉老婆舌頭. — 話長.
　　납 노 파 설 두　　　화 장

노파의 주둥이를 매달았다. — 말이 길다.

○周瑜要飯. — 窮都督.
　　주 유 요 반　　　궁 도 독

주유가 밥을 빌어먹다. — 궁색한 도독이다.

이런저런 말을 함부로 하다. 오吳나라의 도독都督인 주유周瑜. 도독都督은 嘟(dū, 중얼거릴 도). 도도嘟嘟(투덜거리다. 뚜우뚜우)와 해음.

4) 묵언소어默言小語

대장부의 말 한 마디는(大丈夫一言) 만금을 준다 해도 바꿀 수 없다(萬金不易). 소문은 헛것이지만(耳聽爲虛), 눈으로 보면 사실이다(眼見爲實). 귀로 듣는 것은 눈으로 보는 것만 못하고(耳聞不如目睹), 눈으로 보는 것은 몸으로 겪어보는 것만 못하다(目睹不如身受). 천만 마디 말은(千說萬說) 한번 직접 보는 것만 못하다(不如親見一面).

입을 잘 놀리는 것은 손 빠른 것만 못하다(嘴勤不如手勤). 말이 빠르면 신뢰를 잃을 수 있고(嘴快會失信), 걸음이 빠르다 보면 실족할 수 있다(腿快會失足).

호랑이는 되돌아올 길을 가지 않고(老虎不走回頭路), 사내대장부는 자기가 한 말에 책임을 져야 한다(好漢說話要算數). 말이 많으면 모두가 싫어한다(多言衆所忌).

기쁠 때 하는 말에 신용을 잃는 경우 많고(喜時之言多失信), 성날 때 하는 말에 체면을 잃는 수가 많다(怒時之言多失體).

○叫化子賣米. ― 沒幾升.
　규 화 자 매 미　　　몰 기 승

거지가 쌀을 사다. ― 몇 되 안 된다.

말수가 적다. 몇 마디 말도 안하다. 升(shēng) 되 승. 1斗 10升.

升은 성聲(shēng, 소리 성)과 해음.

○茅厠跌倒. ― 屁也沒得放.
　모 측 질 도　　　비 야 몰 득 방

뒷간에서 넘어져 박히다. ― 방귀도 뀌지 못했다.

뭐라 할 말이 없다.

○兩個啞巴見面. ― 沒一句話.
　양 개 아 파 견 면　　　몰 일 구 화

두 벙어리가 만나다. ― 한 마디 말도 없다.

말 한 마디도 안 하다. 啞 벙어리 아.

○鐵匠打鐵. ― 錘錘着.
　철 장 타 철　　　추 추 착

대장장이가 쇠를 두드리다. ― 계속 때리다.

대장장이는 때릴 곳을 정확하게 연속 내리친다. 구구절절 맞는 말을 하다. 錘 쇠망치 추, 저울 추. 해머.

○ 榜子二簧. ── 叮當響亮.
　방 자 이 황　　　정 당 향 량

딱딱이 두 짝. ── 울림이 크다.

간단한 말이나 뜻이 깊다. 榜 나뭇조각 방. 도지개 방. 게시판. 簧 악기인 생황의 혀 황. 떨림소리가 난다. 叮(dīng) 단단히 부탁할 정. 정당叮當은 쇠붙이나 그릇이 부딪치는 소리. 響 울릴 향. 亮 밝을 량. 향량響亮은 소리가 높고 크다.

5) 불신격어不愼激語

불신격어不愼激語는 조심성 없는 과격한 말.

밥은 꼭꼭 씹어야 하고(飯要細嚼), 말은 천천히 해야 한다(話要慢說). 많은 밥은 먹을 수 있지만(過頭飯吃得), 지나친 말은 할 수 없다(過頭話說不得). 쓸데없는 말 천 마디는 썩은 흙과 같고(狂言千語如糞土), 좋은 말 한 마디는 천금의 가치가 있다(良言一句値千金).

함부로 지껄이거나 웃지 않아야 하니(不苟言笑), 생각 없이 말한다면 병 없이도 죽는다(不思而言 無病而亡). 다른 사람 앞에서 제 자랑하지 말고(別在人前誇自己), 다른 사람 뒤에서 남의 허물을 논하지 말라(別在背後論人非). 귀는 얇고 눈은 멀었으며(耳軟眼瞎), 손버릇은 나쁘고 머리는 멍청하다(手長智短).─자신의 주관도 판단력도 없다.

급한 걸음에 넘어지고(急行無好步), 물살이 빠른 곳에서는 고
기를 잡기가 어렵다(急水難捉魚). 급한 불에 밥이 설익고(急火燒
不成飯), 빨리 하고자 서두르면 이룰 수 없다(欲速則不達). 급한
성질로는 일을 잘 마치지 못하나니(急性子辦不好事), 급히 서두
르면 실수하고(急則有失), 화를 낼 때면 지혜가 없다(怒中無智).
위급한 상황에서(危難之中) 사람의 지혜와 인정과 인심을 볼 수
있다(見智見情, 見人心).

○ 火藥味. ─ 眞沖.
　　화 약 미　　　진 충

화약 냄새. ─ 정말 코를 찌르다.

언사가 상대를 배려하지 않고 격렬하다. 화약미火藥味는 아주 격
렬한 감정이나 사람을 놀래키는 말. 沖(衝) 찌를 충. 冲은 속자.

○ 桂林三花酒. ─ 好沖.
　　계 림 삼 화 주　　　호 충

계림의 삼화주. ─ 향기가 진하다.

사람의 언어가 생경生硬하고 날카롭다. 삼화주三花酒는 운남성
雲南省 계림桂林의 특산품.

○ 小家雀吃黃豆. ─ 夠嗆.
　　소 가 작 흘 황 두　　　구 열

참새가 콩을 삼키다. ─ 목에 걸리다.

다른 사람의 말을 받아들이기 어렵다. 소가작小家雀은 참새(麻
雀). 吃 먹을 흘, 말더듬을 흘. 황두黃豆는 콩(大豆). 夠 넉넉할 구.
충분하다. 일정한 기준에 도달하다. 애써 ~하다. 嗆 목멜 열.

○ 辣椒麵吹進鼻眼裏. ─ 嗆人.
　　날 초 면 취 진 비 안 리　　　창 인

고춧가루가 날려 코와 눈에 들어가다. ― 기침을 몹시 하다.
언사가 너무 격렬하다. 辣 매울 날(랄). 椒 산초나무 초. 날초辣
椒는 고추. 麵 밀가루 면. 嗆 새가 먹을 창. 사레가 들려 밖으로
내뿜다. 창인嗆人은 사레가 들려 몹시 기침을 하다. 콜록거리다.

○ 蚊虫遭扇打. ― 只爲嘴傷人.
　　문 충 조 선 타　　　지 위 취 상 인

모기가 부채로 얻어맞다. ― 다만 주둥이로 사람을 물기 때
문이다.

말로 다른 사람을 아프게 해서 재앙을 초래하다. 蚊 모기 문. 遭
만날 조. 조우하다. 扇 부채 선.

○ 一千隻麻雀炒一盤. ― 嘴多.
　　일 천 척 마 작 초 일 반　　　취 다

참새 1천 마리가 쟁반에서 떠들다. ― 입이 많다.

여럿이 마구 떠들지만 쓸만한 말은 없다. 隻 새 한 마리 척. 양사
量詞. 炒 볶을 초. 시끄럽다. 盤 소반 반. 큰 접시. 판. 그릇. 운반
하다.

6) 악언상인惡言傷人

남의 아픈 곳 단점만 골라 말하기. 곧 키 작은 사람에게 짧은
것만 말하다(當着矮人說短話). 좋은 말 한마디는 삼동三冬 추위
도 따뜻하게 하지만(良言一句三冬暖), 나쁜 말은 사람에게 상처
를 주어 6월 더위에도 떨게 만든다(惡語傷人六月寒).

악인의 입에서 좋은 말이 나올 리 없다. 곧 개 주둥이에서 상아
가 나올 수 없다(狗嘴吐不出象牙來). 말은 깨끗하나 행동은 탁하
고(言淸行濁), 입은 반듯하지만 속마음은 비뚤어졌다(口是心非).

뱃속에 칼이 있고(腹中有劍), 웃음 속에는 칼을 숨겼으며(笑裏藏刀), 입은 연꽃같이 예쁜 말을 하지만 마음은 칼과 같다(口似蓮花心似刀). 사람을 무는 개는 이를 드러내지 않고(咬人的狗不露齒), 사람을 잡아먹는 이리는 울지 않는다(吃人的狼不叫喚).

뒷말하며 사람을 욕하고 등 뒤에서 목덜미를 손가락질하는 것은(背後指脖梗子), 뒤에서 올가미를 씌우는 것이다(背後捅絆子). 말 한 마디에 상처를 받은 사람은 백 일간 떨며 지낸다(一語傷人百日寒).

○氷箱裏拿出來的水果刀. ― 又快又冷.
　　빙 상 리 나 출 래 적 수 과 도　　　우 쾌 우 랭

냉장고에서 꺼내온 과도. ― 예리하고도 차겁다.

말이 유창하고도 날카롭다. 箱 상자 상. 빙상氷箱은 냉장고(빙주氷櫥). 拿 잡을 나. 수과水果는 과일. 又 또 우. 한편, 동시에, 또한. 快 빠를 쾌, 쾌할 쾌. 빨리. 어서. 예리하다.

○電風扇的腦袋. ― 專吹凉風.
　　전 풍 선 적 뇌 대　　　전 취 량 풍

선풍기의 머리 부분. ― 차가운 바람만 나온다.

냉언냉담冷言冷淡으로 남을 괴롭히는 사람. 扇 부채 선. 선풍기扇風機가 맞는 표기. 선풍旋風은 회오리 바람. 뇌대腦袋는 머리. 선풍기의 두뇌는 선풍기의 머리 부분.

○狗嚼大糞. ― 一張臭嘴.
　　구 작 대 분　　　일 장 취 취

큰 똥덩이를 먹은 개. ― 온통 냄새나는 주둥이.

언사가 저급 저질한 사람. 嚼 씹을 작. 귀찮게 끊임없이 지껄이다. 문장을 음미하다. 糞 똥 분. 일장—張의 張은 넓은 면적을 가진 물건을 셀 때 사용하는 양사量詞. 臭 냄새 취. 나쁜 냄새. 嘴 부리 취. 새 또는 동물의 주둥이.

○ 三年不嗽口. ─ 一張臭嘴.
　 삼 년 불 수 구　　 일 장 취 취

삼 년간 양치질하지 않은 입. ─ 고약한 냄새가 나다.

지저분하고 듣기 어려운 말을 하다. 嗽 기침할 수. 양치질하다.

○ 黃鼠狼的腚. ─ 放不出好屁來.
　 황 서 랑 적 정　　 방 불 출 호 비 래

족제비의 궁둥이. ─ 좋은 방귀를 뀔 수 없다.

좋은 말을 할 줄 모르는 사람. 황서랑黃鼠狼은 족제비. 腚 볼기 정. 둔부臀部. 비고屁股.

○ 無花的薔薇. ─ 只有刺兒.
　 무 화 적 장 미　　 지 유 자 아

꽃이 진 장미. ─ 가시만 남았다.

말이나 하는 일의 의도가 드러나 남을 해치다. 刺 찌를 자. 찌를 척. 비방할 체.

○ 屬狗的. ─ 老愛咬人.
　 속 구 적　　 노 애 교 인

개띠(인 사람). ─ 늘 사람 헐뜯기를 좋아한다.

남을 자주 씹어대는 사람. 咬 새소리 교. 물 교. 깨물다. 씹다. 음란할 요.

7) 언외심의言外深意

언외심의言外深意─말에 숨겨진 깊은 뜻.

군자는 말로 하지 손을 쓰지 않는다(君子動口不動手). 곧 남을 때리지 않는다. 말은 마음의 표현이니(言是心之表), 상대방 깊은 속뜻을 알고 싶다면(欲識心中意), 전적으로 얼굴빛을 보아야 한다(全看臉上容).

다른 사람의 말을 들을 때(聽話聽音) 꼬치꼬치 캐물으며(刨樹刨根, 刨는 깎을 포), 그 사람과 그 마음을 봐야 한다(看人看心). 나무는 껍질을 보지만(看樹看皮), 사람을 볼 때는 그 마음 밑바닥을 보아야 한다(看人可得看底).

말하는 사람은 무심코 말을 한다지만(言者無心), 듣는 사람은 새겨듣는다(聽者有意). 상대방의 마음속 일을 알려면(要知心腹事), 모름지기 말에 숨은 뜻을 새겨야 한다(須聽背後言).

○ 大軸子裏小軸子. — 畫裏有畫.
　　대 축 자 리 소 축 자　　　화 리 유 화

　큰 두루마리 속의 작은 두루마리. — 그림 속의 그림. / 말 속의 말.

　　軸 굴대 축. 실패. 족자의 축. 완고하다. 축자軸子는 족자의 권축卷軸 기계의 굴대. 고집통. 畫(huà) 그림 화. 話(huà)와 해음.

○ 門神卷竈爺. — 畫裏有畫.
　　문 신 권 조 야　　　화 리 유 화

　문신 그림 두루말이 속의 조왕신 그림. — 그림 속의 그림.

　　말 속의 말. 竈 부엌 조. 爺 아비 야. 할아버지. 나리. 조야竈爺는 조왕신.

○ 鋼鈴打鑼. — 另有音.
　　강 령 타 라　　　영 유 음

　銅鈴打鼓. — 話中有話.
　　동 령 타 고　　　화 중 유 화

쇠방울로 징을 치다. — 또 다른 소리가 있다.

구리 방울로 북을 치다. — 말 속에 말이 있다.

鋼 강철 강. 鈴 방울 령. 另 헤어질 령. 따로, 그밖의, 별도로.

○ 馬蹄上釘鐵. — 蹄外有蹄.
　마 제 상 정 철　　　제 외 유 제

말발굽에 징을 박다. — 발굽 이외 다른 발굽이 있다.

화제話題 외의 다른 화제. 蹄(tí) 발굽 제. 題(tí, 제목 제)와 해음.
釘 못 정. 못을 박다.

8) 영리건담伶俐健談

영리伶俐는 영리하다, 총명하다. 건담健談은 말을 잘하다.

네가 한 마디 하면(你一言) 나도 한 마디(我一語) 할 것이고, 너에게서 오는 말이 있다면(你有來言), 나도 가는 말이 있다(我有去語).

네가 한 말은 너의 책임이고(你說你的), 내 행동은 내 것이다(我行我的). 말 한마디로 사람을 웃게 할 수도(一句話讓人笑), 뛰게 할 수도 있다(一句話讓人跳).

말 잘하기는 어렵지 않으나(言善非難), 바르게 행동하기는 어렵다(行善爲難). 말은 믿을 수 있어야 하고(言必信) 행동은 분명해야 한다(行必果). 이는 《논어論語 선진先進》편의 말이다.

내 뜻대로 안 되는 일이 늘 열 중 여덟 아홉이고(不如意事常八九), 대꾸를 해줄 말은 열 중 두셋이다(可對人言無二三). 남의 장단점을 말하지 말고(不說人家長和短), 남의 물건의 진짜 가짜를 상관하지 말라(不管人家眞和假).

여러 사람 말을 들으면 사리에 밝고(兼聽則明), 한쪽 말만 들으면 판단이 어둡다(偏言則暗).

○ 瓷窯上的瓦盆兒. — 一套一套的.
　자 요 상 적 와 분 아　　일 투 일 투 적

　剛出窯的瓦盆兒. — 一套一套的.
　강 출 요 적 와 분 아　　일 투 일 투 적

　缸壇店裏賣鉢頭. — 一套一套的.
　항 단 점 리 매 발 두　　일 투 일 투 적

그릇 가마 속의 동이. — 하나하나가 똑같다.

금방 가마에서 꺼낸 동이. — 하나하나가 똑같다.

항아리 가게에서 파는 밥그릇. — 하나하나가 똑같다.

말을 잘할 줄 알다. 瓷(cí) 그릇 자. 도자陶瓷. 詞(cí, 말. 말투)와 해음. 窯 가마 요. 그릇을 굽는 가마. 瓦 질그릇 와. 기와. 와분瓦盆은 질그릇. 항아리. 套 덮개 투. 덧씌우다. 수법. 세트. 일투一套는 한 세트. 하나로 연계된 것. 수단이나 방법이 같다. 剛 굳셀 강. 단단하다. 지금. 막. 바로. ~하자마자. 缸 항아리 항. 鉢 바리때 발. 화상의 밥그릇〔鉢盂(발우, 바루)〕. 사발. 발두鉢斗.

○ 景德鎭的尿壺. — 瓷兒好.
　경 덕 진 적 뇨 호　　자 아 호

경덕진의 요강. — 그릇이 좋다.

듣기 좋은 말만 잘하다. 경덕진景德鎭은 강서성 동북부에 위치(地級市). 중국 제일의 도자기 산지. 명청 시대에 황실용 모든 도자기를 공급. 尿 오줌 뇨. 壺 병 호. 瓷(cí)는 詞(cí)와 해음.

○ 老母猪吃碗碴. — 肚裏有瓷.
　노 모 저 흘 완 차　　두 리 유 자

암퇘지가 그릇 깨진 조각을 먹었다. ― 뱃속에 도자기가 있다.
학문이 있어 말을 잘한다. 碗 그릇 완. 碴 깨질 차. 분열하다.

○ 賣瓦盆的. ― 一套兩套連三套.
　　매 와 분 적　　　　일 투 량 투 련 삼 투

질그릇을 파는 사람. ― 한 가지나 두 가지 아니면 세 가지.
말을 조목조목 유창하게 잘하다. 질그릇은 모양에 따라 크기만
다르다.

○ 走馬燈. ― 一套跟着一套.
　　주 마 등　　　　일 투 근 착 일 투

주마등. ― 한 모양 다음에 또 같은 모양.
말을 똑같이 잘하다. 주마등走馬燈은 일종의 중국 전통 완구玩具
이면서 등롱燈籠. 계속 돌아간다.

9) 폐어황화廢語謊話

거짓말은 곧 빚이니(說謊就是負債) 언젠가는 대가를 치러야
한다. 귀신을 만나면 거짓말을 하고(逢鬼說鬼話), 사람을 만나면
진실한 이야기를 해야 한다(逢人講眞言).

농담은 농담이지만(玩笑歸玩笑), 말 한 마디가 부실하다면 모
든 일이 허사다(一言不實百事皆虛). 보는 데서 이렇게(當面一
套), 안 보는 데서 저렇게 하며(背後一套), 쓸데없는 말이 끝이 없
다(廢話三千六). ― 겉과 속이 다른 이중적 행동이다.

말로는 천리를 간다면서(嘴行千里) 궁둥이가 아직 집에 있다
면(屁股在家裏), 허풍만 있지 실천은 전혀 없는 것이다. 방귀를
끼면서 서랍을 잡아당긴다면(放屁拉抽屜), 자기 결점을 감추려

고 다른 일을 만들어내는 것이다.

얼굴을 보면 사람이지만(當面是人), 뒤를 보면 귀신이다(背後是鬼). 보는 데서는 사람처럼 말을 하지만(當面說人話) 뒤에서는 귀신 짓거리를 한다(背後幹鬼事).

제 스스로 제 입을 막다(自己堵自己嘴).(모순된 논리를 둘러댈 수 없다.)

노인의 말을 듣지 않으면(不聽老人言) 굶주림과 재난이 눈앞에 닥치고(饑荒在眼前), 사부의 말을 듣지 않는다면(不聽師傅話) 구걸하며 살게 된다(手背朝了下).

남의 말을 듣지 않는 것은(不聽別人的話), 마치 집에 창문이 없는 것과 같다(就像房子沒窗戶).

○閻王爺出告示. ─ 鬼話連篇.
　염 왕 야 출 고 시　　　귀 화 연 편

염라대왕의 공고문. ─ 허튼소리를 늘어놓다.

몽땅 거짓말이다. 귀화鬼話는 거짓말. 허튼소리. 閻 마을의 출입문 염. 염라왕閻羅王은 범어梵語(Yamarāja)의 음역音譯. 염마閻魔(閻摩, 閻魔, 閻魔大王)는 지옥地獄의 주재자主宰者.

○閻王老子下聖旨. ─ 鬼聽得去.
　염 왕 로 자 하 성 지　　　귀 청 득 거

염라대왕이 성지를 내리다. ─ 귀신만 알아듣는다.

무슨 말인지 알아듣는 사람이 없다.

○裹脚布. ─ 又臭又長.
　과 각 포　　　우 취 우 장

발싸개 천. ─ 냄새도 나고 길다.

문장이나 담화가 내용도 없이 길어 사람들이 싫어하다. 裹 쌀
과. 싸매다. 과각포裹脚布는 전족을 싸매는 천.

○耗子磨牙. ─ 沒話找話.
　모 자 마 아　　　몰 화 조 화

쥐가 이빨을 갈다. ─ 할 이야기가 없어 얘깃거리를 찾다.

磨 갈 마. 갈다. 문지르다. 牙 어금니 아. 치아齒牙. 找 채울 조.
찾다.

○老母猪晃尾巴. ─ 閑磨牙.
　노 모 저 황 미 파　　　한 마 아

암퇘지가 꼬리를 흔들다. ─ 한가히 잡담하다.

晃 밝을 황. 흔들다. 요동치다.

○留聲機片. ─ 轉着圓圈說.
　유 성 기 편　　　전 착 원 권 설

레코드. ─ 빙빙 돌려서 에둘러 말하다.

이것저것을 두루 언급하다. 유성기留聲機 는 축음기蓄音機. 片 조
각 편. 유성기편留聲機片은 레코드. 圈 테두리 권. 우리. 원권圓圈
은 동그라미.

○滿口金牙. ─ 說晃話.
　만 구 금 아　　　설 황 화

온 입에 금이빨. ─ 거짓말을 하다.

晃(huǎng) 밝을 황. 휘황하다. 눈부시다. 謊(huǎng. 잠꼬대 황)과
해음.

10) 호언난어胡言亂語

격언 한마디는 천금의 가치가 있고(一句格言置千金), 망언 일
천 마디는 썩은 흙과도 같다(千句妄語如糞土). 말에는 참과 거짓

이 있고(說話有眞假), 듣기도 높낮이가 있다(聽話有高低).

밥은 하루 세 끼만 먹고(飯吃三碗), 남의 일에 참견하지 않는다(閑事不管). 밥은 이것저것 먹을 수 있으나(飯可以亂吃) 말은 마구 할 수 없다(話不可亂講).

한 입속에 두 개의 혀(一片嘴兩片舌). 이쪽저쪽에서 다른 말을 하다(兩面二舌). 찬 솥에서 뜨거운 김이 솟구치다(冷鍋裏冒熱氣). 밑도 끝도 없는 말을 하다.

맨입으로 하는 말은 믿을 수 없고(쏜口無凭), 문서로 써야 증거가 된다(立字爲證). 돼지들은 주둥이만 놀리지 머리는 쓰지 않는다(屬猪的光動嘴巴不動惱). 서로 욕하는 입 좋은 거 없고(相罵沒好口), 서로 싸우는 데 좋은 손 없다(相打沒好手). 거짓말을 하는 사람은 신이 나지 않고(說假話人不高興), 말뚝에 묶여 있는 개는 즐겁지 않다(拿棍子狗不喜歡).

○城隍廟裏賣假藥. ─ 哄鬼.
　성 황 묘 리 매 가 약　　　홍 귀

성황묘에 들어가 가짜 약을 팔다. ─ 잡귀를 속이다.

거짓말이나 잔재주로 사람을 속이다. 哄 떠들썩할 홍. 말로 속이다. 어린아이를 달래 약을 먹이다. 감언이설로 환심을 사다.

○乾打雷不下雨. ─ 虛張聲勢.
　건 타 뢰 불 하 우　　　허 장 성 세

마른 천둥에 비는 오지 않는다. ─ 허장성세.

목소리만 크지 실천이 없다.

○閉着眼睛放屁. ─ 瞎嗤.
　폐 착 안 정 방 비　　　할 치

눈을 감고 방귀 끼다. — 소경의 방귀.

이것저것 마구 떠들다. 閉 닫을 폐. 안정眼睛은 눈. 안중眼中. 안
목眼目. 식별 능력. 屁 방귀 비. 瞎 애꾸눈 할. 눈이 멀다. 되는
대로. 嘩 웃을 치. 비웃다. 깔보다. 신구信口.

○ 半天裏抹糨子. — 糊雲.
　반천리말강자　　호운

허공에 풀칠을 하다. — 풀 구름.

마구 지껄이다. 반천半天은 허공(中天). 한참 동안. 한나절(半
日). 糨(jiàng) 미음 강. 풀. 죽. 糊(hú) 풀 호. 끈적끈적 달라붙다.
雲(yún)은 云 말할 운. 호운糊雲은 되는 대로 지껄이다.

○ 賣布不帶尺. — 瞎扯.
　매포불대척　　할차

포목 장수의 자가 없다. — 멋대로 잘라주다.

되는 대로 마구 지껄이다. 扯 찢을 차.

○ 沒眼的狗. — 瞎汪汪.
　몰안적구　　할왕왕

瞎眼的狗. — 亂叫亂咬.
할안적구　　난규란교

눈 없는 개. — 멋대로 멍멍대다.

눈 멀은 개. — 멋대로 짓고 마구 물다.

정황도 모르고 멋대로 소리 지르다. 汪 넓을 왕. 물이 깊고 넓
다. 왕왕汪汪은 개 짖는 소리. 멍멍.

○ 水裏放屁. — 亂鼓氣.
　수리방비　　난고기

물속에서 방귀 뀌다. — 물방울이 많이 올라오다.

멋대로 추측하고서 성질을 내며 마구 지껄이다.

○ 醉雷公. — 胡劈.
　취뢰공　　호벽

술취한 번개신. — 멋대로 천둥 치다.

되는 대로 지껄이다. 劈 쪼갤 벽. 쪼개다. 패다. 갈라지다. 벼락
치다.

11) 화언교어花言巧語

교묘한 거짓은 우둔한 정성만 못하고(巧詐不如拙誠), 교묘한
말은 바른 말만 못하다(巧言不如直道). 뒤에서 하는 말은 들을 필
요가 없고(背後之言聽不得), 발바리는 타고 다닐 수 없다(哈巴狗
兒騎不得).

아부하는 자는 입으로는 좋은 말을 하면서(嘴上說好話), 뒤에
서는 칼로 찌른다(背後扎刀子). 입에는 꿀항아리를 매단 것 같지
만(嘴上挂着蜜蜂罐), 마음속에는 말벌의 침을 감추고 있다(心裏
藏着馬蜂針).

○舌頭上抹蜜. — 光說甛話.
　설 두 상 말 밀　　광 설 첨 화

혀끝에 꿀을 발랐다. — 헛되이 달콤한 말을 하다.

사람이 좋아할 말만 골라 하다. 抹 바를 말. 바르다. 蜜 꿀 밀. 甛
달콤할 첨.

○喝了蜜. — 嘴甛.
　갈 료 밀　　취 첨

꿀을 먹다. — 달콤한 주둥이.

喝 마실 갈. 甛 달 첨. 첨밀밀甛蜜蜜(tián mì mì).

○夜壺鑲金邊. — 嘴兒好.
　야 호 양 금 변　　취 아 호

소변기에 금테를 두르다. ― 주둥이만 멋지다.

말만 뻔지르하게 잘하다. 야호夜壺는 남자용 요강. 편호便壺. 뇨호尿壺. 鑲 거푸집 속 양. 끼우다. 테를 두르다. 비어 있는 곳을 채우다. 상감象嵌.

○嘴皮子抹白糖. ― 說的甛.
　　취 피 자 말 백 당　　설 적 첨

입술에 흰 설탕을 발랐다. ― 달콤한 말을 하다.

달콤함 말만 하고 실천은 없다.

○六月裏荷葉上的水珠. ― 流走自如.
　유 월 리 하 엽 상 적 수 주　　유 주 자 여

6월 연잎 위의 물방울. ― 저절로 굴러 떨어지다.

말을 영리하게 잘하다. 荷 연꽃 하.

12) 기타其他

백은 백이고(白是白), 흑은 흑이다(黑是黑). 말 한 마디는 만금의 가치가 있다(一言値萬金). 한번의 승낙은 천금보다도 무겁다(一諾重千金). 이미 한번 정해진 말은(一言已定), 천금을 준다 해도 바꿀 수 없다(千金不移).

엎질러진 물(潑出的水), 뱉어버린 말(說出的話). 깊은 구덩이도 메울 수 있지만(深溝能塡), 실수는 고치기 어려우며(過失難補), 물을 뿌리기는 쉽지만 물을 거두어 담기는 어렵다(潑水容易收水難). 한번 뀐 방귀는 주워 담을 수 없고(放了的屁拾不起來), 한번 뱉은 말은 따라가 되돌릴 수 없다(說出的話追不回來). 돼지 주둥이는 꿰맬 수 있지만(豬嘴能縫), 사람 입은 꿰맬 수 없다(人

嘴難縫).

사람들은 자기의 신발이 어디에 있는지를 안다(自己的鞋, 知道放在哪兒). 사람들의 소곤대는 말을 하늘은 천둥소리처럼 듣는다(人間私語天聞若雷).

○刀子刻碑. ─ 盡說石話.
　도 자 각 비　　　진 설 석 화

칼로 비석을 새기다. ─ 사실만을 모두 말하다.

조금의 거짓도 없이 사실을 말하다. 刻 새길 각. 石(shí)은 實(shí)과 해음. 석화石話는 실화實話.

○洞庭湖裏吹喇叭. ─ 哪里哪里.
　동 정 호 리 취 나 팔　　　나 리 나 리

동정호에서 나팔을 불다. ─ 나리나리.

나팔喇叭은 나팔. 나리哪里는 어디, 어느 곳. 반어문에 쓰여 부정적 의미를 표현. 겸손하게 자신에 대한 칭찬을 부정하는 말. 천만에. 여기서는 나팔의 소리이나, 아니오, 아니오. 상대방 말을 부정하는 뜻.

○畫筆鼓鼓. ─ 有聲有色.
　화 필 고 고　　　유 성 유 색

화필로 북을 치다. ─ 소리도 나고 색칠도 된다.

이야기가 매우 생동감 있다.

○冷水泡茶. ─ 無味兒.
　냉 수 포 다　　　무 미 아

냉수에 차를 우리다. ─ 맛이 없다.

味 맛 미. 취미趣味는 곧 재미. 언사나 문장이 평범하여 아무런 의미도 없다.

○竈王爺上天. — 多言好事.
　조 왕 야 상 천 　　다 언 호 사

조왕신이 상천하다. — 좋은 일을 많이 말해주다.

다른 사람을 위해 좋은 말을 해주다.

○鐵錘掉進了鍋. — 不是鼓的也響了.
　철 추 도 진 료 과 　　불 시 고 적 야 향 료

쇠 저울추를 솥에 빠트리다. — 북은 아니지만 소리가 났다.

평소에 말이 없던 사람이 말을 하다. 錘 저울 추. 掉 흔들 도. 떨
어트리다. 鍋 솥 과. 響 울림 향.

5. 의식意識

1) 갈림(分岐)

재수 없는 사람이 점쟁이를 찾아간다(倒霉上卦攤). 곧 곤경에 처한 사람은 남의 말에 잘 빠진다. 본래 팔자는 바꾸기 어렵지만(命難改), 운수는 옮길 수 있다(運可移). 이는 사람의 생각 따라 불운을 행운으로 바꿀 수 있다는 말이다.

따라서 운명은 내가 만들고(命由我作), 복은 내 스스로 구한다(福自己求). 그리고 팔자에 있다면 있는 것이고(命裏有卽是有), 팔자에 없다면 없는 것이다(命裏無卽是無). 열일곱은 늘 열일곱일 수 없고(十七不能常十七), 열여덟이라도 언제나 열여덟은 아니다(十八也不能常十八).

○ 褲襠放屁. — 兩岔岔.
　　고 당 방 비　　양 차 차

바짓가랑이에 방귀 뀌다. — 양쪽으로 갈리다.

이쪽저쪽 두 가지로 생각하다. 褲(kù) 바지 고(하의). 襠(dāng) 잠

뱅이 당(上衣). 고당褲襠은 바짓가랑이. 岔는 세 갈래 길 차. 엇
갈리다.

○ 南轅北轍. ─ 不是一股道.
　　남 원 북 철　　　　불 시 일 고 도

남쪽으로 가려면서 북으로 수레를 몰다. ─ 한 가닥 길이
아니다.

목표와 행동이 상반되다. 차이가 많이 나다. 轅 수레의 끌채 원.
轍 수레바퀴 철. 남원북철南轅北轍은 남쪽으로 간다면서 북쪽으
로 수레를 몰다. 股 넓적다리 고. 가닥. 줄기. 패거리.

○ 三仙傳道. ─ 一人一口.
　　삼 선 전 도　　　　일 인 일 구

신선 3명이 도道를 설법하다. ─ 사람마다 다르다.

중구衆口로 나뉘어 하나가 아니다.

○ 同床異夢. ─ 各有各的打算.
　　동 상 이 몽　　　　각 유 각 적 타 산

동상이몽. ─ 각각의 계산이 있다.

○ 兩股繩子. ─ 搓不到一起.
　　양 고 승 자　　　　차 불 도 일 기

두 가닥의 새끼줄. ─ 하나로 할 수 없다.

공동 언어가 없다. 股 넓적다리 고. 繩 새끼줄 승. 搓 비빌 차. 양
손으로 비벼 하나로 엮다.

2) 망상妄想

작은 미꾸라지가 큰 풍랑을 일으키려 하고(小泥鰍想掀大浪),
작은 뱀은 코끼리를 삼키고 싶다(小花蛇想吞大象). 소인의 망상
은 이러하나, 소인은 큰일을 수행하지 못한다. 작은 미꾸라지 한

마리는 큰 파도를 일으킬 수 없다(一條小泥鰍翻不起大浪).

가난뱅이는 부자가 되고 싶고(窮想富), 부자는 관리가(富想官), 관리는 황제가 되고 싶으며(官想做皇帝), 황제는 상천하기를 생각한다(皇帝想上天).

○光棍做夢娶媳婦兒. ─ 盡想好事.
　광 곤 주 몽 취 식 부 아　　　진 상 호 사

홀아비가 아내 얻는 꿈을 꾸다. ━좋은 일만 생각하다.

棍 몽둥이 곤. 광곤光棍은 무뢰한, 부랑자. 홀아비(光棍兒, 光棍子, 光棍漢, 單身漢). 做 지을 주. 만들다. 作과 通. 盡 다할 진.

○半天抓雲. ─ 一句空話.
　반 천 조 운　　　일 구 공 화

허공의 구름을 움켜잡다. ━ 한마디 빈말.

실현 불가능한 말. 抓 긁을 조. 움켜쥐다. 포착하다.

○床底下摸蚌. ─ 夢想.
　상 저 하 모 방　　　몽 상

침상 아래서 조개를 줍다. ━몽상이다.

갖고 싶은 것을 쉽게 얻을 것 같으나 실제는 그러하지 못하다.
摸 찾을 모. 더듬어 잡다. 蚌 민물조개 방.

○高山打鼓. ─ 響得不低.
　고 산 타 고　　　향 득 부 저

산꼭대기에서 북을 치다. ━소리가 내려오지 않다.

생각과 실제 상황은 크게 다르다. 響(xiǎng) 울림 향. 想과 해음.
부저不低는 낮아지지 않다. 소리는 위로 쉽게 퍼지나 아래로는
잘 퍼지지 않는다.

○猴子下井取月亮. ─ 想得美.
　후 자 하 정 취 월 량　　　상 득 미

원숭이가 우물에 들어가 달을 건지려 하다. ─ 생각은 좋다.
아이디어는 좋으나 실현 불가능.

○ 叫化子睡土地廟. ─ 全是做的白日夢.
　　규화자수토지묘　　　전시주적백일몽

거지가 토지신 신당에서 잠들다. ─ 모든 것이 백일몽이다.

거지의 행복한 공상. 백일몽白日夢(bái rì mèng) = 백일주몽白日做
夢. 공상空想하다.

○ 鏡子裏的錢. ─ 看得見, 抓不着.
　　경자리적전　　　간득견　조불착

거울 속의 금전. ─ 볼 수는 있지만 잡을 수 없다.

○ 夢裏發財. ─ 想得美妙.
　　몽리발재　　　상득미묘

꿈속에서 부자가 되다. ─ 멋진 상상이다.

멋진 상상이나 실현할 수 없다. 발재發財는 큰돈을 벌다. 재직
하다.

○ 爬高梯摘月亮. ─ 空想.
　　파고제적월량　　　공상

높은 사다리에 올라가 달을 따오다. ─ 공상이다.

비현실적 공상. 爬 긁을 파. 기어오르다. 梯 사다리 제. 摘 딸 적.
월량月亮은 달.

3) 멍청(糊塗)

바보 멍청이에게도 눈먼 복이 있다(呆人有呆福. 呆 어리석을
태). 원숭이도 나무에서 떨어지듯, 평생 총명한 사람도(聰明一
世) 가끔 멍청하다〔糊塗一時. 호도糊塗(hú tú)는 흐리멍텅하다〕.
병졸이 멍청하면 한 사람이지만(兵糊塗一個), 장군이 멍청하면

부대 전체가 멍청하다(將糊塗一軍).

성실한 사람은 늘 본분을 지키지만(老實人常在), 성실한 사람은 약간은 멍청하기에(老實三分笨. 笨 조잡할 분), 성실한 사람은 다른 사람한테 무시를 당한다(老實人家被人欺). 성실, 충후하다는(老實, 忠厚) 말은 쓸모 없는 사람의 별명이다(是無用的別名). 차라리 경우 바른 사람하고 한번 싸울지언정(寧跟明白人打一架), 멍청한 사람에게 한마디를 건네지 말라(不跟糊塗人說句話).

○ 蒼蠅跌進漿糊桶. — 糊頭糊腦.
　　창 승 질 진 장 호 통　　　호 두 호 뇌

파리가 풀통에 빠지다. — 머리에 풀을 뒤집어 쓰다. / 아주 멍청하다.

창승蒼蠅은 파리. 跌 넘어질 질. 漿 미음 장. 장호漿糊는 풀. 桶 통 통.

○ 吃了一肚子漿糊. — 不見淸白.
　　흘 료 일 두 자 장 호　　　불 견 청 백

풀을 배부르도록 먹다. — 똑똑한 데가 없다.

어떤 상황이나 일을 잘 모르다. 肚 배 두. 장호漿糊는 미음과 풀. 걸죽한 죽. 끈끈한 물질. 강호糨糊와 같음.

○ 吃多了糊米茶. — 蒙了心.
　　흘 다 료 호 미 다　　　몽 료 심

볶은 쌀을 끓인 차를 너무 많이 먹다. — 생각이 몽매하다.

호미차糊米茶는 볶은 쌀을 끓인 차. 蒙 덮을 몽. 덮어쓰다. 받다. 무지. 몽매蒙昧하다.

○ 打昏了的公鷄. — 不知早晚.
　　타 혼 료 적 공 계　　　불 지 조 만

멍청해진 수탉. ─ 새벽인지 저녁인지를 모르다.

머리가 멍청해져서 시기나 할 일을 모르다.

○ 狗看星星. ─ 不知道稀稠.
　　구 간 성 성　　　불 지 도 희 조

개가 별을 바라보다. ─ 드문드문 아니면 빽빽한가를 모르다.

무엇이, 어떤 상황인지 모르다. 성성星星은 별처럼 작은 점. 별.
稀 드물 희. 稠 빽빽할 조.

○ 見了小麥當大蔥. ─ 不問個青紅皂白.
　　견 료 소 맥 당 대 총　　　불 문 개 청 홍 조 백

보리싹을 대파인 줄 안다. ─ 청홍青紅이나 흑백을 묻지도
않다.

흐리멍텅하여 시비是非 등을 묻지도 않고 대충 해내다. 皂(皁)
하인 조. 검은색.

○ 蒙在鼓裏聽打雷. ─ 弄不清東南西北.
　　몽 재 고 리 청 타 뢰　　　농 불 청 동 남 서 북

북 안에서 천둥소리를 듣다. ─ 동서남북 어디서 나는지 모
르다.

멍청하여 사실이나 정황을 모르다. 弄 희롱할 농. 가지고 놀다.
~하다. 손에 넣다. ~하게 하다.

○ 米湯鍋裏洗澡. ─ 稀裏糊塗.
　　미 탕 과 리 세 조　　　희 리 호 도

쌀죽 솥에서 목욕하다. ─ 묽은 죽처럼 멍청하다.

洗 씻을 세. 澡 씻을 조. 稀 묽을 희. 호도糊塗(hú tú)는 어리석다.
흐리멍텅하다.

○ 豬八戒吃人蔘果. ─ 全不知滋味.
　　저 팔 계 흘 인 삼 과　　　전 불 지 자 미

저팔계가 인삼과를 먹다. ─ 좋은 맛을 전혀 모르다.

어떤 대상의 가치나 오묘한 이치를 모르다.

4) 명백明白

손에 쌀을 쥐지 않고(手中沒把米) 닭을 불러봐야 오지 않는다
(叫鷄鷄不來). 닭을 훔치려다 성공 못하면 쌀 한 줌만 손해다(偷
鷄不成蝕把米).

동쪽, 서쪽 산의 호랑이는 사람을 잡아먹고(東西山老虎吃人),
호랑이라면 어디 가든 고기만 먹는다(是個老虎到處吃肉). 악인
은 어디에 있든 악인이고, 가려운 곳에는 이(虱)가 있다(發痒的地
方有虱子).

때가 되지 않으면 꽃이 피지 않는다(不到時候不開花). 등불을
켜지 않으면 밝지 않다(燈不点不亮). 부뚜막의 소금도 집어넣어
야 짜다.

○光頭上的虱子. ― 明擺的.
　　광 두 상 적 슬 자　　명 파 적

대머리에 붙은 이(虱). ― 분명하다.

○吃了螢火虫. ― 肚子裏明.
　　흘 료 형 화 충　　두 자 리 명

반딧불이를 삼키다. ― 뱃속이 환해졌다.

생각이 매우 명백하다. 분명하다. 螢(yíng) 개똥벌레 형. 두자肚
子는 배(腹).

○肚皮裏點燈. ― 心裏亮.
　　두 피 리 점 등　　심 리 량

뱃속에 등불을 켜다. ─ 마음씨가 분명하다.

○ 黄牛反芻. ─ 肚裏啥貨自己知.
　　황 우 반 추　　　두 리 사 화 자 기 지

누렁소가 되새김하다. ─ 뱃속에 든 물건은 자기가 안다.

자신의 능력은 자신이 잘 안다. 芻 꼴 추. 짐승의 먹이. 반추反芻
는 소나 양 같은 동물이 먹은 풀을 다시 입으로 깨물어 위胃로
넘기다. 지나간 일을 곱씹다. 啥 무엇 사.

○ 淺水裏養鱉. ─ 早就看透是什么貨.
　　천 수 리 양 별　　　조 취 간 투 시 십 요 화

얕은 물에 자라를 키우다. ─ 어떤 놈인지 분명히 곧 볼 수
있다.

다른 사람의 생각이나 사물의 본질을 쉽게 파악하다. 淺 얕을
천. 鱉 자라 별. 거북이보다 훨씬 작고 천한 수중생물. 속칭 왕
팔王八. 망팔忘八(亡八, 孝, 弟, 忠, 信, 禮, 義, 廉, 恥를 모르는 놈). 오귀
烏龜와 同. 透 통할 투. 꿰뚫다. 십요什么(shén me)는 무엇, 어떤.
貨 물건 화. 품행이 나쁜 사람을 욕하는 말. 놈. 자식.

○ 雪地上看月. ─ 明白做一片.
　　설 지 상 간 월　　　명 백 주 일 편

눈 위에서(雪地) 달을 보다. ─ 무엇인가 명백하다.

○ 一潭清水. ─ 一眼就看到底了.
　　일 담 청 수　　　일 안 취 간 도 저 료

맑은 물 연못. ─ 한눈에 바닥을 볼 수 있다.

사정이나 현상을 명백히 파악하다. 潭은 깊을 담. 연못.

5) 분발奮發

젊어 부지런히 노력하면(少年勤奮), 늙어 안락하다(老來安樂).

젊은 시절 고생은 두렵지 않지만(不怕少年苦), 다만 늙어서 복이 들어오기를 바란다(但求老來福).

젊어 가난은 가난이라 할 것도 없지만(少年受貧不算貧), 노년에 가난해지면 가난이 사람을 죽인다(老年受貧貧死人). 젊은이의 고생은 지나가는 바람이지만(後生苦風吹過), 늙은이의 고생은 진짜다(老年苦眞個苦).

이것을 참는다면(是可忍), 다른 무엇을 못 참겠는가(孰不可忍)! 10년에 칼 한 자루를 갈았다(十年磨一劍).

어떤 일로 먹고 산다면, 그 일에 힘써야 한다(吃一行, 務一行). ─자기 직업에 최선을 다해야 한다. 다 못 먹어서 싸서 가져가다 (吃不了, 兜着走). ─ 감당도 하지만 끝까지 책임을 진다.

○廟裏撞鐘. ─ 驚神.
　묘 리 당 종　　경 신

묘당의 종을 치다. ─ 귀신을 놀래키다. / 정신을 차리다.

사람이 활발하고 활력이 넘치다. 撞 칠 당. 驚(jīng) 놀랄 경. 놀래키다. 精(jīng)과 해음.

○雨後的莊家. ─ 支棱起葉兒.
　우 후 적 장 가　　지 능 기 엽 아

비 온 뒤의 농가. ─ 잎들이 쑥쑥 나오다.

활력이 넘치고 신심信心이 충만하다. 庄(莊) 농막 장. 장가庄家는 농가農家. 支 가지 지. 세우다. 지탱하다. 棱 모서리 능. 지능 支棱은 똑바로 세우다.

○楠竹笋子. ─ 滿了心.
　남 죽 순 자　　만 료 심

녹나무 순. ─ 속이 꽉 차다.

의욕이 충만하다. 楠 녹나무 남. 笋 죽순 순.

6) 의기소침意氣消沈

쥐를 보고서는 호랑이라고 생각하다(見了耗子就是大虫). 곧 담력이 없어 무엇이든 무서워하다. 호랑이 가죽에 토끼의 담력(老虎皮兎子膽), 곧 외장내허外壯內虛이다. 담력은 쥐새끼 같으면서(膽小如鼠) 마음은 이리처럼 사납다(心凶如狼).

능력이 모자란 사람일수록 자랑이 많고(本領小的驕傲大), 학문이 깊은 사람은 그 마음이 평온하다(學問深的意氣平). 영웅은 나이가 없고(英雄無歲), 강호무림에 선후배가 없다(江湖無輩). 대장부는 의기가 맞으면 머물지만(大丈夫合卽留), 맞지 않는다면 떠나간다(不合卽去).

○氷水澆心. ─ 從心裏直凉到脚跟.
　빙 수 요 심　　　종 심 리 직 량 도 각 근

심장에 얼음물을 끼얹다. ─ 가슴에서 발끝까지 바로 얼어붙다.

큰 타격을 받아 아무런 열정도 없다. 澆 물댈 요. 脚 다리 각. 跟 발뒤꿈치 근.

○吹圓的猪尿泡被戮了一刀. ─ 泄氣了.
　취 원 적 저 뇨 포 피 류 료 일 도　　　설 기 료

둥그렇게 불은 돼지 오줌보를 칼로 찌르다. ─ 바람이 새다.

모든 희망을 잃고 낙담하다. 猪 돼지 저. 尿 오줌 뇨. 뇨포尿泡는

오줌보. 돼지 오줌보는 옛날 아이들에게 좋은 놀이도구였다. 戮
죽일 륙. 칼로 찌르다. 泄 샐 설. 새어나가다.

○ 大寒吃雪條. — 凉了心.
　대 한 흘 설 조　　양 료 심

대한 무렵에 아이스바를 먹다. — 마음까지 얼어버렸다.

대한大寒은 24절기 중 마지막 절기. 1월 21일 전후. 대한 다음에
오는 입춘立春은 24절기의 시작이다. 설조雪條는 빙과氷菓.
Icebar.

○ 大熱天掉到了氷窖裏. — 渾身凉了.
　대 열 천 도 도 료 빙 교 리　　혼 신 양 료

뜨거운 날에 얼음 구덩이에 떨어지다. —온몸이 싸늘해지다.

타격을 받아 기운을 완전히 상실하다. 대열천大熱天은 아주 뜨
거운 날씨. 掉 흔들 도. 버려지다. 窖 움 교. 움집 구멍. 깊다. 빙
교氷窖는 빙고氷庫. 빙실氷室. 渾 흐릴 혼. 혼신渾身은 온몸. 전부
(全).

○ 賣肉的抽去骨頭. — 支撑不住.
　매 육 적 추 거 골 두　　지 탱 불 주

고기를 파는 사람이 뼈를 발라내다. — 고기가 설 수 없다.

정신적 지주나 의지 세력을 잃다. 골두骨頭는 뼈. 撑 버팀목 탱.
지탱支撑은 버티다. 힘써 견디다.

○ 泥菩薩過河. — 頹了.
　니 보 살 과 하　　퇴 료

진흙으로 만든 보살이 냇물을 건너다. — 저절로 무너지다.

마음이 위축되어 저절로 주저앉다. 泥는 진흙 니. 보살菩薩은 불
교의 보살. '보제살타菩提薩埵' 의 준말. 넓은 뜻으로 부처나 신
神. 자비심이 많은 사람. 頹 무너질 퇴.

○ 濕木頭. — 點不起火.
　습 목 두　　점 불 기 화

젖은 나무토막. ― 불이 붙지 않다.

정신적으로 진작振作시킬 수 없다. 濕 축축할 습.

7) 의지意志

사람의 사상思想을 바꾸면 땅도 그 모양을 바꾼다(人換思想地換裝). 우공이산愚公移山이 그러하다. 용문龍門은 뛰어넘어야 하고(龍門要跳), 개구멍은 기어들어가야 한다(狗洞要爬). 죽을 각오로 복어를 먹다(拼死吃河豚).―위기에서 모험을 감행하다.

영웅은 사방 어디든 있고(英雄生於四野), 사내대장부는 팔방 어디에도 있다(好漢長在八方). 남보다 앞서나가면 영웅이지만(走在人前是英雄) 남보다 뒤처지면 겁쟁이다(落在人後是狗熊).

대장부는 자신이 일을 벌이고 자신이 책임을 진다(大丈夫一身做事一身當). 대장부는 일을 하더라도 같은 실수를 두 번 하지 않고(大丈夫做事不二過), 대장부는 제때에 결단을 내린다(大丈夫當機立斷).

대장부는 다른 사람의 위기를 이용하지 않지만(大丈夫不可乘人之危), 소인은 사람의 위기를 이용한다(小人乘人之危). 소인이 출세하고(小人得志), 비루먹은 개도 털이 난다(癩狗生毛). 소인은 스스로 잘났다 하고(小人自大), 작은 물이 큰소리를 낸다(小水聲大).

○猫子見了魚. ― 經不住那個腥氣.
　묘 자 견 료 어　　경 부 주 나 개 성 기

고양이가 생선을 보았다. ── 생선 비린내를 참고 견딜 수 없다.

유혹을 이겨내지 못하다. 猫 고양이 묘. 經은 경도經度, 경영하다. 경전經典. 통상의. 참고 견디다. 경부주經不住는 참을 수 없다. 腥 비린내 성.

○ 矮子下河. ── 淹了心.
　왜 자 하 하　　　엄 료 심

난쟁이가 물에 들어가다. ── 가슴까지 물에 잠기다.

결심을 바꿀 수도 없고, 그렇다고 해결할 방법도 없다. 矮 키 작을 왜. 淹(yān) 물에 담글 엄. 安(ān)과 해음.

○ 螞蟻爬樹. ── 不怕高.
　마 의 파 수　　　불 파 고

개미가 나무를 기어오르다. ──높아도 두려워 않다.

위험危險과 간난艱難을 두려워하지 않다. 마의螞蟻는 개미. 爬 긁을 파. 기어오르다. 怕 두려워할 파.

○ 人心是鐵打的. ── 買不動.
　인 심 시 철 타 적　　　매 불 동

쇠로 만든 심장. ──움직일 수 없다.

의지가 확고하여 배신하지 않다.

8) 자각自覺

우물물은 퍼낼수록 많이 솟고(井水越打越來), 힘은 쓸수록 더 강해진다(氣力越使越有). 우물이 말라버리면 비로소 물의 귀중함을 깨닫는다(井乾才覺水可貴). 우물에는 물고기가 없고(井水不出魚), 말라버린 나무에는 잎이 없다(枯樹沒有葉).

소인은 작은 일에 집착하지만(小人逐末), 군자는 근본에 충실하다(君子務本). 사슴을 가리켜 말이라고 할 수 없고(指鹿不能爲馬), 장씨의 관을 이씨가 쓸 수 없다(張冠不可李戴). 장 화상의 모자를(張和尙的帽子) 이 화상에게 쓰라고 집어주다(抓給李和尙戴). - 대상을 잘못 찾다. 장씨나 이씨에게 의지하는 것은(靠張靠李), 자신에게 의지하는 것만 못하다(不如靠自己).

○ 窓戶紙. ─ 一點就透.
　　창 호 지　　　일 점 취 투

창호지. ─ 구멍 하나 뚫으면 보인다.

창호지는 얇아 쉽게 구멍이 난다. 구멍이 뚫리면 밖을 볼 수 있다. 한마디 설명으로 상황을 파악하다. 透 통할 투.

○ 燈草蘸油. ─ 一點就亮.
　　등 초 잠 유　　　일 점 취 량

등잔 심지를 기름에 담그다. ─ 바로 밝아진다.

한번 설명으로 깨닫다. 蘸 담금 잠. 잠유蘸油는 기름에 적시다. 亮 밝을 량.

○ 門里出身. ─ 一點就亮.
　　문 리 출 신　　　일 점 취 량

전문가專門職. ─ 곧 알아챈다.

기초가 있는 사람은 쉽게 명백히 안다. 門은 비결, 방법. 요령의 뜻.

○ 太陽離了地皮. ─ 亮啦.
　　태 양 리 료 지 피　　　양 라

태양이 지평선 위로 뜨다. ─ 밝아지다.

고집부리다가 갑자기 깨닫다. 離 떠날 리. 지피地皮는 지평선地

平線. 亮 밝을 량. 啦 어조사 라.

○太陽落山的猫頭鷹. — 睛開眼啦.
　　태 양 락 산 적 묘 두 응　　　　정 개 안 라

태양이 떨어진 뒤의 올빼미. — 눈을 뜬다.

사람이 무엇인가를 크게 깨우치다. 鷹 매 응. 송골매. 묘두응猫
頭鷹은 부엉이. 야행성 동물.

9) 통합統合

한 솥에서 두 가지 밥을 할 수 없다(一個鍋裏不能煮出也兩樣
飯來). 한솥밥을 먹은 사람(一個鍋裏吃飯的人), 하나의 처마 아
래서 살았으면(一個屋檐下過日子) 한 가족이다.

한 집안이 융성하려면 화목해야 하고(一家之計在於和), 일생
의 성공은 근면에 달렸다(一生之計在於勤).

가까운 사람에겐 너그럽게(親者寬), 먼 사람에겐 엄하게 대하
다(疏者嚴). 두 사람이 싸우면 서로 원수지만(兩鬪皆仇), 서로 화
해하면 모두가 친구이다(兩好皆友). 두 사람이 상극이라면(兩命
相剋), 한 사람은 반드시 죽는다(必有一亡).

○大年初一見面兒. — 盡說好話.
　　대 년 초 일 견 면 아　　　　진 설 호 화

정월 초하룻날 만나는 사람. — 모두가 좋은 말만 한다.

모두가 같은 생각을 하다.

○驢肚裏下驢. — 一個心腸.
　　여 두 리 하 려　　　　일 개 심 장

나귀의 배에서 나온 새끼 나귀. — 같은 성질이다.

두 사람의 마음과 행동이 서로 같다. 驢 나귀 려. 심장心腸은 마음씨. 성격.

○ 双錘落鼓. ── 一個音.
　쌍 추 락 고　　　　일 개 음

북에 떨어진 두 개의 추. ── 소리는 하나이다.

완전한 의견 일치. 錘 저울 추. 첫덩어리.

○ 鴨子的脚板兒. ── 一聯的.
　압 자 적 각 판 아　　　일 련 적

오리의 발판. ── 하나로 붙었다.

한 무리 또는 이해를 같이하는 사람. 鴨 오리 압. 각판脚板은 발바닥. 각판. 페달.

10) 기타其他

높은 곳에 서서(站得高), 멀리 보고(看得遠), 멀리 생각하다(想得遠). 일을 할 때는 형세를 살펴보고(行事看勢頭), 말을 할 때는 처지를 생각해야 한다(說話看地頭). 모든 일은 잘 생각한 뒤 과감해야 한다(萬事想後果). 한번의 실수가 앞길을 모두 망친다(一失廢前程).

백 가지 돌에 백 가지 성질이 있고(百石百性), 백 명의 백성이 모두 다른 생각을 갖고 있다(百人百姓百樣心). 온갖 모양의 새들이 온갖 소리를 낸다(百樣雀鳥百樣音). 백 가지에 두루 통하는 것은(百樣通), 한 가지에 정통한 것만 못하다(不如一樣精).

봄바람이 지나가야(行得春風) 다음에 여름비가 있다(便有夏雨). ─매사에 순서가 있다.

○斷了線的風箏. ― 忽東忽西.
　단 료 선 적 풍 쟁　　　홀 동 홀 서

줄 끊긴 연. ― 이쪽저쪽으로 날아간다.

불안정하다. 箏 악기 이름 쟁. 풍쟁風箏은 연.

○古井中水. ― 不生微波.
　고 정 중 수　　　불 생 미 파

오랜된 우물의 물. ― 작은 물결도 일어나지 않다.

아무런 생각도 없는 사람.

○臘月里的蘿卜. ― 凍了心.
　납 월 리 적 라 복　　　동 료 심

섣달의 무우. ― 속까지 얼었다.

마음이 움직이다. 凍(dòng) 얼어버릴 동. 動(dòng)과 해음.

○小脚女人. ― 東搖西擺.
　소 각 녀 인　　　동 요 서 파

전족을 한 여인. ― 이쪽저쪽으로 뒤뚱거린다.

사상이나 입장이 견고하지 않다. 소각小脚은 전족纏足. 전족한
여인은 걸음걸이가 매우 불안정하다. 搖 흔들릴 요. 요동치다.
擺 벌려놓을 파. 배치하다. 내보이다. 흔들다.

○一團亂麻. ― 擇不出頭緒.
　일 단 란 마　　　택 불 출 두 서

헝클어진 삼타래. ― 끝을 찾아낼 수 없다.

매우 심란하여 두서를 찾을 수 없다. 두서頭緒는 일의 차례나 갈
피.

6. 작풍作風

작풍作風은 다른 사람을 대하거나 일을 처리하는 태도나 품격 品格, 또는 풍조이다.

부부는 한 얼굴이니(夫妻一個臉), 사고나 관점이 같다.

강산은 쉽게 바꿀 수 있어도(江山易改), 품성은 바뀌기 어렵다 (稟性難移). 술을 마시면 그 사람의 마음을 볼 수 있으니(喝酒見 人心), 군자는 솔직한 태도로 남을 대하고(君子以直道待人), 군자 는 물처럼 담백하게 남을 대한다(君子待人, 平淡如水).

가. 강경强硬 외

1) 강경强硬

사람은 곤경이나 역경을 겪으면서 삶의 의지를 더 강하게 만든다. 우환 속에 살 길이 있고(生於憂患), 안락하면 죽음에 이르게 된다(死於安樂). 인생이란 학질을 앓는 사람이 추웠다가 땀이 났다 하는 것과 같다(人生如瘧疾者大寒大暑中).

소인의 생각이나 행동은 세게 나오면 먹혀들고 좋게 말하면 안 듣는다(吃硬不吃軟). 곧 부드럽게 좋은 말하면 무서운 줄 모른다. 그러나 군자는 부드럽게 대하면 먹히지만 강압적으로 나오면 반발한다(吃軟不吃硬).

○霸王的弓. ― 越拉越硬.
　　패 왕 적 궁　　　월 랍 월 경

패왕의 활. ― 당길수록 더욱 팽팽하다.

사람의 태도가 점점 강경해지다. 패왕霸王은 서초西楚 건국자 항우項羽. 越 넘을 월. 더욱더. 越~越~ ― ~하면 할수록 ~하다 (愈~愈~와 同).

○好鬪的山羊. ― 又頂又撞.
　　호 투 적 산 양　　　우 정 우 당

싸우기 좋아하는 산양. ― 머리로 받고 또 부딪치다.

강경한 태도로 다른 사람과 충돌하다. 頂 꼭대기 정. 밀다. 머리로 받다. 又~又~ ― ~하면서 ~하다(동시 상황). ~하기도 하나 ~ 하다. 어떤 행위가 교체되면서 반복하다.

○生癤子. ― 硬擠.
　　생 절 자　　 경 제

종기가 생기다. ― 고름을 쎄게 짜내야 한다.

강경 수단을 채택하다. 癤 부스럼 절. 종기(피부병). 擠 밀 제. 빽빽이 들어차다. 일이 동시에 겹치다. 밀치다. 짜내다.

○鐵匠做官. ― 只是打.
　철 장 주 관　　　　지 시 타

대장장이가 벼슬하다. ― 오직 내리치기만 한다.

강경한 징벌만 집행하다.

○張飛販刺猬. ― 人硬貨扎手.
　장 비 판 자 위　　　　인 경 화 찰 수

장비가 고슴도치를 판매하다. ― 사람은 억세고 물건은 손을 댈 수도 없다.

사람이 강경하여 남을 다치게 하고 좋게 상대하지도 않다. 販장사할 판. 팔다. 刺찌를 자. 가시. 猬고슴도치 위. 자위刺猬는 고슴도치. 扎(紮) 묶을 찰, 뺄 찰. 동여매다. 묶음. 札의 속자. 찰수扎手는 손을 찌르다. 다루기 어렵다. 손대기 곤란하다.

2) 겁약怯弱

용장은 죽음이 두려워 구차하게 면하려 하지 않고(勇將不怯死以苟免), 장사는 절조를 버리면서 구차히 살려고 하지 않는다(壯士不毁節以求生). 큰 무예를 가진 사람은 겁쟁이 같고(大勇若怯), 큰 지혜는 어리석은 것 같다(大智若愚).

아이 혼자는 겁이 나지만(一個孩子膽小), 아이 둘이면 대담해지고(兩個孩子膽大), 세 아이가 모이면 아무것도 두려워하지 않는다(三個孩子什麼都不怕).

사람이 많다 보면 천둥소리도 내고(人多聲似雷), 사람이 많다 보면 (상대방의) 힘이 강해도 두렵지 않다(人多不怯力氣重).

○ 麂子放屁麂子驚. ― 自己嚇自己.
　　궤 자 방 비 궤 자 경　　　 자 기 혁 자 기

노루가 제 방귀에 놀라다. ― 자신이 자신에 놀라다.

자기편이 하는 짓이 자기편을 놀라게 하다. 麂 큰 노루 궤. 驚 놀

랄 경. 嚇 노할 혁. 놀라게 하다.

○ 豆漿裏的油條. ― 軟了.
　　두 장 리 적 유 조　　　 연 료

콩죽 속의 꽈배기. ― 부드러워지다.

사람이 겁이 많고 심약하다. 漿 미음 장. 유조油條는 발효된 밀

가루 반죽으로 만들어 기름에 튀긴 푸석푸석한 음식. 아침에 콩

국을 먹을 때 함께 먹는다. 교활한 사람. 軟(ruǎn) 연할 연. 부드

럽다.

○ 解放前的女孩子. ― 不敢出門.
　　해 방 전 적 녀 해 자　　　 불 감 출 문

해방 이전의 여자아이. ― 감히 문밖에 나오지 못하다.

겁이 많고 심약心弱하다.

○ 母狗睡覺. ― 蜷起來.
　　모 구 수 각　　　 권 기 래

어미 개가 잠을 자다. ― 웅크리다.

사람이 겁이 많아 얼굴을 들지 못하다. 睡 잠잘 수. 覺 깨달을

각. 수각睡覺은 잠을 자다. 수사각睡死覺은 푹 자다(睡大覺). 蜷

구부릴 권.

○ 屬烏龜的. ― 縮腦.
　　속 오 귀 적　　　 축 뇌

자라 같은 사람. ― 목을 움츠리다.

겁이 많아 매사에 움츠리다. 烏 까마귀 오. 검다. 龜 거북 귀 오

귀烏龜는 자라. 창녀의 심부름꾼. 창녀의 기둥서방. 縮 줄일 축.

오그라들다. 축뇌縮腦는 축두축뇌縮頭縮腦. 무서워 기를 펴지 못

하다. 벌벌 떨다.

3) 경솔輕率

바람을 잡고 그림자를 움켜쥐다(捕風捉影). – 허망한 일을 떠벌리다. 바람도 없는데 비가 온다고 말하다(不見風 就是雨). – 근거도 없이 마구 지껄이다.

밥은 이것저것 먹을 수 있으나(飯可以亂吃), 말은 함부로 할 수 없다(話不可亂講). 밥은 잘게 씹어야 하고(飯要細嚼), 말은 천천히 해야 한다(話要慢說). 물 가까이 산다고 물을 헛되이 쓸 수 없고(近水不可枉用水), 산 가까이 산다고 나무를 마구 불땔 수 없다(靠山不可枉燒柴).

멍청한 사당에 멍청한 신〔糊涂廟糊涂神兒. 糊 모호하다 호. 풀 호(붙이는 풀). 涂 길 도. 이슬이 많이 내리는 모양〕. –조직도 책임자도 똑똑치 못하다.

○ 獨木橋上唱猴戲. — 鬧着玩.
　　독 목 교 상 창 후 희 　　 뇨 착 완

외나무다리 위에서 노래 하며 원숭이 재주를 부리다. ━ 장난하다.

唱 노래 부를 창. 猴 원숭이 후. 戲 놀 희. 놀다. 鬧(nào) 시끄러울 뇨. 떠들썩하다. 감정 따위를 드러내다. 뇨착완鬧着玩은 말이나 행동으로 희롱하다. 경솔한 태도로 사람이나 일을 대하다.

○ 風吹下巴. — 隨便開口.
　　풍 취 하 파 　　 수 편 개 구

턱에 바람이 불다. ― 되는 대로 입을 놀리다.

하파下巴(下把)는 아래턱(下頷). 주둥이. 隨 따를 수. 수편隨便은 마음대로, 형편에 따라. 함부로. 무책임하다. ~을 막론하고.

○ 水裏加油. ― 漂在面上.
　　수 리 가 유　　　표 재 면 상

물에 기름을 붓다. ― 수면 위에 뜨다.

무슨 일이든 깊이 들어가지 못하고 하는 척하다. 漂 떠돌 표.

○ 木偶下海. ― 不着底.
　　목 우 하 해　　　불 착 저

나무 인형이 바다를 떠돌다. ― 가라앉지 못하다.

태도가 성실하지 못해 실질적으로 깊이 들어가지 못하다. 偶 짝 우. 인형. 흙으로 만들면 토우土偶.

○ 猫洗臉. ― 劃拉.
　　묘 세 검　　획 랍

고양이 세수. ― 물을 털어내다.

일을 건성으로 빨리 해치우다. 洗 씻을 세. 臉 뺨 검. 얼굴. 劃 그을 획. 물을 헤치다. 배를 젓다. 여기 확랍劃拉은 물기를 털어버리다. 훔쳐내다.

4) 근신勤愼

제갈량의 일생은 오직 근신뿐이었다(諸葛一生唯謹愼). 문을 걸어 닫고 과오를 반성하더라도(閉門思過), 사람에게 신중치 못할 때가 있고(人有一時不愼), 말도 실족할 때가 있다(馬有一時失蹄). 호랑이는 물렁한 땅에서 쉽게 실족하고(虎在軟地上易失足), 사람은 달콤한 말에 쉽게 넘어간다(人在甛言裏易捽跤).

근면은 모든 사업의 보배이고(勤是百業之寶), 신중함은 자신
을 지킬 수 있는 근본이다(愼是護身之本).

○ 穿釘鞋走泥地. ― 步步把實.
　천 정 혜 주 니 지　　　　보 보 파 실

징이 박힌 신발을 신고 진 땅을 걷다. ― 걸음마다 발자국
이 또렷하다.

穿 뚫을 천. 옷을 입다. 신발을 신다. 釘 못 정. 정혜釘鞋는 쇠징
이 박힌 신발. 옛날에는 구두 바닥에 쇠징을 박아 신었다. 泥 진
흙 니.

○ 過河揣耳朵. ― 餘外的小心.
　과 하 췌 이 타　　　　여 외 적 소 심

냇물을 건너며 귀를 감싸다. ― 지나치게 조심하다.

揣 잴 췌. 생각하다. 헤아리다. 감추다. 힘껏 비비다. 추측하다.
朵 늘어질 타. 꽃봉오리. 송이. 꽃가지나 꽃송이를 세는 말. 이
타耳朵는 귀. 여외餘外는 그 외. 그 밖. 다여多餘. 소심小心은 조심
하다. 세심하다.

○ 過河捂腦袋. ― 小心到頂.
　과 하 오 뇌 대　　　　소 심 도 정

냇물을 건너며 머리를 감싸 쥐다. ― 머리끝까지 조심하다.

아주 조심하다. 捂 가릴 오. 밀봉하다. 뇌대腦袋는 머리.

○ 大姑娘吃飯. ― 細嚼慢咽.
　대 고 낭 흘 반　　　　세 작 만 인

나이 든 처녀가 밥을 먹다. ―꼭꼭 씹어서 천천히 넘기다.

너무 조심하느라고 행동이 느리다. 대고낭大姑娘은 나이 든 처
녀. 맏딸. 嚼 씹을 작. 慢 게으를 만. 천천히. 咽 삼킬 인.

○ 睜着眼睛睡覺. ― 警惕性高.
　정 착 안 정 수 각　　　　경 척 성 고

눈을 뜨고 잠을 자다. ― 경계심이 많다.

위험이나 착오에 대비하여 크게 조심하고 경계하다. 睜 눈을 크게 뜰 정. 警 경계할 경. 조심하다. 惕 두려워할 척.

5) 단결團結

도랑이 있으면 도랑을 메우고(有溝塡溝), 담이 막히면 담을 부숴버린다(有墻拆墻). 모든 장애를 제거하며 일치단결하여 전진하다.

흙은 흙과 함께 담이 되고(土幇土成墻. 幇 도울 방. 패거리. 동향同鄕), 물은 물을 도와 파도를 일으킨다(水幇水成浪).

권세로 교제를 한 사람은 권세가 다하면 소원해지고(以勢交者, 勢盡卽疎), 이익을 두고 결합했던 사람은 이득이 없어지면 흩어진다(以利合者, 利盡卽散). 슬픔과 기쁨, 이별과 재회(悲歡離合)하며 늘 변하는 인간사에서 손을 뒤집어 구름을 만들고(飜手爲雲), 손을 엎어 비를 내리다(覆手爲雨).―반복무상하고 교활하며 변덕이 많다. 슬퍼하고 걱정하는 것은(悲傷憂愁), 주먹을 꼭 쥐는 것만 못하다(不如握緊拳頭).

○筷子綁成把. ― 折不開.
　쾌 자 방 성 파　　절 불 개
젓가락을 묶어 자루로 만들다. ― 부러지지 않다.

단결하면 외부의 힘에 꺾이지 않는다. 筷 젓가락 쾌. 綁 묶을 방. 把 잡을 파. 손잡이. 자루. 折 꺾을 절.

○ 全家合心. ─ 黃土變金.
　　전 가 합 심　　황 토 변 금

온 식구가 합심하다. ━ 흙이 황금으로 바뀐다.

○ 全身拔下一根毛. ─ 不傷大體.
　　전 신 발 하 일 근 모　　불 상 대 체

온몸에서 털 하나를 뽑아버리다. ━ 전체를 훼상하지 않다.

○ 衆人一條心. ─ 黃土變成金.
　　중 인 일 조 심　　황 토 변 성 금

여럿이 한마음이 되다. ━ 황토가 금으로 바뀐다.

○ 合唱隊的演員唱歌. ─ 異口同聲.
　　합 창 대 적 연 원 창 가　　이 구 동 성

합창단 단원의 노래. ━ 이구동성.

6) 대담大膽

관운장은 다섯 관문을 지나며 여섯 장수의 목을 베었다(過五
關斬六將). 그러나 눈을 감고 마구 달려서는 오관을 지날 수 없다
(瞎闖過不了五關). 곧 무모한 용기로는 난관을 극복하지 못한다.

진정한 대장부는 자기 일에 대하여 책임을 진다(好漢做 好漢
當). 곧 남아일언중천금男兒一言重千金이다. 잘난 사나이는 지난날
의 용기를 자랑하지 않는다(好漢不提當年勇). 영웅의 생각은 대
략 비슷하다(英雄所見若同). 용기가 있는 것은 지혜만 못하고(有
勇不如有智), 지혜가 있다 해도 학식만은 못하다(有智不如有學).

일이 없을 때도 늘 조심해야 하지만(無事要小心), 할 일이 있다
면 대담해야 한다(有事要大膽).

영웅의 용기와(英雄肝膽) 보살의 선량한 마음이(菩薩心腸) 있

어야 한다. 수중에는 아무런 무기도 없지만(手中無寸鐵), 뱃속에
는 강한 군대가 있다(腹內有雄兵). 영웅은 다만 병에 걸려 고생할
까 두려워한다(英雄只怕病來磨).

○ 電線杆上綁鴻毛. ― 好大的撣子.
　　전 선 간 상 방 홍 모　　　호 대 적 탄 자

　전봇대 위에 기러기 털을 묶어매다. ― 정말 큰 먼지털이다.

　담력이 크다. 담대膽大. 杆 나무막대 간. 綁 묶어맬 방. 撣 손에
　들 탄. 탄자撣子는 먼지털이. 撣은 膽(dǎn. 담력)과 해음.

○ 放着熱酒不喝. ― 喝鹵水.
　　방 착 열 주 불 갈　　　갈 로 수

　데운 술을 아니 마시고. ― 간수를 마시다.

　복을 누리지 않고 위험한 일을 찾아서 하다. 喝 마실 갈. 鹵 소금
　로. 염분이 많은 땅. 노수鹵水는 간수. 두부를 엉기게 한다. 많이
　마시면 죽을 수도 있다.

○ 花果山的猴王. ― 不服天朝管.
　　화 과 산 적 후 왕　　　불 복 천 조 관

　화과산의 원숭이 왕. ― 조정의 명령에 불복하다.

　반항정신으로 통치자에 대항하다. 화과산花果山은 《서유기》에
　보인다. 猴 원숭이 후. 管 피리 관. 법. 맡아 다스리다.

○ 老鼠舐猫鼻子. ― 自己抓死.
　　노 서 첨 묘 비 자　　　자 기 조 사

　쥐가 고양이 코를 핥다. ― 스스로 죽음을 택하다.

　舐 핥을 첨. 抓 긁을 조. 움켜쥐다. 포착하다.

○ 五十歲後不買板. ― 好大的膽.
　　오 십 세 후 불 매 판　　　호 대 적 담

　쉰 살인데도 관을 준비하지 않다. ― 담력이 세다.

옛날에 평균 수명이 짧았다. 板 널빤지 판. 여기서는 관棺.

○ 夜不關門. — 窮壯膽.
　야 불 관 문　　궁 장 담

밤에 대문을 잠그지 않다. — 가난하나 담력이 세다.

7) 독단獨斷

아이가 제멋대로 못된 짓을 해도 어미는 상관하지 않다가(孩
子胡蹧娘不管), 아이가 맞으면 어미가 나온다(打了孩子娘出來).
자식을 멋대로 내버려두는 것은 호랑이를 풀어놓은 것과 같다(縱
子如縱虎).

귀신을 그리기는 쉽지만 사람을 그리기는 어렵다(畫鬼容易畫
人難).─제멋대로 행동하기는 쉽지만, 실사구시實事求是(사실에 근
거하여 진리나 진상을 탐구하는 일, 또는 그런 학문 태도.)는 어렵다.

장성한 아들은 제 마음대로 하고(兒大兒做主), 다 자란 딸에겐
부모 간섭도 소용없다(女大管不住). — 품 안의 자식이지, 장성하
면 부모 말을 듣지 않는다.

○ 皇上的旨, 將軍的令. — 一口說了算.
　황 상 적 지　장 군 적 령　　　　일 구 설 료 산

황제의 뜻이나 장군의 명령. — 한마디 말로 끝이다.

한 사람의 독단獨斷이고 전횡專橫이다. 旨 뜻 지. 算 셈할 산.

○ 瞎字吃花生. — 一把抓.
　할 자 흘 화 생　　　일 파 조

장님이 땅콩을 먹다. — 한 움큼 멋대로 움켜잡는다.

화생花生은 땅콩. 把 잡을 파. 움켜쥐다. 抓 긁을 조. 잡다.

○ 黑瞎子立正. ─ 一手遮天.
　　흑 할 자 립 정　　　　일 수 차 천

작은 곰이 반듯이 서다. ─ 한 손으로 하늘을 가리다.

혼자 제멋대로 행동하다. 흑할자黑瞎子는 흑곰. 작은 곰(狗熊).
겁쟁이. 입정立正은 반듯이 서다. 차려 자세. 遮 막을 차. 앞 발
하나를 머리에 대다.

○ 哈巴狗兒拉磨. ─ 不聽那一套.
　　합 파 구 아 납 마　　　불 청 나 일 투

발바리가 연자방아를 끌다. ─ 어느 말도 듣지 않는다.

다른 사람의 의견이나 건의를 받아들이지 않다. 哈 웃는 소리
합. 합파구哈巴狗는 발바리. 套(tào) 덮개 투. 일투一套는 한 세트.
하나로 된 것. 수단, 방법.

8) 명쾌明快

살다 보면 눈먼 고양이도 쥐를 잡거나(瞎猫抓耗子), 눈먼 고양
이도 죽은 쥐를 만날 경우가 있으며(瞎猫也會碰着死老鼠), 눈먼
고양이가 닭을 물면 죽어도 놓지 않고(瞎猫偸鷄死不放), 죽은 고
양이는 살아 있는 쥐를 놀라게 한다(死猫嚇死活老鼠).

토끼 사냥 하던 사람이 노루를 잡았다면(打兎子碰上了獐), 큰
부수입을 건진 것이고(撈了大外快), 넘어져 곤두박질을 쳤는데
큰 말굽 모양 은자를 주웠다면(跌跟頭拾大元寶), 뜻밖의 횡재이
다(外快).

게으른 놈은 우물가에서 목말라 죽지만(懶人渴死在井邊), 게

으른 놈도 밥 먹을 때는 누구보다도 빠르다(懶漢吃飯比誰都快). 죽은 호랑이는 마음대로 때릴 수 있지만(死老虎好打) 살아있는 쥐는 붙잡기 어렵다(活老鼠難抓).

제 눈으로 자기 귀를 볼 수 없고(自己的耳朶看不見), 칼은 제 손잡이를 깎을 수 없다(刀削不了自己的把). 그런 것처럼 중이 제 머리 못 깎고, 사람은 자신의 결점을 못 본다. 평소에 잘 갈아놓은 칼은 틀림없이 예리하다(常磨的刀子一定快).

○ 瞎子磨刀. — 快了.
  할 자 마 도   쾌 료

장님이 칼을 갈다. — 예리하다.

상황이 빠르게 전개되다. 快 빠를 쾌. 속도가 빠르다 빨리. 곧. 예민하다. 날카롭다(鈍의 반대). 성격이 솔직하다. 장님은 손가락으로 칼날을 만져보고서 빨리 끝낸다. 오래 걸리지 않다.

○ 快刀斬亂麻. — 乾淨利落.
  쾌 도 참 란 마   건 정 이 락

날선 칼로 헝클어진 삼을 자르다. — 깔끔하고 빠르다.

복잡한 문제를 신속 정확하게 해결하다. 건정乾淨은 깔끔하다. 하나도 남지 않다. 이락利落은 일과 동작이 재빠르다. 산뜻하다. 말쑥하다.

○ 胡椒拌黃瓜. — 又辣又脆.
  호 초 반 황 과   우 랄 우 취

후추와 오이를 무치다. — 맵고도 아삭아삭하다.

胡는 서역에서 들어온 물건에 붙는 접두어(胡琴, 胡桃). 오랑캐 호. 椒 산초나무 초. 拌 버릴 반. 뒤섞다. 황과黃瓜는 오이. 辣 매울 날. 脆(cuì) 무를 취. 연약하다. 바삭바삭하다.

○ 石頭砸酒缸. ─ 一下漏湯.
　石 두 잡 주 항　　　일 하 루 탕

돌멩이가 술 항아리를 때리다. ─ 갑자기 물이 쏟아지다.

말과 행동이 빠르고 확실하다. 석두石頭는 돌멩이. 砸(zá) 칠 잡.
내리치다. 漏 샐 루.

○ 油炸麻花. ─ 乾脆.
　유 작 마 화　　　건 취

기름에 튀긴 꽈배기. ─ 바삭바삭하다.

말이나 행동이 직접적이고 명쾌하다. 炸 터질 작. 튀기다. 마화
麻花는 꽈배기. 脆(cuì) 무를 취. 연약하다. 바삭바삭하다.

9) 무모無謀

　무모한 장수 한 사람이 일만의 군사를 패배하여 잃게 하고(一
帥無謀挫喪萬師), 장군 한 사람의 성공 뒤에는 수많은 죽음이 있
다(一將功成萬骨枯). 싸워 이기는 장수는 꼭 있지만(有必勝之
將), 싸워 이기는 백성은 없다(無必勝之民).─ 전쟁에서 백성은 누
구나 피해자이다.

　염라대왕 어르신 입 위의 수염을 뽑기는(閻王爺嘴上拔鬍子)
아주 위험한 일이다. 젖 먹는 송아지는 범 무서운 줄 모른다(乳犢
不怕虎). 죽은 돼지는 끓는 물을 무서워하지 않는다(死猪不怕開
水湯)─ 전후 사정을 고려하지 않는 자포자기는 정말 무모하다.

○ 太歲頭上動土. ─ 好大的膽.
　태 세 두 상 동 토　　　호 대 적 담

태세신의 머리 위에서 흙을 옮기다. ─ 무모한 짓을 하다.

○ 乾河灘撒網. ― 瞎張羅.
　건 하 탄 살 망　　할 장 라

마른 여울목에서 그물을 던지다. ━무턱대고 그물질을 하다.

실제 정황을 고려하지 않고 무턱대고 일을 벌리다. 乾 하늘 건,
마를 건. 灘 여울 탄. 撒 뿌릴 살. 網 그물 망. 張 펼 장. 羅 그물
라. 벌리다.

○ 猴拿虱子. ― 瞎抓.
　후 나 슬 자　　할 조

원숭이가 이를 잡다. ━그냥 더듬다.

猴 원숭이 후. 拿 잡을 나. 虱 이 슬. 동물이나 사람의 몸에 기생
하는 벌레. 瞎 눈멀 할. 抓 긁을 조. 잡다.

○ 鷄蛋碰石頭. ― 不會有好結果.
　계 단 팽 석 두　　불 회 유 호 결 과

계란이 돌에 부딪치다. ━좋은 결과가 있을 수 없다.

이소격대以小擊大나 이약적강以弱敵强의 결과가 어떤가를 알지
못하다. 蛋 새알 단. 碰 부딪칠 팽.

○ 黑屋子做活. ― 瞎幹.
　흑 옥 자 주 활　　할 간

캄캄한 방에서 생활하다. ━눈을 감고 살다.

되는 대로 행동하다. 屋 집 옥. 옥자屋子는 방房.

나. 방탕放蕩 외

1) 방탕放蕩

어느 집 아들이 어미 속을 안 썩이는가?(誰家兒子不惱娘) 어느

집에서 키웠든 응석받이 아닌 애는 없다(誰家養的不是嬌哥哥).

집안을 망치는 자식은 많은 재산을 걱정하지 않는다(敗家子不怕財多). 재산이 아무리 많아도 다 말아먹는다.

아무 재능도 없는 부잣집의 방탕한 자식(没有一技之長的花花公子). 왕후장상은 방탕한 아들이나 손자를 단속하지 못한다(王侯將相管不住兒孫浪蕩).

방탕한 아들이 뉘우치면 황금하고도 바꿀 수 없다(浪子回頭金不換).

○ 半桶水. ― 好濺.
　　반 통 수　　　　호 천

　반통의 물. ― 잘 튄다.

　사람이 천박하고 염치도 모른다. 濺(jiàn) 흩뿌릴 천. 물방울이 튀다. 賤(jiàn. 천할 천)과 해음.

○ 大河裏翻船. ― 浪催的.
　　대 하 리 번 선　　　낭 최 적

　큰 강에서 배가 뒤집히다. ― 파도 때문이다.

　하는 짓이 방탕하다. 翻 뒤집을 번. 催 재촉할 최.

○ 關公放屁. ― 不知臉紅.
　　관 공 방 비　　　불 지 검 홍

　관공이 방귀를 끼다. ― 얼굴이 붉어졌는지 알 수 없다.

　염치를 모른다. 관공關公(關羽)의 신상神像은 붉은 얼굴이다. 방귀를 끼고서 얼굴을 붉혔는지 알 수 없다.

○ 七個錢放在兩處. ― 不三不四.
　　칠 개 전 방 재 량 처　　　불 삼 불 사

　동전 7개를 양쪽에 나누다. ― 3개 아니면 4개이다.

인품이 너절하다. 이도저도 아니다. 내력(정체)를 알 수 없다.
불삼불사不三不四(bù sān bù sì) = 반삼불사半三不四(bàn sān bù sì)
= 불륜불류不倫不類(bù lún bù lèi) = 양부량유불유良不良莠不莠
(liáng buliáng yǒu buyǒu. 莠 강아지풀).

○臘月生的孩子. ─ 凍手凍脚.
　　납 월 생 적 해 자　　　동 수 동 각

설달에 태어난 아이. ─ 손과 발이 얼었다.

행동거지가 진실하지 못하다. 臘 섣달 랍. 凍(dòng) 얼음 동. 얼
다. 動(dòng)과 해음.

2) 실사구시實事求是

좋은 말은 남에게 팔아도 좋고(美言可以市), 높은 행실은 남에
게 베풀어도 좋다(尊行可以加人). 겉치레 말은 화려하고(貌言華
也), 요긴한 말은 확실하다(至言實也). 듣기 실은 말은 약이요(苦
言藥也), 달콤한 말은 병을 준다(甘言疾也).

말에는 참과 거짓이 있고(說話有眞假), 듣는 것은 (이해의) 높
낮이가 있다(聽話有高低). 말을 시작하기는 쉽지만(說起來容易),
일을 시작하기는 어렵다(作起來難).

백은 백이고(白是白), 흑은 흑이다(黑是黑). 소문은 헛것이지
만(耳聽爲虛), 눈으로 보면 사실이다(眼見爲實). 말은 증거가 없
지만(說話爲空), 글로 쓰면 사실이다(落筆爲實). 귀로 듣는 것은
눈으로 보는 것만 못하고(耳聞不如目睹), 눈으로 보는 것은 몸으
로 겪어보는 것만 못하다(目睹不如身受. 睹 볼 도).

○廟門口的獅子. — 是石.
　묘 문 구 적 사 자　　　시 석

절 입구의 사자. — 돌이다.

정황이 사실이다. 石(shí)은 實(shí 사실)과 해음. 일석십두一石十
斗일 때의 石(석, 섬)의 음은 dàn.

○老牛走道兒. — 一步一個坑兒.
　노 우 주 도 아　　　일 보 일 개 갱 아

소가 걸어가다. — 한 발에 구멍 하나씩.

하는 일이 온당하고 성실하다. 坑(kēng) 구덩이 갱.

○南山上滾石頭. — 石打石.
　남 산 상 곤 석 두　　　석 타 석

남산에서 돌이 굴러떨어지다. — 돌이 돌을 치다.

말과 일이 모두 사실이고 실실재재實實在在하다. 滾 흐를 곤. 구
르다. 굴리다. 떠나다. 우루루. 천둥소리. 석石은 실實과 해음.

○三個銅錢放兩處. — 一是一, 二是二.
　삼 개 동 전 방 량 처　　　일 시 일　이 시 이

동전 3개를 두 곳에 나누다. — 하나는 한 개, 두 번째는 두
개이다.

말과 행동이 실사구시實事求是(shí shì qiú shì)이다.

○瞎子算命. — 直言開談.
　할 자 산 명　　　직 언 개 담

장님이 점을 치다. — 바른대로 말해주다.

사실대로 거짓없이 말하다. 장님은 손님의 표정이나 안색을 볼
수 없으니 사실 그대로 말해주다.

3) 자시자만自是自慢

시아버지 말에는 시아버지가 옳고(公說公有理), 시어머니 말

에는 시어머니가 옳다(婆說婆有理).

노반의 집 앞에서 도끼를 들고 솜씨 자랑하며(魯班門前弄大
斧), 신선 면전에서 먼지떨이를 흔든다(神仙面前耍拂塵). 공자
집 문 앞에 와서 시문을 팔고(孔子門前賣詩文), 공자 앞에서 삼자
경三字經을 외우지 말라(孔夫子面前莫背三字經). —공자 앞에서
문자 쓰기, 달인達人 앞에서 어설픈 기량을 뽐내지 말라.

노반이 아무리 재주가 좋아도, 자기 능력에 맞추어 일을 한다
(魯班雖巧, 量力而行).

ㅇ班門弄斧. — 不知自量.
　반 문 농 부　　　불 지 자 량

노반魯班의 집 앞에서 도끼 들고 솜씨자랑하다. — 자신의
역량을 알지 못하다.

자신의 학식이나 실력을 아무데서나 자랑하다. 노반魯班은 춘추
시대 노국인魯國人. 목장木匠 와장瓦匠 등의 조사祖師.

ㅇ半桶水. — 淌得很.
　반 통 수　　창 득 흔

물 반통. — 매우 많이 흔들린다.

자신의 부족한 실력을 알면서도 자랑하다. 淌 큰 물결 창. 물이
흘러내리다. 很 말을 듣지 않을 흔. 어기다. 매우. 몹시. 그 정도
가 매우 심하다. (副詞)

ㅇ螻蟻撼大樹. — 可笑不自量.
　누 의 감 대 수　　가 소 불 자 량

개미가 큰 나무를 흔들려 하다. — 가소롭게도 자신의 능력
을 헤아리지 못하다.

螻 땅강아지 누(루). 蟻 개미 의. 누의螻蟻는 개미. 땅강아지. 撼 흔들 감. 움직이다. 요동시키다.

○ 狗咬月亮. ─ 不知高低.
　구 교 월 량　　불 지 고 저

개가 달을 보고 짖다. ─ 높낮이를 모르다.

咬 깨물 교. 짖다.

○ 老虎打哈欠. ─ 好大口氣.
　노 호 타 합 흠　　호 대 구 기

호랑이가 하품을 하다. ─ 입심이 쎄다.

哈 마실 삽. 입을 오물거리는 모양 합. 欠 하품 흠. 부족하다(缺의 약자. 缺은 모자랄 결). 합흠哈欠은 하품. 구기口氣는 입심. 말버릇. 어조.

4) 자화자찬自畵自讚

족제비는 제 새끼한테서 향내가 난다고 자랑한다(黃鼠狼誇它孩兒香). 제 꿈을 제가 해몽하고(自己的夢自己圓), 제가 잘났다고 하면 옆사람들이 웃는다(自己俏 旁人笑). 스승이 되어 제자에게 자랑을 하는 사람은(爲師夸徒) 결코 좋은 스승이 아니다(必不是好師).

재주와 학문이 깊다면 자랑하지 말고(才學深 不張揚), 날이 선 좋은 칼은 칼집에 감추어야 한다(寶刀利 鞘裏藏). 능력이 모자란 사람일수록 자랑이 많고(本領小的驕傲大), 학문이 깊은 사람은 그 마음이 평온하다(學問深的意氣平). 다른 사람 앞에서 제 자랑하지 말고(別在人前誇自己), 다른 사람 뒤에서 남의 허물을 논하지 말라(別在背後論人非).

○老鼠上天秤. ― 自稱自贊.
　노 서 상 천 칭　　자 칭 자 찬

쥐가 저울에 올라갔다. ― 스스로 칭찬하다.

○爆竹店失火. ― 自己恭賀自己.
　폭 죽 점 실 화　　자 기 공 하 자 기

폭죽파는 가게에 불이 났다. ― 자기가 자신에게 축하하다.

자신을 자랑하거나, 자기편끼리 서로 축하 인사하다. 공하恭賀
(gōng hè)는 삼가 축하하다.

○吃江水, 說海話. ― 好大的口氣.
　흘 강 수 설 해 화　　호 대 적 구 기

강물을 마시고, 바다 같은 말을 하다. ― 아주 입심이 좋다.

바다처럼 큰 입을 자랑하다.

○斗大的西瓜, 船大的块兒. ― 過甚其詞了.
　두 대 적 서 과 선 대 적 괴 아　　과 심 기 사 료

말(斗)처럼 큰 수박, 배(船)만한 흙덩어리. ― 과장이 지나
치게 심하다.

○老王賣瓜. ― 自賣自誇.
　노 왕 매 과　　자 매 자 과

왕씨가 참외를 팔다. ― 자기 참외를 자랑하다.

○三錢買匹馬. ― 自誇自騎.
　삼 전 매 필 마　　자 과 자 기

3전에 사들인 말. ― 자기가 자랑하며 타고 다닌다.

3전으로 사들인 말이라면 결코 좋은 말일 수 없다.

5) 철저徹底

먼저 도랑을 치고(先挖渠. 挖 파낼 알. 渠 도랑 거) 나중에 물을 흘려보내며(後放水), 물이 닥치지 않았을 때, 먼저 둑(제방)을 쌓다(水不來 先壘壩. 壘 성채 루. 쌓다. 壩 방죽 둑 패). -준비 철저

먼저 그물을 당겨놓고 뒤에 고기를 움켜쥐어야 하고(先收網口後抓魚), 종기가 났다면 고름을 짜내야 한다(是個癤子得出膿. 癤 부스럼 절. 멍울). 조그만 일이라도 정해진 것이라면(一絲爲定), 만금을 준다 해도 바꿀 수 없다(萬金不移).

말 한마디가 부실하다면 모든 일이 헛일이다(一言不實百事皆虛). 대장부의 말 한마디는 만금을 준다 해도 바꿀 수 없다(大丈夫一言萬金不易).

오직 공부가 깊어야(只要功夫深) 쇠 절구공이를 갈아 바늘이 된다(鐵杵磨成針). 공부가 깊지 못하면 일이 되지 않고(工夫不到事不成), 불길이 닿지 않으면 밥이 익지 않는다(火候不到飯不熟).

철저하게 장악할 수 없다면(寧可全不管), 아예 손을 대지 않겠다(不可管不全). (일이) 없을 때 있는 것처럼 조심할지언정(寧可無當有), 일이 있는데 없는 것처럼 할 수는 없다(不可有當無).

개를 패줄 때는 주인의 체면을 따지지 않고(打狗不看主人面子), 개를 때려줄 때도 호랑이를 잡는 힘을 써야 한다(打狗要用擒虎力. 擒 잡을 금). -악惡은 철저히 징벌해야 한다.

○割韭菜不留根兒. — 刀下無情.
　　할 구 채 불 류 근 아　　　도 하 무 정

부추를 자르면서 뿌리를 남겨두지 않다. — 칼에 인정이 없다.

마음이 약해지지 않아 정에 휘둘리지 않는다. 韭 부추 구. 잎을

잘라 식용한다.

○蔥頭大蒜. — 連根兒拔.
　　총 두 대 산　　　연 근 아 발

양파만큼 큰 마늘. — 뿌리까지 뽑다.

문제를 철저히 해결하여 후환을 남기지 않다. 蔥 파 총. 蒜 마늘

산. 拔 뽑을 발.

○八月裏照螃蟹, 照到了灣邊上. — 一網打盡.
　　팔 월 리 조 방 해　조 도 료 만 변 상　　　일 망 타 진

8월에 횃불을 켜 게를 비추면, 불빛이 물굽이에 닿는다. —

일망타진하다.

악인을 모두 싹 쓸어버리다. 음력 8월 밤에 냇물 가에 횃불을 켜

들면 불빛을 보고 모여든 게를 한꺼번에 잡을 수 있다. 螃 방게

방. 蟹 게 해. 방해螃蟹는 게.

○寡婦燒靈牌. — 一了百淨.
　　과 부 소 령 패　　　일 료 백 정

과부가 신주를 소각하다. — 하나를 끝내 모두를 종결하다.

모든 것을 싹 쓸어버리다. 철저한 마무리로 미진한 것이 없다.

燒 불사를 소. 영패靈牌는 망자亡者의 신주神主. 了 마칠 료. 종결

하다. 淨(淨) 깨끗할 정. 범위를 나타내며 다른 것이 없다.

○滾湯潑老鼠. — 一窩兒都是死.
　　곤 탕 발 로 서　　　일 와 아 도 시 사

끓는 물을 쥐구멍에 붓다. — 구멍 안의 모든 쥐가 죽다.

모두 부수고 죽이다. 滾 흐를 곤. 끓다. 곤탕滾湯은 끓는 물(開

水). 潑 뿌릴 발. 窩 움집 와. 동물의 둥지나 구멍.

○禿者頭上打蒼蠅. ― 來一個收一個.
　독 자 두 상 타 창 승　　내 일 개 수 일 개

대머리에 앉은 파리를 잡다. ― 하나가 날아오면 하나를 잡다.
매사를 거절하지 않고 모두를 받아들이다. 禿 대머리 독. 蒼 푸
를 창. 짙은 청색은 검은색과 비슷하다. 창승蒼蠅은 파리.

6) 치밀緻密

낚싯밥을 아까워해서는(捨不得釣餌) 대어를 못 잡는다(釣不到
大魚). 긴 줄에 낚시를 걸어놓고(放下金鉤和長線) 조용히 낚시
대좌에 앉아있다(釣臺從容待魚來). ― 치밀한 준비를 마치고 결과
를 기다리다.

장비는 거칠지만 찬찬한 곳이 있고(張飛粗中有細), 제갈량은
꼼꼼하지만 거친 면이 있다(諸葛細中有粗). 한 걸음에 한 발자국
(一步一個脚印兒), 무우 뽑은 자리 하나에 구멍 하나(一個蘿卜一
個坑兒). ― 빈틈없고 정확하며 꼼꼼하고 틀림없다.

일 하나를 잘해놓으면(一事做好) 백 가지 어려움을 면할 수 있
다(能免百難). 훌륭한 기술자의 문하에 우둔한 기술자 없고(大匠
之門無拙工), 큰 기술자에게는 버리는 재료가 없다(大匠手裏無
棄材). 일을 천천히 꼼꼼하게 해야 정교한 물건이 나온다(慢工出
巧匠).

○張飛穿針. ― 粗中有細.
　장 비 천 침　　　조 중 유 세
장비가 바늘에 실을 꿰다. ― 거칠면서도 세밀하다.

○ 長毛大筆. ─ 粗中有細.
　　장 모 대 필　　조 중 유 세

긴 털의 큰 붓. ─큰 글씨와 작은 글씨도 쓸 수 있다.

粗(cū) 굵을 조. 細의 반대. 알갱이가 크다. 소홀하다. 조잡하
다.(설화대조說話大粗 : 말하는 것이 너무 버릇없다.) 대충.(조지
일이粗知一二 : 대충 한두 가지 알다.)

○ 裁縫的腦殼. ─ 擋針.
　　재 봉 적 뇌 각　　당 침

바느질하는 사람의 머리. ─바늘을 숨겨 꽂았다.

확실하다. 재봉裁縫은 옷감을 바느질하다. 殼 껍질 각. 뇌각腦殼
은 머리통, 골통. 擋 숨길 당. 가리다. 당침擋針은 당진當眞(dàng
zhēn. 정말인 줄 알다. 확실하다. 정확하다)과 해음.

○ 送根棒槌. ─ 當成針.
　　송 근 봉 퇴　　당 성 침

몽둥이를 하나 보내다. ─바늘로 만들려 하다.

棒 몽둥이 봉. 槌 망치 퇴(추). 針(zhēn. 바늘 침)은 眞(zhēn)과 해음.

7) 허세虛勢

사람 위에 사람 있고(人上有人), 하늘 위에 하늘 있다(天上有
天). 산 너머 또 푸른 산 있고, 하늘 밖에 또 하늘(山外靑山天外
天), 재주 있는 사람 뒤에 더 유능한 사람이 있다(能人背後有能
人).

강자 뒤에 더 강한 자 있고(强中更有强中手), 높은 사람 머리
위에 더 높은 사람 있으니(高人頭上有高人), 다른 사람 앞에서 허
풍 치지 마라(莫向人前夸大口).

모자를 쓰고 있으면 머리의 크기를 알 수 없다(戴帽子不知頭大小). 보통 사람은 남이 추켜올려주는 것을 좋아한다(愛戴高帽子). 이겼다면 교만하지 말고(勝不驕), 졌더라도 낙심하지 말라(敗不餒. 餒 굶주릴 뇌).

대나무 속은 비어야 하고(竹心要空), 사람 마음은 차 있어야 한다(人心有實). 아궁이는 비어야 하고(火要空心), 사람 마음은 차 있어야 한다(人要實心). 허환虛幻은 허를 불러오고(以虛致虛), 사도邪道는 사악邪惡을 부른다(以邪招邪). 조용히 앉아 늘 자신의 과오를 생각하고(靜坐常思己過), 한가한 담소 속에서도 마땅히 옳고 그른가를 생각해야 한다(閑談當想是非).

○乾打雷不下雨. ─ 虛張聲勢.
　　건 타 뢰 불 하 우　　　허 장 성 세

마른 천둥소리에 비는 내리지 않는다. ─ 허장성세.

목소리만 크지 실천이 없다. 허장성세虛張聲勢(xū zhāng shēng shì)는 실속 없이 떠벌리며 허세를 부리다.

○雨過天晴放乾雷. ─ 虛張聲勢.
　　우 과 천 청 방 건 뢰　　　허 장 성 세

비가 그치고 하늘이 갰는데 들려오는 마른 천둥. ─ 허장성세.

고의적 허장성세로 남을 현혹하려 하다. 晴 비가 그칠 청. 개다. 허장성세虛張聲勢 = 고롱현허故弄玄虛(gù nòng xuán xū)는 고의로 교활한 술수를 부리다. 아무것도 아닌 것을 깊은 뜻이 있듯 꾸며대다.

○墳頭上耍大刀. ─ 嚇鬼.
　　분 두 상 사 대 도　　　혁 귀

무덤 위에서 큰 칼을 휘두르다. ― 귀신에 놀라다.

공연히 허풍 치나 사실은 두려워하다. 墳 무덤 분. 耍 희롱할
사. 嚇 놀랄 혁. 두려워하다. 놀라게 하다.

○敲山震虎. ― 瞎咋呼.
　　고 산 진 호　　　할 책 호

산을 흔들어 호랑이를 놀라게 하다. ― 공연히 큰소리치다.

허장성세일 뿐, 실익도 없다. 敲 두드릴 고. 震 벼락 진. 놀라게
하다. 瞎 눈멀 할. 咋 고함칠 책. 呼 부를 호. 책호咋呼는 큰소리
로 외치다. 과시한다. 허풍 떨다.

○草包. ― 外面好看裏面空.
　　초 포　　　외 면 호 간 리 면 공

가마니. ― 겉은 그럴싸한데 속은 비었다.

초포草包는 가마니, 마대. 머저리, 바보, 덜렁이.

○缸裏的金魚. ― 中看不中吃.
　　항 리 적 금 어　　　중 간 불 중 흘

어항 속 금붕어. ― 보기는 좋으나 먹을 것은 없다.

겉만 꾸밀 뿐, 쓸모가 없다. 缸 항아리 항.

○金漆馬桶. ― 外面光彩, 肚裏臭不可聞.
　　금 칠 마 통　　　외 면 광 채　두 리 취 불 가 문

금칠을 한 변기便器. ― 겉은 광채나지만 안의 냄새는 맡을
수 없다.

그럴싸한 외모에 체면을, 내심內心은 비열하고 추악하다. 마통
馬桶은 좌식 변기.

○鞦韆頂上曬衣服. ― 好大的架子.
　　추 천 정 상 쇄 의 복　　　호 대 적 가 자

그네 매는 기둥 꼭대기에 옷을 말리다. ― 아주 큰 옷걸이.

추천鞦韆(秋千)은 그네. 여기서는 그네를 매는 기둥. 曬 햇볕 쬘

쇄. 架 시렁 가. 가자架子는 걸개, 받침대. 조직. 자세.

8) 흠집 찾기(挑剔)

도척挑剔 = 挑 멜 도. 골라내다. 부정적인 면을 들춰내다. 剔 발라낼 척. 뼈나 가시를 발라내다.

비계는 너무 느끼하고(肥的太膩. 膩 기름질 니), 살코기는 이빨에 낀다(瘦的塞牙). — 매사에 트집과 타박이 많다.

종횡으로 코와 눈을 후벼대다(橫挑鼻子竪挑眼). — 남의 흠을 마구 들추어내다. 생트집을 잡다.

백옥에 아무런 흠도 없다(白璧無瑕). 백옥에는 무늬를 새기지 않고(白玉不雕) 좋은 구슬은 꾸미지 않는다(寶珠不飾). 좋은 일에는 예절을 트집 잡지 않는다(碰上好事不挑禮).

암초를 만나면 키를 돌려 나아가고(碰上暗礁要轉舵), 폭풍을 만나면 돛을 내린다(遇上暴風要收篷. 篷 뜸 봉. 거룻배. 작은 배). — 실패나 좌절을 교훈 삼아 다른 방안을 찾다.

○鷄蛋裏挑骨頭. — 故意找錯.
　계 단 리 도 골 두　　고 의 조 착

　豆腐裏尋骨頭. — 找麻煩.
　두 부 리 심 골 두　　조 마 번

계란 속에서 뼈를 골라내다. — 공연히 트집을 찾아내다.

두부 속에서 뼈를 찾다. — 성가시게 하다. 골칫거리를 찾다.

계단鷄蛋은 계란. 골두骨頭는 뼈. 找 찾을 조. 錯 섞일 착. 마번麻

煩은 귀찮다. 성가신 일. 부담을 주다. 폐를 끼치다.

○筷子扎藕. ― 盡挑眼兒.
　　쾌 자 찰 우　　　진 도 안 아

젓가락으로 연뿌리를 뒤적거리다. ― 연뿌리의 눈을 찾다.

고의로 결점을 찾아내려 하다. 扎(紮) 묶을 찰, 뺄 찰. 동여매다.

묶음. 札의 속자. 藕 연뿌리 우. 眼은 연뿌리의 구멍.

○一根筷子吃藕. ― 挑眼.
　일 근 쾌 자 흘 우　　　도 안

젓가락 한 개로 연뿌리를 먹다. ― 구멍을 찾다.

남의 결점을 뒤져내다.

○鋦碗. ― 找碴兒.
　국 완　　　조 사 아

그릇을 땜질하다. ― 깨진 곳을 찾다.

고의적으로 흠결을 들춰내다. 鋦 쇠로 동여맬 국. 碗 주발 완.

사발. 碴 깨질 사.

9) 기타 其他

너는 너의 크고 넓은 길을 가라(你走你的陽關道). 나는 나의
외나무다리를 건널 것이다(我過我的獨木橋). ―각자 자기 일을
하며, 남에게 간섭하지 않는다.

내가 빚은 탁주를 내가 마시고(自釀的苦酒自己喝), 내가 키운
과수에 열린 쓴 과일도 내가 먹는다(自栽的苦果自己吃).―자신
이 불러온 업보를 달게 받는다.

운명에 재물을 타고나지 않았다면 당연히 가난해야 한다(命裏
無財該受窮). 부귀는 모두 하늘이 쇠에 새겨 놓은 것이니(富貴都

是天鑄成), 타고난 운명은 어쩔 수 없다.

팔자에 쌀이 8홉뿐이라면(命裏只有八合米), 온 천하를 돌아다녀도 한 되를(열 홉) 채울 수 없다(走遍天下不滿升).

과오를 알고 고친다면 이보다 더 좋은 善은 없다(知過能改 善莫大焉). 착오를 알고 고치면 착오라 할 수 없다(知錯改錯不算錯).

○ 半夜下飯店. ― 有什么算什么.
　　반 야 하 반 점　　　유 십 요 산 십 요

한밤에 객점에 투숙하다. ― 무엇이든 요구하는 대로 계산하다.

현재의 조건에 따라 일을 처리하다. 반점飯店은 객점客店. 주막. 대형 음식점. 호텔. 십요什么(甚么, shénme)는 어떤, 무슨. 의문을 표시.

○ 叫化子打狗. ― 邊打邊走.
　　규 화 자 타 구　　　변 타 변 주

거지가 개를 때려주다. ― 때리면서 도망치다.

규화자叫化子(叫花子, 要飯的)는 거지. 비렁뱅이. 邊 가장자리 변. 일변一邊(yī biān)의 축약. 한쪽, 한편. 한편으로 ~하면서 ~하다.

○ 剛進廟的和尙念佛經. ― 現學現唱.
　　강 진 묘 적 화 상 념 불 경　　　현 학 현 창

막 절에 들어간 화상이 불경을 읽다. ― 그 자리에서 배워 따라하다.

○ 閻王爺對付小鬼. ― 高高在上.
　　염 왕 야 대 부 소 귀　　　고 고 재 상

염라왕이 잡귀에게 명령하다. ― 높은 곳에 올라 앉았다.

○ 買牛不拿繮繩. ― 抓角.
　　매 우 불 나 강 승　　　조 각

소를 사면서 고삐를 잡지 않다. ― 뿔을 잡아끌다.

미리 준비하지 못해 어렵게 일을 하다. 拿 잡을 나. 繮 고삐 강.

繩 줄 승. 抓 잡을 조. 잡아끌다.

7. 체모體貌

1) 모습(容貌)

인상이 좋으면 팔자도 좋고(相好命好), 팔자가 좋으면 인상도 좋다(命好相好).

남자는 직업을 잘못 고를까(男怕入錯行), 여자는 남편을 잘못 고를까 걱정한다(女怕嫁錯郎). ─남자는 직업이, 여자는 남편이 제일 중요하다. 남자에게는 재물이 외모지만(男人以財爲貌), 여자는 미모가 재산이다(女人以貌爲財).

사람의 아름다움은 외모에 있지 않다(人美不在貌). 아름다움은 착한 마음씨에 있다(美在心意好). 사람의 아름다움은 마음에 있고(人美在心裏), 뱀의 아름다움은 껍질에 있다(蛇美在皮上).

호랑이도 하산을 하면 한 장의 가죽이다(老虎下山一張皮). 꽃 수를 놓은 베개의 속에는 마른 풀만 한 묶음이다(繡花枕頭一包草). ─외모는 화려하나 내용물은 아주 빈약하다.

한 어미가 자식 아홉을 낳는데(一母生九子), 아홉 자식의 생김새는 같지 않고(九子不一樣), 열 사람에 열 개의 생김새이며(十個人十個樣子), 사람마다 성질이 제각각이고(千人千脾氣), 사람마다 생김새가 다르다(萬人萬模樣). 그래서 인간 세상에는 천 갈래의 길이 있다(人世間有千條路).

○斑鳩打蛋. ─ 撅嘴.
　반 구 타 단　　궐 취

산비둘기 알이 깨지다. ─ 입을 삐죽거리다.

화가 나서 불만을 표시하다. 斑 얼룩 반. 알록달록하다. 鳩 비둘기 구. 반구斑鳩는 산 비둘기. 집을 짓지 못하고 다른 새의 둥지에 알을 낳는다고 한다. 蛋 새알 단. 타단打蛋은 알을 깨트리다. 집을 지은 새가 산비둘기 알을 밀어내 깨트려도 슬피 울기만 한다는 주석이 있다. 撅 칠 궐, 치켜들 궐. 궐취撅嘴는 불만의 표시로 입을 삐죽거리다.

○出水芙蓉. ─ 越長越招人愛.
　출 수 부 용　　월 장 월 초 인 애

물 밖에 나온 부용. ─ 자랄수록 사람들의 사랑을 받는다.

여자가 자랄수록 아름답게 피어나다. 부용芙蓉(荷花, 연꽃). 越 뛰어넘을 월. 越~越~. ~할수록 ~하다. 그 정도가 가중된다.

○大姑娘相親. ─ 忸忸怩怩.
　대 고 낭 상 친　　뉴 뉴 니 니

다 큰 처녀가 맞선을 보다. ─ 부끄러워하며 우물쭈물하다.

상친相親은 맞선을 보다. 忸 부끄러워할 뉴. 怩 부끄러워할 니. 뉴뉴니니忸忸怩怩(niǔ niǔ ní ní)는 부끄러워하다. 수줍어하다.

○九毛加一毛. ─ 十毛.
　구 모 가 일 모　　십 모

털 아홉 개에 하나를 더하다. ─ 열 개의 털. / 최신식이다.

十(shí)은 時(shí)와 해음. 毛는 髦(máo. 긴털 모)와 해음. 시모時髦
(shí máo)는 유행이다. 최신식이다.

○ 猢猻搖石柱. ― 動也不動一動.
　　호 손 요 석 주　　　동 야 불 동 일 동

원숭이가 돌 기둥을 흔들다. ― 흔들려 하나 조금도 움직이
지 않는다.

○ 眉毛上失火. ― 紅了眼.
　　미 모 상 실 화　　　홍 료 안

눈썹에 불이 났다. ― 눈이 붉어졌다.

분노나 질투로 크게 화가 나다.

○ 正當午時看太陽. ― 難瞧.
　　정 당 오 시 간 태 양　　　난 초

딱 정오에 태양을 올려보다. ― 바로 보기 어렵다.

바로 보기가 어렵다. 瞧(qiáo) 몰래볼 초. 바라보다.

2) 의표儀表

산은 높낮이가 아니라(山不在高低), 오로지 경치가 좋아야 하
지만(要有景致), 사람은 외모로 평가할 수 없다(人不可貌相).

3할은 타고난 인물이고(三分長相), 7할은 차림새이니(七分打
扮), 곧 옷이 날개다. 말에는 안장이 있어야 하고(馬要鞍裝), 사람
에게는 옷과 여러 소지품이 있어야 한다(人要衣裝).

사람들은 오직 옷차림새를 보아 공경하지, 사람됨(人品)을 공
경하지는 않는다(只敬衣彬不敬人). 더군다나 외지에서 온 사람
은, 다만 옷차림(외모)만 알지 사람을 알지 못한다(只認衣彬不認
人).

그 외모를 보면 그 행동을 알 수 있고(觀其外知其行), 그 벗을 보면 그 사람됨을 알 수 있다(觀其友知其人). 물에 비춰본 사람은 자기 얼굴 생김새를 볼 수 있고(鑑於水者見面之容), 타인에게 자신을 비춰본 사람은 길흉을 알 수 있다(鑑於人者知吉與凶). 특별한 생김새를 가진 사람은 필히 특별한 능력이 있다(人有古怪像必有古怪能).

돈이 있으면 온갖 추한 것을 가릴 수 있는 것처럼(一富遮百醜. 遮 막을 차), 준수한 외모는 모든 결점을 가려주고(一俊遮百醜), 하얀 피부는 모든 결점을 덮어주며(一白遮百醜), 큰 복은 온갖 재앙을 누른다(一福能壓百禍). 특히 여성에게는 희고 고운 피부가 제일이다.

군자의 도량에 대장부의 마음이어야 하지만(君子量丈夫心), 군자다운 외모에 소인의 마음도 있다(君子貌小人心).

○財神爺爺着爛衫. — 人不可外貌相.
　　재 신 야 야 착 란 삼　　　　인 부 가 외 모 상

　재물의 신이 남루한 옷을 입다. — 사람은 외모만 볼 수 없다.
　겉모양으로 사람을 평가할 수 없다. 爺 아비 야. 야야爺爺는 할아버지. 조부의 나이에 속하는 어른에 대한 존칭. 대야야太爺爺는 증조부. 爛 문들어질 란. 衫 적삼 삼.

○大姑娘出嫁. — 打扮好.
　　대 고 낭 출 가　　　　타 분 호

　큰딸이 출가하다. — 잘 꾸몄다.
　화장을 잘하다. 扮(bàn) 꾸밀 분.

○大將軍出馬. ― 威風八面.
　　　대장군출마　　　위풍팔면

대장군이 출전하다. ― 위엄 있는 기풍이 넘치다.

○吊死鬼扮新娘. ― 人不像人, 鬼不像鬼.
　　　적사귀분신낭　　　인불상인, 귀불상귀

목매 죽은 귀신을 아가씨로 분장하다. ― 사람이나 사람같
지 않고, 귀신이나 귀신같지 않다.

○豆芽兒菜. ― 細長.
　　　두아아채　　　세장

콩나물 무침. ― 가늘고 길다.

○佛爺的眼珠. ― 動不得.
　　　불야적안주　　　동불득

부처님의 눈동자. ― 움직이지 못한다.

○老廟的泥判官. ― 渾身上下都是土.
　　　노묘적니판관　　　혼신상하도시토

낡은 사당의 진흙 판관. ― 온몸 아래위가 전부 흙이다.

많은 풍진風塵을 겪고 피로에 지치다.

○落在熱灰裏的蚯蚓. ― 渾身抽搐.
　　　낙재열회리적구인　　　혼신추축

뜨거운 재(灰) 위에 떨어진 지렁이. ― 온몸으로 비틀어대다.

蚯 지렁이 구. 蚓 지렁이 인. 抽 뺄 추. 빼내다. 搐 경련할 축. 추
축抽搐은 경련을 일으키다. 실룩거리다.

○老母鷄抱鷄蛋. ― 一邊孵着.
　　　노모계포계단　　　일변부착

암탉이 계란을 품다. ― 그러면서 부화하다.

숨어있다. 孵는 알 깔 부. 암탉이 알을 부화하다. 孵는 伏(fú. 엎
드릴 복)과 해음.

○三月裏扇扇子. ― 滿面春風.
　　　삼월리선선자　　　만면춘풍

삼월에 부채질을 하다. ― 만면이 온화하다.
몸과 마음이 평안하다.

8. 감정感情

가. 격동激動 외

1) 격동激動

하늘은 무너지지 않는다(天塌不下來. 塌 떨어질 탑). 만약 하늘이 무너지면 모두가 눌린다(天塌壓大家). 그래도 하늘이 무너져내리면 머리로 받칠 사나이가 있다(天塌了有大漢頂着).

하늘이 무너져내린다면 여럿이 받치고 있어야 한다(天塌下來大家撑着). 다시 말해, 큰일이 생기면 모두 힘을 합쳐야 한다.

하늘이 무너지면 키 큰 사람이 먼저 죽고(天塌大個死), 강을 건널 때는 난쟁이가 먼저 빠진다(過河有矮子). 하늘이 무너지면 땅에 바짝 엎드린다(天塌了有地接着). 이 말은 아무리 어려운 상황에도 벗어날 방법은 있다고 격려하는 말이다.

○二月桃花淵. ─ 春水上漲, 波動起伏.
　이 월 도 화 연　　춘 수 상 창　파 동 기 복

2월 복숭아꽃 피는 연못. ― 봄물이 불어나고, 파도가 친다.

계절에 따라 정서情緖의 기복起伏이 일어나다. 도화桃花가 필 무렵이면 쌓였던 눈이 녹아 봄물이 크게 불어난다. 漲 물이 불어날 창.

○ 熱鍋裏的湯圓. ― 不斷地翻滾着.
　　열 과 리 적 탕 원　　불 단 지 번 곤 착

뜨거운 솥 안의 새알심. ― 쉬지 않고 뒹군다.

심경心境이 매우 요동치다. 鍋 솥 과. 탕원湯圓은 팥죽에 넣는 찹쌀가루로 만든 새알 같은 음식. 翻 뒤칠 번. 뒤집다. 번복하다. 滾 흐를 곤. 번곤翻滾은 데굴데굴 구르다.

○ 在火爐裏過日子. ― 渾身暖烘烘.
　　재 화 노 리 과 일 자　　혼 신 난 홍 홍

화로 안에서 세월을 보내다. ― 온몸이 활활 타는 듯하다.

정서상 고무 격려되어 뜨거운 피가 솟구치다. 일자日子는 지정한 날. 일자. 날수. 날짜. 기간. 생활. 혼신渾身은 온몸. 暖 따뜻할 난. 烘 횃불 홍. 불에 말리다. 덥게 하다. 홍홍烘烘은 뜨끈뜨끈한. 불길에 세게 타는 소리. 활활.

2) 경시輕視

사람 나이 60이면 먼 곳으로 여행을 하지 않는다(人到六十不遠行). 그러나 나이 63세는 잉어가 여울물을 뛰어 올라가는 것과 같다(六十三 鯉魚跳過灘). ― 곧 인생의 새로운 전기가 될 수 있다.

나중에 난 수염이 눈썹보다 길고(後生鬍子比眉長), 나중에 생긴 소의 뿔은(後生的犄角) 먼저 자란 귀보다 길다(比先長的耳朵長). 그래서 공자께서도 후생이 두렵다고 했거늘(尼父猶然畏後

生), 대장부라도 젊은이를 경시할 수 없다(丈夫未可輕年少).

남을 백안시하다(白眼看人). ─사람은 깔보면 안목이 좁고(白眼無珠), 좋고 나쁜 사람을 모른다(不識好歹. 歹 dǎi. 나쁠 대).

○ 從門縫裏看人. ─ 把人看扁了.
　　종 문 봉 리 간 인　　　파 인 간 편 료

문틈으로 사람을 보다. ─ 사람을 납작하게 본다. 업신여기다.

사람을 객관적으로 보지 못하다. 縫 꿰맬 봉.

○ 從樓上看人. ─ 把人看矮了.
　　종 루 상 간 인　　　파 인 간 왜 료

누각 위에서 아랫사람을 보다. ─ 사람을 난쟁이로 보다.

다른 사람의 능력이나 가치를 낮게 평가하다. 矮 키 작을 왜.

○ 拿空心草瞧人. ─ 小看人家.
　　나 공 심 초 초 인　　　소 간 인 가

속이 빈 풀 구멍으로 사람을 보다. ─ 남을 무시하다.

다른 사람을 경시하다. 瞧 볼 초. 인가人家(rénjia)는 타인.

○ 老虎吃螞蚱. ─ 零拾掇.
　　노 호 흘 마 책　　　영 습 철

호랑이가 메뚜기를 주워먹다. ─ 부스러기를 줍다.

마책螞蚱은 메뚜기. 零 조용히 오는 비 영. 자질구레하다. 拾 주을 습. 掇 주울 철. 습철拾掇은 수습하다. 정리하다.

○ 豬八戒啃蓮根. ─ 什么仙人給什么水果.
　　저 팔 계 습 연 근　　　십 요 선 인 급 십 요 수 과

저팔계가 연뿌리를 씹어먹다. ─ 어떤 신선이, 어떤 과일을 주겠는가.

그런 사람에게는 그런 대우를 하다. 경멸의 의미. 啃 씹을 습.

연근蓮根은 연근. 십요什么(甚么, shénme)는 어떤, 무슨. 의문을

표시. 수과水果는 과일.

3) 경황驚惶

낮에 양심에 어긋난 짓을 하지 않으면(白日不做虧心事), 밤에 귀신이 문을 두드려도 두렵지 않다(夜裏不怕鬼敲門). 마을에 사악한 일이 없으면 잡귀가 들어오지 않는다(村裏無邪鬼不入). ─ 내부 모순이 없으면 나쁜 사람이 발붙일 곳 없다.

나쁜 짓을 안 했으면 마음이 두렵지 않고(不作賊心不驚), 생선을 먹지 않았으면 입에 비린내가 없다(不吃魚 嘴不腥). 언제나 가난한 사람은 근심 걱정이 없고(常窮人不愁), 늘 아픈 사람은 놀라지 않는다(常病人不驚). 귀뚜라미가 울면 게으른 (겨울 준비가 없는) 여편네가 놀란다(促織鳴 懶婦驚).

○出洞的老鼠. ─ 東張西望.
　　출 동 적 로 서　　　동 장 서 망
　구멍을 나온 쥐. ─ 여기저기를 두리번거린다.
　늘 조심하며 두려워하는 모양. 동장서망東張西望 = 동도서망東睹西望(睹 볼 도) = 동살서간東撒西看(撒 뿌릴 살, 흘리다) = 동간간서망망東看看西望望.

○耗子見了猫. ─ 麻爪了.
　　모 자 견 료 묘　　　마 조 료
　쥐가 고양이를 만났다. ─ 발톱이 마비된다.
　놀라 손발이 얼어붙다. 모자耗子는 쥐(老鼠). 麻 삼 마. 표면이 거칠다. 얼굴이 얽다. 저리다. 마비되다. 마비麻痺. 爪 손톱 조.

○ 黃鱔鑽洞. ─ 顧住頭, 顧不了腚.
　　황 선 찬 동　　　　고 주 두　 고 불 료 정

두렁허리가 구멍을 뚫다. ─ 머리만 숨기고, 꽁무니는 감추
지 못하다.

황란慌亂하여 허둥대는 모양. 황선黃鱔은 두렁허리. 장어 계통의
물고기. 鑽 끌 찬. 파내다. 파다. 顧 돌아볼 고. 腚 볼기 정. 꽁무
니. 꼬리 부분.

○ 火燒屁股. ─ 慌了手脚.
　　화 소 비 고　　　 황 료 수 각

궁둥이에 불이 붙었다. ─ 손발만 허둥대다.

屁 방귀 비. 허튼소리를 하다. 보잘것없다. 股 넓적다리 고. 비고
屁股는 궁둥이. 꽁무니. 慌 어렴풋할 황. 무서워하다. 다급하다.

○ 芒刺在背. ─ 坐也坐不穩, 立也立不住.
　　망 자 재 배　　　 좌 야 좌 불 온　 입 야 립 불 주

등에 가시가 있다. ─ 앉아도 편히 앉을 수 없고, 서있어도
편치 못하다.

마음이 황란하고 심신心神이 불안하다. 芒 까끄라기 망. 刺 찌를
자. 가시. 背 등 배. 穩 온할 온.

4) 고통苦痛

가난한 사람이 가난뱅이를 보면 마음이 아프다(窮見窮心裏
痛). 고생한 사람이 고생하는 사람을 알아주고(苦人知苦人), 가
난한 여인은 가난뱅이 사내를 불쌍히 여긴다(貧女憐窮漢).

황련의 쓰디쓴 맛을 모른다면(不嘗黃連苦), 어찌 꿀과 설탕의
단맛을 알겠는가?(哪知蜜糖甛)

고생, 고생이 없다면(沒有苦中苦), 어떻게 즐거운 쾌락을 얻겠는가?(哪得樂中樂)—고생 끝에 낙이 온다. 바람과 찬서리(생활)의 고난을 겪지 않고서야(不經風霜苦), 어찌 매화의 향을 얻을 수 있겠는가?(難得梅花香) 고통의 나날은 견디기 어렵고(苦日難熬), 환희의 시간은 빨리 지나간다(歡時易過).

사람은 곤경에 빠질까 두렵고(人怕遇難), 배는 모래톱에 걸릴까 걱정한다(船怕上灘). 만약 하늘이 사람의 궁리대로 다 해준다면(天若容人算), 이 세상에 가난한 사람은 없다(世上無窮漢).

○ 黃連樹下彈琴. ─ 苦中作樂.
　　황련수하탄금　　　고중작락

황련 나무 아래서 거문고를 타다. ─ 고생하면서도 즐거움을 추구하다.

애써 괴로움을 모른척하다. 황련黃連은 어려운 살림살이를 상징. 환련목黃連木은 소태나무.

○ 黃連樹上加猪膽. ─ 苦上加苦.
　　황련수상가저담　　　고상가고

황련 나무 위에 돼지 쓸개를 올려놓다. ─ 고생에 고통을 더하다.

膽 쓸개 담.

○ 啞子吃黃連. ─ 無從訴苦.
　　아자흘황련　　　무종소고

벙어리가 황련을 삼키다. ─ 쓴맛은 말할 수도 없다.

마음속 고통을 하소연도 못하다.

○ 涸渴之魚. ─ 相濡以沫.
　　고갈지어　　　상유이말

말라가는 물속의 물고기. — 침을 내어 서로를 적셔준다.

곤경에 처하면 서로 도와 살려고 한다. 涸 얼어붙을 고. 渴 목마를 갈. 濡 젖을 유. 적시다. 沫 거품 말.

○ 背人偸酒吃. ㅡ 冷暖自家知.
배 인 투 주 흘 냉 난 자 가 지

몰래 훔쳐서 마신 술. — 차가운지 따뜻했는지는 본인만 알다.

다른 사람한테 말을 못하다. 각자의 심사나 처지를 자신만 알고, 다른 사람에게는 말할 수 없다. 背 등질 배. 배인背人은 남몰래. 偸 훔칠 투.

○ 河裏孩兒岸上娘. ㅡ 看在眼裏, 痛在心上.
하 리 해 아 안 상 낭 간 재 안 리 통 재 심 상

물에 빠진 아이, 땅 위의 어미. — 눈에 보이나, 마음에는 고통뿐.

어떻게 손을 쓸 수도 없어, 마음만 찢어지다. 부모 자식이 고생고생하면서, 구원할 방법이 없는 고통. 岸 언덕 안. 냇둑. 강가.

5) 고흥高興

고흥高興(gāo xìng)은 아주 신이 나다.

죽은 뒤 헛된 명성을 누리는 것은(與其身後享那空名), 살아 있을 때 뜨거운 술 한 잔만 못하다(不若生前一杯熱酒). 마음이 통쾌하면 온갖 병이 사라진다(心裏痛快百病消). 고량주를 한 모금 마시면(白干酒 咂一口. 咂 빨아댈 잡, 마시다) 신선보다 더한 즐거움이 오래 가득하다(賽過神仙樂悠悠. 賽 겨뤄 이길 새. 悠 멀 유,

오래가다). 술자리에 가서는 모름지기 술만 마시고(得飮酒時須飮酒), 노래하는 곳에 갔다면 큰 소리로 노래를 하면 된다(得高歌處且高歌).

늘 즐거우면 온갖 근심이 사라지고(常樂解千愁), 늘 웃으면 온갖 병을 물리친다(常笑却百病). 마음이 넓으면 몸이 건강하고(心廣體胖), 도량이 크면 장수한다(量大長壽). 그러니 덕행을 쌓아야 장수할 수 있고(積德以增壽), 가정이 화목하면 만사가 잘 된다(家和萬事興).

낙관과 건강은 장수와 짝을 이루지만(樂觀與健康長壽爲伴), 우울과 질병은 단명을 따라간다(憂鬱同生病短命相隨). 일상생활에 절도가 없으면 나이 오십에 쇠약해진다(起居無節半百而衰). 기거에 규율이 있다면(起居有規律), 병마가 너를 찾지 않을 것이다(病魔不找你. 找 찾을 조).

○ 八仙聚會. ─ 又說又笑.
   팔 선 취 회   우 열 우 소
   팔선이 모여 놀다. ─ 즐거웁고 또 웃는다.
   여럿이 한데 모여 즐겁게 웃으며 담소하다. 팔선八仙은 중국 민간신앙을 통해 널리 알려진 여덟 명의 신선.

○ 八月的石榴. ─ 合不上.
   팔 월 적 석 류   합 불 상
   8월의 석류. ─ 오무릴 수 없다.
   석류가 무르익어 벌어졌기에 다시 오무릴 수 없다. 즐거운 일로 벌어진 입을 다물 수 없다.

○吃了溫州蜜橘. ─ 味道好.
　　흘료온주밀귤　　미도호

온주의 꿀맛 같은 귤을 먹었다. ─ 맛이 좋다.

온주溫州는 저장성浙江省(절강성) 남부의 인구 1천 만에 가까운 해안 상업도시, 귤 생산지로 유명. 蜜 꿀 밀. 橘 귤나무 귤.

○打足了氣的皮球. ─ 一蹦老高.
　　타족료기적피구　　일봉로고

바람이 빵빵한 공. ─ 한 번 차면 높이 올라간다.

蹦 뛸 붕. 튀어오르다. 노고老高는 매우 높다.

○六月天喝涼水. ─ 從心裏涼到心外.
　　유월천갈량수　　종심리량도심외

6월 여름에 찬물을 마시다. ─ 시원한 마음이 밖으로도 나타나다.

喝 외칠 갈, 마실 갈.

○新媳婦兒懷孕. ─ 暗喜.
　　신식부아회잉　　암희

새 며느리가 임신하다. ─ 속으로 좋아하다.

媳 며느리 식. 식부아媳婦兒는 며느리. 懷 품을 회. 회임懷妊. 孕 아이 밸 잉.

6) 공구恐懼

恐 두려울 공. 懼 두려워할 구.

멍청한 사내가 마누라를 무서워하고(癡人畏婦. 癡 어리석을 치. 畏 두려워할 외), 현명한 여자는 남편을 두려워한다(賢女畏夫). 고개를 쳐든 아내와 고개 숙인 남자(擡頭老婆低頭漢). 젊어서는 아내를 잃을까 두려워하고(少怕喪妻), 늙어서는 자식을 잃을까 걱정한다(老怕喪子).

대장부는 제때에 결단을 내린다(大丈夫當機立斷). 일이 닥쳤을 때 두려워하면(臨事而懼), 꾀하는 일을 잘 마치기 어렵다(好謀難成). 대장부가 살아난다고 하여 무슨 기쁨이 있고(大丈夫生而何歡), 죽는다 하여 무엇을 두려워하랴(死而何懼)!

사람은 체면을 잃을까(人怕丟臉), 나무는 껍질이 벗겨질까 두려워한다(樹怕剝皮). 영웅은 다만 병에 걸려 고생할까 두려워한다(英雄只怕病魔來). 군자는 정확한 계산을 두려워하지 않는다(君子不怕明算帳).

마음이 바르면 사악을 두려워하지 않고(心正不怕邪), 가는 길이 바르다면 뱀을 두려워하지 않는다(路正不怕蛇).

진짜 금은 불에 달구는 것을 두려워하지 않는다(眞金不怕火煉). 의지가 강한 사람은 시련을 두려워하지 않는다. 좋은 차는 상세한 품평을 두려워하지 않고(好茶不怕細品), 훌륭한 사람은 세세한 평론(검증)을 겁내지 않는다(好人不怕細論).

쥐는 아무리 커도 고양이를 두려워한다(老鼠再大也怕猫). 개는 악인을 무서워하고(狗怕惡人), 사람은 악귀를 두려워한다(人怕惡鬼). 굶주린 개는 매를 두려워하지 않고(餓狗不怕打), 굶주린 사람은 체면을 따지지 않는다(餓人不要臉).

○ 猴吃辣椒. ― 直了眼兒.
후흘랄초　　　직료안아

원숭이가 매운 고추를 먹다. ― 눈알이 튀어나왔다.

의외의 정황에 눈이 커지고 말을 잃다. 辣 매울 랄(날).

○ 螞蚱眼睛. ― 長長了.
　　마 책 안 정　　　　장 장 료

메뚜기의 눈. ― 기다랗다.

螞 왕개미 마. 蚱 메뚜기 책. 마책螞蚱은 메뚜기. 황충蝗蟲. 장장
長長은 시간, 공간 등의 거리가 매우 길다. 멀다. 메뚜기의 눈은
좁고 길다.

○ 洋鬼子看戲. ― 傻眼了.
　　양 귀 자 간 희　　　사 안 료

서양인이 경극을 구경하다. ― 멍청하게 바라보다.

보아도 이해를 못하기에 눈만 멀뚱거리다. 의외의 상황에 어찌
할 바를 모르다. 양귀자洋鬼子는 외국인에 대한 멸칭蔑稱. 傻 어
리석을 사.

○ 吃了薄荷冰. ― 凉了多半截.
　　흘 료 박 하 빙　　　양 료 다 반 절

박하 빙과를 먹다. ― 한참 동안 시원하다.

사람이 두려워 긴장하는 모양. 박하薄荷는 박하. 페퍼민트. 截
끊을 절. 반절半截은 긴 모양 물체의 절반.

○ 長虫吃了烟袋油. ― 渾身哆嗦.
　　장 충 흘 료 연 대 유　　　혼 신 치 색

뱀이 담뱃진을 먹다. ― 온몸을 부들부들 떨다.

사람이 두려워 온몸이 소름에 떨다. 장충長虫은 뱀. 烟 연기 연
煙. 연대烟袋는 담뱃대. 연대유煙袋油는 담뱃대에 남아 응고된
담뱃진(니코틴). 독성이 강하다. 哆 클 치. 嗦 핥을 색. 치색哆嗦
은 부들부들 떨다.

○ 狗狼相見. ― 兩害怕.
　　구 랑 상 견　　　양 해 파

개와 늑대가 만나다. ── 양쪽 다 두려워하다.

怕 두려워할 파. 해파害怕는 겁내다. 두려워하다.

7) 난감難堪

물고기는 미끼를 먹으려다 낚시에 걸린다(魚去吞餌上了鉤).
물고기가 물을 떠났고(魚離水), 풀의 뿌리가 잘렸으며(草離根),
물고기가 모래톱 위로 뛰어올랐다(魚蹦到沙灘上). ─ 생존 바탕을
상실하고 큰 곤경에 처했다.

고생을 거듭하지 않고서는(不受苦中苦) 큰사람이 되기 어렵다
(難爲人上人). 고생 중에 가장 쓴 고생을 겪지 않으면(不吃苦中
苦), 달콤한 쾌락을 얻을 수 없다(難得甛上甛).

먼저 나서는 비둘기가 먼저 곤경에 빠진다(出頭鴿子先遭難).
쓴 것을 맛보지 않으면 단맛을 모르고(不吃苦不知甛), 곤경을 겪
어보지 않으면 고난을 모른다(不受困不知難).

○ 大姑娘胖臉. ── 難看.
　대 고 낭 반 검　　　난 간

二姑娘腫臉. ── 更難看.
이 고 낭 종 검　　　경 난 간

큰딸의 살찐 얼굴. ── 난감하다.

둘째 딸의 종기 난 얼굴. ── 더욱 난감하다.

대고낭大姑娘은 나이 든 처녀. 맏딸. 胖 살찔 반. 편안하고 안락
하다. 臉 뺨 검. 腫은 부스럼 종. 종기腫氣는 옛날에 아주 흔했던
피부병. 난간難看은 난감難堪(nán, kān, 堪 견딜 감)과 해음.

○關公老子. — 滿面紅.
　　관 공 노 자　　　만 면 홍

관공 노인. — 온통 붉은 얼굴.

보고 있기가 힘들다. 보기 싫다.

○王胖子跳井. — 過不去.
　　왕 반 자 도 정　　과 불 거

아주 큰 뚱뚱이가 우물에 뛰어들다. — (너무 큰 몸이라서)
내려가지 못하다.

많은 사람을 난처하게 만들다. 跳 뛸 도. 뛰어 들어가다.

○豬八戒照相. — 自找難看.
　　저 팔 계 조 상　　자 조 난 간

저팔계가 사진을 찍다. — 스스로도 봐주기 어렵다.

곤경을 자초하다. 조상照相은 사진을 찍다. 找 찾을 조. 자조自找
는 자초하다.

○老太太吃柿子. — 嘬汁液.
　　노 태 태 흘 시 자　　최 즙 액

늙은 할머니가 감을 먹다. — 물만 빨아먹다.

다른 상황 때문에 곤경에 처하다. 치아가 없는 노파가 홍시의
즙을 빨아먹다. 嘬 깨물 최. 씹다. 즙액汁液은 즙.

8) 낭패狼狽

빨리 하고자 서두르면 이룰 수 없으며(欲速則不達), 급한 불로
는 죽을 끓일 수 없다(急火熬不成粥). 그리고 서둘러 가는 길은
넘어지기 마련이며(快行無好步), 물살이 빠른 곳에서는 고기를
잡기가 어렵다(急水難捉魚).

작은 구멍을 메우지 않으면(小洞不補), 큰 구멍이 되어 고생을

한다(大洞吃苦). 또 작은 실패를 고치지 않으면 큰 낭패를 보고 (小錯不改成大錯), 작은 도랑을 메우지 않으면 큰 골짜기가 된다 (小溝不塡成大壑).

용왕을 따라다니면 기우제 차린 것을 먹고(跟着龍王吃賀雨), 족제비를 따라다니면 닭 훔치는 법을 배우며(跟着黃鼠狼學偸雞), 늑대를 따라다니면 고기를 먹고(跟着狼吃肉), 개를 따라다니면 똥을 먹는다(跟着狗吃屎).

불 갈고리가 길면 손을 데지 않는다(火棍長了不燙手). - 깊이 생각하고 준비한 일은 낭패 없다.

앞문에서 호랑이를 막았더니 후문으로 이리가 들어온다(前門拒虎後門進狼). 이리 굴에서 나오자마자 호랑이를 만나다(方離狼窩又逢虎口).

○踩到了西瓜皮. ─ 大跌了好幾般.
　채 도 료 서 과 피　　　대 질 료 호 기 반

수박 껍질을 밟아 미끄러지다. ─ 크게 몇 번 넘어지다.

연속된 실수로 체면이 깎이다. 踩 밟을 채. 西瓜는 수박. 跌 넘어질 질. 기반幾般은 몇 번(幾次).

○光腚拉磨. ─ 丟人.
　광 정 납 마　　　주 인

맨 궁둥이로 연자방아를 끌다. ─ 망신을 당하다.

곳곳에서 추한 꼴을 내보이다. 腚(dìng) 볼기 정. 궁둥이. 전권轉圈은 맴돌다. 원을 그리며 돌다. 곳곳에서. 丟 잃어버릴 주. 내던지다. 주인丟人(diū rén)은 체면을 깎이다. 망신을 당하다. 결점을 드러내다.

○ 額頭連下巴. ― 沒面孔.
　　액 두 련 하 파　　몰 면 공

이마가 턱에 붙었다. ― 면목이 없다.

체면을 잃다. 額 이마 액. 액두額頭는 이마. 하파下巴는 턱. 아래
턱(下頷). 沒 빠질 몰. 없다. 면공面孔은 낯. 얼굴(臉面). 체면(面
子). 사물의 외관.

○ 仰臉吃炒麵. ― 嗆個滿臉.
　　앙 검 흘 초 면　　창 개 만 검

고개를 쳐들고 볶음면을 먹다. ― 사래 들려 온 얼굴에 뿜다.

갑자기 거절을 당해 체면을 잃다. 臉은 뺨 검. 앙검仰臉은 고개
를 뒤로 젖히다. 炒 볶을 초. 초면炒麵은 볶음면. 음식 이름. 嗆
사레들릴 창. 사레들려 갑자기 입안의 음식을 내뿜다.

○ 圓卓大的臉. ― 沒地方擱.
　　원 탁 대 적 검　　몰 지 방 각

둥근 테이블만한 얼굴. ― 있을만한 곳이 없다.

체면을 잃어 스스로 어찌할 수가 없다. 擱 놓을 각. 두다. 넣다.
참다. 견디다.

9) 냉담冷淡

좋은 일은 사람을 속이지 않는다(好事不瞞人). 사람을 속인다
면 좋은 일이 아니다(瞞人不好事). 추운 날에는 불길을 막지 말고
(冷天莫遮火), 더운 날에는 바람을 막지 말라(熱天莫遮風)! 뜨거
운 술은 폐를 상하게 하고(熱酒傷肺), 차가운 술은 위를 상하게
한다(冷酒傷胃). 열과 냉을 맞춰(熱冷適度) 조금 마시는 것이 좋

다(小喝爲貴).

인정과 세태란 본디 차갑다가도 따뜻하고(人情冷暖), 덥다가도 서늘하듯 변화무쌍하다(世態炎涼). 추운 날 냉수를 마셔야만 했던(寒天飮冷水), 하나하나가 마음속에 있다(點點在心頭). —옛날 겪었던 고생 모두가 생생히 남아 있다.

눈과 얼음이 아무리 두꺼워도 유월을 견딜 수 없다(氷雪雖厚難過六月). 산이 높으니 나무도 크고(山高樹也高), 샘이 깊으니 물은 더욱 차갑다(井深水更凉). 차갑고 뜨거운 것을 아는 사이가 바로 부부이다(知冷知熱是夫妻).

○乾塘裏的鯉魚. — 瞟眼看人.
　　건 당 리 적 리 어　　표 안 간 인

말라가는 연못의 잉어. — 곁눈질로 사람을 보다.

냉담한 마음으로 남을 대하다. 塘 연못 당. 鯉 잉어 리. 瞟 곁눈질할 표.

○啞巴知了. — 沒人粘.
　　아 파 지 료　　몰 인 점

울지 못하는 매미. — 아무도 잡는 사람이 없다.

관심을 가져주는 사람이 없다. 아파啞巴는 벙어리. 소리가 없는. 지료知了(zhī liǎo) = 책선蚱蟬은 말매미. 粘 끈끈할 점. 들러붙다. 눌어붙다. 끈끈한 거미줄로 매미를 잡는 동작.

○三九天裏冰, 寡婦老婆心. — 又冷又硬.
　　삼 구 천 리 빙　　과 부 노 파 심　　우 랭 우 경

한겨울의 얼음, 늙은 과부의 마음. — 차갑고 또 딱딱하다.

사람이 냉담하고 무관심하다(冷漠). 삼구천三九天은 동지가 지나고 19일째부터 27일째 되는 날까지. 일 년 중 가장 추울 때.

○ 鐵觀音. ― 又冷又硬.
　철 관 음　　우 랭 우 경

쇠로 만든 관음보살. ― 차갑고도 무심하다.

10) 당황唐慌

한바탕 쓸데없는 이야기는 아무 일도 성취하지 못한다(空談一場 百事不成). 밝은 대낮에 꿈을 꾸고(白日做夢), 대낮에 귀신을 보다(白日見鬼).―터무니없는 소리를 한다. 황당무계한 억지를 말하다. 속세의 모든 것이 꿈이며, 환상이고, 물거품이나 그림자처럼 덧없다(夢幻泡影).

○ 揣了二十五兎子. ― 百爪抓心.
　췌 료 이 십 오 토 자　　백 조 조 심

25마리의 토끼를 품었다. ― 100개의 발톱으로 속을 긁어 댄다.

마음이 안정되지 못하고 이런저런 걱정을 감수하지 못하다. 揣 잴 췌. 생각하다. 헤아리다. 감추다. 힘껏 비비다. 추측하다. 爪(zhǎo) 손톱 조. 抓(zhuā) 긁을 조. 잡다.

○ 剁尾巴猴兒. ― 坐立不安.
　타 미 파 후 아　　좌 립 불 안

꼬리가 잘린 원숭이. ― 앉으나 서나 불안하다.

마음이 불안하여 잠시도 안정安靜할 수 없다. 剁 자를 타.

○ 赴呂太后筵席. ― 如坐針氈.
　부 려 태 후 연 석　　여 좌 침 전

여태후의 잔치에 참석하다. ― 마치 바늘방석에 앉은 것 같다.

안온安穩한 자리가 아니다. 赴 나아갈 부. 참석하다.

여태후呂太后는 한고조漢高祖의 황후皇后. 筵 자리 연. 깔개. 잔치 자리. 氈 모전 전. 양탄자. 침전針氈은 바늘방석.

○ 猫聞見腥物. ─ 坐不定立不安.
　　묘 문 견 성 물　　　　좌 불 정 립 불 안

고양이가 비린내 나는 냄새를 맡았다. ─ 앉아 있기도 서 있을 수도 없다.

욕심낼 물건을 앞에두고 안절부절 못하다. 腥 비린 성. 고기나 생선의 비린내.

○ 貧者暴富. ─ 亂了手脚.
　　빈 자 폭 부　　　난 료 수 각

가난뱅이가 벼락부자가 되다. ─ 손발을 마구 놀리다.

무엇을 해야할지 모르다. 폭부暴富(bào fù)는 벼락부자.

나. 득의得意 외

1) 득의得意

막힌 하나가 통하면 만 가지가 다 통하며(一窮通時萬窮通), 한 가지 이치(일)에 능통하면 모든 일이 잘 되고(一法通萬法通), 한 가지 생업이 잘 되면 다른 여러 사업도 잘 풀린다(一業興百業旺).

시작했으면 피하질 말고(做着不避), 피할 사람 같으면 시작을 말라(避着不做). 이익을 본 곳에서 손해도 보나니(得便宜處失便宜), 내 뜻대로 되는 일은 두 번은 없다(得意不可再往). 그러니 큰 횡재를 두 번 바라지 말라. 쉽게 얻으면 쉽게 잃고(得之易失之易), 힘들게 얻은 것은 쉽게 나가지 않는다(得之難失之難).

재수가 좋을 때는 지겟작대기에 꽃이 피고(興來時扁擔開花), 재수가 없으면 생강도 맵지 않다(倒霉時生薑不辣. 霉 장마 매. 곰팡이. 도매倒霉는 재수 없다).

장사가 크게 융성하여 서해四海에 두루 통하고(生意興隆通四海), 재원이 무성하여 삼강三江 지역을 뒤덮는다(財源茂盛達三江).

○ 孔雀的尾巴. ─ 翹得太高.
　공 작 적 미 파　　교 득 태 고

공작의 꼬리. ─ 너무 높게 폈다.

사람이 교만 방자하기 분수에 넘치는 모양. 翹 꼬리 긴 깃털 교.

○ 兩脚踏雲. ─ 飄飄然.
　양 각 답 운　　표 표 연

두 다리로 구름을 밟고 서다. ─ 우쭐거리다.

득의양양得意洋洋하여 해야 할 일을 잊은 모양. 踏 밟을 답. 飄 회오리바람 표. 바람에 나부끼다. 표연飄然은 둥실둥실 떠가는 모양.

○ 落水進龍宮. ─ 得意亡形.
　낙 수 진 용 궁　　득 의 망 형

물에 빠졌는데 용궁에 들어가다. ─ 득의하여 본분을 잊다.

전화위복되어 신이 나서 본분을 잊은 모양.

○ 猴猴子上了天. ─ 忘了自己是從哪壞石頭裏蹦出來的.
　손 후 자 상 료 천　　망 료 자 기 시 종 나 괴 석 두 리 붕 출 래 적

손오공이 하늘을 나르다. ─ 자신이 어떤 돌덩이에서 뛰쳐

나온 줄을 잊었다.

득의망형得意忘形, 망료근본忘了根本.

○ 小老媽坐飛機. ─ 抖起來.
소 로 마 좌 비 기   두 기 래

젊은 아주머니가 비행기를 타다. ─ 거들먹거리다.

득의양양한 모양. 抖 떨어 흔들 두. 들어올리다.

2) 무망無望

나이 30에 아들이 없다면(三十無子), 40에는 희망이 없다(四十絶望). 40에도 아들이 없다면 첩을 맞이해야 한다(四十無子娶妾). 50에도 손자가 없다면(五十不見孫), 죽을 때까지 마음이 놓이질 않는다(至死不鬆心).

어려서 가르치지 않으면 커서 멍청이가 되고(小時不敎成渾虫), 어른이 되어 배우지 않으면 음식이나 탐하는 게으름뱅이가 된다(長大不學成懶龍. 懶 게으를 나). 30년 전에는 아버지를 보아 그 아들을 공경했고(三十年前看父敬子), 30년 뒤에는 아들을 보고 그 아버지를 공경한다(三十年後看子敬父). ─ 말년에는 자식이 출세해야 대우받는다.

의욕상실보다 더 큰 슬픔은 없다(哀莫大於心死).《莊子·田子方》)

관棺을 보기 전에는 눈물을 흘리지 않는다(不見棺材不悼淚). ─ 살아 있다는 믿음을 버리지 않겠다. 항우項羽는 오강烏江에 도달할 때까지 낙담할 수 없었다(不到烏江心不死).

마음에 자신이 있으나 힘이 달린다(心有餘而力不足). 마음만은 높은 산에 올랐으나(心想上高山), 어리석어 오히려 깊은 수렁 속으로 떨어졌다(愚而跌下涯坎).

죽은 말도 산 말처럼 치료하다(死馬當活馬醫). ─끝까지 최선을 다하다. 희망이 없는 줄 알면서도 노력해 보다.

○ 半邊鈴鐺. ─ 響不起來.
　　반 변 령 당　　　향 불 기 래

반쪽 방울. ─ 소리가 나지 않다.

희망이나 가능성이 없다. 반변半邊은 일부분. 반쪽. 영당鈴鐺은 방울. 響(xiǎng) 울림 향. 소리가 나다. 想(xiǎng)과 해음. 앞날을 생각하지 못하다. 희망이 없다.

○ 戴起草帽打陽塵. ─ 沒望.
　　대 기 초 모 타 양 진　　　몰 망

넓은 밀짚모자를 쓰고 천장 그림판의 먼지를 털다. ─ 올려다볼 수가 없다.

희망이 없다. 초모草帽는 밀짚모자. 타양진打陽塵은 천화판天花板(천장의 그림이 있는 부분)의 먼지를 털다.

○ 冬天吃冰棒. ─ 一直凉到心.
　　동 천 흘 빙 봉　　　일 직 량 도 심

겨울에 아이스바를 먹다. ─ 곧장 가슴까지 싸늘하다.

낙심하여 절망에 이르다. 빙봉冰棒은 아이스케이크. 아이스바 (icebar).

○ 隔夜的被子, 斷了火的炕. ─ 冰凉冷透了.
　　격 야 적 피 자　단 료 화 적 항　　　빙 양 랭 투 료

엊저녁 이불이나 불길이 없는 방구들(온돌). ─ 차가운 냉

기가 스민다.

낙담과 절망으로 열정이 없다. 피자被子는 이불. 炕 온돌 항.

○ 老寡婦死了獨生子. ── 一點兒指望沒有了.
　　노 과 부 사 료 독 생 자　　일 점 아 지 망 몰 유 료

늙은 과부의 독생자가 죽다. ── 한 점의 희망도 없다.

의지할 바를 잃어 아무런 기대도 없다.

○ 三十晚上盼月亮. ── 沒有指望.
　　삼 십 만 상 반 월 량　　몰 유 지 망

그믐날 밤에 달이 뜨기를 기다리다. ── 희망이 없다.

盼(pàn) 볼 반. 바라다. 기대하다. 월량月亮은 달. 지망指望은 기
대하다. 소망.

3) 변화變化

하늘의 풍운은 예측할 수 없듯(天上風雲莫測), 인간사도 순식
간에 변한다(人事瞬息變化). 지옥에 가보지 않았으면 아귀들의
변상을 모른다(不入地獄不知餓鬼變相). 사업을 해보지 않았으면
돈벌이가 힘든 줄을 모른다(不創業不知錢艱難). 중노릇을 해보
지 않았다면(不當和尙), 염불하는 고통을 알지 못한다(不知道念
經苦).

하늘이 변하고 땅이 변하더라도(變天變地), 밥을 먹고 옷을 입
는 것은 안 변한다(變不了吃飯穿衣). 7월의 날씨는(七月的天) 사
람 말대로 바뀐다(說變就變). 그런 것처럼 인정人情은 언제나 변
한다. 근면한 사람이 게을러지기는 쉽지만(勤變懶易), 게으른 사
람이 부지런하기는 어렵다(懶變勤難).

양 새끼가 잘 커도 준마가 될 수 없고(羊羔長不成駿馬), 까마귀가 또 변한다 하여도 검은색을 바꿀 수는 없다(烏鴉再變也改不了黑色). 개꼬리를 3년 동안 놔두어도(狗尾巴放上三年) 담비가죽으로 변하지 않는다(也變不成水貂皮).

칼은 갈지 않으면 날카롭지 않고(刀不磨不利), 게으른 사람은 멍청해진다(人懶惰變笨). 칼은 크고 작고가 아니라 날이 날카로워야 하고(刀不在大小在鋒利), 사람은 크고 작으냐가 아니라 똑똑해야 한다(人不在高矮在精明). 여자는 크면서 열여덟 번 변한다(女大十八變). 변하면 변할수록 예뻐진다(越變越好看).

○ 放了氣的猪尿泡. ― 一下子就軟了.
　　방 료 기 적 저 뇨 포　　　일 하 자 취 연 료

바람 빠진 돼지 오줌보. ― 금방 연약해진다.

상황에 따라 태도가 급변하다. 뇨포尿泡는 돼지 오줌보(膀胱, 방광).

○ 黃瓜當鞭打馬. ― 丟了半截.
　　황 과 당 편 타 마　　　주 료 반 절

오이로 채찍처럼 말을 때리다. ― 절반이 떨어져 나갔다.

열정이 순식간에 절반으로 줄어들다. 丟 잃어버릴 주. 截 끊을 절.

○ 見了火的蠟. ― 軟了.
　　견 료 화 적 랍　　　연 료

불에 닿은 밀랍. ― 녹아버린다.

온화한 태도에 기세가 완화되다. 蠟 밀랍 랍(왁스wax).

○ 六月的天. ― 眨眼就陰沈下來.
　　유 월 적 천　　　잡 안 취 음 침 하 래

6月의 천기. — 눈 깜작할 사이에 음침해진다.

분노로 매우 빨리 감정이 변하는 사람. 眨 눈 깜박일 잡. 잡안眨眼. 눈을 깜박거리다. 그러한 짧은 순간. 음침陰沈은 어두컴컴하다. 침울하다.

O 皮球上扎了一刀. — 軟了下來.
피 구 상 찰 료 일 도　　　연 료 하 래

공을 칼로 찌르다. — 금방 바람이 빠지다.

강경한 태도가 완화되다. 扎(zhā. 紮) 묶을 찰, 뺄 찰. 동여매다. 침이나 가시로 찌르다. 묶음. 札의 속자.

4) 복잡複雜

소와 말이 발정해도 (거리가 멀어) 서로 상관하지 않는다(風馬牛不相及, 風은 동물이 발정하다). —서로 아무 상관이 없다.

슬픔과 기쁨, 이별과 재회(悲歡離合)에 희비가 뒤섞이다(喜悲交集). —늘 변하는 인간사, 덧없는 일. 슬퍼하고 걱정하는 것은 (悲傷憂愁) 주먹을 꼭 쥐는 것만 못하다(不如握緊拳頭).

얼음과 숯불을 한 화로에 담을 수 없고(氷炭不同爐), 물과 불은 같이 있을 수 없다(水火不相容). 선악은 같은 길을 갈 수 없고(善惡不同途), 현자와 어리석은 사람은 같이 살 수 없다(賢愚不幷居).

착한 사람이 악행을 하면(先善後惡), 악행만 알고 선행은 기억하지 않는다(准惡不准善). 악한 사람이 착한 일을 하면(先惡後善), 악행은 잊고 착한 일만 인정해 준다(准善不准惡).

○白糖拌苦瓜. — 又甜又苦.
　　백 당 반 고 과　　　우 첨 우 고

흰 설탕과 쓴 여주를 함께 비비다. — 달면서도 쓰다.

감정이 복잡하여 기쁨과 고통이 뒤섞이다. 拌 버릴 반. 휘저어

뒤섞다. 고과苦瓜는 여주. 甛 달 첨.

○打飜了五味瓶. — 苦辣酸甛咸都有.
　　타 번 료 오 미 병　　　고 랄 산 첨 함 도 유

오미五味의 병이 엎어지다. — 쓰며, 맵고, 시며(酸), 단맛

과 짠맛이 모두 들었다.

심경이 복잡하여 어떻게 말할 수 없다. 辣 매울 날(랄). 酸 신맛

산. 咸은 짤 함鹹.

○醬園鋪倒了貨架. — 五味具全.
　　장 원 포 도 료 화 가　　　오 미 구 전

반찬 가게의 물건 선반이 엎어졌다. — 오미가 모두 들어있다.

심경이 매우 복잡하다. 장원포醬園鋪는 각종 장유醬油를 파는 가

게.

○狗子見了熱脂油. — 又貪又怕.
　　구 자 견 료 열 지 유　　　우 탐 우 파

개가 뜨거운 유지油脂를 보았다. — 먹고 싶지만 뜨거워서

겁이 난다.

모순된 마음에 욕심이 나면서도 두려워하다.

○酒裏摻醋. — 辨不出個味來.
　　주 리 참 초　　　변 불 출 개 미 래

술에 식초를 타다. — 그 맛을 변별할 수가 없다.

복잡한 심경을 어찌 말할 수 없다. 摻 섞을 참. 醋 식초 초. 辨 분

별한 변.

5) 분노忿怒

하늘에 흐리고 갠 날, 비 오고 안개 낀 날이 있듯(天有陰晴雨霧), 사람에게 기쁨과 분노, 은인과 원수가 있다(人有喜怒恩仇). 한때의 분함을 참지 못한다면(忍不住一刻之憤怒), 도리어 백 일간 재앙의 단초를 불러들인다(倒招來百日之禍胎). 참고 또 참고, 너그럽게 또 너그럽게(忍自忍饒自饒), 인내와 관용을 합하면 재앙은 저절로 없어진다(忍饒相加禍自消).

한때의 분노를 참으면(忍得一時忿), 평생 걱정거리가 없다(終身無腦悶).

참을 인忍 글자는 마음속 한 자루의 칼이다(忍字心上一把刀). 참지 못하면 분명 화를 불러온다(不忍分明把禍招). 견딜 내耐는 참을 인忍자만큼 높지 않다(耐字不如忍字高).

한번의 인내는 온갖 용맹을 제압할 수 있고(一忍可以制百勇), 한번의 안정은 온갖 움직임을 제압할 수 있다(一靜可以制百動).

○ 剛點燃了枯柴. — 火氣正旺.
　　강 점 연 료 고 시　　　화 기 정 왕

금방 불붙은 마른 장작. —불길이 한창 세다.

剛 굳셀 강. 단단하다. 지금, 막, 바로(副詞). ~하자마자. 點은 점화點火. 燃 불탈 연. 연소하다. 枯 마를 고. 柴 땔나무 시. 장작. 화기火氣는 노기怒氣. 旺 기운이 셀 왕.

○ 河豚魚浮在水裏. — 氣鼓鼓的.
　　하 돈 어 부 재 수 리　　　기 고 고 적

복어가 물에 떠 있다. —공기가 **빵빵**하다.

몹시 화가 난 모양. 하돈어河豚魚는 복어. 浮 뜰 부. 鼓 북 고. 부풀어 올라 팽팽하다. 고고적鼓鼓的은 부풀어 오른 모양.

○ 火藥碰火柴. ― 好大的火氣.
　화 약 팽 화 시　　　호 대 적 화 기

화약에 성냥불이 붙다. ― 크게 폭발하다.

사람의 노기가 폭발하다. 碰 부딪칠 팽. 화시火柴는 성냥, 성냥불.

○ 燒得正紅的火炭上潑了盆水. ― 又冒煙又冒氣.
　소 득 정 홍 적 화 탄 상 발 료 분 수　　　우 모 연 우 모 기

한창 불타는 석탄 위에 한 동이 물을 뿌리다. ― 연기와 김이 크게 뿜어나오다.

불같은 성질이 폭발하다. 潑 물 뿌릴 발. 盆 동이 분. 물동이. 冒 무릅쓸 모. 뿜어나오다. 속이다. 사칭하다.

○ 一瓢冷水澆到燒紅的鐵鍋上. ― 炸了.
　일 표 냉 수 요 도 소 홍 적 철 과 상　　　작 료

벌겋게 달궈진 쇠솥에 찬물 한 바가지를 퍼붓다. ― 솥이 터지다.

격렬한 분노가 폭발하다. 瓢 박 표. 바가지. 澆 물댈 요. 燒 불사를 소. 鍋 솥 과. 炸 터질 작.

6) 분열分裂

　인생살이에 가장 힘든 것은(人間最苦處), 살아 헤어지기와 죽어 떠나보내기이다(生離與死別). 좋은 만남은 좋게 헤어지는 것만 못하다(好合不如好散). 사실 좋은 낯빛으로 헤어지기도 쉽지 않다. 대장부가 눈물이 없는 것은 아니지만(丈夫非無淚), 헤어질 때도 눈물을 뿌리지 않는다(不灑別離間).

5백 년 전에 맺은 인연이 있어(五百年前結下緣), 부부는 떨어져 있다가 다시 만난 것이다(夫妻由分而合). 부부는 같은 복을 누린다(夫妻是福齊). 부부는 서른에는 버릴 수 없고(三十難捨), 마흔에는 헤어질 수 없다(四十難離).

저녁(酉時) 무렵에 아내를 때리지 말라(莫打酉時妻). 하룻밤 내내 외롭고 처량하다(一夜受孤淒). 침상 앞머리에서 싸우고, 침상 끝에서 화해한다(床頭打架床未和). —부부싸움은 칼로 물 베기이다. 부부는 때리고 욕했다 하여 헤어지지 않는다(夫婦是打罵不開的).

○ 一根棍折兩半. — 掰了.
　　일 근 곤 절 량 반　　배 료

몽둥이 하나를 절반으로 나누다. — 쪼개버렸다.

쌍방의 모순이 격화되고 우정도 파열하다. 일근一根의 根은 양사量詞. 중국어에는 여러 가지 양사가 다양하게 쓰인다. 棍 몽둥이 곤. 掰(bāi) 쪼갤 배.

○ 門檻上砍蘿卜. — 一刀兩斷.
　　문 함 상 감 라 복　　일 도 양 단

문지방에서 무를 자르다. — 한 칼에 둘로 자르다.

단호하게 관계를 단절하다. 문함門檻은 문지방. 문턱. 砍 벨 감. 자르다. 라복蘿卜은 무우.

○ 屁股後頭蹬一脚. — 你東我西.
　　비 고 후 두 등 일 각　　니 동 아 서

궁둥이 뒤를 한 발로 걸어차다. — 너는 동쪽, 나는 서쪽.

각자 동서쪽에서 각자의 일을 하다. 蹬(dèng)은 위로 오르다. 발로 버티다. 짓밟다. 따돌리다.

○ 癡情女遇薄情郎. ─ 一拍兩散兩茫茫.
　　치 정 녀 우 박 정 랑 　　　일 박 량 산 량 망 망

치정에 빠진 여인이 박정한 낭군을 만나다. ─ 한 번 충돌
로 갈라져 멀어지다.

미련 없이 떠나가다. 癡 어리석을 치. 遇 만날 우. 엷을 박. 拍 칠
박. 손으로 두들기다. 茫 아득할 망.

○ 鴛鴦棒打. ─ 兩離分.
　　원 앙 봉 타 　　　양 리 분

원앙을 몽둥이로 때리다. ─ 양쪽으로 갈라져 떠나다.

정인情人이 외부 압력으로 헤어지다. 원앙鴛鴦은 수컷 원. 암컷
앙. 화목한 부부를 상징하는 새. 수컷이 암컷에 비해 색채가 훨
씬 곱다.

7) 소원疏遠

마음은 모든 일의 주인이니(心爲萬事主), 마음만 굳다면 먼 길
도 두렵지 않다(心堅不怕路遠). 만나면 유월(따뜻, 見了是六月),
못 보면 섣달(춥다, 不見是臘月). ─안 보면 멀어진다.

이익을 놓고 서로 교제한 사람은(以利相交者), 이익이 없어지
면 멀어진다(利盡而疏). 미색으로 사람을 섬기면(以色事人者),
미색이 시들면 사랑도 해이해지며(色衰而愛弛), 사람이 인색하
면 붕우도 멀어진다(人有吝嗇朋友遠).

형제가 불신하면 정이 없고(兄弟不信情不親), 붕우가 불신하
면 왕래가 드물다(朋友不信交易疏). 빚이 쌓이면 소원한 친척보

다 더 멀어진다(累債不如疏親). 그래서 우리 속담에도 '빚 주고 사촌 잃는다.'고 하였다.

○ 放出去的風箏. — 越飛越遠.
　　방 출 거 적 풍 쟁　　월 비 월 원
놓쳐버린 연. — 날아갈수록 더 멀어진다.

○ 二月間的桃子. — 不熟.
　　이 월 간 적 도 자　　불 숙
2월의 복숭아. — 익지 않았다.
사람이나 사물에 대하여 잘 알지 못하다. 熟 익을 숙. 성숙成熟은 숙실熟悉(모두 잘 알다)의 뜻.

○ 栗子,花生一般端. — 一個長在樹上, 一個生在地裏.
　　율 자 화 생 일 반 단　　일 개 장 재 수 상　일 개 생 재 지 리
밤과 땅콩은 서로 다르다. — 밤은 나무에서 자라고, 땅콩은 땅속에서 큰다.
두 사람의 차이가 너무 커서 서로간 아무 관계가 없다. 栗 밤 율. 화생花生은 낙화생落花生(땅콩). 端 끝 단. 발단. 시작. 까닭. 이유.

○ 雲南的老虎, 蒙古的駱駝. — 誰也不認識誰.
　　운 남 적 로 호　몽 고 적 낙 타　　수 야 불 인 식 수
운남성의 호랑이와 몽고의 낙타. — 누군들 누구를 모른다고 하겠는가.
서로간 상관할 일이나 연관이 없다.

8) 소흥掃興

소흥掃興(흥을 깨다. 掃 쓸어낼 소).
앞사람의 근면은 뒷사람의 기쁨이니(前人之勤後人之樂), 앞사

람이 만든 길을 뒷사람이 다니고(前人開路後人行), 앞사람이 판
우물에서 뒷사람이 물을 마시며(前人掘井後人吃水), 후손이 먹
는 과일은 앞서 조상 어른이 심은 것이니(後生吃果前人栽), 선조
가 베푼 덕행을 후손이 거두는 것이다(前人種德後人收).

"오늘 다행히도 만나 뵈오니(今日幸得拜見) 제 평생의 큰 기쁨
이옵니다(大慰平生).", "존함은 오래 전에 천둥소리처럼 확실하
게 들었습니다(久聞大名如雷灌耳)." – 이는 처음 만날 때 건네는
상투적인 인사말이다.

"5백 년 전에는 한 집안이었습니다(五百年前是一家)." – 같은
성씨를 만났을 때, 친근함을 표시하는 인사말.

"이번에 들은 당신의 말씀은(聽君一席話), 제가 10년 공부한
것보다 낫습니다(勝讀十年書)." – 상대방에게 건네는 과장된 칭
찬 인사이다.

"이 자리에 오려고 사흘 동안 밥을 먹지 않았습니다(赴席三天
不吃飯)." – 좋은 음식을 많이 먹겠다는 뜻을 과장한 인사말.

○老母鷄刨穀殼. ─ 空歡喜.
　노 모 계 포 곡 각　　　공 환 희
　　암탉이 곡식 껍질을 입에 물다. ─ 실속없이 좋아하다.
　　아무런 실익도 없는 일에 좋아하다. 刨 깎을 포. 파내다. 긁어모
　　으다. 대패. 깎다. 穀 곡식 곡. 殼 껍질 각. 곡각穀殼은 벼의 왕겨
　　같은 것.

○老鼠落在礱糠裏. ─ 空喜歡.
　노 서 낙 재 농 강 리　　　공 희 환

쥐가 왕겨더미에 떨어지다. ─ 실없이 좋아하다.

䴲 갈 농. 곡식의 껍질을 벗기다. 탈곡하다. 糠 겨 강. 농강䴲糠
은 왕겨. 왕겨는 먹을 것이 없다. 농촌에서는 연료로 사용.

○猫踏破油瓶盖. ─ 一場快活一場空.
　묘 답 파 유 병 개　　　 일 장 쾌 활 일 장 공

고양이가 기름병 마개를 깨트렸다. ─ 한바탕 신났지만 허
사였다.

공연히 한바탕 기뻐 날뛰다.

○猫找猪尿泡. ─ 空歡喜一場.
　묘 조 저 뇨 포　　　공 환 희 일 장

고양이가 돼지 오줌보를 잡았다. ─ 공연히 한참 좋았다.

○小尼姑看拜堂. ─ 空歡喜.
　소 니 고 간 배 당　　　공 환 희

젊은 비구니가 혼례식장을 구경하다. ─ 공연히 좋아하다.

니고尼姑는 여승女僧. 배당拜堂은 결혼식장.

○鬧新房擠進個小寡婦. ─ 大煞風景.
　요 신 방 제 진 개 소 과 부　　　 대 살 풍 경

신방 엿보기에 젊은 과부가 끼어들다. ─ 아주 흉하고 불길
한 풍경.

鬧(nào) 시끄러울 뇨(요). 떠들다. 요신방鬧新房은 신혼 첫날밤에
신혼부부를 놀리다. 擠 밀 제. 제진擠進은 비집고 들어가다. 個
는 일개一個. 소과부小寡婦는 젊은 과부. 煞 죽일 살. 대살大煞은
아주 흉한 일.

9) 액운厄運

재수 없는 사람이 점쟁이를 찾아간다(倒霉上卦攤. 霉 곰팡이

매).—곤경에 처한 사람은 남의 말에 잘 빠진다. 운명은 내가 만들고(命由我作), 복은 내 스스로 구한다(福自己求). 팔자에 있다면 있는 것이고(命裏有卽是有), 팔자에 없다면 없는 것이다(命裏無卽是無).

푸른 하늘에서 우박이 쏟아지다(大靑天下雹子 / 뜻밖의 재앙). 황하도 맑아질 날이 있다고 하는데(黃河尙有澄淸日), 어찌 사람에게 운수 트일 날이 없겠는가!(豈可人無得運時)

인생은 모두 운명이다(人生都是命). 사람의 의지로 되는 것은 아무것도 없다(半點不由人). 꽃이 피고 지는 것은 계절이 결정하고(花開花落節氣定), 시운이 오고 가는 것은 운명에 정해진 것이다(時來運轉命安排). 큰 환난에도 쓰러지지 않았다면 틀림없이 큰복을 받는다(大難不死 必有後福).

사람은 하늘 뜻을 거역할 때도 있지만(人有逆天之時), 하늘은 사람의 길을 끊지 않는다(天無絕人之路).

○ 半夜赶黑路. ─ 碰着鬼了.
　　반 야 간 흑 로　　팽 착 귀 료
한밤에 어두운 길을 가다. ── 귀신을 만났다.
재수 없는 일이나 싫은 사람을 만나다. 赶 달릴 간. 碰 부딪칠 팽.

○ 販西瓜遇到連雨天. ─ 命不好.
　　판 서 과 우 도 련 우 천　　명 불 호
수박을 파는데 연일 비가 내린다. ── 운이 없다.
재수 없는 일진日辰이 이어지다.

○ 喝水塞了牙縫, 放屁扭了腰. ─ 該倒霉.
　　갈 수 색 료 아 봉　 방 비 뉴 료 요　　해 도 매

물을 마시니 이 사이에 끼고, 방귀 뀌다가 허리를 삐다. ─
재수가 없다.

되는 일이 하나도 없는, 정말 재수가 없다. 塞 막을 색. 아봉牙縫
은 치아의 틈새. 방비放屁는 방귀를 뀌다. 扭 묶을 뉴. 비틀다.
삐다. 부둥켜 잡다. 腰 허리 요. 霉 장마 매. 곰팡이. 도매倒霉(dǎo
méi)는 재수 없다. 운수가 사납다.

○ 爛眼睛招蒼蠅. ─ 倒霉透.
　　난 안 정 초 창 승　　　도 매 투

눈병이 나자 눈에 파리가 모여들다. ─ 정말 재수가 없다.

爛 문들어질 난. 눈병이 나면 눈곱이 끼고, 거기에 파리가 꼬인
다. 안정眼睛은 눈. 눈동자. 창승蒼蠅은 파리. 透(tòu) 통할 투. 스
며들다. 철저하다. 대단히. 완전히.

○ 失火挨板子. ─ 雙倒霉.
　　실 화 애 판 자　　　쌍 도 매

불이 나고 볼기도 맞다. ─ 겹친 액운.

순식간에 재수 없는 일이 겹치다. 挨 칠 애. ~을 당하다. 板 널빤
지 판. 애판자挨板子는 남의 공격을 받다. 혼나다. 볼기를 맞다.

10) 우려憂慮

눈에 보이지 않으면 걱정거리의 절반은 없어진다(眼不見掉一
半). 눈에 안 보이면 깨끗한 것이고(眼不見爲淨), 듣지 않으면 걱
정하지 않는다(耳不聞不煩).

뿌리가 깊으면 바람에 흔들리는 걱정을 하지 않고(根深不怕風
搖動), 나무가 바른데 어찌 달빛 그림자가 삐뚤어지는 것을 걱정
하겠는가!(樹正何愁月影斜)

호랑이를 풀어 산으로 돌려보내니(放虎歸山) 후환이 끝이 없을 것이다(後患無窮). 호랑이는 산이 높다고 걱정하지 않고(虎不怕山高), 용은 물이 깊은 것을 걱정하지 않는다(龍不怕水深).

모든 일은 사람의 계산과 같지 않다(萬事不如人計算). 모든 일은 하늘 뜻에 있으니 억지로 구할 수 없는데(萬事由天莫强求), 어찌 걱정하며 힘들여 일을 꾸미려 하는가?(何愁苦苦用計謀)

○伍子胥的白頭髮. ─ 全是愁的.
　오자서적백두발　　　전시수적

　伍子胥過昭關. ─ 一夜頭髮白.
　오자서과소관　　　일야두발백

오자서의 하얀 머리카락. ─ 모두 근심 걱정 때문이다.

오자서가 소관昭關을 지나가다. ─ 하룻밤 새 머리가 하얗게 세었다.

걱정이 많아 정신과 육신이 모두 지치다. 오자서(伍子胥, 오원伍員, ?─前 484년)는 춘추시대 오吳나라의 장군.

○砍柴人下山. ─ 兩頭擔薪.
　감시인하산　　　양두담신

나뭇꾼이 하산하다. ─ 양쪽에 장작을 메다. 이런저런 걱정을 하다.

砍 벨 감. 자르다. 柴 땔나무 시. 擔 멜 담. 薪 섶나무 신. 장작. 담신擔薪(dān xīn)은 담심擔心(dān xīn)과 해음. 걱정을 하다.

○老虎跳山澗. ─ 直叫懸.
　노호도산간　　　직규현

호랑이가 산속 냇물을 뛰어넘다. ─ 곧장 위태롭다.

매우 위험하여 남에게 걱정을 끼치다. 懸은 매달 현. 걱정거리.

위험하다.

○ 跌進屹針窩裏. — 坐不得站不成.
　　질 진 을 침 와 리　　좌 불 득 참 불 성

넘어져서 가시덤불 속에 박히다. — 앉을 수도 서있을 수도
없다.

걱정 때문에 편안할 수 없다. 跌 넘어질 질. 屹 흙더미 높을 을.
을침屹針은 식물의 가시. 窩 움집 와. 둥지. 자리. 站 서있을 참.

다. 위굴委屈 외

1) 위굴委屈

위굴委屈은 부당한 지적이나 대우로 억울하고, 섭섭하며, 가슴
에 응어리로 남다.

날이 가물어도 뿌리 있는 풀은 죽지 않고(天旱不死生根草), 돌
틈에서도 만년송이 자란다(石縫還長萬年松). 사악은 정의를 이
길 수 없고(邪不勝正), 요괴는 인덕을 이길 수 없다(妖不勝德). 요
사한 인간은 바른 일을 하지 못하고(邪人不幹正務), 사악한 나무
는 바른 용도에 부적합하다(邪木不合正用).

정도正道는 온갖 사도邪道를 이기고(一正壓百邪), 한 가지 선행
으로 백 가지 악행을 없앨 수 있다(一善足以消百惡). 굶어죽더라
도 도적질을 하지 않고(餓死別做賊), 원통하게 죽더라도 밀고하
지 않다(屈死不告狀). 황하에 뛰어들어도 깨끗하게 씻어버릴 수

없다(跳進黃河也洗不淸). 염라대왕도 억울하게 죽은 귀신은 잡아가지 않는다(閻王不收屈死鬼).

사람의 운이 트이면(人走了紅運) 황토가 황금으로 변하고(黃土變成金), 사람이 큰 복을 타고났으면(人在洪福運) 귀신도 어느 정도 두려워한다(鬼神怕三分). 때가 되지 않으니 운도 트이지 않나니(時不至來運不通), 물속의 달을 건지듯 한바탕 헛수고로다(水中撈月一場空). 득실과 성패는 한순간이며(得失成敗一瞬間), 생각의 작은 차이는 천리만큼 멀다(一念之差千里遠).

○打開棺材喊捉賊. ― 冤枉死人.
　타 개 관 재 함 착 적　　원 왕 사 인

관 뚜껑을 열고 도둑이야 소리치다. ― 죽은 사람에게 누명을 씌우다.

관재棺材는 관棺. 喊 소리칠 함. 고함. 捉 잡을 착. 賊 도적 적. 冤 원망할 원. 枉 굽을 왕. 원왕冤枉은 억울하다. 원통하다. 억울한 누명을 씌우다.

○丟了拐杖. ― 受狗的氣.
　주 료 괴 장　　수 구 적 기

몽둥이를 잃었다. ― 개의 기세에 눌리다.

남의 무시에 대항할 방법이 없어 악인에게 당하다. 丟(diū) 잃어버릴 주. 拐 속일 괴. 꾀어내다. 지팡이. 목발. 괴장拐杖은 지팡이.

○龍困沙灘虎離山. ― 受不了的氣.
　용 곤 사 탄 호 리 산　　수 불 료 적 기

용이 모래밭에서 시달리고 호랑이는 산을 떠났다. ― 견딜 수 없는 모욕을 당하다.

본거지나 유리한 곳을 떠나와 새 환경에서 시달리다. 困 괴로울
곤. 사탄沙灘 물가의 모래밭. 불료不了는 ~할 수 없다. 끝나지
않다. 氣는 기세. 화를 내다. 학대, 천대. 억압.

○ 南瓜就烙餅. ─ 兩受屈.
　 남 과 취 락 병　　　 양 수 굴

호박을 호떡에 넣다. ─ 양쪽 모두 눌리다.

이쪽저쪽 모두 부당한 대우를 받다. 남과南瓜는 호박. 국물에 넣
어야 하는데, 호떡과는 어울리지 않는다. 烙 불에 지질 낙. 낙병
烙餅은 중국식 밀전병. 호떡. 북방인의 상식常食.

○ 跳到染缸裏. ─ 洗不淸.
　 도 도 염 항 리　　　 세 불 청

염색 항아리에 뛰어들다. ─ 씻어낼 수 없다.

누명을 변명하거나 해명할 수 없다. 洗 씻을 세.

2) 유고난언有苦難言

큰 강, 큰 물 다 건너며(大江大河都過啦), 산전수전을 겪었고,
칼산을 올랐으며(上刀山), 기름 솥에도 빠지면서(下油鍋) 온갖
고생을 다했다. 시고, 달고, 쓰고, 매운 맛을(酸甛苦辣) 모두 다
겪은 사람(都經受的人).─본래 고생은 견디기 어렵고, 좋은 날은
빨리 지나간다(苦日難熬 歡時易過).

　고생이 끝이 없다지만(苦海無邊), 고개 돌려보면 피안彼岸이다
(回頭是岸). 고생이야 참을 수 있지만 천대(학대)는 참을 수 없다
(苦好吃氣難受). 고생이 끝나면 좋은 날이 오고(苦盡甘來), 불운
이 다하면 행운이 온다(否極還泰). 고난은 언젠가는 끝이 나고

(苦難終有盡), 긴긴 밤도 그 끝이 있다(長夜終有頭).

사람에게는 아침저녁으로 달라지는 재앙과 복이 있다(人有旦夕禍福). 재앙이 한번 지나가면(一灾過後. 灾 재앙 재) 10년간 크게 흥하는데(十年旺興), 사람의 운이 왕성한 10년 동안에는(人有十年旺) 귀신도 감히 얼씬거리지 못한다(鬼神不敢傍).

○吃了魚鉤上的餌. ― 吐也吐不出來了.
　　홀 료 어 구 상 적 이　　토 야 토 부 출 래 료

낚싯바늘의 먹이에 걸리다. ― 뱉으려도 뱉을 수가 없다.

손실을 보았지만 말할 수도 없다. 어구魚鉤는 낚싯바늘. 餌 먹이이.

○打掉了牙齒往肚子裏咽. ― 有苦難言.
　　타 도 료 아 치 왕 두 자 리 인　　유 고 난 언

빠진 치아를 뱃속으로 삼켰다. ― 고통에도 말할 수 없다.

肚 배 두(腹). 咽 목구멍 인. 삼키다.

○寡婦回娘家. ― 苦衷難吐.
　　과 부 회 낭 가　　고 충 난 토

과부가 친정에 돌아가다. ― 고충을 말하기 어렵다.

○旱天的田螺. ― 有口難開.
　　한 천 적 전 라　　유 구 난 개

날이 가물 때 우렁이. ― 입을 열 수가 없다.

각종 장애에 따른 어려움을 말하지 못하다. 한천旱天은 가뭄. 전라田螺는 우렁이.

○烏龜遭牛踩一脚. ― 痛在心裏頭.
　　오 구 조 우 채 일 각　　통 재 심 리 두

거북이가 소 발굽에 밟히다. ― 마음속으로 고통받다.

遭 만날 조. 踩 밟힐 채. 거북이가 소에 밟히면 깨지거나 죽지는

않지만, 통증을 견뎌야 한다.

○ 秀才遇見兵. ― 有理講不清.
　수 재 우 견 병　　유 리 강 불 청

수재가 병졸에게 잡히다. ― 따질 바를 제대로 말하지 못하다.

3) 진정鎭靜

누구나 그 인생에서 세 번쯤 바보 같을 수 있고(人有三昏三迷), 인생에 가난할 수도 부자가 될 수도 있다(人有七貧八富). 곧 인생 내내 부자나 가난할 수는 없다. 앞을 보는 눈은 있지만 뒤를 보는 눈은 없다(有前眼沒有後眼). 사람에게 앞뒤를 보는 눈이 있다면(人有前後眼), 일천 년 부귀를 누릴 것이다(富貴一千年).

자기 분수대로 본분을 지키면(安分守己), 평온하게 하루하루를 순리대로 살아갈 수 있다(安常處順). 한번의 인내는 온갖 용맹을 제압할 수 있고(一忍可以制百勇), 한번의 안정은 온갖 움직임을 제압할 수 있다(一靜可以制百動).

　○ 穩坐釣魚臺. ― 不動聲色.
　　온 좌 조 어 대　　불 동 성 색

　낚시 좌대에 편안하게 앉았다. ― 아무런 소리나 표정도 없다.

　안정, 침착한 태도. 穩 평온할 온.

　○ 心肝掉在肚裏頭. ― 放心.
　　심 간 도 재 두 리 두　　방 심

　패기를 뱃속에 넣어두다. ― 편안히 지내다.

　심간心肝은 양심. 정의감. 기백, 패기. 방심放心은 안심하다. 마음을 푹 놓다.

○時間很從容. — 不用躁急.
　시 간 흔 종 용　　　불 용 조 급

시간이 매우 넉넉하다. ━ 서두르지 말라.

很 말을 듣지 않을 흔. 어기다. 매우. 몹시. 그 정도가 매우 심하
다(副詞). 종용從容은 태도가 조용하다. 침착하다. (시간이나 경
제적으로) 여유가 있다. 躁 성급할 조.

4) 질투嫉妬

열 부인 중 아홉은 질투를 하지만(十個婦人九個妬), 질투를 치
료할 처방은 없다(療妬無方). ‒ 질투는 여자의 힘이나 불치병이
다. 여인들은 눈물로 사랑을 얻고(婦人以泣市愛), 소인은 울면서
간사한 짓을 한다(小人以泣售奸).

도道를 같이 하는 사람은 서로 아껴주지만(同道者相愛), 같은
업종끼리는 서로 질투한다(同行者相妬). 부귀를 같이 누린 사람
과 환난을 같이할 수 없다(同富貴者, 不能同患難).

○葡萄不熟. — 酸得很.
　포 도 불 숙　　　산 득 흔

　익지 않은 포도. ━ 매우 시다.

　熟 익을 숙. 酸 식초맛 산.

○武大郎開店. — 比他高的不要.
　무 대 랑 개 점　　　비 타 고 적 불 요

　무대武大가 개업한 점포. ━ 그보다 더 큰 사람은 필요 없다.

　자신보다 더 현명한 사람을 질투하고 배척하는 태도.

5) 초조焦燥

뜨거운 쇠솥의 개미(熱鍋上的螞蟻). ─탈출구가 없는 위기에서 안절부절하다.

한 줌 불로는 솥의 밥을 익힐 수 없다(一把火煮不熟一鍋飯). 마음이 급하면 뜨거운 죽을 먹지 못하고(心急吃不得熱粥), 달리는 말에서는 삼국지를 읽지 못한다(跑馬看不得三國).

마음이 급하면 사람을 기다리지 못하고(心急等不得人), 성급하면 고기를 낚지 못한다(性急釣不得魚). 밑이 뾰족한 병은 서지 못한다(尖底瓶子坐不住).

○大熱天抱火爐. ─ 又焦躁又難熬.
　　대 열 천 포 화 노　　우 초 조 우 난 오
아주 뜨거운 날에 화로를 껴안다. ─ 초조하면서도 견딜 수 없다.
매우 초조한 심경. 熬 볶을 오.

○燈盞油乾. ─ 火燒芯.
　　등 잔 유 건　　화 소 심
등잔의 기름이 마르다. ─ 불이 심지를 태우다.

○火燒城隍廟. ─ 急死鬼.
　　화 소 성 황 묘　　급 사 귀
성황묘가 불타다. ─ 황급하게 죽은 귀신.

○鍋底的木頭. ─ 燒焦了.
　　과 저 적 목 두　　소 초 료
솥 밑의 나무. ─ 불에 타다.

○空着肚子蒸饅頭. ─ 等不及.
　　공 착 두 자 증 만 두　　등 부 급

배가 고픈데 만두를 찌다. ─ 다 찔 때까지 기다리지 못하다.

○ 熱鍋上的螞蟻. ─ 坐立不安.
　　열 과 상 적 마 의　　　좌 립 불 안

뜨거운 쇠솥의 개미. ─ 앉기도 서기도 불안하다.

6) 친밀親密

자주 대하면 친구가 되나니(數面成親舊), 처음에는 생소하지만(一回生) 두 번 만나면 낯이 익다(二回熟). 첫날 생소한 사람도(一朝生) 다음날에는 친숙해진다(二朝熟). 새도 날다가 둥지로 돌아오고(鳥飛反鄕), 여우도 죽을 때는 태어난 쪽으로 머리를 둔다(狐死首丘).

사람은 고향으로, 말은 풀이 있는 곳으로 달려가고(人奔家鄕馬奔草), 까마귀도 자기 둥지를 좋아한다(烏鴉也愛自己的巢).

○ 電爐子接火. ─ 後來熱.
　　전 로 자 접 화　　　후 래 열

전기 난로를 켜다. ─ 나중에 뜨거워진다.

감정이 점점 친밀해진다. 爐 화로 로(노).

○ 剛出籠的糖包子. ─ 熱乎乎, 甛蜜蜜.
　　강 출 롱 적 당 포 자　　　열 호 호　　첨 밀 밀

금방 찜통에서 꺼낸 설탕 찐빵. ─ 뜨거워 호호 불면 꿀처럼 단맛이다.

籠 바구니 농. 시루. 찜통. 불을 피우다. 당포자糖包子는 설탕을 소로 넣은 찐빵. 甛 달콤할 첨.

○ 過年吃餃子. ─ 都是一家人.
　　과 년 흘 교 자　　　도 시 일 가 인

설날에 먹는 만두. — 모두 집안 사람이다.

과년過年은 설을 쇠다. 새해를 맞다.

○ 鄕下夫妻. — 寸步不離.
　　향 하 부 처　　　춘 보 불 리

시골의 부부. — 한 발도 떨어지지 않는다.

○ 井裏放糖精. — 甛頭大家嘗.
　　정 리 방 당 정　　　첨 두 대 가 상

우물에 설탕을 풀다. — 단맛을 모두가 맛보다.

○ 廟頭裏一對石獅子. — 誰也離不開誰.
　　묘 두 리 일 대 석 사 자　　　수 야 리 불 개 수

절 입구 한 쌍의 돌 사자. — 어느 쪽도 다른 쪽과 떨어질
수 없다.

피차의 관계가 매우 긴밀하다. 廟 사당 묘. 절간.

7) 친숙親熟

배우면 익숙하고(學則熟), 하지 않으면 잊어버린다(丟則忘).
말타기에 익숙하면 떨어지기도 잘한다(慣騎馬, 慣跌跤). 강물에
빠져 죽는 사람은 수영할 줄 아는 사람이다(河裏淹死是會水的).

중국의 남쪽 사람들은 배를 잘 몰고(南人駕船), 북쪽 사람들은
말을 잘 탄다(北人乘馬). 남방 사람들은 물에 익숙하고(南方善
水) 북방 사람들은 말에 익숙하다(北方善騎－南船北馬).

세월은 베틀의 북과 같고(日月如梭. 梭 북 사. 베틀의 부속 도
구), 청춘은 화살처럼 빠르다(韶光似箭). 천지는 모두 빈 것이며
(天地皆空), 인생도 모두 환영幻影이다(人生皆幻).

인생은 꿈과 같고(人生如夢), 꿈은 인생과 같다(夢如人生). 백
살 늙은이의 한평생이(人生百歲翁) 마치 바람 한번에 날려지는
꽃과 같다(似花飛一陣風).

○鍋裏煮娃娃魚. ― 熟人熟食.
　　과 리 자 왜 왜 어　　　숙 인 숙 식

　솥에 도룡뇽을 삶다. ― 삶고 있는 사람이 익혀 먹는다.

　煮 삶을 자. 娃 예쁠 왜. 짐승의 갓난 새끼. 미인. 왜왜어娃娃魚는
　큰 도룡뇽.

○騎毛驢不用赶. ― 道熟.
　　기 모 려 부 용 간　　　도 숙

　나귀를 타고 가며 나귀를 몰지 않다. ― 길을 잘 안다.

　어떤 일에 아주 능숙하다. 赶 달릴 간. 뒤쫓다. 따라가다. 짐승
　을 몰다.

○上娘家的路. ― 熟路.
　　상 낭 가 적 로　　　숙 로

　婦回娘家. ― 熟門熟路.
　　부 회 낭 가　　　숙 문 숙 로

　친정에 가는 길. ― 잘 아는 길.

　며느리가 친정에 가다. ― 익숙한 대문에, 잘 아는 길.

　경험이 많은 일이나 사업.

○老猫上鍋臺. ― 熟路一條.
　　노 묘 상 과 대　　　숙 로 일 조

　고양이가 부뚜막에 올라가다. ― 아주 익숙한 길.

8) 혐오嫌惡

늦가을의 메뚜기는(秋後的螞蚱) 뛰어다닐 날이 며칠 안 남았다(蹦躂不了幾天了).─메뚜기도 한철이다. 망할 날이 얼마 안 남았다.(혐오의 뜻)

네가 검은 내 얼굴이 싫다면(傢嫌我的臉黑), 나는 너의 긴 다리가 싫다(我嫌你的脚大). 말이 많으면 다른 사람이 싫어한다(語多討人嫌). 자기가 눈 똥은 냄새가 안 난다(自己拉的屎不嫌臭). 곧 자신의 결점을 모른다.

토끼를 사냥하는 사람은 토끼가 많다고 싫지 않고(打兎的不嫌兎多), 생선을 먹는 사람은 생선 비린내를 싫어하지 않는다(吃魚的不怕魚腥).

한 떨기 고운 꽃이 소똥 위에 꽂혔다(一朵鮮花揷在牛糞上).─예쁜 처녀가 나쁜 놈과 결혼하다. 한 떨기 백목련 꽃이 돼지우리에 던져졌다(一朵玉蘭花往猪圈裏送).─좋은 여자가 가난하고 나쁜 집에 시집가다.

○海裏的水. ─ 到哪兒哪兒咸.
　해 리 적 수　　 도 나 아 나 아 함
바닷물. ── 어디에 있던 짜다. 싫어하다.
네가 어디에 있든 싫다. 혐오嫌惡. 咸(xián, 짤 함)은 嫌(xián, 싫어할 혐)과 해음.

○半夜赶黑路. ─ 碰着鬼.
　반 야 간 흑 로　　 팽 착 귀
한밤에 어두운 길을 걷다. ── 도깨비를 만난다.

鬼는 귀매鬼魅(도깨비). 모두가 싫어하는 사람. 碰 부딪칠 팽.

○ 老大婆啃核桃. — 吃不開.
　　노 대 파 습 핵 도　　　흘 불 개

늙은 노파가 호도를 깨물다. — 먹으려 하나 깰 수 없다.

다른 사람이 좋아하지 않다. 啃 깨물 습. 핵도核桃는 호도胡桃,
호두.

○ 神臺猫屎. — 神憎鬼厭.
　　신 대 묘 시　　　신 증 귀 염

불단의 고양이 똥. — 귀신이나 도깨비도 싫어한다.

신대神臺는 불단佛壇. 屎 똥 시. 憎 미워할 증. 厭 싫을 염.

○ 心裏吞下一條大尾巴蛆. — 天天惡心,日日作嘔.
　　심 리 탄 하 일 조 대 미 파 저　　　천 천 오 심　일 일 작 구

마음속으로 커다란 꼬리가 달린 구더기를 삼킨다고 생각한
다. — 날마다 속이 뒤집히고 매일 구역질이 난다.

극도로 혐오하거나 증오하는 사람이나 일. 吞 삼킬 탄. 미파尾巴
(wěi ba)는 꼬리. 줏대가 없는 사람. 蛆 구더기 저. 오심惡心은 구
역질.

○ 眼中釘,肉中刺. — 不拔不快.
　　안 중 정　육 중 자　　　부 발 부 쾌

눈에 박힌 못, 살 속의 가시. — 뽑히지도 않고 시원하지도
않다.

극도로 혐오하는 사람을 어찌하지 못하다. 刺 가시 자. 拔 뽑을
발.

9) 회한悔恨

어떤 일에 세 번 생각하지 않으면(事不三思) 나중에 후회한다

(終有後悔). 재물을 보고서도 취하지 않는다면 군자가 아니다(見財不取非君子). ─취할 만한 것은 당연히 취해야 한다.

취할 물건을 취하지 않고서(當取不取), 지난 다음에 후회하지 말라(過後莫悔). ─물건이나 일이나 다 때가 있다.

사내대장부는 후회할 일을 하지 않는다(好漢不吃回頭草). 후회하는데 먹는 약을 파는 사람은 없다(沒有賣後悔藥的). 책(지식)은 써먹을 때가 되어야 부족한 바를 후회한다(書到用時方恨少). ─평소 학식을 많이 축적해 두어야 한다.

장강長江(양자강)은 뒷물이 앞물을 밀어내고(長江後浪催前浪), 세상은 새 사람이 옛사람을 대신한다(世上新人換舊人). 장강의 뒷물이 앞물을 밀어내듯(長江後浪推前浪), 한 세대 한 세대 갈수록 더욱 강해진다(一代更比一代强).

물이 바다로 흘러가는 것은(水流四海) 낙엽이 뿌리로 돌아가는 것과 다르다(不如落葉歸根).

황하의 물은 하늘에서 쏟아지듯 내려와(黃河之水天上來), 세차게 흘러 바다에 이르면 다시 돌아오지 않는다(奔流到海不復回). ─인생은 덧없음을 노래한 이백李白 〈장진주將進酒〉의 첫머리 구절이다.

○臨渴掘井. ─ 悔之已晚.
　임 갈 굴 정　　　회 지 이 만
목이 마를 때 샘을 파다. ─후회해도 이미 늦었다.

일이 닥친 다음에 어떤 조치를 취한다면 이미 늦은 것이다. 渴
목마를 갈. 掘 파낼 굴. 땅을 파다. 晚 늦을 만.

○ 吞下金鉤的烏龜. ── 後悔也晚了.
　　탄 하 금 구 적 오 구　　　후 회 야 만 료

낚시 미끼를 삼킨 거북이. ── 후회해도 늦었다.

유인하는 책략이나 술수에 걸렸다면 후회해도 어쩔 수 없다.

○ 魚刺卡在喉嚨裏. ── 咽不下去, 吐不出來.
　　어 자 잡 재 후 롱 리　　　인 불 하 거 ' 토 불 출 래

생선가시가 목에 걸리다. ── 삼켜도 넘어가지 않고, 뱉어도
나오지 않는다.

자신의 행동이나 조치를 후회하다. 어자魚刺는 생선가시. 卡(kǎ)
지킬 잡. 억류하다. 카드. 트럭. 꼭 끼이다. 걸리다. 물건을 끼우
는 도구. 클립. 喉 목구멍 후. 嚨 목구멍 롱(농). 후롱喉嚨은 목구
멍. 咽 목구멍 인. 吐 토할 토.

○ 牢門口的匾. ── 後悔遲.
　　뇌 문 구 적 변　　　후 회 지

옥문 입구의 편액. ── 후회해도 늦었다.

옛 옥문 입구에는 「後悔遲」 세 글자의 편액(가로 걸린 액자)이
걸려 있었다. 牢 (가축의) 우리 뇌. 감옥. 匾 평평할 편. 편액. 遲
늦을 지.

10) 기타其他

사람은 시운을 타야 잘 나가고, 말은 살이 쪄야 잘 달린다(人走
時運, 馬走膘). 뱃속에 가득 찬 재능이 있다면(有了滿腹才), 시운
이 따라주지 않는다고 걱정하지 않는다(不怕運不來). 운이 쇠퇴
하니 황금도 빛을 잃지만(運去黃金失色), 시운이 좋으면 쇠도 빛

이 난다(時來鐵也曾光).

　사람이 과거에 합격하거나 벼슬할 만한 여건으로, 첫째 타고난 팔자, 둘째는 운수, 셋째는 풍수風水의 덕(一命二運三風水), 넷째는 조상이 베푼 음덕, 다섯 번째가 독서 실력이다(四積陰功五讀書).

　집안 식구가 한마음이면 돈도 있고 황금도 사들인다(家有一心有錢買金). 한 가문에도 충신과 간신이 있고(一門有忠奸), 형제에도 현명하고(맑은 경수涇水) 우둔한(탁한 위수渭水) 차이가 있다(兄弟分涇渭). 자식이 있으면 어리석다 미워하지 말라(有子莫嫌愚).－없는 것보다 훨씬 낫다.

　○ 白水冲醬油. － 越來越淡.
　　　백 수 충 장 유　　월 래 월 담
　간장에 맹물을 붓다. ― 부을수록 묽어진다.

　○ 風中的羊毛. － 忽上忽下停不住.
　　　풍 중 적 양 모　　홀 상 홀 하 정 불 주
　바람에 날리는 양털. ― 갑자기 오르고 내리고 잠시도 멈출 수 없다.

　○ 寡婦想兒子. － 求之不得.
　　　과 부 상 아 자　　구 지 불 득
　과부가 아들을 생각한다. ― 구할 수 없다.

　○ 寒天吃氷水. － 滴滴凉心頭.
　　　한 천 흘 빙 수　　적 적 량 심 두
　추운 날 빙수를 마시다. ― 방울방울 마음을 얼린다.
　　침통한 마음의 실망과 좌절. 滴 물방울 적.

○黃連水洗頭. ─ 苦惱.
　황 련 수 세 두　　　　고 뇌

쓰디쓴 소태 나무 삶은 물로 머리를 감다. ─ 고뇌하다.

○買香囊吊淚. ─ 賭物傷情.
　매 향 낭 적 루　　　도 물 상 정

향 주머니를 사면서 눈물을 흘리다. ─ 물건을 보며 옛정에
마음이 아프다.

감상에 젖다. 囊 주머니 낭. 적루吊淚는 눈물을 흘리다. 賭 볼 도.

○窮光棍討了個漂亮老婆. ─ 日日夜夜看不夠.
　궁 광 곤 토 료 개 표 량 노 파　　　　일 일 야 야 간 불 구

가난한 홀아비가 미인 노파를 맞이했다. ─ 밤낮으로 보고
또 보아도 흐뭇하다.

窮 가난할 궁. 곤궁하다. 棍 몽둥이 곤. 광곤光棍(guāng gùn)은
무뢰한, 부랑자. 홀아비(光棍兒, 光棍子, 光棍漢, 單身漢). 표량
漂亮은 용모 의복 등이 아름답다. 보기 좋다. 예쁘다. 夠 넉넉할
구. 충분하다. 일정한 기준에 도달하다.

9. 인재人才

1) 차이差異

남자는 밖의 일을(男子打外), 여자는 집안일을 하는데(女子打裏), 남편이 가정을 주도하는 것은(男人能做主) 고양이가 쥐를 잡는 것과 같이(是猫能逮鼠) 당연한 일이다.

사내는 가족의 일을 주관하고(男當家), 여자는 꽃을 꽂아야 한다(女挿花). 곧 여인은 가정에 있더라도 치장을 해야 한다. 집은 청소를 해야 하고(房子靠打掃), 미인은 화장을 해야 한다(美人靠打扮). 말하자면 깨끗해야 집이고, 꾸며야 미인이다.

○ 黃鱔泥鰍. ─ 差不離兒.
   황 선 니 추   차 부 리 아

드렁허리와 미꾸라지. ─ 차이가 많지 않다.

황선黃鱔(黃鱔)은 드렁허리. 민물장어 계통의 물고기. 니추泥鰍는 미꾸라지.

○ 晾衣竹杆勾月亮. ─ 差遠呢.
   양 의 죽 간 구 월 량   차 원 니

빨래 말리는 대나무 막대로 달을 건드리다. ― 사이가 멀다.
간격이 아주 멀다. 晾 쪼일 양(량). 그늘이나 바람에 말리다. 勾
(句) 갈고리 구, 굽을 구. 손을 뻗어 붙잡다. 呢(ne)는 사실을 확
인하는 종결어미.

○騎着駱駝赶着鷄. ― 高的高來低的低.
　　기 착 낙 타 간 착 계　　　　고 적 고 래 저 적 저

낙타를 타고 닭을 따라가다. ― 높기는 아주 높고 낮기는
아주 낮다.

수준의 차이가 아주 크다.

○跛脚驢追兎子. ― 赶不上.
　　파 각 려 추 토 자　　　간 불 상

절름발이 나귀가 토끼를 쫓아가다. ― 따라갈 수 없다.

능력이나 수준 차이가 크다. 跛 절뚝발이 파. 脚 다리 각. 驢 나
귀 려. 兎 토끼 토.

○武大郎鬪李逵. ― 差的好大一块.
　　무 대 랑 투 리 규　　　차 적 호 대 일 괴

무대와 이규가 다투다. ― 차이가 아주 크다.

《수호전》과《금병매》에 나오는 반금련의 남편 무대武大. 경양강
에서 호랑이를 때려잡은 무송武松의 형. 별명은 '짝달막 쭉정이
(三寸丁穀樹皮)' 못생기고 무능한 사람의 대표자. 이규李逵(넓은
길 규)는《수호전》의 흑선풍黑旋風 이규. 块(kuài, 塊) 덩어리 괴.
일괴一块는 한 덩어리.

2) 곤경困境

인생이란 학질을 앓는 사람이 추웠다가 땀이 났다 하는 것과
같다(人生如瘧疾者大寒大暑中). 우환 속에 살 길이 있고(生於憂

患), 안락하면 죽음에 이르게 된다(死於安樂). – 곤경이나 역경은 삶의 의지를 더 강하게 만든다.

고통의 나날은 견디기 어렵고(苦日難熬. 熬 볶을 오), 환희의 시간은 빨리 지나간다(歡時易過). 고난은 사람 앞에 있고(苦在人前), 쾌락은 사람의 뒤에 있다(樂在人後).

지친 용일지라도 언젠가는 상천上天할 때가 있다(困龍終有上天時).

물고기가 모래톱 위로 뛰어올랐다(魚蹦到沙灘上). – 큰 곤경에 처하다.

담배와 술은 피곤을 풀어주지만 굶주림을 해결하지 못한다(烟酒解困不解飢). 가난은 지나친 술 때문이니(困因過酒), 술은 사람을 가난하게 만드는 마귀이다(酒爲困魔).

○魚子跳進滾水鍋. — 有死無活.
　　어 자 도 진 곤 수 과　　　유 사 무 활

물고기가 끓는 물 솥에 뛰어들다. —죽음 뿐, 살 길이 없다.

오로지 죽는 길 밖에 없다. 滾 흐를 곤. 물이 끓다. 鍋 솥 과.

○烏龜鑽入盡頭巷. — 沒路可走.
　　오 귀 첩 입 진 두 항　　　몰 로 가 주

거북이가 막다른 골목에 뛰어들다. — 달아날 길이 없다.

막다른 곳에서 피할 길이 없다. 오귀烏龜는 거북이. 남생이. 오쟁이를 진 놈. 개같은 놈. 鑽 족집게 첨. 집게 겸. 파고들다. 鑽(끌 찬)과 同. 진두盡頭는 막바지. 끝. 巷(xiàng) 거리 항. 도시의 골목.

○ 油鍋裏的蝦子. ─ 蹦着跳着等死.
　　유 과 리 적 하 자　　봉 착 도 착 등 사

기름솥 속의 새우. ─ 이리저리 뛰며 죽음을 기다리다.

절경絕境에 처해 생환할 길이 없다. 蝦 새우 하. 蹦 뛰어오를 봉.
제자리서 뛰어오르다. 跳 뛸 도. 달려와서 뛰어오르다. 等 같을
등. 기다리다.

○ 油簍裏擲骰子. ─ 沒跑.
　　유 루 리 척 투 자　　몰 포

기름종이로 싼 바구니에 던져진 주사위. ─ 튀어나갈 곳이
없다.

벗어날 길이 없다. 유루油簍는 기름종이를 바른 대나무 바구니.
擲 던질 척. 骰 주사위 투(色子). 跑 달아날 포.

3) 무능無能

장수가 무능하면(將帥無才), 삼군이 지쳐 죽을 지경이 된다(累
死三軍).─무능한 장수는 적을 도와준다. 유아두 같이 못난 사람
은 받들어 모실 수 없고(捧不起的劉阿斗), 두레박줄은 부축한다
해서 반듯하게 서지 않으며(扶不直的井繩兒), 돼지 창자는 부축
해도 세울 수 없다(扶不起的猪大腸).─용렬하고 무능한 사람은
어쩔 수 없다.

유비劉備의 아들 아두阿斗의 참모장이 되느니(不要做阿斗的軍
師), 차라리 잘난 사내를 도와 마부가 되는 것이 낫다(寧可幫好漢
背馬鞭). 우둔한 사람은 사람들 틈에서 깨우쳐야 하고(人鈍人上
磨), 무딘 칼은 돌에 갈아야 한다(刀鈍石上磨).

무능한 의원은 사람을 죽일 때 칼을 쓰지 않는다(庸醫殺人不用刀). ─약을 잘못 쓰는 자체가 살인이다.

○ 八個麻雀擡轎. ─ 擔當不起.
　　팔 개 마 작 대 교　　　담 당 불 기

여덟 마리 참새가 큰 가마를 메다. ─ 감당하지 못하다.

일을 감당할 자격이나 능력이 없다. 마작麻雀은 참새. 擡 들어올릴 대. 轎 가마 교.

○ 笨鴨子. ─ 上不了架.
　　분 압 자　　　상 불 료 가

둔한 오리. ─ 홰에 오르지 못하다.

재능이 없어 일을 완수하지 못하다. 笨 거칠 분. 조잡하다. 우둔하다. 육중하다. 분충笨虫은 멍청한 놈(욕말). 鴨 오리 압. 架 시렁 가. 닭은 땅에서 자지 않고 홰에 올라가 잠잔다. 오리는 홰에 오를 줄 모른다.

○ 鞭杆做大梁. ─ 不是那材料.
　　편 간 주 대 량　　　불 시 나 재 료

高粱秆當柱子. ─ 撑不起.
고 량 간 당 주 자　　　탱 불 기

채찍 손잡이를 대들보로 삼다. ─ 그럴만한 재료가 아니다.

수숫대를 기둥으로 쓰다. ─ 지탱하지 못하다.

어떤 사업이나 일을 담당할만한 재목이 아니다. 편간鞭杆은 가축을 몰 때 쓰는 채찍의 손잡이. 대량大梁은 대들보. 고량高粱은 수수. 키가 큰 밭 작물. 秆 짚 간. 수수의 줄기. 撑 버틸 탱.

○ 麻袋做龍袍. ─ 不是這塊料.
　　마 대 주 룡 포　　　불 시 저 괴 료

삼베 자루로 용포를 만들다. ─ 그런 재료가 아니다.

능력이 모자라 적합하지 않다. 袋 자루 대.

○武大郞打虎. ─ 沒長下那個拳頭.
　무 대 랑 타 호　　몰 장 하 나 개 권 두

무대가 호랑이를 때려잡다. ─ 그럴만한 주먹으로 크지 않았다.

그럴만한 능력을 못 갖추었다. 권두拳頭는 주먹.

○靑竹扁擔. ─ 壓不起分量.
　청 죽 편 담　　압 불 기 분 량

푸른 대나무로 만든 멜대. ─무게를 이겨내지 못하다.

나이가 어려 일을 담당할 수 없다. 대나무는 일 년에 키를 다 크고, 그 다음부터는 단단해진다. 푸른 대나무는 아직 연약하여 무거운 짐을 나르는 멜대로 쓸 수 없다.

4) 무재無才

부귀한 집에 재주 있는 아들 없다(富貴之家無才子). 부자에게 어진 아내 없고(富無良妻), 빈자에게 살찐 말이 없다(貧無良駒). 재물이야 온 세상에 어디든 있지만(財富遍地有), 게으른 사내의 손에는 오지 않는다(不到懶漢手).

재물(財)은 재주(才)가 없으면 글자가 되지 않는다(財字無才寫不成). 곧 재주가 있어야 돈이 모인다. 재물이 없어지면 교제도 끝나고(財盡不交), 미색도 늙으면 아내 삼지 않는다(色盡不妻). 수재를 만나면 책에 대한 이야기를 하고(遇見秀才講書), 백정을 만나면 돼지에 대해 말하라(碰到屠戶講猪). 예쁜 꽃이라도 푸른 잎이 받쳐주어야 한다(好花也得綠葉扶).

○ 虎居高山龍居大海. ― 各有用武之地.
　　　호거고산룡거대해　　　각유용무지지

호랑이는 큰 산에, 용은 큰 바다에 산다. ― 각자 재능을 키울 근거지가 있다.

○ 劉備賣草鞋. ― 本行.
　　　유비매초혜　　　본행

유비가 짚신을 팔다. ― 본업이다.

○ 張飛賣酒. ― 拿手好戲.
　　　장비매주　　　나수호희

　山猴子把樹. ― 拿手的戲.
　　　산후자파수　　　나수적희

장비가 술을 팔다. ― 뛰어난 솜씨.

산속 원숭이가 나무를 타다. ― 잘하는 재주.

특별히 뛰어난 재주와 기능. 拿 잡을 나. 나수호희拿手好戲는 가장 잘하는 재주. 장기長技.

○ 秋後的虫子. ― 瞎唧唧.
　　　추후적충자　　　할즉즉

가을 지난 벌레들. ― 무턱대고 울어댄다.

아무런 능력이나 실질도 없이 늙은 사람. 唧(jī) 두근거릴 즉. 벌레소리.

○ 殺猪做豆腐. ― 稱不得裏手.
　　　살저주두부　　　칭불득리수

돼지를 잡아 두부를 만들다. ― 전문가라 부를 수 없다.

전문가의 솜씨가 아니다. 이수裏手는 내행內行. 숙련되다, 노련하다. 전문가. 行은 장사. 업무.

5) 수완手腕

능력은 참된 것이고(本事是眞的), 놀고 즐기는 일은 공허한 일이다(玩藝是空的). 능력이 모자란 사람일수록 자랑이 많다(本領小的驕傲大).

재능은 어려운 여건 속에서 배워야 하고(本領要在困難中學), 친구는 환난 속에서 사귀어야 한다(朋友要在患難中交). 재능은 지식 속에 있고(本領在知識中), 지식은 학습 속에 있으며(知識在學習中), 학습은 생활 속에 있다(學習再生活中).

수완 좋은 상인은 (좋은 상품을) 없는 듯 깊이 보관한다(良賈深藏若虛). 문 닫은 상점도 산 사람은 열게 하고(死店活人開), 안 되는 장사라도 사람 살리듯 해야 한다(死生意要活人做).—무슨 일이든 사람이 하기에 달렸다.

남의 장사를 깨는 것은 남의 부모를 죽이는 것과 같다(破人生意如殺人父母). 뜻이 있어 음식점을 차렸다면(有心開飯店), 배가 큰 사내도 두렵지 않다(不怕大肚漢). 장사가 잘 되고 못 되고는 (生意好不好) 자본의 대소에 있지 않다(不在本大小).

○ 八仙過海. ― 各顯神通.
　　팔 선 과 해　　　각 현 신 통

八仙過海. ― 能行風的行風, 能下雨的下雨.
팔 선 과 해　　능 행 풍 적 행 풍　능 하 우 적 하 우

팔선이 바다를 건느다. ― 각자 신통력을 발휘하다.

팔선이 바다를 건느다. ― 바람을 부릴 줄 아는 자는 바람

을 타고, 비를 내릴 줄 아는 신선은 비를 뿌렸다.

자신의 재능을 발휘하다. 顯 나타날 현. 내보이다.

○ 吃了磨刀水的. ─ 銹氣在內.
　　홀 료 마 도 수 적 　　수 기 재 내

칼을 간 물을 마셨다. ─ 녹물이 배 안에 있다.

다른 사람의 눈에 띄지는 않으나 총명한 재기才氣를 지니고 있
다. 磨 칼을 갈 마. 銹(xiù) 녹슬 수. 銹는 秀(xiù, 빼어날 수)와 해음.

○ 販古董的. ─ 識貨.
　　판 고 동 적 　　식 화

옛 골동품骨董品을 팔다. ─ 물건을 볼 줄 안다.

식별 능력이 뛰어나다. 董 깊숙이 간직할 동, 굳을 동. 골동骨董
은 아끼며 즐길만한 옛 물건이나 미술, 예술품.

○ 蛤蟆跳井. ─ 撲通.
　　합 마 도 정 　　박 통

두꺼비가 우물에 뛰어들다. ─ 풍덩.

이해 못하다. 깨우치지 못하다. 문외한門外漢이다. 蛤 두꺼비
합. 蟆 두꺼비 마. 합마蛤蟆는 개구리나 두꺼비 종류의 총칭. 撲
칠 박. 박통撲通(pū tōng)은 땅이나 물에 무거운 물건이 떨어지는
소리. 불동不懂(bù dǒng. 알지 못하다. 이해 못하다.)과 해음諧音.

○ 和尙剛剃了頭髮. ─ 無道行.
　　화 상 강 체 료 두 발 　　무 도 행

금방 머리를 깎은 화상. ─ 도를 닦은 것이 없다.

배운 기예技藝나 재능이 없다. 剛 굳셀 강. 금방. 막. 剃 깎을 체.

6) 수준水準

사방 어디에도 군자가 있고(方方有君子), 어디든 현인이 있나

니(處處有賢人), 윗사람에게 좋은 점이 있으면(上有好者) 아래에서 틀림없이 본받는다(必有效者).

스승이 고명하면 제자도 강하고(師高弟子强), 스승이 작으면 제자도 난쟁이이며(師不高 弟子矮), 사부가 똑똑치 못하면 제자는 멍청하다(師傅不明弟子濁). ─교사의 수준이 제자의 수준이다.

제자가 꼭 스승만 못한 것이 아니고(弟子不必不如師), 스승이라도 제자보다 꼭 현명해야 되는 것은 아니다(師不必賢於弟子). ─당唐 한유韓愈의 「사설師說」.

물은 낮은 곳으로 흐르고(水往低處流), 사람은 높은 곳으로 달려간다(人往高處走). 가늘고 가는 물이 길게 흐른다(細細水長長流). 물은 평평한 곳에서는 흐르지 않고(水平不流), 공평한 사람에게는 이런저런 말이 없다(人平不言).

○床底下堆寶塔. ─ 縱高也有限.
　상 저 하 퇴 보 탑　　　종 고 야 유 한

침상 아래에 보탑을 쌓다. ─ 높다 한들 한계가 있다.

그 사람의 능력이 뛰어나지 못하면 수준이 높지 못하다. 堆 언덕 퇴. 높이 쌓다. 縱 늘어질 종. 놓아주다. 주름졌다. ∼일지라도(縱然∼, 卽使∼).

○鷄窩裏打拳. ─ 出手不會高.
　계 와 리 타 권　　　출 수 불 회 고

닭장 안에서 무술을 연마하다. ─ 수준이 높을 수 없다.

窩 움집 와. 拳 주먹 권. 타권打拳은 권법을 연마하다. 출수出手는 일을 떠맡다. 일을 시작할 때의 수준이나 방법. 시문詩文을

탈고하다. 高는 고명高明의 뜻.

○ 老鼠尾巴上長瘡. ― 有多少膿水兒.
　　노 서 미 파 상 장 창　　유 다 소 농 수 아

쥐꼬리에 생긴 부스럼. ― 그 고름이 얼마나 나오겠나?

瘡 부스럼 창. 다소多少는 분량의 많고 적음. 조금. 얼마?(부정의

수량을 표현) 膿 고름 농. 농수膿水(nóng shuǐ)는 능수能手(néng

shǒu)와 해음.

○ 歪嘴和尙. ― 念不出正經.
　　왜 취 화 상　　넘 불 출 정 경

입이 비뚤어진 화상. ― 불경을 바로 읽지 못하다.

수준이 낮다. 歪(wāi) 비뚤어질 왜. 삐뚤어지다. 좋지 않다. 나쁘다.

○ 螢火之光. ― 照人不亮.
　　형 화 지 광　　조 인 불 량

개똥벌레의 빛. ― 사람을 밝게 비추지 못하다.

수준이 높지 않아 그 영향이 크지 않다. 螢 개똥벌레 형. 亮 밝을

량.

7) 승진昇進

한 사람 복에 온 집안이 덕을 본다(一人有福牽帶屋). 한 사람

이 득도하니 (그 집의) 닭과 개도 승천한다(一人得道鷄犬昇天).

한 사람이 출세하니 9대조까지 영광이나(一人成名九祖光榮), 한

사람이 모반하면 9족九族이 모두 죽는다(一人造反九族同誅).

벼슬이 올라가면 성깔도 더러워진다(官升脾氣長). 관리의 몰

락은 꽃이 지는 것과 같다(官敗如花謝). ―권불십년權不十年.

관직의 높고 낮음과 관계없이 돈을 요구하기는 마찬가지다(官

無大小要錢一般). 관청에서 1년만 근무하면, 눈같이 흰 은이 10만 냥이다(官府坐一年, 十萬雪花銀).

○公鷄戴帽子. ― 冠上加冠.
　　공 계 대 모 자　　관 상 가 관

　수탉이 모자를 쓰다. ― 벼슬(冠)에 벼슬이 보태지다.

　관직이 높아지다. 공계公鷄는 수탉. 戴 머리에 올릴 대. 冠은 官과 通.

○矮子登樓梯. ― 步步高升.
　　왜 자 등 루 제　　보 보 고 승

　난쟁이가 누각의 계단을 올라가다. ― 걸음마다 높아지다.

　직급이 점점 높아지다. 矮 키 작을 왜. 登 오를 등. 누제樓梯는 누각의 사다리. 升 부피의 되 승, 오를 승.

○騎着二踢脚上天. ― 連升三級.
　　기 착 이 척 각 상 천　　연 승 삼 급

　두 번 터지는 폭죽 소리를 타고 승천하다. ― 연이어 3급을 승진하다.

　직급이나 직위가 연이어 올라가다. 踢 발로 찰 척. 이척각二踢脚은 두 번 터지는 소리가 나는 폭죽.

○脚底蓮花. ― 步步生.
　　각 저 련 화　　보 보 생

　발 아래 연꽃. ― 걸음마다 피어나다. / 연이어 승진하다.

　아주 빨리 승진하다. 生(shēng)은 升(shēng)과 해음.

○鞋子布做帽子. ― 高升.
　　혜 자 포 주 모 자　　고 승

　신발의 헝겊으로 모자를 만들다. ― 높이 승진하다.

　벼락출세하다.

8) 인재人才

인재는 가난하고 한미한 집에서 나오고(人才出在貧寒家), 연 꽃은 더러운 진흙에서 피어난다(蓮花開在汚泥上). 현명한 아들 에게도 많은 재물은 큰 뜻을 상하게 하고(賢兒多財損志向), 어리 석은 아들에게 많은 재물은 재앙만을 불러들인다(愚兒多財招禍 殃).

운이 좋으니 인재가 나오고(運動出人才), 운이 다하면 군자도 옹졸해진다(運窮君子拙). 행동이 보통 사람보다 고상하면 틀림 없이 사람들의 비난을 받는다(行高於衆人必非之).

제비가 크지는 않으나 천리를 날 수 있고(燕子不大能飛千里), 저울추가 작다 해도 천근을 달 수 있다(秤砣雖小能壓千斤).

여행길에는 좋은 짝(동료)이 있어야 하고(行要好伴), 사는 곳 에는 좋은 이웃이 있어야 한다(住要好隣).

○ 半天雲裏打燈籠. ― 高明.
　　반 천 운 리 타 등 롱　　　고 명

　반공半空 구름 속에 등불을 켜놓다. ― 높고도 밝다.
　재능이 뛰어난 사람. 籠 대바구니 롱.

○ 半天雲裏拍巴掌. ― 高手.
　　반 천 운 리 박 파 장　　　고 수

　반공半空 구름 속에서 손뼉을 치다. ― 고수高手이다.

○ 缸裏點燈. ― 裏頭亮.
　　항 리 점 등　　　리 두 량

　항아리 속에 불을 켜놓다. ― 내부가 밝다.

겉은 별 볼일 없으나 내심內心에 지혜가 뛰어나다. 缸 항아리 항.

○ 孔夫子唱戲. ─ 出口成章.
　　공 부 자 창 희　　　출 구 성 장

공자孔子가 연기를 하다. ─ 입만 열면 문장이 나온다.

학문이 깊고 문학 재능이 뛰어나다.

○ 囊裏盛錐. ─ 尖者自出.
　　낭 리 성 추　　　첨 자 자 출

주머니 안에 송곳을 넣어두다. ─ 뾰족한 끝이 절로 보인다.

걸출한 인물은 어디에 있든 그 능력을 발휘한다. 囊 주머니 낭.

盛 성할 성. 담다. 錐 송곳 추. 尖 뾰족할 첨. 첨자尖者는 뛰어난

재능이나 인물.

○ 秦瓊的馬. ─ 膘在內裏.
　　진 경 적 마　　　표 재 내 리

진경의 말. ─ 그 뛰어난 능력은 내부에 숨겨졌다.

진경秦瓊(字는 叔寶)은 대하大河 장회章回 소설《수당연의隋唐演
義》의 주인공. 당 태종의 신하. 중국인의 문신門神. 진경의 馬는
용구신마龍駒神馬(駒 망아지 구, 말)인데, 겉으로 보기에는 수척했
다. 瓊 옥玉 경. 膘 살집 표. 통통하다.

○ 掌心上出毛. ─ 老手.
　　장 심 상 출 모　　　노 수

손바닥 가운데서 털이(수염) 자라나다. ─ 노련한 솜씨.

사회 경험이 많고 노련하다. 掌 손바닥 장.

○ 雨後的春筍,淸明的茶. ─ 全都是尖兒.
　　우 후 적 춘 순 청 명 적 다　　　전 도 시 첨 아

비가 그친 뒤 봄날의 죽순과 청명淸明 무렵의 차茶. ─ 모
두 뾰족하다.

먼저 두각을 드러낸 인재. 筍(sǔn) 죽순 순. 대나무의 싹.

○張飛殺猪. ― 人硬手藝高.
장 비 살 저　　　인 경 수 예 고

장비가 돼지를 잡다. ― 사람은 억세지만 솜씨가 뛰어나다.

호한好漢이면서 재능도 뛰어나다.

○電線杆當筷子. ― 大材小用.
전 선 간 당 쾌 자　　대 재 소 용

전봇대를 젓가락으로 쓰다. ― 대재大材를 소용小用하다.

○叫孫悟空守蟠桃園. ― 壞事.
규 손 오 공 수 반 도 원　　괴 사

손오공을 시켜 서왕모西王母의 반도蟠桃를 지키게 하다. ― 잘못된 일이다.

叫 부르짖을 규. 시키다. 임무를 맡기다. 반도蟠桃는 하늘의 선도仙桃. 壞(huài) 무너질 괴. 괴사壞事는 일을 그르치다. 잘못된 일. 나쁜 짓.

○孔夫子推磨. ― 難爲聖人.
공 부 자 추 마　　난 위 성 인

공자가 연자방아를 돌리다. ― 성인이 할 일이 아니다.

9) 학식學識

문재文才가 아주 뛰어나고(才高八斗), 학식이 아주 풍부하다(學富五車). 재주가 뛰어나면 틀림없이 광기가 있고(才高必狂), 기예가 높으면 틀림없이 거만한 데가 있다(藝高必傲. 傲 거만할 오). 재주와 학문이 깊다면 자랑하지 말고(才學深, 不張揚), 날이 선 좋은 칼은 칼집에 감추어야 한다(寶刀利, 鞘裏藏. 鞘 칼집 초). 배우는 사람은 책을 놓을 수 없고(學者不釋書), 서예가는 붓을 놓을 수 없다(書家不釋筆).

학문은 부지런해야 성취가 있다(學問勤乃有). 부지런하지 않으면 뱃속이 빈 것과 같다(不勤腹空虛). 하루라도 불학하면 언덕으로 굴러떨어지는 듯(一天不學走下坡), 이틀을 불학하면 살아갈 길이 없다(兩天不學沒法活).

물이 깊고 강이 넓으니 큰배가 다닐 수 있고(水深河寬行大船), 학식이 많고 지혜가 뛰어나면 대업을 이룬다(學多智廣成大業).

○扁擔橫在地上. ― 認不得是個一字.
　편 담 횡 재 지 상　　　인 불 득 시 개 일 자

땅에 멜대가 가로누웠다. ― 일一 자인 줄을 모르다.

낫놓고 기역자(ㄱ)도 모르다. 일자무식一字無識.

○螞蟻尿到書上. ― 濕不了兩個字.
　마 의 뇨 도 서 상　　　습 불 료 량 개 자

개미의 오줌이 책에 떨어졌다. ― 두 글자를 적시지 못하다.

알고 있는 글자가 매우 적다. 濕(shī) 축축할 습. 적시다. 識(shí, 알다)와 해음.

○三十六丈的繩子提水夠不着底. ― 眞深.
　삼 십 륙 장 적 승 자 제 수 구 불 착 저　　　진 심

36장丈이나 되는 두레박 줄로 물을 긷는데도 물에 닿지 않다. ― 정말 깊다.

우물이 매우 깊다. 학식이 매우 심오하고 많다. 繩 줄 승. 提 끌제. 들어올리다. 제수提水는 물을 긷다. 夠 넉넉할 구.

○文盲看告示. ― 滿紙都是墨.
　문 맹 간 고 시　　　만 지 도 시 묵

문맹자가 관청의 공고문을 보다. ― 종이에 먹물이 가득이다.

○三十晚上吃豆腐渣. ─ 肚子裏沒啥.
　삼십만상흘두부사　　　두자리몰사

설달 그믐밤에 두부 찌꺼기(비지)를 먹었다. ─ 뱃속에 아무것도 없다.

문화나 교양, 재능이 하나도 없다. 渣 찌끼 사. 啥 무엇 사.

10) 기타其他

큰산에서 걸출한 여인이 나오고(高山出俊女), 평지에서 미남이 나온다(平川出美男). 10보 이내에 필히 방초가 있다(十步之內必有芳草).─훌륭한 인재는 곳곳에 있다.

사람이 멀리 있을 때는 산이 작아 보이지만(人在山外覺山小), 산속에 들어가면 산이 깊은 줄을 안다(人進山中知山深). (婚事에서) 눈이 높아도 안 되고 수준이 낮아도 안 된다(高不成低不就).

배우려면 부지런히 순서대로 점차 나아가야 한다(學習要勤順序漸進). 학습이란 물을 거슬러 배를 모는 것과 같으니(學習好比逆水行舟), 나아가지 않으면 곧 뒷걸음질치는 것이다(不進則退).

한 발은 깊은 곳에, 다른 한 발은 낮은 곳에(一脚深一脚淺), 한 걸음은 높게, 다른 한 걸음은 낮게(一步高一步低).─불안한 인생 행로.

○矮子裏麵挑將軍. ─ 短中取長.
　왜자리면도장군　　　단중취장

난쟁이 속에서 장군을 뽑다. ─ 단점 중에서도 장점을 찾다.

○八角丢進尿缸裏. ─ 再香也不出名.
　　팔각주진뇨항리　　　재향야불출명

팔각향八角香을 오줌 항아리에 빠트렸다. ─ 다시 향기가
나더라도 이름을 날리지 못하다.

팔각八角(향)은 붓순나무 향(향료)의 이름.

○一顆明珠土裏埋. ─ 早晚得出頭.
　　일과명주토리매　　　조만득출두

좋은 구슬이 흙 속에 묻히다. ─ 조만간에 다시 드러날 것
이다.

재능이 뛰어난 인재는 곧 두각을 나타낼 것이다.

○戴着烏紗彈綿花. ─ 有弓之臣.
　　대착오사탄면화　　　유궁지신

문관 모자를 쓴 채 솜을 타다. ─ 활을 잡은 신하. / 유공지
신有功之臣.

나라에 공을 세운 신하. 해학적 뜻이 들어 있음. 오사烏紗는 검
은색의 관모(文臣用). 탄면화彈綿花는 솜을 타다. 이불이나 옷을
만들 수 있게 목화를 정리 정돈하는 작업. 정리 정돈하는데 활
(弓)과 비슷한 도구를 사용한다. 弓(gōng)은 功(gōng)과 해음.

10. 나쁜 사람(壞人)

1) 악인惡人

거리를 지나가는 쥐(過街老鼠). ─남에게 손가락질을 받는 사람. 1천 명이 손가락질을 한다면(千人所指), 병이 없어도 죽는다(無病而死).

천명이 침을 뱉고 만 명이 싫어한다면(千人唾罵萬人厭), 한 사람이 한 번씩 침을 뱉어도(一人一口唾沫) 사람을 빠뜨려 죽일 수 있다(也能淹死人).

독사가 입에서 연꽃을 토하다(毒蛇口中吐蓮花). 사람들이 죽으라고 외쳐도 죽지 않지만(人叫人死人不死), 하늘이 죽으라면 곧 죽는다(天叫人死人才死).

○ 耷拉鬼碰上母夜叉. ─ 找對頭了.
　　탑 납 귀 팽 상 모 야 차　　　조 대 두 료
탑납귀가 모야차와 만나다. ─ 알맞은 짝을 찾았다.
악인끼리 함께 만나 어울리다. 耷 큰 귀 탑. 탑납耷拉은 늘어트리다. 탐남귀耷拉鬼는 모습이 추악한 잡귀. 모야차母夜叉는 아주 흉악한 여자 잡귀. 找 찾을 조. 대두對頭는 마음이 맞다. 알맞다.

○ 兩泡狗尿. ─ 一樣的味兒.
　　양 포 구 뇨　　　일 양 적 미 아

두 군데 개의 오줌. ─ 같은 맛이다.

두 사람이 똑같이 나쁘다. 泡 거품 포. 한번 싸지른 똥이나 오줌.

○ 綠豆蠅. ─ 哪有腥味向哪伸嘴.
　　녹 두 승　　　나 유 성 미 향 나 신 취

쇠파리. ─ 어디서든 비린내가 나면 거기를 향해 주둥이를 댄다.

악인끼리 이익을 추구하다. 녹두승綠豆蠅은 쉬파리. 동물의 피를 빨아먹는다. 哪 어찌 나. 어느. 腥 비린내 성. 嘴(zuǐ) 주둥이 취. 부리.

○ 妖魔對醜鬼. ─ 一對壞.
　　요 마 대 추 귀　　　일 대 괴

요마와 추귀. ─ 짝을 이룬 악인.

壞 무너질 괴. 파괴되다.

○ 一窩狐狸. ─ 不嫌臊.
　　일 와 호 리　　　불 혐 조

같은 굴에 사는 여우. ─ 누린내를 싫어하지 않다.

더러운 악취에 익숙하다. 窩 움집 와. 狐 여우 호. 狸 살쾡이 리. 嫌 싫어할 혐. 臊 누린내 조.

2) 악인惡人 형상形狀

개는 방귀를 쫓아가도(狗朝屁走) 구린내를 모른다(不知道臭).
─악인끼리는 누가 나쁜지 모른다. 개는 똥 먹는 버릇을 못 고친

다(狗改不了吃屎). 개는 천리를 가서라도 똥을 먹고(狗行千里吃屎), 늑대는 천리를 가서라도 고기를 먹는다(狼行千里吃肉). 개가 똥 세 무더기를 끌어안다(狗攬三堆屎).—더러운 욕심이 끝도 없다.

개는 거지를 물고(狗咬花公子), 이(虱)는 가난한 사람을 문다(虱咬貧寒人). 그러나 악독한 뱀도 착한 사람은 물지 않는다(惡蛇不咬善人).

악명을 날릴 수는 없으나(惡名兒難揭), 좋은 명성을 얻기도 어렵다(好字兒難得).

○吃了煤炭. — 黑了良心.
　흘 료 매 탄　　　흑 료 양 심
석탄을 먹었다. — 양심이 검게 되었다.

양심을 잊거나 업무에 도덕심을 망각한 사람. 煤 그을음 매.

○老虎挂念珠. — 假裝善人.
　노 호 괘 염 주　　가 장 선 인
호랑이가 염주를 걸었다. — 착한 사람인 척하다.

○二十一天不出鷄. — 壞蛋.
　이 십 일 천 부 출 계　　괴 단
21일이 되어도 안 나오는 병아리. — 곤 달걀.

양심도 없이 해악을 끼치는 사람. 어미닭이 알을 품어 21일에는 병아리가 알을 깨고 나온다. 3주가 지나도 병아리가 아니 나오면 무수정란이다. 이런 계란을 골았다고 말한다.

○糞桶改水桶. — 臭氣還在.
　분 통 개 수 통　　취 기 환 재
똥통을 물통으로 만들다. — 악취가 여전히 남았다.

악인의 본성은 고치기 어렵다. 糞 똥 분. 桶 물건 보관하는 통.

○ 蛤蟆跟着團魚走. ― 甘當王八的孫子.
　　합 마 근 착 단 어 주　　감 당 왕 팔 적 손 자

개구리가 자라를 따라다니다. ― 거북이(나쁜 놈) 손자를
자처하다.

악인의 앞잡이 노릇 하는 자. 蛤 두꺼비 합. 蟆 두꺼비 마. 합마
蛤蟆는 개구리나 두꺼비 종류의 총칭. 단어團魚는 자라(鼈, 甲
魚). 자라는 거북이와 생김새가 비슷하나 보다 작고 더 검다.

○ 奸臣生逆子. ― 天理昭彰.
　　간 신 생 역 자　　천 리 소 창

간신이 아비를 거역하는 자식을 낳다. ― 천리天理는 아주
또렷하게 나타나다.

악인의 악행에 대한 응보가 자식을 통해 나타난다. 악인의 비참
한 결말. 昭 밝을 소. 비칠 조. 彰 밝을 창. 또렷하다.

○ 見了强盜喊爸爸. ― 認賊做父.
　　견 료 강 도 함 파 파　　인 적 주 부

강도를 보고서는 아버지라고 소리치다. ― 도적을 부친이라
고 생각하다.

도적과 식구를 구분 못하여 도적놈을 부친이라고 생각하다. 喊
소리 함. 소리쳐 부르다. 爸 아비 파.

○ 老鼠看倉. ― 看個精光.
　　노 서 간 창　　간 개 정 광

쥐가 창고를 지키다. ― 지키는 곳마다 남는 것이 없다.

악인이 직무를 이용하여 도둑질을 하다. 看 볼 간. 지키다. 관리
하다. 방문하다. 정광精光은 아무것도 남은 것이 없다. 말끔하다.

3) 음험陰險 악독惡毒

사람은 남자가 흉악하고(人是男的凶) 귀신은 여자가 더 악독하다〔鬼是女的厲. 厲 갈 려(칼을 갈다). 귀신. 악귀〕. 호랑이가 독하다 해도 제 새끼는 안 잡아먹는다(虎毒不吃子).

하늘은 악인의 소원을 들어주지 않고(天不從惡人願), 길은 독사가 잠을 자도록 내버려두지 않는다(路不讓毒蛇眠).

마음이 독하면 솥이라도 구멍이 난다(心毒鍋也漏). 먹구렁이의 혀(黑蟒口中舌), 나나니벌 꼬리의 침보다(黃蜂尾上針) 더 독한 것은 여자의 마음(最毒婦人心)이다.

세상에는 쉽게 건드릴 수 없는 세 가지가 있으니(世間三件休輕惹), 나나니벌과 호랑이와 사나운 노파이다(黃蜂老虎狠家婆).

고양이가 쥐를 위해 우는 것은 거짓이고(猫哭老鼠是假的), 개가 뼈다귀를 탐내는 것은 진실이다(狗饞骨頭是眞的. 饞 탐할 참). 독약으로 독을 치료하고 불로써 불을 끄다(以毒攻毒以火攻火).

마음이 나빠도 보는 사람이 없지만(心惡無人見), 입이 험악하면 여러 사람이 듣는다(口惡衆人聽). 양심이 개에게 먹혀버렸다(心肝被狗吃了).

온돌 위에 방석이 없고(炕上沒有席), 얼굴에 낯가죽이 없다(臉上沒有皮). 마음은 석탄보다 검고(心比煤炭黑), 낯짝은 성벽보다 두껍다(臉比城墻厚). —후안무치厚顔無恥.

열병에 걸렸어도 땀을 흘리지 않는다(害熱病不出汗). —뻔뻔스럽게 거짓말을 하다.

○ 大糞坑裏一條蛇. ─ 又毒又臭.
　　대 분 갱 리 일 조 사　　　우 독 우 취

인분 구덩이 속의 독사 한 마리. ─ 악독하고도 고약한 냄
새가 난다.

악독한 수단을 혐오하다. 坑 구덩이 갱. 일조一條의 條는 막대
같은 긴 물건을 셀 때 사용하는 양사量詞. 蛇 뱀 사.

○ 東吳殺人. ─ 嫁禍於曹.
　　동 오 살 인　　　가 화 어 조

동오東吳에서 관우를 죽였다. ─ 조위曹魏에 책임을 떠넘기
다.

자기가 저지른 죄악의 책임을 남에게 떠넘기다. 관우의 수급首
級을 위魏 조조曹操에게 보냈다. 嫁 시집보낼 가. 떠넘기다.

○ 夾肢窩生瘡. ─ 陰毒.
　　협 지 와 생 창　　　음 독

겨드랑이 밑에 종기가 나다. ─음독 / 음험하다.

표면과 달리 마음이 각박, 악독惡毒하다. 협지와夾肢窩는 겨드랑
이. 瘡 부스럼 창. 종기.

○ 孔夫子的硯台. ─ 心太黑.
　　공 부 자 적 연 태　　　심 태 흑

공자의 벼루 받침대. ─ 마음이 아주 시꺼멓다.

마음이 악독하고 각박하다. 硯 벼루 연.

○ 生薑(生姜). ─ 辣手. 辣 매울 랄. 언행이 매우 엄혹하다.
　　생 강 생 강　　　랄 수

생강. ─ 악랄한 사람.

○ 咬人的狗不叫喚. ─ 暗地裏來.
　　교 인 적 구 불 규 환　　　암 지 리 래

사람을 무는 개는 짖지 않는다. ─ 보이지 않게 다가온다.

남이 보지 않게 악행을 저지르다.

11. 인간의 여러 형색

가. 역사 및 문학 속 인물

1) 감라甘羅

감무甘茂(생졸년 미상)는 전국戰國 시기 초국楚國 하채읍下蔡邑 출신으로, 진국秦國의 명장이었다. 감무의 손자가 12살에 진국秦 國의 상경上卿이 되었다는 감라甘羅(前 247年 – ?)이다. 삼국시대 吳 손권의 부장 감녕甘寧은 감무의 후손으로 알려졌다.

○ 甘羅得相. ― 小人得志.
　　감 라 득 상　　　소 인 득 지
　감라가 재상이 되다. ― 어린 나이에 뜻을 성취하다.

○ 甘羅十二爲丞相. ― 好小官.
　　감 라 십 이 위 승 상　　　호 소 관
　감라는 12세에 승상이 되었다. ― 아주 어린 관원.

2) 고구高俅

고구高俅는 소설 《수호전》에 나오는 부랑자. 임충林冲의 아내를 탐하다가 임충을 모함하여 유배보낸다. 나중에 나라의 병권을 장악한 태위太尉가 된다.

○高俅當太尉. — 一步登天.
　고 구 당 태 위　　　일 보 등 천
　고구가 태위가 되다. — 한걸음에 하늘에 올랐다.

3) 공자孔子

공자孔子의 본명은 공구孔丘(字는 중니 仲尼)로, 당시 노魯나라의 추읍郰邑(今 산동성山東省 중부 제녕시濟寧市 관할 곡부시曲阜市)에서 몰락한 하급 무사의 아들로 태어났다. 공자의 어머니 안씨顏氏는 이구산尼丘山에 기도를 해서 공자를 낳았으며, 공자의 부친 별세 후에는 노魯 도성 내의 궐리闕里로 이사했고, 공자는 궐리에서 생활하였다. 이 근처에 수수洙水와 사수泗水가 있다. 출생연도에 여러 설이 있지만, 지금은 일반적으로 기원전 551년 출생으로 통용되며, 기원전 479년에 73세를 일기로 작고하였다.

○孔夫子教學. — 之乎者也.
　공 부 자 교 학　　　지 호 자 야
　공자가 학생을 가르치다. — 학자인 척, 어려운 말을 쓰다.
　지호자야(之, 乎, 者, 也)는 문언문文言文에서 상용常用하는 조사助

詞로 종결어미이다. 백화白話가 아닌 일부러 어려운 말을 쓰는 데 대한 야유의 뜻이 있다.

○ 孔夫子教三字經. ― 大材小用.
　공부자교삼자경　　　　대재소용

공자가 삼자경을 가르치다. ― 큰 인재를 작은 일에 쓰다.

인재人才를 낭비하다. 《삼자경三字經》은 《천자문》보다 앞서 배우는 어린이용 문자 습득 교재.

○ 孔夫子講演. ― 出口成章.
　공부자강연　　　출구성장

공자가 강연하다. ― 입만 열면 문장이 쏟아진다.

○ 孔夫子門前讀論語. ― 班門弄斧.
　공부자문전독논어　　　반문농부

공자네 대문 앞에서 《논어》를 읽다. ― 노반魯班 앞에서 도끼질을 하다.

자신의 능력을 헤아리지 못하다.

4) 관우關羽

관우關羽(서기 160-220년, 字는 운장雲長)는 하동군河東郡 해현解縣 출신, 今 산서성 서남단 운성시運城市. 유비劉備의 장군, 장비張飛와 함께 '1만 명을 상대할 수 있는 사람(萬人敵)'으로 알려졌다. 건안 4년(서기 199년)에 한수정후漢壽亭侯에 봉해졌다. 적벽대전(서기 208) 뒤에 주로 형주荊州를 방어했다. 건안 24년(서기 219), 관우가 양양襄陽과 번성樊城을 포위하자, 조조는 구원군으로 우금于禁을 보냈는데, 관우는 우금을 생포하고 방덕龐德을 참수하자 천하에 관우의 명성이 진동했다. 조조는 서황徐晃을 증파

하면서 동오東吳와 연합했고, 동오에서는 육손陸遜과 여몽呂蒙을
보내 관우를 공격, 생포한 뒤에 살해했다.

관우는 무장으로 생애를 마쳤지만 관우 사후에 제왕이나 백성
의 숭배를 받는 특수한 신령이 되었다. 관우에 대한 숭배와 신앙
은 우리나라와 일본, 월남까지 널리 퍼졌다. 관우의 충의忠義와
용무勇武의 형상은 관우에 대한 호칭에 잘 나타나 있는데, 관공關
公, 관노야關老爺로부터 무성武聖으로, 문성文聖인 공자와 나란한
명성을 누리고 있다. 그리하여 관성제關聖帝, 관제關帝, 관성제군
關聖帝君 등 극존칭이 지금껏 그대로 통용되고 있다.

도교道敎에서는 관우를 협천대제協天大帝, 복마대제伏魔大帝,
익한천존翊漢天尊으로 불리고, 심지어 불교에서도 관우의 숭배
신앙을 흡수하여 호법신護法神의 하나로 '가람보살伽藍菩薩'로
숭배된다. 진수陳壽는 정사《삼국지》에서 관우關羽와 장비張飛,
마초馬超, 황충黃忠, 조운趙雲을 함께 입전立傳하였다. 나관중羅貫
中의《삼국연의》에서는 이들을 '오호상장五虎上將'이라 통칭하는
데, 그중에서 으뜸은 전장군前將軍 관우이다.

○關夫子賣豆腐. ─ 人强貨不硬.
　　관 부 자 매 두 부　　　인 강 화 불 경

관우가 두부를 팔다. ─ 사람은 억세지만 물건은 단단하지
않다.

○關公的鬍鬚. ─ 美得很.
　　관 공 적 호 수　　　미 득 흔

관공의 수염. ─ 아주 멋지다.

○關公過五關. ― 沒人敢攔.
　　관공과오관　　몰인감란

관공이 다섯 관문을 지나가다. ― 감히 저지할 사람이 없다.

攔(lán) 막을 란.

○關公進曹營. ― 單刀直入.
　　관공진조영　　단도직입

관공이 조조의 군영에 들어가다. ― 단도직입하다.

○關公赴宴. ― 單刀直入.
　　관공부연　　단도직입

관공이 잔치에 참석하다. ― 단도직입하다.

○關雲長敗走麥城. ― 死到臨頭.
　　관운장패주맥성　　사도임두

관운장이 맥성으로 패주하다. ― 죽음이 임박했다.

5) 노반魯班

노반魯班(前 507―?, 희성姬姓, 공수씨公輸氏, 명반名班)은 공수반公輸
盤, 공수반公輸般으로도 호칭. 춘추 말엽 유명한 기술자. 중국 기술
자(工匠)의 조사祖師. 건축이나 목공, 각종 장인의 최고 선사先師,
스승. 각지에 노반을 모시는 노반전魯班殿, 노반묘魯班廟가 있다.

○魯班的兒子學木匠. ― 不用拜師.
　　노반적아자학목장　　불용배사

노반의 아들이 목공 기술을 배우다. ― 스승을 찾아가지 않
아도 된다.

○魯班的斧. ― 準得很.
　　노반적부　　준득흔

노반의 도끼. — 매우 정확하다.

○ 魯班的鋸子. — 不鈍.
　　노 반 적 거 자　　　불 좌

노반의 톱. — 무디지 않다.

솜씨가 틀림없다. 鋸 톱 거. 鈍 꺽일 좌. 불좌不鈍(bù cuò)는 불착
不錯(bù cuò)과 해음.

○ 魯班的手藝. — 巧奪天工.
　　노 반 적 수 예　　　교 탈 천 공

노반의 손재주. — 하늘의 재주를 가져왔다.

솜씨가 아주 뛰어나다. 奪 빼앗을 탈.

○ 魯班門前誇手藝. — 不知身分.
　　노 반 문 전 과 수 예　　　불 지 신 분

노반의 집 앞에서 솜씨를 자랑하다. — 노반이 누구인지 모
르다.

○ 魯班門前弄大斧. — 不識高低.
　　노 반 문 전 롱 대 부　　　불 식 고 저

노반의 문 앞에서 도끼를 휘두르다. — 솜씨의 고저를 모르다.

전문가 앞에서 주접을 떨다(헌추獻醜).

○ 魯班皺眉頭. — 別有匠心.
　　노 반 추 미 두　　　별 유 장 심

노반이 눈썹을 찡그리다. — 특별한 기술을 생각하다.

皺 주름 추. 주름 잡히다.

6) 노숙魯肅

노숙魯肅(172-217년, 字는 자경子敬)은 동오東吳의 저명한 외교
가, 정치가. 손권孫權을 위한 외교방책을 수립, 손책과 인연 이후,

주유가 죽자 동오의 군사 전략을 운용했다. 유비와 연합하여 조조와 대결했다. 주유周瑜, 노숙, 여몽呂蒙, 육손陸遜을 동오東吳의 사대도독四大都督이라 하지만, 노숙은 도독都督(지역 군 사령관)을 역임하지는 않았다. 《오서吳書》 9권, 〈주유노숙여몽전周瑜魯肅呂蒙傳〉에 입전立傳되었다.

○ 魯肅服孔明. ― 五體投地.
　노 숙 복 공 명　　　　오 체 투 지
　노숙이 제갈공명에게 복종하다. ― 오체투지하다.

○ 魯肅上了孔明的船. ― 錯了.
　노 숙 상 료 공 명 적 선　　　착 료
　노숙이 공명의 배에 오르다. ― 잘못되었다.
　錯(cuò) 섞일 착. 착오.

○ 魯肅爲生. ― 全靠嘴皮子厲害.
　노 숙 위 생　　　전 고 취 피 자 려 해
　노숙이 사는 길. ― 말재주에 전적으로 의지하다.
　靠 기댈 고. 취피자嘴皮子는 입술. 말솜씨. 厲 갈 려. 려해厲害는 극심하다.

○ 魯肅獻計. ― 餿主義.
　노 숙 헌 계　　수 주 의
　노숙이 건의한 계책. ― 잔꾀이다.
　어리석다. 餿 밥이 쉴 수. 생각이나 아이디어가 시시하다. 수주의餿主義는 유치한 계책. 잔꾀. 시시한 생각.

7) 노인老人

○ 塞翁失馬. ― 安知禍福.
　새 옹 실 마　　　안 지 화 복

변방의 노인이 말을 잃다. ― 화복을 어찌 알겠나?

재앙 뒤에 복을 받다(因禍得福). 塞 변방 새. 막힐 색. 翁(wēng)
늙은이 옹.

○ 愚公移山. ― 非一日之功.
　우 공 이 산　　　비 일 일 지 공

우공이 산을 옮기려 하다. ― 하루 이틀의 노력이 아니다.

굳게 참고 견디며 의지를 바꾸지 않다(堅忍不拔).

○ 愚公的精神. ― 持之以恒.
　우 공 적 정 신　　　지 지 이 항

우공의 정신. ― 끈기를 가지고 지속하다.

恒(héng) 늘 항. 항상恒常.

8) 노준의盧俊義

《수호전》의 인물. 북경대명부北京大明府의 명사 노준의盧俊義
의 별명은 옥기린玉麒麟인데, 하북삼절河北三絶의 한 사람이었다.
송강宋江과 오용吳用의 이런저런 계책에 걸려들어, 자의든 타의
든 노준의는 양산박에 들어가 제2수령이 된다.

○ 盧俊義上梁山. ― 不請自來.
　노 준 의 상 량 산　　　불 청 자 래

노준의가 양산박에 들어오다. ― 청하지 않았지만 스스로
찾아오다.

9) 노지심魯智深

《수호전》의 인물 중, 필자가 좋아하는 캐릭터이기에 좀 길게 소개하였다.

노지심魯智深의 본명은 노달魯達이고, 지심은 법명法名이며, 별호는 화화상花和尙(파계승)이다. 그는 위주渭州의 경략부經略府 제할提轄로 근무했는데, 사기를 당해 인질처럼 집혀있는 김취련金翠蓮 부녀를 구해주려고 진관서鎭關西라 불리는 정도鄭屠를 주먹으로 때리다 보니 진관서가 죽어버리는 바람에 도망쳐야만 했다.

그는 버드나무를 뽑을 정도로 괴력의 소유자였다. 노지심의 계도戒刀와 62근 무게의 선장禪杖은 정의를 위해 쓰였지만, 불경을 읽지 않고 술과 고기를 즐겼으니 파계승은 확실했다.

노지심은 일생동안 응징해야 할 사람이라면 살인도 서슴지 않았고, 구해야 할 사람은 끝까지 지켜주고 구원했다. 살인을 했다는 점에서는 분명 부처님의 계율을 어겼지만, 어려운 사람을 끝까지 돌봐주는 것은 불가佛家의 구고구난救苦救難의 정신을 철저히 지킨 사람이었다.

노지심은 임충林冲을 우연히 만나 형제의兄弟義를 맺었다. 임충이 귀양을 갈 때, 야저림에서 임충을 지켜주었고, 양지楊志 등과 함께 이룡산二龍山에서 산적 대장을 했고, 나중에 양산梁山의 수채에 들어가 서열 13위의 두령이 되었다.

노지심은 대표적인 협객─정의의 사나이다. 그렇지만 노달의 이야기는 그 묘사가 사실적이어서 다른 의협소설의 스타일과 크게 다르다. 노달이 진관서를 때려 약자를 도와주는 이야기는 협객이 어떠해야 하는가를 보여주는 마치 무협소설의 교과서 같은 내용이다.

대개 힘 좀 쓰고 세상 풍파를 겪은 사람은 말년에 어느 정도 부귀영화를 동경할 수 있지만, 노지심은 그 모든 세속 욕망을 버렸다. 항주杭州 여항餘杭의 육화사六和寺에서 조용히 앉아 입적한 노지심의 지혜나 인생은, 비록 소설 속의 인물이지만 그래서 더욱 빛이 난다.

○魯達當和尙. — 半路出家.
　노 달 당 화 상　　　반 노 출 가

　노달이 화상이 되다. — 나이가 들어 출가하다.

　반노출가半路出家는 본래 직업을 그만두고 새 직업을 구한다는 비유로 쓰인다.

○魯達拳打鎭關西. — 打他個鼻塌嘴巴歪.
　노 달 권 타 진 관 서　　　타 타 개 비 탑 취 파 왜

　노달이 주먹으로 진관서를 때려주다. — 진관서 코가 뭉개지고 주둥이가 돌아갔다.

　塌 무너질 탑. 嘴 주둥이 취. 歪 삐뚤어질 왜.

○魯智深出家. — 一無牽挂.
　노 지 심 출 가　　　일 무 견 괘

　노지심의 출가. — 걱정할 일이 전혀 없다.

　牽 끌 견. 挂 걸 괘. 걱정하다. 견괘牽挂는 걱정하다. 연루되다.

○魯智深倒拔楊柳. — 好大的力氣.
　노 지 심 도 발 양 류　　　호 대 적 력 기

　노지심이 버드나무를 뽑아버리다. — 엄청난 힘.

○魯智深賣肉. ─ 挑肥揀瘦.
　　노지심매육　　　　도비간수

노지심이 고기를 사다. ─ 비게를 발라내고, 살코기만 고르다.
挑 골라낼 도. 肥는 살찔 비. 비게. 揀 가릴 간. 瘦 여월 수. 마르
다.

10) 당삼장唐三藏

　당삼장唐三藏(唐僧)은 중국中國 고전古典 신마소설神魔小說《서
유기西遊記》의 주요 각색角色의 한 사람. 손오공孫悟空 등의 사부
師父이다. 삼장법사의 원형은 당대唐代의 현장법사玄奘法師(602─
664년, 俗姓 陳, 名의 禕)─법상유식종法相唯識宗의 토대를 마련했
다.《대당서역기大唐西域記》의 저자인데, 송대宋代《대당삼장취경
시화大唐三藏取經詩話》에 현장이라는 이름이 등장한다.《서유기》
에 당승唐僧이 지닌 보물로는 9개 둥근 고리가 달린 주석 지팡이,
곧 구환석장九環錫杖과 금빛 찬란한 가사(錦爛袈裟)인데, 이는 관
세음보살觀世音菩薩이 내려준 것이다. 소설의 최후에 당삼장唐三
藏은 정과正果를 얻어 전단공덕불旃檀功德佛이 된다. 소설 속의 당
삼장은 선량하고 자비慈悲로우며, 의지가 굳건하나 귀가 얇고, 고
지식하며 시비를 제대로 가리지 못한다.

　　○唐三藏的扁擔. ─ 擔經.
　　　　당삼장적편담　　　담경
　　당삼장의 들것 멜대. ─ 불경이 들어있다.

○唐三藏讀佛經. ― 出口成章.
　　당 삼 장 독 불 경　　　출 구 성 장

당삼장이 불경을 외우다. ― 입에서 나오면 문장이 된다.

○唐三藏的肚皮. ― 慈悲爲懷.
　　당 삼 장 적 두 피　　　자 비 위 회

당삼장의 뱃속. ― 자비가 들어있다.

肚 배 두. 懷 품을 회.

○唐三藏的書. ― 一本眞經.
　　당 삼 장 적 서　　　일 본 진 경

당삼장의 서적. ― 진리의 경전.

○唐三藏上西天. ― 一心取經.
　　당 삼 장 상 서 천　　　일 심 취 경

당삼장이 서쪽 천축국에 가다. ― 일심으로 불경을 얻다.

○唐三藏取經. ― 千辛萬苦.
　　당 삼 장 취 경　　　천 신 만 고

당삼장의 불경 얻기. ― 천신만고.

수많은 재난을 겪다(千災百難).

11) 맹모孟母

성어 맹모삼천孟母三遷과 단기교자斷機敎子는 유향劉向의 《열녀전列女傳 모의母儀》에 수록되었다.

○孟母三遷. ― 望子成龍.
　　맹 모 삼 천　　　망 자 성 룡

맹자의 모친이 3번 이사하다. ― 아들의 입신출세立身出世를 바라다.

12) 무대武大

《수호전》과 《금병매》에 나오는 반금련의 남편 무대武大의 별명은 '키 작은 쭉정이(三寸丁穀樹皮)' 였다. '세 치의 고무래(三寸丁; 丁은 농기구 이름)' 에다가 체구도 작아 '쭉정이' 였으니 그 못난 정도를 짐작할 수 있다. 무대는 못생기고 무능한 사람의 대표자로 중국 속담에 등장한다.

○武大郎賣豆腐. ― 人窮貨軟.
　무 대 랑 매 두 부　　인 궁 화 연
　무대가 두부를 팔다. ― 사람도 궁색하고 물건도 물렁하다.

○武大郎攀杠子. ― 上下够不着.
　무 대 랑 반 강 자　　상 하 구 불 착
　무대가 깃대에 매달리다. ― 올라가지도 내려가지도 못하다.
　够는 夠와 同字. 모을 구. 모이다. 많다.

○武大郎的身子. ― 不够尺寸.
　무 대 랑 적 신 자　　불 구 척 촌
　무대의 키. ― 재 볼 것이 없다.
　够 많을 구. 불구不够는 부족하다.

○武大郎算卦. ― 凶多吉少.
　무 대 랑 산 괘　　흉 다 길 소
　무대가 점을 쳐보다. ― 흉한 일은 많고, 좋은 일은 적다.

○武大郎放風箏. ― 出手不高.
　무 대 랑 방 풍 쟁　　출 수 불 고
　무대가 연을 날리다. ― 손을 뻗쳐도 높지 않다.

○武大郎捉奸. ― 反被害了性明.
　무 대 랑 착 간　　반 피 해 료 성 명

무대가 간부奸夫를 잡다. ─ 도리어 목숨을 잃게 된다.

○西門慶請武大郎. ─ 沒安好心.
　서문경청무대랑　　몰안호심

서문경이 무대를 초청하다. ─ 좋은 마음은 없다.

안호安好는 평안하다. 沒은 몰유沒有. 몰유는 소유나 존재의 부
정, 과거의 경험이나 행위, 사실의 부정 등 다양한 용법이 있다.

13) 무송武松

《수호전》에서는 동경東京에 다녀온 무송이 반금련과 서문경을
죽여 복수를 하지만,《금병매》에서는 무송이 서문경이 아닌 엉뚱
한 아전을 죽이고 귀양을 가는 식으로,《수호전》에서 단서를 얻
어 줄거리가 시작된다.

○武松打虎. ─ 藝高膽大.
　무송타호　　예고담대

무송이 호랑이를 때려잡다. ─ 무예가 뛰어나고 담력이 크다.

○武松打兎子. ─ 英雄無用武之地.
　무송타토자　　영웅무용무지지

무송이 토끼를 때려잡다. ─ 영웅이 힘을 쓸 곳이 없다.

○武松鬪西門慶. ─ 仍出他去.
　무송투서문경　　잉출타거

무송이 서문경과 싸우다. ─ 그래서 무송은 떠나가야 했다.

○武松喝啤酒. ─ 不過癮.
　무송갈비주　　불과은

무송이 맥주를 마시다. ─ 취할 수가 없다.

喝 마실 갈, 꾸짖을 갈. 啤 맥주 비. 癮 중독될 은.

○武松景陽崗上遇大蟲. ─ 不是虎死, 就是人傷.
　　무 송 경 양 강 상 우 대 충　　　 불 시 호 사　취 시 인 상

무송이 경양강에서 호랑이를 만나다. ─ 호랑이를 죽이지
않으면 사람이 다친다.

대충大蟲은 호랑이.

○武松殺嫂. ─ 替人報仇.
　　무 송 살 수　　 체 인 보 구

무송이 형수를 죽이다. ─ 남을 위해 복수하다.

替(tì) 바꿀 체. 대신하다. ～을 위하여.

14) 무측천武則天

측천무후則天武后 무씨武氏의 초명初名은 미상. 624−705년 생
존. 나이 14세에 당 태종이 그 미모를 소문으로 듣고 후궁으로 불
러들여 정관 11년(637년)에 재인才人으로 삼았다. 태종이 죽은
뒤, 아들 고종高宗의 황후가 되었다. 이어 무후 자신이 황제를 칭
했는데. 역사적으로 인정받은 유일한 여황제女皇帝(공식 재위 기간
690−704년, 690년은 주周 천수天授 원년)이다.

○武則天的面首. ─ 不公開.
　　무 칙 천 적 면 수　　 불 공 개

칙천무후의 남자 애인. ─ 공개하지 않다.

면수面首(miàn shǒu)는 귀부인의 노리개 미남자. 남첩男妾.

○武則天的名子. ─ 日月空.
　　무 측 천 적 명 자　　 일 월 공

무측천의 이름. ─ 해와 달과 하늘을 합친 글자.

▶ 측천무후則天武后는 자신의 이름을 曌(비칠 조)라고 했다. 이

는 해와 달이 공중空中에 떠 있다는 뜻의 측천문자則天文字이다. 이 曌를 파자破字하여 日月空이라 했다.

15) 반금련潘金蓮

사대기서四大奇書의 하나인 소설《금병매》의 제목은 주인공 서문경과 성애性愛를 나누는 반금련潘金蓮, 이병아李瓶兒, 춘매春梅에서 한 자씩 따왔다. 이 소설에서는 서문경西門慶의 문란한 애욕 행각과 성생활이 내내 이야기의 중심축이 된다.

반금련의 미모는 남자들에게 모두 제 눈의 안경이다. 이 세상에 미인들만 사랑과 성애의 주인공은 아니다. 그러나 반금련의 위기 탈출이나 경쟁에서의 승리, 성욕의 발산과 해소 방법을 보면 반금련이 매우 총명한 여자라는 것을 우선 인정해야 한다.

사실상 반금련은 사회적으로 거의 밑바닥 인생이었다. 가난한 바느질집의 여섯째 딸, 태어나지 않았어야 하는 군식구였다. 팔려간 주인에게 육체를 유린당하고 못생긴 무대武大에게 주어져도 운명이라 생각하며 순종해야만 했었다.

○ 潘金蓮熬藥. ― 暗地裏放毒.
　　반 금 련 오 약　　　암 지 리 방 독
반금련이 약을 다리다. ― 몰래 독약을 넣다.
熬 볶을 오. 약을 다리다.

○ 潘金蓮的信條. ― 寧在花下死, 做鬼也風流.
　　반 금 련 적 신 조　　　녕 재 화 하 사　주 귀 야 풍 류
반금련의 신조. ― 꽃그늘 아래 죽느니 차라리 마음껏 즐긴

귀신이 되겠다.

○ 潘金蓮給武松敬酒. ― 別有用心. / 不懷好意.
　　반 금 련 급 무 송 경 주　　　별 유 용 심　　불 회 호 의

반금련이 무송에게 술을 권하다. ― 다른 뜻이 있었다. / 좋은 뜻은 아니었다.

○ 潘金蓮愉漢子. ― 本性難改.
　　반 금 련 유 한 자　　　본 성 난 개

반금련이 사내와 즐기다. ― 본성은 고치기 어렵다.

愉 즐거울 유. 기뻐하다.

○ 武大郎跟潘金蓮蓋被. ― 頭齊脚不齊. / 兩人不同心.
　　무 대 랑 근 반 금 련 개 피　　　두 제 각 불 제　　　양 인 불 동 심

무대와 반금련은 같은 이불을 덮다. ― 머리는 나란하지만 발은 나란하지 않다. / 두 사람의 속마음은 같지 않다.

16) 범진范進

범진范進은 청대清代 오경재吳敬梓(1701―1754)의 유명한 사회 풍자소설《유림외사儒林外史》에 등장하는 궁색한 학인學人의 전형적 인물. 온갖 고생 끝에 과거에 합격하지만, 합격 소식을 듣고 미쳐버린다.

○ 范進中擧. ― 喜瘋了.
　　범 진 중 거　　희 풍 료

범진이 과거에 합격하다. ― 기뻐서 미쳐버렸다.

17) 사마의司馬懿

사마의司馬懿(179―251년, 字는 중달仲達)의 사마司馬는 복성. 의懿

는 아름다울 의. 하내군河內郡 온현溫縣 출신. 위魏의 장수로 조조曹操, 조비曹丕, 조예曹叡, 조방曹芳의 사대군주四代君主를 섬겼고, 나중에 '고평릉高平陵의 변變'으로 조위曹魏의 권력을 장악했다.

조조는 사마의를 싫어했고 '낭고지상狼顧之相'이라면서 뒷날 조씨 일가를 휘두를 것을 염려했고, 이를 아들 조비에게 알려줬으나 조비는 사마의와 관계가 좋았고 지켜주었다. 조비가 재위 중 사마의의 작위는 안국향후安國鄕侯에 그쳤다. 사마의는 향년 73세로 병사하였다. 264년에 아들 사마소司馬昭가 진왕晉王이 되자 사마의를 진왕晉王으로 추존하며, 시호는 선왕宣王이라 했다. 사마염司馬炎이 서진西晉(265 - 316년 존속)을 건국한 뒤 선문후宣文侯로 추존했다가 선황제宣皇帝라는 시호를 받았다.

○司馬懿的毛病. — 多疑.
　　사 마 의 적 모 병　　　다 의

사마의의 병. — 의심이 많다.

○司馬懿父子行軍. — 一個要進, 一個要退.
　　사 마 의 부 자 행 군　　일 개 요 진　일 개 요 퇴

사마의 부자가 행군하다. — 한 사람이 진군하려 하면, 다른 하나는 퇴군하려 한다.

○司馬懿看書. — 往後瞧.
　　사 마 의 간 서　　　왕 후 초

사마의가 책을 읽다. — 가끔 뒤를 본다.

瞧 몰래 볼 초. 보다. 바라보다.

○司馬懿破八卦陣. — 不懂裝懂.
　　사 마 의 파 팔 괘 진　　　불 동 장 동

사마의가 팔괘진을 격파하다. ━ 모르면서 아는척한다.

懂(dǒng) 터득할 동.

○司馬懿受諸葛亮的禮. ━ 臉憨皮厚.
　　사 마 의 수 제 갈 량 적 례　　검 감 피 후

사마의가 제갈량의 인사를 받다. ━ 어리석은 척하면서도
낯은 두껍다.

臉 뺨 검. 憨 어리석을 감.

○死諸葛亮嚇走活仲達. ━ 生不如死.
　　사 제 갈 량 혁 주 활 중 달　　생 불 여 사

죽은 제갈량이 산(活) 사마중달을 놀라 달아나게 하다. ━ 산
사람이 죽은 사람만 못하다.

○屬司馬懿的. ━ 疑心大.
　　속 사 마 의 적　　　의 심 대

사마의와 같은 사람. ━ 의심이 많다.

屬 무리 속. ~이다. ~ 띠.

○司馬昭之心. ━ 人人皆知.
　　사 마 소 지 심　　　인 인 개 지

사마소의 마음. ━ 사람마다 모두 알다.

사마소는 사마의의 아들. 사마염司馬炎의 부父.

18) 서서徐庶

　서서徐庶(생몰년 미상, 2세기−3세기, 字는 원직元直. 원명原名 복福)−
《삼국연의》에서는 선복單福, 유비에게 제갈량을 천거한 사람. 單
은 성씨 선.

○徐庶進曹營. ─ 一言不發.
　서 서 진 조 영　　 일 언 불 발

서서가 조조의 진영에 들어가다. ─ 한마디도 말하지 않다.

19) 서시西施

미인을 지칭하는 성어로, 침어낙안沈魚落雁과 폐월수화閉月羞
花에 맞춰 중국인들은 고대 사대미인四大美人을 꼽았는데, 월越나
라 서시西施는 물고기도 부끄러워하며 숨는다는 침어沈魚의 미인
이다. 전한前漢의 왕소군王昭君은 낙안落雁의 미인, 그리고 초선貂
蟬은 폐월閉月, 양귀비楊貴妃는 수화羞花(꽃도 움추리다)의 미인이
라고 이야기한다.

비슷한 예로 소포사笑褒姒(웃는 포사), 병서시病西施(병든 서시),
한달기狠妲己(표독한 달기), 취양비醉楊妃(술 취한 양귀비) 또한 미인
을 지칭하는 표현으로 인구에 회자膾炙된다.

○東市效顰. ─ 醜上加醜.
　동 시 효 빈　　 추 상 가 추

동시라는 추녀가 찡그린 서시를 흉내내다. ─ 추한 꼴에 더
추악한 꼴이다.

顰 찡그릴 빈.

○西施戴花. ─ 美上加美.
　서 시 대 화　　 미 상 가 미

서시가 꽃을 꽂다. ─ 미인이 더 아름다워지다.

○西施掉了門牙. ─ 美中不足.
　서 시 도 료 문 아　　 미 중 부 족

서시의 앞니가 빠지다. ― 미인의 결함.

20) 손오공孫悟空

손오공孫悟空은 소설《서유기西遊記 / 작자 오승은吳承恩》에 등
장하는 주요 각색角色의 하나. 법력法力이 고강高强한 돌 원숭이
(石猴), 별명 손행자孫行者. 화과산花果山 수렴동水簾洞의 미후왕
美猴王, 제천대성齊天大聖, 취경取經하는 불승을 호위하는 임무를
수행했다.

○ 孫大聖的武藝. ― 神通廣大.
　　손 대 성 적 무 예　　　신 통 광 대

손오공의 무예. ― 신통하고도 광대하다.

○ 孫大聖赴蟠桃宴. ― 偸吃偸喝.
　　손 대 성 부 반 도 연　　　투 흘 투 갈

손오공이 반도蟠桃 연회에 가다. ― 훔쳐 먹고, 훔쳐 마시다.

蟠 휘감을 반. 偸 훔칠 투. 喝는 마실 갈.

○ 孫大聖管桃原. ― 監守自盜.
　　손 대 성 관 도 원　　　감 수 자 도

손오공이 도원을 관리하다. ― 감수하면서 훔치다.

○ 孫猴子拔毫毛. ― 七十二變.
　　손 후 자 발 호 모　　　칠 십 이 변

손후자(오공)가 털을 뽑다. ― 72가지로 변하다.

○ 孫猴子過火焰山. ― 顯眞本領的時候了.
　　손 후 자 과 화 염 산　　　현 진 본 령 적 시 후 료

손오공이 화염산을 지나가다. ― 진짜 재주를 드러낼 때이다.

○孫猴子蹦出水簾洞. ─ 好戲在後.
　　손 후 자 봉 출 수 렴 동　　호 희 재 후

손오공이 수렴동을 튀쳐나오다. ─ 재밌는 연극이 이어진다.

○孫猴子落在如來佛手心裏. ─ 跳不出來.
　　손 후 자 락 재 여 래 불 수 심 리　　도 불 출 래

손오공이 여래불의 손바닥에 떨어지다. ─ 도망쳐 나갈 수
없다.

○孫猴子上花果山. ─ 自稱大王.
　　손 후 자 상 화 과 산　　자 칭 대 왕

손오공이 화과산에 들어가다. ─ 대왕을 자칭하다.

○孫猴子搖身. ─ 又變了.
　　손 후 자 요 신　　우 변 료

손오공이 몸을 뒤틀다. ─ 또 변하다.

○孫悟空的尾巴. ─ 變不了.
　　손 오 공 적 미 파　　변 불 료

손오공의 꼬리. ─ 변할 수 없다.

○孫悟空借芭蕉扇. ─ 一物降一物.
　　손 오 공 차 파 초 선　　일 물 강 일 물

손오공이 파초선을 빌리다. ─ 하나가 다른 하나를 제압하다.
뛰는 놈 위에 나는 놈.

○孫悟空碰着如來佛. ─ 無法.
　　손 오 공 팽 착 여 래 불　　무 법

손오공이 여래불을 만나다. ─ 아무 짓도 못하다.

○孫悟空打豬八戒. ─ 倒挨一耙.
　　손 오 공 타 저 팔 계　　도 애 일 파

손오공이 저팔계를 때려주다. ─ 도리어 쇠시랑으로 한 대
맞다.
挨는 때릴 애. 耙 쇠시랑 파. 농기구 이름.

○西天路上的孫行者. ― 勞苦功高.
　서 천 로 상 적 손 행 자　　　노 고 공 고

서쪽 천축국에 가는 손오공. ― 애쓰고 고생했으며 공도 많았다.

21) 송강宋江

《수호전》의 묘사에 따르면, 송강은 키는 작지만 봉황의 눈, 누에 눈썹(眼如丹鳳, 眉似臥蠶)에 검은 눈동자, 반듯하고 단정한 입술, 평평하고 넓은 이마, 앉아 있을 때는 호랑이의 모습이 연상되고 걸을 때는 늑대의 모양이며, 얼굴이 검어 '검둥 송강(黑宋江)'이라 불리는 사람이다.

부모에게 효도하고 의리를 지키며 재물을 뿌릴 줄 하는 사람으로 '만인을 구제할만한 도량은 있으면서, 가슴속에 사해四海(천하)를 쓸어내겠다는 마음을 품고 있으며, 품은 뜻과 기세는 드높고 흉금은 수려했다. 비록 운성현의 압사押司라는 미관말직에 근무하는 서리였지만 직무에 정통했으며, 한漢의 상국相國인 소하蕭何보다 낫고, 명성은 전국시대 제齊의 맹상군孟嘗君에 지지 않을 정도이다.' 라고 서술하였다. 다른 사람들의 어려운 일을 적극적으로 나서서 해결해 주고, 남의 가난을 구제하며, 어려운 사람을 돕는 일을 많이 하여 산동山東과 하북河北에 널리 이름이 알려졌고, 모든 사람이 그를 '때맞춰 내리는 비(及時雨)' 라고 불렀다.

○宋江的綽號. ― 及時雨.
　송 강 적 작 호　　　급 시 우

송강의 작호. ─ 때맞춰 내리는 비, 급시우.

작호綽號는 별명. 외호外號. 綽 너그러울 작.

○ 宋江怒殺閻婆惜. ─ 迫不得已.
　　송 강 노 살 염 파 석　　박 불 득 이

송강이 분노로 염파석을 죽이다. ─ 겁박 속에 부득이 했다.

염파석은 여인의 이름. 송강의 현지처.

○ 宋江下梁山. ─ 及時雨來了.
　　송 강 하 량 산　　급 시 우 래 료

송강이 양산박을 떠나다. ─ 때맞춰 비가 내렸다.

22) 순우분淳于棻

이공좌李公佐가 지은 《남가태수전南柯太守傳》에 등장하는 가상
인물.

○ 淳于棻大槐享富貴. ─ 南柯一夢
　　순 우 분 대 괴 향 부 귀　　남 가 일 몽

순우분이 큰 홰나무에서 부귀를 누리다. ─ 남가일몽南柯一
夢(남쪽으로 뻗은 나뭇가지 밑에서의 한바탕 꿈이라는 말이며 덧
없는 인생과 부귀영화를 뜻한다.)이다.

○ 盧生借枕頭. ─ 黃粱一夢.
　　노 생 차 침 두　　황 량 일 몽

노생이 목침을 빌리다. ─ 누런 기장밥을 짓는 동안 꿈속의
부귀영화.

粱 기장 량. 기장 밥.

○ 盧生做夢. ─ 一枕黃粱.
　　노 생 주 몽　　일 침 황 량

노생의 꿈. ─ 목침을 베고 기장밥을 짓는 동안의 꿈.

위 노생盧生의 2개 헐후어는 당唐 심기제沈旣濟의 〈침중기枕中記〉
의 내용이다. 인생과 영화 모두 부질없는 일이다.

23) 악비岳飛

악비岳飛(1103∼1142년)는 남송南宋의 항금抗金 명장名將. 시호
충무忠武. 중국인들이라면 누구나 다 아는 민족 영웅.

○ 岳母敎子. ─ 精忠報國.
　　악 모 교 자　　　정 충 보 국

악비 모친의 아들 교육. ── 오로지 충성으로 보국하라.

○ 岳飛屈死風波亭. ─ 好人落難.
　　악 비 굴 사 풍 파 정　　　호 인 락 난

악비가 풍파정에서 억울하게 죽다. ── 선인善人이 난관에
봉착하다.

○ 岳飛遇害. ─ 奸佞當道.
　　악 비 우 해　　　간 녕 당 도

악비가 해악을 당하다. ── 간사한 아첨배가 권력을 쥐다.

○ 岳王廟裏跪個鐵秦檜. ─ 遺臭萬年.
　　악 왕 묘 리 궤 개 철 진 회　　　유 취 만 년

악비 사당에 꿇어 앉힌 쇠로 만든 진회. ── 영원히 악명을
남기다.

24) 양지楊志

《수호전》의 영웅 청면수靑面獸 양지楊志의 출신과 사람됨은 강
호의 보통 사나이와 많이 달랐다. 양지는 삼대에 걸친 장수 가문

의 후예로, 젊어 무과에 합격하여 관직에 근무하였으니 마땅히 국가에 충성을 다할 신분의 사람이었다. 그러나 불운한 양지는 국가 재물의 손해를 끼쳤다 하여 죄를 피해 숨어 있다가, 집에서 재물을 준비하였고, 동경에 가서 '윗사람에게 뇌물을 쓰고 아랫사람에게 부탁' 하여 원직에 복귀하려고 동경東京으로 가는 길이었다. 그러다가 하필 양산박 근처에서 임충을 만났고 임충과 싸워 결판을 내려 할 때, 왕륜 등 두령이 나타나 산 채로 초빙한다. 그러나 양지는 양산박의 생활을 사양하고 동경으로 향한다.

○楊志賣刀. — 無人識貨.
　양 지 매 도　　무 인 식 화
양지가 보검을 팔다. — 명품을 알아주는 사람이 없다.

25) 여포呂布

여포呂布(?-198년)는 중국인의 속담에 '인중여포人中呂布 마중적토馬中赤兎(사람은 여포, 말은 적토마)' 라는 말이 있다. 여포는 그만큼 미남자였다. 동탁董卓은 정원丁原의 의자義子인 여포에게 대패한다. 동탁의 참모 이숙李肅은 여포呂布와 동향인同鄕人이었다. 이숙은 여포가 '용이무모勇而無謀하고 견리망의見利忘義하니' 금주金珠와 적토마赤兎馬로 회유할 수 있다고 말했다. 조조는 '여포는 낭자야심狼子野心이라서 정말로 오랫동안 함께 할 수 없는 사람' 이라고 평하였다.

▶ 사도司徒인 왕윤王允은 동탁을 제거키로 결심했지만 묘안이

없었다. 왕윤은 자신이 친딸처럼 기른 가기歌妓 초선貂蟬을 보고 선 여포와 동탁을 이간시키는 연환계連環計(計中計)를 생각했다. 초선은 소설 속의 허구 인물인데, 나관중의 손에 의하여 완벽한 미인으로 소생하였다. 정사《삼국지 위서》7권〈여포장홍전呂布臧洪傳〉에는 여포가 동탁의 시비侍婢와 사통私通했다는 내용은 있으나, 초선의 이름은 등장하지 않는다.

○貂蟬嫁呂布. ― 英雄難過美人關.
　초선가려포　　　영웅난과미인관

초선이 여포에게 시집가다. ― 영웅도 미인이라는 관문을 통과하기는 어렵다.

○呂布拜董卓. ― 認賊作父.
　여포배동탁　　　인적작부

여포가 동탁에게 절을 하다. ― 도적인줄 알면서도 의부義父로 생각하다.

○屬呂布的. ― 有勇無謀.
　속려포적　　유용무모

여포와 같은 부류. ―용력만 있고 지모는 없다.

屬 무리 속. ~이다. ~ 띠.

○董卓進京. ― 不懷好意.
　동탁진경　　불회호의

동탁이 장안으로 진군하다. ― 좋은 뜻이 없었다.

26) 오자서伍子胥

오자서伍子胥〔伍員(오원, ?-前 484년)〕는 춘추시대 오吳나라의 장

군. 본래 초楚의 공족公族. 박해를 피해 오吳에 망명했다. 오왕吳王 합려闔閭에 의해 중용重用되어 초국楚國을 대파大破했다. 오왕吳王 부차夫差가 계위繼位한 뒤에 참소를 받아 죽었다.

○伍員的鞭子. — 躱不過的.
　오 원 적 편 자　　　타 부 과 적

오자서의 채찍질. — 피할 수 없다.

躱 비킬 타.

○伍子胥過昭關. — 頭髮鬍子都急白了.
　오 자 서 과 소 관　　　두 발 호 자 도 급 백 료

오자서가 소관을 지나가다. — 머리와 수염이 하룻밤에 모두 하얗게 되다.

○伍子胥過關. — 進退兩難.
　오 자 서 과 관　　　진 퇴 양 난

오자서가 관문을 지나가기. — 진퇴가 모두 어렵다.

○伍子胥的白頭髮. — 全是愁的.
　오 자 서 적 백 두 발　　　전 시 수 적

오자서의 하얀 머리카락. — 모두 근심 걱정 때문이다.

27) 왕륜王倫

《수호전》 양산박 두령 왕륜의 별호는 백의白衣 수사秀士. 임충林冲이 산채에 들어오기 전의 두령.

○白衣秀士王倫當寨主. — 客不得入.
　백 의 수 사 왕 륜 당 채 주　　　객 불 득 입

백의의 수재인 왕륜이 산채의 주인일 때. — 객인은 양산박에 들어올 수 없었다.

28) 유비劉備

유비劉備(161-223년, 字는 현덕玄德)는 탁군涿郡 탁현涿縣(今 하북성河北省 중부 탁주시涿州市, 북경시 서남 연접) 출신. 촉한蜀漢 개국 황제, 시호 소열황제昭烈皇帝, 보통 선주先主, 아들 유선劉禪은 '후주後主'로 지칭한다. 유비는 본래 독서를 좋아하지 않았고, 좋은 사냥개나 말, 음악, 화려한 의복 등을 좋아하였다. 신장 7척5촌(약 173cm, 漢代 1척은 23.1cm), 팔이 무릎에 닿을 정도였다니 약간 기형에 귀가 커서 '대이아大耳兒'로 조롱당했다. 다른 사람을 잘 대우했고 희노의 감정을 안색에 나타나지 않았으며 호협의사豪俠義士와 잘 사귀었다.

○ 劉備賣草鞋. ── 人軟貨不硬. / 本行.
　유비매초혜　　　 인연화불경　　본행

유비가 짚신을 팔다. ── 사람은 물렁하고, 그 물건도 억세지 않다. / 본업이다.

○ 劉備當皇叔. ── 時來運轉.
　유비당황숙　　　 시래운전

유비가 황숙이 되다. ──때를 만나 운수가 트이다.

○ 劉備得荊州. ── 哭來的.
　유비득형주　　　 곡래적

유비가 형주를 차지하다. ──울어서 얻은 것.

○ 劉備借荊州. ── 有借無還.
　유비차형주　　　 유차무환

유비가 형주를 차용하다. ─ 차용하고 반환하지 않다.

○ 劉備的江山. ─ 哭出來的.
　　유 비 적 강 산　　　곡 출 래 적

유비의 천하. ─ 울음으로 얻은 것.

○ 劉備東吳招親. ─ 弄假成眞.
　　유 비 동 오 초 친　　　농 가 성 진

유비가 동오東吳에서 아내를 맞이하다. ─ 농담이 진담이
되었다.

○ 劉備請諸葛. ─ 三顧茅廬.
　　유 비 청 제 갈　　　삼 고 모 려

유비가 제갈량을 맞이하다. ─ 삼고초려하다.

모려茅廬 = 초려草廬. 茅(máo) 띠풀 모.

○ 劉備三上臥龍岡. ─ 就請你這個諸葛亮.
　　유 비 삼 상 와 룡 강　　　취 청 니 저 개 제 갈 량

유비가 세 번 와룡강을 찾아가다. ─ 제갈량 같은 사람을
초빙했다.

○ 劉備對孔明. ─ 言聽計從.
　　유 비 대 공 명　　　언 청 계 종

유비와 제갈공명. ─ 건의를 들어주고 계책도 받아주다.

○ 劉備對諸葛. ─ 無話不說.
　　유 비 대 제 갈　　　무 화 불 설

유비와 제갈량. ─ 무슨 이야기든 모두 말하다.

○ 劉備困曹營. ─ 提心弔膽.
　　유 비 곤 조 영　　　제 심 조 담

유비가 조조의 군영에 머물다. ─ 마음이 조마조마하다.

○ 劉備遇孔明. ─ 如魚得水.
　　유 비 우 공 명　　　여 어 득 수

유비가 제갈공명을 만나다. ─ 물고기가 물을 만나다.

29) 유아두劉阿斗

유선劉禪(207−271년, 禪 사양할 선. 字는 공사公嗣)은 촉한蜀漢 소열제昭烈帝인 유비劉備와 감부인甘夫人 소생, 17세 즉위, 223−263년 재위, 삼국三國 중 재위가 최장最長인 황제皇帝. 위魏에 멸망당한 뒤, 서진西晉에서 271년에 65세로 죽었다. 당시로서는 장수했고 개인적으로는 유복한 일생이었다. 무능 인물의 대명사.

'주문출아두朱門出阿斗(권세가에서 아두 같은 못난 아들이 나오고), 한문출장원寒門出壯元(한미한 가문에서 장원이 나온다).'

'제갈유지諸葛有智(제갈량은 지모가 있고), 아두유권阿斗有權(아두에게는 권력이 있다).'

'불요주아두적군사不要做阿斗的軍師(아두의 군사가 되느니), 영가고호한배마편寧可帮好漢背馬鞭(차라리 잘난 사내를 도와 마부가 되는 것이 낫다).' 등 많은 속담이 있다.

○ 劉阿斗. ─ 扶不起.
　유아두　　　　부불기

　유아두. ─ 부축해도 일어서지 못하다.

○ 劉阿斗的江山. ─ 白送.
　유아두적강산　　　　백송

　유아두의 천하. ─ 헛되이 쓰다.

○ 劉阿斗當皇帝. ─ 有名無實.
　유아두당황제　　　　유명무실

　유아두가 황제가 되다. ─ 유명무실이다.

30) 임충林冲

임충林冲은 양산박梁山泊 서열 6위의 마군馬軍 오호장五虎將의 한 사람으로, 양산 두령 중에서도 유명하다. 양산에 들어가기 전, 그는 수도 동경東京의 팔십만 금군禁軍의 창봉교두鎗棒敎頭였다. 여기서 80만은 임충이 가르쳐야 할 인원이 아닌 금군의 총 인원 수이고, 교두는 요즈음으로 치면 부사관급에 해당하는 낮은 직위였다.

임충은 아름답고 온유한 아내 장씨와 행복했지만, 어느 날 아내가 건달에게 희롱을 당하면서 모든 행복은 깨어지고 그의 비극은 시작된다.

○林冲進白虎堂. ─ 上當受騙.
　임충진백호당　　상당수편

　임충이 백호당에 들어가다. ─ 상관의 속임수에 걸려들다.

　騙 속일 편.

○林冲誤闖白虎堂. ─ 單刀直入.
　임충오틈백호당　　단도직입

　임충이 백호당에 잘못 들어가다. ─ 칼 한 자루만 들고 바로 들어가다.

○林冲到了野猪林. ─ 絶處逢生.
　임충도료야저림　　절처봉생

　임충이 야저림에 도착하다. ─ 막다른 곳에서 살아나다.

○林冲看守草料場. ─ 英雄無用武之地.
　임충간수초료장　　영웅무용무지지

　임충이 초료장을 지키다. ─ 영웅이 그 무예를 쓸 곳이 없다.

○林冲買寶刀. ― 中了詭計.
　　임 충 매 보 도　　　중 료 궤 계

임충이 값진 칼을 사들이다. ― 속임수에 걸려들다.

詭 속일 궤.

○林冲上梁山. ― 官逼民反.
　　임 충 상 량 산　　　관 핍 민 반

임충이 양산박을 찾아가다. ― 나라의 핍박에 백성이 반역
하다.

31) 장비張飛

장비張飛(167−221년, 字는 익덕益德, 《삼국연의》에서는 익덕翼德)는
유주幽州 탁군涿郡 출신, 수 하북성 보정시保定市 관할 탁주시涿州
市(北京市 연접). 관우와 함께 '만인적萬人敵'이라 일컬었다. 진수
陳壽의 정사《삼국지》에서는 항우關羽, 장비張飛, 마초馬超, 황충黃
忠, 조운趙雲을 합전合傳. 나관중羅貫中《삼국연의》에서는 '오호
상장五虎上將'으로 통칭. 중국 전통 문화에서 장비張飛의 캐릭터
는 거칠고 강렬剛烈하며 호주好酒하는 성격으로 고정화되었는데,
이는 소설의 영향이라 할 수 있다. 그러면서 장비는 수많은 속담
의 단골로 사랑을 받고 있다.

○猛張飛舞刀. ― 殺氣騰騰.
　　맹 장 비 무 도　　　살 기 등 등

사나운 장비가 칼을 휘두르다. ― 살기가 등등하다.

○猛張飛遇到黑李逵. ― 見面就蹦.
　　맹 장 비 우 도 흑 리 규　　　견 면 취 붕

사나운 장비가 흑선풍 이규를 만나다. — 얼굴을 보자마자 튀어 오른다.

蹦 뛸 붕.

○張飛擺屠案. — 凶神惡殺.
　장 비 파 도 안　　흉 신 악 살

장비가 짐승 도살하는 널판을 차려놓다. — 흉악한 귀신이 마구 죽이다.

○張飛撤退長板坡. — 過河折橋.
　장 비 철 퇴 장 판 파　　과 하 절 교

장비가 장판파에서 적군을 물리치다. — 하천을 건너 교량을 부숴버렸다.

○張飛到了長坂坡. — 大喝大吼.
　장 비 도 료 장 판 파　　대 갈 대 후

장비가 장판파에 도착하다. — 크게 질책하고 크게 고함치다.

○張飛吃秤砣. — 鐵了心.
　장 비 흘 칭 타　　철 료 심

장비가 저울 추를 삼키다. — 굳게 결심하다. 단단히 마음먹다.

○張飛穿針. — 粗中有細.
　장 비 천 침　　조 중 유 세

장비가 바늘에 실을 꿰다. — 거칠지만 세밀한 데가 있다.

○張飛打岳飛. — 都是硬漢. / 亂了朝代.
　장 비 타 악 비　　도 시 경 한　　난 료 조 대

장비가 악비와 싸우다. — 두 사람 모두 억센 사나이다. / 왕조가 어긋났다.

○張飛當縣官. — 能文能武.
　장 비 당 현 관　　능 문 능 무

장비가 현령이 되다. — 문무文武에 능숙하다.

○張飛戒酒. — 明天.
　장 비 계 주　　명 천

장비가 술을 끊다. — 내일來日. 가까운 장래에.

○ 張飛敬酒. — 壺來.
　　장 비 경 주　　　호 래

장비가 술을 권하다. — 항아리 채로 권하다.

○ 張飛開店. — 鬼都不上門.
　　장 비 개 점　　　귀 도 불 상 문

장비가 점포를 열었다. — 귀신도 얼씬 못하다.

○ 張飛賣刺猬. — 人强貨扎手.
　　장 비 매 자 위　　　인 강 화 찰 수

장비가 고슴도치를 팔다. — 사람은 강하고 물건은 손도 못
댄다.

刺 찌를 자. 묻다. 알아보다. 猬는 蝟와 동자로 고슴도치 위.

○ 張飛賣豆腐. — 人强貨不硬.
　　장 비 매 두 부　　　인 강 화 불 경

장비가 두부를 팔다. — 사람은 억세나 물건은 물렁하다.

○ 張飛賣肉. — 一刀切.
　　장 비 매 육　　　일 도 절

장비가 고기를 팔다. — 단칼에 잘라낸다.

○ 張飛拿耗子. — 大眼兒瞪小眼兒.
　　장 비 나 모 자　　　대 안 아 징 소 안 아

장비가 쥐를 잡았다. — 큰 눈을 작게 뜨고 보다.

耗(hào) 줄어들 모. 모자耗子는 쥐.

○ 張飛攆兎子. — 有勁使不上.
　　장 비 연 토 자　　　유 경 사 불 상

장비가 토끼를 쫓아가다. — 힘이 세지만 쓸 수가 없다.

攆 쫓을 연. 따라가다. 兎 토끼 토. 勁 군셀 경.

○ 張飛騎素馬. — 黑白分明.
　　장 비 기 소 마　　　흑 백 분 명

장비가 흰말을 타다. ― 흑백이 분명하다.

○張飛耍杠子. ― 輕而易擧.
　　장 비 사 강 자　　　경 이 역 거

장비가 멜대를 휘두르다. ― 가벼워 쉽게 들 수 있다.

耍(shuǎ) 희롱할 사. 흔들다.

○張飛討債. ― 氣勢洶洶. / 誰敢不給.
　　장 비 토 채　　　기 세 흉 흉　　　수 감 불 급

장비가 빚 독촉을 하다. ― 그 기세가 흉흉하다. / 누가 감
히 안 갚겠는가?

○張飛夜戰馬超. ― 不分勝負.
　　장 비 야 전 마 초　　　부 분 승 부

장비와 마초가 한밤에 싸우다. ―승부를 가를 수 없다.

32) 장천사張天師

　장천사張天師는 중국 도교 정일도正一道(天師道)의 역대 지도자
를 지칭하는 말이다. 천사도는 후한의 장도릉張道陵(서기 34−156
년)이 창립하였는데(五斗米道), 후인들이 장도릉을 조천사祖天師
그의 아들 장형張衡을 사사嗣師, 손자인 장로張魯를 계사系師라 칭
했는데, 이들 3인을 삼사三師(三張)라 존칭했고 그 지위를 세습하
는 원대元代 이후의 후손을 모두 천사天師라 칭했다. (후한 말 황
건적의 난 주체세력인 태평도太平道의 장각張角, 장량張梁, 장보張
寶의 3형제와는 다른 종파이다.)

○張天師被娘他. ― 有法不能使.
　　장 천 사 피 낭 타　　　유 법 불 능 사

장천사가 아내한테 얻어맞다. ― 술법이 있지만 쓸 수가 없다.

○張天師被鬼迷. ― 明人也有糊塗.
　　장 천 사 피 귀 미　　명 인 야 유 호 도

장천사가 귀신에게 홀렸다. ― 명철한 사람도 멍청할 때가
있다.

糊 풀 호. 塗 진흙 도. 호도糊塗(hú tú)는 흐리멍텅하다.

○張天師臥病在床. ― 無藥可救.
　　장 천 사 와 병 재 상　　무 약 가 구

장천사가 병상에 눕다. ― 구할 수 있는 약이 없다.

○張天師販壽星. ― 依老賣老.
　　장 천 사 판 수 성　　의 로 매 로

장천사가 장수하는 수성을 팔다. ― 늙어 보인다고 어른(늙
은이) 티를 내다.

○張天師過海不用船. ― 自由法度.
　　장 천 사 과 해 부 용　　자 유 법 도

장천사는 바다를 건너며 배를 타지 않는다. ― 스스로 법도
가 있다.

度 건널 도. 渡(dú)와 通.

○張天師叩門. ― 內中有鬼.
　　장 천 사 고 문　　내 중 유 귀

장천사가 대문을 두드리다. ― 집안에 귀신이 있다.

○張天師家鬧鬼. ― 誰也不信.
　　장 천 사 가 뇨 귀　　수 야 불 신

장천사 집에서 귀신이 조화를 부리다. ― 누구라도 믿지 않다.

33) 저팔계豬八戒

저팔계豬八戒의 법호法號는 오능悟能.《서유기》 속 당삼장의 도

제徒弟. 돼지 얼굴에 사람 몸둥이. 손오공은 저팔계를 바보, 멍청이(태자못子)라고 불렀다.

○ 豬八戒照鏡子. — 裏外不是人
　　저 팔 계 조 경 자　　이 외 불 시 인

저팔계가 거울을 보다. — 안과 밖 모두 사람이 아니다.

○ 豬八戒想娶媳婦. — 一相情願.
　　저 팔 계 상 취 식 부　　일 상 정 원

저팔계가 아내를 얻고 싶어하다. — 자기 생각만 하다.
상대방 생각은 안 하다.

○ 豬八戒西天取經. — 三心二意.
　　저 팔 계 서 천 취 경　　삼 심 이 의

저팔계가 서쪽 천축국에 불경을 구하러 가다. — 딴마음을
품다.

○ 豬八戒的脊梁. — 無能之輩(悟能之輩).
　　저 팔 계 적 척 량　　무 능 지 배 오 능 지 배

저팔계의 등. — 무능無能한 패거리.
저팔계의 법호 오능悟能(wù néng)은 무능無能과 해음諧音.

○ 豬八戒進了女兒國. — 看花了眼.
　　저 팔 계 진 료 여 아 국　　간 화 료 안

저팔계가 여인국에 가다. — 너무 놀라워 눈이 침침하다.

○ 豬八戒三十六變. — 沒有副好嘴臉.
　　저 팔 계 삼 십 륙 변　　몰 유 부 호 취 검

저팔계가 36가지로 변환하다. — 좋은 상판은 하나도 없다.
嘴 부리 취. 주둥이. 臉 뺨 검. 취검嘴臉은 얼굴 모습. 낯짝.

○ 豬八戒扮新娘. — 越扮越醜.
　　저 팔 계 분 신 낭　　월 분 월 추

저팔계가 신부로 분장하다. — 꾸밀수록 더욱 추하다.

娘 아가씨 낭. 처녀. 소녀.

○猪八戒背媳婦. ─ 出力不討好.
　저 팔 계 배 식 부　　출 력 불 토 호

저팔계가 며느리를 업어주다. ─ 힘만 들고 좋은 말은 못
듣다.

○猪八戒不叫猪八戒. ─ 悟能(無能).
　저 팔 계 불 규 저 팔 계　　오 능 무 능

저팔계를 저팔계라 부를 수 없다. ─ 오능, 무능한 사람.

○猪八戒吃麵條. ─ 粗中有細.
　저 팔 계 흘 면 조　　조 중 유 세

저팔계가 국수를 먹다. ─ 거칠면서도 세밀한 데가 있다.

○猪八戒吃猪肉. ─ 忘本.
　저 팔 계 흘 저 육　　망 본

저팔계가 돼지고기를 먹다. ─ 자신의 근본을 잊다.

○猪八戒戴花. ─ 不知自醜.
　저 팔 계 대 화　　불 지 자 추

저팔계가 꽃을 꽂다. ─ 자신의 추한 꼴을 모르다.

○猪八戒的嘴. ─ 只顧吃喝.
　저 팔 계 적 취　　지 고 흘 갈

저팔계의 주둥이. ─ 다만 먹고 마실 것만 돌아본다.

○猪八戒見泔水桶. ─ 猛吃猛喝.
　저 팔 계 견 감 수 통　　맹 흘 맹 갈

저팔계가 뜨물통을 보았다. ─ 맹렬히 먹고 마시다.

○猪八戒結親. ─ 一個高興, 一個愁.
　저 팔 계 결 친　　일 개 고 흥　일 개 수

저팔계가 사돈을 맺다. ─ 한쪽은 신이 났고, 한쪽은 수심에
잠겼다.

○猪八戒做夢娶媳婦. ─ 盡想美事.
　저 팔 계 주 몽 취 식 부　　진 상 미 사

저팔계가 아내를 얻는 꿈을 꾸다. ── 끝까지 좋은 일만 생각하다.

○ 豬八戒撞上了羅刹女. ── 甘拜下風.
　　저 팔 계 당 상 료 나 찰 녀　　　감 배 하 풍

저팔계가 나찰녀와 부딪치다. ── 진심으로 감복하다.

나찰羅刹(luó chà, 나차사羅叉娑 / 사대천왕 중 다문천왕多聞天王의 수하手下) 지옥에서 죄인을 괴롭히는 식인귀食人鬼. 하풍下風은 굴복하여 불리한 위치에 서다.

34) 정교금程咬金

청조清朝 초기 저인확褚人穫(1635년─?, 字는 가헌稼軒, 號는 석농石農, 褚는 솜옷 저. 穫 거둘 확)의 역사 연의소설인《수당연의隋唐演義》의 주요 인물. 주인공의 한 사람인 진숙보와 유아기 때 한집에 살았다. 성인이 되어 정교금程咬金이란 이름으로 등장한다.

사서史書의 공식 기록은 정지절程知節(589─665, 字는 의정義貞)이다. 당 태종을 섬긴 개국공신, 능연각凌煙閣 24공신의 한 사람. 대부분 백성이 정교금으로 불렀다. 민간신앙에서는 복장福將으로 알려졌다. 단순 무식에 성질도 급하며 큰 도끼를 휘두르는 장수이다. 그 캐릭터가《수호전》의 흑선풍黑旋風 이규李逵와 매우 닮았기에 널리 알려졌다.

○ 半路上殺出個程咬金. ── 來得突然.
　　반 로 상 살 출 개 정 교 금　　　내 득 돌 연

길 중간에서, 정교금이 습격하며 죽이려 하다. ── 돌연히 나타나다.

○ 程咬金的本事. ─ 只有三斧頭的硬功夫.
　　정 교 금 적 본 사　　　　지 유 삼 부 두 적 경 공 부

　정교금의 능력. ─ 오직 도끼 3자루를 휘두르는 솜씨만 있다.

○ 程咬金的板斧. ─ 亂殺亂砍.
　　정 교 금 적 판 부　　　난 살 난 감

　정교금의 큰 도끼. ─ 마구 죽이고, 마구 찍어대다.

　砍 자를 감. 베다.

○ 程咬金做皇帝. ─ 當不得眞.
　　정 교 금 주 황 제　　　당 불 득 진

　정교금이 황제가 되었다. ─ 응당 진실이 아니다.

35) 제갈량諸葛亮

　제갈량諸葛亮(181−234년 10월 8일, 字는 공명孔明. 亮은 밝을 량)의
제갈諸葛은 복성複姓. 낭야琅邪 제갈씨諸葛氏. 중국 역사상 저명한
정치가, 군사전략의 1인자, 발명가이며 문장가. 청년 시기에 남
양군南陽郡에서 농사지으며 독서했는데, 그 지역에서 와룡臥龍이
라는 별호로 통칭되었다.

　유비劉備의 삼고모려三顧茅廬(三顧草廬)를 받고, 출사하여 촉한
蜀漢의 건립과 안정을 이룩했다. 작위는 무향후武鄕侯, 선주先主 및
후주後主 유선劉禪을 보필, 5차에 걸친 북벌 조위曹魏, 오장원五丈
原에서 타계했는데, 시호는 충무忠武이다. 제갈량의 재능과 인격
은 후세의 존경을 받았으니, 그의 일생은 '국궁진췌鞠躬盡瘁하여
죽음 뒤에야 끝나다(死而後已)라.' 고 한마디로 요약할 수 있다.

중국인들에게 충신忠臣과 지혜의 대표적 인물로 각인되었는데, 이런 이미지는 아마 앞으로도 바뀌지 않을 것이다.

○ 諸葛亮當軍師. ― 名實相符.
　제갈량당군사　　　　명실상부

　제갈량이 군사軍師가 되다. ― 명실이 상부하다.

　지모智謀가 넘쳐나다(足智多謀).

○ 諸葛亮用兵. ― 虛虛實實.
　제갈량용병　　　　허허실실

　제갈량의 용병. ― 허허실실하다.

　진진가가眞眞假假(眞은 眞이고, 假는 假이다.)

○ 諸葛亮的扇子. ― 不離手.
　제갈량적선자　　　불리수

　제갈량의 부채. ― 손에서 놓지 않다.

○ 諸葛亮遊東吳. ― 群儒舌戰.
　제갈량유동오　　　군유설전

　제갈량이 동오에 가다. ― 여러 유생과 설전하다.

○ 孔明大擺空城計. ― 化險爲夷.
　공명대파공성계　　　화험위이

　제갈공명이 공성계를 펴다. ― 위험을 안전으로 바꿨다.

　擺 벌릴 파. 夷 평평할 이. 마음이 편하다.

○ 孔明彈琴. ― 玩的是空城計.
　공명탄금　　　완적시공성계

　공명이 탄금하다. ― 오락이 바로 공성계이다.

○ 孔明給周瑜看病. ― 自有妙方.
　공명급주유간병　　　자유묘방

　제갈공명이 주유의 병을 살펴보다. ― 기묘한 방책이 있다.

○孔明借東風. ― 巧借天計.
　　공 명 차 동 풍　　교 차 천 계

　공명이 동풍을 불게 하다. ― 교묘히 하늘의 계책을 차용하다.

○孔明哭周瑜. ― 虛情假義.
　　공 명 곡 주 유　　허 정 가 의

　공명이 주유의 죽음을 통곡하다. ― 헛감정에 거짓 의리.

○孔明揮淚斬馬謖. ― 明正軍紀.
　　공 명 휘 루 참 마 속　　명 정 군 기

　공명이 눈물을 흘리며 마속을 참수하다. ― 군기軍紀를 확
실히 바르게 세우다.

　마속馬謖은 백미白眉 마량馬良의 동생. 謖 일어날 속. 뛰어난 모
양.

○馬謖用兵. ― 言過其實.
　　마 속 용 병　　언 과 기 실

　마속의 용병하기. ― 실질보다 말이 앞서다.

　유비는 임종 직전에 제갈량에게 '마속은 '총명재기聰明才氣하나
위인爲人이 언과기실言過其實하니 중임重任을 맡길 수 없다.' 고
말하였다.

○孔明借箭. ― 滿載而歸.
　　공 명 차 전　　만 재 이 귀

　공명이 화살을 차용하다. ― 가득 싣고 돌아오다.

○孔明誇諸葛亮. ― 自誇自.
　　공 명 과 제 갈 량　　자 과 자

　공명이 제갈량을 자랑하다. ― 자신이 자신을 자랑하다.

○孔明斬魏延. ― 借刀殺人.
　　공 명 참 위 연　　차 도 살 인

　공명이 위연을 참수하다. ― 남의 손을 빌려 살인하다.

○孔明七擒孟獲. ― 要他心服.
　　공 명 칠 금 맹 획　　요 타 심 복

제갈공명이 일곱 번 맹획을 사로잡다. — 그를 심복시키려 하다.

○ 諸葛亮的醜妻. — 家中寶.
　　제 갈 량 적 추 처　　　가 중 보

제갈량의 못생긴 아내. — 가문의 보배.

【참고】 제갈량의 부인 황씨黃氏

제갈량에게 형주荊州의 남양南陽은 타향이었고, 의지하던 숙부도 죽었기에 그 생활이 순탄했다고 보기는 어렵다. 다만 독서를 하면서 당시의 형주의 명사인 사마휘司馬徽, 최주평崔州平 등과 교유하였고, 그곳의 명사名士인 황승언黃承彦(彦 선비 언)과도 교분이 있었다.

어느 날 황승언이 제갈량에게 말했다.

"자네가 배필을 찾는다 하니 나에게 못생긴 딸이 하나 있네! 노랑 머리에 얼굴이 검지만 재주가 비상하니 짝이 될만하네!(黃頭黑色 而才堪相配)"

이 제의를 제갈량은 수락했고 22살에 결혼했다.

제갈량은 부인 황씨黃氏(俗傳 名, 黃月英)의 결혼으로 황승언 같은 명사의 지원을 얻을 수 있고, 남양에 생활기반을 마련할 수 있었을 것이다.

그러나 그보다는 황씨의 학식과 지혜가 뛰어났음을 알았기에 결혼을 했다고 보아야 한다. 그 뒤 그곳 사람들에게 '공명처럼 장가들지 말라. 바로 황승언의 못생긴 딸을 얻는다(莫作孔明擇婦, 正得阿承醜女.)' 라는 속담이 생겼다.

《삼국연의》117회에는, 부인 황씨가 위로는 천문과 지리에 박통

했고(上通天文下察地理), 도략과 둔갑에 관해서도 모르는 것이 없었다(凡韜略遁甲諸書無所不曉)고 했다. 그러면서 제갈량의 학문도 부인 황씨의 도움이 많았다고 썼다.

그렇다면 제갈량의 모든 학문은 황씨의 도움으로 대성할 수 있었다고 생각할 수 있다. 제갈량이 죽자 황씨도 따라 죽었는데, 황씨는 운명하면서 아들 제갈첨諸葛瞻(227－263년)에게 "충효에 힘쓰라."고 유언하였다.

제갈첨 또한 지혜롭고 총명하였으며 후주後主의 딸을 아내로 맞이하여 아들 제갈상諸葛尚을 두었다. 제갈첨과 아들 제갈상 모두 면죽綿竹에서 싸우다가 전사하니 제갈량 이후 3대가 촉한蜀漢을 위해 진충보국盡忠報國하였다.

36) 조개晁蓋

《수호전》의 조개晁蓋는 제주 운성현 동계촌의 지주였지만 결혼도 하지 않은 채, '오직 천하의 호한들과 알고 교제하기를 좋아하는(專愛結識天下好漢)' 그리하여 소위 의리義理를 내세우는 사람들이 좋아할만한 사람이었다. 한때 양산박의 수령이었다가 전사戰死한다.

그리고 오용吳用 또한 자신의 능력에 자부심을 갖고 있지만 정상 코스로 성공할 수 없기에 불평을 꾹꾹 참으면서 서당에서 학동들을 가르치는 훈장이었다.

○晁蓋的軍師. ─ 吳用.
　　조 개 적 군 사　　　　오 용

조개의 군사. ─ 오용.

군사軍師(jūn shī)는 참모장參謀長. 오용吳用은 무용無用(wú yòng)
과 동음同音.

37) 조광윤趙匡胤

조광윤趙匡胤(匡 바로잡을 광. 胤 맏아들 윤)은 북송北宋(960～1127
년)의 건국자. 927년 출생, 960년에 '진교역陳橋驛의 병변兵變'이
라는 무혈 쿠데타로 북주北周의 선양禪讓을 받은 조광윤은 '술자
리에서 절도사들이 병권兵權을 반납(杯酒釋兵權)'하게 한 뒤, 황
제권의 강화와 함께 십국十國의 혼란을 통일하기 시작하여 남당
南唐을 멸망시켰다. 재위 960～976년.

○趙匡胤穿龍袍. ─ 改朝換代.
　　조 광 윤 천 룡 포　　　　개 조 환 대

조광윤이 용포를 입다. ─ 왕조를 바꿔 새 시대를 열다.

穿 뚫을 천. 입다.

○趙匡胤賣包子. ─ 御駕親蒸.
　　조 광 윤 매 포 자　　　　어 가 친 증

조광윤이 찐빵을 팔다. ─ 황제가 직접 쪘다.

蒸(찔 증)은 征(zhēng, 정벌하다)의 뜻.

○趙匡胤的兵器. ─ 光棍.
　　조 광 윤 적 병 기　　　광 곤

조광윤의 병기. ─ 몽둥이 하나.

棍 몽둥이 곤. 여기 광곤光棍은 호한好漢의 뜻.

38) 조운趙雲

조운趙雲(?－229년, 字는 자룡子龍)은 삼국시기 촉한蜀漢 명장名將, 상산常山 진정眞定(今 하북성 성회省會 석가장시石家莊市 관할 정정현正定縣) 출신. 신고身高 8척, 체구 장대. 처음에는 공손찬公孫瓚의 부하, 나중에 유비劉備에 귀부. 아문장군牙門將軍, 편장군偏將軍, 영계양태수領桂陽太守, 익군장군翊軍將軍, 영중호군領中護軍, 정남장군征南將軍을 역임했다. 조운의 대담한 용기에 대하여 유비도 "자룡子龍의 일신一身이 전부 쓸개이다(子龍一身都是膽也)."라고 말했으니, 사람의 담력은 쓸개에서 나온다고 생각하였다. 조자룡趙子龍은 중국 민간신앙과 민간예술에 수많은 소재를 제공한 인물이며, 우리나라 촌부村夫들도 조자룡의 무용武勇을 즐겨 듣고 이야기했다.

○長坂坡裏的趙雲. ― 單槍匹馬. / 孤軍奮戰.
　　장 판 파 리 적 조 운　　　단 창 필 마　　고 군 분 전
　장판파의 조운. ― 창 한 자루에 말 한 필. 고군분투하다.

○趙雲大戰長坂坡. ― 大顯神威.
　　조 운 대 전 장 판 파　　　대 현 신 위
　조운이 장판파에서 크게 싸우다. ― 신기한 무예를 크게 떨치다.

○趙雲救阿斗. ― 拼老命.
　　조 운 구 아 두　　　병 로 명
　조운이 유비 아들인 아두를 구하다. ― 목숨을 내걸다.
　拼 물리칠 병.

○ 趙子龍出兵. — 回回勝.
　　조 자 룡 출 병　　회 회 승

　조자룡이 출병하다. — 매번 승리하다.

○ 趙子龍上陣. — 百戰百勝.
　　조 자 룡 상 진　　백 전 백 승

　조자룡이 전투에 나서다. — 백전백승이다.

39) 조조曹操

　조조曹操(155－220년, 字는 맹덕孟德, 소명小名 길리吉利, 소자小字 아만阿瞞)는 패국沛國, 초현譙縣(今 안휘성安徽省 북부 박주시亳州市) 출신. 조조는《삼국연의》에서 사실상의 주인공이다. 유비나 제갈량, 손권의 행적은 거의 모두 조조와 관련이 있다고 볼 수 있다. 소설에서 뿐만 아니라 역사에서도 조조는 유비나 손권보다 훨씬 큰 비중을 차지한다. 정치, 군사적으로 중요한 인물일 뿐만 아니라 뛰어난 시인이었기에 중국문학사에도 등장한다.

　조조 직위는 한漢의 승상丞相, 작위는 위왕魏王, 사후에 시호는 위무왕魏武王. 아들 조비曹丕가 칭제 후에는 무황제武皇帝, 묘호廟號는 (魏) 태조太祖로 추존. 조조는 신장 7척에 세안장염細眼長髥인데,《삼국연의》에 처음 등장할 때는 기도위騎都尉였다.

　당시 교현橋玄은 영제靈帝 때 삼공三公과 태위太尉를 역임한 사람인데, 조조에게 "천하天下가 크게 어지러울 텐데, 명세지재命世之才가 아니면 제도할 수 없으니, 이제 천하를 안정시킬 사람은 바로 당신이요."라고 말했다.

여남汝南의 허소許劭란 사람은 관상을 잘 보기로 유명했다. 조조를 처음 보고서는 아무 말도 하지 않았다. 이에 조조가 채근하자, 허소는 "당신은 치세治世에는 능신能臣이나 난세亂世에는 간웅奸雄이다."라고 말했다.

그 말에 조조는 크게 기뻐했다고 한다.

○曹操吃鷄肋. ― 食之無味, 棄之可惜.
　조조흘계륵　　　　식지무미　기지가석

조조가 닭갈비를 먹다. ― 먹자니 맛이 없고, 버리자니 좀 아깝다.

吃(chī) 먹을 흘, 어눌할 홀. 肋 갈비 륵(늑). 棄(qì) 버릴 기.

○曹操打徐州. ― 報仇心切.
　조조타서주　　　보구심절

조조가 서주를 공격하다. ― 원수를 갚으려는 마음이 간절하다.

仇(chóu. 讐과 同)는 원수, 적. 원망하다. 仇(qiú)는 짝, 배필.

○曹操敗走華容道. ― 不出所料.
　조조패주화용도　　　불출소료

조조가 화용도로 패주하다. ― 예상을 벗어나지 못하다.

料 헤아릴 료. 다스리다. 거리. 감.

○曹操的老病. ― 頭痛.
　조조적로병　　두통

조조의 고질적인 병. ― 두통.

○曹操的人馬. ― 多多爲善.
　조조적인마　　다다위선

조조의 군사. ― 많을수록 좋게 된다.

○ 曹操割鬚. ― 以己律人.
　　조 조 할 수　　이 기 률 인

조조가 제 수염을 자르다. ― 자신의 몸으로 군사를 통제하다.

▶《삼국연의》에는 수염이(鬚) 아니라 머리카락(髮)으로 나온다. 건안 3년(서기 198년), 형주의 유표劉表와 연결된 장수張繡의 반란을 토벌하러 출정한 조조는 농민의 보리밭을 밟는 자는 참수하겠다는 엄한 군령을 내린다. 그러나 보리밭 사이에서 갑자기 날아가는 산비둘기 때문에 조조가 탄 말이 놀라 보리밭으로 뛰어든다. 이에 조조는 자신이 먼저 군령을 어겼다고 스스로 자결하려 한다. 여러 부장들이 만류할 때, 곽가郭嘉가 말한다.

"예로부터《춘추春秋》지존의 자리에는 법을 적용할 수 없다(古者春秋之義 法不加於尊)고 하였으며, 승상께서는 지금 대군을 통솔하고 계신데, 어찌 자결하실 수 있습니까?"

이에 조조는 한참 깊이 생각한 뒤 말했다.

"기왕 『춘추』에 그런 뜻이 있다 하니 내가 목숨이야 살리지만 그냥 넘어갈 수는 없다."

그리고서 조조는 자기의 칼을 뽑아 머리카락을 싹둑 잘라 던지며 말한다.

"목 대신 내 두발을 자르겠다(割髮權代首)."

이어 잘려진 조조의 머리카락을 삼군에 두루 보이니 감히 군령을 어기는 자 없었다. 이 이야기는 서로 다른 마음을 가진 대군을 통솔하는 최고 지휘자의 결단을 보여주는 이야기이지만, 조조의 '거짓과 거짓을 이용하는 고도의 심리적 기술'을 가장 단적으로 보여주었다고 할 수 있다.

○ 曹操借人頭. ― 多個屈死鬼.
　　조 조 차 인 두　　다 개 굴 사 귀

조조가 부하의 머리를 차용하다. ― 억울하게 죽은 여러 원

귀 중 하나이다.

▶ 조조가 원술袁術을 공격할 때, 원술은 보리가 익을 때까지 수춘성壽春城에서 지구전으로 버틴다. 조조 진영도 군량이 모자라 조조는 군량 담당 창고지기에게 군량을 줄여 방출하라고 지시한다. 그 후 식량이 부족하다며 군사들이 동요하자, 조조는 이를 보고하러 들어온 창고지기에게 말한다.

"네 물건을 하나를 빌려 군사들의 마음을 안정시켜야겠는데, 너무 아까워하지 말라!(吾欲問汝借一物, 以壓衆心, 汝必勿吝)"

"승상께서는 무엇이 필요하십니까?"

"바로 네 머리를 빌려다가 군사들에게 보이려 한다."

"저는 아무 죄도 없습니다."

"네가 무죄란 것을 나도 잘 안다. 다만 너를 죽이지 않으면 군심이 크게 흔들리느니라. 네가 죽은 뒤 네 처자를 내가 잘 보살펴 줄 것이니 아무 걱정하지 마라."

조조는 창고지기가 군량을 착복하였기에 처단했다며, 창고지기의 목을 베어 매달아서 군심을 안정시켰다.

○ 曹操用人. — 唯才是擧.
　　조 조 용 인　　　유 재 시 거

조조의 인재 등용. — 재능 있다면 등용한다.

○ 曹操諸葛亮. — 脾氣不一樣.
　　조 조 제 갈 량　　비 기 불 일 양

조조와 제갈량. — 그 성질은 같지 않다.

○ 曹操做事. — 多疑心.
　　조 조 주 사　　다 의 심

조조의 일 처리. — 의심이 많다.

○ 曹營的徐庶. — 人在曹營心在漢.
　　조 영 적 서 서　　　인 재 조 영 심 재 한

조조 군영의 서서. ━ 몸은 조조 군영에 있지만, 마음은 한
漢나라에 있다.

○ 曹操營裏張遼. ━ 壞人中的好人.
　　조 조 영 리 장 료　　회 인 중 적 호 인

조조 군영의 장료. ━ 나쁜 무리 속의 착한 사람.

壞 무너질 괴. 못쓰게 되다. 나쁠 회.

▶ 관우關羽는 하비성을 지켰지만 중과부적衆寡不敵에다 유인전
술에 말려 성 밖의 작은 토산土山에 포위되고 성은 함락된다. 관
우를 생포하려는 조조의 뜻에 따라 조조의 부장인 장료張遼(169
−222년, 字는 문원文遠)가 토산에 와서 관우를 만나고, 관우는 투
항의 조건 3가지를 장료에게 말한다.

40) 주유周瑜

주유(周瑜, 175−210년, 字는 공근公瑾. 瑜는 아름다운 옥 유)를 보통
'주랑周郎' 이라는 애칭으로 부른다. 주유가 지휘한 적벽지전赤壁
之戰(건안 13년, 서기 208)은 이소승다以少勝多의 전투로 유명하며,
이는 삼국정립의 계기가 되었다. 이 적벽대전을 치룬 2년 뒤에
주유는 36세로 병사했다.

노숙魯肅, 여몽呂蒙, 육손陸遜과 함께 오吳의 사대도독四大都督
으로 불린다. 주유는 젊은 날에 일찍 출세했지만 언제나 겸허謙虛
관용寬容하였으며, 외모도 당당했고 음률에도 정통하여 '곡유오
曲有誤하면 주랑이 돌아본다.' 는 말이 생겼다.

손책孫策과 손권孫權도 주유를 높이 예우했으며, 아내 소교小橋
는 국색國色이었고, 영웅과 국색 커플에 대한 후세 사람의 심원心

願을 북송北宋 문호文豪 소식蘇軾은 〈염노교念奴嬌 / 적벽회고赤壁懷古〉에서 형상화하였다(서기 1082년).

○周瑜赤壁燒曹營. ― 萬事具備, 只缺東風.
　　주 유 적 벽 소 조 영　　　만 사 구 비　지 결 동 풍

주유가 적벽에서 조조 군영을 화공하다. ― 만사가 준비되었지만, 동풍東風이 없다.

○周瑜穿草鞋. ― 窮都督.
　　주 유 천 초 혜　　　 궁 도 독

주유가 짚신을 신다. ―궁색한 도독.

穿 뚫을 천. 신발을 신다. 鞋 신 혜. 도독都督은 중얼거리다. 도도嘟嘟(dū dū, 입을 삐쭉거리다)와 동음.

○周瑜打黃蓋. ― 苦肉之計.
　　주 유 타 황 개　　　고 육 지 계

주유가 황개를 때리다. ― 고육지계이다.

자기편 사람이 자기편을 때리다(自己人打自己人).

○周瑜請蔣幹. ― 別有用心.
　　주 유 청 장 간　　　별 유 용 심

주유가 (동향 친구) 장간을 초청하다. ― 별다른 쓸모가 있었다.

거짓 정보를 주다.

○周瑜取荊州. ― 賠了夫人又折兵.
　　주 유 취 형 주　　　배 료 부 인 우 절 병

주유가 형주를 취하다. ― 손부인孫夫人도 잃고 군사도 패전했다.

賠 물어줄 배. 보상하다.

41) 진경秦瓊

진경秦瓊(571?-638년, 字는 숙보叔寶)은 제주齊州 역성歷城(今 산동성 중북부 제남시濟南市, 역성구歷城區) 사람. 당조唐朝 개국開國 공신. 무장. 능연각凌煙閣 24공신의 한 사람. 울지경덕尉遲敬德과 함께 중국 민간신앙에서 문신門神으로 숭배된다. 청대 저인확褚人穫의 연의소설《수당연의隋唐演義》의 주인공이다. 본 소설에서는 초반에 역경을 겪지만 효자이며 충신이었다. 어려서 부친을 일찍 여의었으나 모친은 백수百壽를 넘겼고, 자손 모두 효자였으며, 진숙보의 현손玄孫(손자의 손자)까지 등장하여 현종과 숙종(재위 756-763년)까지 섬기는 중신重臣이다.

○秦瓊賣馬. ― 背時.
　진 경 매 마　　　배 시
진경이 말을 팔다. ― 운이 나쁘다.

42) 진회秦檜

진회秦檜(1090-1155년)는 북송北宋 말년에 어사중승御史中丞 역임. 처음에는 항금抗金을 주장했다. 금金나라에 끌려갔다가 1130년 남송南宋으로 돌아와 2차례나 재상에 올랐다. 진회는 전후 19년간 국정을 주관하며, 대금對金 화해를 주창하고, 북벌론자인 악비岳飛를 모함하여 악명을 천추에 남겼다. 중국인들은 지금도 이름에 '檜(전나무 회)'를 쓰지 않는다.

○秦檜的後代. ― 奸小子.
　　진 회 적 후 대　　　간 소 자

진회의 후대. ― 간악한 새끼.

○秦檜殺岳飛. ― 不得人心.
　　진 회 살 악 비　　　불 득 인 심

진회가 충신 악비를 죽이다. ― 인심을 잃다.

없는 죄를 날조하다(罪名莫須有). 막수유莫須有(mò xū yòu)는 날
조하다. 근거가 없다.

○秦檜掌權. ― 奸佞當道.
　　진 회 장 권　　　간 영 당 도

진회가 권력을 장악하다. ― 간사한 아첨배들이 등용되다.

佞(nìng) 아첨할 영.

○秦檜奏本. ― 進讒言.
　　진 회 주 본　　　진 참 언

진회의 상주문. ― 참언을 올리다.

讒 참소할 참.

43) 채륜蔡倫

채륜蔡倫(63−121년, 字는 경중敬仲)은 후한 명제明帝 때의 환관이
었다. 다음 화제和帝가 즉위(서기 89년)하면서 중상시中常侍가 되
어 정사에 참여하였다. 채륜은 재주와 학문이 뛰어났고 성심을
다하고 근신하였으며, 황제에게도 바른 말을 자주 올리며 득실을
따지며 보필하였다. 뒷날 상방령尙方令의 직무도 겸임하였다. (화
제和帝) 영원永元 9년(서기 97), 비검秘劍이나 여러 도구의 제작을
감독하였는데 정밀, 양호하고 견고하지 않은 것이 없어 후대에

모두 이를 모방하였다.

예로부터 모든 서적은 죽간竹簡으로 만들었는데, 비단으로 만든 서책은 지紙라고 불렸다. 縑(합사 비단 겸)은 비싸고 죽간은 무거워서 모두가 불편하였다.

채륜은 새로운 것을 만들 생각을 했고 나무껍질과 삼(大麻) 및 헝겊, 어망漁網 등으로 종이를 제조하였다. 원흥元興 원년(서기 105, 화제和帝 붕어한 해)에 이를 상주하였고 화제는 효능을 칭찬하였으며 이후로 종이를 사용하지 않는 사람이 없었으니, 세상 사람들은 이를 '채후지蔡侯紙'라고 불렀다. ―제지술은 중국 3대 발명의 하나인데, 채륜이 최초로 발명하였다고(서기 105) 알려졌다.

최근 연구에 의하면, 이보다 앞서 전한前漢 말에 혁제赫蹏란 사람이 잔사殘絲를 이용하여 박소지薄小紙를 제작하였다 하니, 채륜 이전에 초보적 단계의 종이가 사용되었으며, 최근 고고학적 발굴에 의하면 채륜 이전에 이미 종이가 사용된 사실이 증명되어 최초의 발명자라는 주장은 수정되었다.

○蔡倫不圖猫. ― 紙老虎.
　채 륜 불 도 묘　　지 로 호
　채륜은 고양이를 그리지 않았다. ― (제사용) 종이 호랑이.
　겉으로는 강포해 보이지만, 실제는 나약한 사람이나 집단을 비유하는 말.

○蔡倫論戰. ― 紙上談兵.
　채 륜 논 전　　지 상 담 병
　채륜이 전술을 논하다. ― 지상담병이다.

탁상공론卓上空論이다.

44) 편작扁鵲

편작扁鵲(前 401?—310년)의 성姓은 진秦, 명名은 월인越人, 일명 원월緩. 편작扁鵲은 작호綽號. 전국시대의 의사이다. 강제姜齊의 발해군 막주莫州(今 하북성 임구시 막주진鄭州鎭) 사람이라 알려졌다. 편작은 중의학에서 맥脈을 짚어 진단하는 방법을 개척한 사람으로 알려졌다. 《한서 예문지》에는 《내경內經》과 《외경外經》을 저술했으나 실전失傳되었다.

편작은 진국秦國 무왕武王(재위 前 310—307년)을 치료했으나 태의령太醫令 이혜李醯의 투기를 받아 여산驪山(今 섬서성 서안시 임동구) 북쪽을 지나다가 자객에게 피살되었다고 한다. 황제黃帝 시대에는 신의神醫를 보통 편작扁鵲이라 불렀다고 한다.

화타華佗(145—208), 동봉董奉, 장중경張仲景(150—219년, 名은 기機, 字는 중경仲景)을 '(후한) 건안삼신의建安三神醫'라 칭한다. 또 전설상의 편작扁鵲, 후한의 화타華佗와 장중경張仲景, 명조明朝의 이시진李時珍을 고대 사대명의四大名醫라고 부른다. 송대 이후 의원醫員의 스승을 보통 편작扁鵲이라 통칭했다. 《사기史記 편작창공열전扁鵲倉公列傳》참고.

○扁鵲開藥方. — 手到病除.
　편 작 개 약 방　　　수 도 병 제
　편작이 약 처방을 주다. — 손이 닿으면 병이 낫다.

45) 포공包公

포증包拯(999−1062년, 字는 희인希仁, 포청천包靑天)은 북송인北宋人, 종2품 추밀부사樞密副使 역임. 증贈 예부상서禮部尙書, 시호는 효숙孝肅, 청렴과 공정으로 세상에 소문났었고, 보통「포청천包靑天」으로 통칭. 중국 사법司法의 신神으로 추앙된 인물. 전시극電視劇(TV극)을 통해 중국과 우리나라에 널리 알려졌다.

○包公的尙方劍. ─ 先斬後奏.
　포 공 적 상 방 검　　　 선 참 후 주

　포공의 상방검. ─ 먼저 참수하고 나중에 상주하다.

○包公的斷案. ─ 六親不認人.
　포 공 적 단 안　　　육 친 불 인 인

　포공의 판결, 단안. ─ 육친일지라도 가리지 않는다.

　죄를 지었으면 처벌한다.

○包公升堂. ─ 靑天在上.
　포 공 승 당　　　청 천 재 상

　포공이 나와 자리에 앉다. ─ 하늘이 위에 있다.

　모두를 내려보고 있다.

○包老爺的衙門. ─ 好進難出.
　포 로 야 적 아 문　　　호 진 난 출

　포공 나으리의 관아. ─ 쉽게 들어가도 나오기는 쉽지 않다.

○包老爺的作風. ─ 鐵面無私.
　포 로 야 적 작 풍　　　철 면 무 사

　포공 나으리의 판결. ─ 철판을 깐 듯 봐주지 않다.

46) 한신韓信

한신韓信(淮陰侯, ?-前 196년)은 한초삼걸漢初三傑의 1인. 팽월彭越, 영포英布와 함께 한초삼대명장漢初三大名將. 소하蕭何의 유인에 걸려 여후呂后에게 잡혀 모반지명謀反之名으로 장락궁長樂宮 종실鐘室에서 처형되었다. 국사무쌍國士無雙, 일반천금一飯千金, 다다익선多多益善. 배수진背水陣, 치지사지이후생置之死地而後生, 과하지욕胯下之辱(胯 사타구니 과), 필부지용匹夫之勇, 부인지인婦人之仁, 우자천려愚者千慮, 필유일득必有一得하고 지자천려智者千慮, 필유일실必有一失하다. 인심난측人心難測, 성야소하成也蕭何, 패야소하敗也蕭何, 생사일지기生死一知己하고 존망양부인存亡兩婦人 등 성어成語의 주인공이다.

○ 蕭何月下追韓信. — 愛才.
　　소 하 월 하 추 한 신　　애 재

소하가 밤에 (달아난) 한신을 쫓아가다. — 재능을 아끼다.
모사는 뛰어난 인재를 알아준다(謀士識良材).

47) 항우項羽

항적項籍(前 232-202년, 字는 우우羽, 항우項羽라 통칭)은 前 207년 진조秦朝 멸망의 결정적 전투인 거록鉅鹿의 싸움에서 진군秦軍을 격파하고 스스로 서초패왕西楚霸王이 되었다. 초한전쟁楚漢戰爭 중 해하垓下의 전투에서 한왕漢王 유방劉邦에게 패하자, 장강長江의 북쪽 지류인 오강烏江에서 자결하였다. 그의 용기와 무예 힘은 천고千古에 최고였으며(羽之神勇 千古無二), 패왕霸王은 곧 항우를 지칭하는 고유명사로 통한다.《사기史記 항우본기項羽本紀》참고.

○ 楚霸王被困在垓下. ― 四面楚歌.
　　초 패 왕 피 곤 재 해 하　　　사 면 초 가

초패왕 항우가 해하에서 곤경에 처하다. ― 사방에서 초나라 노래가 들리다.

○ 霸王淸客. ― 不吃也得吃.
　　패 왕 청 객　　　 불 흘 야 득 흘

패왕의 초대. ― 술을 못 마셔도 마셔야 한다.

○ 楚霸王打天下. ― 有勇無謀.
　　초 패 왕 타 천 하　　　유 용 무 모

초패왕이 천하를 차지하다. ― 용력勇力만 있고 지모가 없다.

○ 楚霸王擧鼎. ― 力大無窮.
　　초 패 왕 거 정　　　역 대 무 궁

초패왕이 세발솥을 들어올리다. ― 그 강한 힘이 끝없다.

○ 項羽起義. ― 破釜沈舟.
　　항 우 기 의　　　파 부 침 주

항우가 봉기하다. ― 솥을 깨트리고, 배를 가라앉히다.

○ 項羽設宴請劉邦. ― 存心不良.
　　항 우 설 연 청 류 방　　　존 심 불 량

항우가 잔치에 유방을 초청하다. ― 근성이 불량하다.

○ 項莊舞劍. ― 意在沛公.
　　항 장 무 검　　　의 재 패 공

항장이 검무를 추다. ― 패공沛公(劉邦)을 노리다.

○ 虞姬娘娘舞劍. ― 强裝歡笑.
　　우 희 낭 낭 무 검　　　강 장 환 소

우미인이 항우 앞에서 검무를 추다. — 억지로 즐거운 듯 웃어보이다.

우희虞姬는 항우의 총희寵姬였던 우미인虞美人.

○項羽自刎. — 無臉見鄉親.
　항 우 자 문　　무 검 견 향 친

항우가 제목을 찌르다. — 고향 어른을 볼 면목이 없다.

刎 목 벨 문. 臉 뺨 검.

48) 황충黃忠

황충黃忠(148?－220년, 字는 한승漢升)은 촉한蜀漢의 노장이며, 맹장猛將. 본래 한말漢末 유표劉表의 부장部將, 장사長沙 태수太守 한현韓玄의 부장部將, 유비의 장군으로 토로장군討虜將軍, 정서장군征西將軍, 후장군後將軍 역임. 시호諡號는 강후剛侯. 황충의 나이는 본전本傳에 기록이 없다. 소설에서 황충을 노장으로 묘사한 것은 의심의 여지가 많다. 진수陳壽의 《삼국지三國志 촉지蜀志》〈관장마황조전關張馬黃趙傳〉 참고.

○老黃忠下天湯山. — 不服老.
　노 황 충 하 천 탕 산　　부 복 로

늙은 황충이 천탕산 아래 적진으로 달려가다. — 노인 취급을 거부하다.

○黃忠身老. — 刀不老.
　황 충 신 로　　도 불 로

황충 몸은 늙었다. — 그 칼은 늙지 않았다.

마음은 늙지 않았다(心不老).

○黃忠人老. ─ 雄心在.
　　황 충 인 노　　　　응 심 재

황충은 늙었다. ─ 큰 뜻은 그대로다.

49) 히틀러(希特勒)

히틀러(希特勒, Adolf Hitler, 1889 − 1945. 4. 30)는 前 나치당納粹黨 당수. 1933 − 1945년 도이취 총리. 1934년부터는 국가 원수元首 겸임.

○希特勒上臺. ─ 不可一世.
　　희 특 륵 상 대　　　부 가 일 세

히틀러의 등장. ─ 1世(30년)를 넘지 못했다.

○希特勒的宣傳部長. ─ 撒謊專家.
　　희 특 륵 적 선 전 부 장　　　살 황 전 가

히틀러의 선전부장. ─ 거짓말 유포 전문가.

撒 뿌릴 살. 謊 잠꼬대 황.

○希特勒屠殺猶太人. ─ 滅絶人性.
　　희 특 륵 도 살 유 태 인　　　멸 절 인 성

히틀러가 유태인을 도살하다. ─ 인간 본성을 멸절시키다.

나. 12 생초生肖

생초生肖는 12支지의 동물로 표시되는 사람의 띠.

십간十干과 십이지十二支의 결합과 순환에 의하여 연도를 표시하는 방법이 있는데(干支紀年), 이 12지에 해당하는 동물을 결합하여 인식하는 방법은 동한東漢(後漢)의 왕충王充(서기 27-97년)이 시작하였다고 한다.

동한東漢의 왕충王充은 그의 저서 《논형論衡》에서 동물과 순서를 명확하게 기록하지는 않았지만, 그 저서를 통하여 일반적으로 자서子鼠(쥐), 축우丑牛, 인호寅虎, 묘토卯兔, 진룡辰龍, 사사巳蛇(뱀), 오마午馬, 미양未羊, 신후申猴(원숭이), 유계酉鷄, 술구戌狗(개), 해저亥猪(돼지) 등의 순서로 순환한다고 일반적으로 알려졌다.

이 십이지에 대한 띠의 구분이 일반적으로 알려지고 널리 통하다 보니 거기에 따라, '무슨 띠의 사람은 그 행동이 어떠하다' 라는 말이 마치 사실처럼 인식되었는데, 이런 띠에 대한 속성은 아무런 근거도 없고 전혀 맞지도 않는다. 이런 띠의 속성을 믿는다면, 이는 혈액형에 따라 사람이 어떠하다는 말을 믿는 바보와 같다.

중국에서는 이런 십이지에 대한 여러 성어成語와 헐후어歇後語가 무척 많다. 그래서 중국인의 언어와 그들 사고思考의 일면을 파악하는 의미에서 일반적인 성어와 헐후어 몇 개씩을 선정하여 설명하였다.

◆ 子鼠(자서, 쥐)

○鼠目寸光(서목촌광) ─ 쥐의 안목은 짧다. 가까운 것만 볼 수 있다.

○鼠頭鷄腸(서두계장) ─ 쥐의 머리와 닭의 창자. 기량이 협소하다.

○老鼠見猫(노서견묘) ─ 쥐가 고양이를 만나다. 크게 두려워하다.

○鼠屎汚羹(서시오갱) ─ 쥐똥 하나가 국을 버리다. 작은 결점이 전체 장점을 망치다.

○投鼠忌器(투서기기) ─ 그릇 깰까 걱정하여 쥐를 잡지 못하다. 다른 실패를 걱정하여 일을 착수하지 못하다.

○屬耗子的. ─ 好偸.
　속 모 자 적　　호 투
쥐띠. ─ 잘 훔친다.

偸 훔칠 투.

○屬耗子的. ─ 膽小.
　속 모 자 적　　담 소
쥐띠. ─ 담력이 작다.

○鼠入牛角. ─ 越闘越小.
　서 입 우 각　　월 투 월 소
쥐가 소 뿔을 파고 들어가다. ─ 팔수록 더욱 좁아진다.

○屬耗子的. ─ 出門兒就忘.
　속 모 자 적　　출 문 아 취 망
쥐와 같은 사람. ─ 문을 나서면 곧 잊어버린다.

○老鼠眼. ─ 就看鼻子尖兒.
　노 서 안　　취 간 비 자 첨 아
쥐의 눈. ─ 자기 코끝을 볼 수 있다.

안목이 단천短淺하여 멀리 내다보지 못하다.

○老鼠進書箱. ─ 蝕本.
　　노 서 진 서 상　　　식 본

쥐가 책 상자에 들어가다. ─ 책을 갉아먹다. / 밑천을 까먹다.

蝕(shi) 좀먹을 식. 食(shi)과 해음. 本은 책. 서본書本. 밑전. 자본資本.

◆ 丑牛(축우, 소)

○牛刀割鷄(우도할계) ─ 소 잡는 칼로 닭을 잡다. 대재소용大
　材小用.

○牛頭馬面(우두마면) ─ 소 머리에 말의 얼굴. 추악하고 비열
　한 행위자.

○牛角卦書(우각괘서) ─ 소 뿔 사이에 책을 펴놓고 읽다. 열
　정독서熱情讀書.

○牛鼎烹鷄(우정팽계) ─ 소 삶는 솥에 닭을 삶다. 뛰어난 인
　재를 잘못 쓰다.

○初生牛犢不怕虎(초생우독불파호) ─ 어린 송아지는 호랑이
　가 무섭지 않다.

○屬牛的. ─ 好鬪.
　　속 우 적　　　호 투

소띠 사람. ─ 싸우기를 좋아하다.

○牛舐鼻子. ─ 舌頭長.
　　우 첨 비 자　　　설 두 장

소가 제 코를 핥다. ─ 혀가 길다.

윗사람과 교제하려 애쓰다. 말로 윗사람에게 잘 보이려 애쓰다.
舐 핥을 첨. 舌 혀 설.

○牛頭馬面. ― 太難看.
　우두마면　　　　태난간

소의 머리와 말의 얼굴. ― 매우 보기 싫다.

사람의 추악한 꼴이나 행동.

○牛皮燈籠. ― 照裏不照外.
　우피등롱　　　　조리불조외

소 가죽 등롱. ― 안을 비추지만 밖을 비추지 못한다.

○牛肉三等價. ― 有差別.
　우육삼등가　　　유차별

소고기에 3등의 가격이 있다. ― 차별이 있다.

형식이나 내용이 같지 않다.

○隔山買老牛. ― 全凭信用.
　격산매로우　　　전빙신용

산 너머에서 소를 사오다. ― 오직 신용만 믿는다.

상대방의 말만 믿고 거래를 하다. 隔 사이 뜰 격. 凭 기댈 빙.

◆ 寅虎(인호)

○虎口圖生(호구도생) ―극히 위험한 처지에서 겨우 살아가다.

○虎皮羊質(호피양질) ―외표外表는 무서우나 본성은 나약하다.

○虎落平川(호락평천) ― 호랑이가 심산深山을 떠나 평지에 거
처하다.

○猛虎下山(맹호하산) ― 일단실세一旦失勢하여 무소작위無所
作爲하다.

○ 伴君如伴虎(반군여반호) ─ 군왕君王의 희노喜怒가 무상하여 모시기에 매우 위험하다.

○ 畵虎不成反類犬(화호불성반류견) ─ 호랑이를 잘못 그려 개가 되다. 너무 큰 목표를 이루지 못하고 오히려 더 나빠지다. 弄巧成拙(농교성졸).

○ 虎坐蓮臺. ─ 假充善人.
　 호좌련대　　가충선인
　호랑이가 연화대에 앉다. ─ 선인善人인척하다.

○ 虎口裏的人. ─ 生死昧定.
　 호구리적인　　생사미정
　호구虎口 속의 사람. ─ 생사가 미정이다.

○ 老虎借猪. ─ 有借無還.
　 노호차저　　유차무환
　호랑이가 돼지를 빌려가다. ─ 빌려갔지만 갚지 않다.

○ 老虎吃山羊. ─ 熟練.
　 노호흘산양　　숙련
　호랑이가 산양을 먹다. ─ 숙련된 솜씨이다.

○ 武松景陽崗上遇大虫. ─ 不是虎死, 就是人傷.
　 무송경양강상우대충　　불시호사　취시인상
　무송이 경양강에서 호랑이를 만나다. ─ 호랑이를 죽이지 않으면 사람이 다친다.
　너 죽고 나 살자는 잔혹한 투쟁. 대충大虫은 호랑이.

◆ 卯兎(묘토, 토끼)

○ 兎角龜毛(토각귀모) ─ 토끼의 뿔과 거북의 털. 불가능한

일. 유명무실한 물건.

○ 兎死狗烹(토사구팽) ─ 교토狡兎가 사死에 양구良狗를 팽烹하
다. 토끼가 죽으면 개가 삶아진다는 말이며 목적이 이루어
지면 그 이용한 도구를 버린다는 뜻이다. 통치자가 공신을
살육하다.

○ 狡兎三窟(교토삼굴) ─ 장신藏身하거나 피화避禍할 방책을
마련하다. 전국시대 제齊나라 맹상군孟嘗君의 고사.

○ 守株待兎(수주대토) ─ 좁은 식견으로 요행수를 바라며 고
집부리다.

○ 兎子不吃窩邊草(토자불흘와변초) ─ 토끼는 자기 굴 주변의
풀을 먹지 않다. 자기 주변 사람에게 피해를 주지 않다.

○ 屬兎子的. ─ 膽小腿長.
　　속 토 자 적　　　담 소 퇴 장
토끼띠인 사람. ━ 담력은 작고 뒷다리는 길다.
담력이 작아 일을 겁내지만 일을 당하면 잘 달아난다. 腿 넓적
다리 퇴.

○ 屬兎子尾巴的. ─ 沒有個長.
　　속 토 자 미 파 적　　　몰 유 개 장
토끼 꼬리 같은 사람. ━ 크는(長) 것이 없다.

○ 兎死狐悲. ─ 物傷其類.
　　토 사 호 비　　　물 상 기 류
토끼의 죽음을 여우가 슬퍼하다. ━ 동료의 불행에 마음 아
파하다.
처지가 같은 이웃의 불행을 슬퍼하다.

○兎子分家. ─ 各逃各的.
　　토 자 분 가　　　　각 도 각 적

토끼가 분가하다. ─ 제각각 도주하다.

큰 화가 닥치기 전에 각자 살길을 찾아 흩어지다. 逃 달아날 도.

○兎子鬪野狗. ─ 不是對手.
　　토 자 투 야 구　　　불 시 대 수

토끼가 들개와 싸우다. ─ 적수가 아니다.

재능이나 수준이 다른 사람에게 미치지 못하다.

○八月十五抓個兎子. ─ 有你過節沒你也過節.
　　팔 월 십 오 조 개 토 자　　　유 니 과 절 몰 니 야 과 절

8월 15일에 토끼를 잡다. ─ 네가 있어도 명절이고, 네가
없어도 명절을 보낸다.

즐거운 일에 그 유무有無가 아무런 영향이 없다.

◆ 辰龍(진룡, 용)

○龍行虎步(용행호보) ─ 행동거지가 용과 호랑이처럼 당당하
다. 위의威儀가 장중莊重하다. 시문詩文의 기세가 속인俗人
과 많이 다르다.

○龍駒鳳雛(용구봉추) ─ 용의 망아지와 봉황의 병아리로 총
명하여 장래가 촉망되는 소년.

○龍生九子(용생구자) ─같은 자식이라도 개성이 모두 다르다.

○土龍致雨(토룡치우) ─ 토룡土龍이 비를 내리다. 무용한 인
물이나 물건도 때로는 쓸모가 있다.

○攀龍附鳳(반룡부봉) ─ 용이나 봉황에 매달려 하늘에 오르

다(출세하다). 攀 붙잡고 오를 반.

○龍下蛋. ─ 天下奇聞.
　용 하 단　　천 하 기 문

용이 알을 낳다. ─ 천하의 기이한 일이다.

○龍困沙灘. ─ 有硬無處使.
　용 곤 사 탄　　유 경 무 처 사

용이 모래밭에서 곤경을 겪다. ─ 강한 힘을 쓸데가 없다.

○龍頭跟着龍尾轉. ─ 本末倒置.
　용 두 근 착 룡 미 전　　본 말 도 치

용의 머리가 꼬리를 따라 돌아가다. ─ 본말本末이 뒤바뀌
었다.

○鯉魚跳龍門. ─ 九死一生.
　리 어 도 룡 문　　구 사 일 생

잉어가 용문을 뛰어오르다. ─ 구사일생이었다.

○龍門石窟裏的佛像. ─ 老實人.
　용 문 석 굴 리 적 불 상　　노 실 인

용문석굴 안에 불상. ─ 성실한 사람이다. / 석인石人이다.
용문석굴은 중국 하남성 낙양시 소재. 실인實人(shí rén)은 석인
石人(shí rén)과 해음.

◆ 巳蛇(사사, 뱀)

○打草驚蛇(타초경사) ─ 행사行事가 불민하여 상대방이 알아
차려 준비를 하다. 풀을 쳐서 뱀을 놀라게 한다는 말이며
일 처리가 빠르지 못하고 행동이 신중하지 못하여 남의 경
계심을 불러 일으킨다는 뜻이다.

○三蛇九鼠(삼사구서) ― 농가에 해를 끼치는 동물이 많다.

○打蛇先打頭(타사선타두) ― 적을 타격할 때, 지휘부에 치명타를 날려야 한다.

○蛇無頭不行(사무두불행) ― 뱀은 머리가 없으면 움직이지 못한다.

○一蛇鑽洞十牛難拉(일사첨동십우난랍) ― 구멍에 들어간 뱀을 소 열 마리가 끌어도 나오지 않다. 鑽 족집게 첨. 집게 겸. 파고들다. 拉 꺽을 탑. 끌어가다. 데려가다. 鑽(끌 찬)과 同.

○屬長虫的. ― 能屈能伸.
　속 장 충 적　　　능 굴 능 신
뱀과 비슷한 사람. ― 굽히기도 뻗기도 잘한다.

○屬長虫的. ― 死也不合眼.
　속 장 충 적　　　사 야 불 합 안
뱀과 비슷한 사람. ― 죽더라도 눈을 감지 못한다.

○蛇呑象. ― 不識大體.
　사 탄 상　　　불 식 대 체
뱀이 코끼리를 삼키다. ― 전체를 파악하지 못하다.

○蛇的伙伴. ― 沒有善虫子.
　사 적 화 반　　　몰 유 선 충 자
뱀의 동류同類. ― 착한 벌레가 없다.
좋은 벗이 없다. 화반伙伴(huǒ bàn)은 패거리. 동료. 점원. 충자
虫子는 곤충. 일을 빙자하여 이득을 챙기려는 자.

○蛇過了才拿棍. ― 馬後炮.
　사 과 료 재 나 곤　　　마 후 포
뱀이 지나가자 몽둥이를 들다. ― (장기판) 마馬 뒤에 있는

포包.

拿 잡을 나. 棍 몽둥이 곤. 마후포馬後炮는 이미 때가 늦다. 행차
뒤에 나팔 불다.

◆ 午馬(오마)

○馬失前蹄(마실전제) ― 실족하여 넘어지다. 蹄 발굽 제.

○馬齒徒增(마치도증) ― 말의 치아처럼 한 일도 없이 늙었다.
말은 해가 갈수록 치아가 증가한다.

○馬無夜草不肥(마무야초불비) ― 말이 밤에 풀을 먹지 않으면
살이 찌지 않는다. 부당한 수입이 없으면 부자가 될 수 없다.

○馬行十步九回頭(마행십보구회두) ― 말이 십 보를 가는 동안
아홉 번을 되돌아보다. 떠나기 싫어하다.

○白駒過隙(백구과극) ― 아주 빠른, 극히 짧은 시간. 백구白
駒는 흰 망아지. 隙 틈 극.

○馬捉老鼠. ― 不是幹營生的道理.
　마 착 로 서　　불 시 간 영 생 적 도 리
말이 쥐를 잡다. ― 생활을 영위하려는 도리가 아니다.

○馬陷泥坑. ― 拔不出蹄.
　마 함 니 갱　　발 불 출 제
말이 진흙 웅덩이에 빠지다. ― 발을 빼낼 수 없다.
진퇴양난進退兩難. 蹄 발굽 제.

○馬過獨木橋. ― 難轉彎.
　마 과 독 목 교　　난 전 만

말이 외나무다리를 지나다. ― 돌아서기 어렵다.

○馬拉車牛耕田. ― 各有各的事.
　　마 랍 차 우 경 전　　　각 유 각 적 사

말은 수레를 끌고, 소는 밭을 갈다. ― 각자의 일이 있다.

○馬頭上長牛角. ― 不倫不類.
　　마 두 상 장 우 각　　　불 륜 불 류

말 머리에 소뿔이 자라나다. ― 이도 저도 아니다.

부륜부류不倫不類는 정체를 알 수 없다. 조금도 닮지 않다. 엉터
리다.

○人家騎馬我騎驢, 後面還有推車的. ―比上不足 比下有餘.
　　인 가 기 마 아 기 려　　후 면 환 유 추 차 적　　　비 상 불 족 비 하 유 여

남이 말을 탈 때 나는 나귀를 타지만, 내 뒤에는 수레를 밀
어줄 사람도 있다. ― 위에 비교하면 부족하지만, 아래에 비
교하면 여유가 있다.

인가人家는 다른 사람. 큰말 타는 사람. 나귀 타는 사람의 비교
는 다양한 뜻이 있을 것이다.

◆ 未羊(미양)

○亡羊得馬(망양득마) ― 손실은 작고 이득은 크다.

○十羊九牧(십양구목) ― 양 10마리를 목동 9명이 돌보다. 관
　다민소官多民小.

○驅羊鬪虎(구양투호) ― 양떼를 몰아 호랑이와 싸우게 하다.
　자신의 역량을 모르면 필패하다.

○羊羹雖美衆口難調(양갱수미중구난조) ― 양고기 국이 맛있
　어도 여러 사람 입맛에 맞추기는 어렵다. 羹 국 갱.

○要吃羊肉又怕膻氣(요홀양육우파전기) ─ 양고기를 먹고 싶
지만 누린내가 싫다. 膻 누린내 날 전. 옷 벗을 단.

○羊群無頭. ─ 亂跑.
　양 군 무 두　　　난 포

양의 무리에 우두머리가 없다. ─ 멋대로 달아나다.

질서와 규율이 없다. 跑 달아날 포. 발로 차다.

○羊屎落地. ─ 散了.
　양 시 락 지　　　산 료

羊屎落地. ─ 顆顆都一樣.
　양 시 락 지　　　과 과 도 일 양

양의 똥이 땅에 떨어지다. ─ 흩어지다.

양의 똥이 땅에 떨어지다. ─ 알갱이가 모두 같은 모양이다.

屎 똥 시. 顆(kē) 알맹이 과.

○羊被虎皮. ─ 欲凶無力.
　양 피 호 피　　　욕 흉 무 력

羊被虎皮. ─ 見到狼還是害怕.
　양 피 호 피　　　견 도 랑 환 시 해 파

양이 호랑이 가죽을 덮어쓰다. ─ 사납게 굴려 해도 힘이 없다.

양이 호랑이 가죽을 덮어쓰다. ─ 이리를 만나면 여전히 두
렵다.

○羊入虎口. ─ 自取其亡.
　양 입 호 구　　　자 취 기 망

양이 호랑이 입에 들어가다. ─ 스스로 죽을 길을 찾다.

○羊頭安在猪身上. ─ 顛倒黑白.
　양 두 안 재 저 신 상　　　전 도 흑 백

양의 머리가 어찌 돼지 몸에 붙었는가? ─ 흑백이 전도되다.

흑백이 거꾸로 뒤바뀜.

◆ **申猴**(신후, 원숭이)

○ 老猴落崖(노후낙애) — 원숭이가 절벽에서 떨어지다. 구원
할 수 없는 위급한 상황.

○ 心猿意馬(심원의마) — 마음이(心思) 원숭이처럼 날뛰고, 생
각(意念)은 말처럼 내닫다. 마음의 기복이 심하여 안정시
킬 수 없다. 본래 불교용어佛敎用語.

○ 猿穴壞山(원혈괴산) — 원숭이 소굴이 산을 무너트리다. 작
은 부주의나 소홀한 조치가 큰 화를 불러오다. 壞 무너질
괴, 나쁠 회. 못쓰게 되다.

○ 窮猿奔林(궁원분림) — 쫓기던 원숭이가 숲으로 도망치다.
奔 달릴 분. 달아나다.

○ 樹倒猴猻散(수도후손산) — 나무가 쓰러지니 원숭이들이 흩어
진다. 권력자가 쓰러지니 아부하던 자들이 놀라 흩어지다.

○ 屬猴子的. — 不打不上杆.
　속 후 자 적　　불 타 불 상 간
원숭이띠. — 때리지 않으면 장대에 올라가지 않는다.

○ 屬猴的. — 拴不住.
　속 후 적　　전 불 주
원숭와 같은 사람. — 묶어둘 수 없다.
拴 묶어 맬 전.

○ 孫猴七十二變. — 神通光大.
　손 후 칠 십 이 변　　신 통 광 대
손오공이 72가지로 변신하다. — 신통력이 놀랍고 대단하다.

○ 猴拿虱子. ― 瞎找.
　후 나 슬 자　　할 조

원숭이가 이를 잡다. ― 마구 헤집다.

계획이나 조리도 없이 일을 처리하다. 瞎 애꾸눈 할. 도리에 어
둡다. 找 상앗대 화. 부족함을 채울 조. 잡다.

○ 猴子吃梅子. ― 心酸.
　후 자 흘 매 자　　심 산

원숭이가 매실을 먹다. ― 마음이 시다, 마음이 슬프다.

○ 猴子上旗杆. ― 往高頭爬.
　후 자 상 기 간　　왕 고 두 파

원숭이가 깃대에 올라가다. ― 높이 기어오르다.

능력을 다하여 높은 자리에 올라가다. 爬 긁을 파. 기어올라가
다.

◆ 酉鷄(유 계, 닭)

○ 鷄口牛後(계구우후) ― 차라리 닭의 주둥이가 될지언정 소
　의 항문은 되지 말라(寧爲鷄口, 無爲牛後). 소의 항문이 비
　록 크지만 자기 뜻으로 할 수 있는 일이 없다.

○ 鷄不及鳳(계불급봉) ― 닭은 봉황만 못하다. 아들이 부친만
　못하다.

○ 鷄鳴而起(계명이기) ― 닭이 울자 기상하다. 새벽에 일찍 일
　어나다. 근면 노력하다.

○ 鬪敗公鷄(투패공계) ― 싸움에 진 수탉이 기가 죽어 고개 숙
　인 모습.

○殺鷄取卵(살계취란) — 닭을 잡아 계란을 꺼내다. 눈앞의 소리小利에 급급하여 후과後果를 생각하지 못하다.

○屬鷄的. — 光會往裏刨.
속 계 적 광 회 왕 리 포
닭띠. — 공연히 속을 파헤쳐 놓기만 한다.
刨 깍을 포. 후벼 파다.

○屬公鷄的. — 空叫喚, 不下蛋.
속 공 계 적 공 규 환 부 하 단
수탉과 같은 사람. — 공연히 소리쳐 부르고, 알을 낳지도 못한다.

○屬母鷄的. — 沒鳴兒.
속 모 계 적 몰 명 아
암탉과 같은 사람. — 울음이 없다.
이름이(名聲) 없다. 鳴(míng) 울 명. 名(míng)과 해음.

○屬鷄的. — 嘴巴硬.
속 계 적 취 파 경
닭과 같은 사람. — 주둥이가 단단하다.

○鷄不撒尿. — 自然有一便.
계 불 살 뇨 자 연 유 일 편
닭은 오줌을 갈기지 않는다. — 그래도 해결 방법이 있다.

○鷄狗不同叫. — 各隨其便.
계 구 불 동 규 각 수 기 편
닭과 개는 함께 짖지 않는다. — 각자 편한 대로 한다.

◆ 戌狗(술구, 개)

○ 狗丈人勢(구장인세) ─ 개가 주인을 믿고 짖다. 주인 권세를
믿고 남을 억압하다.

○ 狗尾續貂(구미속초) ─ 개꼬리로 담비 꼬리를 대신하다. 형편
없는 인재나 물건으로 전임자 또는 좋은 물건을 대체하다.

○ 狗猛酒酸(구맹주산) ─ 개가 사나우면 (손님이 끊겨) 술이
시어버리다.

○ 狗轉屁股(구전비고) ─ 개가 주인 앞에서 뒹굴다. 다른 사람
에게 잘 보이려 아양을 떨다.

○ 狼心狗行(낭심구행) ─ 나쁜 사람의 이리나 개와 같은 심보.

○ 好人不與狗鬪(호인불여구투) ─ 좋은 사람은 개와 싸우지 않
는다. 애당초 개 같은 사람과는 어울리지 않다.

○ 屬狗的. ─ 記性好.
　　속 구 적　　　기 성 호
개띠인 사람. ─ 기억력이 좋다.

○ 屬狗的. ─ 作吃不記打.
　　속 구 적　　　작 흘 불 기 타
개띠인 사람. ─ 먹는 것만 생각하지 얻어맞는 것을 생각하
지 않는다.

○ 有錢人家的看門狗. ─ 勢利眼.
　유 전 인 가 적 간 문 구　　세 리 안
돈 있는 집을 지키는 개. ─ 권세와 이득을 잘 보는 사람.

○ 狗咬月亮. ─ 不知高低.
　구 교 월 량　　　불 지 고 저

개가 달을 보고 짖다. ― 높낮이를 모른다.

자신의 능력을 모른 채, 말을 하고 일을 벌리다. 咬 새소리 교. 깨물다.

○狗吃牛屎. ― 貪多.
　　구 흘 우 시　　탐 다

개가 소똥을 먹는다. ― 탐욕이 많다.

○狗眼看人. ― 有眼不識泰山.
　　구 안 간 인　　유 안 불 식 태 산

개의 눈으로 사람을 보다. ― 눈은 있어도 태산을 보지 못하다.

훌륭한 사람을 알아보지 못하다.

◆ 亥猪(해저, 돼지)

○猪食丐衣(저식개의) ― 돼지처럼 나쁜 음식을 먹고 거지처럼 옷을 입다. 아주 가난한 살림. 丐 빌어먹을 개. 거지. 걸인乞人.

○彘肩斗酒(체견두주) ― 돼지 어깨를 먹고 말술을 마시다. 호쾌한 식사. 彘 돼지 체.

○人怕出名猪怕肥(인파출명저파비) ― 사람은 이름 나는 것이, 돼지는 살찌는 것을 겁내다.

○殺彘教子(살체교자) ― 돼지를 잡아 아들을 교육하다. 농담이라도 거짓말을 할 수 없다.

○死猪不怕開水湯(사저불파개수탕) ― 죽은 돼지는 끓는 물이 두렵지 않다. 개수開水(kāi shuǐ)는 끓는 물.

○猪鼻子揷蔥. ― 裝象.
　　저 비 자 삽 총　　장 상

돼지코에 대파를 꽂다. ― 코끼리인척하다.

장상裝象은 장상裝相(zhuāng xiàng, 일부러 그런 체하다)과 해음.

○猪羊共圈. ― 黑白分明.
　　저 양 공 권　　흑 백 분 명

돼지와 양을 한 우리에 넣다. ― 흑백이 분명하다.

일처리가 공정하고, 시비가 분명하다.

○猪大腸. ― 扶不住.
　　저 대 장　　부 불 주

돼지의 큰 창자. ― 부축해도 세울 수 없다.

사람이 연약하고 지기志氣도 없어 어떻게 도울 방법이 없다.

○母猪的耳朶. ― 軟的.
　　모 저 적 이 타　　연 적

암돼지의 귀. ― 부드럽다.

쉽게 감동하거나 마음이 흔들리다. 朶 늘어질 타. 이타耳朶는 귀.

○老子偸猪兒偸牛. ― 一輩比一輩壞.
　　노 자 투 저 아 투 우　　일 배 비 일 배 괴

아비는 돼지를 훔치고, 아들은 소를 훔치다. ― 대를 이으며
더 나빠지다.

○屬野猪的. ― 到處亂拱.
　　속 야 저 적　　도 처 란 공

멧돼지 같은 사람. ― 가는 곳마다 파헤치다.

拱 두 손을 마주잡다(拱手). 들어올리다. 파헤치다.

○孫臏吃猪糞. ― 裝瘋賣傻.
　　손 빈 흘 저 분　　장 풍 매 사

손빈이 돼지 똥을 먹다. ― 미친 척 바보인척하다.

瘋 미칠 풍. 傻(shǎ) 멍청할 사. 넋을 잃은 모양.

제2장 **일(事)**

1. 사업事業

1) 기본基本

풀에는 뿌리가 있고(草有根), 말에는 소리가 있다(話有音). 사람이 늙으면 병이 나고(人老病出), 나무가 늙으면 뿌리가 드러난다(樹老根出). 사람에게 벗이 없다면(人沒有朋友), 나무에 뿌리가 없는 것과 같다(就樹沒有根).

뿌리가 깊으면 잎도 무성하지만(根深葉必蕪), 뿌리가 바르지 못하면 싹도 바르지 않다(根不正苗歪). 뿌리가 깊으면 바람에 흔들릴 걱정 없고(根深不怕風搖動), 꽃이 많지 않으면 열매도 많지 않다(開花不多結果不多).

가난은 그러할 바탕이 없고(貧無本), 부자도 그러할 뿌리가 없다(富無根). - 빈부는 일정하지 않고 언젠가는 바뀐다.

총명한 것은 집안 내력이고(聰明有種, 遺傳), 부귀는 집안의 뿌리(물림)이다(富貴有根).

들꽃은 심지 않아도 해마다 자라나고(野花不種年年育), 번뇌는 뿌리가 없는데도 날마다 자란다(煩惱無根日日生). 날이 가물어도 뿌리 있는 풀은 죽지 않고(天旱不死生根草), 돌 틈에서도 만년 송이 자란다(石縫還長萬年松).

산에 돌이 많은 것만 보지 말라(莫看山上石頭多). 소나무를 심어 가꾸면 온 비탈이 모두 푸를 것이다(栽上松柏綠滿坡).

○房檐前挂着的氷凌. ― 根子在上頭.
　방 첨 전 괘 착 적 빙 룽　　　근 자 재 상 두

지붕 처마에 매달린 고드름. ― 뿌리는 윗머리에 있다.

두대頭大한 사물, 또는 큰산을 배후로 생긴 마을. 房은 집. 가옥. 檐 처마. 挂 걸 괘. 매달다. 凌 능가할 능. 침범하다. 얼음덩어리. 빙룽氷凌은 얼음. 여기서는 빙주氷柱(氷錐, 고드름). 근자根子는 뿌리.

○浮雲. ― 沒根兒.
　부 운　　　 몰 근 아

뜬구름. ― 근거가 없다.

○沒本錢買賣. ― 賺起賠不起.
　몰 본 전 매 매　　　잠 기 배 불 기

밑천 없는 장사. ― 돈만 벌고 손해는 없다.

허약한 상대에게 이기기만 하고 패배하지 않다. 본전本錢은 개업에 필요한 밑천. 자본. 매매買賣(mǎi mai)는 장사. 상업활동. 賺(zhuàn) 속일 잠. 속여서 비싸게 팔다. 돈을 벌다. 賠(péi) 물어줄 배. 변상하다. 손해를 보다. 사과하다.

○石板上栽花. ― 無根底.
　석 판 상 재 화　　　무 근 저

돌판 위에 꽃을 심다. ― 뿌리가 없다.

○油多捻子粗. ― 滅不了.
　　유 다 넘 자 조　　　멸 불 료

기름이 많은 굵은 등잔 심지. ― 꺼지지 않다.

뿌리가 확실하면 쓰러지지 않다. 捻 비틀 염. 손이나 손가락으로 꼬다. 넘자捻子는 실을 꼬아 만든 노끈. 粗 거칠 조. 굵다.

2) 기회機會

물이 있을 때 진흙을 반죽하고(趁水和泥. 趁 좇을 진), 바람 맞춰 돛을 올리며(趁風起帆), 바람 불 때 깃발을 올리고(順風扯旗), 바람 따라 배를 몰다(順風駛船. 駛 달릴 사). 바람 불 때 불을 피우고(順風扇火), 비탈에서는 공을 굴리며(阪上走丸), 달구어졌을 때 쇠를 두드려라(趁熱打鐵).

기회를 놓칠 수 없고(機不可失), 때는 다시 오지 않는다(時不再來). 잃은 돈은 쉽게 벌 수 있지만(金失容易得), 놓친 기회는 다시 오지 않는다(機失不再來).

대장부는 제때에 결단을 내리고(大丈夫當機立斷), 대장부는 과감하게 실천하며 당당히 책임을 진다(大丈夫敢作敢當). 응당 취할 것을 취하지 않고서(當取不取) 나중에 후회하지 말라(過後莫悔). 신선을 만나고도 도를 깨우치지 못했다면(遇仙不成道), 권력을 쥐고 마음대로 휘두르지 않는다면(當權若不行方便), 마치 보물산에 들어갔다가 빈손으로 돌아오는 것과 같다(如到寶山空手回).

○ 狗吃天日. ─ 有今沒明兒的事.
　　구 흘 천 일　　　유 금 몰 명 아 적 사

천구天狗가 해를 먹다. ─ 오늘이지 내일의 일이 아니다.

얻기 힘든 기회. 하늘에 사는 개가 태양을 먹는 것이 일식日蝕이
라고 생각했다.

○ 瞎子摸魚. ─ 靠碰機會.
　　할 자 모 어　　　고 팽 기 회

장님이 물고기를 더듬어 잡다. ─ 손에 부딪치기를 바란다.

운수 대통을 바라다. 瞎 눈먼 할. 소경. 摸 찾을 모. 더듬다. 靠
기댈 고. 碰 부딪칠 팽.

○ 瞎子吃粽子. ─ 聞棗.
　　할 자 흘 종 자　　　문 조

장님이 단오날 떡을 먹다. ─ 대추 맛을 알다. / 시기에 맞춰
행동하다.

종자粽子는 찹쌀과 붉은 대추(棗 대추 조)를 연잎에 싸서 찐 음식.
단옷날의 절식節食. 문조聞棗는 온조穩무(wěn zǎo, 재빨리 기회를
잡다)와 해음.

○ 芝麻掉到針尖上. ─ 難得.
　　지 마 도 도 침 첨 상　　　난 득

참깨가 날아가 바늘 끝에 얹히다. ─ 정말 어려운 일.

아주 우연한 일. 정말 얻기 힘든 기회. 지마芝麻는 참깨. 掉 던질
도. 흔들다.

3) 난관難關

역경을 하나 지나보면(經一塹. 塹 구덩이 참) 지혜 하나 늘어
난다(長一智). 내 마음대로 안 되는 일이 여덟 아홉이니(人生不

如意事常八九), 열 가지 시련과 아홉 가지 난관을 이겨야 사람이 된다(十磨九難出好人). (관우는) 다섯 관문을 지나며(過五關) 여섯 장수의 목을 베었다(斬六將).－많은 난관을 극복했다. 그렇다고, 눈을 감은 채 마구 달려서는 오관을 지날 수 없다(瞎闖過不了五關). 곧 무모한 용기로는 난관을 극복하지 못한다.

백일 동안 보기 좋은 꽃 없고(花無百日鮮), 백일 동안 좋은 일만 있는 사람 없다(人無百日好).

○墻頭上睡覺. ─ 飜不過身來.
　장 두 상 수 각　　　번 부 과 신 래

담장 위에서 잠을 자다. ─ 몸을 뒤척일 수 없다.

궁색한 처지를 벗어날 수 없다. 睡 잠잘 수. 수각睡覺(shuì jiào)은 잠을 자다.

○趕着綿羊過火焰山. ─ 往死裏逼.
　간 착 면 양 과 화 염 산　　　왕 사 리 핍

면양을 화염산으로 몰아가다. ─ 죽는 길로 핍박하다.

사람을 절경絶境으로 몰아넣다. 趕 달릴 간. 쫓아가다. 내몰다. 焰 불 댕길 염. 불꽃. 逼 닥칠 핍. 위협하다.

○落進空米缸裏的耗子. ─ 無處可爬.
　낙 진 공 미 항 리 적 모 자　　　무 처 가 파

빈 쌀독에 떨어진 생쥐. ─ 기어오를 곳이 없다.

도망갈 곳이 없다. 缸 항아리 항. 耗 줄어들 모. 모자耗子는 쥐. 爬 긁을 파. 기어가다.

○垓下困覇王. ─ 四面楚歌.
　해 하 곤 패 왕　　　사 면 초 가

패왕이 해하에서 포위되다. ─ 사면에서 초가가 들려오다.

覇王은 항우. 垓 땅끝 해. 해하垓下는, 今 안휘성安徽省 북부 숙주시宿州市 관할 영벽현靈璧縣에 해당. 항우는 한군漢軍에게 포위되었다. 사방에서 초楚나라 노래가 들려오다. 항우는 유방이 초楚의 땅을 전부 차기했는가?라고 생각하며 놀랐다. 覇 으뜸 패.

○ 馬到烏江. ─ 有去難回.
　　마 도 오 강　　　유 거 난 회

말이 오강에 이르다. ─ (고향을) 떠나왔지만 돌아갈 수 없다.

사지에 내몰려 살아날 희망이 없다. 오강烏江은 항우項羽가 패사敗死한 곳.

○ 籠裏的鳥兒. ─ 有翅難逃.
　　농 리 적 조 아　　　유 시 난 도

새장 속의 새. ─ 날개가 있어도 도망칠 수 없다.

籠 대나무 그릇 농. 조롱鳥籠. 새장. 翅 날개 시. 逃 달아날 도.

4) 단결團結

배는 물길을 트고(船幇水. 幇은 幫과 同字. 돕다. 보좌하다), 물은 배를 돕는다(水幇船). 흙은 흙과 함께 담이 되고(土幇土成墻), 물과 물은 파도를 일으킨다(水幇水成浪). 싸우면 서로 원수가 되지만(兩鬪皆仇), 서로 화해하면 모두가 친구이다(兩好皆友). 좋은 것 두 개가 모여 더 좋은 하나가 되다(兩好合一好).

　사람을 죽여야 한다면 피를 보아야 하고(殺人須見血), 사람을 구하려면 끝까지 구원해야 한다(救人須見終). 눈이 내리면 숯을 보내고(雪裏送炭), 삼복에는 부채를 선물하나니(三伏送扇), 눈이 올 때 숯을 선물하는 사람이 참된 군자이다(雪中送炭眞君子).

그러나 눈 속에 숯을 보내는 사람은 적고(雪中送炭人間少), 비
단옷 입은 사람에게 꽃을 보내려는 사람은 많다(錦上添花世上
多). 다만 금상첨화만 있을 뿐〔只有錦上添花(금상첨화 : 비단 위에
꽃을 더한다는 말이며 좋은 것 위에 더욱더 좋게 된다는 뜻이다.)〕, 누가
눈 속에 숯불을 보내주려 하는가?(誰肯雪中送炭)

○華燭. ― 一條芯.
　화 촉　　　일 조 심

　화촉. ― 하나의 심지.

　芯(xīn) 등잔의 심지 심. 心(xīn)과 해음. 한마음이다.

○鷄毛炒鴨蛋. ― 各自打散.
　계 모 초 압 단　　　각 자 타 산

　닭털로 오리알을 굽다. ― 각자 흩어지다.

○老米飯. ― 捏不成團.
　노 미 반　　　날 불 성 단

　묵은 쌀로 지은 밥. ― 이겨도 뭉쳐지지 않는다.

　오래 묵은 쌀은 끈기가 없어 잘 뭉쳐지지 않는다. 捏 이길 날. 반
죽하다. 없는 근거를 만들어내다.

○玉米麵包餃子. ― 捏不成個兒.
　옥 미 면 포 교 자　　　날 불 성 개 아

　옥수숫가루로 만든 만두. ― 반죽해도 하나가 되지 않다.

　옥미玉米는 옥수수.

5) 수확收穫

오이를 심으면 오이를 얻고(種瓜得瓜), 콩을 심으면 콩을 거둔
다(種豆得豆). 농사가 늘 좋기를 바란다면(莊稼要長好. 장가莊稼

는 농작물) 1년 4계절 일찍 일어나라(一年四季早). 사내가 농사를 잘 모르면 가정을 꾸리지 못하고(男人不會耕田當不了家), 여자가 신발을 만들 줄 모르면(女人不會做鞋) 주부 노릇도 어렵다(做不了媳婦).

곡식은 하늘이 낸다(天做莊稼). 사람이야 희망을 갖지만(人做夢), 수확의 많고 적음은 하늘의 뜻이다(收多收少由天命). 재해로 곡식을 거두지 못하더라도 해마다 심어야 한다(庄稼不收年年種).

꽃을 심고 가꾸기는 1년, 꽃을 보기는 열흘이다(種花一年 看花十日).

소출은 하늘에 있나니(出在天裏), 농사를 지으면서 절기節氣를 고려하지 않는다면(種地不看天), 수확이 없어도 원망하지 말라(不收別叫怨). 농사를 지어 곡식이 익지 않았다면 흉년만도 못하고(種田不熟不如荒), 자식을 길러 품행이 나쁘다면 없는 것만 못하다(養兒不肖不如無).

○力士捉蠅. ― 得功甚小.
　역사 착 승　　　득 공 심 소

역사力士가 파리를 잡았다. ― 얻은 것이 매우 적다.

노력에 비해 얻은 것이 매우 적다. 甚 심할 심.

○偷茄子帶摘葫蘆. ― 兩頭不誤.
　투 가 자 대 적 호 로　　　양 두 불 오

가지를 훔치면서 호롱박도 따다. ― 두 가지가 다 좋다.

동시에 두 가지를 손에 넣다. 偸 훔칠 투. 가자茄子는 가지. 채소의 한 종류. 낮은 곳에 열린다. 대적帶摘은 따다. 호로葫蘆는 조롱박. 높은 곳에 매달린다. 양두兩頭는 양쪽.

○ 黑瞎子掰棒子. ─ 掰一個扔一個.
　　흑 할 자 배 봉 자　　　　배 일 개 잉 일 개

곰이 옥수수를 뜯어먹다. ─ 하나는 먹고, 하나는 버린다.

얻은 것도 잃은 것도 있어 수확이 늘지 않다. 흑할자黑瞎子는 흑곰. 작은 곰(狗熊). 겁쟁이. 掰 쪼갤 배. 棒 몽둥이 봉. 봉자棒子는 몽둥이. 옥수수. 하찮은 놈. 扔 당길 잉. 버리다.

○ 脚踏兩條船. ─ 門門不落空.
　　각 답 량 조 선　　　　문 문 불 락 공

양쪽 배에 다리를 걸치다. ─ 어느 쪽도 다 좋다.

상황이 어떻든 양쪽에서 얻는 것이 있다. 脚 다리 각. 踏 밟을 답.

6) 실패失敗

술과 여색, 돈과 재물은 사람마다 다 좋아하나(酒色錢財人人愛), 술이 지나치면 말이 많고(酒多話多), 말이 많으면 실언도 많으며(話多錯多), 술과 여색은 일을 그르친다(酒色誤事).

일은 욕심 때문에 시작하지만(萬事起於欲), 욕심 때문에 실패한다(萬事亦敗於欲).

큰일을 하면서 몸을 사리고(幹大事而惜身), 작은 이득을 좇아 목숨을 돌보지 않는다면(逐小利而忘命), 사리 판단을 잘못하는 사람이다.

큰일을 하는 사람은 작은 절차에 구애받지 않고(成大事者 不拘小節), 작은 비용을 아끼지 않으며(不惜小費), 큰 공을 세운 사

람은 작은 실패에 구애받지 않는다(立大功者不拘小諒). 일을 하
지 않는 사람은(不做事的人) 실패하지 않는다(不會犯錯誤).—접
시를 닦지 않으면 접시를 깨지 않는다. 그러나 도랑에서 배가 뒤
집히듯(陰溝裏飜船), 엉뚱한 곳에서 실패를 겪는다.

○拜孔子只學了打搬家. — 一味書(輸).
　배 공 자 지 학 료 타 반 가　　　일 미 서　수

○孔夫子搬家. — 淨是書
　공 부 자 반 가　　　정 시 서

공자 문하에서 공자의 이사하는 것만 배웠다. — 오로지 책
뿐이다. / 잃다.

공자가 이사 가다. — 온통 책이다.

搬 옮길 반. 일미─味는 단순히, 오로지, 어디까지나. 書(shū)는
輸(shū)와 해음. 輸는 승부에서 지다. 패배하다. 도박에서 이긴
사람에게 주다(輸財). 淨 가득 찰 정. 온통.

○沙鍋砸蒜. — 全砸到底.
　사 과 잡 산　　　전 잡 도 저

질그릇 솥에 마늘을 찧다. — 밑바닥까지 깨졌다.

일이 완전히 실패하다. 砸(zā) 찧을 잡. 찧다. 깨트리다. 막히다. 蒜
달래 산. 마늘.

○筍子變竹. — 節節空.
　순 자 변 죽　　　절 절 공

죽순이 대나무가 되다. — 마디마디가 비었다.

일의 모든 계획이 허사虛事가 되었다. 筍 죽순 순.

○擀麵杖吹火. — 節節不通風.
　간 면 장 취 화　　　절 절 불 통 풍

밀대 방망이로 바람을 불어 불을 피우다. — 앞뒤로 꽉 막

했다.

모든 일이 벽에 막혀 되는 일이 없다. 擀 밀 간. 밀가루 반죽을
밀방망이로 얇게 펴다. 눌러 늘리거나 펴다.

7) 용이容易

절반쯤 안 것은 모르는 것이다(半通不通). 그리고 통에 반쯤
찬물은 쉽게 흔들린다(半桶水 容易蕩).

아직 나이 적다고 말하지 말라(莫說年紀小). 인생은 쉽게 늙는
다(人生容易老). 사람이 늙으면 고집부리는 아이와 같다(人老如
頑童). 인생 만년에 운이 피어야 한다(人生重晚晴).

벌건 날들을 허송하지 말라(白日莫閑過). 백 년은 금방 지나가
고(百年容易過), 청춘은 다시 오지 않는다(靑春不再來).

○ 老虎吃螞蚱. ─ 不經嚼.
　　노 호 흘 마 책　　　불 경 작

호랑이가 메뚜기를 먹다. ─ 씹을 것도 없다.

일이 아주 쉽게 끝나다. 螞蚱(마책)은 메뚜기. 嚼 씹을 작.

○ 酒缸子裏烏龜. ─ 手到擒拏.
　　주 항 자 리 오 구　　　수 도 금 나

술독 안의 거북이. ─ 손을 넣어 잡아내다.

아주 쉽게 해결되다. 缸 항아리 항. 擒 사로잡을 금. 拏 잡을 나.

○ 六月的杏實. ─ 一捏兩瓣.
　　유 월 적 행 실　　　일 날 량 판

유월의 살구. ─ 한번 누르면 양쪽으로 갈라지다.

杏 살구 행. 捏 이길 날. 반죽하다. 瓣(bàn) 꽃잎 판. 부서진 조각,

밸브.

○因風吹火. ― 用力不多.
인 풍 취 화　　용 력 불 다

바람 결에 불을 피우다. ― 힘들지 않다.

8) 위험危險

염라대왕 앞에는 늙은이와 젊은이 구별이 없다(閻王殿裏無老少).

한 발 실수가 백 년의 한이 된다(錯失一步遺恨百年). 차라리 열 걸음 멀리 갈지언정(寧走十步遠), 위험한 길은 한 걸음도 가지 않는다(不走一步險).

물은 배를 뜨게 하지만(水能載舟), 또한 배를 엎을 수도 있다(亦能覆舟). 그래서 땅으로 갈 수 있다면 배를 타지 않는다(有陸不登舟).

백 살 노인이 말라죽은 나무 위에 올라가다(百歲老翁攀枯枝). 맹인이 눈먼 말을 타고(盲人騎瞎馬) 한밤중에 깊은 연못가를 가다(夜半臨深池). 벼슬이 높으면 위험이 많고(官大有險), 나무가 크면 바람을 많이 탄다(樹大招風).

○太歲頭上動土. ― 好大的膽.
태 세 두 상 동 토　　호 대 적 담

태세신의 머리 위에서 흙을 옮기다. ―무모한 짓을 하다.

○泥菩薩過河. ― 自身難保.
니 보 살 과 하　　자 신 난 보

진흙으로 만든 보살이 냇물을 건너다. — 제 몸을 챙기기도
어렵다.

남을 도와줄 여력이 없다.

○ 刀刃上打把式. — 好險.
　　도 인 상 타 파 식　　호 험

칼날 위에서 무술을 연마하다. — 아주 위험하다.

아주 위험한 짓을 하다. 刀 칼날 인. 파식把式은 무술武術. 타파

식打把式은 무술을 연마練磨하다.

○ 毒蛇窩裏的小鷄子. — 不知哪天喪命.
　　독 사 와 리 적 소 계 자　　불 지 나 천 상 명

독사 굴 속의 병아리. — 어느 날 죽을지 알 수 없다.

○ 小魚遇上鴨子. — 小命難逃.
　　소 어 우 상 압 자　　소 명 난 도

작은 물고기가 오리를 만나다. — 도망칠 수도 없는 가엾은
목숨.

9) 파악把握

사람도 실수할 때가 있고(人有錯手), 말도 실족할 때가 있다
(馬有失蹄). 말을 잘 타는 사람은 말에서 자주 떨어진다(善騎者
善墮).

한 번 물음에 고개를 흔들며 세 번 모른다고 하다(一問搖頭三
不知). 우선 (남에게) 떠넘기고, 다음엔 (남에게) 부탁하고, 세 번
째는 상관없다고 잡아뗀다(一推二靠三不管).

입을 열지 않는다면 신선이 와도 어찌할 수 없다(不開口 神仙
難下手). 제 몸의 이를 잡아가지고(把你身上的虱子), 옆의 사람

몸에서 잡았다고 한다(往傍人身上捉). — 재수 없는 일을 다른 사
람에게 떠넘기다.

○ 半天裏的灰塵. — 在飛哩.
　 반 천 리 적 회 진　　 재 비 리

공중의 재와 먼지. — 날아다니다.

일의 결론이 나지 않다. 灰 재 회. 태워버리다. 塵 티끌 진. 哩 어
조사 리.

○ 廚缸裏的王八. — 隨吃隨宰.
　 주 항 리 적 왕 팔　　 수 흘 수 재

부엌 항아리 속의 거북이. — 먹고 싶을 때 잡아 죽인다.

宰 재상 재. 잡다. 도살하다.

○ 關住門找鷄. — 十拿九穩.
　 관 주 문 조 계　　 십 나 구 온

문을 닫고 닭을 잡다. — 십중팔구 가능하다.

關 빗장 관. 닫다. 잠그다. 拿 잡을 나. 穩 평온할 온. 십나구은＋
拿九穩은 손에 넣은 것처럼 확실하다. 십중팔구＋中八九는 떼어
놓은 당상이다.

○ 鷄窩裏捉鷄. — 沒跑.
　 계 와 리 착 계　　 몰 포

닭장에서 닭을 잡다. — 달아날 곳이 없다.

跑 허빌 포. 달리다. 뛰어가다.

○ 見兎子撒鷹. — 穩拿.
　 견 토 자 살 응　　 온 나

토끼를 보고 매를 풀어놓다. — 확실하게 손에 넣다.

틀림없이 성공하다. 兎 토끼 토. 撒 뿌릴 살. 鷹 매 응. 송골매.
사냥매. 穩 곡식 거둬 모을 온, 편안할 온.

○ 兩個脂頭夾香煙. ── 穩穩當當.
　양 개 지 두 협 향 연　　　온 온 당 당

두 손가락 사이에 담배를 끼다. ── 손쉽다.

온온당당穩穩當當은 매우 온당하다. 어렵지 않다.

○ 網裏的魚. ── 早取早得, 晚取晚得.
　망 리 적 어　　　조 취 조 득　만 취 만 득

그물에 갇힌 물고기. ── 일찍 꺼내면 일찍, 늦게 꺼내면 늦게 잡는다.

조만간 언제든 잡아낼 수 있다.

10) 흥성興盛

아내가 현명하면 살림이 좋아진다(妻賢家道興). 처는 남편을 따라가고(妻跟丈夫), 물은 도랑을 따라 흐른다(水隨溝流). 아내가 현량하지 않다면(妻子不賢良), 백 년 동안 가세가 펴질 못한다(百年不振作). 부자가 되고 싶다면 현명한 아내를 얻어야 한다(若要富娶賢媳婦).

닭다리는 살이 붙지 않고(肥不到鷄脚), 머슴살이를 오래 한다고 부자 되지 않는다(富不到長工). 살찐 돼지가 문을 밀고 들어오면 시운이 왕성하다(肥猪拱門時運旺). 개가 모여들면 부자가 되고(狗來富), 고양이가 모여들면 전당포를 연다(猫來開當鋪, 더 큰 부자가 된다).

도랑이 있으면 도랑을 메우고(有溝塡溝), 담이 막히면 담을 부숴버린다(有墻拆墻). 달이 차고 기울 듯(月有盈缺), 장사에도 흥할 때와 쇠할 때가 있다(業有興衰). 가득 찼을 때 덜어내지 않으면 넘치고(滿而不損則溢), 물이 찼을 때 붙잡지 않으면 기울어진다(盈而不持則傾).

○脚踏樓梯. ─ 步步高.
　각 답 루 제　　　보 보 고

누각의 계단을 밟고 오르다. ─ 걸음마다 높아지다.

하는 일이 순리대로 잘 진행되다. 脚 다리 각. 踏 밟을 답. 樓 누각 누. 梯 사다리 제.

○小小子登梯把房檐. ─ 一步高一步.
　소 소 자 등 제 파 방 첨　　　일 보 고 일 보

꼬마가 사다리를 올라 처마를 만지다. ─ 한 발 한 발 올라가다.

살림이 더욱 좋아지다. 방첨房檐은 지붕의 처마.

○經過雨的高粱. ─ 節節兒往上升.
　경 과 우 적 고 량　　　절 절 아 왕 상 승

비 온 뒤의 수수. ─ 마디마디가 자라다.

고량高粱은 수수(밭곡식). 옥수수(玉米)와는 다르다.

○老婆兒坐飛機. ─ 抖起來了.
　노 파 아 좌 비 기　　　두 기 래 료

노파가 비행기를 타다. ─ 거들먹거리다.

사업이 크게 흥왕興旺하다. 抖(dǒu) 떨어흔들 두. 들어올리다.

2. 작업作業

가. 견지堅持 외

1) 견지堅持

마음은 모든 일의 주인이다(心爲萬事主). 굳은 결심이면 돌이라도 뚫고(心堅石也穿. 穿 뚫을 천), 마음만 굳다면 먼 길도 두렵지 않다(心堅不怕路遠). 높은 산, 먼 길이야 두렵지 않으나(不怕山高路遠) 의지가 굳지 못한 것이 걱정이다(只怕意志不堅).

병법에서는 신속성을 중히 여기고(用兵貴神速), 또한 용병用兵에서는 끝까지 버티는 것을 귀히 여긴다(用兵貴在堅持). 죽을 수밖에 없는 곳에 빠진 뒤에 살아나고(陷之死地而後生), 망할 수밖에 없는 곳에 처하면 생존한다(置之亡地而後存 一背水陣).

유연한 것이 억센 것을 이기고(柔能勝剛), 약한 것이 강한 것을 이긴다(弱能勝强). 유柔에 강剛이 있으면 깨도 깨어지지 않으나(柔中有剛攻不破), 강剛에 유柔가 없다면 견고하지 않다(剛中無

柔不爲堅).

○ 三十年做寡婦. ― 老守.
　　삼 십 년 주 과 부　　노 수

30년을 과부로 살았다. ― 오래 수절했다.

솜씨가 좋다. 노수老守(lǎo shǒu)는 노수老手(lǎo shǒu, 노련한 솜씨)와 해음.

○ 推車子上山. ― 只能進不能退.
　　추 차 자 상 산　　지 능 진 부 능 퇴

수레를 밀어 산을 올라가다. ― 오직 전진할 뿐, 물러날 수 없다.

끝까지 모든 노력을 다하다(堅持).

○ 火車頭拉着車輛跑. ― 只能前進不能後退.
　　화 차 두 랍 착 차 량 포　　지 능 전 진 불 능 후 퇴

기차의 기관차가 차량을 달고 달리다. ― 오직 전진하며 후퇴할 수 없다.

중간에 그만둘 수 없다. 화차火車는 기차(列車). 기차汽車(氵에 气, 김 기)는 자동차. 우리 말 읽기와 다르다.

○ 螺螄夾住了白鷺的脚. ― 哪裏起, 哪裏落.
　　나 사 협 주 료 백 로 적 각　　나 리 기　나 리 락

우렁이가 백로의 발에 끼였다. ― 어디서 출발하여, 어디서 떨어지겠나.

어떤 일을 그만두거나 포기할 수 없다. 螺 소라 나. 螄 다슬기 사. 나사螺螄는 우렁이. 나사.

○ 殘燈碰上羊角風. ― 一吹就滅.
　　잔 등 팽 상 양 각 풍　　일 취 취 멸

약한 등잔불이 회오리바람을 만나다. ― 한번 불면 바로 꺼

진다.

약한 사람이 강한 일격을 견디지 못하다. 碰 부딪칠 팽. 양각풍
羊角風은 위로 부는 회오리바람.

○ 程咬金的斧子. ─ 頭三下子.
  　정 교 금 적 부 자 　　　두 삼 하 자

정교금의 도끼. ─ 처음만 세게 내려찍다.

오래 지속하지 못하다. 정교금程咬金은 역사 연의소설인《수당
연의隋唐演義》의 주요 인물. 사서史書의 공식 기록은 정지절程知
節(589-665, 字는 의정義貞)─당唐 태종을 섬긴 개국공신, 능연각
凌煙閣 24공신의 한 사람. 대부분 백성이 정교금으로 불렀다. 민
간신앙에서는 복장福將으로 알려졌다. 단순 무식에 성질도 급하
며 큰 도끼를 휘두르는 장수이다. 그 캐릭터가《수호전》의 흑선
풍 黑旋風 이규李逵와 매우 닮았기에 널리 알려졌다.

○ 鼻尖上挂鎌刀. ─ 挂不住.
  　비 첨 상 괘 겸 도 　　 괘 불 주

코 끝에 낫을 걸다. ─ 걸어놓을 수 없다.

견딜 수 없다. 挂 걸 괘. 걸어놓다. 鎌 낫 겸.

○ 放過的爆竹. ─ 聲勢已盡.
  　방 과 적 폭 죽 　　 성 세 이 진

터져버린 폭죽. ─ 명성도 세력도 이미 다 끝났다.

○ 冷眼觀螃蟹. ─ 橫行到幾時.
  　냉 안 관 방 해 　　 횡 행 도 기 시

싸늘하게 게를 바라보다. ─ 얼마동안이나 멋대로 설쳐대겠
는가?

방해螃蟹는 바닷게의 총칭. 橫行 : 옆으로 기어다니다. 횡행橫行
하다.

2) 곤란困難

못에 부딪치고 벽을 들이받다(碰了釘子撞了墙). 파도 하나가 가라앉지도 않았는데(一波未平) 또 다른 파도가 치다(一波又起). 구구 팔십일 개의 난관을 참고 견디어내다(熬過九九八十一難西遊記). 젖 먹던 힘까지 모두 썼다(把吃奶的力氣都用出來).

가난뱅이가 윤달을 만나다(窮漢赶上閏月年).－돈 쓸 일만 많아진다.

지난날의 고통을 잊지 않았기에(不忘往日苦), 비로소 오늘의 단맛을 알 수 있다(才知今日甛). 쓴 것을 먹어보지 않으면 단맛을 모르고(不吃苦 不知甛), 곤경을 겪어보지 않으면 고난을 모른다(不受困 不知難).

○靑石板上釘釘. － 不動.
　　청석판상정정　　부동

돌에 박은 못. － 움직일 수 없다.

○按倒牛頭喝水. － 辦不到.
　　안도우두갈수　　판부도

소의 머리를 눌러 물을 마시게 하다. － 그렇게 할 수 없다. 사람을 강박하여 일을 시키다. 按 누를 안. 倒 넘어질 도. 喝 마실 갈, 외칠 갈. 辦 힘쓸 판. 처리하다. 판부도辦不到는 할 수 없다. 해낼 수 없다.

○才學理髮就碰上大鬍子. － 難剃.
　　재학이발취팽상대호자　　난체

겨우 이발을 배웠는데 왕털보를 만나다. － 깎기 어렵다.

일을 시작하자마자 큰 난관에 봉착하다. 鬍 수염 호. 剃 머리 깎을 체.

○ 老天不下雨, 老人不說理. ― 沒法治.
　　노 천 부 하 우　노 인 불 설 리　　　몰 법 치

하늘이 비를 내리지 않고, 노인은 맞는 말을 하지 않다. ― 어찌 할 수 없다.

○ 木頭入投河. ― 不沈.
　　목 두 입 투 하　　불 침

나무토막을 강물에 던지다. ― 가라앉지 않다.

○ 唐僧取經. ― 九九八十一難.
　　당 승 취 경　　　구 구 팔 십 일 난

당나라 화상이 불경을 구하러 가다. ― 온갖 난관을 겪다.

○ 十二月天找楊梅. ― 難上難.
　　십 이 월 천 조 양 매　　　난 상 난

섣달에 양매를 찾다. ― 어렵고도 어려운 일.

3) 근본根本

전투에 진을 치지만 용기가 근본이고(戰雖有陣, 而勇爲本), 선비는 학문을 하더라도 실천을 근본으로 삼는다(士雖有學, 而行爲本). 장수의 바탕은 지모智謀이지 용기가 아니며(將在謀而不在勇), 병졸은 정예에 있지 수를 따지지 않는다(兵在精而不在多).

바탕이 좋은 사람은 때리지 않아도 사람이 되지만(上等人不打也成人), 바탕이 나쁜 사람은 맞아 죽어도 사람이 못 된다(下等人打死不成人). 혀는 이득과 손해의 바탕이고(舌爲利害本), 입은 화禍와 복福의 문이다(口是禍福門).

푸른 산을 남겨놓으면(留得靑山在) 땔나무 걱정은 안 해도 된
다(不怕沒柴燒). 고기가 물을 떠났고, 풀의 뿌리가 떨어졌다(魚
離水草離根). − 생존 바탕을 상실하다.

망나니도 돈이 있으면 나리마님이라고 불러야 한다(王八有錢
稱大爺). 망나니가 만만년을 갈 것 같지만(王八萬萬年), 언젠가
는 끝나는 날이 있다(也有到頭的一天).

○ 魔術師變戲法. ─ 無中生有.
　　마 술 사 변 희 법　　　무 중 생 유

마술사가 요술을 부리다. ─ 없는 것이 생겨나다.

아무런 근거도 없이 날조捏造하다.

○ 揚起巴掌抓風. ─ 沒一點影影.
　　양 기 파 장 조 풍　　　몰 일 점 영 영

손바닥을 휘저어 바람을 잡다. ─ 아무런 흔적도 없다.

아무런 근거도 없는 말을 지껄이다. 파장巴掌은 손바닥. 影은 그
림자.

○ 布袋買猫. ─ 都是瞎說.
　　포 대 매 묘　　　도 시 할 설

자루 속의 고양이를 사다. ─ 모두가 허튼소리이다.

옛날 중국에서는 고양이를 자루 속에 넣어 꺼내보지도 않고, 파
는 사람의 말만 듣고 거래했다는 주석이 있다.

○ 盲子吃鮮魚湯. ─ 瞎贊一陣.
　　맹 자 흘 선 어 탕　　　할 찬 일 진

소경이 생선 탕을 먹다. ─ 공연히 한바탕 칭찬을 하다.

4) 노력努力

하늘은 열심히 노력하는 사람을 져버리지 않는다(天不負苦心人). 그리고 공부는 열심히 애쓴 사람을 버리지 않는다(功夫不負苦心人). 책의 산에 길이 있으니 근면이 가장 빠른 길이고(書山有路勤爲徑), 학문의 바다는 가없으니 고생만이 건널 수 있는 배이다(學海無崖苦是舟). ─부지런히 책을 읽고, 고통을 참으면서 노력해야 학문을 성취할 수 있다.

젊어 부지런히 노력하면 늙어 안락하다(少年勤奮老來安樂). 젊은 시절 고생은 두렵지 않으니(不怕少年苦), 다만 늙어서 복이 들어오기를 바란다(但求老來福). 젊어 가난은 가난이라 할 것도 없지만(少年受貧不算貧), 노년에 가난해지면 가난이 사람을 죽인다(老年受貧貧死人).

젊어서 노력하지 않으면(小壯不努力), 늙어 다만 마음 아프고 슬플 뿐이다(老大徒傷悲). 젊어 배우지 않으면 늙어 무식하다(少而不學老而無識).

배움은 (중도에) 그쳐서는 안 된다(學不可以已). 둔한 말이 열흘에라도 목적지에 갈 수 있는 것은(駑馬十駕) 쉬지 않기 때문이다(功在不舍《순자荀子·권학勸學》). 3할이 가르침이라면(三分靠敎) 7할은 스스로의 공부(학습)에 의한 성취이다(七分靠學). 지혜는 일천 명을 부양할 수 있지만(智養千口), 힘(육체 노동)은 한 명을 먹여 살린다(力養一口).

○ 長線放遠風箏. ― 下過大功夫.
　장 선 방 원 풍 쟁　　　하 과 대 공 부

연에 긴 줄을 매어 멀리 날리다. ― 많은 공부를 했다.

많은 정력을 기울이다. 방원放遠은 멀리 날리다. 풍쟁風箏은 연
鳶. ― 공부工夫(gōng fu. 투자한 시간. 틈. 여가). 조예. 재주. 솜씨
등을 뜻할 때는 대개 공부功夫(gōng fu)로 쓴다. 하공부下功夫는
많은 공부를 하다. 일꾼이란 뜻은 공부工夫(gōng fū)는 대개 공인
工人으로 표기한다.

○ 鐵杵磨成針. ― 全靠功夫.
　철 저 마 성 침　　　전 고 공 부

쇠절구공이를 갈아 바늘을 만들다. ― 전적으로 노력에 달
렸다.

무슨 일을 하든 끝까지 애써야 한다. 杵 절구공이 저. 磨 갈 마.
靠 기댈 고.

○ 拉屎攢拳. ― 暗裏使勁.
　랍 시 찬 권　　　암 리 사 경

똥을 누면서 주먹을 쥐다. ― 안 보이는 데서도 힘을 쓰다.

남이 안 볼 때 불끈하며 다짐하다. 拉 끌어당길 랍(납). 屎 똥
시. 攢 모일 찬. 拳 주먹 권. 암리暗裏는 안 보이는 곳. 대변 보는
모습은 대개 볼 수 없다. 勁 굳셀 경.

○ 鴨子踩水. ― 暗使勁.
　압 자 채 수　　　암 사 경

오리가 물을 젓다. ― 보이지 않는 곳에서 힘쓰다.

鴨 오리 압. 踩 뛸 채. 밟다. 踩(cǎi. 밟을 선)과 通. 채수踩水(cǎi
shuǐ)는 입영立泳. 물속에서 발을 놀리다.

○ 鴨子凫水. ― 上面靜底下動.
　압 자 부 수　　　상 면 정 저 하 동

오리가 물에서 놀다. ― 윗몸은 고요하나, 아래에서는 움직

인다.

겉으로는 평정平靜하나 안보이는 노력이 많다. 鳧(fú) 오리 부.
헤엄치다.

5) 방법方法

모두가 타고난 제 밥을 갖고 있고(各人有各人的飯), 각자 자기
얼굴을 씻어 모양을 낸다(各人洗臉各人光). 각자 강을 건너갈 자
기의 뗏목을 가지고 있다(各人有各人過河的筏子. 筏 뗏목 벌). ─
각자 문제를 해결할 방법이나 길을 가지고 있다. 곧 모두가 벌어
먹고 사는 길이 있다.

(일하는) 소는 볏짚을 먹고, (노는) 오리는 곡식을 먹는다(牛吃
稻草鴨吃穀). ─이처럼 사람 팔자도 다 정해진 것이다.

동쪽 집은 불을 켜고(東家點燈), 서쪽 집은 어둠 속에 앉아있다
(西家暗坐). 먹고 입는 것은 집안 형편 따라 맞춰라(吃飯穿衣量
家當). 가난한 집 아이는 일찍 집안 일을 꾸려 나간다(窮人的孩子
早當家). 먹고 써버리니(吃過用過) 궁둥이만 남았다(剩個屁股,
거덜난 살림). 먹고 입어도 가난해지지는 않으나 계산이 안 맞으
면 가난해진다(吃穿不窮失算窮).

귀신 이야기를 하면 귀신이 나오고(說鬼鬼來), 사람을 말하면
사람이 오며(講人人到), 조조 이야기를 하면 조조가 곧 온다(講曹
操曹操就到).

사람을 쓴다면 그의 장점을 취하고(用人者取人之長), 단점을

버려야 한다(避人之短). 그 사람의 방법으로(以其人之道), 그 사람을 다스린다(還治其人之身). ―경쟁관계에 있는 상대방의 약점을 이용하여 상대방을 제압하다.

○背心朝前. ― 以進爲退.
　　배 심 조 전　　　이 진 위 퇴
등이 앞으로 가다. ― 전진하나 사실은 후퇴이다.
앞으로 나가지만 사실은 뒤로 빠진다. 배심背心은 등(背部). 朝는 ~으로 향하다.

○隔靴搔癢. ― 抓不到實處.
　　격 화 소 양　　　조 불 도 실 처
신발 밖에서 가려운 데를 긁다. ― 긁어야 할 곳에 닿지 못하다.
관건關鍵에 이르지 못하다. 隔 사이뜰 격. 靴 가죽신 화. 搔 긁을 소. 癢 가려울 양. 抓 잡을 조.

○林冲打洪教頭. ― 後發制人.
　　임 충 타 홍 교 두　　　후 발 제 인
임충이 홍교두를 공격하다. ― 나중에 움직여 남을 제압하다.
상대의 움직임을 보아 반격 제압하다. 임충이 시진柴進의 장원에서 홍교두와 무술을 다투며, 홍교두의 동작을 살펴 그의 동작이 흐트러지는 순간에 간단히 제압했다(《수호전》).

○蒙古大夫. ― 惡治.
　　몽 고 대 부　　　악 치
몽고인 의사. ― 험악하게 치료하다.
극약처방으로 일을 해결하다. 대부大夫(dài fu)는 의사醫生. 몽고인 의사는 주로 가축 질병을 치료하다 보니 독한 성분의 약을 대량으로 투입하기에 악치惡治라 하였다.

○ 剃頭師傅用錐子. ― 不是路數.
　　체 두 사 부 용 추 자　　　불 시 로 수

변발하는 이발사가 송곳을 쓰다. ― 바른 방법이 아니다.

방법이 아니다. 剃 머리 깍을 체. 사부師傅(shī fù). 학문 기예에 따위의 스승. 그 일에 숙달한 사람. 선생. 錐 송곳 추. 노수路數는 방법. 절차. 내막. 상황. 경력.

○ 圍棋盤裏下象棋. ― 不對路數.
　　위 기 반 리 하 상 기　　　불 대 로 수

바둑판에서 장기를 두다. ― 바른 방법이 아니다.

6) 법도法度

부부가 화합한 뒤에야 가정의 법도가 선다(夫婦和而後家道成).

사람을 도와준다 하여 꼭 하늘에 오르는 것도 아니고(扶人未必上靑天), 사람을 민다 하여 반드시 구렁텅이에 빠지는 것도 아니다(推人未必塡溝壑. 壑 산골짜기 학. 도랑. 구렁. 굴). 하늘에 올라갈 길이 없고(上天無路), 땅에 들어갈 문도 없다(入地無門). 하늘에 오르려면 구부러진 나무라도 있어야 하고(上天要有彎腰樹), 바다에 가려면 통나무배라도 있어야 한다(下海要有獨木舟).―무슨 일을 하려면 최소한의 도구라도 있어야 한다. 모든 일에는 일정한 법식이 있어야 한다(凡事要有規矩).

모든 점포가 각각 나름대로 다 바쁘고(三百六十行各爲各人忙. 行 늘어설 항. 가게. 도매상), 삼백육십 점포마다 모두 법도가 있다(三百六十行都有規矩).

○ 和尙吃猪頭. ─ 破戒.
　　화 상 흘 저 두　　파 계

화상이 돼지 머릿고기를 먹다. ─ 계율을 지키지 않다.

○ 兩王八拉双車. ─ 龜龜車車.
　　양 왕 팔 랍 쌍 차　　귀 귀 차 차

두 거북이가 두 수레를 끌다. ─ 거북이와 거북이, 수레와
수레.

왕팔王八은 거북이. 잡놈. 拉 끌어당길 랍(납). 龜(guī, 거북 귀)는
規(guī, 규칙)와 해음. 장기판의 車(jū)는 矩(jǔ, 법도 구)와 해음. 귀
차龜車는 규구規矩의 뜻.

○ 木匠忘了墨斗子. ─ 沒線了.
　　목 장 망 료 묵 두 자　　몰 선 료

목수가 먹줄 통을 잊어버렸다. ─ 직선이 없다.

사람이 일하면서 지켜야 할 법도를 잊어버리다.

○ 寫字不在行裏. ─ 出了格.
　　사 자 불 재 행 리　　출 료 격

글자가 줄 밖에 있다. ─ 격식에서 벗어났다.

언행이 허용된 범위를 벗어나다.

○ 修房不請掌墨師. ─ 沒規沒矩.
　　수 방 불 청 장 묵 사　　몰 규 몰 구

집 수리에 목수를 부르지 않았다. ─ 법도가 없다.

7) 연노年老

젊은 시절 부부가 늙어서는 친구다(少年夫妻老來伴).

태공太公은 80세에 문왕을 만났다(太公八十遇文王). 사람은 늙
어서라도 시운이 트여야 한다(人到老年時運旺). 늙어서 하향下鄕

은 축하해도, 버슬 시작은 축하하지 않는다(賀下不賀上). 왜냐면
그 끝이 어떠할지 알 수 없기 때문이다.

○ 老狗熊. ― 耍不了新玩藝.
　　노 구 웅　　　사 불 료 신 완 예

늙은 곰. ― 새로운 재주를 부리려 하지 않다.

나이가 들면서 신기술을 배우려 하지 않다. 구웅狗熊은 곰. 耍
희롱할 사. 흔들다. 要(구할 요)가 아니다. 玩 놀 완. 놀이하다.

○ 老猴兒爬旗杆. ― 不行.
　　노 후 아 파 기 간　　　불 행

늙은 원숭이를 깃대에 올라가게 하다. ― 올라가지 않다.

노쇠하여 할 일을 하지 않다. 爬 긁을 파. 기어오르다. 넘다.

○ 老蝗虫. ― 能吃不能幹了.
　　노 황 충　　　능 흘 불 능 간 료

메뚜기. ― 먹기만 하고 일은 하지 않다.

늙어 쓸모가 없다. 황충蝗蚱은 마책螞蚱. 메뚜기. 幹 줄기 간. 일.
맡은 일.

8) 응변應變

고양이가 개로 변할 수 없고(是猫變不得狗), 아무리 많이 변해
도 그 본질에서 벗어나지 않는다(萬變不離其宗). 하늘이 바뀌고
땅이 바뀌어도(變天變地), 밥을 먹고 옷을 입는 것은 바뀔 수 없
다(變不了吃飯穿衣).

급하게 오는 비는 빨리 갠다(快雨快晴). 급히 서두르면 변고가
일어난다(急則生變). 사람이 다급해지면 꾀가 나오고(人急生計),

위기에서는 큰 힘을 쓴다(人急力大). 사정이 바뀔 때 인심을 알 수 있다(事變知人心). 오래 일하다 보면 인심을 알 수 있다(事久見人心).

하늘에 구름이 없으면 비가 오지 않고(天上無雲不下雨), 땅 위에 사람이 없으면 일을 이룰 수 없다(地上無人事不成). 하늘의 풍운은 예측할 수 없듯(天上風雲莫測), 인간사도 순식간에 변한다(人事瞬息變化).

사람의 운이 트이면(人走了紅運) 황토가 황금으로 변하나(黃土變成金), 때가 아니면 운도 트이지 않나니(時不至來運不通), 물 속의 달을 건지듯 한바탕 헛수고로다(水中撈月一場空. 撈 잡을 로. 건져내다). 쉽게도 뒤집어지는 황하의 강물(易反易覆黃河水), 쉽게 변하고 화내는 여인의 마음(易變易怒婦人心).

○猫眼. ─ 看時候變.
　묘 안　　　간 시 후 변

고양이 눈. ─ 보는 사물에 따라 변한다.

조건에 따라 상응하여 변한다. 時候(shíhou, 시후). 시간, 때.

○上山打柴, 過河脫鞋. ─ 到哪裏, 說哪裏的話.
　상 산 타 시　과 하 탈 혜　　도 나 리　설 나 리 적 화

산에 가서는 나무를 하고, 냇물을 건널 때는 신발을 벗는다. ─ 어디에 가든 거기에 맞는 말을 해야 한다.

상황에 따라 변화하고 적응해야 한다. 문제에 따라 필요한 조치를 취하다. 柴 땔나무 시. 鞋 신발 혜. 짚신.

○瞎子拜年. ─ 就地歪.
　할 자 배 년　　취 지 왜

장님이 세배를 하다. ― 땅에 엎드리다.

상황에 따라 처신處身하다. 歪 비뚤 왜. 기울어지다. 여기서는 몸을 굽히다.

○ 棗木棒槌. ― 一對.
　　조 목 봉 퇴　　　　일 대

대추나무 방망이. ― 한 짝.

두 사람의 성질이나 생각이 엇비슷하다. 棗 대추 조. 조목棗木은 목질이 단단하다. 棒 몽둥이 봉. 槌 망치 퇴.

나. 일방一方 외

1) 일방一方

그곳 풍토는 그곳 사람을 길러낸다(一方水土養一方人). 곧 풍토가 달라지면 사람도 변한다. 물 가까이 사는 사람은 물고기의 특성을 잘 알고(近水知魚性), 산에 사는 사람은 새의 울음소리를 구별한다(近山識鳥音). ―사는 터가 선생이다.

산 하나에 호랑이 한 마리(一座山頭一隻虎). ―일정 지역에 그 지역 토착세력이 있다. 호랑이는 산을 떠나지 않고, 용은 바다에서 떠나지 않는다(虎不離山龍不離海). 불에 가까이 있으면 먼저 타고(近火的先焦. 焦 그을릴 초. 탄내나다), 물에 가까우면 먼저 빠진다(近水者先淹).

○ 木匠的斧子. ― 一面劈.
　　목장적부자　　　일면벽

목수의 도끼. ― 한쪽만 깎는다.

언행이 한편으로만 집중하다. 劈 쪼갤 벽. 깨트리다.

○ 蛇鑽窟窿. ― 顧前不顧後.
　　사첩굴룽　　　고전불고후

뱀이 굴을 파다. ― 앞만 살피고 뒤를 살피지 않다.

목전目前의 현상에 급급하여 전체를 생각하지 못하다. 鑽 족집
게 첩. 집게 겸. 파고들다. 鑽(끌 찬)과 同. 굴룽窟窿은 굴. 구멍.

○ 燒火棍拔火. ― 一頭桶.
　　소화곤발화　　　일두통

부지깽이로 불을 피우다. ― 한통속이다.

하나만 주의하고 다른 면은 소홀하다. 棍 몽둥이 곤. 소화곤燒火
棍은 부지깽이. 발화拔火는 불을 피우다. 桶 물건을 담는 통. 용
기容器.

○ 屬野鷄的. ― 顧頭不顧腚.
　　속야계적　　　고두불고정

꿩과 같은 사람. ― 머리만 처박고, 엉덩이는 감추지 못한다.

수미首尾를 동시에 생각하지 못하다. 야계野鷄는 꿩(山鷄). 밤거리
매춘부. 顧 돌아볼 고. 인도하다. 방문하다. 돌보다. 腚 볼기 정.

○ 螳螂捕蟬. ― 不顧身後.
　　당랑포선　　　불고신후

사마귀가 매미를 잡다. ― 자신의 뒤를 생각하지 못하다.

○ 王小二做買賣. ― 盡打如意算盤.
　　왕소이주매매　　　진타여의산반

왕소이의 장사. ― 자신의 생각대로만 예상하다.

좋은 일면만 고려하고 실패를 계산하지 못하다. 소이小二는 여
관이나 술집의 심부름꾼. 산반算盤은 수판. 주산珠算. 타산반打

算盤은 수판을 놓다. 계산하다. 기대하다.

2) 조리條理

일을 헤아려 보고 일을 시작한다(看事做事). 음식 양을 헤아려 밥을 먹고(看菜吃飯), 몸을 살펴 옷을 재봉한다(量體裁衣). 사람을 봐가면서 요리를 내오며(看人下菜碟兒), 손님 수에 따라 국수를 삶고(看客下麵), 부처를 보고 향을 피운다(看佛燒香).

보는 거야 쉽지만 일을 해내기는 어렵고(看看容易做做難), 산을 바라보기에 쉽지만 오르기는 어렵다(看山容易上山難). 강물을 보면 넓이만 알지 깊이는 모르고(看水知寬不知深), 물이 아무리 넘친다 해도 오리 등을 덮을 수 없다(水再漲掩不過鴨背).

길은 사람이 만들었고(路是人開的), 나무는 사람이 심은 것이다(樹是人栽的). 수레가 산 밑에 이르면 반드시 길이 있다(車到山前必有路). 배가 다리 아래를 지날 때는 돛을 내린다(船過橋下自落帆).

○城門裏扛竹竿. ─ 直進直出.
　　성 문 리 강 죽 간　　　직 진 직 출
성문으로 긴 대나무 장대를 메고 가다. ─ 직선으로 들어가고 직진으로 나온다.
사리事理에 따라 반듯하게 처리하다. 扛 들 강. 메다. 지다.

○剝蔥. ─ 一層層剝皮.
　박 총　　　일 층 층 박 피
파 껍질 벗기기. ─ 한 겹 한 겹 껍질을 벗긴다.

한 걸음 한 걸음 계획대로 진행하다. 剝 벗길 박. 蔥 파 총(채소
이름).

○ 瞎子走路. ─ 一步步的來.
　할 자 주 로　　　일 보 보 적 래

소경이 길을 가다. ─ 한 걸음 한 걸음씩 오다.

일이 순차적으로 진행되다.

○ 婆娘做鞋. ─ 一針一線往前錐.
　파 낭 주 혜　　　일 침 일 선 왕 전 추

아주머니가 신발을 만들다. ─ 한 바늘 한 줄씩 찔러 나간다.

파낭婆娘(pò niáng)은 기혼의 젊은 여인. 做(zuò) 지을 주. 作과
通. 鞋 신발 혜. 錐 송곳 추. 追(zhuī)와 해음.

○ 新媳婦進帳. ─ 要慢慢來.
　신 식 부 진 장　　　요 만 만 래

새 신부가 침상 휘장 안에 들어오다. ─ 천천히 들어오다.

성급하게 처리하지 않고 순서에 따라 진행하다. 媳 며느리 식.
식부媳婦(xí fù)는 며느리. 손 아래 친척 사람의 아내. 색시. 새댁.
帳 침상의 휘장 장. 慢 게으를 만. 만만慢慢은 천천히. 느릿느릿.

3) 준비準備

도끼를 간다고 나무꾼의 일이 잘못되지 않는다(磨斧不誤砍柴
工).─준비하는 시간만큼 늦어지는 것은 아니다. 먼저 도랑을 치
고 나중에 물을 흘러보내고(先挖渠後放水. 挖 더듬어 후벼낼 알),
물이 닥치지 않았을 때 먼저 둑(제방)을 쌓다(水不來先壘壩. 壩
방죽 패).

모든 일은 사람의 계산과 같지 않다(萬事不如人計算). 만사가

다 준비되었지만 다만 동풍이 빠졌다(萬事具備只缺東風). 모든 일에 준비가 있으면 성공하지만(凡事豫則立), 준비가 없으면 실패한다(不豫則廢).

높이 난 만큼 멀리 나아간다(飛多高 進多遠). 준비가 있으면 재난이 없고(備而無患), 재난이 닥쳐도 걱정이 없다(來而無防). 불 갈고리가 길면 손을 데지 않는다(火棍長了不燙手).

○大姑娘裁尿布. — 閑時做下忙時用.
　대 고 낭 재 뇨 포　　　한 시 주 하 망 시 용

큰딸이 기저귀를 만들다. — 한가할 때 준비하여 바쁠 때 사용하다.

한가할 때 미리 준비하다. 대고낭大姑娘은 큰딸. 나이 든 처녀. 尿는 오줌 뇨. 忙 바쁠 망.

○鷄叫頭遍就上路. — 赶得早.
　계 규 두 편 취 상 로　　간 득 조

첫 닭이 울 때 길을 떠나다. — 일찍 도착하다.

○晴天打傘. — 有備無患.
　청 천 타 산　　유 비 무 환

맑은 날에 우산을 준비하다. — 준비가 되면 걱정이 없다.

傘 우산 산.

○三歲孩子買棺材. — 早做準備.
　삼 세 해 자 매 관 재　　조 주 준 비

세 살 먹은 아이가 관棺을 사다. — 일찍 준비하다.

준비 작업을 너무 일찍 시작하다. 孩 어린아이 해.

4) 착실着實

마음이 급하면 뜨거운 죽을 먹지 못한다(心急吃不得熱粥). 마음이 급하면 사람을 기다리지 못하고(心急等不得人. 等 가지런할 등. 기다리다), 성급하면 고기를 낚지 못한다(性急釣不得魚).

밑이 뾰족한 병은 서있지 못하고(尖底瓶子坐不住), 달리는 말에서는 삼국지를 읽지 못하며(跑馬看不得三國), 한줌 불로는 솥밥을 익힐 수 없다(一把火煮不熟一鍋飯).

마음이 성실하면 영험을 얻고(心誠則靈), 뜻이 진실하면 도움을 받는다(意實則應).─지성至誠이면 감천感天이라 했다.

○雪地裏走路. ─ 一步一個脚人.
　　설 지 리 주 로　　　　일 보 일 개 각 인
눈 내린 길을 가다. ─ 한 발에 발자국 하나.
착실하게 일을 진행하다.

○穿釘鞋走泥路. ─ 一步步落實.
　　천 정 혜 주 니 로　　　일 보 보 락 실
못이 박힌 신발을 신고 흙길을 가다. ─ 걸음마다 자국이 남다.
모든 일을 착실하게 처리하다. 穿(chuān) 뚫을 천. 입다. 신다.
泥 진흙 니.

○砍倒樹摸雀崽兒. ─ 照穩當裏辦.
　　감 도 수 모 작 재 아　　　조 온 당 리 판
나무를 베고 참새 새끼를 꺼내다. ─ 온당하게 처리하다.
일을 차분하게 처리하다. 砍 벨 감. 베어내다. 摸 찾을 모. 더듬다. 崽(zǎi) 새끼 재. 자식 사.

○ 摸着石頭過河. ― 求穩當.
　　모 착 석 두 과 하　　구 온 당

돌을 더듬어가며 내를 건너다. ― 온당 착실하다.

○ 牛毛細雨. ― 點點入地.
　　우 모 세 우　　　점 점 입 지

소털처럼 가는 비. ― 모두 땅에 스며들다.

5) 철저徹底

　말 한 마디는 만금의 가치가 있고(一言値萬金), 한번 승낙은 천금보다도 무거우니(一諾重千金), 이미 한번 정해진 말은 천금을 준다 해도 바꿀 수 없다(一言已定千金不移). 말 한 마디가 부실하다면 모든 일이 허사이니(一言不實百事皆虛), 대장부가 뱉은 말 한 마디는(大丈夫一言出口), 천을 검게 물들인 것과 같다(如白染皂. 皂 하인 조. 皁의 속자. 검다. 검은 비단).

　처음부터 끝까지(一五一十), 일一은 일一이고, 이二는 이二이다(一是一二是二). 그러면서 하나이면서 둘이고, 둘이면서 하나이다(一而二二而一). 곧 형식은 다르지만 본 뜻은 같다.

　처음이 실수라면, 두 번째는 고의이다(一是誤二是故). 떨어진 물 한 방울에 거품 하나 생긴다(一點水一個泡). 사나이는 손을 쓸지언정 입을 놀리지는 않는다(男子漢動手不動口). 곧 말보다 실천을 중시한다.

○ 牽牛下水. ― 六脚全濕.
　　견 우 하 수　　　육 각 전 습

소를 끌고 물에 들어가다. ― 6개의 다리가 모두 젖는다.

여러 사람이 함께 일을 진행하다. / 다른 사람을 골탕 먹이려면

자신도 먼저 손해를 보게 된다. 牽 당길 견. 濕 젖을 습.

○打破沙鍋. ― 問到底.
　타 파 사 과　　　문 도 저

뚝배기를 깨트리다. ― 끝까지 캐묻다.

끝까지 추궁하다.

○小麻雀吃米. ― 一乾二淨.
　소 마 작 흘 미　　　일 건 이 정

작은 참새가 쌀알을 먹다. ― 깨끗하다.

마작麻雀은 참새. 건정乾淨(gān jìng)은 깨끗하다. 깔끔하다. 모조

리. 일건이정一乾二淨(yī gān èr jìng)은 깨끗이. 모조리. 깡그리.

一 ~ 二~ = ~하고 ~하다. 강조하는 형식. 예) 일청이백一淸二

白(매우 결백하다). 일청이초一淸二楚(매우 분명하다).

○雜貨店掌櫃. ― 什么都賣.
　잡 화 점 장 궤　　　십 요 도 매

잡화점의 주인. ― 무엇이든 모두 팔다.

무슨 재주든 모두를 전수傳授하다. 櫃 궤짝 궤, 곤 궤. 금고. 장

궤掌櫃(zhǎng guì)는 점포의 주인. 사장社長.

○鄉下人請客. ― 一碗一碗全把出來.
　향 하 인 청 객　　　일 완 일 완 전 파 출 래

시골 사람의 잔치. ― 음식 하나하나 모두 내오다.

사정을 하나하나 모두 설명하다. 청객請客은 손님을 초청하다.

한턱내다. 잔치하다. 碗 사발 완. 그릇.

6) 퇴축退縮

하늘도 땅도 따라주지 않으니(天不響地不應), 앞으로 나아가자니 길이 없고(前走無路), 물러나자니 문이 없다(後退無門).

정기正氣를 배양하면 사기邪氣는 저절로 물러난다(養正邪自退). 마음이 바르면 사악을 두려워하지 않고(心正不怕邪), 가는 길이 바르다면 뱀을 두려워하지 않는다(路正不怕蛇).

쉽게 차고 쉽게 빠지는 산골짜기의 물처럼(易漲易退山澗水), 진도가 빠른 사람은 틀림없이 물러남도 빠르다(其進銳者其退速).—빨리 뜨거워지면 빨리 식는다.

늦게 일어나면 시어머니한테 꾸중을 듣고(起晚了得罪公婆), 일찍 일어나면 서방한테 꾸중을 듣는다(起早了得罪丈夫).—진퇴양난進退兩難, 진퇴실거進退失據는 몸둘 데가 없다.

○ 過河的卒子. — 只能進不能退.
　　과 하 적 졸 자　　　지 능 진 불 능 퇴

過了河的卒子. — 沒後路.
　과 료 하 적 졸 자　　　몰 후 로

卒子過河. — 難以回頭.
　졸 자 과 하　　　난 이 회 두

물을 건너간 졸병. — 진격만 가능하고 후퇴할 수 없다.

경계를 넘은 졸후. — 후퇴 길이 없다.

졸卒이 강을 건넜다. — 회군할 수 없다.

장기판의 졸卒은 전진만 가능하고 머리를 돌려 후퇴할 수 없다.

○ 火燒牛皮. — 回頭卷.
　　화 소 우 피　　　회 두 권

불로 소 가죽을 태우다. — 되돌아 말린다.

타격을 받아 크게 위축되다. 회두回頭(huí tóu)는 고개를 돌리다.
되돌아오다. 조금 있다가. 잠시 뒤에(副詞). 卷 (원통형으로) 말
권. 감다. 걷다. 말아올리다. 두루마리. 롤(roll).

○脚底上擦油. — 溜了.
　각 저 상 찰 유　　유 료

　脚後跟抹油. — 向後轉.
　각 후 근 말 유　　향 후 전

발바닥에 기름칠을 했다. — 슬그머니 빠져나갔다.

발 뒤꿈치에 기름을 발랐다. — 뒤로 돌아서다.

후퇴하거나 도망치다. 擦 비빌 찰. 문지르다. 抹 바를 말. 바르
다. 칠하다.

○壞人對壞人. — 以毒攻毒.
　괴 인 대 괴 인　　이 독 공 독

악인과 악인의 대결. — 독毒으로 독毒을 공격하다.

7) 호응呼應

사람 마음이 각자 다르듯(人心不同), 사람 얼굴 역시 다르다
(各如其面). 인정人情과 세태世態란 본디 차갑다가도 따뜻하고(人
情冷暖), 덥다가도 서늘하듯 변화무쌍하다(世態炎凉). 사람의 마
음은 본디 좋지만(人心本好) 재물만 보면 바로 변한다(見財卽
變). 십 리에 기풍이 다르고(十里不同風), 백 리에 습속習俗이 다
르다(百里不同俗).

선악에 따른 응보는(善惡應報), 그림자가 본체를 따라다니는
것과 같다(如影隨形). 부귀는 하늘의 뜻에 있지만(富貴在天), 선

악은 내 의지에 있다(善惡在我). 선악에는 반드시 보답이 있는데
(善惡必報), 빠르거나 늦거나 때가 있을 뿐이다(遲速有期).

도리에 맞으면 많은 도움을 받고(得道多助), 도리에 맞지 않으
면 도움이 적다(失道寡助). 곧 옳은 일은 여러 사람의 호응을 받
는다. 평생에 말수가 적은 사람은(平生最愛語無舌), 온 천하를 돌
아다녀도 시빗거리가 없다(游遍江湖少是非).

하늘에서 추락하는 용이 없듯(天上應無墜落龍), 땅에서 굶어
죽는 벌레 없다(地下應無餓殺虫).

소라고 부르면 소처럼 응대하고(呼牛應牛), 말이라고 부르면
말처럼 대응한다(呼馬應馬).

산 너머 또 청산이, 누각 저 멀리 또 누각이 있다(山外青山樓外
樓).

○ 兩驢啃痒痒. ― 一替一口.
　　양 려 습 양 양　　일 체 일 구

나귀 두 마리가 가려운 데를 핥아주다. ― 서로를 입으로
핥아주다.

驢 나귀 려. 啃 씹을 습. 씹다. 입으로 뜯다. 물어뜯다. 痒 앓을
양, 가려울 양. 양양痒痒은 가렵다. 근질근질하다. 替(tì) 바꿀 체.
~를 위하여, ~ 때문에.

○ 敲戰鼓的槌兒. ― 緊緊配合的老一對子.
　　고 전 고 적 퇴 아　　긴 긴 배 합 적 로 일 대 자

전고를 치는 큰 북채. ― 아주 어울리는 오래된 짝이다.

쌍방이 잘 맞아 협조하다. 敲 두드릴 고. 북을 치다. 槌 망치 퇴

(추). 緊 굳게 얽어맬 긴. 긴긴緊緊은 단단하다. 팽팽하다. 빡빡하다.

○ 蕎麥地裏種蘿卜. ― 搭配得當.
　　교 맥 지 리 종 라 복　　탑 배 득 당

메밀 밭 사이에 무를 심다. ― 안배가 적당하다.

양쪽의 배합이 아주 좋다. 蕎 메밀 교. 麥 보리 맥. 교맥蕎麥은 메밀. 척박한 땅에서도 잘 자란다. 種 종자 종. 심다. 라복蘿卜(luó bǔ)은 무(채소 이름). 탑배搭配(dā pèi)는 배합하다. 조합하다. 짝을 이루다.

○ 歪鍋配偏竈. ― 一套配一套.
　　왜 과 배 편 조　　일 투 배 일 투

구석진 부엌에 찌그러진 솥. ― 서로 맞는 꼴.

두드러진 단점이나 결점이 엇비슷하게 맞다. 歪 비뚤 왜. 찌그러지다. 鍋 솥 과. 偏 치우칠 편. 외지다. 竈 부엌 조. 套 덮개 투. 방법. 관습. 형태. 씌우다.

○ 瞎子賣藝. ― 你拉我唱.
　　할 자 매 예　　니 랍 아 창

소경들이 공연하다. ― 한 사람은 잡아 이끌고, 한 사람은 노래하다.

상호 적절한 배합에 관계가 밀접하다. 매예賣藝는 재주를 부려 돈을 벌다.

8) 기타其他

왕후장상은 본래 씨가 없다(王候本無種). 사내라면 스스로 노력해야 한다(男兒當自强).

바닷물은 말(斗)로 헤아릴 수 없다(海水不可斗量). 그러나 바닷

물도 바가지로 퍼낸다면 퍼낼 수 있다(大海可住瓢舀. 舀 퍼낼 요).

배는 선창에 대고, 차는 정류장에 들어간다(船到碼頭車到站).
모든 길은 장안으로 통한다(處處有路通長安). -어떤 방법으로든
목적을 달성해야 한다.

배우려면 부지런히, 순서대로 점차 나아가야 한다(學習要勤
順序漸進). 먼저 수박을 잡고(先抓西瓜) 나중에 참깨를 줍는다
(後抓芝麻). 눈썹과 수염을 한꺼번에 움켜쥐다(眉毛鬍子一把
抓).-일의 경중이나 차례를 모르다.

사람 사는 데는 체면이, 나무가 살려면 껍질이 있어야 한다(人
活臉樹活皮). 사람이 체면을 안 차리고(人沒臉) 나무가 껍질이
없다면(樹沒皮), 무슨 수를 써도 고치지 못한다(百法難治).

○跛子走路. — 走不快.
　　파 자 주 로　　　주 불 쾌

절음발이가 길을 가다. — 빨리 걷지 못하다.

일의 처리에 효율성이 떨어지다. 跛 절뚝발이 파.

○吃了醉藥. — 走不穩.
　　흘 료 취 약　　　주 불 온

취하는 약(술)을 먹었다. — 걸음걸이가 불안하다.

매사에 실수가 많다. 醉(zuì) 취할 취. 취약醉藥은 술. 취옹지의부
재주醉翁之意不在酒.

○騎驢擔擔子. — 全在驢身上.
　　기 려 담 담 자　　　전 재 려 신 상

짐을 멘 채로 나귀를 타다. — 모두가 나귀에 실렸다.

모든 일이 한 사람에게 집중되다. 擔 멜 담.

○ 屬算盤珠子的. ― 拔一下動一動.
_{속 산 반 주 자 적　　　발 일 하 동 일 동}

주판알 같은 사람. ― 한번 손대어야 한번 움직이다.

아주 수동적이라서 스스로 움직이지 않는 사람.

○ 去了暑的莊稼. ― 沒什么掙扎頭了.
_{거 료 서 적 장 가　　　몰 십 요 쟁 찰 두 료}

더위가 지난 농가. ― 특별히 시간을 다툴 일이 없다.

중년이 지난 사람은 특별히 오래도록 할 일이 없다. 장가莊稼(庄稼)는 농작물. 주로 곡물을 지칭. 십요什么(甚么, shénme)는 어떤, 무슨. 의문을 표시. 么 작을 요. 幺의 속자. 扎(zhā, 紮) 묶을 찰, 뺄 찰. 동여매다. 침이나 가시로 찌르다. 묶음. 札의 속자. 掙 찌를 쟁. 쟁찰掙扎은 힘써 버티다. 발악하다.

3. 사태事態

가. 견제牽制 외

1) 견제牽制

소를 끌려면 소의 코뚜레를 잡아당겨야 한다(牽牛要牽牛鼻子. 牽 당길 견, 끌다).

머리카락 하나를 당기면 온몸이 끌려온다(牽一髮而動全身). ─ 큰 약점을 잡혔다. 중요한 일부분이 전체에 영향을 준다.

하나를 당겨 모든 것을 움직이니 맥과 맥이 서로 통하다(牽一動萬脈脈相通). 남을 물에 빠뜨리려면 내가 먼저 발을 적셔야 한다(扯人下水先打濕脚). 끌어도 오지 않고 때리면 뒤로 물러난다(牽着不走打着倒退). ─ 좋고 나쁜 것을 몰라 고집을 부리며 따르지 않다.

○ 案板上的蛤蟆. ─ 任剁.
　안 관 상 적 합 마 　　임 타

案板上的肉. ― 隨人割.
안 판 상 적 육　　수 인 할

판자 위의 개구리. ― 마음대로 찌르다.

도마 위의 고기. ― 사람 마음대로 자르다.

연약하여 사람마다 무시하다. 蛤 두꺼비 합. 蟆 두꺼비 마. 합마蛤蟆는 개구리나 두꺼비 종류의 총칭. 任 맡길 임. 마음대로. 剁자를 타. 썰다.

○ 半天雲裏的風箏. ― 半點不由己.
반 천 운 리 적 풍 쟁　　반 점 불 유 기

허공에 뜬 연. ― 조금도 마음대로 날 수 없다.

조금의 자유도 없이 조종이나 견제를 받다. 풍쟁風箏은 지연紙鳶(풍연風鳶).

○ 大路的小石頭. ― 踢過來, 踩過去.
대 로 적 소 석 두　　척 과 래　채 과 거

큰길의 작은 돌. ― 이리 차이고, 저리 차인다.

많은 사람들에게 무시당하고 천대받다. 踢 발로 찰 척. 踩 뙬채. 밟히다.

○ 關在籠子裏的鷄. ― 受什么時候牽, 就什么時候宰.
관 재 롱 자 리 적 계　　수 십 요 시 후 견　취 십 요 시 후 재

조롱에 갇힌 닭. ― 언제든지 끌려나가, 언제든지 요리된다.

사람 마음대로 죽여 요리하다. 십요什么(甚么, shénme)는 어떤, 무슨. 의문을 표시. 么 작을 요. 幺의 속자. 시후時候(shí hou) 시간, 때. 宰(zǎi) 재상 재. 주관하다. 가축을 도살하다.

○ 騎在老虎背上. ― 身不由己.
기 재 노 호 배 상　　신 불 유 기

호랑이 등에 올라타다. ― 내 몸을 마음대로 할 수 없다.

○ 孫猴子的筋斗雲. ― 跳不出如來佛的手掌.
손 후 자 적 근 두 운　　도 불 출 여 래 불 적 수 장

손오공의 근두운. ― 여래의 손바닥을 벗어날 수 없다.

손후자孫猴子는 손오공孫悟空. 筋 힘줄 근(觔과 同). 처박히다. 斗는 자루. 근두운觔斗雲은 손오공이 비행飛行할 때 타는 구름. ―한번에 10만 8천 리를 날아갈 수 있다. 跳 뛸 도. 달아나다.

○ 張天師被媳打. ― 有法無處使.
　　장 천 사 피 식 타　　　유 법 무 처 사

장천사가 아내한테 얻어맞다. ― 법술法術이 있어도 쓸데가 없다.

장천사張天師는 중국 도교道敎 정일도正一道(天師道)의 역대 지도자를 지칭. 도사道士 중 가장 존귀한 사람.

2) 계획計劃

하루의 계획은 새벽에 세우고(一日之計在於晨), 일 년의 계획은 봄에 세운다(一年之計在於春).

1년 고생에 복은 십 년이고(一年辛苦十年福), 십 년 고생에 백 년 복을 누린다(十年辛苦百年福).

인생에 먼 앞날을 내다본 계획이 없다면(人無千日計), 늙었을 때 모든 것이 공허하다(老至一場空). 평생을 살아갈 계책은 근면이고(一生之計在於勤), 일가의 계책은 화합뿐이다(一家之計在於和).

1년 계획으로는 곡식 농사만 한 것이 없고(一年之計莫如樹穀), 10년 계산이라면 나무 심는 일만 한 것이 없으며(十年之計莫如樹木), 평생 계책으로는 인재를 키우는 일만 한 것이 없다(終身之計

莫如樹人).

○ 登着梯子上天. ― 沒門兒.
　　등 착 제 자 상 천　　　몰 문 아

사다리를 올라가 상천上天하다. ― 들어갈 문이 없다.

근본적으로 불가능한 일. 梯 사다리 제.

○ 豆腐掉進灰堆裏. ― 吹, 吹不得, 打, 打不得.
　　두 부 도 진 회 퇴 리　　　취　취 불 득　타　타 불 득

두부가 잿더미에 떨어지다. ― 불어도 안 되고, 털어도 안
된다.

어떤 방법을 써도 할 수 없는 일.

○ 和尙的腦殼. ― 沒髮.
　　화 상 적 뇌 각　　　몰 발

尼姑頭上揷花. ― 沒髮.
　　니 고 두 상 삽 화　　　몰 발

중의 머리통. ― 머리카락이 없다. / 방법이 없다.

여승의 머리에 꽃을 꽂다. ― 머리카락이 없다.

어쩌지도 못하는 일. 腦 뇌 뇌. 머리. 殼 껍질 각. 뇌각腦殼은 머
리통. 髮 터럭 발. 머리카락. 髮(fà)은 法(fǎ)과 해음.

○ 叫化子丟了猴猴了. ― 沒得弄的.
　　규 화 자 주 료 손 후 료　　　몰 득 롱 적

거지가 원숭이를 잃어버렸다. ― 재주 부릴 방법이 없다.

대응할 방법이나 어찌할 도리가 없다. 丟 잃어버릴 주. 丢의 속자.

○ 孫悟空碰着如來佛. ― 毫無辦法.
　　손 오 공 팽 착 여 래 불　　　호 무 판 법

손오공이 여래불을 만나다. ― 방법이 전혀 없다.

손오공이 10만 8천 리를 날아갔지만 여래불의 손바닥을 벗어나
질 못하고 다시 오행산五行山에 갇힌다.

3) 구별區別

한 가문에도 충신과 간신이 있고(一門有忠奸), 형제에는 머리
가 좋고 나쁜 차이가 있다(兄弟分涇渭). 한 어미의 자식이라도 어
리석고 현명한 차이가 있고(一母之子有愚賢之分), 한 나무의 열
매라도 신 것과 단 것의 구별이 있다(一樹之果有酸甛之別). 콩과
보리를 구별하지 못하고(不辨菽麥, 숙맥), 세상 물정을 모르는 서
생(白面書生), 거기에 사지가 게으른데다가(四體不勤) 오곡도 구
분하지 못하다(五穀不分). -노동도 모르고 생활상 기본 상식도
모르다.

염라대왕 앞에는 늙은이와 젊은이 구별이 없다(閻王殿裏無老
少). 부처한테는 절하지 않고(見佛不拜), 도깨비에게는 머리를
숙인다(見鬼叩頭). -선인과 악인을 구분 못한다.

○ 王奶奶和汪奶奶比. ── 還差着幾點哪.
　　왕 내 내 화 왕 내 내 비　　　환 차 착 기 점 나

왕씨王氏와 왕씨汪氏 아줌마는 비슷하다. ── 그저 몇 개의
점이 다르다.

능력이나 결함에 큰 차이가 없다. 汪 깊고 넓을 왕, 성씨 왕.

○ 唱曲兒的改字兒. ── 沒甚么大分別.
　　창 곡 아 적 개 자 아　　　몰 심 요 대 분 별

노래하면서 글자를 바꿔 부르다. ── 별다른 차이가 없다.

심요甚么(shénme, 什么)는 어떤, 무슨. 의문을 표시. 么 작을 요.
幺의 속자.

○ 打邊爐跟打屁股. ── 味道全兩樣.
　　타 변 로 근 타 비 고　　　미 도 전 량 양

난로의 겉과 엉덩이를 만지다. — 느낌은 전혀 다른 두 가지이다.

처지의 변화에 따른 대응이 서로 다르다. 邊 가장자리 변. 爐 화로 로. 跟(gēn) 발뒤꿈치 근. 따라가다. ~와(과) 동사의 대상을 말할 때, 또는 관계를 말할 때 사용. 비고屁股는 궁둥이. 미도味道는 맛. 느낌. 기분. 재미. 樣 모양 양.

○ 老鼠騎水牛. — 大的沒有小的能.
　노 서 기 수 우　　　대 적 몰 유 소 적 능

쥐가 물소를 타다. — 물소는 그럴 능력이 없다.

덩치 큰 사람은 작은 사람만큼 민첩하지 못하다.

○ 水牛走進象群裏. — 比比還是小弟弟.
　수 우 주 진 상 군 리　　비 비 환 시 소 제 제

물소가 코끼리 무리에 들어가다. — 비교하면 그래도 여전히 작은 동생이다.

물소가 다른 동물보다는 크지만 코끼리보다는 작다. 산외유산山外有山, 천외유천天外有天, 강수强手 중에도 강수强手가 있다.

4) 긍정肯定

게으른 사내는 굶어죽어도(餓得死懶漢), 가난한 사내는 굶어죽지 않고(餓不死窮漢), 큰 부자는 타고난 팔자지만(大富由命), 작은 부자는 부지런하면 된다(小富由勤). 부귀한 집이 관대하지 않다면(富貴家不肯從寬), 필히 뜻밖의 화를 당할 것이다(必遭橫禍).

모든 일에 인정을 베풀어야(凡事留人情) 뒷날 좋은 얼굴로 만날 수 있다(後來互相見). 매사에 기다릴 줄 알아야 한다(凡事都

要肯等). 오래 기다리면 반드시 좋은 일이 있다(久等必有一善).
—참는 자에게 복이 있다.

남자가 (여자보다) 두 살 많으면 날마다 황금이 늘어나고(男大
兩黃金日日長), 남자가 세 살 더 많으면 은전이 산처럼 쌓인다(男
大三銀錢堆成山). 차라리 남자가 열 살 많더라도(寧肯男大十),
여자가 한 살 많을 수 없다(不肯女大一).

○ 說出去的話, 潑出去的水. — 收不回來.
　　설 출 거 적 화　발 출 거 적 수　　수 불 회 래

말해 버린 이야기와 뿌려버린 물. — 다시 거둘 수 없다.

이미 이뤄진 일은 되돌릴 수 없다. 潑 물을 뿌릴 발.

○ 白紙落在墨缸裏. — 淸白全無.
　　백 지 락 재 묵 항 리　　청 백 전 무

백지가 먹물 항아리에 떨어지다. — 흰 곳이 하나도 없다.

청백淸白한 사람이 악에 물들다. 缸 항아리 항.

○ 稱砣掉進大海裏. — 永世也浮不起來.
　　칭 타 도 진 대 해 리　　영 세 야 부 불 기 래

저울추가 큰 바다에 빠졌다. — 영원히 떠오르지 못하다.

○ 狗嘴巴上貼對聯. — 沒門.
　　구 취 파 상 첩 대 련　　몰 문

개의 주둥이에 대련을 붙이다. — 붙일 곳이 없다.

근본적으로 불가능한 일. 貼(tiē) 붙일 첩. 門은 문호門戶. 여기서
는 문로門路, 방법方法.

○ 冷鍋裏冒熱氣兒. — 不可能.
　　냉 과 리 모 열 기 아　　불 가 능

차가운 솥에서 뜨거운 김이 솟구치다. — 불가능한 일.

冒 무릅쓸 모. 갑자기 튀어나오다.

〇 胖子上山. ─ 該是落後的.
　　반 자 상 산　　　해 시 낙 후 적

뚱보가 산에 오르다. ─ 응당 뒤에 처지다.

이미 주어진 여건에서 목표 달성이 어렵다. 胖(pàng) 뚱뚱할 반.

〇 胖子不是一口吃的.
　　반 자 불 시 일 구 홀 적

뚱보는 밥 한끼에 뚱뚱해진 사람이 아니다.

〇 孫悟空打猪八戒. ─ 穩贏.
　　손 오 공 타 저 팔 계　　　온 영

손오공이 저팔계와 싸우다. ─ 응당 이기다.

일방적으로 이기다. 贏〔yíng. 남을 영. 이기다(반대는 輸 shū 수)〕. 퍼지다(반대는 縮 suō, 축. 줄어들다.)

5) 기세氣勢

큰소리 쳐야만 도리에 맞는 것은 아니다(有理不在聲高). 옳은 말을 하는 자는 기세가 당당하고(有理者氣壯), 그른 말을 하는 자는 기세가 꿇린다(無理者氣短). 이치에 합당하면 말에 스스로 힘이 들어가지만(有理言自壯), 이치에 꿇리면 목소리만 저절로 높아진다(負屈聲自高).

돌 하나가 천 겹의 물결을 일으키고(一石激起千層浪), 작은 돌멩이가 큰 항아리를 깨뜨린다(小石頭能打破大缸).

작은 불티 하나가 넓은 들판을 태울 수 있다(星星之火可以燎原). 불타는 넓은 들판의 뜨거운 불길(燎原烈火). 산속에 비가 오

려 하니 누각에 바람이 가득하다(山雨欲來風滿樓).─큰 사건이
터지기 전의 긴장 상황.

들불이 모두를 다 태우질 못하나(野火燒不盡), 봄바람이 불면
다시 살아난다(春風吹又生).─민초民草들의 강인한 생명력을 표
현함. 당唐나라 백거이白居易의 시구詩句.

사람이 많다 보면 천둥소리도 낸다(人多聲似雷). 사람이 많다
보면 (상대방의) 힘이 강해도 두렵지 않다(人多不怕力氣重). 많
은 사람이 방귀를 뀌면 넓적다리 바람을 일으킬 수 있다(人多放
屁添股風).

○大年三十的爆竹. ─ 乒乒乓乓.
　대 년 삼 십 적 폭 죽　　병 병 병 병

설달그믐날의 폭죽. ─ 핑핑 팡팡.

여러 소리가 한꺼번에 들리다. 대년大年은 풍년이 든 해. 음력
12월이 30일인 해. 대년삼십大年三十은 설달그믐. 乒(pīng) 탁구
핑(丿部 5획). 乓(pāng) 탁구 팡(丿部 5획). 乒乓(pīng pāng 핑팡)은
탁구. ping pong의 음역자音譯字.

○蛤蟆挂鈴鐺. ─ 鬧得歡.
　합 마 괘 령 당　　료 득 환

두꺼비가 방울을 흔들다. ─ 떠들며 좋아하다.

매우 시끄러운 상황. 蛤 두꺼비 합. 蟆 두꺼비 마. 합마蛤蟆는 개
구리나 두꺼비 종류의 총칭. 挂 걸 괘. 鈴 방울 령. 鐺 방울소리
당. 鬧 시끄러울 뇨.

○新出屉的饅頭. ─ 譙這股子熱哄勁兒.
　신 출 체 적 만 두　　초 저 고 자 열 홍 경 아

방금 찜통에서 꺼낸 만두. ── 그 판을 보면 뜨거운 열기가
크게 솟구치다.

어떤 기쁜 일이 있어 의기가 크게 솟아나는 모양. 屜(tì) 말 안장
체. 깔창. 서랍. 찜통. 침대 의자 등의 쿠션. 瞧 볼 초. 바라보다.
這 이것 저. 股 넓적다리 고. 고자股子는 가닥. 哄(hōng) 떠들썩
할 홍. 속이다. 勁 굳셀 경.

○ 硬弓拉朽弦. ── 斷了繃子.
　 경 궁 랍 후 현　　　　단 료 붕 자

센 활의 약해진 시위를 당기다. ── 줄이 끊어지다.

拉 당길 납(랍). 朽 썩을 후. 弦 시위 현. 繃 묶을 붕. 팽팽하게 잡
아당기다. 억지로 버티다.

6) 긴급緊急

사람이 다급하면 말도 빠르지 않다(人急馬不快). 병이 다급하
면 아무 의사나 마구 부른다(病急亂投醫). 급한 일일수록 천천히
해야 한다(急事宜緩辦). 처음에는 바짝 서둘다가 다음으로는 슬
슬하다가 마지막에는 포기한다(一緊二慢三罷休). 고양이도 급히
서두르면 쥐를 잡지 못하고(猫急逮不到耗子), 사람이 서두르면
일을 잘 마무리하지 못한다(人急辦不了好事).

의원에게 묻는다면 약이 있다 하고(問着醫生便有藥), 무당에
게 물으면 귀신이 있다고 한다(問着師娘便有鬼). 약을 먹을 때 의
사에게 거짓말을 하지 말라(吃藥不瞞郎中).

화내지 말라(不要氣), 걱정하지 말라(不要腦). 화내고 걱정하
면 쉽게 늙는다(氣氣腦腦人易老).

○ 火燒眉毛. ─ 急上加急.
　화 소 미 모　　　급 상 가 급

눈썹에 불이 붙었다. ─ 급한데 더 급한 일.

형세가 매우 긴급하다.

○ 搭在弦上的箭. ─ 一觸即發.
　탑 재 현 상 적 전　　　일 촉 즉 발

시위에 얹힌 화살. ─ 한 번 건드리면 즉시 나간다.

매우 긴장된 상황에서 바로 새로운 사태가 발생하다. 搭 올라

탈 탑. 얹히다. 弦 시위 현. 箭 화살 전. 觸 닿을 촉.

○ 熱火乾柴. ─ 一觸即燃.
　열 화 건 시　　　일 촉 즉 연

뜨거운 불에 마른 장작. ─ 한 번 붙으면 바로 탄다.

○ 箭在弦上. ─ 不能不發.
　전 재 현 상　　　불 능 불 발

시위에 얹힌 화살. ─ 쏘지 않을 수 없다.

○ 硫黃見火. ─ 沒有不着的.
　유 황 견 화　　　몰 유 불 착 적

유황에 불이 붙다. ─ 불붙지 않을 수 없다.

硫 유황 유. 광물의 일종.

○ 强盜打搶. ─ 一刻延誤不得.
　강 도 타 창　　　일 각 연 오 불 득

강도가 노략질을 하다. ─ 한시라도 꾸물대거나 잘못될 수
없다.

사정이 긴급하여 꾸물댈 수 없다. 搶 부딪칠 창. 충돌하다. 타창
打搶은 강탈하다.

7) 난처難處

조금이라도 늦출 수 있는 데까지 늦추다(挨一時是一時).－견딜 수 있을 때까지 버티다.

욕설은 지나가는 바람이고(罵的風吹過), 때린다 해도 아프지 않다(打的不下痛).－초연한 태도.

염라대왕 코밑에서 움츠리고 산다(拱在閻王鼻子底下過日子). －가난해서 죽기 직전이다.

다른 사람은 칼과 도마이고(人爲刀俎), 나는 생선이나 고기이다(我爲魚肉).－도마에 오른 고기, 어쩔 수 없는 운명. 생사가 남의 손에 달렸다.

○ 赤手空拳捧住了一盆火. ― 放沒放處, 擱沒擱處.
　　적 수 공 권 봉 주 료 일 분 화　　　방 몰 방 처　각 몰 각 처

맨손에 불을 한 주먹 움켜쥐다. ― 던지려도 던질 곳이 없고, 놓으려도 놓을 곳이 없다.

매우 돌발적인 상황을 참고 버티다. 적수공권赤手空拳은 맨주먹. 盆 동이 분. 擱(gē) 놓을 각. 방치하다. 擱(gē)은 견디다. 참다.

○ 床底下打拳鬪. ― 不碍上就碍下.
　　상 저 하 타 권 투　　　불 애 상 취 애 하

침상 아래에서 권투를 하다. ― 팔을 올리기가 어렵지 않다면, 내리기가 어렵다.

상하좌우가 모두 난관. 碍 거리낄 애. 막히다.

○ 刺窟裏摘花. ― 難下手.
　　자 굴 리 적 화　　　난 하 수

가시덤불에서 꽃을 따다. ― 손을 댈 수가 없다.

○ 反粘門神. ― 左右難.
　　반 점 문 신　　　좌 우 난

문신門神 그림을 뒤집어 붙였다. ― 좌우가 맞지 않다.

이러지도 저러지도 못하다. 粘(zhān) 붙일 점. 풀 따위로 붙이다.

粘(nián, 黏) 끈끈할 점.

○ 剛出爐的烤白薯. ― 扔了可惜, 不扔燙手.
　　강 출 로 적 고 백 서　　　잉 료 가 석　불 잉 탕 수

화로에서 방금 꺼낸 군감자. ― 버리려면 아깝고, 안 버리면
손을 덴다.

좌우 모두 난처한 상황. 烤 불에 말릴 고. 굽다. 薯 감자 서. 백서
白薯는 감서甘薯 = 감자. 마령서. 고구마가 아니다. 扔 당길 잉.
버리다.

○ 騎虎之勢. ― 必不得下.
　　기 호 지 세　　　필 불 득 하

호랑이에 올라탄 상황. ― 내려올 수가 없다.

8) 대립對立

사람은 때리려면 불가불 손을 먼저 써야 한다(打人不可不先下
手). 그러나 남을 때리면 이틀 동안 걱정이 되고(打人兩日憂), 남
에게 욕을 하면 3일간 부끄럽다(罵人三日羞).

식사를 할 때 밥그릇을 빼앗지 말고(吃飯不奪碗), 말을 해도 단
점을 말하지 말라(說人別說短). 사람을 때려도 뺨은 때리지 않는
다(打人不打臉).―자존심까지 건드리지는 말라.

참새는 사마귀를 잡아먹고, 사람은 참새를 잡느니(雀捕螳螂人
捕雀), 세상은 마음을 갖고 노리는 사람(有心人)과 그것을 모르는

사람(無心人)의 대결이다.

하나를 가지고 열을 상대하고(以一當十), 열로 백을 상대하다
(以十當百). 용 한 마리가 수많은 뱀과 싸울 수 없고(毒龍難鬪群
蛇), 혼자서는 두 사람을 상대하기 어려우며(双拳難敵四手), 맹수
라도 떼를 지은 여우는 못 당한다(猛獸不如群狐).

○電烙鐵. ― 一頭熱.
　전 락 철　　일 두 열

　전기 납땜 인두. ― 한쪽만 뜨겁다.

　일방은 열정적이나 다른 일방은 냉담하다. 烙 지질 낙(락). 전락
　철電烙鐵은 전기 다리미 또는 전기 납땜 인두.

○獨木橋上遇到的對頭. ― 有你無我, 有我你無.
　독 목 교 상 우 도 적 대 두　　유 니 무 아　유 아 니 무

　외나무 다리에서 만난 원수. ― 네가 살면 내가 죽고, 내가
　살면 너는 죽어야 한다.

　독목교獨木橋는 외나무다리. 대두對頭(duì tou)는 원수. 적수. 你
　(nǐ) 너 니.

○後背對着脊梁. ― 一個向東, 一個朝西.
　후 배 대 착 척 량　　일 개 향 동　일 개 조 서

　등과 등을 맞대다. ― 하나는 동쪽을, 다른 하나는 서쪽을
　향하다.

　피차간에 공동인식이 없어 함께 일할 수 없다. 후배後背는 등.
　척량脊梁은 등. 등뼈. 朝는 향하다.

○進了山門殺和尚. ― 有他無我.
　진 료 산 문 살 화 상　　유 타 무 아

　산문山門에 들어가 화상을 살해하다. ― 그가 있다면 나는

없다.

원한이 극심하다.

○餛飩擔子. ─ 一頭熱.
　혼 돈 담 자　　　일 두 열

떡과 만두를 담은 멜대 행상行商. ─ 한쪽은 뜨겁다.

餛 떡 혼. 飩 찐만두 돈. 혼돈餛飩은 떡과 만두. 담자擔子는 멜대.
멜대의 한쪽에는 떡과 만두를 찌는 화로가 있다는 설명이 있다.

○王八打把式. ─ 飜了.
　왕 팔 타 파 식　　　번 료

거북이 무술을 연마하다. ─ 뒤집어졌다.

사람이 외면하다. 파식把式(bǎ shì)은 무술. 직업인의 솜씨. 거북
이가 뒤집어져 사지가 하늘을 향하다.

9) 도피逃避

시작했으면 도피하지 말고, 도피할 사람이라면 함께 시작하지
말라(做着不避, 避着不做).

양이 호랑이에게 물렸다면 도망가기 어렵다(羊入虎口難逃生).

삼관전에서는 도망쳤지만(逃出了三官殿), 아직 지옥문을 벗어
나지는 못했다(離不開地獄門).

○入了籠的螃蟹. ─ 橫行不了幾時.
　입 료 롱 적 방 해　　　횡 행 불 료 기 시

대바구니에 들어간 게. ─ 얼마나 제멋대로 돌아다니겠나.

힘이나 권세를 믿고 날뛸 날도 얼마 남지 않았다. 籠 대나무 그
릇 농(롱). 방해螃蟹는 게. 민물 게나 바닷게 모두 횡행橫行한다

(옆으로 기다). 세력을 믿고 날뛰다. 기시幾時는 언제, 얼마.

○ 三百斤的猪. ― 總要過屠夫的手.
　　삼 백 근 적 지　　총 요 과 도 부 적 수

무게 3백 근의 돼지. ― 하여튼 도축업자에게 넘겨야 한다.

이런 상황에서는 피할 길이 없다. 도살할 돼지는 2백 근이 가장
적당하다. 總(zǒng) 거느릴 총. 총괄하다. 전반적인, 늘, 줄곧. 필
경, 아무튼. 결국, 반드시.

○ 武大郎服毒. ― 吃也得死, 不吃也得死.
　　무 대 랑 복 독　　흘 야 득 사　　불 흘 야 득 사

무대랑의 독약 먹기. ― 먹어도 죽고, 안 먹어도 죽는다.

○ 霜後螞蚱. ― 蹦不了幾天.
　　상 후 마 책　　붕 불 료 기 천

서리가 내린 뒤의 메뚜기. ― 며칠이나 뛰어다니겠는가?

마책螞蚱은 메뚜기. 蹦 뛸 붕.

나. 득실得失 외

1) 득실得失

문장은 산을 바라보는 것과 같아 평범한 것은 좋지 않다(文似
看山不喜平). ―문장은 천 년이 넘도록 전해지지만(文章千古事),
문장의 득실은 그 사람만이 안다(得失寸心知). 득실과 성패는 한
순간이며(得失成敗一瞬間), 생각 하나의 차이는 천리만큼이나
멀어진다(一念之差千里遠).

쉽게 얻었으면 잃기도 쉽다(得之易 失之易). 어렵게 얻었다면

잃기도 어렵다(得之難 失之難). 담력이 크면 들어오는 복도 저절로 크다(膽大福自大). 담력이 작으면 큰돈을 벌 수 없고(膽小發不了大財), 담력이 작은 사람은 큰 손해를 당한다(膽小人吃大虧).

사내대장부는 눈뜨고 당하는 손해를 보지 않는다(好漢不吃眼前虧).

○老鼠入飯瓮. ─ 雖飽難出頭.
　노 서 입 반 옹　　　수 포 난 출 두

쥐가 밥솥에 들어가다. ─ 배는 부르지만 나올 수가 없다.

욕심이 일시 충족되나 결국 큰 손해를 보다. 飯 밥 반. 瓮 항아리 옹. 飽 배부를 포.

○賣了兒子招女婿. ─ 只圖熱鬧.
　매 료 아 자 초 녀 서　　　지 도 열 뇨

아들을 팔고서 사위를 맞이하다. ─ 다만 시끌벅적할 뿐이다.

비통한 마음을 애써 감추다. 婿 사위 서(壻 同). 圖 그림 도. 도모하다. 꾀하다. 鬧 시끌러울 뇨. 열뇨熱鬧(rè nào)는 흥청거리다. 떠들썩하게 놀다.

○燒香引了鬼來. ─ 得不償失.
　소 향 인 료 귀 래　　　득 불 상 실

향을 피웠지만 잡귀를 불러들였다. ─ 얻은 것보다 잃은 것이 많다.

상실한 것이 너무 많다. 燒 태울 소. 불사르다. 償은 보상하다.

○一丈五尺的大柁劈成燒柴. ─ 糟踏貴重材料兒.
　일 장 오 척 적 대 타 벽 성 소 시　　　조 답 귀 중 재 료 아

1장 5척이나 되는 큰 키를 쪼개어 땔감으로 쓰다. ─ 귀중

한 목재를 망쳐버리다.

柁(tuó) 배의 방향을 잡는 키 타. 劈 쪼갤 벽. 소시燒柴는 땔감. 糟
(zāo) 술지게미 조. 踏 밟아버릴 답. 조답糟踏은 낭비하다.

2) 명백明白

물속에서 방귀를 끼면 거품이 올라온다(水底打屁有泡起). 물
이 마르면 돌이 드러나고, 물이 얕으면 돌이 보인다(水落石出水
淺石見).—일의 진상이 드러나고, 사람 본성이 들여다보인다.

창호지는 구멍을 내지 않으면 새지 않고(窓戶紙不捅不漏), 말
을 하지 않으면 새지 않는다(話不說不透). 눈밭에서 담비를 잡으
려면(雪地打貉子), 발자국만 따라가면 된다(踏着脚印走).

좋은 말이라도 세 번을 더할 수 없고(好話不過三遍), 좋은 술도
석 잔을 더 마실 수 없다(好酒不過三盃). 차라리 경우 바른 사람
하고 한번 싸울지언정(寧跟明白人打一架), 멍청한 사람에게 한
마디를 건네지 말라(不跟糊塗人說句話). 나무는 곧아야(直) 돈이
되지만(樹直是寶), 사람이 곧으면(융통성이 없으면) 재앙이 된다
(人直是禍).

가려운 곳에 이(虱)가 있다(發痒的地方有虱子). 10리 길을 가
면서, 대머리를 안 만날 수 없다(沒有十里地碰不見禿子的). 공을
들이면 어떤 것이라도 찾아낼 수 있다.

나무가 크다 하여 하늘을 바칠 수 없고(樹高不能撑着天), 비록
지혜가 있더라도 유리한 때를 이용하는 것만 못하다(雖有智慧不

如乘勢).

○窓戶上的紙. — 一戳就破.
　창 호 상 적 지　　 일 착 취 파

창문에 바른 종이. — 한번 찌르면 구멍이 뚫린다.

간단한 지적으로 사리事理를 명백히 하다. 戳(chuō) 창으로 찌를
착. 찔러서 구멍을 뚫다. 접지리다.

○光頭上的虱子. — 明擺的.
　광 두 상 적 슬 자　　 명 파 적

대머리에 붙은 이(虱). — 또렷하게 붙어있다.

보이는 그대로 명백하다. 슬자虱子는 이. 擺(bǎi) 벌려놓을 파.
드러내다. 내보이다.

○扳倒大瓮掃小米. — 摸到底了.
　반 도 대 옹 소 소 미　　 모 도 저 료

큰 항아리를 기울려서 좁쌀을 쓸어내다. — 밑바닥을 더듬다.

철저하게 내용을 파악하다. 扳(bān) 끌어당길 반. 아래로 잡아당
기다. 당겨 넘어트리다. 扳(pān)은 攀(잡아당길 반)과 通. 瓮 항아
리 옹. 소미小米(xiǎo mǐ)는 좁쌀. 摸 더듬어 찾을 모.

○打燈籠走親戚. — 明來明去.
　타 등 롱 주 친 척　　 명 래 명 거

등불을 들고 친척 집에 가다. — 명백하게 거래하다.

일처리가 분명하다.

○碟子裏盛的水. — 眼看到底.
　설 자 리 성 적 수　　 안 간 도 저

물이 담긴 접시. — 바닥까지 보인다.

분명한 상황이라서 한눈에 알 수 있다. 碟(shé) 가죽 다룰 설. 접
시 접(dié).

○ 河心的船. ─ 明擺的.
　　하 심 적 선　　　명 파 적

강 가운데 배. ─ 또렷하다.

상황이 한눈에 또렷하게 보이다.

○ 清水淘白米. ─ 你知我見.
　　청 수 도 백 미　　　니 지 아 견

물에서 쌀을 씻다. ─ 너도 알고 나도 보았다.

처한 상황을 십분 이해하다. 淘 일 도. 쌀을 일다. 물에 흔들어
서 몹쓸 것을 가려내다.

○ 啞巴看戲. ─ 心裏明白.
　　아 파 간 희　　　심 리 명 백

벙어리가 연극을 보다. ─ 마음속으로 명백히 알다.

상황이 보이는 그대로 명백하다. 啞(yǎ) 벙어리 아. 아파啞巴(yǎ
ba)는 벙어리.

3) 미묘美妙

동오東吳에서 주선한 혼사는(東吳招親) 거짓이 진실이 되었다
(弄假成眞). ─처음 목적과 반대로 일이 종결되다. 주유周瑜는 묘
책으로 천하를 편안케 하려 했으나(周郞妙計安天下), (손씨孫氏)
부인도 뺏기고 병사도 잃었다(賠了夫人又折兵). ─이중二重의 손
해를 당하다.

산은 높이가 아니라 신선이 살아야 명산이고(山不在高有仙則
名), 물은 깊이가 아니라 용이 있어야 영험하다(水不在深有龍則
靈). ─당唐 유우석劉禹錫의 〈누실명陋室銘〉

산의 아름다움은 높이가 아니고(山美不在高), 사람의 아름다

움은 미모에 있지 않다(人美不在貌). 못생긴 사람도 그림자는 준수하다(醜人還有俊影兒). ―못생긴 사람에게도 특별한 장점이 있다.

추녀라도 젊으면 보기에 좋고(醜女妙齡也好看), 나쁜 차라도 처음 끓이면 맛이 좋으며(粗茶初泡味亦香), 늙은 소라도 두 뿔은 보기에 멋지다(牛雖老兩角美觀).

○ 草帽爛邊. ― 頂好.
　　초 모 란 변　　　정 호

밀짚모자 둘레가 없어졌다. ― 꼭대기는 좋다.

다른 사람이나 사물을 칭찬하다. 帽 모자 모. 爛 문들어질 난. 낡아 떨어져 나가다. 頂(dǐng)은 꼭대기. 아주, 대단히 상당히(副詞). 모자의 가운데 부분. 정호頂好(dǐng hǎo)는 가장 좋다. ~ 이 제일이다.

○ 過年娶新媳婦兒. ― 雙喜臨門.
　　과 년 취 신 식 부 아　　　쌍 희 림 문

설을 쇠면서 새 며느리를 맞이하다. ― 집안에 두 가지 기쁜 일이 생기다.

희사喜事가 동시에 생기다. 과년過年(guò nián)은 설을 쇠다. 새해를 맞다.

○ 和尙到了家. ― 廟,廟,廟.
　　화 상 도 료 가　　　묘 묘 묘

화상이 집에 왔다. ― 절, 절, 절. / 묘하고 묘하다.

마침, 일이 교묘하게 풀리다. 廟(miào, 사당 묘, 寺)는 妙(miào)와 해음.

○ 俏俏婦戴鳳冠. ― 好上加好.
　　초 초 부 대 봉 관　　　호 상 가 호

예쁜 신부가 봉황 관을 쓰다. ― 좋은 모습이 더욱 좋다.
바탕이 훌륭한데 좋은 조건까지 보태지다. 금상첨화錦上添花. 俏
닮을 초. 어여쁘다.

○走路被元寶絆了跤. ― 想不到的好事.
　주로피원보반료교　　　상불도적호사
길을 가는데 큰 은돈이 발에 걸리다. ― 생각도 못한 좋은 일.
의외의 행운을 만나다. 원보元寶는 동전 이름. 말굽 모양의 은화
(馬蹄銀). 큰돈. 絆 줄 반. 발에 걸리다. 굴레. 跤 발목 교.

4) 발전發展

사내가 독하지 않으면 발전이 없다(男子漢不毒不發). 발전할
때는 온건(안정)을 잊지 않고(發展中不忘穩健), 안정 속에서도
발전을 잊지 않아야 한다(穩健中不忘發展). 예상 밖 재물을 탐하
지 말고(不貪意外財), 지나치게 술을 마시지 말라(不飮過量酒).

돈이 많으면 벼슬도 생기니(財旺生官), 돈을 벌면 정신도 좋아
진다(發財精神長). ― 돈 벌면 아는 것도 저절로 많아진다.

재물, 권세, 힘 세 글자는 하나이다(財,勢,力 三字全). 재물은
의義로써 취할 수는 있지만(財可義取), 힘으로 뺏을 수는 없다(不
可力奪). 돈을 (써야 할 곳에) 쓰면 마음이 편안하다(財去身安
樂). 부자에게 양심이 있다면(財主有良心), 황하가 거꾸로 흐를
것이다(河水向上流).

○春雨落地. ― 草苗一塊兒長.
　춘우낙지　　초묘일괴아장

봄비가 내리다. ─ 풀싹이 일제히 자란다.

모두가 향상 발전하다. ─괴아塊兒(yī kuàir)는 함께, 같은 곳.

○七月的河水. ─ 後浪推前浪.
　　칠 월 적 하 수　　　후 랑 추 전 랑

7월의 강물. ─ 뒤에 오는 물이 앞물을 밀어내다.

사람이 부단히 발전하다.

○三伏天的高粱. ─ 節節往上昇.
　　삼 복 천 적 고 량　　　절 절 왕 상 승

삼복 중의 수수. ─ 마디마디가 위로 자란다.

사업과 업무, 기술 수준이 신속하게 발전하다. 고량高粱은 수수.

키가 제일 큰 밭작물.

○杏花村的酒. ─ 後勁大.
　　행 화 촌 적 주　　　후 경 대

산서성山西省 분양汾陽 행화촌의 술. ─ 마신 뒤에 크게 취한다.

가면 갈수록 강력하다. 충남 서천군 한산 소곡주가 그러하다.

○雨後春笋. ─ 猛升直長.
　　우 후 춘 순　　　맹 승 직 장

비온 뒤의 대나무 순. ─ 아주 빨리 곧게 자란다.

笋 죽순 순.

○孫猴子逃出水簾洞. ─ 好戲在後頭.
　　손 후 자 도 출 수 렴 동　　　호 희 재 후 두

손오공이 수렴동에서 튀어나오다. ─ 뒤가 더 재미있다.

5) 변화變化

날씨가 자주 변하듯(風雲多變) 인심 또한 헤아릴 수 없다(人心難測). 강산은 헤아릴 수 있지만 민심은 헤아리기 어렵다(江山好

量民心難測). 군자는 표변한다(君子豹變). —가난하고 비천한 신
분에서 귀한 신분이 되다.

산이 돌아들지 않으면 물이 돌며 흐르고(山不轉水轉), 고개를
숙일 때 보이지 않으면 고개를 들 때 보인다(低頭不見擡頭見). 산
은 돌지 않으나 길은 돌아가고(山不轉路轉), 산은 푸르게 하지 않
아도 물은 푸르다(山不淸水淸). —변화는 계속된다.

못생긴 노파라도 분을 바르기를 좋아한다(醜婆娘好搽粉). 미
인에게는 이런저런 말이 많다(紅顏女子多是非). 성인일지라도
여자들의 마음을 헤아릴 수 없다(聖人難測娘們心).

○ 飽過窩的鷄蛋. — 外面沒變裏頭變.
　　포 과 와 적 계 단　　　외 면 몰 변 이 두 변

닭 둥지 속에 어미 닭이 품은 알. — 겉은 변화가 없지만 속
에서는 변했다.

내면에 큰 변화가 일어나다.

○ 六月的天, 財主的臉. — 說變就變.
　　유 월 적 천　재 주 적 검　　　설 변 취 변

유월의 날씨, 부자의 표정. — 변한다면 바로 변한다.

부자의 희노애락, 변심은 무상無常하다. 臉 뺨 검. 얼굴 표정.

○ 生成的鼻子眼. — 改不了相.
　　생 성 적 비 자 안　　　개 불 료 상

태어날 때의 콧구멍. — 그 생김새는 바뀌지 않는다.

비자鼻子는 코. 비자안鼻子眼은 콧구멍.

○ 孫悟空變戲法. — 見風就長.
　　손 오 공 변 희 법　　　견 풍 취 장

손오공의 변신술. — 입김을 불면 바로 커진다.

조건만 맞으면 크게 향상 발전하다. 손오공의 여의봉如意棒은 손오공의 뜻대로 능대능소能大能小하다.

○ 孫猴子的臉. — 說變就變.
　손 후 자 적 검　　설 변 취 변

손오공의 얼굴. — 변한다고 하면 곧 변한다.

수시로 변하는 상황. 예측할 수 없다.

○ 坐在磨盤上. — 想轉.
　좌 재 마 반 상　　상 전

맷돌 위에 앉다. — 돌아간다고 생각하다.

사람의 생각이나 행동이 바뀌다. 마반磨盤은 맷돌.

○ 小瞎磨刀. — 透亮了.
　소 할 마 도　　투 량 료

시력이 나쁜 사람이 칼을 갈다. — 섬광이 비춘다.

소할小瞎은 시력이 아주 나빠 맹인에 가까운 사람. 칼을 갈아 날이서면 섬광閃光이 난다. 透 통할 투. 비치다. 亮 밝을 량.

6) 복잡複雜

두루두루 온 땅에 꽃이 피다(遍地開花). 구름이 많으면 내리는 비도 많다(多大的雲下多大的雨). 많이 있으면 많이 쓰고(多卽多花), 조금 갖고 있으면 조금 쓴다(小卽小花). 보슬비에 옷이 젖고(毛毛雨打濕衣裳), 한 잔 한 잔 먹는 술에 재산이 거덜난다(杯杯酒吃敗家當).

산에 산, 물에 물이라 길이 없는 듯하더니(山重水複疑無路), 버들 무성하고 꽃이 핀 곳에 또 마을이 있네!(柳暗花明又一村)−새로운 희망이다.

지어낸 말도 일백 번 거듭하면(造謠重複一百) 사실이 된다(就成了眞理).

○ 鏡中花影水中月. ─ 眞眞假假辨不淸.
　경 중 화 영 수 중 월　　　진 진 가 가 변 불 청

거울에 비친 꽃, 물속의 달. ─ 진짜인지 거짓인지 판별할 수 없다.

○ 六月天凍死羊. ─ 說來話長.
　유 월 천 동 사 양　　설 래 화 장

6월에 양羊이 얼어죽다. ─ 이런저런 말이 많다.

6월에는 양이 얼어죽을 리 없다. 틀림없이 원인이 있고 한두 마디로 다 말할 수 없다.

○ 狗咬團魚. ─ 找不到頭.
　구 교 단 어　　조 불 도 두

개가 자라를 물다. ─ 머리를 찾을 수 없다.

단어團魚는 자라(鱉, 甲魚).

○ 隔皮賣瓜. ─ 生熟沒個準.
　격 피 매 과　　생 숙 몰 개 준

참외 껍질을 벗겨 팔다. ─ 얼마나 익었는지 알 수 없다.

○ 諸葛亮擺八卦陣. ─ 內有奇門.
　제 갈 량 파 팔 괘 진　　내 유 기 문

제갈량이 팔괘진을 쳤다. ─ 안에 기이한 출입구가 있다.

어떤 일에 기묘하고 심오한 이치가 들어있다.

○ 閨女穿他奶奶的鞋. ─ 老樣.
　규 녀 천 타 내 내 적 혜　　노 양

처녀가 할매의 신발을 신다. ─ 구식이다.

사정이 옛날 그대로이다. 奶(nǎi) 유모 내. 내내奶奶는 할머니.

젊은 부인. 첩. 노양老樣은 구식舊式.

7) 상동相同

추구하는 바가 다르다면 일을 같이 하지 말라(道不同 不相爲謀). 도道를 같이 하는 사람은 서로 아껴주지만(同道者相愛), 같은 업종끼리는 서로 질투한다(同行者相妬).

여행길에는 좋은 짝(동료)이 있어야 하고(行要好伴), 사는 곳에는 좋은 이웃이 있어야 한다(住要好隣). 좋은 사람과 짝이 되어 고생을 함께할 수 있으나(能和好人做伴受苦), 나쁜 사람과 한패가 되어 복을 누리지는 않겠다(也不和壞人爲伍亨福).

○半斤八兩. ─ 相等也.
　반 근 팔 량　　　상 등 야
반근과 8냥. ─ 똑같다.
옛 도량형에 1斤은 16兩.

○大哥別說二哥. ─ 兩個差不多.
　대 가 별 설 이 가　　　양 개 차 불 다
맏이는 둘째에 대하여 말하지 말라. ─ 둘의 차이가 많지 않다.
대가大哥(dà ge)는 맏형. 장형長兄. 별설別說은 말하지 말라. 말할 필요도 없이. 그야말로.

○大年初一吃餃子. ─ 都一樣.
　대 년 초 일 흘 교 자　　　도 일 양
정월 초하루에 교자를 먹다. ─ 모두 같다.
차별이 없다.

○ 井裏把出來, 又掉進池裏頭. ― 一個樣.
　　정 리 파 출 래　우 도 진 지 리 두　　　일 개 양

우물에서 기어 나와, 다시 연못에 빠지다. ― 마찬가지이다.

○ 妹妹穿着姐姐的鞋. ― 差不了大樣兒.
　　매 매 천 착 저 저 적 혜　　　차 불 료 대 양 아

여동생이 언니의 신발을 신다. ― 차이가 크지 않다.

○ 五十步笑百步. ― 彼此彼此.
　　오 십 보 소 백 보　　　피 차 피 차

50보 도망치고 1백 보 도망친 사람을 비웃다. ― 피차일반
이다.

「오십보소백보五十步笑百步」는《맹자孟子 양혜왕장구梁惠王章句
上》에 나온다.

8) 성세聲勢

사람은 명성을 얻으려 하고, 나무는 무성해지고자 한다(人得
名聲樹得蔭). 좋은 소리가(鐘的聲兒), 나무는 그림자가 있다(樹
的影兒). 종은 절에 있지만 소리는 밖에 들린다(鐘在寺院聲在
外).―명성은 저절로 멀리 퍼진다.

소인은 스스로 잘났다고 하며(小人自大), 작은 냇물은 소리가
크다(小水聲大). 작은 시내에 물소리 크고(小河流水響聲大), 학
문이 얕은 사람이 저 잘났다고 한다(學問淺的好自大).

○ 乾打雷不下雨. ― 虛張聲勢.
　　건 타 뢰 불 하 우　　　허 장 성 세

마른 천둥소리에 비는 내리지 않다. ― 허장성세(헛된 것을

과장하고 소리만 높인다는 말이며 실속없이 허세만 부린다
는 뜻이다).

목소리만 크지 실천이 없다.

○ 龍王爺過江. — 風大雨多.
　용 왕 야 과 강　　풍 대 우 다

용왕 나으리가 강을 건느다. — 바람도 세고 비도 많다.

일장풍파一場風波를 일으키다. 爺 아비 야. 나으리.

○ 螞蟻搬家. — 黑團團.
　마 의 반 가　　흑 단 단

개미가 이사가다. — 온통 검정색이다.

사람들이 많은 모양. 단단團團은 동그런 모양. 겹겹이 빈틈없이.
가족이 모여 있는 모양.

○ 饅頭出籠. — 熱氣騰騰.
　만 두 출 롱　　열 기 등 등

찐만두를 바구니에서 꺼내다. — 열기가 무럭무럭 오르다.

매우 열렬한 기분.

○ 山裏的核桃. — 滿仁.
　산 리 적 핵 도　　만 인

산속의 호두. — 알맹이가 가득.

仁(rén)은 과일씨의 속살. 조개나 게 따위의 속살. 人(rén)과 해
음. 사람이 매우 붐비다.

○ 一家十五口. — 七嘴八舌.
　일 가 십 오 구　　칠 취 팔 설

한 집의 열 다섯 식구. — 제각각 떠들다.

칠취팔설七嘴八舌은 여러 사람이 왁자지껄 떠들다. 칠언팔어七
言八語와 同.

9) 세심細心

인정을 베풀려면 끝까지 베풀어야 하며(人情做到底), 착한 사람이 되려면 끝까지 착해야 한다(好人做到底). 바래다 주려면 집까지 바래다 주고(送人送到家), 배를 저어줄려면 물가에 닿을 때까지 해주고(撑船撑到岸), 사람을 도와주려면 끝까지 도와줘라(助人助到底).

먹을 것만 챙기지 몸을 살피지 않는다(顧嘴不顧身). 체면을 따지다가 배를 곯는다(顧了臉皮餓了肚皮). 머리만 챙기고 볼기짝은 챙기지 않는다(顧頭不顧腚). —주도면밀하지 않다.

머리를 챙기다가 꼬리를 잃어버리다(顧了頭丟了尾). —하는 일에 두서가 없다.

눈으로는 사방을 보고(眼觀四路), 귀로는 팔방의 의견을 듣는다(耳聽八方). 한 사람의 말만 듣지 말고(莫聽一人言), 여러 사람이 권하는 말을 들어라!(要聽百人勸) —용의주도하게 관찰하고 준비하다.

○ 張飛穿針. — 粗中有細.
  장 비 천 침   조 중 유 세
  장비가 바늘에 실을 꿰다. — 거칠면서도 세밀하다.
  穿 뚫을 천. 입다. 꿰다. 粗 거칠 조.

○ 厚紙糊窓戶. — 風不透.
  후 지 호 창 호   풍 불 투
  두꺼운 종이로 창호를 바르다. — 바람도 새지 않는다.
  風은 소식消息. 아무런 소식도 없다. 糊 풀 호. 풀로 붙이다.

○囫圇鴨蛋. ─ 無縫可鉆.
　　홀 륜 압 단　　　무 봉 가 첩

온전한 오리알. ─ 집을 틈이 없다.

상대방에게 어떤 빌미나 빈틈을 보이지 않다. 囫 온전할 홀. 圇
완전할 륜. 홀륜囫圇(hú lún)은 통째로, 송두리째. 縫 꿰맬 봉.
틈. 鉆 족집게 첩. 집게 겸. 파고들다. 鑽(끌 찬)과 同.

○湖心落石. ─ 圈套圈.
　　호 심 락 석　　　권 투 권

호수 가운데 떨어진 돌. ─ 동그란 파문이 일어난다.

동그런 파문이 계속 이어진다. 계획이 주밀周密하다. 圈 우리 권.

○鐵勺子撈麵條. ─ 湯水不漏.
　　철 작 자 로 면 조　　　탕 수 불 루

쇠 국자로 국수를 건지다. ─ 뜨거운 물도 흘리지 않다.

10) 세태世態

냇물은 쉬지 않고 흐른다(川流不息). 인심은 밤낮으로 변하고
(人心日夜轉), 날씨는 시간마다 변한다(天變一時辰). 인정과 세
태란 본디 차갑다가도 따뜻하고(人情冷暖), 덥다가도 서늘하듯
변화무쌍하다(世態炎凉).

사물은 한 번 변하지만(物有一變), 사람은 천 번 변한다(人有
千變). 인심이란 본디 같지 않고(人心自不同), 인심은 인심 위에
서 자란다(人心長在人心上). 꽃이 붉다 해도 꽃마다 다르다(花有
別樣紅). 꽃은 해마다 비슷하지만(年年歲歲花相似), 사람은 해마
다 다르다(歲歲年年人不同).

○草裏幡竿. ― 放倒低如人, 立起高如人.
　　초 리 번 간　　　　방 도 저 여 인　입 기 고 여 인

풀밭의 깃대. ― 낮게 눕혀도 사람과 같고, 높게 세워도 사람같다.

깃발(幡)을 매어다는 장대를 눕혀놓으면 입신출세하기 전의 사람과 같고, 높이 세우면 출세한 사람처럼 만인萬人이 우러러본다.

○當風劃火柴. ― 有着有不着.
　　당 풍 획 화 시　　　유 착 유 불 착

바람 불 때 성냥불을 켜다. ― 불이 붙을 때도, 안 붙을 때도 있다.

劃 그을 획. 화시火柴(huǒ chái)는 성냥.

○沒活過百年, 沒走過千里. ― 說不準.
　　몰 활 과 백 년　몰 주 과 천 리　　　설 불 준

백 년을 산 사람 없고, 천리를 간 사람 없다. ― 정확하지 않은 말.

○瞎子放風箏. ― 不見起.
　　할 자 방 풍 쟁　　　불 견 기

소경이 연을 띄우다. ― 떠오르는 것을 못보다.

○吹殺燈擠眼兒. ― 後來的事看不見.
　　취 살 등 제 안 아　　　후 래 적 사 간 불 견

등불을 불어끄고서 눈짓을 하다. ― 다음 일을 알 수가 없다.

뒷일을 짐작할 수 없다. 擠 밀칠 제. 제안擠眼은 눈짓을 하다.

다. 소멸消滅 외

1) 소멸消滅

그대는 모르는가? 황하의 물은 하늘에서 쏟아지듯 내려와(黃河之水天上來), 세차게 흘러 바다에 이르면 다시 돌아오지 않는다(奔流到海不復回). ─ 덧없는 인생이다. 이는 이백李白의 〈장진주將進酒〉의 첫머리이다.

장강長江은 뒷물이 앞물을 밀어낸다(長江後浪催前浪). ─ 밀려 사라지는 인생이다. 그러면서 사람은 고향으로, 말은 풀이 있는 곳으로 달려간다(人奔家鄕馬奔草).

하늘의 그물은 아주 넓고 커서(天網恢恢), 엉성한 것 같지만 빠져나갈 수 없다(疏而不漏). 그리고 죄를 지으면, 사람들이 용납하더라도 하늘은 용납하지 않는다(人容天不容). 사람이 자신을 돌보지 않는다면(人不爲己), 하늘이 벌을 주고 땅(염라대왕)이 그를 잡아간다(天誅地滅).

하늘이 사람의 길을 막는 일은 없다(天無絶人之路). 그래서 하늘이 무너져도 솟아날 구멍이 있다고 말한다. 이 세상에 늘 그대로인데(天下本無事), 못난 인간들이 공연한 걱정거리를 만들어낸다(庸人自憂之).

광풍이 분다 하여 숲속 새들을 없앨 수 없고(狂風難滅林中鳥), 폭우가 쏟아진들 강 위의 배를 어찌하겠는가?(暴雨莫奈水上舟) 등잔불을 끄면 불빛은 없어지고(燈消火滅), 물이 마르면 백조는 날아간다(水盡鵝飛). 등불은 사람을 비추면서(燈火照人) 먼저 자신을 태운다(自身先紅).

○大蘿卜搬家. ― 非拔了它不可.
　　대 라 복 반 가　　　 비 발 료 타 불 가

큰 무를 집으로 운반하다. ― 뽑지 않으면 옮길 수 없다.

철저하게 뿌리 뽑지 않으면 안되는 일. 라복蘿卜(luó bǔ)은 무(채소 이름). 搬 옮길 반. 拔 뽑을 발. 它(tā) 다를 타. 뱀 사. 그것, 저것. 사물이나 동물을 지칭할 때 쓰인다.

○漆板上寫字. ― 可以抹掉
　　칠 판 상 사 자　　　 가 이 말 도

칠판 위에 글자를 쓰다. ― 지워버릴 수 있다.

○快刀砍西瓜. ― 一刀兩壞.
　　쾌 도 감 서 과　　　 일 도 량 괴

날이 선 칼로 수박을 자르다. ― 단칼에 양쪽으로 갈라지다.

신속하게 소멸하다. 砍 벨 감. 자르다. 서과西瓜는 수박. 塊(kuài, 塊) 흙덩이 괴.

○王八鉆水缸. ― 一個沒回來.
　　왕 팔 첩 수 항　　　 일 개 몰 회 래

거북이가 물 항아리를 뚫다. ― 하나도 돌아오지 못했다.

모두 사로 잡혀 죽었다. 鉆 족집게 첩. 집게 겸. 파고들다. 鑽(끌 찬)과 同.

○看見蚊子拔寶劍. ― 小題大做.
　　간 견 문 자 발 보 검　　　 소 제 대 주

迫擊砲打蚊子. ― 小題大做.
　　박 격 포 타 문 자　　　 소 제 대 주

모기를 보고 보검을 빼들다. ― 작은 일을 큰일로 생각하다.

박격포로 모기를 쏘다. ― 작은 일을 큰일로 생각하다.

2) 소식消息

좋은 일은 문 밖에 안 나가도(好事不出門), 나쁜 일은 천리 밖에 소문난다(壞事傳千里). 바람은 날개가 없어도 천리를 날아가고(風兒無翅飛千里), 소문은 발이 없어도 온 세상에 퍼진다(消息無脚走萬家).

화상의 입은 사방을 돌아다니며 먹고(和尙口吃遍四方), 매파의 입은 사방을 돌며 소문을 낸다(媒婆口傳遍四方). 길에서 하는 말을(路上說話), 풀숲에 듣는 사람 있다(草裏有人聽).

길 가는 사람들의 입소문은 비석과도 같다(路上行人口是碑). ─행인들의 평가는 사실을 기록한 비석과 같다. 눈으로 보면 사실이지만(眼見爲實), 귀로 듣는 소문은 믿을 수 없다(耳聽爲虛).

세 사람만 건너가면 시장에 호랑이가 나온다(三人傳言可使市中有虎). 10리 길에 참말 없다(十里路上沒眞言). ─소문은 멀리 갈수록 사실과 다르다.

○把錢扔進大河裏. ─ 連一聲響兒也聽不見.
　파 전 잉 진 대 하 리　　　연 일 성 향 아 야 청 부 견

동전을 강물에 던져버리다. ─풍덩 소리조차 들리지 않는다.
扔(rēng) 당길 잉. 버리다. 連(lián) 이을 연. 합하다. ~ 조차도, ~까지도. 강조 용법.

○狗魚脫鉤. ─ 從此不回頭.
　구 어 탈 구　　　종 차 불 회 두

창꼬치가 낚싯바늘에 걸렸다가 벗어나다. ― 이후로 다시 돌아오지 않다.

일거부회一去不回. 구어狗魚는 창꼬치. 민물고기의 이름. 鉤 갈 고랑이 구. 낚싯바늘.

○ 斷了線的風箏. ― 下落不明.
　단 료 선 적 풍 쟁　　하 락 불 명

줄이 끊어진 연. ― 어디에 떨어질지 알 수 없다.

○ 羚羊掛角. ― 無跡可求.
　영 양 괘 각　　무 적 가 구

영양이 뿔을 나무에 걸어두다. ― 종적을 찾을 수 없다.

영양羚羊은 짐승 이름. 掛 걸 괘. 挂와 同. 괘각掛角은 영양은 밤에 잠을 잘 때 뿔을 나무에 걸어두어 피해를 방지한다는 설명이 있다. 이는 시詩의 의경意境이 매우 초탈超脫하다는 뜻이다. 지금은 사람이 어디론가 숨어서 종적을 찾을 수 없다는 뜻으로 통한다.

○ 泥牛入海. ― 永無消息.
　니 우 입 해　　영 무 소 식

진흙으로 만든 소가 바다에 빠지다. ― 영원히 소식이 없다.

○ 饅頭打狗. ― 一去無復反.
　만 두 타 구　　일 거 무 부 반

만두로 개를 때리다. ― 한 번 떠난 뒤로 소식이 없다.

다시 돌아올 수 없는 사람이나 물건.

3) 소장所藏

책을 모아두는 것이 금을 모아두는 것보다 낫다(藏書勝於藏金). 만권의 장서는 자손에게 유익하다(萬卷藏書宜子孫). 10년 공부를 시켜도 부자가 안 되지만(十年敎學不富), 하루라도 가르치지 않으면 바로 가난해진다(一天不敎就窮).

자손을 위한 땅은 다 사줄 수 없고(買不盡子孫田), 자식을 위한 집은 다 지어줄 수 없다(做不盡子孫屋). 만경의 좋은 땅이(萬頃良田) 네 냥어치 얄팍한 복만 못하다(不如四兩薄福).

재물 간수를 잘못하는 것은 도둑에게 일러주는 것이고(慢藏誨盜), 얼굴 화장은 음행을 가르치는 것이다(冶容誨淫). 재주와 학문이 깊다면 자랑하지 말고(才學深不張揚), 날이 선 좋은 칼은 칼집에 감추어야 한다(寶刀利鞘裏藏).

○缸裏點燈. ─ 外變黑.
　항 리 점 등　　　외 변 흑

항아리 안에 불을 켜다. ─ 밖은 어둡다.

장점이 드러나지 않아 다른 사람이 알아주지 않다.

○蕎麥麵,肉包子. ─ 皮黑一兜肉.
　교 맥 면 육 포 자　　피 흑 일 두 육

메밀가루 외피에 고기 소가 든 빵. ─ 외피는 검지만 고깃덩어리이다.

겉은 볼품없지만 내용물은 아주 충실하다. 교맥蕎麥은 메밀. 包子는 소가 든 찐빵. 兜(dōu) 투구 두. 자루나 주머니 형태로 내용물을 감싸다.

○烏龜有肉. ─ 在肚裏.
　오 구 유 육　　재 두 리

거북도 고기가 있다. ─ 뱃속에 있다.

많은 재물이나 우수 장점이 밖으로 노출되지 않다.

○夜明珠埋在地裏. — 有寶不顯.
  야 명 주 매 재 지 리   유 보 불 현

야명주夜明珠가 흙 속에 묻혔다. — 보배가 드러나지 않다.

○喝涼酒, 拿贓錢. — 早晚是病.
  갈 량 주 나 장 전   조 만 시 병

차가운 술을 마시고 뇌물로 금전을 받다. — 조만간 병이
날 것이다.

곧 진상이 밝혀지고 병이 날 것이다. 贓 장물 장. 뇌물.

4) 수확收穫

씨앗은 땅에 뿌리지만(種在地上), 거두기는 호미로 한다(上出
鋤頭). 호미 날 끝에서 황금이 나온다(鋤頭口上出黃金). 꽃을 심
고 가꾸기는 1년(種花一年), 꽃을 보기는 열흘이다(看花十日).

○廚子洗手. — 完了湯.
  주 자 세 수   완 료 탕

주방장이 손을 씻다. — 탕湯까지 모두 끝냈다.

연석宴席에서 탕湯을 마치면 음식이 다 나온 것이다. 탕을 마치
면 주방장이 손을 씻는다. 모든 일이 다 끝나 더 할 일이 없다.

○猴子扳苞穀. — 扳一個丟一個.
  후 자 반 포 곡   반 일 개 주 일 개

원숭이가 옥수수를 따다. — 하나를 따면 하나를 버린다.

새것이 있으면 옛것을 버리다. 扳(bān)은 잡아당기다. 扳(pān, 攀
오를 반). 포곡苞穀은 포곡包穀. 옥미玉米(yù mǐ, 옥수수). 옥미화아
玉米花兒는 팝콘.

○拉屎薅草. — 一擧兩得.
  납 시 호 초   일 거 양 득

똥을 누며 풀도 뽑다. ― 일거양득이다.

본래의 일을 하면서 다른 일도 함께 수행하다. 뽕도 따고 임도 보다. 薅(hāo) 김맬 호. 잡초를 뽑다(拔草).

○ 剃頭捉虱. ― 一舉兩得.
　　체 두 착 슬　　　일 거 양 득

머리도 깎고, 이(虱)도 잡다. ― 일거양득이다.

○ 爛網打魚. ― 一無所得.
　　난 망 타 어　　　일 무 소 득

구멍난 그물로 고기를 잡다. ― 소득이 하나도 없다.

노이무획勞而無獲.

○ 水中撈月. ― 一場空.
　　수 중 로 월　　　일 장 공

물속의 달을 건지다. ― 헛일이다.

노이무공勞而無功. 공망일장空忙一場. 撈 잡을 로. 움켜쥐다.

○ 竹籃打水. ― 一場空.
　　죽 람 타 수　　　일 장 공

대바구니로 물을 긷다. ― 헛일이다.

○ 鷄飛蛋打. ― 一場空.
　　계 비 단 타　　　일 장 공

닭이 날며 계란을 깨트리다. ― 모두가 헛일이다.

5) 시기時期

선악은 결국 언젠가는 응보가 있다(善惡倒頭終有報). 다만 일찍 오느냐 늦게 오느냐의 차이가 있다(只爭來早與來遲). 선에는 좋은 보답이, 악에는 악한 보답이 있다(善有善報 惡有惡報). 응보가 없는 것이 아니라 때가 되지 않은 것이다(不是不報時期未到).

빈천할 때 참된 교제를 알 수 있고(貧賤識眞交), 환난에 참된 정을 볼 수 있다(患難見眞情).

오십에도 손자가 없다면(五十不見孫), 죽을 때까지 마음이 놓이질 않는다(至死不鬆心).

○大年初一吃餃子. ― 只等下鍋.
　　대 년 초 일 흘 교 자　　지 등 하 과

정월 초하루에 먹을 교자. ― 솥에 앉히기를 기다린다.

모든 준비가 끝났다.

○落地的山梨. ― 熟透了.
　　낙 지 적 산 리　　숙 투 료

땅에 떨어진 산속의 돌배. ― 무르익었다.

시기가 성숙했다. 熟 익을 숙. 透 통할 투. 다하다.

○炮藥房放火. ― 一點就着.
　　포 약 방 방 화　　일 점 취 착

폭죽 가게에 불이 나다. ― 불씨 하나에 터지다.

시기가 성숙하고 조건이 맞아 행동으로 옮기다.

○巨木猜字. ― 水到渠成.
　　거 목 시 자　　수 도 거 성

거ㅌ와 목木으로 글자를 맞추다. ― 물(水, 氵)이 있으면 도랑이(渠, 도랑 거) 된다.

조건이 갖춰지면 순리적으로 일이 해결된다. 猜(cāi) 의심할 시. 맞추다. 추정하다.

6) 시비是非

말이 많으면 시비도 많고(多講話 多是非), 사람이 많은 곳에 시

비도 많으니(人多處 是非多), 시비가 벌어진 곳에 오래 머물 수 없다(是非之地不可久留).

붉은 입에 하얀 혀(赤口白舌). 말이 많고 길면 일을 망친다(口快舌長能壞事). 달고 쓴 것은 목에 넘어가면 느낄 수 없지만(苦甛下咽不覺), 시빗거리가 입에서 나오면 고치기 어렵다(是非出口難改). 시빗거리는 언제나 있지만(是非朝朝有), 듣지 않으면 저절로 없어진다(不聽自然無).

미인에게는 이런저런 말이 많고(紅顔女子多是非), 과부네 집 앞에도 시빗거리도 많다(寡婦門前是非多). 첫째, 여자(창녀)와 시비하는 일이 없어야 하고(一來沒惹油頭), 다음으로는 화상(여승)과 시비하지 말라(二來莫惹光頭). 시비의 한가운데에서(是非場中), 네가 입으로 말하면 나는 귀로 듣겠다(你用口 我用耳).

○大樹底下曬太陽. — 陰陽不分.
　대 수 저 하 쇄 태 양　　　음 양 부 분
　큰 나무 밑에서 햇볕을 쬐려 하다. — 음양을 구분하지 못하다.
　좋고 나쁨과 옳고 그름을 구분 못하다. 曬 햇볕 쪼일 쇄.

○餓眼見瓜皮. — 就當一景兒.
　아 안 견 과 피　　　취 당 일 경 아
　굶주린 눈에 참외 껍질을 보았다. — 좋은 음식이라 여기다.
　남이 버린 물건이지만, 인품이 너절한(不三不四) 사람에게는 소중한 물건으로 보이다. 과피瓜皮는 참외 껍질. 景은 경물景物. 여기서는 좋은(美好) 물건.

○ 狗朝屁走. ― 不知道臭.
구 조 비 주　　불 지 도 취

개는 방귀를 따라간다. ― 구린내를 모른다.

시비是非와 선악을 모르다. 朝는 향하다. 屁 방귀 비.

○ 昏官斷案. ― 有理無理, 一律三百大板.
혼 관 단 안　　유 리 무 리　일 률 삼 백 대 판

멍청한 관리의 재판. ― 옳고 그른건 일률적으로 큰 곤장 3
백 대.

시비를 가려내지 못하다.

○ 燒香砸了菩薩. ― 不識個好賴.
소 향 잡 료 보 살　　불 식 개 호 뢰

향을 피워 빌고서는 보살상을 때려부수다. ― 좋고 나쁜 짓
을 구분 못하다.

砸(zá) 때려칠 잡. 내리치다. 찧다. 때려부수다. 호뢰好賴는 호알
好歹(hǎo dǎi). 좋은 것과 바쁜 것. 잘잘못.

○ 快刀劈竹簡. ― 一破兩個.
쾌 도 벽 죽 간　　일 파 량 개

쾌도로 죽간을 쪼개다. ― 단번에 양쪽으로 갈라지다.

흑백과 시비를 분명히 하다. 劈 쪼갤 벽.

7) 실시失時

사내가 크면 장가를 가고(男大當婚), 여자가 크면 시집을 가야
한다(女大當嫁). 남녀의 혼인에서는 적당한 혼기를 중히 여긴다
(男女婚姻貴及時). 벼슬을 잃을지언정 혼기를 잃어서는 안 된다
(寧可失官, 不可失婚).

신혼날 밤에 이야기를 하지 않으면(新婚之夜不說話), 장래 아

이가 벙어리가 된다(將來孩子是啞巴). 부부는 때리고 욕했다 하여 헤어지지 않는다(夫婦是打罵不開的). 저녁 무렵에〔酉時(유시)〕 아내를 때리지 말라. 하룻밤 내내 외롭고 처량하다(莫打酉時妻一夜受孤凄).

어려서 가르치지 않으면(小時不敎), 커서 도적이 된다(大時當賊). 어려서 가르치지 않으면 커서 멍청이가 되고(小時不敎成渾虫) 어른이 되어 배우지 않으면 음식이나 탐하는 게으름뱅이가 된다(長大不學成懶龍).

○隔年的黃曆. ─ 過時的事.
　　격 년 적 황 력　　　과 시 적 사
지난 해의 책력. ─ 지나간 일.
시기가 지나 다시는 쓸모가 없다. 隔(gé) 사이 뜰 격. 격년隔年은
1년 전. 황력黃曆은 황력皇曆. 역서曆書.

○過時的藥. ─ 失效了.
　　과 시 적 약　　　실 효 료
유효기간이 지난 약품. ─ 효과가 없다.
다시는 쓸모가 없다.

○去年皇曆. ─ 今年用不上了.
　　거 년 황 력　　　금 년 용 불 상 료
작년의 황력. ─금년에 쓸 수 없다.

○少時衣裳老來穿. ─ 過時的貨.
　　소 시 의 상 노 래 천　　　과 시 적 화
젊었을 적 의상을 늙어서 입다. ─ 시대에 맞지 않는 물건.
시기가 지나 가치가 전무全無하다.

○夏天的棉衣, 冬天的扇子. ― 全用不上.
_{하 천 적 면 의　동 천 적 선 자　　전 용 불 상}

여름날의 솜옷, 겨울철의 부채. ― 전혀 쓰지 않다.

棉 목화 면. 扇 부채 선.

○正月裏賣門神. ― 過時貨.
_{정 월 리 매 문 신　　과 시 화}

정월에 문신 그림을 팔다. ― 시효가 지난 물건.

시기가 늦었다. 문신 그림은 정월 초하룻날 대문 양쪽에 붙인다.

8) 실패失敗

(실패, 잘못을) 반성하며 (그 원인을) 자신에게서 찾다(反求諸己). 남의 산에 있는 돌이라도 내 옥을 연마하는 데 쓸 수 있다(他山之石可以攻玉).-《시경詩經 소아小雅 학명鶴鳴》

술이 지나치면 말이 많고(酒多話多), 말이 많으면 실패도 많다(話多錯多). 모든 일은 서두를 때 잘못된다(萬事皆從急中錯).

구덩이에 한 번 빠지면(吃一塹. 塹은 구덩이 참), 지혜가 하나 늘어난다(長一智). (실패한 경험에서 배운다.) 작은 실패를 고치지 않으면 큰 낭패를 보고(小錯不改成大錯), 작은 도랑을 메우지 않으면 큰 골짜기가 된다(小溝不塡成大壑).

○打了耳子的瓦罐. ― 不能提.
_{타 료 이 자 적 와 관　　불 능 제}

손잡이가 부서진 항아리. ― 들어올릴 수 없다.

상황이 나빠 힘들게 하다. 瓦 기와 와. 질그릇. 罐 항아리 관. 대형 토기. 提(tí)는 높이 들다.

○大風吹倒帥字旗. ─ 出師不利.
　　대 풍 취 도 수 자 기　　출 사 불 리

큰 바람이 장수 깃발을 쓰러트리다. ─ 군사가 출동하면 불리하다.

행동 개시 전에 의외意外의 귀찮은 일로 불리한 상황에 처하다.

○掉下泥沼. ─ 越陷越深.
　　도 하 이 소　　월 함 월 심

수렁에 처박히다. ─ 빠질수록 더 깊어진다.

고통이나 죄악의 늪에서 벗어날 수 없다. 이소泥沼는 수렁. 늪.

○豆腐掉在灰堆裏. ─ 沒法子收拾.
　　두 부 도 재 회 퇴 리　　몰 법 자 수 습

두부가 잿더미에 떨어지다. ─ 수습할 방법이 없다.

매우 난처한 곤경을 수습할 길이 없다.

○老牛拖破車. ─ 越拖越重.
　　노 우 타 파 차　　월 타 월 중

늙은 소가 부서진 수레를 끌다. ─ 끌수록 무거워진다.

상황이 점점 엄중嚴重해지다. 拖 끌 타. 끌어당기다.

○馬尾綁豆腐. ─ 提不起來.
　　마 미 방 두 부　　제 불 기 래

말 꼬리털로 두부를 묶다. ─ 들어올릴 수 없다.

綁(bǎng) 동여맬 방.

9) 역경逆境

세상사 변화무쌍하나니, 늘 호경기는 아니다(好景不常). 흰 구름이 갑자기 잿빛 개로 변하더니(白雲蒼狗), 천둥이 사납게 치고 광풍이 불고(雷暴風狂), 물동이를 기울인 듯 비가 쏟아진다(大雨

傾盆).

　부서진 배가 맞바람을 만나듯(破船又逢頂頭風), 역경이 겹친다. 구름을 걷어내고 해를 보라(撥雲見日).－장애를 제거하고 좋은 상황을 맞이하다. 역경을 이겨내니 밝은 세상이 오다.

　남을 배신하여 좋은 일 없고(背人無好事), 좋은 사람은 배신하지 않는다(好人不背人).

　부서진 둥지 아래 깨지지 않은 알이 있겠는가?(破巢之下安有完卵) 동이를 엎으면 (안에는) 햇빛이 들지 못한다(覆盆不照太陽輝). 부서진 수레가 길을 막다(破車攔好路). 무너질 집에 사는 쥐들은(破壞家庭的老鼠), 그 집을 떠날 줄 안다(也會離開家庭).

○ 半天雲上唱戲. － 下不了臺.
　반 천 운 상 창 희　　　하 불 료 대
　허공에 뜬 구름 위에서 노래하다. － 무대를 내려갈 수가 없다.
　곤경困境을 벗어날 길이 없다.

○ 大公鷄啄蚌兒. － 不知從哪裏下口.
　대 공 계 탁 방 아　　불 지 종 나 리 하 구
　큰 수탉이 조개를 쪼다. － 어디에 입을 대야 할지 모르다.
　啄 쪼을 탁. 蚌(bàng) 민물조개 방. 방휼지쟁蚌鷸之爭(鷸 도요새 휼).

○ 大火燎眉毛. － 沒處躲.
　대 화 료 미 모　　　몰 처 타
　큰불에 눈썹이 타다. － 몸을 피할 곳이 없다.
　곤경에 빠져 피할 길이 없다. 燎 화톳불 료. 그을리다. 태우다.
　眉 눈썹 미. 躲 비킬 타. 피하다.

○吊桶落在井裏. — 掙不起.
　　적 통 낙 재 정 리　　　쟁 불 기

두레박이 우물에 떨어지다. — 들어올릴 수 없다.

吊 매어달 적. 弔(조상할 조, 위로하다)의 속자. 桶 통 통. 적통吊桶

은 두레박. 掙 찌를 쟁. 힘써 버티다. 撑(버틸 탱). 힘써 버티다.

○虎落平原. — 插翅難逃.
　　호 락 평 원　　　삽 시 난 도

호랑이가 들판에 떨어지다. — 날개가 돋아도 도망칠 수 없다.

강자强者가 곤경에 처해 벗어나지 못하다. 插 꽂을 삽. 박아넣

다. 翅 날개 시. 逃 도망칠 도.

○籠中鳥. — 有翅難高飛.
　　롱 중 조　　　유 시 난 고 비

새장 속의 새. — 날개가 있지만 높이 날 수 없다.

라. 연속連續 외

1) 연속連續

좋은 일은 다시 만나기 어렵지만(好事難碰上), 나쁜 일은 연속

세 번 이어진다(壞事接連三).

어머니와 자식은 마음이 통하고(母子連心), 한 어미가 아홉 아

들을 낳아도(一娘生九子), 아홉 아들과 어미가 열 가닥의 마음으

로 이어진다(九子連娘十條心). 어미의 자식 생각은 흐르는 강처

럼 끝이 없지만(娘想兒流水長), 자식의 부모 생각은 젓가락 길이

만큼이다(兒想娘筷子長). 열 손가락 한마음이니 모두 아프다(十

脂連心個個都疼).

　모든 맛을 다 보아도 소금이 제일이고(吃盡百味鹽好), 천하를
다 돌아다녀 보아도 어머니가 제일 좋다(走遍天下娘好).

　○割韭菜. ― 割了一次又一次.
　　할 구 채　　　할 료 일 차 우 일 차

　부추를 자르다. ― 한번 자르고 다시 한번 더.

　어떤 사정이 연이어 벌어지다. 韭(jiǔ) 부추 구. 9획의 부수部首.

　○正月十五夜燈會. ― 走了一拔, 又來了一拔.
　　정 월 십 오 야 등 회　　　주 료 일 발 우 래 료 일 발

　정월 십오일 밤의 연등회. ― 한 무더기가 지나가면 다른
무리들이 온다.

　사람들이 많다. 拔(撥) 다스릴 발, 한 무리 발.

　○騎馬逛草原. ― 沒完.
　　기 마 광 초 원　　　몰 완

　말을 타고 초원을 돌아다니다. ― 끝이 없다.

　어떤 일에 결말이 없다. 逛 달아날 광. 노닐다.

　○四眼井打水. ― 這個下去, 那個起來.
　　사 안 정 타 수　　　저 개 하 거　나 개 기 래

　4각 우물에서 물을 긷다. ― 이것이 내려가면, 다른 것은
올라온다.

　하나가 해결되면 다른 일이 또 생긴다. 眼 눈 안. 구멍. 우물이
나 쳐다보는 횟수를 표현하는 양사量詞.

　○玩花樣. ― 一套跟着一套.
　　완 화 양　　　일 투 근 착 일 투

　꽃을 감상하기. ― 이렇게 또 그렇게.

　다양한 방식과 방법이 있다. 套(tào) 덮개 투. 버릇이 된 어떤 형

태. 일련의 방법. 한몫.

○ 墻上的泥坯. ─ 去了一層又一層.
　　장 상 적 니 배　　　거 료 일 층 우 일 층

담장에 흙 바르기. ─ 한 겹을 벗겨내고 다시 한겹 바르다.

아내가 죽으면 다시 재취再娶하다. 泥 진흙 니. 坯 언덕 배. 바르
다. 막다. 틈을 메우다.

2) 완미完美

금은 순금이어야 하고(金要赤足), 사람은 완벽한 사람이어야
한다(人要完人). 그러나 황금에 순금이 없고(金無赤足), 사람 중
에 완전한 사람 없다(人無完人).

나무가 곧다면 달빛에 그림자가 비뚤어질까 걱정하지 않는다
(樹正不怕月影斜).

오래 단련하면 강해지다(百鍊成鋼).─보통 쇠도 담금질을 많
이 하면 강철이 된다. 여러 번 제련한 용광로에서 좋은 강철이 나
오고(百鍊鎔爐出精鋼), 전투 경험이 많으면 용감한 장수가 된다
(久戰沙場出勇將).

○ 十五夜月亮. ─ 圓圓滿滿的.
　　십 오 야 월 량　　　원 원 만 만 적

보름달. ─ 아주 원만하다.

아주 둥글다. 원만하다. 주도周到하다. 亮 밝을 량. 월량月亮은
달.

○ 濕水棉花. ─ 沒得彈.
　　습 수 면 화　　　몰 득 탄

물먹은 목화. ― 솜으로 탈 수 없다.

좋게 말할 수가 없다. 목화는 완전히 건조하여야 목화를 타서 이불솜이나 옷에 넣을 수 있다. 彈(tán)은 談(tán)과 해음.

○ 兩個啞巴睡一頭. ― 沒話說.
　　양 개 아 파 수 일 두　　　　몰 화 설

두 벙어리가 한숨 자고 일어났다. ― 서로 말이 없다.

꾸짖거나 따질 일이 없다.

○ 貨郎背包. ― 沒挑.
　　화 랑 배 포　　　몰 도

잡화 행상이 짐을 등에 지다. ― 멜대로 멜 짐이 없다.

원만하여 지적할 것이 없다. 背 등 배. 등에 지다. 挑 고를 도. 선택하다. 멜대로 메는 짐.

○ 老鼠跌在米囤裏. ― 再好沒有.
　　노 서 질 재 미 돈 리　　　재 호 몰 유

쥐가 쌀 창고에 떨어지다. ― 이보다 더 좋을 수 없다.

정말 마음에 든다. 더 좋을 수 없는 여건. 跌 넘어질 질. 囤 곳집 돈. 창고.

3) 용이容易

아직 나이 적다고 말하지 말라(莫說年紀小). 인생은 쉽게 늙고(人生容易老), 사람이 늙으면 고집부리는 아이와 같다(人老如頑童). 인생 만년에 운이 피어야 한다(人生重晩晴). 백 년은 금방 지나가나니(百年容易過), 벌건 날들을 허송하지 말라(白日莫閑過). 청춘은 다시 오지 않는다(靑春不再來).

말을 시작하기는 쉽지만(說起來容易), 일을 시작하기는 어렵다(作起來難). 뜻을 정하기야 쉽지만 성공은 어렵고(立志容易成功難), 무술을 연마하기는 쉽지만 계속하기는 쉽지 않다(練功容易守功難).

방귀 뀌기는 쉽지만 거둘 수는 없고(放屁容易收屁難), 한번 뀐 방귀는 주워 담을 수 없으며(放了的屁拾不起來), 한번 뱉은 말은 따라가 되돌릴 수 없다(說出的話追不回來).

서로 사랑하기는 쉽지만(相愛容易), 같이 생활하기는 매우 어렵다(相處太難).

○脚面深的水. — 平蹚.
　각 면 심 적 수　　평 당

발등 깊이의 물. — 쉽게 건너가다.

곤란한 상황, 장애가 없이 힘들이지 않다. 각면脚面은 각배脚背 = 발등. 蹚(tāng) 건너갈 당.

○賣肉的切豆腐. — 不在話下.
　매 육 적 절 두 부　　불 재 화 하

푸줏간 주인이 두부를 썰다. — 말할 것이 없다.

사정이 아주 평이平易하여 일하기 쉽다. 부재화하不在話下는 문제될 것이 없다.

○探囊取物. — 有何難.
　탐 낭 취 물　　유 하 난

주머니를 뒤져 물건을 꺼내다. — 무슨 어려움이 있는가?

아주 쉬운 일. 아무런 어려움도 없다. 探 더듬을 탐. 囊 주머니 낭.

○洗臉盤摸魚. — 手背上活.
　세 검 반 모 어　　수 배 상 활

세숫대야에서 고기를 잡다. — 손등으로도 떠올린다.

극히 용이한 일. 摸 잡을 모. 더듬어 찾다.

○ 張飛捕螞蟻. ─ 沒勁的小事.
　장 비 포 마 의　　　몰 경 적 소 사

장비가 개미를 잡다. ─ 힘들지 않는 쉬운 일.

재미도 없는 사소한 일. 勁 군셀 경. 힘들다.

○ 武大郎放屁. ─ 散了火.
　무 대 랑 방 비　　　산 료 화

무대武大가 방귀를 뀌다. ─ 화기를 없애다.

사람들이 흩어지다. 火는 화기火氣. 伙(huǒ, 동료, 패거리 화)와 해
음.

4) 운명運命

팔자에 자식이 없다면 아들을 얻기 어렵다(命中無兒難求子).
가난뱅이는 가난한 대로(窮有窮愁), 부자는 부자대로 걱정거리
가 있다(富有富愁). 가난한 사람은 (운명을) 점치고(窮算命), 부
자는 향을 피운다(富燒香).

가난뱅이는 점쟁이 곁을 못 떠나고(窮不離卦), 부자는 의사 곁
을 못 떠난다(富不離醫). 가난한 사람은 운명을 믿지 말고(窮勿
信命), 병자는 귀신을 믿지 말라(病勿信鬼). 사람마다 다 자기 복
이 있으니(一人自有一人福), 한 끼 마시고 먹는 것이 다 미리 정
해진 것이다(一飮一食 莫非前定).

곤궁과 영달이 다 타고난 팔자이고(窮通有命), 부귀는 하늘의
뜻이다(富貴在天). 타고난 팔자가 좋더라도 마음씨가 나쁘면(命
好心不好), 중도에 요절한다(中途夭折了).

팔자는 바꿀 수 없지만(命難改), 운수는 옮길 수 있다(運可移).
팔자에 있다면 있는 것이고(命裏有卽是有), 팔자에 없다면 없는
것이다(命裏無卽是無). 그러나 운명은 내가 만들고(命由我作),
복은 내 스스로 구한다(福自己求).

○ 大河裏的水向東流. ― 沒法挽回.
　　대 하 리 적 수 향 동 류　　　몰 법 만 회

큰 강물은 동쪽으로 흐른다. ― 되돌릴 수 없다.

대세의 흐름, 형세를 역전할 방법이 없다.

○ 過年的猪. ― 早晩得殺.
　　과 년 적 저　　　조 만 득 살

해를 넘긴 돼지. ― 조만간 죽게 된다.

조만간 재앙이 닥칠 것이다. 과년過年(guò nián)은 여기서는 설을
지내다. 해를 넘기다. 동사. 과년은 설을 세면, 곧 내년來年의
뜻. 발음에 따라 의미가 달라진다.

○ 火燒氷窖. ― 天意該着.
　　화 소 빙 교　　　천 의 해 착

얼음 창고가 불에 타다. ― 하늘의 뜻이다.

운명적, 숙명적인 일이다. 빙화氷火는 서로 상극이다. 燒 불에
탈 소. 窖 움집 교. 빙교氷窖는 빙고氷庫.

○ 金磚掉在井裏. ― 早晩得撈上來.
　　금 전 도 재 정 리　　　조 만 득 로 상 래

벽돌 모양 황금을 우물에 빠트렸다. ― 조만간 건져올릴 것
이다.

문제는 곧 해결될 것이다. 磚 벽돌 전. 掉 흔들도. 빠트리다. 撈
잡을 로. 건져내다.

○奈河橋上碰見了鬼. — 閃不過, 躲不開.
　나 하 교 상 팽 견 료 귀　　　섬 부 과　타 불 개

나하교에서 귀신과 맞닥트리다. — 달아나거나 숨을 수도
없다.

회피할 수 없는 악조건. 나하교奈河橋는 지옥 입구에 있다는 좁
고 긴 외나무 다리. 碰 부딪칠 팽. 閃(shǎn) 번개 섬, 번쩍거릴
섬. 갑자기 나타나다. 숨어 엿보다. 섬피閃避. 躲(duǒ) 비킬 타.
숨다. 피하다.

○南來的燕, 北去的鳥. — 早晚都要飛的.
　남 래 적 연　북 거 적 조　　조 만 도 요 비 적

남쪽에서 오는 제비, 북쪽으로 가는 새. — 조만간 모두 날
아서 오갈 것이다.

5) 위험危險

천금을 가진 부잣집 아들은 마루 끝에 앉지 않고(千金之子坐
不垂堂), 천금을 가진 부잣집 아들은 도둑과 싸우지 않으며(千金
之子不鬪於盜賊), 천금을 가진 부자는 도적의 손에 죽을 수 없다
(千金之軀不可死於盜賊之手). 천금을 가진 부잣집 자식은 저잣
거리에서 사형을 당하지 않는다(千金之子不死於市). -중국판 유
전무죄有錢無罪.

지족이면(만족함을 알면) 치욕이 없고(知足不辱), 멈출 곳을
알면 위태롭지 않다(知止不殆). 벼슬이 높으면 위험이 많고, 나무
가 크면 바람을 많이 탄다(官大有險樹大招風). 토끼는 다급하지
않으면 사람을 물지 않는다(兎子不急不咬人). 사람이 다급해지

면 꾀가 나오고 위기에서는 큰 힘을 쓴다(人急生計人危力大).

○太歲頭上動土. ― 好大的膽.
　태 세 두 상 동 토　　호 대 적 담

태세신의 머리 위에서 흙을 옮기다. ― 무모한 짓을 하다.

○白虎進門. ― 大禍臨頭.
　백 호 진 문　　대 화 임 두

백호가 대문으로 들어오다. ― 큰 화가 목전目前에 닥치다.

여기 백호白虎는 서방西方의 흉신凶神. 임두臨頭는 눈앞에 닥치다.

○黃鱔上沙灘. ― 不死一身殘.
　황 선 상 사 탄　　부 사 일 신 잔

드렁허리가 모래톱에 올라오다. ― 죽지 않는다면 크게 다칠 것이다.

죽음이나 중상을 면치 못하다. 황선(黃鱔, 黃鱓)은 드렁허리. 민물장어 계통의 물고기. 사탄沙灘(shā tān)은 사탄. 모래톱. 백사장. 殘(cán)은 해치다. 못쓰게 만들다. 잔패殘敗.

○砍柴刀刮臉. ― 懸乎.
　감 시 도 괄 검　　현 호

도끼로 면도하다. ― 위험하다.

砍(kǎn) 벨 감. 쪼개다. 柴 땔나무 시. 장작. 감시도砍柴刀는 도끼. 刮 깎을 괄. 臉 뺨 검. 괄검刮臉(guā liǎn)은 면도하다. 懸(xuán) 매달 현. 높이 들어올리다. 현호懸乎(xuán hu)는 위험하다.

○殺猪刀子刮鬍子. ― 懸乎.
　살 저 도 자 괄 호 자　　현 호

돼지 잡는 칼로 수염을 깎다. ― 위험하다.

○百歲老翁攀枯枝. ― 懸乎.
　백 세 노 옹 반 고 지　　현 호

백 살 노인이 죽은 나뭇가지에 올라가다. ― 위험하다.

○呂太后的宴席. ― 凶多吉少.
　　여 태 후 적 연 석　　　흉 다 길 소

여태후의 잔치. ― 흉한 일은 많고 좋은 일은 적다.

험악한 분위기. 여태후呂太后는 한고조漢高祖의 아내. 名은 雉(꿩치). 군법軍法대로 감주監酒하며 술을 안 마시면 죽었다는 이야기가 있다.

○懸崖上飜跟頭. ― 凶多吉少.
　　현 애 상 번 근 두　　　흉 다 길 소

절벽 위에서 공중회전을 하다. ― 흉한 일은 많고 좋은 일은 적다.

懸 매달 현. 崖 벼랑 애. 飜(fān) 뒤집을 번. 엎어지다. 跟(gēn) 발꿈치 근. 번근두飜跟頭는 공중회전을 하다. 쓰라린 경험을 하다.

6) 이해利害

금전을 나누는 데는 아버지와 아들도 없고(金錢分上無父子), 이해가 걸린 문제라면 형제도 없으며(利害面前無兄弟), 장사 마당에서는 아버지와 아들도 없다(生意場上無父子). 물고기가 있는 곳이라면(哪兒有魚) 어디든 그물을 던진다(就在哪兒下網).

황금을 구리라고 말하고(黃金當生銅), 진주를 녹두라고 한다(珍珠當綠豆). 저팔계는 인삼과를 먹어도(猪八戒吃人蔘菓) 그 맛을 모른다(不知其味). ―물건을 볼 줄 모르다. 자신의 장점을 제대로 모르다.

돼지머리를 갖고서는(拿着猪頭) 사당의 문을 못 찾을까 걱정하지 않는다(不怕找不着廟門). ―좋은 물건만 있다면 매출 걱정은 하지 않는다.

혀는 이득과 손해의 바탕이고(舌爲利害本) 입은 화와 복의 문이다(口是禍福門). 일을 할 때는 형세를 살펴보고(行事看勢頭), 말을 할 때는 처지를 생각해야 한다(話看地頭).

돈을 버는 사람은 끼니마다 고기를 먹지만(發財人頓頓吃肉), 시운이 어긋난 사람은 가는 곳마다 손해만 본다(背時人處處吃虧). 봄바람이 있어야(行得春風) 다음에 여름비가 있다(便有夏雨).–주는 것이 있어야 오는 것이 있다.

○一根繩兒拴兩螞蚱. ― 飛不了你, 也蹦不了我.
　　일 근 승 아 전 량 마 책　　　비 불 료 니　야 붕 불 료 아

끈 하나로 양쪽 메뚜기를 묶다. ― 너는 날아갈 수가 없고, 나는 뛸 수가 없다.

쌍방의 운명. 이해관계가 긴밀하다. 根은 여기서는 양사量詞. 繩새끼줄 승. 拴 맬 전. 묶어두다. 마책螞蚱은 메뚜기. 방아깨비. 也(yě) 어조사 야. ~도 또한, 그리고 또, 게다가. 부사로 쓰였다. 蹦 뛸 붕.

○一根藤上結的瓜. ― 苦在一起, 甛在一堆.
　　일 근 등 상 결 적 과　　　고 재 일 기　첨 재 일 퇴

한 줄기에 매달린 참외. ― 모두 쓰거나 전체가 달다.

동감공고同甘共苦. 藤(téng) 등나무 등. 瓜 오이 과. 참외. 일기一起(yī qī)는 더불어, 함께. 甛 달 첨. 일퇴一堆(yī duī)는 한무더기.

○一隻駱駝上的兩隻駝峯. ― 誰也離不開誰.
　　일 척 낙 타 상 적 양 척 타 봉　　수 야 리 불 개 수

한 마리 낙타의 두 개 봉우리. ― 누구든 갈라설 수 없다.

쌍방의 이해 관계가 밀접하고 명운命運이 하나로 연결되었다.

○蛤蟆拴在鱉腿上. — 跑走不開.
　　합 마 전 재 별 퇴 상　　포 주 불 개

개구리를 자라의 다리에 묶다. — 뛰거나 걸을 수 없다.

서로 얽힌 관계가 양쪽을 다 속박하다. 蛤 두꺼비 합. 蟆 두꺼비
마. 합마蛤蟆는 개구리나 두꺼비 종류의 총칭. 鱉(鼈) 자라 별.
왕팔王八. 기어다니는 동물.

○西瓜繫在鱉腿上. — 滾不了西瓜, 也跑不了鱉.
　　서 과 계 재 별 퇴 상　　곤 불 료 서 과　야 포 불 료 별

수박을 자라의 다리에 묶다. — 수박은 구를 수 없고, 자라
는 기어갈 수 없다.

상대를 속박하여 어찌할 수 없다.

7) 인과因果

선악에 따른 응보는(善惡應報), 그림자가 본체를 따라다니는
것과 같다(如影隨形). 한 사람에게 좋은 보답이(好人有好報), 악
인에게는 나쁜 응보가 있다(惡人有惡報).

길을 닦아 놓으면 길을 가는 사람이 있고(有修路就有走道的),
일을 시작하면 따라오는 사람이 있다(有開頭就有跟着的).

가난은 지나친 술 때문이니(困因過酒), 술은 궁하게 만드는 마
귀이다(酒爲困魔).

○城門失火. — 殃及池魚.
　　성 문 실 화　　앙 급 지 어

성문에 불이 나다. — 재앙이 연못 물고기에 미치다.

殃 재앙 앙. 악기惡氣. 성문 밑에 있는 연못 물로 불을 끄다 보니

물고기가 재앙을 당한다.

○ 出頭的椽兒. ─ 先朽爛.
　　출 두 적 연 아　　　선 후 란

튀어나온 서까래. ─ 먼저 썩는다.

먼저 나서는 사람이 왕왕 손해를 먼저 본다. 椽(chuán) 서까래
연. 朽(xiǔ) 썩을 후. 爛 문드러질 란.

○ 宋江殺死閻婆惜. ─ 冤有頭, 債有主.
　　송 강 살 사 염 파 석　　　　원 유 두　채 유 주

송강이 염파석을 죽이다. ─ 원한에 상대가 있고, 빚(債)에
는 빚쟁이가 있다.

풍유원風有源, 수유근樹有根.

송강宋江─급시우及時雨. 염파석은 송강의 현지처現地妻. 債
(zhài) 빚 채.

○ 逆水行周. ─ 不進則退.
　　역 수 행 주　　　불 진 칙 퇴

배로 물을 거슬러 올라가다. ─ 나아가지 못한다면 뒤로 밀
린다.

전진을 위한 노력이 없다면 곧 후퇴이다. 현상 유지도 할 수 없다.

○ 迎風吐痰. ─ 非吐到自己身上不可.
　　영 풍 토 담　　　비 토 도 자 기 신 상 불 가

바람을 안고 가래를 뱉다. ─ 뱉은 것이 자기 몸에 묻지 않
을 수 없다.

하는 일이 자신에게 손해를 끼치지 않을 수 없다. 痰(tán) 가래
담. 가래침.

8) 자위自衛

고기는 물에(魚靠水), 새는 나무에 의지한다(鳥靠樹). 물고기

와 물은 서로 돕고(魚帮水 水帮魚), 가난한 사람은 가난한 사람을 돕는다(窮人帮的是窮人). 물고기는 물고기와, 새우는 새우와 같이 놀고(魚交魚 蝦結蝦), 두꺼비는 개구리를 찾아 사돈을 맺는다(蛤蟆找的蛙親家).

○ 草人兒放火. ─ 自身難保.
　　초 인 아 방 화　　　자 신 난 보

지푸라기 허수아비가 불을 놓다. ─ 자신을 지키기도 어렵다.

남을 돌볼 여력이 없다.

○ 黃花女兒做媒. ─ 自身難保.
　　황 화 녀 아 주 매　　　자 신 난 보

　丫頭做媒. ─ 自身難保.
　　아 두 주 매　　　자 신 난 보

출가하지 않은 처녀가 중매를 서다. ─ 자신도 지킬 수 없다.

계집애가 중매를 하다. ─ 자신의 일도 처리 못하다.

황화여아黃花女兒(huáng huā nǔr)는 숫처녀(未出嫁處女). 황화고낭黃花姑娘. 황화규녀黃花閨女. 丫(yā) 두 가닥을 묶은 머리 아. 여자아이. 아두丫頭는 계집애(멸칭).

○ 泥菩薩過河. ─ 自身難保.
　　니 보 살 과 하　　　자 신 난 보

진흙 보살이 강을 건너다. ─ 자신을 지키기도 어렵다.

자신의 명운을 결정할 방법이 없다.

○ 白蟻蛀觀音. ─ 自身難保.
　　백 의 주 관 음　　　자 신 난 보

흰개미가 나무 관음보살에 둥지를 틀었다. ─ 자신을 지킬 수 없다.

자신을 돌볼 여력도 없다. 백의白蟻는 흰개미. 나무를 파먹으며 둥지를 키워나간다. 蛀(zhù) 나무 좀 주.

9) 전도顚倒

바람이 아무리 세게 불어도 태산을 넘어트릴 수 없지만(風再 大也颳不倒泰山), 앵두 같은 작은 입이(계집) 태산(많은 재산)을 다 먹어치운다(櫻桃小口 吃倒泰山). 때려야 되는 것은 마누라와 밀가루 반죽이다(打倒的媳婦和倒的麵).

나무가 쓰러지면 원숭이들은 흩어진다(樹倒猴猻散). 전투에서 지면 산이 무너지는 것과 같다(兵敗如山倒). —수습하기 어렵다.

좋은 말은 넘어지지 않고(好馬不顚), 좋은 소는 느리지 않다 (好牛不緩). 집이 무너지더라도 사람이 깔려죽지 않지만(房倒壓 不殺人), 혀끝은 사람을 압살한다(舌頭倒壓殺人).

○ 抱着柴禾救火. — 倒幫忙.
　　　포 착 시 화 구 화　　　도 방 망

나무와 짚을 들고 불을 끄다. — 도리어 일만 만든다.

귀찮은 일만 보탠다. 柴 땔나무 시. 禾 벼 화. 볏짚. 倒 넘어질 도. 도리어. 반대로. 幫 도울 방. 패거리.

○ 對鏡回頭. — 當面錯過.
　　　대 경 회 두　　　당 면 착 과

거울 앞에서 고개를 돌리다. — 얼굴을 볼 수 없다.

원하는 일이 어긋나다.

○ 飯店臭虫. — 在家吃客.
　　　반 점 취 충　　　재 가 흘 객

객점의 빈대. ― 제 집에서 손님을 뜯어 먹는다.

주인이 손님의 초대를 받다. 반점飯店(fàn diàn)은 객점客店. 식당食堂. 호텔. 취충臭虫(chòu chóng)은 빈대. 흡혈 벌레.

○湖裏看天. ― 把它黡在底下.
　　호 리 간 천　　　파 타 번 재 저 하

호수 수면으로 하늘을 보다. ― 하늘이 호수의 밑에 있다고 생각하다.

일 처리 순서를 바꾸고 사물의 위치를 뒤집어 놓다. 黡 뒤집을 번.

○金彈子打鳥. ― 爲小失大.
　　금 탄 자 타 조　　　위 소 실 대

황금 총알로 새를 쏘다. ― 작은 것 때문에 큰 것을 잃다.

○鳩占鵲巢. ― 反客爲主.
　　구 점 작 소　　　반 객 위 주

비둘기가 까치집을 차지하다. ― 손님이 주인 노릇을 하다.

다른 사람의 영역이나 물건을 차지하다. 피동被動에서 주동主動으로 전환하다.

○豬八戒開戰. ― 倒打一耙.
　　저 팔 계 개 전　　　도 타 일 파

저팔계가 싸우다. ― 오히려 쇠시랑을 휘두르다.

상대방의 방법을 내가 적용하다.

마. 정리情理 외

1) 정리情理

대장부는 은혜와 원수를 분명히 하는데(大丈夫恩怨分明), 은

덕은 은덕으로 갚아야 하니(恩將恩報), 절대로 잊어서는 안 된다(不敢有忘). 곧 은혜를 입었으면 틀림없이 보답해야 한다. 은덕은 크고 작은 데 있는 것이 아니고, 위급할 때 도와준 데 있다(恩不在大小而在救急).

그리고 원수는 크고 작은 악행이 문제가 아니고, 마음에 상처를 주었기 때문이다(怨不在大小而在傷心). 대장부는 거래가 분명해야 한다(大丈夫去來分明).

우환 속에 살 길이 있고(生於憂患), 안락하면 죽음에 이르게 된다(死於安樂). 돌도 구르지 않으면 이끼가 끼고(石閑生苔), 사람도 한가하면 병이 생긴다(人閑生病). 빈손으로 왔다가 빈손으로 가는 인생(空手來空手去), 만금萬金의 재산이 있어도 갖고 갈 수 없다네(萬貫家財拿不去).

○ 穿孝袍子拜花堂. ─ 不嫌喪氣.
　　천 효 포 자 배 화 당　　　불 혐 상 기

상복을 입은 채 결혼식장에 가다. ─ 상중喪中임을 생각하지 않다.

황당한 일로 시의時宜 적절하지 않다. 효포자孝袍子는 상복喪服. 화당花堂(huā táng)은 결혼식장. 嫌(xián) 싫어할 혐.

○ 上墳不帶燒紙. ─ 淨惹祖宗生氣.
　　상 분 불 대 소 지　　　정 야 조 종 생 기

성묘하러 가면서 지전을 갖고 가지 않다. ─ 오로지 조상의 화를 돋굴 뿐이다.

소지燒紙(shāo zhǐ)는 지전紙錢(zhǐ qián). 제사 때 태우는 종이돈. 淨(jìng, 깨끗할 정)은 부사로 쓰이면 단지, 오로지 ~뿐. 모두.

온통. 惹(rě) 이끌 야. 생기生氣(shēng qì)는 화를 내다.

○ 表妹妹嫁表哥. — 親上加親.
　표 매 매 가 표 가　　　친 상 가 친

내외종 사촌 여동생이 다른 내외종 사촌 형에게 시집가다.
— 친척이 겹치다.

내 고모의 딸이(나에게는 內從 사촌) 내 외삼촌의 아들과(나에게는 外從 사촌) 결혼할 수 있습니다. 이럴 경우 내 입장에서는 이쪽 저쪽으로 모두 친인척이 겹치니 '바른 이치가 겹치는 것처럼' 더욱 합리적이라 생각한 것이다. 표매매表妹妹(biǎo mèimei)는 내외종 사촌 여동생. 嫁(jià) 시집갈 가. 표가表哥(biǎo gē)는 표형表兄(biǎo xiōng). 내외종 사촌 형.

2) 정확正確

한걸음에 한 발자국(一步一個脚印兒). 그리고 무 뽑은 자리 마다 구덩이 하나!(一個蘿卜一個坑兒) 또 물 한 방울 떨어지면 거품 하나(一點水一個泡). 그러면서 물 한 방울을 흘리지 않다(不灑湯不漏水).−정확하고 틀림없다.

일 하나를 잘해놓으면 백 가지 어려움을 면할 수 있다(一事做好能免百難).

도덕과 인의는 예가 아니면 성립할 수 없다(道德仁義無禮不成). 용기가 있는 것은 지혜만 못하고(有勇不如有智), 지혜가 있다 해도 학식만은 못하다(有智不如有學). 정확한 사람은 정확하게 청산하고(精人精算賬), 흐리멍덩한 사람은 계산도 흐리멍덩하다(蠢人蠢算賬. 蠢 꿈틀거릴 준).

창문에 구멍이 뚫리면 풀로 붙여야 하고(窓破了當糊), 사람이 악한 짓을 한다면 없애야 한다(人惡了當除).

○姜太公封神. ― 各得其所各就各位.
　　강 태 공 봉 신　　　각 득 기 소 각 취 각 위

강태공이 신神을 임명하다. ― 각자 알맞은 자리에 각각의 지위에 나아가다.

○芥子落在針孔. ― 毫忽不差.
　　개 자 락 재 침 공　　　호 홀 불 차

겨자씨가 바늘귀에 떨어지다. ― 조금도 틀리지 않았다.

하는 일이 바르고도 정확하다. 芥 겨자 개. 겨자는 아주 작다. 침공針孔은 바늘구멍. 바늘귀. 毫(háo) 아주 가는 털 호. 전혀, 조금도. 忽(hū) 소홀히 할 홀. 부주의 하다. 갑자기.

○沒牙老娘吃豆腐. ― 正是可口的菜.
　　몰 아 로 낭 흘 두 부　　　정 시 가 구 적 채

치아가 없는 노파가 두부를 먹다. ― 딱 입에 맞는 음식이다.

타격하거나 없애야 할 대상. 牙(yá) 어금니 아. 치아. 菜(cài) 나물 채. 채소. 반찬. 요리.

○冬天穿袄夏天吃瓜. ― 什么時候說什么話.
　　동 천 천 오 하 천 흘 과　　　십 요 시 후 설 십 요 화

겨울에는 가죽옷을 입고, 여름에는 오이를 먹는다. ― 때맞춰 맞는 말을 하다.

穿 뚫을 천. 입다. 袄 가죽옷 오. 십요什么(shén me, 甚么)는 어떤, 무슨. 의문을 표시. 시후時候(shí hou)는 때, 시간.

○禿子當和尙. ― 天生這么块料.
　　독 자 당 화 상　　　천 생 저 요 괴 료

대머리가 중이 되다. ― 천생적으로 딱 맞다.

禿 대머리 독. 깃털이 없다. 모자라다. 這 이 저. 么 작을 요. 저
요這么(zhème)는 이러한, 이같은. 块 덩어리 괴. 塊와 同. 괴료块
料는 덩어리로 된 것. 몸둥아리.

○ 燕子啄蝗. — 一口一粒.
　　연 자 탁 황　　　 일 구 일 립

제비가 메뚜기를 쪼아먹다. — 한 입에 하나씩.

하는 일이 정확하다. 燕 제비 연. 啄(zhuó) 쪼을 탁. 蝗 메뚜기
황. 粒 알맹이 립. 낱알.

3) 제약制約

침상 아래에서 연을 띄우고(床底下放風箏), 수풀 속에서 연을
날리다(樹林中放風箏).－처음부터 한계나 여건의 제약을 받다.

연의 줄이 길어야 새매 연을 높게 띄울 수 있다(長線放遠鷂).－
원대한 포부를 품다.

올라가지도 내려가지도 못하다(上不上下不下).－이도 저도 아
니다.

○ 三歲小孩兒貼對聯. — 上下不分.
　　삼 세 소 해 아 첩 대 련　　　상 하 불 분

세 살 먹은 아이가 대련을 붙이다. — 상하를 가리지 못하다.

貼 붙일 첩. 붙이다.

○ 弔死鬼打鞦韆. — 不上不下.
　　조 사 귀 타 추 천　　　불 상 불 하

목매 죽은 귀신이 그네를 타다. — 올라가지도 내려가지도
않는다.

어정쩡한 태도를 취하다. 鞦 그네 추. 韆 그네 천.

○ 床上架屋. ─ 互相掣肘.
　　상 상 가 옥　　호 상 체 주

침상 위에 집을 짓다. ─ 서로를 제약하다.

서로 간에 서로의 일을 견제하다. 掣(chè) 끌어당길 체. 肘(zhǒu)
팔꿈치 주. 체주掣肘는 방해하다. 제약하다. 견제하다.

○ 藍靛染白布. ─ 一物降一物.
　　남 전 염 백 포　　일 물 항 일 물

쪽물로 흰 천을 염색하다. ─ 하나가 다른 하나를 제압하다.

藍(lán) 쪽 람. 청색 계통의 염료. 靛(diàn) 쪽빛 전. 남전藍靛은 전
람靛藍. 인디고블루(indigoblue). 청남색 염료. 染 물들 염. 물들
이다. 降 항복할 항. 굴복시키다. 일물항일물一物降一物(yī wù
xiáng yī wù)은 하나가 다른 하나를 제압하다. 뛰는 놈 위에 나는
놈.

○ 雷公打豆腐. ─ 一物降一物.
　　뇌 공 타 두 부　　일 물 강 일 물

벼락이 두부에 떨어지다. ─ 다른 하나를 제압하다.

○ 一物降一物. ─ 鹽鹵點豆腐.
　　일 물 강 일 물　　염 로 점 두 부

하나가 다른 하나를 제압하다. ─ 간수를 두부에 떨어트리다.

鹽 소금 염. 鹵 소금 노. 염로鹽鹵(yán lǔ)는 간수. 소금이 녹아내
린 물. 콩을 갈은 콩물에 간수를 떨어트리고 엉긴 것을 눌러 두
부를 만든다. 간수가 없으면 두부를 만들 수 없다.

4) 중지中止

배울 것을 배우고, 물을 것을 물어라(學學問問). 하나를 배우

면 둘을 물어라(一學二問). 학문의 길에서는 다만 중지하는 것을 걱정하지(學問之事只患止), 늦는 것을 걱정하지 않는다(不患遲).

예술은 끝이 없고(藝無止境), 인생은 힘들고도 짧다(人生苦短). 바닷물은 퍼낸다고 마르지 않고(海水舀不乾. 舀 퍼낼 요) 학문에는 끝이 없다(學問無止境). 불에 날아드는 나방은(飛蛾赴火), 죽을 때까지 멈추지 않는다(非死不止).

○飛蛾投火. ― 自取滅亡.
　비 아 투 화　　자 취 멸 망

불나방이 불에 뛰어들다. ― 제 스스로 죽은 것이다.

蛾(é) 나방 아.

○陳年的被子, 拆了竈的炕. ― 早凉了.
　진 년 적 피 자　탁 료 조 적 항　　조 량 료

오래된 이불, 부서진 아궁이의 온돌. ― 일찍 식는다.

우정이나 일이 끝나다. 陳 묵을 진. 진년陳年은 몇 년이 지나다. 被는 이불 피. 덮다. 拆 터질 탁. 竈 부엌 조. 炕(kàng) 말릴 항, 온돌 항. 불을 쬐다.

○烙鐵上的熱乎氣. ― 很快散去.
　낙 철 상 적 열 호 기　　흔 쾌 산 거

낙인 쇠의 열기. ― 빨리 식는다.

어떤 열정이 빨리 식어버리다. 烙(lào) 불로 지질 낙. 很(hěn) 매우 흔. 대단히. 아주.

○大年三十看皇曆. ― 沒有期了.
　대 년 삼 십 간 황 력　　몰 유 기 료

섣달그믐날에 달력을 보다. ― 기일이 없다.

○大年初一看曆書. ― 日子長哩.
　대 년 초 일 간 력 서　　일 자 장 리

새해 초하루에 달력을 보다. ─ 날 수가 많다.

5) 진귀珍貴

살림을 해보지 않으면 땔나무와 쌀이 귀한 줄 모른다(不當家不知柴米貴). 가난한 사람은 혼인으로 부자가 되기 어렵고(貧難婚富), 부자는 혼인으로 고귀해지지 않는다(富難婚貴).

인생에서 고귀하지 않은 세 가지(人生三不貴) ; 방귀 뀌기(放屁), 이 갈기(咬牙), 코 골며 잠자기(打鼾睡, 鼾 코 골 한. 睡 잠잘 수).

○ 乾潭子摸魚. ─ 難得.
　　건 담 자 모 어　　　난 득
메마른 연못에서 물고기를 더듬다. ─ 잡기 어렵다.
潭 깊을 담. 연못. 摸 찾을 모. 더듬어 찾다.

○ 壽星的腦袋. ─ 寶貝疙瘩.
　　수 성 적 뇌 대　　　보 패 흘 탑
수성의 머리통. ─ 보물 같은 높은 머리.
수성壽星은 인간의 장수長壽를 주관하는 신. 노인의 얼굴이나 머리 윗부분이 유난히 높이 솟은 모양이다. 뇌대腦袋(nǎo dài)는 머리통. 보패寶貝(bǎo bèi)는 보물, 보배. 疙(gē) 머리 부스럼 흘. 瘩(dá) 부스럼 탑. 흘탑疙瘩은 종기. 덩어리. 높이 솟은 혹.

○ 五臺山上的蘑菇. ─ 値貴.
　　오 대 산 상 적 마 고　　　치 귀
오대산 꼭대기 버섯. ─ 귀한 가치가 있다.
오대산五臺山은 산서성山西省 북부에 있는 불교 명산名山. 마고蘑

菇는 버섯 이름. 영지. 值(zhí) 값 치.

6) 징조徵兆

겨울철 눈은 보물보다 더 좋으니(冬雪勝如寶), 서설은 풍년이 들 징조이다(瑞雪兆豊年).

총명한 것은 집안 내력이고(聰明有種), 부귀는 집안의 뿌리(물 림)이다(富貴有根). 곧 총명은 유전이고, 부귀는 유산이다.

멀리 내다보는 것이 총聰이고(聰以知遠), 미세한 조짐을 살피는 것이 명明이다(明以察微). 오늘 이럴 줄 일찍 알았다면(早知今日), 하필 왜 그랬겠나!(何必當初)—후회막급하다.

삼일 뒷일을 미리 안다면(早知三日事), 천 년 동안 부귀를 누리리라(富貴一千年). 하늘의 풍운은 예측할 수 없듯(天上風雲莫測), 인간사도 순식간에 변한다(人事瞬息變化).

○ 黑老鴰報喜. — 不是好消息.
　흑 로 괄 보 희　　불 시 호 소 식

검은 까마귀가 소식을 전하다. —좋은 소식은 아니다.

鴰(guā) 재두루미 괄. 노괄老鴰은 오아烏鴉(wū yā)로, 까마귀.

○ 老鼠上房. — 不是發大水, 就是要下大雨.
　노 서 상 방　　불 시 발 대 수　취 시 요 하 대 우

쥐가 집으로 들어오다. — 큰물이 닥치지 않으면 큰 비가 올 것이다.

○ 鹽罐生蛆. — 內裏有鬼.
　염 관 생 저　　내 리 유 귀

소금 항아리에 구더기가 있다. ─ 안에 귀신이 있다.

罐 항아리 관. 蛆(jū) 구더기 저.

○ 野猫進宅. ─ 無事不來.
　야 묘 진 택　　　무 사 불 래

夜猫子進宅. ─ 無事不來.
야 묘 자 진 택　　　무 사 불 래

들 고양이가 집에 들어오다. ─ 일이 없다면 안 들어온다.

올빼미가 집에 들어오다. ─ 일이 없다면 들어오지 않는다.

왕래가 없던 누군가가 찾아오면 좋은 일은 아닐 것이다. 야묘자
夜猫子(yè māo zi)는 올빼미(猫頭鷹).

○ 太公釣渭水. ─ 走老運.
　태 공 조 위 수　　　주 로 운

강태공이 위수에서 낚시하다. ─ 말년 운이 트이다.

7) 착오錯誤

과오를 알고 고친다면 이보다 더 좋은 선善은 없다(知過能改
善莫大焉). 잘못이나 과오가 있다면 고치고, 없다면 더욱 힘쓰다
(有則改之無則加勉).

잘못 간 길은 돌아오면 되지만(走錯了路好回頭), 사람을 잘못
보면 고생하게 된다(看錯了人吃苦頭). 호랑이를 풀어 산으로 돌
려보내니(放虎歸山), 후환이 끝이 없을 것이다(後患無窮).─판단
착오로 재앙의 씨를 뿌리다.

호랑이는 산이 높다고 걱정하지 않고(虎不怕山高), 용은 물이
깊은 것을 걱정하지 않는다(龍不怕水深).

○ 八十歲學鼓手. — 來不及.
　　팔 십 세 학 고 수　　　내 불 급

80세에 북 장단을 배우다. — 따라가지 못하다.

어떤 학예나 공작工作을 배워 따라갈 수 없다. 고수鼓手(gǔ shǒu)
는 북 치는 사람. 사기를 돋구는 사람. 내불급來不及(lái bù jí)은
미치지 못하다. 손쓸 틈이 없다. 여유가 없다.

○ 大姑娘臨上轎穿耳朵眼. — 來不及.
　　대 고 낭 림 상 교 천 이 타 안　　　내 불 급

다 큰 처녀가 가마에 오르기 전에 귀걸이 구멍을 뚫다. —
너무 늦었다.

시간이 너무 촉박하여 무슨 일을 할 수 없다. 轎(jiào) 가마 교. 穿
뚫을 천. 朵 늘어질 타(朶와 同). 이타耳朵(ěr duǒ)는 귀. 이타안
耳朵眼은 귀걸이를 달기 위해 귓불에 뚫는 구멍. 적어도 며칠이
지나야만 귀걸이를 걸 수 있다.

○ 臨陣磨槍. — 趕不上了.
　　임 진 마 창　　　간 불 상 료

전투에 임박하여 창날을 갈다. — 따라갈 수 없다.

어떤 임시 조치를 하기에도 때가 늦었다. 趕(gǎn. 趂과 同) 달릴
간, 뒤쫓을 간.

○ 三十晚上喂年豬. — 來不及了.
　　삼 십 만 상 위 년 저　　　내 불 급 료

섣달그믐에 새해에 먹을 돼지를 기르다. — 시간이 없다.

준비가 너무 늦었다. 喂(wèi) 먹일 위. 연저年豬는 새해 음식을
위해 도축할 돼지.

○ 正月十五貼帶子. — 晚了半月.
　　정 월 십 오 첩 대 자　　　만 료 반 월

정월 보름에 대련對聯을 붙이다. — 반 달이나 늦었다.

8) 파탄破綻

파혼을 한번 하면 3대가 곤궁하다(一世破婚三世窮). 하늘이 정해준 혼인이라면 몽둥이로 때린다 해도 깨지지 않는다(是婚姻棒打不散). 집이 가난하면 어진 아내를 생각한다(家貧思良妻).

미련한 아내와 둔한 자식은 어찌할 도리가 없다(頑妻劣子無法可治). 아내의 부정은 가정파탄의 근본이고(妻子不貞乃破家之本), 깨진 거울은 다시 둥글게 되기 어렵다(破鏡難圓). —갈라진 부부는 다시 합치기 어렵다.

자수성가하려면 소 두 마리를 두어야 하고(要成家置兩犁), 집안을 망치려 한다면 두 아내를 거느린다(要破家置兩妻). 모든 일을 망치는 데는 술보다 더한 것이 없다(破除萬事無過酒).

작은 돌멩이가 큰 항아리를 깨뜨린다(小石頭能打破大缸). 물동이는 우물 근처에서 깨지기 십상이고(瓦罐不離井上破), 장군은 싸움터에서 죽게 마련이다(將軍多在陣前亡).

○驢脣馬嘴. — 兩頭對不上茬兒.
　　려 순 마 취　　　　양 두 대 불 상 치 아

나귀 입술과 말 주둥이. — 두 머리가 맞지 않는다.

양쪽이 모두 맞지 않는다. 驢 나귀 려. 脣 입술 순. 嘴 주둥이 취.
부리. 茬(chá) 그루터기 치. 작물을 수확한 뒤 남은 것. 하던 일.
윤작輪作하는 차례, 순서.

○麻秆抵門. — 經不住推敲.
　　마 간 저 문　　　　경 부 주 퇴 고

대마 줄기로 대문을 만들다. — 퇴고를 견딜 수 없다.

대마 껍질을 벗긴 줄기는 가늘고 연약하여 대문을 대신할 수 없다. 경부주經不住(jīng bu zhu)는 견뎌내지 못하다. 推(tuī) 밀 퇴. 옮길 추. 敲(qiāo) 두드릴 고. 퇴고推敲는 자구字句를 다듬다. 헤아리다.

○魚籃子打水. ─ 無處不是漏洞.
　어 람 자 타 수　　　 무 처 불 시 루 동

물고기 바구니로 물을 긷다. ─ 물이 새지 않는 곳이 없다.

이야기나 사업, 규정, 방법에 많은 허점이 있다. 籃 대바구니 람. 광주리. 漏(lòu) 샐 루.

○草入牛口. ─ 其命不久.
　초 입 우 구　　　기 명 불 구

소의 입에 들어간 풀. ─ 그 생명이 길지 않다.

○耗子掉到空米缸裏. ─ 小命長不了.
　모 자 도 도 공 미 항 리　　　소 명 장 불 료

쥐가 빈 쌀독에 떨어지다. ─ 그 생명이 길 수 없다.

○打破沙鍋. ─ 問到底.
　타 파 사 과　　　문 도 저

뚝배기를 깨트리다. ─ 끝까지 캐묻는다.

사과沙鍋(shā guō)는 질그릇, 뚝배기.

9) 폭로暴露

개가 모자를 써도 역시 똥을 먹는다(狗戴上帽子也吃屎). ─ 악인의 본색은 감출 수 없다.

여우가 꼬리를 드러내다(露出了狐狸尾巴).

원숭이가 사람인 척하지만(猴子裝人), 제 긴 꼬리를 잊고 있었다(忘了自己長尾巴).

사람이 늙으면 병이 나고(人老病出), 나무가 늙으면 뿌리가 드
러난다(樹老根出).

○ 半天雲中跑馬. ― 出了馬脚.
  반 천 운 중 포 마   출 료 마 각

하늘의 구름 속에서 말을 달리다. ― 마각을 드러내다.

숨은 의도나 기밀이 노출되다. 마각馬脚(mǎ jiǎo)은 엉큼한 속
셈.

○ 旱地烏龜. ― 沒處躲.
  한 지 오 구   몰 처 타

맨땅의 거북이. ― 숨을 곳이 없다.

장신藏身 또는 은신隱身할 곳이 없다. 躲(duǒ) 비킬 타. 숨다.

○ 餃子破了皮. ― 露餡啦.
  교 자 파 료 피   노 함 랍

만두피가 터졌다. ― 만두소가 나왔다.

내막이 폭로되다. 餡(xiàn) 소 함. 떡이나 만두에 들어가는 소.

○ 泥菩薩洗澡. ― 越洗越臟.
  니 보 살 세 조   월 세 월 장

진흙 보살을 씻기다. ― 씻을수록 더러워진다.

자신의 오점이나 죄과를 변명할수록 더욱 많은 문제가 튀어나
오다. 洗(xǐ) 씻을 세. 臟 더러울 장. 肉달月 변에 葬(묻을 장)이 정
자正字.

○ 淺碟. ― 存不住水
  천 접   존 불 주 수

얕은 접시. ― 물을 담지 못하다.

비밀을 깊이 간직 못하고 발설하다. 淺(qiǎn) 얕을 천. 碟(dié) 접
시 접. 가죽 다룰 설.

○嘴巴沒鏁. ─ 關不住風.
　취 파 몰 쇄　　관 불 주 풍

주둥이는 쇠사슬이 없다. ─ 바람을 가두지 못한다.

입을 봉하지 못하고 쉽게 발설하다. 鏁(suǒ) 쇠사슬 쇄. 關 빗장
관. 가두다.

바. 합치合致 외

1) 합치合致

사람이 재수가 없으려니(人要倒霉) 날아가는 새가 싼 똥이 모
두 입안에 떨어진다(飛鳥拉屎都往嘴裏掉). 재수가 없으려니(人
要倒霉), 방귀를 뀌어도 모두 발뒤꿈치에 걸린다(放屁都碰脚後
跟).

두 사람이 하나의 통바지를 입다(兩人穿一條連襠褲). ─한통속
이 되다.

검푸른 옷을 입고 검은 기둥을 껴안다(穿靑衣抱黑柱). ─이해
가 일치하다.

한 콧구멍으로 숨을 쉬다(一個鼻孔出氣). ─나쁜 의미로 한통
속이다.

○破貨遇上個收破爛的. ─ 正好配對.
　파 화 우 상 개 수 파 란 적　　정 호 배 대

흠집 있는 물건이 고물장수를 만나다. ─ 딱 좋은 짝이다.

실제에 딱 맞는 정황이다. 파화破貨는 흠 있는 물건. (비속어) 걸레 같은 년. 遇 만날 우. 爛(làn) 문들어질 난. 낡다. 부패하다. 곯다. 수란적收爛的 고물을 수집하는 사람. 的(de)은 사람 또는 사물을 나타낸다. 종지적種地的은 농사꾼. 천적穿的은 입는 것. 정호正好(zhèng hǎo)는 꼭 알맞다. 딱 좋은. 때마침. 배대配對(pèi duì)는 짝. 짝을 짓다.

○鳥糞掉在鼻尖上. ─ 赶點兒.
　조 분 도 재 비 첨 상　　　간 점 아

새똥이 코 끝에 떨어지다. ─ 조금 공교롭게 당하다.

아주 희한한 재수 없는 일을 당하다. 糞(fèn) 똥 분. 赶(gǎn) 달릴 간. 서두르다. 때를 만나다. 공교롭게 당하다. 점아點兒는 일점아一點兒(yī diǎnr). 조금.

○天上下錐子落進了針眼裏. ─ 巧事.
　천 상 하 추 자 락 진 료 침 안 리　　교 사

위에서 떨어진 송곳이 바늘귀에 꽂혔다. ─ 교묘한 일이다.

○瞎狗吃糞. ─ 碰上的.
　할 구 흘 분　　팽 상 적

눈먼 개가 똥을 먹다. ─ 우연한 일이다.

○一滴水滴進油瓶嘴. ─ 無巧不成書.
　일 적 수 적 진 유 병 취　　무 교 불 성 서

딱 한번 떨어진 물방울이 기름병 주둥이로 들어가다. ─ 아주 공교롭다.

무교불성서無巧不成書 = 기이한 일이 있어야 책이 된다. 어떤 기연이 있어야 일이 된다. = 무교불성화無巧不成話. 기이하지 않으면 말이 되지 않는다.

○瞎猫碰到死耗子. ─ 湊巧的事.
　할 묘 팽 도 사 모 자　　주 교 적 사

눈먼 고양이가 죽은 쥐와 부딪쳤다. ─ 공교로운 일.

湊(còu) 모을 주. 흩어진 것을 한 곳에 모으다. 부딪치다. 접근하다. 주교湊巧(còu qiǎo)는 공교롭다.

2) 해결解決

모두가 타고난 제 밥을 갖고 있고(各人有各人的飯), 각자 자기 얼굴을 씻어 모양을 낸다(各人洗臉各人光). 각자 강을 건너갈 자기의 뗏목을 가지고 있다(各人有各人過河的筏子). —각자 문제를 해결할 방법이나 길을 가지고 있다.

끓는 물을 퍼내어 안 끓게 하는 것은 아궁이의 장작을 꺼내는 것만 못하다(揚湯止沸不如去薪).

솥뚜껑을 일찍 열면 끓어도 밥이 되질 않는다(鍋蓋揭早了煮不熟飯). 한 잔의 물로는 장작더미의 불을 끌 수 없다(杯水無補於車薪). 열쇠 하나로는 하나의 자물통을 열 수 있다(一把鑰匙開一把鎖. 鑰 자물쇠 약. 匙 숟가락 시. 열쇠). —문제마다 해결 방법이 다르다.

중은 달아났지만 절간은 달아나지 않았다(跑了和尙跑不了寺). —회피한다고 해결되지 않는다.

돈이 들어가면 관청 일이 해결되고(錢到公事辦), 불이 닿으면 돼지머리도 삶아진다(火到猪頭爛). 큰일을 하는 사람은 작은 돈을 아끼지 않는다(謀大事者不惜小費).

○大海裏的幾條小魚. — 飜不起什么浪.
　대 해 리 적 기 조 소 어　　　번 불 기 십 요 랑

큰 바닷속 몇 마리 작은 물고기. — 아무런 풍랑도 일으키
지 못하다.

세력이나 역량이 부족하여 걱정할 바가 아니다. 幾(jǐ) 몇. 주로
10이하 확실하지 않은 수. 幾(jǐ) 작은 탁자. 기미. 조짐. 거의. 하
마터면. 條(tiáo) 길쭉한 물건을 세는 양사量詞. 飜 뒤집을 번.

○落網的鯊魚, 上灘的鱓. — 能跳得多高.
　　낙 망 적 사 어　상 탄 적 선　　능 도 득 다 고

그물에 걸린 모래무지, 모래톱에 올라온 드렁허리. — 얼마
나 높이 뛰겠는가?

이미 세력을 잃은 악인은 큰 풍파를 일으킬 수 없다. 鯊 모래무
지 사. 灘 여울 탄. 물가의 땅. 鱓(黃鱓, 黃鱓) 드렁허리 선. 민물
장어 계통의 잡어雜魚.

○螞蟻擋路. — 墊不飜車.
　　마 의 당 로　　점 불 번 차

개미가 길을 막다. — 개미 함정에 수레는 뒤집어지지 않다.

역량이 미약하여 아무런 영향도 없다. 擋(dǎng) 막을 당. 차단하
다. 墊(diàn) 빠질 점. 받치다. 공백을 메꾸다. 내려앉다.

○牛踢駱駝. — 尥不動.
　　우 척 낙 타　　요 불 동

소가 낙타를 발로 차다. — 뒷발질에 꿈쩍도 안하다.

능력이 부족하여 상대에게 영향을 주지 못하다. 踢(tī) 찰 척. 尥
(liào) 다리 힘줄 요(료), 걸을 때 종아리 엇갈릴 요. 말이나 소가
뒷발질하다.

○猛虎落在陷窘裏. — 空只發威不能動彈.
　　맹 호 락 재 함 정 리　　공 지 발 위 불 능 동 탄

맹호가 함정에 빠지다. — 공연히 으르렁대지만 튀어 오를
수 없다.

악인이 곤경에 처하여 다시는 위세를 부리지 못하다. 陷(xiàn)
빠질 함. 窂 허방다리 정. 함정, 只(zhǐ) 다만 지. 오직 ~하여야
만. 只(zhī)는 단 하나의. 짝을 이루지 못한 하나. 隻과 同.

3) 행운幸運

고생이 끝나고 좋은 날이 오고(苦盡甘來), 불운이 다하면 행운
이 온다(否極還泰). 고난은 언젠가는 끝이 나고(苦難終有盡), 긴
긴 밤도 그 끝이 있다(長夜終有頭). 좋은 만남보다 우연한 만남이
더 반갑다(碰得好不如碰得巧). - 우연한 행운이 더 좋다. 좋은 일
에는 예절을 트집 잡지 않는다(碰上好事不挑禮).

운이 트이려면 살찐 돼지가 대문을 밀고 들어온다(人要走運
肥猪拱門). 똥을 누다가 금덩이를 줍고(拉屎拉出金子來), 한밤중
에 황금 보물을 줍다(半夜裏拾黃金寶). - 아무도 본 사람이 없다.

저팔계가 개수통에 빠졌으니(猪八戒掉在泔水桶裏), 먹을 것도
마실 것도 있다(又得吃又得喝). - 황금 방석 위에 굴러 떨어지다.

참새도 잡고(捉麻雀兒), 공작새까지 잡았다(還能逮住百靈
鳥). - 의외의 부수입이 더 많다.

○財神奶奶下界. ― 福從天降.
　재 신 내 내 하 계　　　복 종 천 강

재신財神 마마가 하계하다. ━ 복이 하늘에서 내려오다.

의외의 행운을 만나다. 奶(nǎi) 젖을 먹일 내, 어미 내. 유모. 내
내奶奶는 할머니. 젊은 부인. 첩. 모두 호칭으로 쓰인다.

○ 肥猪拱門. ― 運氣來了.
비저공문　　운기래료

肥猪拱廟門. ― 自來.
비저공묘문　　자래

살찐 돼지가 문을 밀고 들어오다. ― 운세가 트이다.

살찐 돼지가 묘당의 문을 밀고 들어오다. ― 제 스스로 오다.

행운이 저절로 트이다. 拱(gǒng) 두 손 맞잡을 공. 밀어젖히다.

○ 姜太公遇見文王. ― 走運.
강태공우견문왕　　주운

太公釣渭水. ― 走老運.
태공조위수　　주로운

강태공이 문왕과 만나다. ― 운이 트이다.

강태공이 위수에서 낚시하다. ― 만년에 운이 트이다.

지인知人을 만나다. 주운走運은 득시得時.

○ 文曲星照到屋子裏來了. ― 走運.
문곡성조도옥자리래료　　주운

문곡성이 지붕으로 강림하다. ― 운수가 트이다.

○ 一頭跌進了靑雲裏. ― 碰到好運氣.
일두질진료청운리　　팽도호운기

한번에 청운에 오르다. ― 좋은 행운을 만나다.

4) 혼란混亂

불난 틈을 타 도둑질을 하다(乘火打劫). 바람 불 때 불을 지르고(風高放火), 깜깜한 밤에 살인하며(夜黑殺人), 흙탕물이 일었을 때 더듬어 고기를 잡다(趁渾水摸魚). ―유리한 때를 이용하여 나쁜 일을 벌리다.

돈은 바른 방법으로 벌어야 한다(錢要正道來). 의롭지 못한 재물을 탐하지 말라(莫貪無義財). 선비가 가난할 때 그 지조를 볼 수 있고(士窮見節義), 혼란한 세상에 충신을 볼 수 있다(世亂見忠臣). 입을 열면 정신이 흩어지고(口開神氣散), 혀를 놀리면 시빗거리가 생긴다(舌動是非生).

○ 池塘裏的癩蛤蟆. ─ 叫起來沒個完.
　　지 당 리 적 라 합 마　　규 기 래 몰 개 완

연못의 두꺼비. ─ 울기 시작하면 끝이 없다.

질서없이 모여들어 끝없이 마구 떠들다. 癩(lài) 옴 나. 문둥병. 蛤 두꺼비 합. 蟆 두꺼비 마. 합마蛤蟆는 개구리나 두꺼비 종류의 총칭. 나합마癩蛤蟆는 두꺼비.

○ 鷄毛炒韭菜. ─ 亂七八糟.
　　계 모 초 구 채　　난 칠 팔 조

닭털을 부추와 함께 볶다. ─ 엉망진창이다.

질서나 규칙도 없다. 韭(jiǔ) 부추 구. 9획의 부수部首. 糟 술지게미 조. 난칠팔조亂七八糟(luàn qī bā zāo)는 아수라장이다. 혼잡하다. 칠란팔조七亂八糟와 同.

○ 開水鍋裏的棒子渣兒. ─ 亂亂轟轟.
　　개 수 과 리 적 봉 자 사 아　　난 난 굉 굉

끓는 물 솥의 옥수숫가루. ─ 시끄럽게 끓는다.

봉자棒子는 옥수수. 渣 찌꺼기 사. 봉자사아棒子渣兒는 옥수숫가루. 轟 울릴 굉. 천둥 치다. 우르릉 꽝. 난난굉굉亂亂轟轟(luàn luàn hōng hōng)은 혼잡하고 떠들썩한 모양.

○ 十八羅漢亂點頭. ─ 不知哪位是眞神.
　　십 팔 나 한 란 점 두　　불 지 나 위 시 진 신

십팔나한이 모두 멋대로 고개를 끄덕이다. ― 어느 누가 진짜 신神인지 알 수 없다.

○糖炒栗子. ― 一把抓.
　당 초 률 자　　　일 파 조

설탕에 밤을 볶다. ― 모두 한솥에 볶다.

많은 사람들이 한꺼번에 모여들어 주빈과 일반 손님을 구분할 수 없다. 栗(lì) 밤 율.

○芝麻裏頭加虱子. ― 亂雜.
　지 마 리 두 가 슬 자　　난 잡

참깨 속에 이를 잡아 넣다. ― 난잡하다.

서로 다른 물건을 섞어 놓다. 지마芝麻는 참깨. 虱 이 슬.

5) 환난患難

태어나 글자를 배우는 것이 우환의 시작이다(人生識字憂患始). 빈천할 때 참된 교제를 알 수 있고(貧賤識眞交), 환난에 참된 정을 볼 수 있다(患難見眞情). 우환 속에 살 길이 있고, 안락하면 죽음에 이르게 된다(生於憂患死於安樂).

밖이 훤하다고 안이 어두운 줄 모른다(外明不知裏暗). 겉은 편안하지만 내부 우환이 있다(外寧必有內優). 위가 밝다고 아래가 어두운 줄을 모른다(上明不知下暗). 밖에서 판자 쪽을 다투는 동안(外面掙塊板子), 집안의 대문짝을 잃어버리다(家裏丟扇門).

술 석 잔에 만사를 다 좋게 만들고(三杯和萬事), 한번 취하면 모든 근심을 풀어버린다(一醉解千愁). 한 잔 술로 온갖 근심을 풀고(一飮解百結), 술 두 잔에 온갖 근심을 잊는다(再飮破百憂). 얼었다 하여 기뻐할 것도(得之不爲喜), 잃었다 하여 걱정할 것도 아니다(失之不爲憂).

아버지가 근심이 없는 것은 자식이 효도하기 때문이고(父不憂心因子孝), 집안에 번뇌가 없는 것은 어진 아내 때문이다(家無煩惱爲賢妻).

○放虎歸山. ─ 自留後患.
　방 호 귀 산　　　자 류 후 환

호랑이를 풀어 산으로 보내다. ─ 스스로 후환을 남겨두다.

적인賊人에게 괜한 인정을 베풀어 후환을 불러오다.

○喝凉酒拿贓錢. ─ 早晚是病.
　갈 량 주 나 장 전　　　조 만 시 병

차가운 술을 마시고, 훔친 돈을 받다. ─ 조만간 탈이 날 것이다.

곧 일이 터지고 화禍를 당할 것이다. 贓 장물 장. 훔치다.

○老瘡疤逢到陰雨天. ─ 又發痛起來.
　노 창 파 봉 도 음 우 천　　　우 발 통 기 래

비가 오는 날에 오래된 상처. ─ 다시 통증이 오다.

여러 사람 마음속의 쓰라린 기억이 되살아나다. 瘡(chuāng) 부스럼 창. 疤(bā) 흉터 파. 창파瘡疤는 상처 자국. 고통스러운 옛 일.

○鐵匠圍裙. ─ 渾身都是火眼.
　철 장 위 군　　　혼 신 도 시 화 안

대장장이의 앞치마. ─ 온몸이 모두 불에 덴 자국이다.

많은 문제점이 숨겨졌다. 圍(wéi) 에워쌀 위. 裙 치마 군. 渾(hún) 흐릴 혼. 꾸밈 없다. 온(全). 거의. 화안火眼의 眼은 구멍이란 뜻.

○裁林養虎. ─ 虎大傷人.
　재 림 양 호　　　호 대 상 인

숲을 만들어 호랑이를 기르다. ― 호랑이가 크면 사람에게 해를 끼치다.

적인에게 관용을 베풀어 후환을 당하다.

○斬草不除根. ― 萌芽依舊發.
　斬초불제근　　　맹아의구발

풀을 베며 뿌리를 제거하지 않다. ― 싹이 예전처럼 나온 것이다.

斬(zhǎn) 벨 참. 萌(méng) 싹 맹. 芽(yá) 싹 아.

6) 희망希望

서쪽이 밝지 않다면 동쪽이 밝다(西方不亮東方亮). ― 희망은 어디든 있다.

동쪽은 해가 났는데, 서쪽은 비가 온다(東邊日出西邊雨). 한쪽이 불리하면 다른 쪽이 유리할 수 있다. 동편 냇물에 물이 없으면(東河裏沒水), 서쪽 냇물로 간다(西河裏走).

근면하면 부자가 될 수 있고(勤能致富), 검소한 생활은 청렴한 마음을 기른다(儉能養廉).

근면은 재산 이외의 또 다른 재산이다(勤是財外財). 근면은 모든 사업의 보배이고(勤是百業之寶), 신중함은 자신을 지킬 수 있는 근본이다(愼是護身之本).

부부가 한마음이 되면 황토가 황금으로 변한다(二人同一心 黃土變成金).

○ 紙上畫的餠. ― 看得吃不得.
　지 상 화 적 병　　　간 득 흘 불 득

종이에 그린 떡. ― 볼 수 있지만 먹을 수 없다.

그림의 떡.

○ 折脚白鷺立在沙灘上. ― 眼看鮮魚忍肚飢.
　절 각 백 노 립 재 사 탄 상　　　안 간 선 어 인 두 기

모래톱에 서있는 다리가 부러진 백로. ― 눈으로는 물고기
를 보면서 배고픔을 참다.

○ 水中明月鏡裏鮮花. ― 加望而不可得.
　수 중 명 월 경 리 선 화　　　가 망 이 불 가 득

물속의 밝은 달과 거울 속의 싱싱한 꽃. ― 바라보지만 얻
을 수 없다.

○ 樹上的梨子. ― 解不了樹下人的渴.
　수 상 적 리 자　　　해 불 료 수 하 인 적 갈

나무에 열린 배(梨). ― 나무 아래 사람의 갈증을 풀어줄 수
없다.

○ 財主佬嫁女. ― 好看不好學.
　재 주 요 가 녀　　　호 간 부 호 학

부자가 딸을 시집보내다. ― 보기는 좋지만 따라할 수 없다.

재주財主는 부자. 부호. 佬(lǎo) 남자 요, 점잖을 요(료). 연장자
에 대한 경칭. 놈(멸칭). 예) 미국요米國佬는 미국놈. 양키. 嫁(jià)
시집갈 가.

○ 鼻尖兒上的糖. ― 看得到, 舔不到.
　비 첨 아 상 적 당　　　간 득 도　첨 불 도

코 끝에 묻은 설탕. ― 볼 수는 있지만 핥을 수는 없다.

눈앞에 있어도 어쩔 수 없다. 舔(tiǎn) 핥을 첨.

7) 희한稀罕

인생 70은 예로부터 드물었고(人生七十古來稀), 사람이 늙으면 본성은 못 바꾼다(人老性不改). 늙어 백발이 되면 아는 사람이 드물다(白髮故人稀). 사람이 궁해지면 친구도 적어지고(人窮知己少), 가문이 몰락하면 친구도 없어진다(家落故人稀).

물건은 물건마다 다르고(物有不同物), 사람은 사람마다 다르다(人有不同人). 물건은 끼리끼리 모이고(物以類聚), 사람은 무리끼리 나눈다(人以群分). 사람이 본 고향을 떠나면 천대를 받지만(人離鄕賤), 물자는 그 산지를 떠나면 비싸진다(物離鄕貴).

○公鷄下蛋. ― 稀罕.
　공 계 하 단　　희 한

수탉이 알을 낳다. ― 희한한 일이다.

稀(xī) 드물 희. 罕(hǎn) 드물 한. 드물다. 희한稀罕(希罕)은 보기 드물다. 진기하게 여기다. 소중히 생각하다. 아주 특출한 것.

○鷄屙尿. ― 沒見過.
　계 아 뇨　　몰 견 과

닭이 오줌을 누다. ― 본 적이 없다.

屙 뒷간에 갈 아. 대소변을 보다. 尿 오줌 뇨.

○六月裏下雪. ― 稀罕事.
　유 월 리 하 설　　희 한 사

6월에 눈이 내리다. ― 희한한 일이다.

○小孩放鞭炮. ― 新鮮.
　소 해 방 편 포　　신 선

어린아이가 줄 폭죽을 터트리다. ― 보기 드문 것이다.

편포鞭炮(biān pào)는 한 줄로 이어진 여러 개의 폭죽爆竹. 신선新鮮(xīn xiān)은 새롭고 신선하다. 보기 드물다.

○ 老鼠吃猫. — 怪事.
　노 서 흘 묘　　괴 사

쥐가 고양이를 잡아먹다. — 괴이한 일이다.

상리常理에 어긋난 일이다.

○ 煮熟的鴨子飛上了天. — 怪事一桩.
　자 숙 적 압 자 비 상 료 천　　괴 사 일 장

삶아 익힌 오리가 하늘로 날라 올라가다. — 하나의 괴이한 사건.

煮(zhǔ) 삶을 자. 熟 익을 숙. 桩(zhuāng. 椿) 말뚝 장. 일장一椿은 한 건. 하나의 사건.

8) 기타其他

말라버린 우물에는 물결이 일지 않는다(古井無波).

동쪽에 한 마디 서쪽에 한 마디(東一句 西一句). —말에 두서가 없다.

보는 데서 이렇게(當面一套), 안 보는 데서 저렇게(背後一套). —겉과 속이 다른 이중적 행동.

눈에 안 보이면 깨끗한 것이고(眼不見爲淨), 귀에 안 들리면 걱정하지 않는다(耳不聞不煩).

눈으로 보는 일도 진실이 아닐까 걱정인데(眼見之事猶恐不眞), 남의 뒷말을 어찌 다 믿을 수 있겠는가?(背後之言豈可盡信)

냇물에 물고기가 많으면 물이 맑지 않다(河裏多魚水不淸). —

관여하는 사람이 많으면 이래저래 새로운 일이 생긴다.

○ 八仙過海. ― 隨人變通.
　팔 선 과 해　　　수 인 변 통

팔선이 바다를 건너가다. ― 사람마다 상황에 따라 변통하다.

○ 吃了白飯就拉屎. ― 一根肚腸通到底.
　흘 료 백 반 취 랍 시　　일 근 두 장 통 도 저

쌀밥을 먹고 바로 똥을 싸다. ― 뱃속(肚) 창자가 한줄로 끝까지 통한다.

백반白飯(bái fàn)은 쌀밥, 또는 맨밥. 屎 똥 시. 肚(dù) 배 두. 복부. 腸(cháng) 창자 장.

○ 扶醉人. ― 扶得東來西又倒.
　부 취 인　　부 득 동 래 서 우 도

술 취한 사람을 부축하다. ― 동쪽에서 부축하면 서쪽으로 넘어간다.

이쪽 상황을 고려하다 보니 다른 쪽에서 실패하다.

○ 和尙寺對着尼姑庵. ― 沒事也有事.
　화 상 사 대 착 니 고 암　　몰 사 야 유 사

화상의 절과 여승의 암자가 마주보다. ― 사건이 없어도 있다고 한다.

오래 지나다 보면 유언비어가 퍼지고 이런저런 말이 사실처럼 알려진다.

○ 壞蛋好蛋. ― 孵出小鷄來算.
　괴 단 호 단　　부 출 소 계 래 산

썩은 계란과 좋은 계란. ― 병아리가 부화하면 알 수 있다.

壞(huài) 무너질 괴. 앓을 회. 蛋(dàn) 새알 단. 새끼. 놈(혼단混蛋은 잡종 새끼, 왕팔단王八蛋은 씹할 놈). 괴단壞蛋은 나쁜 놈. 악당. 孵(fū) 알 깔 부.

○老虎打架. ― 勸不得.
　　노 호 타 가　　권 불 득

호랑이가 싸우다. ― 말릴 수 없다.

架(jià) 시렁 가. 물건을 얹어두는 선반. 타가打架(dǎ jià)는 싸우

다. 勸(quàn)은 권고하다. 설득하다. 화해시키다.

○鴨子出水. ― 不濕羽毛.
　　압 자 출 수　　불 습 우 모

오리가 물에서 나오다. ― 털이 젖지 않다.

어떠한 손해도 입지 않다. 濕 젖을 습. 축축하다.

제3장 **사회社會**

1. 경제經濟

1) 가치價值

먼 데서 데려온 며느리와 가까운 논밭은(遠女兒近地), 값을 따질 수 없는 보물이다(無價之寶). 장사는 돌아가는 정황을 잘 봐야 한다(買賣看行情). 아침저녁으로 가격이 같지 않다(朝晚時價不同). 값만 맞으면 손님을 고르지 않는다(得價不擇主).

대기는 만성이며(大器晚成), 보화는 (값이 비싸) 잘 팔리지 않는다(寶貨難售. 售 팔 수. 팔다. 팔리다). 물건이 좋으면 가격도 높다(貨高價出頭). 좋은 황금이나 옥은 그 값을 갖고 있다(良金美玉 自有定價).

천리마는 언제나 있지만(千里馬常有), (천리마를 알아보는) 백락이 늘 있는 것은 아니다(而白樂不常有). ─백락이 한번 돌아보니 말 값이 열 배로 뛴다(伯樂一顧 馬價十倍). ─전문가의 자문이 중요하다. 세상에 백락이 있고 나서야 천리마가 있을 수 있다(世有白樂然後有千里馬). 천리마도 천리마를 탈 수 있는 사람이 있어야 한다(千里馬還得有千里人來騎).

비싼 보물은 쉽게 얻을 수 없다(易求無價寶). 사랑을 줄 낭군은 구하기 어렵다(難得有情郎).

○陳年的老酒. — 擱的時間越長越値錢.
　진 년 적 로 주　　　　　각 적 시 간 월 장 월 치 전

여러 해 묵은 소흥주紹興酒. — 보관한 시간이 길면 길수록 값이 나간다.

진년陳年(chén nián)은 여러 해가 지난. 오래 묵은. 노주老酒(lǎo jiǔ)는 담근 지 오래된 술. 특별히 절강성浙江省의 소흥주紹興酒 (Shào xīng jiǔ, 黃酒)를 지칭한다. 擱(gē) 놓을 각. 내버려두다. 방치하다. 越(yuè) ~ 越~ = ~하면 할수록 ~하다. 치전値錢 (zhíqián)은 값나가다. 값어치가 있다.

○耗子尾巴. — 沒多大油水.
　모 자 미 파　　　몰 다 대 유 수

鷄骨頭熬湯. — 沒多大油水.
　계 골 두 오 탕　　　몰 다 대 유 수

쥐의 꼬리. — 기름기가 많지 않다.

닭뼈를 오래 끓인 물. — 기름기가 많지 않다.

이익이나 장점이 없다. 유수油水(yóu shuǐ)는 기름기. 부당한 이익.

○黃鼬剁尾巴. — 沒有値錢的毛.
　황 유 타 미 파　　　몰 유 치 전 적 모

쪽제비의 짧게 자른 꼬리. — 값나가는 털이 없다.

사람이나 물건의 가치가 없어지다. 鼬(yòu) 쪽제비 유. 황유黃鼬는 쪽제비. 그 꼬리털로 붓을 만든다. 剁(duò) 자를 타. 칼로 잘게 다지다. 썰다.

○豆腐渣上船. ─ 不是貨.
　두 부 사 상 선　　불 시 화

두부 찌꺼끼를 배에 싣다. ─ 돈이 되는 물건이 아니다.

두부 찌꺼기(비지)는 가축 사료가 되지만, 부피가 많아도 돈이
되질 않는다. 渣 찌기 사. 찌꺼기.

○五黃六月臭韭菜. ─ 賣不出高價.
　오 황 류 월 취 구 채　　매 부 출 고 가

5월과 6월의 무른 부추. ─ 고가高價로 팔 수 없다.

적당한 시기를 놓친 물건. 음력 5월과 6월은 한참 무더운 여름.
臭(chòu)는 구리다. 썩다. 싱싱하지 않다. 韭(jiǔ) 부추 구. 菜 나
물 채.

2) 경영經營

산지에서는 산지 물건이 귀하지 않다(本地不興本地貨). 물건
은 가치를 아는 사람에게 팔린다(貨賣識家).

작은 자본의 장사는(小本經營), 아침에 사서 저녁에 팔아야 한
다(朝貨夕賣). 작은 장사는 손해 보는 것이 두렵고(小生意怕吃),
큰 장사에서는 배상하는 것이 두렵다(大生意怕賠).

작은 돈을 쓰지 않으면(小財不出), 큰 돈이 들어오지 않는다(大
財不入). 작은 돈이 나가야(小錢去) 큰 돈이 들어온다(大錢來).

○孩子滾雪球. ─ 越滾越大.
　해 자 곤 설 구　　월 곤 월 대

어린아이가 눈을 굴리다. ─ 굴릴수록 커진다.

빚의 이자가 갈수록 커지다. 滾(gǔn) 흐를 곤. 굴리다. 물이 세차

게 흐르다.

○ 巴掌上打屋基. ― 小本買賣.
  파 장 상 타 옥 기   소 본 매 매

손바닥 위에 집의 기초를 닦다. ― 소자본으로 장사하다.

본전이 거의 없는 상태로 시작한 장사. 掌(zhǎng) 손바닥 장. 발
바닥, 솜씨, 일을 다루는 솜씨, 수완. 파장巴掌(bā zhǎng)은 손바
닥. 뺨을 때리다. 매매買賣(mǎi mai)는 장사.

○ 老鼠尾巴. ― 養不壯.
  노 서 미 파   양 불 장

쥐의 꼬리. ― 키워도 장대하지 않다.

크게 발전할 가능성이 없다. 壯(zhuàng) 씩씩할 장. 장대壯大.

○ 羅漢請觀音. ― 客小主人多.
  나 한 청 관 음   객 소 주 인 다

나한들이 관음보살을 초청하다. ― 손님은 적으나 주인은
많다.

고객顧客(買主)은 적으나 매주賣主는 많다.

○ 孫二娘開店. ― 宰客.
  손 이 랑 개 점   재 객

손이랑의 주막. ― 손님을 잡아죽인다.

불법적 수단으로 손님의 재물을 약탈하다. 손이랑孫二娘 =《수
호전》에 등장하는 객점 여주인. 잠자는 약을 탄 술을 먹여 손님
을 죽이고 그 인육人肉을 팔았다. 宰 재상 재. 벼슬아치. 잡다.
도살하다.

○ 閻邏王開飯店. ― 鬼不上門.
  염 라 왕 개 반 점   귀 불 상 문

염라대왕이 음식점을 개업하다. ― 귀신도 들어오지 못한다.

○ 關大王賣豆腐. ― 鬼也沒的上門.
  관 대 왕 매 두 부   귀 야 몰 적 상 문

관우가 두부를 팔다. — 잡귀조차 문에 얼씬거리지 못하다.

3) 귀속歸屬

물건마다 物性이 있고(物各有性), 물건마다 그 소유가 있다(物各有主). 천년을 내려갈 재산은 있지만(有千年産), 천 년간 주인은 없다(沒千年主).

아버지나 어머니의 재산은 내 것만 못하다(爹有娘有 不如自己有). 부친 모친도 전친(錢親: 돈)만 못하다(爹親娘親不如錢親).

아버지의 돈은 어머니 돈만 못하고(爹有不如娘有), 마누라 돈은 어머니 돈만 못하다(娘有不如老婆有). 마누라 가진 돈을 달라고 하면 열 때마다 잔소리를 하니(娘有還要開開口), 내가 돈을 갖고 있는 것만 못하다(不如自有).

많이 가졌으면 큰 어려움이 있고(大有大難), 조금 가졌으면 작은 어려움이 있다(小有小難). 큰 그물에서 큰 고기를 건진다(大網撈大魚). —자본이 많으면 이득이 많다.

○嫁了女兒賣了牛. — 都是人家的.
　가 료 녀 아 매 료 우　　　도 시 인 가 적
딸을 시집보내느라 소를 팔았다. — 모두가 남의 것이다.
팔아버린 소나 시집보낸 딸 모두가 남의 것이다. 인가人家(rén jia)는 남. 다른 사람. 타인. 예문. 人家吃肉 我喝湯(고기는 남이 먹고 나는 국물만 마셨다. 남에게 좋은 일을 했다). 인가人家(rén jia)는 인가. 집안. 여자의 시댁. 정해둔 남자.

○ 廟裏的猪頭. ― 各有主.
　　묘 리 적 저 두　　　각 유 주

묘당의 돼지 머리. ― 각각 주인이 있다.

이미 남에게 귀속되었다.

○ 王母娘娘的厠所. ― 沒有你的糞.
　　왕 모 낭 낭 적 측 소　　　몰 유 니 적 분

서왕모西王母 뒷간의 똥. ― 너의 똥은 없다.

너의 몫은 애당초 없다. 서왕모는 최고의 여신. 娘 아가씨 낭.
어머니. 娘娘(낭낭) 어머니. 왕비. 황후. 厠(cè)은 변소. 糞(fēn. 똥
분)은 份(fēn, 몫. 배당 / 부분 분)과 해음.

4) 빈곤貧困

위로는 기와 한 장 없고(上無一片瓦), 집에는 다음날 양식이 없
다(家無隔夜糧). ― 절대 빈곤

가난한 사람이 환난을 당하면(貧窮患難), 친척들이 서로 구원
한다(親戚相救). 가늘게 흐르는 물이 멀리 가나니(細水長流), 늙
도록 걱정이 없다(到老不愁). 가난이 극에 달하면 먹고 살 꾀가
나오지만(窮極生智), 곤궁할수록 더욱 굳은 의지가 있어야 한다
(窮當益堅). 가난한 사람이 몽둥이도 없으면 개한테 물린다(窮人
無棒被犬欺).

곤궁과 통달, 부자와 귀인은 다 정해진 것이다(窮通富貴皆前
定). 가난한 사람은 천체현상을 관측하지 않는다(窮人不觀天象).

○ 掉在河裏, 不沈底兒. ― 身無分文.
　　도 재 하 리　불 침 저 아　　　신 무 분 문

물에 빠졌지만 가라앉지 않다. ─ 몸에 돈 한푼도 없다.

돈 한 푼 없는 가난. 분문分文(fēn wén)은 화폐의 최저 단위. 푼.
1分은 1元의 1/100. 동전 한 푼도 없어 곧 무겁지 않아 가라앉지
않다.

○ 和尚碰見禿子. ─ 大家光光的.
　　화 상 팽 견 독 자　　　대 가 광 광 적

중과 대머리가 만나다. ─ 모두가 빛이 난다.

돈 한 푼 없다. 光(guāng)은 전혀 없다. 광광光光은 번쩍거리다.
하나도 남은 것이 없는 모양. 빈털터리이다.

○ 牛羊上山. ─ 圈裏空空.
　　우 양 상 산　　　권 리 공 공

소와 양羊이 산으로 가다. ─ 우리가 텅 비었다.

집안에 재물이 하나도 없다. 圈(juān) 우리 권. 가축을 우리에 가
두다.

○ 屬野鷄的. ─ 吃碰頭食.
　　속 야 계 적　　　흘 팽 두 식

꿩과 같은 사람. ─ 먹을 것이 있으면 머리를 맞대고 먹는다.

일정한 직업이 없다. 야계野鷄는 꿩(雉 zhì, 치).

○ 拉上岸的破網. ─ 滴滴答答.
　　랍 상 안 적 파 망　　　적 적 답 답

물가에 끌어올린 찢어진 그물. ─ 물방울 떨어지는 소리만
들린다.

빈곤이 극도에 이르다. 滴 물방울 적. 적적滴滴(dīdī)은 물방울이
똑똑 떨어지는 소리. 답답答答(dādā)은 대나무가 흔들리는 소리.
의성어. 적답滴答(dīda)은 물방울이 떨어지다.

5) 손익損益

장사에서 중요한 3가지는(生意三件寶), 사람과 잘 어울리기, 좋은 물건, 높은 신용과 명성이다(人和, 貨好, 信譽高). 달이 차고 기울 듯, 장사에도 흥할 때와 쇠할 때가 있다(月有盈缺業有興衰). 가득 차면 덜어내야 하고(滿招損), 물러나 양보하면 더 많이 받는다(謙受益). 가득 찼을 때 덜어내지 않으면 넘치고(滿而不損則溢), 물이 찼을 때 붙잡지 않으면 기울어진다(盈而不持則傾).

말린 새우로 잉어를 낚다(金鉤鰕米釣鯉魚). 낚싯밥을 아까워해서는(捨不得釣餌), 대어를 못 낚는다(釣不到大魚).

얻으려 다른 사람보다 앞서 달리지 말고(別爲利益跑在人前), 배우려는 일에 대하여 남보다 뒤쳐지지 말라(別將學習落在人後). 새로운 이익을 만들어내는 것은 폐단을 하나 없애주는 것만 못하고(興一利不如除一害), 새로운 일을 시작하는 것은 일을 하나 줄여주는 것만 못하다(生一事不如省一事).

이익을 놓고 서로 교제한 사람은(以利相交者), 이익이 없어지면 멀어진다(利盡而疏). 본전을 까먹더라도(寧可折本), 굶거나 몸을 상할 수는 없다(不可餓損).

○吃豆兒. — 攢屁.
　홀 두 아　　　찬 비

콩을 먹다. — 방귀를 쌓아두려 한다.

재산을 적극적으로 모으지 않다. 콩은 소화되면서 방귀를 많이 끼게 한다. 攢(cuán zǎn) 모을 찬. 쌓다 모으다. 屁(pì) 방귀 비.

○吃五個豆,放五個屁. ─ 來五去五.
<small>흘 오 개 두 방 오 개 비   내 오 거 오</small>

콩 5개를 먹고, 5번 방귀를 끼다. ─ 다섯 개 들어오고, 다섯 개 나가다.

수입과 지출이 상쇄되다.

○大河裏撒紙錢. ─ 連個響也不聽.
<small>대 하 리 살 지 전   연 개 향 야 부 청</small>

큰 강에서 지전紙錢을 뿌리다. ─ 아무런 소리도 들을 수 없다.

돈을 함부로 쓰면 아무런 보답도 없다.

○二分錢開當鋪. ─ 周轉不開.
<small>이 분 전 개 당 포   주 전 불 개</small>

두 푼으로 전당포를 열다. ─ 돈이 돌지 않다.

자본이 많이 딸린다. 전당포는 많은 자본이 필요한 업종이니, 자본이 적은 돈을 돌릴 수가 없다. 주전周轉(zhōu zhuǎn)은 (자금資金의) 회전.

○漫天飛餡餅. ─ 意外之財.
<small>만 천 비 함 병   의 외 지 재</small>

온 하늘에 떡이 날아다니다. ─ 뜻밖의 횡재.

생각지도 못한 돈을 벌다. 횡재橫財하다. 漫(màn) 질펀할 만. 만천漫天은 온 하늘에 가득차다. 무한정. 엄청나다. 餡(xiàn) 소 함. 떡이나 만두의 속에 넣는 재료. 餅(bǐng) 떡 병.

○唐僧肉. ─ 個個都想吃.
<small>당 승 육   개 개 도 상 흘</small>

당 현장법사의 고기. ─ 모두가 먹고 싶어하다.

연약 물렁한 사람의 재물을 갈취喝取하려 하다. 《서유기》 마귀들의 생각.

2. 공간空間

한 걸음에 한 발자국(一步一個脚印兒). 무 뽑은 자리 하나에 구덩이 하나(一個蘿卜一個坑兒). ─정확하고 틀림없다.

堂(마루)에 올라와 室(방)에 들어가다(升堂入室). ─학문이 놀랍게 진보하다(칭찬과 선망의 뜻). 〈대아大雅〉의 수준에 오르지 못하다(不登大雅之堂). ─고귀함이 아직은 수준에 미달하다.

(나의) 방에 들어와 (나의) 창(戈)을 손에 잡다(入室操戈). ─나의 학문적 업적을 바로잡아 보완해 주다.

사람이 살아야 인정도 있다(人在人情在). 사람이 죽으면 두 사람 사이에 교제도 없다(人亡兩無交). 친구끼리 술은 권하더라도 여색을 권하지는 않는다(朋友勸酒不勸色).

○拔了蘿卜. ─ 地皮寬.
　발 료 나 복　　　　지 피 관
　무우를 뽑다. ── 땅에 구멍이 생기다.
　장애물을 제거하여 활동 공간을 넓히다. 拔(bá) 뽑을 발. 나복蘿

卜(luó bó, 蘿卜)은 무우. 발나복拔蘿卜은 우두머리를 제거하다. 지피地皮(di pi)는 지표면. 주민. 지비地痞(dì pǐ, 토착 불량배)와 해음.

○ 戴草帽親嘴. ― 隔得太遠.
　　대 초 모 친 취　　　격 득 태 원

밀짚모자를 쓰고 입을 맞추다. ― 사이가 너무 멀다.

두 마음의 거리가 너무 멀어 밀착하지 못하다. 戴(dài) 머리에 일대. 모자를 쓰다. 초모草帽는 밀짚모자. 챙이 넓다. 嘴(zuǐ) 주둥이 취. 부리, 주둥이. 사물의 뾰족한 끝. 친취親嘴(qīn zuǐ)는 입을 맞추다. = 접문接吻(jiē wěn, kiss, 吻은 입술 문).

○ 放出去的風箏. ― 越飛越遠.
　　방 출 거 적 풍 쟁　　　월 비 월 원

끊어버린 연. ― 날아갈수록 멀어진다.

일을 돕거나 해결할 능력 차이가 너무 크다.

○ 牤牛耳. ― 離角近.
　　망 우 이　　　리 각 근

황소의 귀. ― 뿔에서 가깝다.

집이 매우 가깝다. 牤(māng) 황소 망. 망우牤牛는 황소. 산동山東 지역 방언方言으로, 角(jiǎo, 뿔 각)은 家(jiā)와 해음諧音이라는 주석이 있다.

○ 蹺脚追兎子. ― 越追越遠.
　　교 각 추 토 자　　　월 추 월 원

절름발이가 토끼를 추격하다. ― 추격할수록 멀어지다.

蹺(qiāo). 발돋움할 교. 교각蹺脚은 절름발이. 가자瘸子(瘸 다리를 절 가).

3. 순서順序

부부는 서른에는 버릴 수 없고(三十難捨), 마흔에는 헤어질 수 없다(四十難離). 나이 30에도 아들이 없다면(三十無子), 40에는 희망이 없다(四十絶望). (여자가) 서른 넘어 마흔 전에(三十過四十來), 쌍수로 남자를 불러도 사내는 오지 않는다(雙手招郎郎不來). 인생 서른 다섯이면(人到三十五), 절반은 땅에 묻힌 셈이다(半截入了土. 截 끊을 절).

사람이 마흔을 넘기면 해마다 쇠약해지지만(人過四十逐年衰), 인생 마흔다섯이면(人到四十五) 마치 산에서 내려온 호랑이 같다(好比出山虎). 나이 30에 벼슬을 못하거나(三十不榮), 40에 부자가 되지 못했다면(四十不富), 50에는 죽을 길을 찾아야 한다(五十看看尋死路).

사람 살아 50이면 몸이 날마다 다른데(人活五十天天乖. 乖 이그러질 괴), 나이 50이면 명命이 짧았다고 생각하지 않는다(人年五十不爲夭). 나이 50에는 새 집을 짓지 않고(五十不造屋), 60에는 나무를 심지 않으며(六十不種樹), 나이 60이면 기왓장 위의 서리와 같다(人到六十瓦上霜). 사람 나이 60이면 먼 곳으로 여행을 떠나지 않는다(人到六十不遠行).

나이 63세, 잉어가 여울물을 뛰어 올라가다(六十三鯉魚跳過灘).―63세는 인생의 새로운 전기가 될 수 있다. 인생 65세는 산림을 개척하는 도끼이나(六十五開山斧), 70이면 옷을 새로 짓지 않는다(七十不製衣). 인생 70은 예로부터 드물었다(人生七十古來稀). 75세는 하산한 호랑이이다(七十五下山虎).

사람의 죽음이란 등불이 꺼지는 것이며(人死如燈滅), 사람이 죽으면 한 줌의 흙!(人死如臭泥) 빈손으로 왔다가 빈손으로 가는 인생(空手來空手去), 만금萬金의 재산이 있어도 갖고 갈 수 없다네!(萬貫家財拿不去)

인생은 아침 이슬과 같으니(人生如朝露), 인생 백 년이 지나가는 나그네와 같다(人生百年如過客).

○出家人不愛財. ― 越多越好.
　　출 가 인 불 애 재　　 월 다 월 호

출가한 사람은 재물에 인색하지 않다. ― 그래도 많으면 많을수록 좋다.

화상和尚, 니고尼姑(女僧), 도사道士는 사실 재물에 인색할 필요가 없지만, 그래도 많아서 나쁠 것은 없다.

○二月的韭菜. ― 頭一茬.
　　이 월 적 구 채　　 두 일 치

음력 2월의 부추 요리. ― 맨 처음 나온 싹이다.

韭(jiǔ) 부추 구. 茬(chá) 그루터기 치. 작물을 수확한 뒤 남은 것.
하던 일. 순서.

○ 韓信將兵. — 多多益善.
　　한 신 장 병　　 다 다 익 선

한신韓信의 군사 통솔. — 다다익선이다.

가진 것이 많으면 많을수록 더욱 좋다. 將(jiāng) 거느릴 장. 통솔
하다. 將(jiàng) 장수 장. 將(qiàng)은 요청하다.

○ 和尙化緣. — 多多益善.
　　화 상 화 연　　 다 다 익 선

화상이 탁발하다. — 다다익선이다.

화연化緣(huà yuán)은 시주施主를 모으다. 탁발托鉢하다. 동냥하다.

○ 和尙敲木魚. — 多多多.
　　화 상 고 목 어　　 다 다 다

화상이 목탁을 두드리다. — 다 다 다.

敲(qiāo) 두드릴 고. 목어木魚(mù yú)는 목탁木鐸.

○ 叫化子吃新鮮飯. — 頭一次.
　　규 화 자 흘 신 선 반　　 두 일 차

거지가 방금 지은 밥을 먹다. — 처음이다.

○ 新媳婦上轎. — 頭一回.
　　신 식 부 상 교　　 두 일 회

새 며느리가 가마를 타다. — 처음 한 번이다.

○ 螢火蟲的屁股. — 沒有大亮.
　　형 화 충 적 비 고　　 몰 유 대 량

개똥벌레의 꽁무니. — 크게 밝지는 않다.

4. 시간時間

꽃이 피니 비바람이 많듯(花發多風雨), 인생에는 쓰디쓴 이별이 있다(人生苦別離). 인생에서 청춘은 다시 오지 않는다(人生難得是靑春). 청춘 시기에는 자줏빛 붉은 온갖 생생한 꽃이 핀다(靑春 萬紫千紅鮮花開). 비록 신선일지라도 젊은이만 못하다(雖有神仙不如少年).

1분의 시간이 있다면 나가 돈을 벌고(用一分鐘的時間去賺錢), 5분의 시간을 쓸 수 있다면 재산을 관리하라(得花五分鐘的時間來理財). —돈을 버는 시간보다 이재理財에 더 많은 시간을 써라.

○六月天下大雨. — 就那么一陣.
　유월천하대우　　　취나요일진

6월에 큰비가 오다. — 그냥 한 차례이다.

시간이 길지 않다. 나요那么(nà me)은 그렇게, 그런. 상태나 방식, 정도 등을 표시. 수량사 앞에 쓰여 가량, 정도의 뜻을 표현.

○夏天的陣頭雨. — 一會兒就過去了.
　하천적진두우　　　일회아취과거료

여름날 소나기. ― 곧 지나간다.

오래 지속하지 못하다. 진우陣雨(zhèn yǔ)는 소나기.

○ 淸晨吃晌飯. ― 早呢.
　　청 신 흘 상 반　　조 니

이른 새벽에 점심밥을 먹다. ― 너무 이르다.

晨(chén) 새벽 신. 청신淸晨은 동틀 무렵. 晌(shǎng) 정오 상. 상
반晌飯은 점심밥. 새참. 무(zǎo) 이를 조. 呢(nė)는 종결어미. 의
문어기나 서술문의 끝에 쓰여 사실을 확인하는 어기를 표현.

○ 晌午吃晚飯. ― 早些哩.
　　상 오 흘 만 반　　조 사 리

정오에 저녁밥을 먹다. ― 조금 이르다.

晚 저물 만. 늦다. 만반晚飯(wǎn fàn)은 저녁밥. 些(xiē) 적을 사.
조금, 약간. 수량이 많지 않다. 些(suò)는 고문古文에 쓰이는 문
장말 어조사. 兮(xī, 어조사 혜)의 용법과 비슷하다.

○ 熱天的氷棍. ― 放不長.
　　열 천 적 빙 곤　　방 불 장

무더운 날의 얼음 막대. ― 오래 놔둘 수 없다.

棍 몽둥이 곤. 빙곤氷棍은 아이스바.

5. 풍조風潮

    세상살이의 쓴맛 단맛을 다 맛보다(飽嘗世味). 온갖 풍상을 다 겪다(飽經風霜). 바람 한번, 비 한번(風一陣 雨一陣). 날씨가 자주 변하듯 인심 또한 헤아릴 수 없고(風雲多變人心難測), 온갖 어려움을 겪어본 사람은 세상물정을 안다(經風雨見世面).

    빙설이라도 봄풀을 짓누를 수 없고(氷雪壓不倒靑草), 큰물에도 오리는 떠내려가지 않는다(水大沒不了鴨子). 때가 되어 운이 트이니(時來運通), 우물 바닥에도 바람이 분다(井底有風).

    비가 오기 전에 바람이 불고(風是雨頭), 똥 누기 전에 방귀가 나온다(屁是屎頭). 광풍에 그 단서가 없고(狂風沒有頭), 인심에 그 바닥(끝)은 없다(人心沒有底). 바람이 없으면 물결이 일지 않고(無風不起浪), 연기가 나는 곳에는 꼭 불이 있다(有烟必有火).

    봄바람처럼 남을 대접하고(以春風待人), 찬바람으로 자신을 대하라(以寒風自待). 남을 책망하는 마음으로 자신을 꾸짖고(以責人之心責己), 자기를 용서하는 마음으로 남을 용서하라(以恕

己之心恕人). 다른 사람이 내게 도움을 바라면 3월 봄비처럼 대했는데(別人求我三春雨), 내가 다른 사람에게 얻으려니 6월의 서리 같다(我求別人六月霜).

○ 如瓶瀉水. ― 快甚.
　여 병 사 수　　쾌 심

병에서 쏟아지는 물. ― 아주 빠르다.

문필文筆이 아주 유창하다. 瀉(xiè)는 매우 빠르게 흐르다. 쏟다. 설사하다.

○ 王麻子的剪刀. ― 貨眞價實.
　왕 마 자 적 전 도　　화 진 가 실

곰보 왕씨네 가위. ― 진품이고 가격도 좋다.

마자麻子(má zi)는 곰보자국. 곰보. 剪(jiǎn) 자를 전. 전도剪刀는 가위.

○ 小爐兒匠的家伙. ― 破銅爛鐵.
　소 로 아 장 적 가 화　　파 동 란 철

땜장이네 살림살이. ― 구리와 쇳조각.

대장장이 집에 식칼이 없다. 소로장小爐匠은 땜쟁이. 가화家伙(jiā huo)는 가구. 병기兵器. 녀석. 놈(멸칭).

○ 跛子屁股. ― 斜門.
　파 자 비 고　　사 문

절뚝발이의 궁둥이. ― 비뚤어진 문.

跛(bǒ) 절뚝발이 파. 비고屁股(pì gǔ)는 엉덩이. 斜(xié) 기울 사. 邪(xié)는 사악할 사와 해음. 사문斜門은 사문邪門. 이상한 일.

○ 鐵拐飜了面. ― 裏頭是黑, 外頭還是黑.
　철 괴 번 료 면　　이 두 시 흑　외 두 환 시 흑

신선 이철괴가 얼굴을 돌리다. ― 안쪽이 검고, 바깥쪽도 역시 검다.

나귀 등에 거꾸로 앉아 돌아다니는 철괴리는 검은 얼굴에 절뚝 발이라서 모습은 추하나, 모든 질병을 치료해주는 신선으로 그려졌다.

중국인의 재담才談
─헐후어歇後語

초판 인쇄 2024년 2월 1일
초판 발행 2024년 2월 5일

엮은이 진기환
발행자 김동구
디자인 이명숙 · 양철민
발행처 명문당(1923. 10. 1 창립)
주 소 서울시 종로구 윤보선길 61(안국동)
　　　　국민은행 006-01-0483-171
전 화 02)733-3039, 734-4798, 733-4748(영)
팩 스 02)734-9209
Homepage www.myungmundang.net
E-mail mmdbook1@hanmail.net
등 록 1977. 11. 19. 제1~148호

ISBN 979-11-985856-1-5 (03820)
35,000원